KEN FOLLETT
Der dritte Zwilling

Über den Autor:

Ken Follett zählt zu den beliebtesten Autoren der Welt. Von seinen sechsunddreißig Romanen wurden bereits mehr als 188 Millionen Exemplare verkauft. Seinen Durchbruch erlebte er mit DIE NADEL, einem in der Zeit des Zweiten Weltkriegs angesiedelten Spionageroman. Im Jahr 1989 erschien DIE SÄULEN DER ERDE, der schnell zu Folletts populärstem Werk wurde. Er erreichte weltweit Platz eins der Bestsellerlisten und wurde von OPRAH'S BOOK CLUB empfohlen. Die Fortsetzungen DIE TORE DER WELT, DAS FUNDAMENT DER EWIGKEIT und DIE WAFFEN DES LICHTS sowie das Prequel KINGSBRIDGE – DER MORGEN EINER NEUEN ZEIT erwiesen sich als ebenso beliebt. Insgesamt hat sich die KINGSBRIDGE-Reihe weltweit inzwischen mehr als 50 Millionen Mal verkauft. Ken Follett lebt mit seiner Frau Barbara in Hertfordshire, England. Zusammen haben sie fünf Kinder, sechs Enkelkinder und drei Labradore.

DER DRITTE ZWILLING

KEN FOLLETT

ROMAN

Übersetzung aus dem Englischen von
Wolfgang Neuhaus, Lore Strassl und Till R. Lohmeyer

Lübbe

NACHHALTIG PRODUZIERT

Die Bastei Lübbe AG verfolgt eine nachhaltige Buchproduktion.
Wir verwenden Papiere aus nachhaltiger Forstwirtschaft und
verzichten darauf, Bücher einzeln in Folie zu verpacken. Wir stellen
unsere Bücher in Deutschland und Europa (EU) her und arbeiten
mit den Druckereien kontinuierlich an einer positiven Ökobilanz.

MIX
Papier | Fördert
gute Waldnutzung
FSC® C014496

Vollständige Taschenbuchausgabe
der bei Bastei Lübbe erschienenen Hardcoverausgabe

Copyright © 1996 by Ken Follett
Titel der englischen Originalausgabe:
»The Third Twin«

Für die deutschsprachige Ausgabe:
Copyright © 1997 und 2024 by
Bastei Lübbe AG, Schanzenstraße 6–20, 51063 Köln

Vervielfältigungen dieses Werkes für das Text- und Data-Mining bleiben vorbehalten.

Innenillustrationen: Axel Voss, Essen
Umschlaggestaltung: Johannes Wiebel | punchdesign, München
Einband-/Umschlagmotiv: © Viks_jin/stock.adobe.com;
paladin1212/stock.adobe.com
Satz: hanseatenSatz-bremen, Bremen
Gesetzt aus der Goudy Old Style
Druck und Verarbeitung: GGP Media GmbH, Pößneck

Printed in Germany
ISBN 978-3-404-19325-7

2 4 5 3 1

Sie finden uns im Internet unter:
luebbe.de
Bitte beachten Sie auch: lesejury.de

Meinen Stiefkindern
JANN TURNER, KIM TURNER und ADAM BROER
in Liebe

Prolog

Wie ein Leichentuch lag ein Hitzeschleier über Baltimore. In den schattigen Vororten sorgten Hunderttausende von Rasensprengern für Kühle, doch die wohlhabenden Einwohner blieben in den Häusern, in denen die Klimaanlagen auf vollen Touren liefen. An der North Avenue suchten lustlose Stricherinnen den Schutz der Schatten und schwitzten unter ihren Haarteilen, und an den Straßenecken verkauften Kinder Stoff aus den Taschen ausgebeulter Shorts. Es war Ende September, doch der Herbst schien noch in weiter Ferne.

Ein rostiger weißer Datsun fuhr gemächlich durch ein von Weißen bewohntes Arbeiterviertel nördlich der Innenstadt. Ein Scheinwerferglas des Wagens war zerbrochen; die Scherben wurden mit einem Kreuz aus Klebeband zusammengehalten. Das Auto besaß keine Klimaanlage, und der Fahrer, ein gut aussehender Mann Anfang zwanzig, hatte sämtliche Fenster heruntergekurbelt. Er trug abgeschnittene Jeans, ein weißes T-Shirt und eine rote Baseballmütze, auf der vorn in roten Buchstaben das Wort SECURITY stand. Unter seinen Oberschenkeln war die Kunststoffbespannung des Sitzes glitschig von seinem Schweiß, doch er ließ sich nicht davon stören. Er war bester Laune. Das Autoradio war auf den Sender 92Q eingestellt – »Zwanzig Hits Schlag auf Schlag!« Auf dem Beifahrersitz lag eine aufgeschlagene Mappe. Hin und wieder warf der Mann einen Blick darauf und lernte für eine Prüfung am morgigen Tag technische Begriffe auswendig, die auf einer maschinengeschriebenen Seite standen. Das Lernen fiel ihm leicht; nach wenigen Minuten hatte er sich alles eingeprägt.

An einer Ampel hielt eine Frau in einem Porsche-Cabrio neben ihm. Er grinste sie an und sagte: »Schickes Auto!« Die Frau schaute weg, ohne ein Wort zu erwidern, doch der Mann sah den Anflug eines Lächelns in ihren Mundwinkeln. Hinter ihrer großen Sonnenbrille war sie vermutlich doppelt so alt wie er; das galt für die meisten Frauen, die in Porsches saßen. »Wer als Erster an der nächsten Ampel ist, hat gewonnen«, sagte er. Die Frau lachte – ein kokettes, melodisches Lachen –; dann stieß sie mit ihrer schmalen, gepflegten Hand den Schalthebel nach vorn, und der Wagen schoss wie eine Rakete von der Ampel los.

Der Mann zuckte mit den Schultern. Er übte ja bloß.

Er fuhr am bewaldeten Campus der Jones-Falls-Universität vorüber, einer Elitehochschule, die sehr viel renommierter war als die Uni, die er besuchte. Als der Mann das prunkvolle Eingangstor passierte, kam eine Gruppe von acht oder zehn Frauen im lockeren Laufschritt vorüber: enge Shorts, Nike-Sportschuhe, verschwitzte T-Shirts und rückenfreie Tops. Eine Feldhockeymannschaft beim Training, dachte sich der Mann im Wagen, und die durchtrainierte junge Frau an der Spitze war wohl die Mannschaftsführerin, die ihr Team für die Saison in Form brachte.

Die Gruppe bog in den Campus ein, und plötzlich überkam den Mann ein so übermächtiges, erregendes Fantasiebild, dass er kaum mehr weiterfahren konnte. Er stellte sich die Frauen im Umkleideraum vor – die Dickliche, wie sie sich unter der Dusche einseifte; die Rothaarige, wie sie sich ihre kupferfarbene Mähne abtrocknete; die Farbige, wie sie sich ein weißes spitzenbesetztes Höschen anzog; die lesbische Mannschaftsführerin, wie sie nackt umherging und ihre Muskeln zur Schau stellte – und wie etwas geschah, das die Mädchen in Angst und Schrecken versetzte. Plötzlich waren sie alle in Panik, die Augen vor Entsetzen weit aufgerissen, kreischend und schreiend und der Hysterie nahe. Sie rannten wild durcheinander, stießen zusammen. Die Dicke stürzte und lag schreiend und weinend am Boden, während die anderen rücksichtslos über sie hinwegtrampelten, als sie verzweifelt versuchten, sich zu verstecken oder die Tür zu finden oder davonzulaufen vor dem, das ihnen so schreckliche Angst einjagte – was es auch sein mochte.

Der Mann fuhr an den Straßenrand, ließ den Motor im Leerlauf. Sein Atem ging schwer, und er spürte das Hämmern seines Herzens.

Ein so wundervolles Fantasiebild hatte er noch nie gehabt. Doch ein kleiner Teil dieses Bildes fehlte. Wovor hatten die Mädchen sich gefürchtet? In seiner blühenden Fantasie suchte der Mann fieberhaft nach der Antwort und stieß voller Verlangen den Atem aus, als er die Lösung fand: ein Feuer. Der Umkleideraum stand in Flammen, und die Mädchen waren bei dem Brand in Panik geraten. Sie husteten und keuchten vom Rauch, während sie verzweifelt umherirrten, halb nackt und voller Entsetzen. »Mein Gott«, flüsterte der Mann, blickte starr nach vorn und sah die Szene wie einen Film vor sich, der vor ihm auf die Innenseite der Windschutzscheibe projiziert wurde.

Nach einiger Zeit wurde er ruhiger. Noch immer verspürte er ein heftiges Verlangen, doch das Fantasiebild reichte nicht mehr: Es war wie der Gedanke an ein Bier, wenn man brennenden Durst hatte. Der Mann hob den Saum seines T-Shirts und wischte sich den Schweiß aus dem Gesicht. Er wusste, dass es besser wäre, das Fantasiebild zu verscheuchen und weiterzufahren; aber das Bild war einfach zu schön. Es war eine sehr gefährliche Sache – falls man ihn fasste, würde er für Jahre ins Gefängnis wandern –, doch sein Leben lang hatte eine Gefahr ihn nie von irgendetwas abhalten können. Der Mann versuchte, sich dem Verlangen zu widersetzen; aber nur für einen Augenblick. »Ich will es«, raunte er, wendete den Wagen und fuhr durch den prächtigen Torbogen auf den Campus.

Er war schon einmal hier gewesen. Die Universität lag auf Hunderten von Hektar Rasenflächen und Gärten und Waldstücken. Die meisten Gebäude waren gleichförmig aus rotem Ziegelstein errichtet; nur hier und da standen moderne Bauwerke aus Glas und Beton. Sämtliche Gebäude waren durch ein Gewirr schmaler, von Parkuhren gesäumter Straßen miteinander verbunden.

Die Hockeymannschaft war verschwunden, doch der Mann fand problemlos die Sporthalle: Sie war ein niedriges Gebäude, vor dem die große Statue eines Diskuswerfers stand, und befand sich gleich neben einem Sportplatz. Der Mann stellte den Wagen an einer Parkuhr ab, warf aber keine Münze ein; er steckte niemals Geld in eine Parkuhr. Die muskulöse Trainerin der Hockeymannschaft stand auf der Treppe vor der Sporthalle und unterhielt sich mit einem Burschen in einem verschlissenen Sweatshirt. Der Mann rannte die Treppe hinauf, lächelte beim Vorübereilen die Trainerin an, stieß die Tür auf und betrat das Gebäude.

In der Vorhalle herrschte ein reges Kommen und Gehen junger Männer und Frauen, die Tennisschläger in den Händen hielten und sich Sporttaschen über die Schultern geschlungen hatten. Die meisten Universitätsmannschaften mussten sonntags trainieren. In der Mitte der Halle saß ein Wachmann hinter einem Schalter und überprüfte die Studentenausweise, doch in diesem Augenblick kam eine große Gruppe Jogger in die Halle und ging an dem Wachmann vorbei. Einige wedelten mit ihren Ausweisen, andere vergaßen es, und der Wachmann zuckte mit den Schultern und las weiter in *Dead Zone*.

Der Fremde drehte sich um und betrachtete eine Sammlung von Pokalen in einem gläsernen Schaukasten – Trophäen, welche die Sportler der Jones-Falls-Universität errungen hatten. Einen Augenblick später kam eine Fußballmannschaft in die Halle, zehn Männer und eine untersetzte Frau mit Stollenschuhen. Sofort schloss der Fremde sich der Gruppe an, schlenderte wie ein Mannschaftsmitglied an dem Wachmann vorbei und folgte den anderen eine breite Treppe hinunter ins Kellergeschoss. Die Mannschaftsangehörigen unterhielten sich über ihr Spiel, lachten über ein glückliches Tor und schimpften über ein übles Foul. Den Fremden bemerkten sie nicht.

Er schlenderte gelassen mit ihnen, doch seine Augen waren wachsam. Am Fuß der Treppe befand sich eine weitere kleine Halle mit einem Cola-Automaten und einem Münztelefon unter einer geräuschdämpfenden Schutzglocke. Der Umkleideraum der Männer lag auf der gegenüberliegenden Seite der Halle. Das Mädchen aus der Fußballmannschaft ging einen langen Flur hinunter, der offenbar zum Umkleideraum der Frauen führte. Wahrscheinlich war dieser Raum nachträglich erbaut worden. Vor vielen Jahren, als »Gemeinschaftserziehung« noch ein anstößiger Begriff gewesen war, hatte der Architekt der Halle offenbar nicht damit gerechnet, dass es an der Jones Falls jemals viele Studentinnen geben würde.

Der Fremde nahm den Hörer des Münztelefons ab und tat so, als suchte er nach einer Vierteldollarmünze. Die Männer strömten in die Umkleidekabine. Der Fremde beobachtete, wie das Mädchen eine Tür öffnete und verschwand. Dort *musste* der Umkleideraum der Frauen sein. Sie sind alle dadrin, dachte der Fremde aufgeregt; sie ziehen sich aus, stehen unter der Dusche oder trocknen sich die nackten Körper ab. Das Gefühl, den Mädchen so nahe zu sein, ließ Hitze in ihm aufsteigen. Er wischte sich mit dem Handrücken über die Stirn. Um sein Fantasiebild vollständig zu machen, musste er nur noch dafür sorgen, dass die Mädchen sich halb zu Tode erschreckten.

Er zwang sich zur Ruhe. Er würde die Sache nicht vermasseln, indem er jetzt übereilt handelte. Er brauchte ein paar Minuten, sich einen Plan zurechtzulegen.

Als alle Studenten verschwunden waren, schlenderte der Mann den Flur hinunter – auf dem Weg, den das Mädchen genommen hatte.

Drei Türen befanden sich auf dem Korridor, je eine zu beiden Seiten und eine dritte am Ende des Flurs. Durch die Tür zur Rechten war das Mädchen verschwunden. Der Fremde öffnete die Tür am Ende des Flurs und stellte fest, dass sich dahinter ein großer, staubiger Raum befand, in dem klobige Maschinen standen: Heißwasserbehälter und Filter für das Schwimmbecken, wie er vermutete. Er trat ein und schloss die Tür hinter sich. Ein tiefes, elektrisches Summen war zu vernehmen. Der Fremde stellte sich ein Mädchen vor, das halb verrückt war vor Angst. Sie trug nur Unterwäsche – vor seinem geistigen Auge sah er ihren Büstenhalter und ihren Slip mit Blumenmuster – und lag auf dem Boden; aus schreckgeweiteten Augen schaute sie zu ihm hinauf, während er seine Gürtelschnalle öffnete. Für einen Moment genoss er diese Vorstellung und lächelte. Das Mädchen aus dem Fantasiebild war nur wenige Meter von ihm entfernt. Vielleicht überlegte sie genau in diesem Moment, wie sie den Abend verbringen sollte; vielleicht hatte sie einen Freund und fragte sich, ob sie es in der Nacht mit ihm treiben sollte. Oder sie war ein Erstsemester, einsam und ein bisschen schüchtern, und wusste nicht, was sie mit dem Sonntagabend anfangen sollte, außer sich *Columbo* anzuschauen. Oder sie musste morgen, am Montag, vielleicht eine Arbeit abgeben und würde die Nacht aufbleiben, um sie fertigzuschreiben. *Nichts von alledem, Baby. Heute ist Albtraum-Abend.*

Der Fremde tat so etwas nicht zum ersten Mal; allerdings war es diesmal einige Nummern größer als je zuvor. Solange er sich erinnern konnte, hatte es ihm Lust verschafft, Mädchen in Furcht und Schrecken zu versetzen. Auf der Highschool hatte er nichts lieber getan, als ein Mädchen allein abzufangen, irgendwo in einer Ecke, und ihr so viel Angst einzujagen, dass sie weinte und um Gnade winselte. Deshalb hatte er immer wieder von einer Schule zur anderen wechseln müssen. Manchmal hatte er sich mit Mädchen verabredet; aber nur, um so zu sein wie die anderen Jungs und jemanden zu haben, mit dem er Arm in Arm in eine Bar gehen konnte. Falls die Mädchen erwarteten, von ihm gebumst zu werden, tat er ihnen den Gefallen, doch stets war es ihm irgendwie sinnlos erschienen.

Der Fremde war der Ansicht, dass jeder irgendeine Macke hatte: Manche Männer zogen gern Frauenkleider an; andere standen darauf, dass Mädchen in Ledersachen und mit hochhackigen Schuhen auf ihnen herumtrampelten. Er hatte mal einen Burschen gekannt, für den der erotischste Teil eines Frauenkörpers die Füße waren: Der Typ hatte einen Ständer bekommen, wenn er durch die Damenschuh-abteilung eines Warenhauses geschlendert war und beobachtet hatte, wie die Kundinnen sich die Schuhe an- und auszogen.

Seine Macke war es, Angst zu verbreiten. Es törnte ihn an, wenn eine Frau vor Furcht zitterte. Ohne Angst keine Erregung.

Er schaute sich methodisch um und entdeckte eine Leiter, die an der Wand befestigt war und hinauf zu einer eisernen Luke führte, welche von unten mit Riegeln verschlossen war. Rasch stieg der Fremde die Leiter hinauf, zog die Riegel zurück, stieß die Luke auf und starrte auf die Reifen eines Chrysler New Yorker, der auf einem Parkplatz stand. Er rief sich ins Gedächtnis, welchen Weg er genommen hatte. Ja, er musste sich im hinteren Teil des Gebäudes befinden. Er schloss die Luke wieder und stieg die Leiter hinunter.

Er verließ den Maschinenraum des Schwimmbeckens. Als er über den Flur ging, kam ihm eine Frau entgegen und bedachte ihn mit einem feindseligen Blick. Für einen Moment stieg Furcht in ihm auf; vielleicht fragte die Frau ihn, weshalb er sich vor dem Damenumkleideraum herumtrieb. Eine solche Auseinandersetzung war in seinem Plan nicht vorgesehen. Zu diesem Zeitpunkt konnte die Frau sein ganzes Vorhaben über den Haufen werfen. Doch ihre Augen richteten sich auf seine Mütze; sie sah das Wort SECURITY, wandte den Blick von ihm ab und verschwand im Umkleideraum.

Er grinste. Er hatte die Mütze für 8 Dollar und 99 Cents in einem Souvenirladen gekauft. Doch die Leute waren es gewöhnt, Wachmänner in Jeans zu sehen – bei Rockkonzerten, zum Beispiel – oder Polizeibeamte in Zivil, die wie Ganoven aussahen, bis sie ihre Dienstmarken zückten, oder Flughafenpolizisten in Rollkragenpullovern. Es lohnte die Mühe nicht, jeden Typ, der sich als Wachmann bezeichnete, nach dem Dienstausweis zu fragen.

Der Fremde öffnete die Tür, die sich gegenüber vom Damenumkleideraum befand, auf der anderen Seite des Flures. Sie führte in einen Lagerraum. Der Mann knipste das Licht an und machte die Tür hinter sich zu.

Um ihn herum standen Regale, in denen alte, abgenutzte Sportgeräte verstaut waren: große schwarze Medizinbälle, verschlissene Gummimatratzen, Holzkeulen, verrottete Boxhandschuhe und Klappstühle aus zerfaserndem Holz. Da war ein Sprungpferd; eines der Beine war zerbrochen, und die Kunststoffpolsterung war aufgeplatzt. In dem Raum roch es muffig. An der Decke verlief eine dicke silberne Rohrleitung. Der Mann vermutete, dass es das Belüftungsrohr der Damenumkleidekabine auf der anderen Seite des Flures war.

Er reckte sich und versuchte, die Schrauben zu lösen, mit denen das Rohr an einer Art stählernem Fächer befestigt war, hinter dem sich vermutlich der Ventilator befand. Mit bloßen Fingern konnte er die Schrauben nicht drehen, doch im Kofferraum seines Datsun lag ein Schlüssel. Falls er das Rohr losbekam, würde der Ventilator statt der frischen Luft von draußen die Luft aus dem Lagerraum in die Umkleidekabine saugen.

Er würde das Feuer genau unter dem Ventilator entzünden. Er würde sich den Benzinkanister nehmen, ein bisschen Sprit in eine leere Mineralwasserflasche füllen und dann hierher zurückkommen: mit der Flasche, dem Schraubenschlüssel, Zündhölzern und einer Zeitung zum Entfachen des Feuers.

Die Flammen würden rasch hochschlagen und riesige Rauchwolken entwickeln. Er würde sich ein nasses Tuch vor Mund und Nase halten und so lange warten, bis der Lagerraum im Qualm erstickte. Dann würde er das Lüftungsrohr losschrauben, sodass die Rauchwolken vom Ventilator in die Rohrleitung gesaugt und in den Umkleideraum der Frauen geblasen würden. Zuerst würde niemand etwas bemerken. Dann würden ein, zwei Mädchen die Luft schnüffeln und sagen: »Raucht hier jemand?« Er selbst würde dann die Tür des Lagerraums öffnen, sodass der Flur sich mit Rauch füllte. Wenn die Mädchen merkten, dass irgendetwas nicht in Ordnung war, würden sie die Tür der Umkleidekabine aufreißen und den Rauch sehen. Sie würden annehmen, dass die gesamte Sporthalle in Flammen stand, und in Panik ausbrechen.

Und dann würde er in den Umkleideraum gehen, in ein Meer aus Büstenhaltern und Slips, nackten Brüsten und Hintern und Schamhaar. Einige Mädchen würden unter den Duschen hervorgerannt kommen, nackt und nass, und würden hastig nach ihren Badetüchern greifen; andere würden versuchen, sich etwas anzuziehen; aber die meisten würden panisch umherirren, halb blind vom Rauch, und nach der Tür suchen. Und er würde weiterhin den Wachmann spielen und den Mädchen Befehle zurufen: »Lassen Sie alles stehen und liegen! Das ist ein Notfall! Raus hier! Das ganze Gebäude steht in Flammen! Rennt, rennt!« Er würde den Mädchen auf die nackten Hintern schlagen, sie herumschubsen, ihnen die Kleidung aus den Händen reißen, die Mädchen begrapschen. Natürlich würden einige erkennen, dass irgendetwas an der Sache nicht stimmte, doch die meisten würden viel zu verängstigt sein, um eine Ahnung zu kriegen, was es war. Falls die muskulöse Mannschaftsführerin des Hockeyteams sich unter den Mädchen befand, war sie vielleicht geistesgegenwärtig genug, den

Wachmann zur Rede zu stellen; aber er würde sie einfach auf den Flur hinausprügeln.

Dann würde er herumgehen und sich sein Hauptopfer aussuchen – ein hübsches Mädchen mit verletzlichem Aussehen. Er würde sie beim Arm nehmen und sagen: »Hier entlang, bitte. Ich bin vom Sicherheitsdienst.« Er würde sie auf den Flur führen und dann die falsche Richtung einschlagen, zum Maschinenraum des Schwimmbeckens. Und dort, wenn das Mädchen sich in Sicherheit wähnte, würde er sie ins Gesicht schlagen und ihr die Fäuste in den Leib hämmern und sie auf den schmutzigen Betonboden werfen. Er würde beobachten, wie sie durch den Staub rollte und sich drehte und aufsetzte, und wie sie zu ihm emporstarrte, keuchend und schluchzend, die Augen voller Entsetzen.

Dann würde er lächeln und seine Gürtelschnalle öffnen.

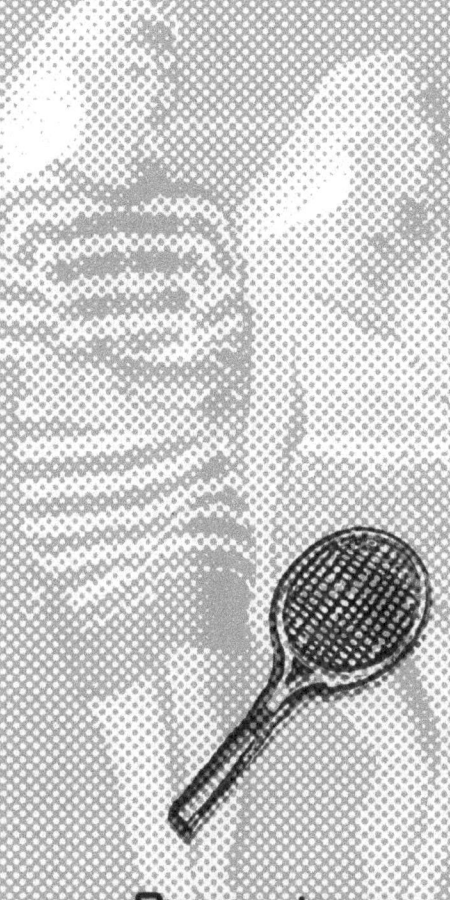

Sonntag

ch will nach Hause«, sagte Mrs. Ferrami.

»Mach dir keine Sorgen, Mom«, erwiderte ihre Tochter Jeannie. »Wir holen dich schneller hier raus, als du glaubst.«

Jeannies jüngere Schwester, Patty, bedachte Jeannie mit einem raschen Blick und sagte: »Und wie sollen wir das anstellen?«

Die Krankenversicherung ihrer Mutter zahlte nur für das Bella-Vista-Pflegeheim, und das war drittklassig. Die Einrichtung des Zimmers bestand aus zwei hohen Krankenbetten, zwei Wandschränken, einem Sofa und einem Fernseher. Die Wände waren pilzbraun gestrichen, und der Fußboden war mit Fliesen aus Kunststoff ausgelegt: cremefarben, mit orangenen Streifen. Das Fenster besaß Gitterstäbe, aber keine Gardine und gewährte den Blick auf eine Tankstelle. In der Ecke befand sich ein Waschbecken, und die Toilette lag den Flur hinunter.

»Ich will nach Hause«, wiederholte Mom.

»Aber Mom«, sagte Patty, »du vergisst doch laufend etwas. Du kannst nicht mehr auf dich selbst aufpassen.«

»Natürlich kann ich das. Wag es ja nicht, *so* mit mir zu reden!«

Jeannie biss sich auf die Lippe. Als sie das Wrack betrachtete, das einst ihre Mutter gewesen war, hätte sie am liebsten geweint. Mom besaß markante Gesichtszüge: schwarze Brauen, dunkle Augen, eine gerade Nase und ein kräftiges Kinn. Die Gesichter Jeannies und Pattys wiesen die gleichen Merkmale auf; allerdings war Mom klein, die Töchter dagegen hochgewachsen wie Daddy. Alle drei waren so willensstark, wie ihr Äußeres vermuten ließ. »Energiebündel« war der Begriff, der für gewöhnlich benutzt wurde, um die Ferrami-Frauen zu charakterisieren. Doch Mom würde nie wieder ein Energiebündel sein. Sie hatte die Alzheimerkrankheit.

Mom war noch keine sechzig. Jeannie, neunundzwanzig Jahre alt, und die sechsundzwanzigjährige Patty hatten die Hoffnung gehegt, dass Mom noch einige Jahre für sich selbst sorgen könnte, doch an diesem Morgen um fünf Uhr früh war diese Hoffnung zunichtegemacht worden. Ein Polizist aus Washington hatte angerufen und mitgeteilt, er habe Mom gefunden, als sie in einem schmuddeligen Nachthemd über die Achtzehnte Straße geschlurft war. Sie hatte geweint und gesagt, sie könne sich nicht mehr erinnern, wo sie wohne.

Jeannie war in ihren Wagen gestiegen und an diesem stillen Sonntagmorgen nach Washington gefahren, eine Stunde von Baltimore entfernt. Sie hatte Mom auf dem Polizeirevier abgeholt, sie nach Hause gebracht, gewaschen und angezogen und hatte dann Patty angerufen. Gemeinsam hatten die beiden Schwestern sich um die Formalitäten für die Einweisung Moms ins Bella Vista gekümmert. Das Heim befand sich in der Stadt Columbia, zwischen Washington und Baltimore. Schon ihre Tante Rosa hatte ihre letzten Jahre im Bella Vista verbracht. Tante Rosa hatte die gleiche Versicherungspolice gehabt wie Mom.

»Mir gefällt es hier nicht«, sagte Mom.

»Uns gefällt es auch nicht«, sagte Jeannie, »aber im Moment können wir uns nichts anderes leisten.« Sie versuchte, ihrer Stimme einen beiläufigen Tonfall zu geben, doch die Worte klangen schroff.

Patty warf der Schwester einen tadelnden Blick zu und sagte: »Nun hab dich nicht so, Mom. Wir haben schon schlechter gewohnt.«

Das stimmte. Nachdem ihr Vater das zweite Mal ins Gefängnis gewandert war, hatten Mom und die beiden Mädchen in einer Einzimmerwohnung gehaust, mit einer Kochplatte auf der Anrichte und einem Wasserhahn auf dem Flur. Das war während ihrer Sozialhilfe-Jahre gewesen. Doch in der Not hatte Mom wie eine Löwin gekämpft. Sobald Jeannie und Patty in der Schule waren und Mom eine vertrauenswürdige ältere Dame gefunden hatte, die sich um die Mädchen kümmerte, wenn sie nach Hause kamen, besorgte Mom sich einen Job – sie war Friseuse gewesen und immer noch tüchtig in ihrem Beruf, wenngleich ein bisschen altmodisch – und bezog mit den Mädchen eine kleine Zweizimmerwohnung in Adams-Morgan, ein zur damaligen Zeit respektables Arbeiterwohnviertel.

Mom machte immer Toast mit Ei zum Frühstück und schickte Jeannie und Patty in sauberen Kleidern zur Schule; dann frisierte sie sich, schminkte sich – man muss gepflegt aussehen, wenn man in einem Salon arbeitet – und ließ stets eine blitzsaubere Küche zurück; auf dem Tisch stand immer ein Teller mit Plätzchen für die Mädchen, wenn sie nach Hause kamen. An den Sonntagen machten die drei ihre Wohnung sauber und wuschen gemeinsam die Wäsche. Mom war so tüchtig, so verlässlich, so unermüdlich. Es brach einem das Herz, nun diese vergessliche, nörglerische Frau auf dem Bett zu sehen.

Mom runzelte die Stirn, als wäre sie verwundert, und fragte: »Jeannie, warum hast du einen Ring in der Nase?«

Jeannie berührte den filigranen Silberreif und lächelte matt. »Ich habe mir die Nase schon als Mädchen durchstechen lassen, Mom. Weißt du denn nicht mehr, wie sehr du dich darüber aufgeregt hast? Damals dachte ich, du würdest mich auf die Straße setzen.«

»Ich vergess schon mal was«, sagte Mom.

»Dafür kann *ich* mich noch sehr gut daran erinnern«, sagte Patty zu ihrer Schwester. »Ich hielt es für das Allergrößte. Aber ich war elf, und du warst vierzehn, und ich fand alles stark und geil und ätzend, was du getan hast.«

»Vielleicht war es das ja auch«, erwiderte Jeannie mit gespielter Eitelkeit.

Patty kicherte. »Aber nicht die orangene Jacke.«

»Oh Gott, die Jacke! Zum Schluss hat Mom sie verbrannt, als ich in einem leer stehenden Haus gepennt und mir dabei Flöhe eingefangen hatte.«

»Daran kann ich mich erinnern«, sagte Mom. »Flöhe! Eines meiner Kinder!« Fünfzehn Jahre später war sie immer noch böse darauf.

Mit einem Mal hatte die Stimmung sich aufgehellt. Die alten Geschichten hatten die Frauen daran erinnert, wie nahe sie einander gewesen waren. Es war ein günstiger Zeitpunkt, sich zu verabschieden. »Ich mache mich jetzt auf den Weg«, sagte Jeannie und erhob sich.

»Ich auch«, sagte Patty. »Ich muss das Abendessen kochen.«

Dennoch ging keine der beiden zur Tür. Jeannie kam sich vor, als würde sie ihre Mutter aufgeben, sie in der Not allein lassen. Niemand hier liebte sie. Sie brauchte eine Familie, die sich um sie kümmerte. Jeannie und Patty sollten bei ihr bleiben und für sie kochen und ihre Nachthemden bügeln und im Fernseher ihre Lieblingssendung einstellen.

»Wann sehe ich euch wieder?«, fragte Mom.

Jeannie zögerte. Sie wollte sagen: »Morgen. Ich bringe dir das Frühstück und bleibe den ganzen Tag bei dir.« Aber das war unmöglich; sie hatte eine arbeitsreiche Woche vor sich. Schuldgefühle stiegen in ihr auf. *Wie kann ich nur so grausam sein?*

Patty half ihr aus der Klemme. »Ich komme morgen vorbei, Mom«, sagte sie. »Und ich bringe die Kinder mit. Das wird dir gefallen.«

Doch so leicht wollte Mom Jeannie nicht davonkommen lassen. »Kommst du auch, Jeannie?«

Jeannie fiel das Reden schwer. »Sobald ich kann.« Mit einem kummervollen Schluchzer beugte sie sich vor und küsste ihre Mutter. »Ich liebe dich, Mom. Das darfst du nie vergessen.«

Kaum waren sie aus der Tür, brach Patty in Tränen aus.

Auch Jeannie war nach Weinen zumute; aber sie war die ältere Schwester, und sie hatte sich vor langer Zeit daran gewöhnt, die eigenen Gefühle im Zaum zu halten, wenn sie sich um Patty kümmerte. Sie legte der Schwester den Arm um die Schultern, als sie über den Flur gingen, in dem es nach Desinfektionsmitteln roch. Patty war kein schwacher Mensch, doch sie war fügsamer als die kämpferische und willensstarke Jeannie. Mom hatte Jeannie stets kritisiert und erklärt, sie solle sich ein Beispiel an Patty nehmen.

»Ich wollte, ich könnte sie zu mir nach Hause holen, aber das geht nicht«, sagte Patty kläglich.

Jeannie gab ihr recht. Patty war mit einem Schreiner namens Zip verheiratet. Sie wohnten in einem kleinen Reihenhaus mit zwei Schlafzimmern. Das zweite Schlafzimmer teilten sich ihre drei Söhne. Davey war sechs, Mel vier und Tom zwei. Da war kein Platz mehr, Oma unterzubringen.

Jeannie war Single. Als Assistenzprofessorin an der Jones-Falls-

Universität verdiente sie dreißigtausend Dollar im Jahr – sehr viel weniger als Pattys Ehemann, wie sie vermutete. Sie hatte vor Kurzem ihre erste Hypothek aufgenommen, eine Zweizimmerwohnung gekauft und einen Kredit für die Möbel aufgenommen. Eines der Zimmer war ein Wohnraum mit Kochnische, das andere ein Schlafzimmer mit Wandschrank und einem winzigen Bad. Würde sie Mom ihr Bett überlassen, müsste sie jede Nacht auf der Couch schlafen; außerdem war tagsüber niemand in der Wohnung, der sich um eine Frau kümmern konnte, die an der Alzheimerkrankheit litt. »Ich kann sie auch nicht zu mir nehmen«, sagte Jeannie.

Hinter dem Tränenschleier blitzte Zorn in Pattys Augen auf. »Warum hast du ihr dann gesagt, wir würden sie da rausholen? Das schaffen wir doch nicht!«

Draußen blieben sie in der sengenden Hitze stehen. »Morgen gehe ich zur Bank und nehme ein Darlehen auf. Dann bringen wir Mom in ein schöneres Heim, und ich zahle was zu ihrem Pflegegeld dazu.«

»Aber wie willst du das jemals zurückzahlen?«, fragte die stets praktisch denkende Patty.

»Indem ich zur außerordentlichen Professorin befördert werde und später eine volle Professur bekomme; dann werde ich den Auftrag erhalten, ein Lehrbuch zu schreiben, und drei Firmenkonsortien werden mich als Beraterin verpflichten.«

Auf Pattys tränennasses Gesicht legte sich ein Lächeln. »Ich glaub's dir ja, aber wird dir auch die Bank glauben?«

Patty hatte niemals an Jeannie gezweifelt. Sie selbst hatte nie sonderlichen Ehrgeiz an den Tag gelegt; als Schülerin war sie nicht einmal Durchschnitt gewesen. Mit neunzehn hatte sie geheiratet und hatte ohne erkennbares Bedauern die Aufgaben einer Hausfrau und Mutter übernommen.

Jeannie war das Gegenteil. Sie war Klassenbeste gewesen, Kapitän sämtlicher Sportmannschaften und Meisterin im Tennis. Deshalb hatte sie sich ihr Studium mit Sportstipendien finanzieren können. Wenn Jeannie sagte, sie würde dies tun oder das – was es auch sein mochte –, Patty zweifelte nie daran.

Doch Patty hatte recht. Die Bank würde Jeannie keinen weiteren Kredit gewähren, nachdem sie erst vor Kurzem den Kauf ihrer Wohnung finanziert hatte. Außerdem war sie erst seit Kurzem Assistenzprofessorin; es würden noch drei Jahre vergehen, bevor sie für eine Beförderung infrage kam. Als die Schwestern zum Parkplatz gelangten, sagte Jeannie verzweifelt: »Also gut, ich werde meinen Wagen verkaufen.«

Dabei hing sie an ihrem Wagen. Es war ein zweiundzwanzig Jahre alter Mercedes 230 C, eine rote zweitürige Limousine mit schwarzen Ledersitzen. Jeannie hatte den Wagen vor acht Jahren von ihrem Preisgeld gekauft, als sie für den Sieg beim Tennisturnier am Mayfair-Lites-College fünftausend Dollar kassiert hatte – zu einer Zeit, als es noch nicht als schick galt, Besitzer eines alten Mercedes zu sein. »Wahrscheinlich ist der Wagen doppelt so viel wert, wie ich dafür bezahlt habe«, sagte sie.

»Aber dann musst du dir ein anderes Auto kaufen«, bemerkte Patty mit ihrem erbarmungslosen Sinn für Realität.

»Da hast du recht.« Jeannie seufzte. »Na ja, ich könnte private Nachhilfestunden erteilen. Es verstößt zwar gegen die Vorschriften der Uni, aber vielleicht sind vierzig Dollar die Stunde drin, wenn ich reichen Studenten, die beim Examen an anderen Unis durchgerasselt sind, Einzelunterricht in Statistik gebe. Dann könnte ich um die dreihundert Dollar pro Woche verdienen – steuerfrei, wenn ich es nicht angebe.« Sie schaute ihrer Schwester in die Augen. »Kannst du auch was beisteuern?«

Patty wandte den Blick ab. »Ich weiß nicht.«

»Zip verdient mehr als ich.«

»Er würde mich umbringen, könnte er mich jetzt hören, aber fünfundsiebzig, achtzig Dollar die Woche könnten wir vielleicht zuschießen«, sagte Patty schließlich. »Ich werde Zip mal auf die Füße treten, dass er wegen einer Gehaltserhöhung nachfragt. In dieser Beziehung ist er ein bisschen ängstlich, aber ich weiß, dass er ein höheres Gehalt verdient hätte. Außerdem kann sein Chef ihn gut leiden.«

Jeannies Stimmung hob sich, wenngleich die Aussicht, ihre Sonntage mit Nachhilfestunden für verkrachte Studenten verbringen zu müssen, nicht gerade erhebend war. »Mit vierhundert Dollar zusätzlich die Woche könnten wir Mom ein eigenes Zimmer mit eigenem Bad besorgen.«

»Und dann könnte sie mehr von ihren alten Sachen unterbringen, die Andenken und den ganzen Schnickschnack. Und vielleicht ein paar Möbel aus der Wohnung.«

»Wir hören uns mal um, ob jemand eine schöne Bleibe für sie weiß.«

»In Ordnung«, sagte Patty, plötzlich nachdenklich geworden. »Sag mal, Moms Krankheit ist erblich, nicht wahr? Ich hab einen Fernsehbericht darüber gesehen.«

Jeannie nickte. »Es ist ein genetischer Defekt, AD3, der mit dem Frühstadium der Alzheimerkrankheit in Zusammenhang steht.« Man hatte den Defekt im Chromosom I4q24.3 lokalisiert, wie Jeannie sich erinnerte; aber das würde Patty nichts sagen.

»Bedeutet das, du und ich werden so enden wie Mom?«

»Es bedeutet, dass die Gefahr besteht, ja.«

Beide schwiegen für einen Augenblick. Der Gedanke, den Verstand zu verlieren, war beinahe zu grauenhaft, als dass man darüber reden konnte.

»Ich bin froh, dass ich meine Kinder so jung bekommen habe«, sagte Patty. »Wenn die Krankheit mich erwischt, sind sie alt genug, sich um mich zu kümmern.«

Jeannie entging nicht der Anflug des Vorwurfs. Wie Mom war auch Patty der Meinung, dass irgendetwas nicht stimmte, wenn jemand mit neunundzwanzig Jahren noch keine Kinder hatte. »Dass man dieses Gen entdeckt hat, stellt aber auch eine Hoffnung dar«, erklärte Jeannie. »Es bedeutet möglicherweise, dass man uns einen veränderten Typus unserer eigenen DNS spritzen kann, wenn wir in Moms Alter sind. Eine DNS, die das verhängnisvolle Gen nicht aufweist.«

»Darüber haben sie im Fernsehen auch gesprochen. Dabei geht es um eine Technologie zum Austausch winziger Bestandteile des Erbmaterials, stimmt's?«

Jeannie lächelte ihre Schwester an. »Stimmt.«

»Ich bin gar nicht so dumm, weißt du.«

»Ich hab dich auch nie für dumm gehalten.«

»Aber die Sache ist doch die«, sagte Patty nachdenklich, »dass die DNS uns zu dem macht, was wir sind. Wenn man die DNS verändert, erschafft man dann nicht einen anderen Menschen?«

»Es ist nicht allein die DNS, die dich zu dem macht, was du bist. Es liegt auch an der Erziehung. Um diese Fragen dreht sich meine ganze Arbeit.«

»Wie kommst du im neuen Job eigentlich zurecht?«

»Er ist aufregend. Und meine große Chance, Patty. Mein Artikel über die Frage, ob die Kriminalität in unseren Genen angelegt ist, ist von vielen gelesen worden.« Der Artikel war im Jahr zuvor erschienen, als Jeannie noch an der Universität von Minnesota gewesen war. Der Name ihres vorgesetzten Professors hatte über dem Jeannies gestanden; aber die Forschungsarbeit stammte von ihr.

»Ich habe nie so richtig verstanden, ob du in dem Artikel sagen wolltest, dass kriminelle Veranlagung erblich ist oder nicht.«

»Ich habe vier ererbte Eigenschaften bestimmt, die zu kriminellen Handlungen *führen*: Impulsivität, Wagemut, Aggressivität und Hyperaktivität. Aber meine eigentliche Theorie läuft darauf hinaus, dass bestimmte Methoden der Kindererziehung diesen Eigenschaften entgegenwirken und potenzielle Verbrecher in brave Mitmenschen verwandeln.«

»Wie könnte man so etwas jemals beweisen?«

»Indem man eineiige Zwillinge studiert, die getrennt aufgewachsen sind. Eineiige Zwillinge besitzen die gleiche DNS. Wenn sie nach der Geburt von verschiedenen Pflegeeltern adoptiert oder aus anderen Gründen getrennt werden, dann werden sie unterschiedlich erzogen. Deshalb suche ich nach Zwillingspaaren, bei denen eines der Geschwister kriminell ist, das andere nicht. Dann untersuche ich, wie die Geschwister aufgezogen wurden und was die jeweiligen Eltern anders gemacht haben.«

»Deine Arbeit ist wirklich wichtig«, sagte Patty.

»Ich glaube schon.«

»Wir *müssen* herausfinden, weshalb sich in der heutigen Zeit so viele Menschen zum Schlechten entwickeln.«

Jeannie nickte. Genau darum ging es, kurz und bündig.

Patty ging zu ihrem Wagen, einem großen alten Ford-Kombi; der Gepäckraum war vollgestopft mit Kindersachen in leuchtenden Farben: ein Dreirad, ein zusammengeklappter Kinderwagen, eine kunterbunte Sammlung von Schlägern und Bällen und ein großer Spielzeuglaster mit einem zerbrochenen Rad.

»Gib den Jungs einen dicken Kuss von mir, ja?«, sagte Jeannie.

»Danke. Ich ruf dich morgen an, wenn ich bei Mom gewesen bin.«

Jeannie holte die Wagenschlüssel hervor und zögerte; dann ging sie zu Patty und umarmte sie. »Ich liebe dich, kleine Schwester.«

»Ich dich auch.«

Jeannie stieg ein und fuhr los.

Sie fühlte sich unruhig und aufgewühlt, von Gefühlen erfüllt, über die sie sich nicht im Klaren war – Gefühle gegenüber Mom und Patty und dem Vater, der nicht da war. Sie gelangte auf die Interstate 70 und schlängelte sich, wie immer mit überhöhter Geschwindigkeit, durch den Verkehr. Dabei fragte sie sich, was sie mit dem Rest des Tages anfangen sollte. Dann fiel ihr ein, dass sie um sechs zu einem Tennismatch verabredet war; anschließend wollte sie mit einer Gruppe Studienabsolventen und jungen Angehörigen des Psychologischen Instituts auf ein paar Bierchen und eine Pizza ausgehen. Jeannies erster Gedanke war, den ganzen Abend sausen zu lassen. Aber zu Hause sitzen und grübeln wollte sie auch nicht. Sie beschloss, zum Tennis zu gehen; die körperliche Anstrengung würde dafür sorgen, dass sie sich besser fühlte. Anschließend würde sie ein Stündchen in *Andy's Bar* gehen und sich dann früh aufs Ohr legen.

Doch es sollte anders kommen.

Ihr Tennisgegner war Jack Budgen, der Chefbibliothekar der Universität. Er hatte mal in Wimbledon gespielt. Trotz seiner Glatze und der fünfzig Jahre war Jack immer noch fit und hatte nichts von seiner alten Technik und Ballbeherrschung eingebüßt. Jeannie hatte es nie bis

Wimbledon geschafft. Der Höhepunkt ihrer Karriere war die Zugehörigkeit zur amerikanischen Olympiamannschaft gewesen, als sie noch Studentin war. Doch sie war stärker und schneller als Jack.

Sie spielten auf dem Hartplatz, der sich auf dem Campus der Jones Falls befand. Jeannie und Jack waren einander ebenbürtig, und das Spiel lockte eine kleine Zuschauermenge an. Es gab keine Kleiderordnung, doch aus Gewohnheit spielte Jeannie stets in gestärkten weißen Shorts und weißem Polohemd. Sie hatte langes dunkles Haar – nicht seidig und glatt wie Pattys, sondern gelockt und widerspenstig; deshalb hatte sie es unter eine Schirmmütze gesteckt.

Jeannie hatte einen knallharten Aufschlag, und ihre beidhändige, cross geschlagene Rückhand war tödlich. Jack konnte gegen den Aufschlag nicht viel ausrichten, doch nach den ersten Spielen stellte er sich so auf Jeannie ein, dass sie ihren Rückhand-Schmetterball nur noch selten anbringen konnte. Jack spielte rationell, teilte sich seine Kräfte ein und ließ Jeannie Fehler machen. Sie spielte zu aggressiv, machte beim Aufschlag Doppelfehler und rückte zu früh ans Netz vor. Jeannie war sicher, dass sie Jack an einem normalen Tag hätte schlagen können, doch sie konnte sich heute nicht voll konzentrieren und schaffte es nicht, seine Schläge vorauszuberechnen. Beide gewannen je einen Satz; im dritten stand es schließlich 5 zu 4 für Jack, sodass Jeannie ihren Aufschlag durchbringen musste, um weiter im Match zu bleiben.

Beim entscheidenden Spiel gab es zweimal Einstand; dann machte Jack einen Punkt und hatte Matchball. Jeannies erster Aufschlag ging ins Netz, und vom Publikum drang ein vernehmliches Stöhnen herüber. Statt eines normalen, langsameren zweiten Aufschlags schlug sie alle Vorsicht in den Wind und hämmerte den Ball übers Netz, als wäre es das erste Service. Jack bekam gerade noch den Schläger an den Ball und retournierte auf Jeannies Rückhand. Sie schlug einen Schmetterball und stürmte vor ans Netz. Doch Jack war nicht so aus dem Gleichgewicht, wie er vorgegeben hatte, und schlug den Ball als perfekten Lob zurück, der in hohem Bogen über Jeannies Kopf hinwegsegelte und auf der Linie landete. Es war der Siegesschlag.

Jeannie stand da und schaute auf den Ball, die Hände in die Hüften gestemmt, wütend auf sich selbst. Obwohl sie seit Jahren kein ernsthaftes Match mehr gespielt hatte – den unbeugsamen Siegeswillen, der ihr das Verlieren schwer machte, hatte sie sich bewahrt. Doch sie kämpfte ihren Zorn nieder und zwang ein Lächeln auf ihr Gesicht. Sie drehte sich zu Jack um. »Ein Superschlag!«, rief sie, ging zum Netz und schüttelte dem Sieger die Hand. Von den Zuschauern kam spontaner Applaus.

Ein junger Mann steuerte auf Jeannie zu. »He, das war ein tolles Spiel!«, sagte er und lächelte breit.

Jeannie musterte ihn mit einem raschen Blick. Der Mann sah blendend aus: hochgewachsen und athletisch, mit gewelltem, kurzgeschnittenem blondem Haar und schönen blauen Augen, und er schien sich seiner Wirkung auf Frauen durchaus bewusst zu sein.

Doch Jeannie war nicht in Stimmung. »Danke«, sagte sie kurz angebunden.

Wieder lächelte er – ein selbstsicheres, lässiges Lächeln, das besagte: Die meisten Mädchen sind Feuer und Flamme, wenn ich mit ihnen rede, und mag es ein noch so belangloses Geplauder sein. »Ich spiele selbst ein bisschen Tennis, wissen Sie, und da hab ich mir gedacht . . . «

»Wenn Sie nur ein *bisschen* Tennis spielen, sind Sie wahrscheinlich nicht in meiner Liga«, erwiderte Jeannie und huschte an ihm vorbei.

In ihrem Rücken hörte sie seine freundliche Stimme: »Dann darf ich also davon ausgehen, dass ein romantisches Abendessen, gefolgt von einer Nacht voller Leidenschaft, nicht infrage kommt?«

Wider Willen musste Jeannie lächeln, und sei es nur seiner Beharrlichkeit wegen. Außerdem war sie gröber als nötig gewesen. Sie drehte den Kopf. Ohne stehen zu bleiben, sagte sie über die Schulter: »Stimmt. Trotzdem, danke für das Angebot.«

Sie verließ den Tennisplatz und schlug den Weg zu den Umkleideräumen ein. Sie fragte sich, was Mom jetzt wohl tun mochte. Inzwischen musste sie ihr Abendessen bekommen haben; es war halb acht, und in Heimen bekamen die Insassen ihr Essen stets früh. Vielleicht saß Mom jetzt im Aufenthaltsraum und sah fern. Vielleicht fand sie eine Freundin, eine Frau in ihrem Alter, die ihre Vergesslichkeit in Kauf nahm und sich für die Fotos der Enkelkinder interessierte. Früher hatte Mom viele Freundinnen gehabt: die anderen Friseusen im Salon, einige Kundinnen, Nachbarn – Menschen, die sie seit fünfundzwanzig Jahren gekannt hatte. Doch es war schwer für diese Leute, die Freundschaft aufrechtzuerhalten, wenn Mom nicht einmal mehr wusste, wen sie vor sich hatte.

Als Jeannie am Hockeyplatz vorüberkam, traf sie Lisa Hoxton. Jeannie war erst seit einem Monat an der Jones Falls, und Lisa war bis jetzt ihre einzige richtige Freundin. Sie arbeitete als Technikerin im Labor für Psychologie. Lisa hatte einen Abschluss in Naturwissenschaften, wollte aber nicht als Lehrkraft tätig sein. Wie Jeannie stammte sie aus ärmlichen Verhältnissen, und der akademische Dünkel einer Eliteuniversität schüchterte sie ein bisschen ein. Die beiden Frauen hatten einander auf Anhieb sympathisch gefunden.

»Gerade hat ein Knabe versucht, mich anzumachen«, sagte Jeannie mit einem Lächeln.

»Wie sah er denn aus?«

»So wie Brad Pitt, nur größer.«

»Hast du ihm gesagt, dass du eine Freundin hast, die altersmäßig besser zu ihm passt als du?«, fragte Lisa. Sie war vierundzwanzig.

»Nein.« Jeannie warf einen raschen Blick über die Schulter, doch es war niemand zu sehen. »Geh weiter, falls er mir hinterherkommt.«

»Was wäre so schlimm daran?«

»Na, hör mal.«

»Man läuft nur vor den miesen Typen davon, Jeannie.«

»Jetzt hör endlich damit auf!«

»Du hättest ihm meine Telefonnummer geben können.«

»Ich hätte ihm einen Zettel mit deiner BH-Größe geben sollen«, sagte Jeannie. Lisa hatte einen großen Busen. »Das hätte seinen Zweck schon erfüllt.«

Lisa blieb stehen. Für einen Moment glaubte Jeannie, sie wäre zu weit gegangen und hätte die Freundin beleidigt. Dann sagte Lisa:

»Was für eine tolle Idee! Und wie raffiniert! ›Meine BH-Größe ist 36 D; weitere Informationen unter folgender Nummer ...‹«

»Ich bin bloß neidisch. Ich habe mir immer viel Holz vor der Hütte gewünscht«, sagte Jeannie, und beide kicherten. »Ja, wirklich. Als Mädchen habe ich gebetet, dass mir endlich Brüste wachsen. In meiner Klasse habe ich als Letzte die Periode bekommen. Es war schrecklich peinlich.«

»Hast du dich wirklich neben dein Bett gekniet und gesagt: ›Lieber Gott, lass mir einen Busen wachsen‹?«

»Um ehrlich zu sein, ich habe zur Jungfrau Maria gebetet. Ich hab mir damals gedacht, es ist Mädchensache. Und natürlich habe ich nicht ›Busen‹ gesagt.«

»Was dann? Brüste?«

»Nein. Damals dachte ich mir, ich darf den Begriff ›Brüste‹ der Muttergottes gegenüber nicht benutzen.«

»Was hast du denn gesagt?«

»›Titten‹.«

Lisa lachte schallend.

»Ich weiß nicht, wie ich an das Wort gekommen bin. Hab es wohl bei einem Männergespräch aufgeschnappt. Mir kam es wie eine höfliche und mildernde Umschreibung vor. Diese Geschichte habe ich noch nie im Leben jemandem erzählt.«

Lisa warf einen Blick nach hinten. »Tja, ich sehe keinen gut aussehenden Burschen, der uns hinterherläuft. Wir haben Brad Pitt abgeschüttelt, nehme ich an.«

»Ist auch gut so. Er ist genau mein Typ: hübsch, sexy, übertrieben selbstsicher und ganz und gar nicht vertrauenswürdig.«

»Woher willst du wissen, dass er nicht vertrauenswürdig ist? Du hast ihn nur zwanzig Sekunden gesehen.«

»Man kann keinem Mann trauen.«

»Da hast du vermutlich recht. Sag mal, kommst du heute Abend ins Andy's?«

»Ja, aber nur auf ein Stündchen. Jetzt muss ich erst mal duschen.« Ihr Polohemd war schweißdurchtränkt.

»Ich auch.« Lisa trug Shorts und Joggingschuhe. »Ich hab mit der Hockeymannschaft trainiert. Warum willst du nur für eine Stunde kommen?«

»Ich hatte einen schweren Tag.« Das Match hatte Jeannie abgelenkt; nun aber zuckte sie zusammen, als der Schmerz sie wieder überkam. »Ich musste meine Mom in ein Heim bringen.«

»Oh, Jeannie, das tut mir schrecklich leid.«

Jeannie erzählte Lisa die Geschichte, als sie die Sporthalle betraten und die Treppe ins Kellergeschoss hinunterstiegen. Im Umkleideraum erhaschte Jeannie einen Blick auf ihrer beider Spiegelbilder. Ihr Äußeres war so verschieden, dass sie beinahe wie Darsteller in einer Slapstick-Komödie aussahen. Lisa war von knapp durchschnittlicher Größe, während Jeannie gut eins achtzig maß. Lisa war blond und kurvenreich; Jeannie dagegen dunkel und drahtig. Lisa besaß ein hübsches Gesicht mit bogenförmigem Mund und eine kleine, kesse, mit Sommersprossen gesprenkelte Nase. Die meisten Leute bezeichneten Jeannie als blendende Erscheinung, und Männer sagten ihr mitunter, dass sie attraktiv sei; aber als hübsch hatte sie noch niemand bezeichnet.

Als sie ihre verschwitzten Sportsachen auszogen, sagte Lisa: »Was ist mit deinem Vater? Von dem hast du noch nie erzählt.«

Jeannie seufzte. Es war die Frage, die sie schon als kleines Mädchen zu fürchten gelernt hatte; doch früher oder später wurde sie unweigerlich gestellt. Viele Jahre lang hatte sie gelogen und erklärt, ihr Daddy sei tot oder verschwunden oder wieder verheiratet und wäre nach Saudi-Arabien gegangen. In letzter Zeit jedoch hatte sie die Wahrheit gesagt. »Mein Vater ist im Gefängnis.«

»Oh Gott! Ich hätte nicht fragen sollen.«

»Schon gut. Er hat den größten Teil meines Lebens im Knast verbracht. Wegen Einbruchs. Er sitzt jetzt das dritte Mal.«

»Wie lange muss er denn hinter Gittern bleiben?«

»Ich weiß es nicht mehr. Spielt auch keine Rolle. Wenn er freikommt, wird er uns keine Hilfe sein. Er hat sich nie um uns gekümmert, und er wird auch in Zukunft nicht mehr damit anfangen.«

»Hatte er nie einen ordentlichen Beruf?«

»Nur wenn er ein Geschäft ausspionieren wollte. Er hat zwei, drei Wochen als Hausmeister, Türsteher oder Sicherheitsmann gearbeitet, bevor er den Laden ausgeraubt hat.«

Lisa schaute die Freundin verschmitzt an. »Interessierst du dich deshalb so sehr für die Frage, ob Kriminalität vererbbar ist?«

»Kann sein.«

»Oder auch nicht.« Lisa machte eine wegwerfende Handbewegung. »Amateurpsychologie kann ich sowieso nicht ausstehen.«

Sie gingen in den Duschraum. Jeannie brauchte länger, weil sie sich noch die Haare wusch. Sie war dankbar für Lisas Freundschaft. Lisa war seit gut einem Jahr an der Jones Falls; sie hatte Jeannie herumgeführt, als diese zu Beginn des Semesters an die Uni gekommen war. Jeannie arbeitete im Labor gern mit der freundlichen und verlässlichen Lisa zusammen, und nach Feierabend ging sie ebenso gern mit ihr aus – zumal sie Lisa alles anvertrauen konnte, was es auch sein mochte, ohne befürchten zu müssen, ihr einen Schock zu versetzen.

Jeannie rieb sich gerade Pflegespülung ins Haar, als sie seltsame Geräusche vernahm. Sie hielt inne und lauschte. Es hörte sich wie entsetztes Kreischen an. Eine eiskalte Woge der Angst durchflutete Jeannie und ließ sie schaudern. Plötzlich kam sie sich schrecklich verletzlich vor: nackt, nass, im Kellergeschoss. Sie zögerte; dann kämmte sie sich rasch das Haar, bevor sie unter der Dusche hervortrat, um nachzusehen, was los war.

Jeannie war kaum aus dem Duschstrahl heraus, als ihr auch schon der Brandgeruch in die Nase stieg. Sie konnte nirgends ein Feuer sehen, doch unter der Decke wogten dichte Wolken schwarzen und grauen Rauches. Er schien durch die Lüftungsrohre in den Raum zu strömen.

Jeannie hatte Angst. Sie war noch nie in einem brennenden Gebäude gewesen.

Die weniger schreckhaften Mädchen schnappten sich ihre Taschen und eilten zur Tür. Andere wurden hysterisch, schrien sich mit schriller Stimme an und rannten ziellos umher. Irgendein Arschloch von Sicherheitsmann, der sich ein gepunktetes Tuch vor Mund und Nase hielt, verschreckte die Mädchen noch mehr, indem er auf und ab stapfte, sie umherschubste und Befehle brüllte.

Jeannie war klar, dass sie nicht bleiben sollte, um sich anzuziehen, doch sie brachte es nicht über sich, das Gebäude nackt zu verlassen. Die Furcht strömte wie Eiswasser durch ihre Adern, aber sie zwang sich zur Ruhe. Sie eilte zu ihrem Spind. Lisa war nirgends zu sehen. Jeannie schnappte sich ihre Sachen, schlüpfte in die Jeans und zog sich ihr T-Shirt über den Kopf.

Es dauerte nur wenige Sekunden, doch in dieser kurzen Zeit leerte sich der Raum von Menschen und wurde von Rauch erfüllt. Jeannie konnte den Türeingang nicht mehr ausmachen, und sie begann zu husten. Der Gedanke, nicht atmen zu können, erfüllte sie mit Entsetzen. *Du weißt, wo die Tür ist!* sagte sie sich. *Du musst nur die Ruhe bewahren!* Ihre Schlüssel und ihr Geld steckten in der Jeanstasche. Sie nahm ihren Tennisschläger, hielt den Atem an und ging rasch an den Spinden vorüber zum Ausgang.

Der Flur war von dichtem Rauch erfüllt, und Jeannies Augen tränten so sehr, dass sie fast blind war. Jetzt wünschte sie sich sehnlichst, sie wäre nackt aus dem Umkleideraum gestürmt und hätte auf diese Weise ein paar kostbare Sekunden gewonnen. Ihre Jeans konnten ihr schließlich nicht helfen, in diesen Rauchschwaden zu sehen oder zu atmen. Und für einen Toten spielte es keine Rolle, ob er nackt war.

Jeannie hielt ihre zitternde Hand an die Wand gepresst, um ein Gefühl für die Richtung zu haben, als sie über den Flur stolperte, wobei sie noch immer den Atem anhielt. Sie rechnete damit, gegen andere Mädchen zu prallen, doch alle anderen schienen vor ihr ins Freie gelangt zu sein.

Als ihre Hand die Wand nicht mehr spürte, wusste Jeannie, dass sie in den kleinen Vorraum gelangt war, wenngleich sie nur Rauchwolken sehen konnte. Die Treppe musste genau vor ihr liegen. Jeannie tastete sich weiter und stieß gegen den Cola-Automaten.

Befand sich die Treppe von hier aus rechts oder links? Links, sagte sich Jeannie und bewegte sich in diese Richtung, gelangte jedoch zur

Tür der Männerumkleidekabine und erkannte, dass sie die falsche Wahl getroffen hatte.

Sie konnte den Atem nicht mehr anhalten. Mit einem Schluchzer sog sie die Luft ein, die dermaßen mit Rauch geschwängert war, dass Jeannie krampfhaft husten musste. Mit taumelnden Schritten tastete sie sich an der Wand entlang in Gegenrichtung, von Hustenanfällen geschüttelt. Ihre Augen tränten; der Rauch brannte ihr in der Nase, und sie konnte kaum die Hand vor Augen sehen. Mit jeder Faser ihres Seins sehnte Jeannie sich danach, frische Luft atmen zu können, wie sie es neunundzwanzig Jahre lang als selbstverständlich erachtet hatte.

An der Wand tastete Jeannie sich bis zum Cola-Automaten vor und umrundete ihn. Sie wusste, dass sie die Treppe gefunden hatte, als sie über die unterste Stufe stolperte. Sie ließ den Tennisschläger fallen, und er schlitterte davon und verschwand. Es war ein besonderer Schläger – mit ihm hatte sie das Turnier von Mayfair Lites gewonnen –, doch sie ließ ihn liegen und kroch auf Händen und Knien die Treppe hinauf.

Plötzlich wurde der Rauch dünner, als sie in die große Halle im Erdgeschoss gelangte. Sie konnte die Eingangstüren sehen; sie waren geöffnet. Draußen stand ein Sicherheitsmann. Er winkte ihr und rief: »Kommen Sie! Kommen Sie her!« Keuchend und hustend taumelte Jeannie durch die Eingangshalle und hinaus an die herrliche frische Luft.

Zwei, drei Minuten stand sie auf den Stufen, würgend und nach Atem ringend, und hustete den Rauch aus ihren Lungen. Als ihre Atmung sich halbwegs normalisiert hatte, hörte sie in der Ferne die Sirene eines Rettungswagens. Sie schaute sich nach Lisa um, konnte sie aber nirgends entdecken.

Sie war doch bestimmt nicht mehr in der Sporthalle? Oder doch? Immer noch zittrig, bewegte Jeannie sich durch die Menge und ließ den Blick über die Gesichter schweifen. Jetzt, da sich alle außer Gefahr befanden, war von allen Seiten unsicheres, nervöses Lachen zu hören. Die meisten waren mehr oder weniger angezogen, sodass eine seltsam vertrauliche Atmosphäre herrschte. Jene, die ihre Taschen hatten retten können, reichten anderen, die nicht so viel Glück gehabt hatten, überschüssige Kleidungsstücke. Nackte Mädchen nahmen dankbar die schmutzigen, verschwitzten T-Shirts ihrer Freundinnen entgegen. Einige hatten sich nur Handtücher um den Leib geschlungen.

Lisa war nicht in der Menge. Mit wachsender Besorgnis kehrte Jeannie zu dem Wachmann an der Tür zurück. »Ich glaube, meine Freundin ist noch in der Halle«, sagte sie und hörte das Zittern der Furcht in der eigenen Stimme.

»Ich kann nicht nach ihr sehen«, entgegnete der Mann rasch.

»Was für ein tapferer Kerl!«, sagte Jeannie mit scharfer Stimme. Sie wusste selbst nicht, was sie von dem Mann erwartete; aber sie hatte nicht damit gerechnet, dass er überhaupt keine Hilfe war.

Auf dem Gesicht des Mannes spiegelte sich Zorn. »Das ist ihre Aufgabe«, sagte er und wies auf einen Löschzug, der die Straße herunterkam.

In Jeannies Innerem wuchs die Furcht um Lisas Leben, doch sie wusste nicht, was sie tun sollte. Ungeduldig und hilflos beobachtete sie, wie die Feuerwehrleute aus dem Löschzug stiegen und sich Atemmasken aufsetzten. Die Männer schienen sich so langsam zu bewegen, dass Jeannie sie am liebsten geschüttelt und angeschrien hätte: »Macht schnell! Macht schnell!« Ein weiterer Löschzug traf ein; dann ein weißes Polizeifahrzeug mit dem blauen und silbernen Streifen des Baltimore Police Department.

Während die Feuerwehrleute einen Schlauch ins Gebäude zerrten, knöpfte der leitende Einsatzbeamte sich den Wachmann der Sporthalle vor und fragte: »Wo, meinen Sie, ist das Feuer ausgebrochen?«

»Im Damenumkleideraum«, antwortete der Wachmann.

»Und wo genau ist der?«

»Kellergeschoss. Hinterer Teil.«

»Wie viele Ausgänge gibt es im Kellergeschoss?«

»Nur einen. Da vorn, die Treppe, die rauf zur Haupthalle führt.«

Ein Wartungsmann, der in der Nähe stand, widersprach ihm. »Im Maschinenraum des Schwimmbeckens gibt's 'ne Leiter. Sie führt zu 'ner Einstiegsluke im hinteren Teil der Halle.«

Jeannie trat auf den Feuerwehrchef zu. »Ich glaube, es ist noch jemand im Gebäude!«, sagte sie drängend. »So tun Sie doch was!«

»Mann oder Frau?«

»Eine Frau. Vierundzwanzig. Klein, blond.«

»Wenn sie in der Halle ist, werden wir sie finden.«

Für einen Moment war Jeannie erleichtert. Dann erst wurde ihr klar, dass der Feuerwehrchef ihr nicht versprochen hatte, Lisa lebend zu finden.

Der Sicherheitsmann, der im Umkleideraum gewesen war, war nirgends zu sehen. »Da war noch ein anderer Wachmann«, sagte Jeannie zum Feuerwehrchef. »Unten, im Kellergeschoss. Ein hochgewachsener Kerl. Ich kann ihn nirgendwo sehen.«

»In dem Gebäude gibt es kein weiteres Sicherheitspersonal«, sagte der Wachmann.

»Aber er trug eine Mütze, auf der ›Security‹ stand, und er hat den Leuten gesagt, sie sollen das Gebäude verlassen!«

»Es ist mir egal, was er auf der Mütze . . .«

»Herrgott noch mal, wir haben keine Zeit für Diskussionen!«, fuhr Jeannie ihn an. »Vielleicht habe ich mir den Kerl nur eingebildet. Aber wenn nicht, ist sein Leben in Gefahr!«

In der Nähe stand ein Mädchen in einer Männerhose mit hochgerollten Aufschlägen und hörte ihnen zu. »Ich hab den Mann auch gesehen«, sagte sie. »Ein widerlicher Typ. Er hat mich begrapscht.«

Der Feuerwehrchef erklärte: »Bewahren Sie Ruhe, wir werden jeden finden. Danke für Ihre Mithilfe.« Damit ging er davon.

Für einen Augenblick starrte Jeannie den Wachmann an. Sie spürte, dass der Feuerwehrchef sie für eine hysterische Zicke hielt, weil sie den Wachmann angeschrien hatte. Zornig wandte sie sich ab. Was sollte sie jetzt tun? Die Feuerwehrleute stürmten in ihren Helmen und Stiefeln ins Gebäude. Sie selbst war barfuß und trug nur Jeans und ein T-Shirt. Sollte sie versuchen, gemeinsam mit den Feuerwehrleuten in die Sporthalle einzudringen, würden die Männer sie hinauswerfen. Verzweifelt ballte Jeannie die Fäuste. Denk *nach!* Denk *nach! Wo könnte Lisa stecken?*

Die Sporthalle stand neben dem Gebäude des Psychologischen Instituts, das nach Ruth W. Acorn benannt war, der Frau eines Gönners der Uni. Doch allgemein wurde das Gebäude – selbst innerhalb des Instituts – als ›Klapsmühle‹ bezeichnet. Hatte Lisa sich dorthin geflüchtet? Sonntags waren die Türen zwar abgeschlossen, doch Lisa besaß wahrscheinlich einen Schlüssel. Möglicherweise war sie ins Gebäude gerannt, um sich einen Laborkittel zu besorgen und damit ihre Blößen zu bedecken. Oder sie hatte sich einfach an ihren Schreibtisch gesetzt, um sich von dem Schock zu erholen. Jeannie beschloss nachzusehen. Alles war besser, als untätig herumzustehen.

Sie flitzte über den Rasen zum Haupteingang der Klapsmühle und spähte durch die Glastüren. In der Eingangshalle war niemand. Jeannie zog ihre Plastikkarte aus der Tasche, die als Schlüssel diente, und ließ sie durch das Kartenlesegerät gleiten. Die Tür öffnete sich. Jeannie stürmte die Treppe hinauf und rief: »Lisa! Bist du da?« Das Labor war menschenleer. Lisas Stuhl war ordentlich unter den Schreibtisch geschoben, und der Monitor ihres Computers war grau und leer. Jeannie schaute auf der Damentoilette am Ende des Flurs nach. Nichts. »Verdammt!«, stieß sie verzweifelt hervor. »Wo steckst du?«

Keuchend eilte sie nach draußen. Sie beschloss, die Sporthalle zu umrunden, für den Fall, dass Lisa irgendwo auf dem Boden saß und nach Atem rang. Jeannie rannte an einer Seite des Gebäudes entlang und über einen Hof, auf dem riesige Müllbehälter standen. Auf der Rückseite der Halle befand sich ein kleiner Parkplatz. Jeannie sah, dass eine Gestalt im Laufschritt über den Gehweg eilte und sich dabei von der Halle entfernte. Die Gestalt war zu groß, als dass es Lisa hätte sein können. Jeannie war ziemlich sicher, dass es ein Mann war, vielleicht der vermisste Mann vom Wachdienst. Doch bevor Jeannie sicher sein konnte, verschwand die Gestalt um eine Ecke des Gebäudes der Studentenvereinigung.

Jeannie setzte den Weg um die Halle fort. Auf der gegenüberliegenden Seite befand sich der Sportplatz; auch er war verlassen. Jeannie umrundete ergebnislos die gesamte Halle und gelangte wieder zum Gebäudeeingang.

Die Menge war angewachsen; weitere Löschfahrzeuge und Polizeiwagen waren eingetroffen, doch von Lisa war weit und breit nichts zu sehen. Sie *musste* sich noch in dem brennenden Gebäude befinden; es konnte gar nicht anders sein. Das Gefühl einer sich anbahnenden Katastrophe durchströmte Jeannie, doch sie wehrte sich dagegen. *Das darfst du nicht zulassen!*

Jeannie sah den Feuerwehrchef, mit dem sie zuvor schon gesprochen hatte, ging zu ihm und packte seinen Arm. »Ich bin sicher, dass Lisa Hoxton noch in der Halle ist«, sagte sie drängend. »Ich habe überall nach ihr gesucht.«

Der Feuerwehrchef bedachte Jeannie mit einem prüfenden Blick und schien zu der Ansicht zu gelangen, dass man ihr glauben konnte. Ohne ihr zu antworten, hielt er sich ein Funksprechgerät vor den Mund. »Haltet nach einer jungen weißen Frau Ausschau. Sie könnte sich noch im Gebäude befinden. Ihr Name ist Lisa. Ich wiederhole: Lisa.«

»Danke«, sagte Jeannie.

Er nickte knapp und schritt davon.

Jeannie fiel ein Stein vom Herzen, dass der Mann so prompt reagiert hatte, doch ruhig war sie deshalb noch lange nicht. Lisa konnte irgendwo in der Halle gefangen sein. In einem Waschraum eingeschlossen oder von Flammen an der Flucht gehindert, schrie sie vielleicht um Hilfe, ohne dass jemand sie hörte. Oder sie war gestürzt, mit dem Kopf aufgeschlagen, und hatte das Bewusstsein verloren. Oder sie war vom Rauch ohnmächtig geworden und lag besinnungslos am Boden, während die Flammen mit jeder Sekunde näher krochen.

Jeannie fiel plötzlich wieder ein, was der Wartungsmann gesagt hatte – dass es einen weiteren Zugang zum Kellergeschoss gab. Sie hatte diesen Zugang nicht gesehen, als sie aus der Halle gerannt war, und beschloss, noch einmal nachzuschauen. Sie kehrte auf die Rückseite des Gebäudes zurück.

Und sah sie sofort. Die Einstiegsluke befand sich im Boden, dicht an der Mauer, und wurde teilweise von einer grauen Limousine verdeckt, einem Chrysler New Yorker. Die stählerne Klapptür stand offen und lehnte an der Gebäudewand. Jeannie kniete neben dem viereckigen Loch nieder und beugte sich vor, um in die Tiefe zu schauen.

Eine Leiter führte in einen schmutzigen Raum hinunter, der von Neonröhren erleuchtet wurde. Jeannie konnte Maschinen und ein Gewirr von Rohrleitungen sehen. Dünne Rauchschwaden schwebten in der Luft, aber keine dichten Qualmwolken.

Der Raum war offenbar vom übrigen Teil des Kellergeschosses getrennt. Dennoch musste Jeannie beim Geruch des Rauches daran denken, wie sie gehustet und gekeucht hatte, als sie blind nach der Treppe suchte, und sie spürte, wie ihr Herz heftiger schlug, als sie sich daran erinnerte.

»Ist da jemand?«, rief sie.

Sie glaubte, ein Geräusch gehört zu haben, war sich aber nicht sicher. Sie rief lauter. »Hallo?« Keine Antwort.

Jeannie zögerte. Das Vernünftigste wäre, wieder zum Eingang der Halle zurückzukehren und sich einen Feuerwehrmann zu schnappen. Aber das konnte zu lange dauern, besonders wenn der Mann sich vorher genauer erkundigte. Die andere Möglichkeit bestand darin, die Leiter hinunterzusteigen und sich umzuschauen.

Bei dem Gedanken, wieder in die Halle zurückzukehren, bekam Jeannie weiche Knie. Ihre Brust schmerzte immer noch von den krampfartigen Hustenanfällen, die der Rauch verursacht hatte. Aber Lisa konnte irgendwo da unten sein, verletzt und nicht mehr fähig, sich zu bewegen; oder sie war von einem heruntergestürzten Balken eingeklemmt oder einfach nur bewusstlos. Jeannie *musste* nachschauen.

Sie gab sich einen Ruck und setzte einen Fuß auf die Leiter. Ihre Beine waren schwach, und um ein Haar wäre sie gestürzt. Sie zauderte. Nach einigen Sekunden fühlte sie sich kräftiger und setzte den Fuß erneut auf eine Sprosse. Im selben Moment atmete sie einen Schwall Rauch ein. Sie musste husten und kletterte wieder nach oben.

Als der Hustenanfall geendet hatte, versuchte sie es noch einmal.

Sie stieg eine Sprosse hinunter, dann zwei. Wenn du von dem Rauch nur husten musst, sagte sie sich, wirst du schon rechtzeitig wieder nach oben kommen. Der dritte Schritt war leichter; dann stieg Jeannie rasch die Leiter bis zum Ende hinunter und sprang von der letzten Sprosse auf dem Betonboden.

Sie befand sich in einem großen Raum voller Pumpen und Filter, die vermutlich für das Schwimmbecken dienten. Es roch durchdringend nach Rauch, doch Jeannie konnte normal atmen.

Sie sah Lisa sofort, und bei dem Anblick schrie sie auf.

Lisa lag auf der Seite, nackt, in fötaler Haltung, die Knie an den Leib gezogen. Auf ihrem Oberschenkel war irgendetwas Dunkles, Verschmiertes zu erkennen, das wie Blut aussah. Sie rührte sich nicht.

Für einen Moment war Jeannie starr vor Angst.

Sie versuchte, die Beherrschung wiederzuerlangen. »Lisa!«, rief sie, hörte den schrillen Beiklang von Hysterie in ihrer Stimme und atmete tief durch, um sich zu beruhigen. *Bitte, lieber Gott, lass ihr nichts passiert sein!* Sie ging durch den Maschinenraum, bewegte sich durch das Gewirr von Rohrleitungen und kniete neben der Freundin nieder. »Lisa?«

Lisa schlug die Augen auf.

»Gott sei Dank«, sagte Jeannie. »Ich dachte, du wärst tot.«

Langsam setzte Lisa sich auf, wich dabei Jeannies Blicken aus. Ihre Lippen waren geschwollen und aufgeplatzt. »Er … er hat mich vergewaltigt«, sagte sie.

Jeannies Erleichterung, die Freundin lebend gefunden zu haben, wich einem Übelkeit erregenden Schauder. Eine eisige Hand schien ihr Herz zu quetschen. »Mein Gott! Hier?«

Lisa nickte. »Er hat gesagt, hier wäre der Ausgang.«

Jeannie schloss die Augen. Sie spürte Lisas Schmerz und die Demütigung; das Gefühl, missbraucht und verletzt und beschmutzt worden zu sein. Tränen traten ihr in die Augen; sie hielt sie verzweifelt zurück. Für einen Moment war sie zu zittrig, auch nur ein Wort hervorzubringen.

Dann riss sie sich zusammen, so gut sie konnte. »Wer war der Kerl?«

»Ein Sicherheitsmann.«

»Mit einem gepunkteten Tuch vor Mund und Nase?«

»Er hat es weggenommen.« Lisa wandte sich ab. »Er hat die ganze Zeit gegrinst.«

Das passte. Das Mädchen in der Khaki-Hose hatte gesagt, ein Sicherheitsmann hätte sie begrapscht. Und der Wachmann der Sporthalle hatte erklärt, es gäbe kein weiteres Sicherheitspersonal im Gebäude. »Der Kerl war kein Wachmann«, sagte Jeannie. *Ihn* hatte sie vor wenigen Minuten gesehen, als er über den Gehweg von der Sporthalle fortgerannt war. Eine Woge heißen Zorns überschwemmte sie bei dem Gedanken, dass der Kerl seine schreckliche Tat genau hier vollbracht hatte, auf dem Campus, in der Sporthalle, wo sie sich alle so sicher fühlten, dass sie sich nackt auszogen und duschten. Jeannies Hände zitterten. Am liebsten wäre sie dem Mistkerl hinterhergerannt und hätte ihn erwürgt.

Sie hörte laute Geräusche: die Rufe von Männern, schwere Schritte, das Rauschen von Wasser. Die Feuerwehrleute setzten Löschschläuche ein. »Hör zu«, sagte Jeannie drängend, »hier unten sind wir in Gefahr. Wir müssen raus hier.«

Lisas Stimme klang dumpf und unbeteiligt. »Ich hab nichts anzuziehen.«

Wir könnten hier unten sterben! »Mach dir keine Gedanken darüber, ob du was anzuziehen hast. Da draußen sind alle halbnackt.« Hastig ließ Jeannie den Blick durch den Raum schweifen und entdeckte Lisas roten, spitzenbesetzten Büstenhalter und das Höschen; beides lag als staubiges Bündel unter einem Tank. Jeannie hob die Sachen auf. »Zieh deine Unterwäsche an. Ist zwar schmutzig, aber besser als gar nichts.«

Lisa blieb auf dem Boden sitzen und starrte mit leerem Blick vor sich hin.

Jeannie kämpfte eine aufsteigende Panik nieder. Was sollte sie tun, wenn Lisa sich nicht von der Stelle rührte? Wahrscheinlich konnte sie Lisa hochheben, aber konnte sie die Freundin auch die Leiter hinauftragen? Jeannie hob die Stimme. »Nun mach schon, steh auf!« Sie packte Lisas Hände und zog sie hoch.

Endlich schaute Lisa der Freundin in die Augen. »Jeannie, es war grauenhaft«, sagte sie.

Jeannie legte ihr die Arme um die Schultern und drückte sie fest an sich. »Es tut mir leid, Lisa«, sagte sie, »es tut mir schrecklich leid.«

Trotz der schweren Tür wurde der Rauch dichter. Jeannies Mitleid wurde von Furcht verdrängt. »Wir müssen raus hier – der Bau brennt ab. Um Himmels willen, zieh dich an!«

Endlich kam Leben in Lisa. Sie streifte ihr Höschen über und zog den BH an. Jeannie nahm sie bei der Hand, führte sie zur Leiter im Mauerwerk und sorgte dafür, dass Lisa als Erste die Sprossen hinaufstieg. Als Jeannie ihr folgen wollte, flog die Tür krachend auf, und ein Feuerwehrmann kam in den Maschinenraum, in eine Rauchwolke gehüllt. Wasser wirbelte um seine Stiefel. Als er die Frauen sah, blickte er verwundert drein. »Alles in Ordnung!«, rief Jeannie ihm zu. »Wir nehmen diesen Weg raus!« Dann stieg sie hinter Lisa die Leiter hinauf.

Augenblicke später waren sie draußen an der frischen Luft.

Jeannie war vor Erleichterung schwach und zittrig: Sie hatte Lisa aus dem Feuer gerettet! Aber jetzt brauchte die Freundin Hilfe. Jeannie fasste sie unter und führte sie zur Vorderseite des Gebäudes. Auf der Straße waren Löschzüge und Polizeifahrzeuge kreuz und quer abgestellt. Die meisten Frauen in der Menge hatten inzwischen irgendwelche Kleidungsstücke ergattert, um ihre Nacktheit zu bedecken; in ihrer roten Unterwäsche war Lisa eine auffällige Erscheinung. »Hat jemand ein Paar Shorts übrig oder sonst irgendwas?«, bettelte Jeannie, als sie sich mit Lisa durch die Menge bewegte, doch die Versammelten hatten sämtliche Kleidungsstücke, die sie erübrigen konnten, bereits anderen gegeben. Jeannie hätte Lisa ihr eigenes T-Shirt gereicht, doch sie trug keinen BH darunter.

Schließlich zog ein hochgewachsener Farbiger sein Oberhemd aus und gab es Lisa. »Aber ich möchte es wiederhaben. Es ist ein Ralph-Lauren-Modell«, sagte er. »Mitchell Waterfield, Fachbereich Mathematik.«

»Ich werd's mir merken«, sagte Jeannie dankbar.

Lisa zog das Hemd an. Sie war klein, und es reichte ihr bis zu den Knien.

Jeannie hatte das Gefühl, diesen Albtraum allmählich in den Griff zu bekommen. Sie führte Lisa zu den Notarztfahrzeugen. Drei Polizisten lehnten müßig an einem Streifenwagen. Jeannie wandte sich an den ältesten, einen dicken Weißen mit grauem Schnauzbart. »Diese Frau heißt Lisa Hoxton. Sie wurde vergewaltigt.«

Jeannie rechnete damit, dass die drei Cops wie elektrisiert auf die Mitteilung reagierten, dass ein schweres Verbrechen begangen worden war, doch sie verhielten sich erstaunlich gelassen. Sie ließen sich einige Sekunden Zeit, die Nachricht in sich aufzunehmen. Jeannie war beinahe schon so weit, den Cops kräftig Bescheid zu sagen, als der Schnauzbärtige sich von der Kühlerhaube des Wagens erhob und fragte: »Wo ist es passiert?«

»Im Maschinenraum des Schwimmbeckens. Er ist im Kellergeschoss der Sporthalle, im hinteren Teil.«

Einer der anderen Polizisten, ein junger Farbiger, sagte: »Wahrscheinlich spritzen die Jungs von der Feuerwehr gerade die Beweisstücke den Bach runter, Sarge.«

»Da hast du recht«, sagte der Ältere. »Geh lieber mal da runter, Lenny, und sichere den Tatort.« Lenny eilte davon. Der Sergeant wandte sich an Lisa. »Kennen Sie den Mann, der Ihnen das angetan hat, Miss Hoxton?«, fragte er.

Lisa schüttelte den Kopf.

»Er ist Weißer«, sagte Jeannie. »Ein großer Kerl. Mit einer roten Baseballmütze, auf der vorn das Wort ›Security‹ steht. Ich habe ihn kurz nach dem Ausbruch des Feuers in der Damenumkleidekabine gesehen. Und ich glaube, ich hab ihn hinter der Halle wegrennen sehen, kurz bevor ich Lisa fand.«

Der Polizist streckte die Hand durchs Seitenfenster des Wagens und holte ein Funksprechgerät hervor. Eine Zeit lang sprach er hinein; dann ließ er das Gerät wieder im Auto verschwinden. »Wenn der Kerl blöd genug ist, die Mütze aufzubehalten, schnappen wir ihn vielleicht«, sagte er; dann wandte er sich an den dritten Cop. »Bring das Opfer ins Krankenhaus, McHenty.«

McHenty war ein junger Weißer mit Brille. »Möchten Sie vorn oder hinten sitzen?«, fragte er Lisa.

Lisa erwiderte nichts, schaute nur ängstlich drein.

Jeannie schaltete sich helfend ein. »Setz dich vorn hin. Du willst ja nicht wie eine Verdächtige aussehen.«

Ein furchtsamer Ausdruck legte sich auf Lisas Gesicht, und endlich brachte sie ein paar Worte hervor. »Kommst du nicht mit?«

»Wenn du möchtest, bleibe ich bei dir«, beruhigte Jeannie die Freundin. »Ich könnte aber auch rasch in meiner Wohnung vorbei, mir ein paar Sachen für dich schnappen, und dann zu dir ins Krankenhaus kommen.«

Besorgt blickte Lisa auf McHenty.

»Dir kann jetzt nichts mehr passieren, Lisa«, sagte Jeannie.

McHenty öffnete die Tür des Streifenwagens, und Lisa stieg ein.

»Welches Krankenhaus?«, fragte Jeannie.

»Santa Teresa.« McHenty setzte sich hinters Steuer.

»Ich bin in ein paar Minuten da!«, rief Jeannie durch das Glas des Seitenfensters, als der Wagen davonjagte.

Im Laufschritt eilte sie zum Parkplatz des Instituts. Sie bedauerte jetzt schon, dass sie Lisa nicht begleitet hatte. Als der Streifenwagen losgefahren war, hatte Lisas Gesicht einen verängstigten, kläglichen Ausdruck gezeigt. Natürlich brauchte sie frische Kleidung, aber noch dringender brauchte sie eine Frau an ihrer Seite, die bei ihr blieb, ihr die Hand hielt und ihr Mut zusprach. Mit einem bewaffneten Macho allein gelassen zu werden konnte Lisa jetzt wohl am wenigsten gebrauchen. Als sie in ihren Wagen sprang, wurde Jeannie klar, dass sie einen schweren Fehler gemacht hatte. »Großer Gott, was für ein Tag«, sagte sie, als sie den Mercedes vom Parkplatz lenkte.

Sie wohnte nicht weit vom Campus. Ihre Wohnung bildete das Obergeschoss eines kleinen Reihenhauses. Jeannie parkte in der zweiten Reihe, stürmte ins Gebäude und die Treppe hinauf.

Hastig wusch sie sich Gesicht und Hände und zog sich frische Kleidung an. Für einen Augenblick fragte sie sich, welche von ihren Sachen der kleinen, rundlichen Lisa passten. Schließlich entschied sie sich für ein Polohemd in Übergröße und eine Trainingshose mit elastischem Bund. Bei der Unterwäsche war es schwieriger. Jeannie suchte ein Paar weite Männer-Boxershorts heraus, das seinen Zweck vielleicht erfüllen mochte, doch keiner ihrer BHs würde Lisa passen. Egal, dann musste Lisa eben ohne herumlaufen. Jeannie schnappte sich noch ein Paar Schuhe, stopfte alles in eine Sporttasche und stürmte wieder zum Wagen.

Während sie zum Krankenhaus fuhr, veränderte sich ihre Stimmung. Seit dem Ausbruch des Feuers waren ihre Gedanken stets darauf gerichtet gewesen, was sie als Nächstes tun musste; nun aber stieg Zorn in ihr auf. Lisa war eine fröhliche, redselige Frau, doch der Schock und das Entsetzen über die Geschehnisse hatten eine wandelnde Leiche aus ihr gemacht – dermaßen verängstigt, dass sie nicht einmal allein in einen Streifenwagen steigen wollte.

Als Jeannie über die Einkaufsstraße fuhr, hielt sie nach dem Mann mit der roten Baseballmütze Ausschau. Sie malte sich aus, wie sie ihn erblickte, mit dem Wagen auf den Bürgersteig raste und den Kerl über den Haufen fuhr. Doch sie musste sich eingestehen, dass sie ihn gar nicht wiedererkennen würde. Bestimmt trug der Bursche das gepunktete Halstuch und die Mütze nicht mehr. Was hatte er sonst noch angehabt? Schockhaft wurde Jeannie klar, dass sie sich kaum mehr erinnern konnte. Irgendeine Art T-Shirt, ging es ihr durch den Kopf, und Jeans oder Shorts. Aber vielleicht hatte er sich inzwischen ja umgezogen, so wie sie selbst.

Im Grunde konnte es jeder hochgewachsene Weiße auf der Straße sein: der Pizza-Auslieferungsfahrer, ein junger Bursche im roten Kittel; der Glatzkopf, der mit seiner Frau zur Kirche ging, die Gesangbücher unter den Armen; der gut aussehende bärtige Mann, der einen Gitarrenkasten mit sich trug; sogar der Polizist, der vor dem Spirituosengeschäft mit einem Penner redete. Es gab nichts, worauf Jeannie ihre Wut hätte richten können. Sie krampfte die Hände so fest um das Lenkrad, dass die Knöchel weiß hervortraten.

Das Santa Teresa war ein großes Vorstadt-Krankenhaus unweit der nördlichen Stadtgrenze. Jeannie ließ ihren Wagen auf dem Parkplatz stehen und rannte zur Notaufnahme.

Lisa lag bereits in einem Bett, in ein Krankenhemd gekleidet.

Sie starrte ins Leere. In einem Fernseher wurde die Emmy-Preis-verleihung übertragen, doch der Ton war abgestellt: Hunderte von Hollywood-Berühmtheiten in Abendgarderobe tranken Champagner und beglückwünschten einander. McHenty saß neben Lisas Bett, ein Notizbuch auf den Knien.

Jeannie stellte die Sporttasche ab. »Hier sind deine Sachen. Was ist passiert?«

Lisas Miene blieb ausdruckslos, und sie schwieg weiterhin. Jeannie vermutete, dass die Freundin immer noch unter Schock stand. Sie kämpfte ihre Gefühle nieder, rang um Fassung. Doch irgendwann musste sie ihrer Wut freien Lauf lassen; früher oder später würde es zur Explosion kommen.

»Ich muss die wichtigsten Fakten des Tathergangs aufnehmen, Miss ...«, sagte McHenty. »Würden Sie uns ein paar Minuten allein lassen?«

»Ja, natürlich«, entgegnete Jeannie entschuldigend. Dann fing sie einen Blick Lisas auf, und sie zögerte. Erst vor wenigen Minuten hatte sie sich in die schwärzeste Hölle gewünscht, dass sie Lisa mit einem Mann allein gelassen hatte. Jetzt war sie drauf und dran, es wieder zu tun. »Andererseits«, sagte sie, »wäre es Lisa vielleicht lieber, wenn ich bleibe.« Sie sah ihre Vermutung bestätigt, als Lisa kaum merklich nickte. Jeannie setzte sich aufs Bett und nahm die Hand der Freundin.

McHenty blickte verärgert drein, erhob aber keine Einwände. »Ich habe Miss Hoxton soeben gefragt, wie sie sich gegen den Angrei-fer gewehrt hat«, sagte er. »Haben Sie geschrien, Lisa?«

»Einmal«, gab Lisa mit matter Stimme zur Antwort. »Als er mich zu Boden geworfen hatte. Dann hat er das Messer gezückt.«

McHentys Stimme klang sachlich, und er blickte auf sein Notiz-buch hinunter, während er seine Fragen stellte. »Haben Sie versucht, den Mann abzuwehren?«

Lisa schüttelte den Kopf. »Ich hatte Angst, er würde mich mit dem Messer schneiden.«

»Also haben Sie nach diesem ersten Schrei jede Gegenwehr aufge-geben?«

Wieder schüttelte Lisa den Kopf und brach in Tränen aus. Jeannie drückte ihre Hand. Am liebsten hätte sie McHenty gefragt: »Was hätte sie denn Ihrer Meinung nach tun sollen?« Doch sie hielt den Mund. Sie war heute schon grob zu einem Jungen gewesen, der wie Brad Pitt aussah, hatte eine schnippische Bemerkung über Lisas Busen gemacht und hatte den Wachmann der Sporthalle angeschnauzt. Jeannie wusste, dass sie mit Beamten nicht besonders gut zurechtkam, und sie wollte sich diesen Polizisten, der nichts weiter versuchte, als seine Arbeit zu tun, nicht zum Feind machen.

McHenty fuhr fort: »Hat er Ihnen gewaltsam die Beine gespreizt, bevor er in Sie eingedrungen ist?«

Jeannie zuckte zusammen. Verflixt noch mal, hatten die denn keine weiblichen Cops, die Lisa solche Fragen stellen konnten?

»Er hat meinen Oberschenkel mit der Messerspitze berührt«, sagte Lisa.

»Hat er Sie gestochen? Geschnitten?«

»Nein.«

»Demnach haben Sie die Beine freiwillig gespreizt.«

Jeannie sagte: »Wenn ein Verdächtiger eine Waffe auf einen von euch Bullen richtet, schießt ihr ihn doch für gewöhnlich über den Haufen, stimmt's? Würden Sie das auch als *freiwillig* bezeichnen?«

McHenty bedachte sie mit einem zornigen Blick. »Überlassen Sie das bitte mir, Miss.« Er wandte sich wieder an Lisa. »Haben Sie überhaupt irgendwelche Verletzungen erlitten?«

»Ja, ich blute.«

»Als Folge des gewaltsamen Geschlechtsverkehrs?«

»Ja.«

»Wo genau sind Sie verletzt?«

Jeannie platzte der Kragen. »Ich schlage vor, wir überlassen es dem Arzt, diese Frage zu klären.«

McHenty blickte sie an, als hätte sie den Verstand verloren. »Ich muss den Vorbericht schreiben, Werteste.«

»Dann schreiben Sie, dass Lisa infolge der Vergewaltigung innere Verletzungen erlitten hat.«

»Die Befragung nehme *ich* vor.«

»Und *ich* sage Ihnen, dass Sie lieber verschwinden sollten, Mister.« Jeannie konnte sich nur mit Mühe davon abhalten, McHenty anzuschreien. »Meine Freundin ist fix und fertig. Und ich kann mir nicht vorstellen, dass sie Ihnen ihre inneren Verletzungen schildern muss, wenn sie ohnehin von einem Arzt untersucht wird, der jeden Moment erscheinen muss.«

McHenty starrte Jeannie vernichtend an, setzte die Befragung aber fort. »Mir ist aufgefallen, dass Sie rote, spitzenbesetzte Unterwäsche tragen, Miss Hoxton. Meinen Sie, das könnte bei dem Vorfall irgendeine Rolle gespielt haben?«

Lisa schaute zur Seite. Ihre Augen schwammen in Tränen.

»Wenn ich melden würde«, sagte Jeannie, »dass man mir meinen roten Mercedes gestohlen hat, würden Sie mich dann fragen, ob ich den Dieb dazu animiert habe, nur weil ich einen so schicken roten Wagen fahre?«

McHenty beachtete sie nicht. »Kam der Täter Ihnen bekannt vor, Lisa? Ist er Ihnen vielleicht vorher schon einmal begegnet?«

»Nein.«

»Aber bei dem Rauch konnten Sie ihn doch bestimmt nicht deutlich erkennen. Außerdem hatte er ja einen Lappen oder ein Halstuch vor dem Gesicht.«

»Zuerst war ich so gut wie blind. Aber in dem Raum, in dem ... es geschehen ist, war der Rauch nicht so dicht. Ich habe den Mann gesehen.« Lisa nickte, als wollte sie es sich selbst bestätigen. »Ich habe ihn gesehen.«

»Demnach würden Sie ihn wiedererkennen?«

Lisa erschauerte. »O ja.«

»Aber Sie haben ihn nie zuvor gesehen? In einer Gaststätte oder einer Kneipe?«

»Nein.«

»Gehen Sie schon mal in die Kneipe, Lisa?«

»Ja, sicher.«

»In Singlekneipen und dergleichen?«

»Was ist denn *das* für eine Frage, verdammt noch mal?«, fuhr Jeannie dazwischen.

»Eine Frage, wie die Anwälte der Verteidigung sie stellen«, sagte McHenty.

»Lisa steht hier nicht vor Gericht! Sie ist nicht der Täter, sie ist das Opfer!«

»Waren Sie noch Jungfrau, Lisa?«

Jeannie stand auf. »Okay, jetzt reicht's! Ich kann mir nicht vorstellen, dass so etwas sein darf. Man erwartet bestimmt nicht von Ihnen, dass Sie für Ihren dämlichen Bericht so intime Fragen stellen.«

McHenty hob die Stimme. »Ich versuche, Miss Hoxtons Glaubwürdigkeit zu erhärten.«

»Eine Stunde, nachdem sie vergewaltigt wurde? Blödsinn!«

»Ich tue nur meinen Job...«

»Ich glaube, Sie wissen gar nicht, wie Ihr Job aussieht. Ich glaube, Sie wissen einen Scheißdreck, McHenty.«

Bevor McHenty etwas erwidern konnte, kam ein Arzt ins Zimmer, ohne anzuklopfen. Er war jung und sah abgekämpft und müde aus. »Ist das die Vergewaltigung?«, fragte er.

»Das ist Miss Lisa Hoxton«, sagte Jeannie mit eisiger Stimme. »Ja, sie wurde vergewaltigt.«

»Ich brauche einen Vaginalabstrich.«

Der Arzt war kalt und unbeteiligt, aber wenigstens bot er die Gelegenheit, sich McHenty vom Hals zu schaffen. Jeannie schaute den Polizisten an. Er rührte sich nicht von der Stelle, als wollte er bei der Untersuchung die Aufsicht führen. »Würden Sie den Polizeibeamten McHenty bitten, das Zimmer zu verlassen, bevor Sie den Abstrich machen, Doktor?«, sagte Jeannie.

Der Arzt hielt inne und schaute McHenty an. Der zuckte mit den Schultern und ging nach draußen.

Mit einem plötzlichen, heftigen Ruck zog der Arzt Lisa das Laken herunter. »Heben Sie das Krankenhemd an, und spreizen Sie die Beine«, sagte er.

Lisa brach in Tränen aus.

Jeannie verschlug es beinahe die Sprache. Was war mit diesen Kerlen los? »Entschuldigen Sie, werter Herr«, sagte sie zu dem Arzt.

Er starrte sie ungeduldig an. »Haben Sie irgendein Problem?«

»Würden Sie bitte versuchen, ein bisschen höflicher zu sein?«

Das Gesicht des Arztes lief rot an. »Dieses Krankenhaus ist bis unters Dach voller traumatischer Verletzungen und lebensbedrohlicher Krankheitsfälle«, sagte er. »Zurzeit liegen drei Kinder in der Notaufnahme, die aus einem Autowrack herausgeholt wurden. Keines der Kinder wird durchkommen. Und Sie beklagen sich darüber, dass ich *unhöflich* zu einer Frau bin, die mit dem falschen Mann ins Bett gegangen ist?«

Jeannie glaubte, sich verhört zu haben. »Mit dem falschen Mann ins Bett gegangen?«, wiederholte sie.

Lisa setzte sich auf. »Ich möchte nach Hause«, jammerte sie.

»Ich glaube, das ist eine verdammt gute Idee«, sagte Jeannie, öffnete den Reißverschluss ihrer Sporttasche und breitete die mitgebrachten Kleidungsstücke auf dem Bett aus.

Für einen Augenblick verschlug es dem Arzt die Sprache. Dann stieß er wütend hervor: »Machen Sie, was Sie wollen«, und verließ das Zimmer.

Jeannie und Lisa schauten sich an. »Ich kann's nicht fassen, was sich hier abgespielt hat«, sagte Jeannie.

»Gott sei Dank, dass sie weg sind«, sagte Lisa und stieg aus dem Bett.

Jeannie half ihr, das Krankenhemd auszuziehen. Rasch streifte Lisa die frischen Sachen über und schlüpfte in die Schuhe. »Ich fahre dich nach Hause«, sagte Jeannie.

»Bleibst du heute Nacht bei mir in der Wohnung?«, bettelte Lisa. »Ich möchte nicht allein sein.«

»Na klar. Tu ich gern.«

Vor dem Zimmer wartete McHenty. Er machte einen weniger selbstsicheren Eindruck als zuvor. Wahrscheinlich hatte er eingesehen, dass er sich bei der Befragung Lisas ausgesprochen ungeschickt verhalten hatte. »Ich ... äh, hätte da noch ein paar Fragen«, sagte er.

»Wir gehen«, erklärte Jeannie mit ruhiger Stimme. »Meine Freundin steht unter Schock. Sie kann jetzt keine Fragen beantworten.«

Beinahe ängstlich erklärte McHenty: »Aber das muss sie. Sie hat Anzeige erstattet.«

»Ich bin nicht vergewaltigt worden«, sagte Lisa. »Das alles war ein Irrtum. Ich will jetzt nur noch eins – nach Hause.«

»Ist Ihnen klar, dass eine fälschliche Beschuldigung ein strafbares Vergehen ist?«

»Diese Frau ist keine Verbrecherin«, fuhr Jeannie ihn an, »sie ist das *Opfer* eines Verbrechens. Falls Ihr Chef sich erkundigt, weshalb Lisa ihre Anzeige zurückgezogen hat, sagen Sie ihm, wegen der rücksichtslosen Behandlung durch den Beamten McHenty vom Baltimore Police Department. Ich bringe meine Freundin jetzt nach Hause. Wenn Sie uns bitte entschuldigen.« Sie legte Lisa den Arm um die Schultern und führte sie an dem Polizisten vorbei zum Ausgang.

Als sie sich von McHenty entfernten, hörte Jeannie ihn murmeln: »Was hab ich bloß verbrochen?«

KAPITEL 2

Berrington Jones schaute seine beiden ältesten Freunde an. »Ich kann nicht begreifen, was mit uns dreien los ist«, sagte er. »Jeder von uns hat fast sechzig Jahre auf dem Buckel, und keiner hat je mehr als ein paar hunderttausend Dollar im Jahr verdient. Jetzt bietet man *jedem* von uns sechzig Millionen – und wir sitzen hier und unterhalten uns darüber, das Angebot abzulehnen!«

»Es ging uns bei der Sache nie ums Geld«, sagte Preston Barck.

»Ich kann es immer noch nicht fassen«, erklärte Senator Proust. »Wenn ich ein Drittel eines Unternehmens besitze, das hundertachtzig Millionen Dollar wert ist, wie kommt es dann, dass ich in einem drei Jahre alten Crown Victoria durch die Gegend kutschiere?«

Die drei Männer besaßen ein kleines Privatunternehmen für Biotechnik, die Genetico Corporation. Preston kümmerte sich um das

Tagesgeschäft, Jim war in der Politik, und Berrington war Hochschullehrer. Doch die Übernahme der Genetico war Berringtons Baby. Auf einem Flug nach San Francisco hatte er den Generaldirektor des deutschen Pharmakonzerns Landsmann kennengelernt, und Berrington hatte ihm die Genetico dermaßen schmackhaft gemacht, dass der Mann ihm ein Angebot unterbreitet hatte. Nun musste Berrington seine beiden Partner dazu bewegen, dieses Angebot anzunehmen. Es war schwieriger, als er erwartet hatte.

Die Männer befanden sich im luxuriösen Arbeitszimmer eines Hauses in Rowland Park, einem noblen Vorort von Baltimore. Das Haus gehörte der Jones-Falls-Universität und diente als Unterkunft für Gastprofessoren. Berrington, der Lehrstühle in Berkeley, Kalifornien, an der Harvard-Universität und an der Jones Falls innehatte, bewohnte das Haus jedes Jahr in den sechs Wochen, die er in Baltimore lehrte. Nur wenige Gegenstände im Zimmer waren sein Eigentum: der Laptop-Computer, ein Foto seiner Exfrau und ihres gemeinsamen Sohnes sowie ein Stapel seines neuesten Buches: *Die Zukunft erben: Wie die Gentechnologie Amerika verändern wird.* In einem Fernseher, bei dem der Ton abgestellt war, wurde die Emmy-Preisverleihung übertragen.

Preston war ein dünner, ernster Mann. Wenngleich er zu den hervorragendsten Wissenschaftlern seiner Generation zählte, sah er aus wie ein Buchhalter.

»Die In-vitro-Kliniken haben immer schon Geld eingebracht«, sagte er nun. Die Genetico besaß drei solcher Kliniken, die auf In-vitro-Konzeption – die Zeugung von Retortenbabys – spezialisiert waren, ein Verfahren, das durch Prestons Forschungen in den Siebzigerjahren erst möglich geworden war. »Die künstliche Befruchtung ist der größte Wachstumszweig der amerikanischen Medizin. Die Genetico wird Landsmann den Weg auf diesen riesigen neuen Markt eröffnen. Die Deutschen möchten, dass wir in den nächsten zehn Jahren fünf neue Kliniken jährlich eröffnen.«

Jim Proust war ein glatzköpfiger, sonnengebräunter Mann mit großer Nase und dicker Brille. Sein grobschlächtiges, hässliches Gesicht war ein Geschenk für jeden politischen Karikaturisten. Er und Berrington waren seit fünfundzwanzig Jahren Freunde und Geschäftspartner.

»Weshalb haben wir dann niemals Geld gesehen?«, fragte Jim.

»Weil wir es immer in die Forschung gesteckt haben.« Genetico besaß eigene Labors; überdies vergab das Unternehmen Forschungsaufträge an die biologischen und psychologischen Institute verschiedener Hochschulen. Berrington kümmerte sich um die Verbindungen der Genetico mit der akademischen Welt.

Nun sagte er in verärgertem Tonfall: »Ich kann nicht begreifen, dass ihr diese große Chance nicht erkennt.«

Jim wies auf den Fernseher. »Stell den Ton ein, Berry – dein großer Auftritt kommt.«

Die Übertragung der Emmy-Verleihung war der Talkshow Larry *King Live* gewichen, und Berrington war der Gast. Er konnte Larry King nicht ausstehen – in Berrys Augen war der Bursche ein Linksliberaler –, doch seine Show bot die Möglichkeit, zu Millionen von Amerikanern zu sprechen.

Berrington betrachtete sich auf dem Bildschirm. Ihm gefiel, was er sah. Er war ein kleinwüchsiger Mann, doch im Fernsehen wirkten alle gleich groß. Sein marineblauer Anzug sah schick aus; das himmelblaue Hemd harmonierte mit der Farbe seiner Augen, und die burgunderrote Krawatte flimmerte nicht auf dem Schirm. Überkritisch betrachtete er sein silbergraues Haar. Es war zu ordentlich; es machte beinahe den Eindruck, als wäre es toupiert: Er lief Gefahr, wie ein Fernsehprediger auszusehen.

King, der sein Markenzeichen, die Hosenträger, trug, war in aggressiver Stimmung; seine raue Stimme klang herausfordernd. »Mit Ihrem letzten Buch, Professor, haben Sie erneut eine Kontroverse entfacht. Einige Leute sind der Ansicht, dass es sich dabei nicht mehr um Wissenschaft, sondern um Politik handelt. Was sagen Sie dazu?«

Berrington stellte zufrieden fest, dass seine Stimme weich und sachlich klang, als er antwortete: »Ich möchte deutlich machen, Larry, dass politische Entscheidungen auf einem soliden wissenschaftlichen Fundament basieren sollten. Überlässt man die Natur sich selbst, wählt sie die guten Erbanlagen und tötet die schlechten. Unser Wohlfahrtsstaat handelt dem Gesetz der natürlichen Auslese zuwider. Auf diese Weise bringen wir eine Generation zweitklassiger Amerikaner hervor.«

Jim nahm einen Schluck Scotch und sagte: »Prima Wortwendung – eine Generation zweitklassiger Amerikaner. Lässt sich gut zitieren.«

Im Fernseher sagte Larry King: »Falls es nach Ihrem Willen ginge, was würde dann mit den Kindern der Armen geschehen? Sie müssten hungern, nicht wahr?«

Berringtons Gesicht auf dem Fernsehschirm nahm einen würdevoll-ernsten Ausdruck an. »Mein Vater kam 1942 ums Leben, als der Flugzeugträger *Wasp* vor Guadalcanal von einem japanischen U-Boot versenkt wurde. Ich war sechs Jahre alt. Meine Mutter musste hart darum kämpfen, mich großzuziehen und zur Schule zu schicken. Ich *bin* ein Kind der Armen, Larry.«

Das kam der Wahrheit sogar ziemlich nahe. Nach dem Tod des Vaters, eines brillanten Ingenieurs, hatte Berringtons Mutter eine kleine Rente bezogen; genug Geld, dass sie nicht arbeiten oder sich noch einmal verheiraten musste. Sie hatte ihren Sohn auf teure Privatschulen und schließlich nach Harvard geschickt – aber es *war* ein Kampf gewesen.

Preston sagte: »Du siehst gut aus, Berry – von der Country-&-Western-Frisur vielleicht einmal abgesehen.« Barck, mit fünfundfünfzig Jahren der Jüngste des Trios, hatte kurzes schwarzes Haar, das flach wie eine Kappe am Schädel anlag.

Berrington stieß ein zorniges Schnauben aus. Er hatte den gleichen Gedanken gehabt; doch es ärgerte ihn, dies von jemand anderem zu hören. Er schenkte sich einen kleinen Drink ein. Die Männer tranken Springbank, einen Single-Malt-Scotch.

Im Fernseher sagte Larry King: »Inwiefern unterscheiden sich Ihre Ansichten in moralischer Hinsicht von denen der Nazis?«

Berrington nahm die Fernbedienung und knipste das Gerät aus. »Ich mache das nun schon zehn Jahre lang«, sagte er, »und was ist?

Drei Bücher und eine Million beschissene Talkshows später, und was hat es genutzt? Nichts.«

»Es hat etwas genutzt. Du hast das Thema der genetischen Auslese zu einem Gegenstand der öffentlichen Diskussion gemacht. Du darfst nicht ungeduldig sein.«

»Ungeduldig?«, entgegnete Berrington verärgert. »Ungeduldig ist noch arg untertrieben! In vierzehn Tagen werde ich sechzig. Wir alle werden alt. Uns bleibt nicht mehr viel Zeit!«

»Er hat recht, Preston«, sagte Jim. »Kannst du dich noch daran erinnern, als wir junge Männer waren? Wir haben uns umgeschaut und gesehen, dass Amerika vor die Hunde geht: Bürgerrechte für die Neger; eine Flut von Mexikanern, die ins Land strömt; jüdische Kommunisten, die unsere besten Hochschulen überschwemmen; und unsere Kinder, die Hasch rauchen und vor dem Wehrdienst davonlaufen. Und, mein Junge, wir hatten recht! Sieh dir doch an, was seit dieser Zeit passiert ist! In unseren schlimmsten Albträumen hätten wir uns nicht vorstellen können, dass verbotene Drogen zu einem der größten Wirtschaftsfaktoren Amerikas werden könnten und dass ein Drittel aller Babys von Müttern geboren werden, die auf die staatliche Krankenversicherung und Gesundheitsfürsorge angewiesen sind. Und wir sind die Einzigen, die den Mumm haben, sich diesen Problemen zu stellen – wir und eine Hand voll Gleichgesinnter. Alle anderen verschließen die Augen und hoffen auf bessere Zeiten.«

Sie haben sich nicht geändert, dachte Berrington. Preston – wie immer vorsichtig und ängstlich; Jim – wie immer schwülstig und von sich selbst überzeugt. Berrington kannte die beiden schon so lange, dass er ihre Fehler mit Nachsicht betrachtete, jedenfalls die meiste Zeit. Und er war an seine Rolle als Vermittler gewöhnt, der die beiden Freunde auf einen Weg zum gemeinsamen Nenner lenkte.

Nun sagte er: »Wie weit sind wir mit den Deutschen, Preston? Bringe uns auf den neuesten Stand.«

»Wir sind einer Einigung sehr nahe«, erklärte Preston. »Morgen in einer Woche wollen sie die Übernahme auf einer Pressekonferenz bekannt geben.«

»Morgen in einer Woche?«, sagte Berrington, und in seiner Stimme schwang Erregung mit. »Das ist ja großartig!«

Preston schüttelte den Kopf. »Um ehrlich zu sein, ich habe immer noch Zweifel.«

Berrington stieß einen tiefen Seufzer aus.

Preston fuhr fort: »Wir haben einen Vorgang abgeschlossen, der als Offenlegung bezeichnet wird. Wir müssen den Finanzexperten von Landsmann unsere Geschäftsbücher vorlegen und ihnen alles mitteilen, das Auswirkungen auf zukünftige Gewinne haben könnte. Wir müssen sie über schwebende Verfahren informieren, zum Beispiel, oder welche Schuldner der Genetico vor dem Konkurs stehen.«

»Ich nehme doch an, dass wir keine schwebenden Verfahren am Hals haben, oder?«, sagte Jim.

Preston bedachte ihn mit einem bedeutungsschweren Blick. »Wir alle wissen, dass dieses Unternehmen seine Geheimnisse hat.«

Für einen Moment breitete sich Schweigen im Zimmer aus. Dann sagte Jim: »Teufel noch mal, das ist lange her.«

»Na und? Die Beweise für das, was wir getan haben, laufen da draußen herum.«

»Aber Landsmann hat keine Möglichkeit, das herauszufinden – schon gar nicht binnen einer Woche.«

Preston zuckte mit den Schultern, als wollte er sagen: *Wer weiß?*

»Das Risiko muss ich eingehen«, sagte Berrington entschlossen. »Die Kapitalspritze, die wir von Landsmann bekommen, wird uns in die Lage versetzen, unser Forschungsprogramm zu beschleunigen. In ein paar Jahren wird es uns möglich sein, wohlhabenden weißen Amerikanern, die in unsere Kliniken kommen, das genetisch perfekte Kind anzubieten.«

»Aber was wird das ausmachen, auf das Ganze bezogen?«, sagte Preston. »Die Armen werden sich auch in Zukunft schneller vermehren als die Reichen.«

»Du lässt dabei Jims politischen Einfluss außer Acht«, erwiderte Berrington. »Und seine Pläne.«

Jim nickte. »Die Einführung eines pauschalen Einkommensteuersatzes von zehn Prozent«, sagte er, »und zwangsweise empfängnisverhütende Injektionen für Frauen, die von der Fürsorge leben.«

»Stell dir vor, Preston«, sagte Berrington. »Perfekte Kinder für die Mittelklasse und Sterilisation für die Armen. Wir könnten damit beginnen, das rassische Gleichgewicht Amerikas wiederherzustellen. Das war immer unser Ziel, schon seit den Anfangstagen.«

»Damals waren wir sehr idealistisch«, sagte Preston.

»Wir hatten recht!«, bemerkte Berrington.

»Ja, wir hatten recht. Doch je älter ich werde, desto mehr bin ich der Überzeugung, dass die Welt wahrscheinlich irgendwie weiter vor sich hin wurstelt, selbst wenn ich nicht alles erreiche, was ich mir mit fünfundzwanzig vorgenommen hatte.«

Eine solche Argumentation war dazu angetan, auch die größten Ziele zu sabotieren. »Aber wir *können* erreichen, was wir uns vorgenommen haben«, sagte Berrington. »Alles, worauf wir in den letzten dreißig Jahren hingearbeitet haben, liegt jetzt in greifbarer Nähe für uns. Die Risiken, die wir in der Anfangszeit eingegangen sind, all die Jahre der Forschung, das Geld, das wir investiert haben – das alles trägt endlich Früchte. Du darfst nicht ausgerechnet jetzt schwache Nerven bekommen, Preston!«

»Ich habe keine schwachen Nerven. Ich weise nur auf tatsächliche und praktische Probleme hin«, sagte Preston gereizt. »Jim kann seinen politischen Einfluss vielleicht geltend machen, aber das bedeutet nicht, dass es etwas bewirkt.«

»An diesem Punkt kommt Landsmann ins Spiel«, sagte Jim. »Das Geld, das wir für unsere Anteile an der Genetico bekommen, wird uns die Möglichkeit eröffnen, das höchste aller Ziele anzuvisieren.«

»Was meinst du damit?«, fragte Preston verwundert, doch Berrington wusste, was kam, und lächelte.

»Das Weiße Haus«, sagte Jim. »Ich werde für die Präsidentschaft kandidieren.«

KAPITEL 3

Einige Minuten vor Mitternacht parkte Steve Logan seinen rostigen alten Datsun an der Lexington Street in der Gegend von Hollins Market, westlich der Innenstadt Baltimores. Er hatte vor, bei seinem Vetter Ricky Menzies zu übernachten, der an der Universität von Maryland in Baltimore Medizin studierte. Ricky bewohnte ein Zimmer in einem großen alten Haus, in dem sich ausschließlich Studentenbuden befanden.

Ricky war der vergnügungssüchtigste Bursche, den Steve kannte. Seine Vorlieben waren das Trinken, das Tanzen und Partys, und seine Freunde waren genauso wie er. Steve hatte sich auf den Abend bei Ricky gefreut, doch das Problem mit Chaoten wie Ricky bestand darin, dass sie von Natur aus unzuverlässig waren. In letzter Minute hatte Ricky sich zu einem heißen Rendezvous verabredet und Steve abgesagt, sodass dieser den Abend alleine verbracht hatte.

Er stieg aus dem Wagen und nahm eine kleine Sporttasche vom Sitz, in der sich frische Kleidung für den morgigen Tag befand. Es war ein warmer Abend. Steve schloss den Wagen ab und ging zur Straßenecke.

Eine Gruppe farbiger Jugendlicher – vier oder fünf Jungen und ein Mädchen – lungerte vor einer Videothek herum und rauchte Zigaretten. Bei ihrem Anblick verspürte Steve weder Angst noch Nervosität, obwohl er Weißer war: Mit seinem alten Wagen und den ausgebleichten Jeans sah er aus, als gehöre er hierher. Außerdem war er einen Kopf größer als der größte der Jugendlichen.

Als Steve an ihnen vorüberging, fragte einer aus der Gruppe mit leiser, aber deutlicher Stimme: »Wülste 'n Schuss kaufen? Oder 'n bisschen Koks?« Steve schüttelte den Kopf, ohne stehen zu bleiben.

Eine sehr große Schwarze kam auf ihn zu, todschick in einem kurzen Rock und Stöckelschuhen. Ihr Haar war zu einer Hochfrisur aufgetürmt, die Lippen rot bemalt, die Augen mit blauem Lidschatten geschminkt. Steve konnte nicht anders, er starrte die Frau an. Als sie näher kam, sagte sie mit tiefer, maskuliner Stimme: »Hallo, Süßer«, und Steve erkannte, dass er einen Mann vor sich hatte. Er grinste und ging weiter.

Er hörte, wie die Jugendlichen an der Straßenecke den Transvestiten mit lockerer Vertrautheit begrüßten. »Hey, Dorothy!«

»Hallo, Jungs.«

Einen Augenblick später vernahm Steve das Kreischen von Reifen und blickte über die Schulter. Ein weißes Polizeifahrzeug mit silbernen und blauen Streifen bog um die Ecke. Einige der Jugendlichen huschten davon und verschmolzen mit den Schatten der dunklen Straßen; andere blieben an Ort und Stelle. Zwei farbige Cops stiegen ohne Eile aus dem Streifenwagen. Steve drehte sich um. Als einer der Polizisten den Mann sah, der sich Dorothy nannte, spuckte er aus und traf die Spitze eines der roten Stöckelschuhe.

Steve war geschockt. Was der Cop da getan hatte, war hässlich und unnötig gewesen. Dennoch hielt Dorothy nur ganz kurz inne, schlenderte dann weiter und murmelte: »Leck mich, Arschloch.«

Die Bemerkung war kaum zu vernehmen gewesen, doch der Polizist hatte scharfe Ohren. Er packte Dorothy beim Arm und rammte ihn gegen das Schaufenster der Videothek. Dorothy schwankte auf den hohen Absätzen. »Rede *nie wieder* so mit mir, du Stück Scheiße!«, sagte der Cop.

Steve war außer sich. Was erwartete dieser Bursche, wenn er Leute anspuckte, die ihm nichts getan hatten?

In seinem Hinterkopf schrillte eine Alarmglocke. Misch *dich nicht in eine Schlägerei ein, Steve!*

Der Kollege des Polizisten lehnte am Streifenwagen und beobachtete das Geschehen mit ausdrucksloser Miene.

»Was ist denn los, Bruder?«, sagte Dorothy mit verführerischer Stimme. »Stör' ich dich?«

Der Cop hämmerte ihm die Faust in den Magen. Er war ein massiger Kerl, und in dem Schlag lag sein ganzes Körpergewicht. Dorothy krümmte sich und rang nach Atem.

»Scheiß drauf«, murmelte Steve vor sich hin und ging zur Straßenecke.

Was tust du, Steve?

Dorothy stand immer noch vornübergebeugt und keuchte. Steve sagte: »Guten Abend, Officer.«

Der Cop schaute ihn an. »Verpiss dich, du Wichser«, sagte er.

»Nein«, sagte Steve.

»Was hast du gesagt?«

»Ich sagte nein, Officer. Lassen Sie diesen Mann in Ruhe.« *Verschwinde, Steve, du dämlicher Hund! Hau endlich ab!*

Steves Aufsässigkeit bewirkte, dass auch die Jugendlichen widerspenstig reagierten. »Ja, da hat er recht«, sagte ein hoch aufgeschossener dünner Junge mit kahl rasiertem Kopf. »Man hat Se nich' angerufen, Mister, dass Se Dorothy aufmischen. Er hat nich' gegens Gesetz verstoßen.«

Drohend richtete der Cop den Zeigefinger auf den Jungen. »Wenn du nicht willst, dass ich dich nach Stoff filze, dann halte lieber die Fresse.«

Der Junge schlug die Augen nieder.

»Er hat aber recht«, sagte Steve. »Dorothy hat gegen kein Gesetz verstoßen.«

Der Cop trat auf Steve zu. *Schlag ihn nicht. Was du auch tust – rühre ihn ja nicht an! Denk an Tip Hendricks.* »Bist du blind?«, sagte der Cop.

»Wie meinen Sie das?«

Der andere Polizist meldete sich zu Wort. »He, Lenny«, sagte er, »ist doch scheißegal. Lass gut sein.« Er machte einen nervösen Eindruck.

Lenny beachtete ihn nicht. »Bist du so blöd, dass du's nicht siehst?«, sagte er zu Steve. »Du bist die einzige weiße Visage weit und breit. Du gehörst nicht hierher.«

»Aber ich bin soeben Zeuge eines Vergehens geworden.«

Der Cop rückte ganz nahe an Steve heran, bedrohlich nahe. »Willst du 'nen Trip zur Innenstadt machen?«, sagte er. »Oder willst du jetzt endlich deinen weißen Hintern hier wegschaffen?«

Steve wollte keinen Trip zur Innenstadt machen. Es war sehr einfach für die Cops, ihm ein bisschen Stoff in die Tasche zu schmuggeln oder ihn mit der Begründung zusammenzuschlagen, er habe sich der Festnahme widersetzt. Steve war Jurastudent: Wurde er wegen eines Verbrechens verurteilt, würde er seinen Beruf niemals ausüben können. Hättest du dich doch rausgehalten, dachte er nun. Es war die Sache nicht wert, dass man seine ganze Karriere wegwarf, nur weil ein Polizist einen Transvestiten schikaniert hatte.

Aber es war *unrecht*. Und jetzt wurden *zwei* Personen schikaniert – Dorothy und er, Steve. Es war der *Polizist*, der gegen das Gesetz verstieß. Alles in Steve sträubte sich dagegen, einfach kampflos das Feld zu räumen.

Doch er legte einen versöhnlichen Tonfall in seine Stimme. »Ich will keinen Ärger machen, Lenny«, sagte er. »Warum lassen Sie Dorothy nicht einfach gehen? Dann werde ich vergessen, dass Sie ihn angegriffen haben.«

»Du *bedrohst* mich, Arschgesicht?«

Eine Gerade in den Magen und eine Links-rechts-Kombination an den Kopf. Einen Schlag für mich, zwei für Dorothy. Der Cop würde zu Boden gehen wie ein Gaul, der sich das Bein gebrochen hat.

»Es war nur ein freundlich gemeinter Vorschlag«, sagte Steve, doch der Cop schien es auf einen Streit anzulegen, und Steve wusste nicht, wie er der Auseinandersetzung aus dem Weg gehen konnte. Er wünschte sich, Dorothy würde sich klammheimlich davonschleichen, solange der Cop ihm noch den Rücken zukehrte, doch der Transvestit stand da, rieb sich mit einer Hand vorsichtig den Magen, beobachtete das Geschehen und genoss die Wut des Polizisten.

Plötzlich kam Steve das Glück zu Hilfe. Das Funksprechgerät im Streifenwagen erwachte quäkend zum Leben. Die beiden Cops erstarrten, lauschten. Steve konnte mit dem Wortsalat und den Zahlencodes nichts anfangen, doch Lennys Kollege sagte: »Ein Officer steckt in Schwierigkeiten. Wir müssen los.«

Lenny zögerte, starrte immer noch Steve an, doch Steve vermeinte, einen Hauch von Erleichterung in den Augen des Cops zu sehen. Vielleicht hatte der Aufruf auch ihn aus einer prekären Situation gerettet. Doch in seiner Stimme lag blanker Hass. »Merk dir mein Gesicht«, sagte er, »denn ich merk mir auch deins.« Nach diesen Worten sprang er in den Streifenwagen, schlug die Tür zu, und das Auto jagte davon.

Die Jugendlichen klatschten in die Hände und johlten.

»Oh, Mann«, sagte Steve erleichtert. »Da konnte man echt Schiss kriegen. Das war knapp.«

Und dumm. Du wusstest, wie die Sache hätte enden können. Du weißt, was für einer du bist.

In diesem Moment erschien Steves Vetter Ricky. »Was ist passiert?«, fragte er und schaute dem davonjagenden Streifenwagen hinterher.

Dorothy kam zu den beiden jungen Männern und legte Steve den Arm um die Schultern. »Mein Held«, sagte er kokett. »John Wayne.«

Steve war verlegen. »Na, na. Schon gut.«

»Wenn du mal 'nen Zug durch die Gemeinde machen willst, John Wayne, kannst du jederzeit zu mir kommen. Ich halt dich frei.«

»Trotzdem, vielen Dank . . .«

»Ich würde dir ja 'nen Kuss geben, aber wie ich sehe, bist du schüchtern, darum sag ich nur tschüssi.« Er wedelte mit den Fingern, deren Nägel rot lackiert waren, und schlenderte davon.

»Wiedersehn, Dorothy.«

Ricky und Steve gingen in die entgegengesetzte Richtung. »Wie ich sehe«, sagte Ricky, »hast du dir schon Freunde in der Gegend gemacht.«

Steve lachte, hauptsächlich vor Erleichterung. »Um ein Haar hätte ich Riesenärger bekommen«, sagte er. »Ein Arschloch von Cop hat den Burschen in dem Kleid vermöbelt. Ich war blöd genug, dem Bullen zu sagen, er soll damit aufhören.«

Ricky sagte erschrocken: »Mann! Da kannst du aber froh sein, dass du *hier* bist.«

»Ich weiß.«

Als sie das Haus betraten, in dem Ricky wohnte, stieg Steven der Geruch von Käse in die Nase; es konnte aber auch abgestandene Milch sein. Die grün angestrichenen Wände waren mit Graffiti übersät. Die jungen Männer umrundeten die Fahrräder, die aneinandergekettet im Flur standen, und stiegen die Treppe hinauf. »Es macht mich rasend«, sagte Steve. »Was soll das, Dorothy einen Schlag in den Magen zu verpassen? Sie … er trägt nun mal gern Miniröcke und Schminke. Na und? Ist doch seine Sache.«

»Da hast du recht.«

»Und warum sollte dieser Lenny ungestraft davonkommen, nur weil er 'ne Polizeiuniform trägt? Ihrer privilegierten Stellung wegen müssten Cops einen *höheren* Maßstab an Toleranz und Rücksichtnahme zeigen.«

»Da kannst du lange warten.«

»Ja. Und deshalb möchte ich Anwalt werden. Um dafür zu sorgen, dass solche Scheiße nicht vorkommt. Hast du ein Vorbild? Jemand, der ein Beispiel für dich ist?«

»Casanova, würde ich sagen.«

»Ralph Nader. *Das* ist ein Anwalt. So wie er möchte ich später mal sein. Er hat sich mit den mächtigsten Unternehmen Amerikas angelegt – und er hat gesiegt!«

Ricky lachte und legte Steve den Arm um die Schulter, als sie das Zimmer betraten. »Mein Vetter, der Idealist.«

»Ach, verdammt.«

»Möchtest du Kaffee?«

»Klar.«

Rickys Zimmer war klein und mit Gerumpel möbliert. Er besaß ein Einzelbett, einen altersschwachen Schreibtisch, ein durchgesessenes Sofa und einen großen Fernseher. An einer Wand hing das Poster einer nackten Frau, auf das der Name eines jeden Knochens des menschlichen Skeletts gekritzelt war – vom Scheitelbein am Schädel bis hinunter zu den letzten Zehengliedern. Das Zimmer besaß eine Klimaanlage, doch sie schien nicht zu laufen.

Steve setzte sich aufs Sofa. »Wie war deine heiße Verabredung?«

»Nicht so heiß wie angekündigt.« Ricky goss Wasser in einen Kessel. »Melissa ist süß, aber ich wäre noch nicht so früh zu Hause, wäre sie so scharf auf mich gewesen, wie ich gehofft hatte. Wie läuft's bei dir so?«

»Ich habe mich auf dem Campus der Jones Falls umgeschaut. Ganz schön nobel, der Laden. Ich hab dort eine tolle Frau getroffen.« Sein Gesicht hellte sich auf. »Die Kleine hat Tennis gespielt. Sie sah klasse aus – groß, gut gebaut, durchtrainiert. Und einen Aufschlag hat die, sag ich dir! Als käme der Ball aus einem Granatwerfer.«

»Ich habe noch nie gehört, dass jemand sich in ein Mädchen verguckt hat, weil sie prima Tennis spielt.« Ricky grinste. »Sieht sie gut aus?«

»Sie hat ein sagenhaft ausdrucksstarkes Gesicht.« Steve sah es wieder vor sich. »Dunkelbraune Augen, schwarze Brauen, langes dunkles Haar ... und einen kleinen dünnen Silberring im linken Nasenflügel.«

»Im Ernst? Ziemlich ungewöhnlich, hm?«

»Du sagst es.«

»Wie heißt sie?«

»Weiß ich nicht.« Steve lächelte bedauernd. »Sie hat mich abblitzen lassen, als ich sie angesprochen habe. Wahrscheinlich sehe ich sie nie wieder.«

Ricky schenkte ihnen Kaffee ein. »Ist vielleicht am besten so – du hast doch 'ne feste Freundin, stimmt's?«

»Könnte man sagen.« Steve überkamen leichte Schuldgefühle, dass die Tennisspielerin ihn so sehr angezogen hatte. »Sie heißt Celine«, sagte er. »Wir studieren zusammen.« Steve besuchte eine rechtswissenschaftliche Hochschule in Washington.

»Schläfst du mit ihr?«

»Nein.«

»Warum nicht?«

»Ich fühle mich innerlich nicht stark genug zu ihr hingezogen.«

Ricky blickte ihn erstaunt an. »Da spreche ich aber eine andere Sprache. Musst du dich innerlich zu Mädchen hingezogen fühlen, bevor du sie flachlegst?«

Steve wurde verlegen. »Ich denke nun mal anders darüber als du.«

»Hast du schon immer so darüber gedacht?«

»Nein. Auf der Highschool habe ich mit Mädchen alles gemacht, was sie mich machen ließen. Es war so was wie ein Wettstreit. Ich habe jedes Mädchen gevögelt, das ihr Höschen runterließ ... aber das war damals, und heute ist heute, und ich bin kein Kind. Glaube ich jedenfalls.«

»Wie alt bist du jetzt? Zweiundzwanzig?«

»Ja.«

»Ich bin fünfundzwanzig. Aber ich glaube, ich bin nicht so erwachsen wie du.«

Steve bemerkte einen leisen Vorwurf in Rickys Stimme. »He, das sollte keine Kritik an dir sein.«

»Weiß ich. Schon gut.« Ricky winkte ab. »Und was hast du den Tag über getrieben – nach dem Fiasko mit der Tennisspielerin?«

»Ich bin auf ein paar Bierchen und einen Hamburger in eine Kneipe in Charles Village gegangen.«

»Da fällt mir ein – ich hab Hunger. Möchtest du was zu essen?«

»Was hast du denn zu bieten?«

Ricky öffnete einen Schrank. »Marmelade, Reis-Krispies und Schoko-Flakes.«

»Schoko-Flakes wären nicht schlecht.«

Ricky stellte Schüsseln und Milch auf den Tisch, und beide schütteten die Flakes hinein.

Nachdem sie gegessen hatten, spülten sie die Schüsseln und machten sich fürs Zubettgehen fertig. Steve legte sich aufs Sofa, nur mit der Unterhose bekleidet; es war zu heiß für eine Decke. Ricky warf sich aufs Bett. »Was hast du eigentlich an der Jones Falls gemacht?«, fragte er.

»Man hat mich gefragt, ob ich an irgendwelchen Untersuchungen teilnehmen möchte. Psychologische Tests und so was.«

»Wie sind die denn auf dich gekommen?«

»Keine Ahnung. Mir wurde gesagt, dass ich ein Sonderfall wäre und dass man mir alles erklären würde, wenn es losgeht.«

»Warum hast du zugesagt? Für mich hört sich das wie die reinste Zeitverschwendung an.«

Steve hatte einen bestimmten Grund, an den Versuchen teilzunehmen, doch er hatte nicht die Absicht, Ricky davon zu erzählen.

Seine Antwort war nur ein Teil der Wahrheit. »Neugier, würde ich sagen. Fragst du dich nicht auch manchmal, wer du eigentlich bist? Was für ein Mensch du bist und was du aus deinem Leben machen willst?«

»Ich möchte Topchirurg werden und mit Brusttransplantationen eine Million Dollar im Jahr verdienen. Ich bin ein schlichtes Gemüt, nehme ich an.«

»Und fragst du dich nicht, wozu das alles gut ist?«

Ricky lachte. »Nein, Steve, ich nicht. Aber du. Du warst immer ein Denker. Schon als wir noch Kinder waren, hast du dir Fragen über Gott und die Welt gestellt.«

Das stimmte. Im Alter von dreizehn Jahren hatte Steve eine religiöse Phase durchlebt. Er hatte mehrere verschiedene Kirchen besucht, eine Synagoge und eine Moschee und einer Reihe erstaunter Geistlicher ernste Fragen über ihren Glauben gestellt. Steves Verhalten hatte seine Eltern – beide Agnostiker, denen religiöse Fragen gleichgültig waren – vor ein Rätsel gestellt.

»Aber du warst immer schon ein bisschen anders«, fuhr Ricky fort. »Ich habe nie jemanden gekannt, der bei Klassenarbeiten so gut abgeschnitten hat, ohne sich einen abzubrechen.«

Auch das stimmte. Steve hatte schon immer eine rasche Auffassungsgabe besessen und war mühelos zum Klassenbesten aufgestiegen. Nur wenn Mitschüler ihn hänselten, hatte es ihm Probleme bereitet. Dann hatte er absichtlich schlechte Leistungen gebracht, um nicht so sehr hervorzustechen.

Doch es gab noch einen weiteren Grund für Steves Neugier, was die eigene Psyche betraf. Ricky wusste nichts davon. Niemand an der Universität wusste davon. Nur seine Eltern.

Steve wäre beinahe zum Mörder geworden.

Er war damals fünfzehn Jahre alt gewesen, ein dünner, aber bereits hochgewachsener Junge. Er war Kapitän der Basketballmannschaft. In jenem Jahre kam das Team der Hillsfield Highschool bis ins Halbfinale der Stadtmeisterschaft. Im Finale traten sie gegen eine Mannschaft raubeiniger Straßenschläger an, die von einer Schule aus den

Slums von Washington kamen. Einer der Gegenspieler, ein Junge namens Tip Hendricks, foulte Steve das ganze Match hindurch. Tip war ein hervorragender Spieler, doch er setzte all sein Können ein, Steve auszutricksen. Und jedes Mal grinste er, als wollte er sagen: »Hab ich's dir wieder mal gezeigt, du Penner!« Es machte Steve rasend, doch er musste seine Wut in sich hineinfressen – mit dem Erfolg, dass er schlecht spielte. Seine Mannschaft unterlag und vergab die Chance auf den Titel.

Nach dem Spiel wollte es ein unglücklicher Zufall, dass Steve seinem Kontrahenten auf dem Parkplatz über den Weg lief, auf dem die Mannschaftsbusse warteten, um die Teams zurück an die Schulen zu bringen. Und wie das Pech es wollte, musste ein Fahrer einen Reifen wechseln; neben dem Mann stand eine geöffnete Werkzeugkiste auf dem Boden.

Steve beachtete Tip gar nicht, doch Tip schnippte seine Zigarettenkippe auf Steve, und sie brannte sich an seiner Jacke fest.

Die Jacke bedeutete Steve sehr viel. Er hatte an den Samstagen bei McDonald's gearbeitet, das Geld gespart und sich dafür erst tags zuvor das verdammte Ding gekauft. Es war eine wunderschöne butterfarbene Jacke aus weichem Wildleder – die nun aber ein Brandmal besaß, vorn, genau in Brusthöhe, wo man es nicht kaschieren konnte. Die Jacke war hinüber. Und Steve schlug zu.

Tip wehrte sich mit wilden Hieben, trat und stieß mit dem Kopf, doch Steves Wut war so groß, dass er wie betäubt war und die Schläge kaum spürte. Tips Gesicht war blutüberströmt, als sein Blick auf die Werkzeugkiste des Busfahrers fiel. Er schnappte sich einen Kreuzschlüssel und hämmerte ihn Steve zweimal ins Gesicht. Diese Schläge taten *wirklich* weh, und Steves Wut wandelte sich zu blindwütigem Vernichtungswillen. Er wrang Tip den Schlüssel aus den Händen – und dann konnte er sich später an nichts mehr erinnern. Er wusste nur noch, dass er irgendwann, den blutigen Schlüssel in der Hand, über dem Körper Tips stand, der am Boden lag, und er hörte, wie jemand hervorstieß: »Allmächtiger! Ich glaube, er ist tot.«

Tip war nicht tot. Er starb erst zwei Jahre später, ermordet von einem Marihuana-Dealer aus Jamaika, dem er fünfundachtzig Dollar schuldete. Doch Steve hatte Tip töten *wollen*, hatte versucht, ihn zu töten. Und es gab keine Entschuldigung dafür; schließlich hatte er selbst den ersten Schlag ausgeteilt. Und wenngleich Tip sich den Kreuzschlüssel zuerst geschnappt hatte – Steve war derjenige gewesen, der brutal und blindwütig damit zugeschlagen hatte.

Steve wurde zu sechs Monaten Jugendarrest verurteilt, doch das Urteil wurde zur Bewährung ausgesetzt. Nach dem Gerichtsverfahren wechselte Steve auf eine andere Schule und legte seine Prüfungen ab wie zuvor. Da er zum Zeitpunkt der Schlägerei noch nicht volljährig gewesen war, durfte seine Strafakte niemandem offengelegt werden; deshalb war es ihm möglich, sein Jurastudium aufzunehmen. In Moms und Dads Augen war diese Sache wie ein Albtraum, der nun aber vorüber war. Doch Steve hatte seine Zweifel. Er wusste, dass nur Glück und die Widerstandsfähigkeit des menschlichen Körpers ihn vor einer Mordanklage bewahrt hatten. Tip Hendricks war ein Mensch, und er, Steve, hätte ihn beinahe wegen einer *Jacke* totgeschlagen. Als er nun in dem stillen Zimmer Rickys ruhigen, regelmäßigen Atemzügen lauschte, lag er wach auf dem Sofa und fragte sich: *Was bin ich?*

Montag

KAPITEL 4

Bist du jemals einem Mann begegnet, den du heiraten wolltest?«, fragte Lisa.

Sie saßen am Tisch in Lisas Wohnung und tranken Instant-Kaffee. Es war ein rundum hübsches Apartment, so hübsch wie Lisa: Kunstdrucke mit Blumenmotiven, Porzellangeschirr und ein Teddybär mit gepunkteter Fliege.

Lisa wollte sich heute frei nehmen; Jeannie hingegen war bereits für den Arbeitstag gekleidet: marineblauer Rock und weiße Baumwollbluse. Es war ein wichtiger Tag für sie, und sie war nervös vor Anspannung: Die erste ihrer Versuchspersonen kam heute ins Labor, um sich den Tests zu unterziehen. *Wird er deine Theorie erhärten?*, fragte sich Jeannie. *Oder wird er sie über den Haufen werfen?* Am späten Nachmittag würde sie sich entweder bestätigt sehen oder eine schmerzliche Neubewertung ihrer Thesen vornehmen müssen.

Dennoch wollte sie so lange wie möglich bei Lisa bleiben. Die Freundin war immer noch sehr mitgenommen, und Jeannie hatte sich überlegt, dass es das Beste wäre, sich zu ihr zu setzen und über Männer und Sex zu reden, wie sie es immer taten. Das würde Lisa am ehesten helfen, den Weg zurück in die Normalität zu finden. Am liebsten wäre Jeannie den ganzen Morgen geblieben, doch das ging nicht. Es tat ihr aufrichtig leid, dass Lisa heute nicht im Labor sein und ihr helfen konnte, doch es war völlig undenkbar.

»Ja, einmal«, beantwortete Jeannie nun Lisas Frage. »Es gab da mal einen Burschen, den ich heiraten wollte. Er hieß Will Temple. War Anthropologe. Ist es immer noch.« Jeannie konnte ihn vor sich sehen: ein großer, blondbärtiger Mann in Jeans und grobem Pullover, der sein Fahrrad mit Zehngangschaltung über die Flure der Universität trug.

»Du hast schon mal von ihm gesprochen«, sagte Lisa. »Wie war er denn so?«

»Ein prächtiger Kerl.« Jeannie seufzte. »Hat mich immer zum Lachen gebracht, hat sich um mich gekümmert, als ich krank war, hat seine Hemden selbst gebügelt. Und er hatte ein Ding wie ein Hengst.«

Lisa lachte nicht, lächelte nicht einmal. »Warum hat es mit euch beiden nicht geklappt?«

Jeannie gab sich flapsig, doch die Erinnerung schmerzte. »Er hat mich wegen Georgina Tinkerton Ross sitzen lassen.« Wie als Erklärung fügte sie hinzu: »Vom Pittsburger Zweig der Familie.«

»Wie war sie?«

Allein der Gedanke an Georgina war Jeannie ein Gräuel. Doch die Geschichte lenkte Lisa von der Vergewaltigung ab; also zwang sie sich, die Erinnerungen hervorzukramen. »Georgina war perfekt«, sagte sie und ärgerte sich über sich selbst, als sie den bitteren Sarkasmus in ihrer Stimme hörte. »Rotblond, eine Figur wie ein Stundenglas, und mit einem unfehlbaren Geschmack für Kaschmirpullover und Schuhe aus Krokodilleder gesegnet. Keinen Funken Verstand, aber ein riesiges Treuhandvermögen.«

»Wann war das alles?«

»Will und ich haben ein Jahr zusammengelebt, als ich an meiner Doktorarbeit schrieb.« Es war die glücklichste Zeit ihres Lebens gewesen. »Er ist ausgezogen, als ich an meinem Artikel schrieb, ob die Neigung zu Verbrechen genetisch bedingt ist.« *Da hast du dir einen tollen Zeitpunkt ausgesucht, Will. Ich wollte, ich könnte dich mehr hassen.* »Dann bot Berrington Jones mir den Job an der Jones Falls an, und ich habe sofort zugesagt.«

»Männer sind Scheusale.«

»Na ja, ein Scheusal ist Will nicht gerade. Im Grunde ist er sogar ein prima Kerl. Er hat sich nun mal in eine andere verliebt, Schluss, aus. Ich glaube allerdings, er hat eine verdammt schlechte Wahl getroffen. Aber wir waren ja nicht verlobt oder verheiratet. Er hat kein Versprechen gebrochen. Er war mir nicht mal untreu. Na ja, vielleicht ein-, zweimal, bevor er's mir dann erzählt hat.« Jeannie erkannte, dass sie jene Worte wiederholte, die Will zu seiner Rechtfertigung vorgebracht hatte. »Ich weiß nicht, vielleicht war er doch ein Scheusal.«

»Am besten sollten wir die viktorianische Zeit wieder einführen, als ein Mann sich als verlobt betrachtete, wenn er eine Frau geküsst hat. Damals wussten die Mädchen wenigstens, woran sie waren.«

Zurzeit waren Lisas Ansichten, was Beziehungen betraf, ziemlich verquer, doch Jeannie sagte es ihr nicht. Stattdessen fragte sie: »Und was ist mit dir? Hast du mal jemanden kennengelernt, den du heiraten wolltest?«

»Nie! Nicht einen.«

»Du und ich, wir stellen eben hohe Ansprüche. Aber keine Bange, Lisa. Irgendwann kommt der Richtige, und dann wird es wunderschön für dich sein.«

Die Türsprechanlage klingelte, und die beiden zuckten zusammen. Lisa sprang auf und stieß den Tisch um. Eine Porzellanvase fiel zu Boden und zerbrach. »*Verdammt* noch mal!«, fluchte Lisa.

Sie war immer noch mit den Nerven runter. »Ich heb die Scherben auf«, sagte Jeannie in besänftigendem Tonfall. »Sieh du nach, wer an der Tür ist.«

Lisa nahm den Hörer aus der Wandhalterung. Auf ihrem Gesicht spiegelten sich Furcht und Verärgerung, und sie betrachtete das Bild auf dem Monitor. »Na ja ... also gut«, sagte sie zögernd und drückte auf den Knopf der automatischen Türöffnung.

»Wer ist da?«, fragte Jeannie.

»Jemand von der Abteilung für Sexualverbrechen.«

Jeannie hatte befürchtet, dass die Polizei jemanden schickte, der Lisa bedrängen sollte, bei den Nachforschungen mitzuarbeiten. Sie war entschlossen, dem einen Riegel vorzuschieben. Noch mehr aufdringliche Fragen konnte Lisa jetzt am wenigsten gebrauchen. »Warum hast du ihm nicht gesagt, er soll verschwinden?«

»Vielleicht, weil es eine Frau ist. Eine Schwarze«, sagte Lisa.

»Im Ernst?«

»Im Ernst.«

Ganz schön clever, dachte Jeannie, während sie die Porzellanscherben auf ihre geöffnete Handfläche schob. Die Cops wussten, dass sie und Lisa sich ihnen gegenüber feindselig verhielten. Hätten sie einen männlichen weißen Beamten geschickt, hätten sie ihn nicht in die Wohnung gelassen. Also hatten sie eine farbige Frau geschickt, da sie wussten, dass zwei junge weiße Frauen aus der Mittelschicht sich alle Mühe geben würden, höflich zu ihr zu sein. Na ja, sagte sich Jeannie, falls sie versucht, Lisa zu bedrängen, kann ich sie immer noch hinauswerfen.

Die Beamtin erwies sich als untersetzte Frau um die vierzig, sportlich-schick in eine cremefarbene Bluse mit einem bunten Halstuch aus Seide gekleidet, einen Aktenkoffer unter dem Arm. »Ich bin Sergeant Michelle Delaware«, stellte sie sich vor. »Sagen Sie einfach Mish zu mir.«

Jeannie fragte sich, was in dem Aktenkoffer sein mochte. Normalerweise trugen Detectives Revolver, keine Papiere. »Ich bin Dr. Jean Ferrami«, sagte Jeannie. Sie nannte stets ihren Titel, wenn sie der Meinung war, dass ihr eine Auseinandersetzung bevorstand. »Das ist Lisa Hoxton.«

»Miss Hoxton, ich möchte Ihnen vorab sagen, dass es mir sehr leidtut, was Ihnen gestern angetan wurde«, sagte Sergeantin Delaware. »Meine Abteilung befasst sich durchschnittlich mit einem Vergewaltigungsfall pro Tag, und jeder einzelne dieser Fälle ist eine schreckliche Tragödie und ein seelisches und körperliches Trauma für das Opfer. Ich weiß, dass Sie sehr leiden, und ich will versuchen, Rücksicht darauf zu nehmen.«

Oho, dachte Jeannie. Das hört sich schon ganz anders an als gestern.

»Ich werde schon darüber hinwegkommen«, sagte Lisa trotzig, doch die Tränen, die in ihren Augen schimmerten, straften ihre Worte Lügen.

»Darf ich mich setzen?«

»Ja, sicher.«

Die Sergeantin nahm am Küchentisch Platz.

Jeannie betrachtete sie wachsam. »Sie verhalten sich ganz anders als der Officer, der Lisa gestern befragen wollte«, sagte sie.

Mish nickte. »Es tut mir aufrichtig leid, wie McHenty Sie und Lisa

73

behandelt hat. Wie alle meine Kollegen wurde er zwar für die Befragung von Vergewaltigungsopfern ausgebildet, aber wie es scheint, hat er alles vergessen. Die Sache ist mir peinlich. Ich schäme mich für die gesamte Polizeitruppe von Baltimore.«

»Es war, als würde ich noch einmal vergewaltigt«, sagte Lisa, die ihre Tränen nun nicht mehr zurückhalten konnte.

»Eine solche Dummheit wird nicht wieder vorkommen«, erklärte Mish, und ein Beiklang von Zorn schlich sich in ihre Stimme. »So etwas ist einer der Gründe dafür, dass so viele Vergewaltigungsfälle in irgendeinem Aktenschrank enden, mit der Aufschrift ›als unbegründet abgewiesen‹. Es hat nichts damit zu tun, dass Frauen bei Vergewaltigungen lügen. Es liegt daran, dass Frauen aufgrund unseres Rechtssystems dermaßen rücksichtslos behandelt werden, dass sie ihre Klage zurückziehen.«

»Das glaube ich auch«, sagte Jeannie. Sie gemahnte sich zur Vorsicht: Mish mochte wie eine Schwester reden, doch sie war und blieb ein Cop.

Mish nahm ein Kärtchen aus ihrer Handtasche. »Hier ist die Nummer einer Hilfsorganisation für die Opfer von Vergewaltigungen und Kindesmissbrauch«, sagte sie. »Früher oder später braucht jeder Betroffene Rat.«

Lisa nahm die Karte, sagte aber: »Im Moment möchte ich nur vergessen.«

Mish nickte. »Hören Sie auf mich, und legen Sie die Karte in eine Schublade. Mit Ihren Gefühlen wird es auf und ab gehen. Vielleicht kommt irgendwann der Zeitpunkt, da Sie so weit sind, dass Sie Hilfe in Anspruch nehmen wollen.«

»Also gut.«

Jeannie gelangte zu der Ansicht, dass Mish sich eine kleine Geste der Dankbarkeit verdient hatte. »Möchten Sie eine Tasse Kaffee?«, fragte sie.

»Ja, sehr gern.«

»Ich setz rasch frischen auf.« Jeannie erhob sich und setzte den Wasserkocher auf.

»Arbeiten Sie beide zusammen?«, wollte Mish wissen.

»Ja«, sagte Jeannie. »Wir studieren Zwillinge.«

»Zwillinge?«

»Wir erforschen, inwieweit sie sich ähneln oder unterschiedlich sind. Dann versuchen wir herauszufinden, welche Unterschiede auf die Erbanlagen und welche auf die Erziehung zurückzuführen sind und warum.«

»Und welche Rolle spielen Sie dabei, Lisa?«

»Ich habe die Aufgabe, Zwillinge zu suchen, die dann von den Wissenschaftlern studiert werden.«

»Wie stellen Sie das an?«

»Ich nehme mir zuerst die Geburtsregister vor. In den meisten Bundesstaaten sind sie öffentlich zugänglich. Zwillingsgeburten machen ungefähr ein Prozent aller Geburten aus, also finden wir nach der Durchsicht von jeweils etwa hundert Geburtsurkunden ein Zwillingspaar. Auf den Urkunden sind Ort und Datum der Geburt vermerkt. Also machen wir eine Kopie und versuchen, die Zwillinge aufzuspüren.«

»Wie?«

»Wir haben jedes Telefonbuch Amerikas auf CD-ROM. Außerdem können wir die Unterlagen der Führerscheinstellen und einiger Kreditvermittlungsagenturen zu Hilfe nehmen.«

»Finden Sie die Zwillinge jedes Mal?«

»Du liebe Güte, nein. Unsere Erfolgsquote hängt von ihrem Alter ab. Wir ermitteln neunzig Prozent der zehnjährigen Zwillingspaare, aber nur noch die Hälfte der Achtzigjährigen. Bei älteren Personen ist es wahrscheinlicher, dass sie mehrere Male den Wohnort gewechselt oder ihre Namen geändert haben oder dass sie verstorben sind.«

Mish schaute Jeannie an. »Und Sie studieren diese Leute.«

»So ist es«, erwiderte Jeannie. »Allerdings nur eineiige Zwillinge, die getrennt aufgewachsen sind. Sie sind sehr viel schwieriger zu finden.« Sie schenkte Mish eine Tasse Kaffee ein und stellte die Kanne auf den Tisch. Falls diese Beamtin vorhatte, Lisa wegen der Vergewaltigung auszuquetschen, ließ sie sich sehr viel Zeit.

Mish nahm einen Schluck Kaffee; dann fragte sie Lisa: »Hat man Sie im Krankenhaus medizinisch behandelt?«

»Nein. Ich war nicht lange da.«

»Man hätte Ihnen die Morgen-danach-Pille anbieten müssen. Schließlich wollen Sie ja nicht schwanger werden.«

Lisa schauderte. »Natürlich nicht! Ich habe mich selbst schon gefragt, was ich tun soll.«

»Gehen Sie zu Ihrem Hausarzt. Er wird Ihnen die Pille bestimmt geben – es sei denn, er hat religiöse Vorbehalte. Einige katholische Ärzte haben in dieser Hinsicht Schwierigkeiten. Sollte das auch bei Ihrem Arzt der Fall sein, wird die Hilfsorganisation Ihnen einen anderen empfehlen.«

»Es tut gut, mit jemandem zu reden, der sich mit solchen Dingen auskennt«, sagte Lisa.

»Übrigens war der Brand kein Unfall«, fuhr Mish fort. »Ich habe mit dem Feuerwehrchef gesprochen. Jemand hat in dem Lagerraum gegenüber der Damenumkleidekabine das Feuer gelegt – und er hat das Lüftungsrohr abgeschraubt, sodass der Rauch in den Umkleideraum gelangen konnte. Tja, Vergewaltigern geht es im Grunde gar nicht um Sex. Es macht sie an, Angst zu verbreiten. Deshalb bin ich der Meinung, das Feuer gehörte zum Plan des Täters.«

An diese Möglichkeit hatte Jeannie noch gar nicht gedacht. »Bisher war ich der Ansicht, dass der Kerl bloß ein Opportunist war, dem das Feuer eine willkommene Chance geboten hat.«

Mish schüttelte den Kopf. »Opportunismus liegt für gewöhnlich dann vor, wenn der Vergewaltiger beispielsweise mit der Frau verabredet ist und erkennt, dass sie zu viel getrunken oder zu viel Hasch geraucht hat, um sich wehren zu können. Aber bei einem Mann, der eine Fremde vergewaltigt, liegt der Fall anders. Solche Leute planen. Sie malen sich im Geiste aus, was geschieht, und dann sorgen sie dafür, *dass* es geschieht. Solche Männer können sehr gerissen sein. Das macht sie noch beängstigender ... unheimlicher.«

Jeannie wurde noch wütender auf den Unbekannten. »Ich wäre in dem verdammten Feuer beinahe umgekommen«, sagte sie.

Mish wandte sich an Lisa. »Gehe ich recht in der Annahme, dass Sie den Mann nie zuvor gesehen hatten? Dass er ein vollkommen Fremder war?«

»Ich glaube, ich hatte ihn eine Stunde zuvor gesehen«, entgegnete Lisa. »Als ich mit der Feldhockeymannschaft joggen war, ist ein Wagen langsam am Eingangstor des Campus vorbeigefahren. Der Kerl hinter dem Steuer hat uns angestarrt. Ich hab das Gefühl, der war es.«

»Was für einen Wagen hat er gefahren?«

»Ich weiß nur noch, dass es eine alte Kiste war. Weiß. Rostig. Könnte ein Datsun gewesen sein.«

Jeannie erwartete, dass Mish sich diese Aussage notierte, doch die Sergeantin fuhr fort: »Allmählich bekomme ich den Eindruck, dass wir es hier mit einem intelligenten und völlig skrupellosen Perversen zu tun haben, der alles tun würde, um auf seine Kosten zu kommen.«

Jeannie sagte mit bitterer Stimme: »Der Mistkerl gehört für den Rest seines Lebens hinter Gitter.«

Mish spielte ihre Trumpfkarte aus. »Ganz genau. Aber er läuft frei herum. Und was er getan hat, wird er wieder tun.«

»Wie können Sie da so sicher sein?«, fragte Jeannie skeptisch.

»Die meisten Vergewaltiger sind Serientäter. Die einzige Ausnahme ist der Opportunist, der bei einer Verabredung die Gelegenheit nutzt. Dieser Typ Vergewaltiger missbraucht sein Opfer für gewöhnlich nur einmal. Aber Männer, die fremde Frauen vergewaltigen, tun es immer wieder – bis man sie erwischt.« Mish schaute Lisa fest an. »Der Kerl, der Ihnen Gewalt angetan hat, dürfte in den nächsten acht bis zehn Tagen einer anderen Frau das gleiche schreckliche Verbrechen antun – es sei denn, wir schnappen ihn vorher.«

»Oh Gott«, sagte Lisa.

Jeannie erkannte, welches Ziel Mish ansteuerte. Genau wie sie erwartet hatte, versuchte die Sergeantin Lisa zu überreden, bei den Nachforschungen zu helfen. Jeannie war nach wie vor entschlossen, jeden Druck von Lisa fernzuhalten. Doch dem zu widersprechen, was Mish nun sagte, war schwierig.

»Wir brauchen eine DNS-Probe des Täters«, erklärte sie.

Ein angeekelter Ausdruck legte sich auf Lisas Gesicht. »Sie meinen sein Sperma.«

»Ja.«

Lisa schüttelte den Kopf. »Ich habe geduscht und ein Vollbad genommen und mich von oben bis unten abgeschrubbt. Ich hoffe bei Gott, dass nichts mehr von diesem Kerl in mir ist.«

Mish ließ sich nicht beirren. Ruhig sagte sie: »Zwischen achtundvierzig und zweiundsiebzig Stunden nach der Tat sind immer noch Spuren im Körper. Wir müssen einen Vaginalabstrich machen lassen, das Schamhaar durchkämmen und einen Bluttest vornehmen.«

»Der Arzt, der gestern im Santa Teresa bei uns gewesen ist, war ein richtiges Arschloch«, sagte Jeannie.

Mish nickte. »Es ist den Ärzten zuwider, sich mit Vergewaltigungsopfern zu beschäftigen. Es kostet sie Zeit und Geld, wenn sie später vor Gericht aussagen müssen. Aber man hätte Lisa niemals ins Santa Teresa bringen dürfen. Das war einer der Fehler, die McHenty gemacht hat. In dieser Stadt gibt es drei Krankenhäuser, die auf die Behandlung von Opfern sexuellen Missbrauchs vorbereitet sind. Das Santa Teresa zählt nicht dazu.«

»Wohin wollen Sie mich bringen?«, fragte Lisa.

»Im Mercy Hospital gibt es ein Ärzteteam, das auf die gerichtsmedizinische Untersuchung von Vergewaltigungsopfern spezialisiert ist. Wir nennen es das SAFE-Team.«

Jeannie nickte. Das Mercy war ein großes Krankenhaus in der Innenstadt.

Mish fuhr fort: »Dort wird sich eine Spezialistin für Sexualstraftaten um Sie kümmern. Sie ist besonders dafür ausgebildet, Beweismittel zu sammeln – im Unterschied zu dem Arzt, dem Sie gestern begegnet sind und der wahrscheinlich sowieso alles vermasselt hätte.«

Offensichtlich hatte Sergeant Delaware keine allzu hohe Meinung von Ärzten.

Sie öffnete den Aktenkoffer. Neugierig beugte Jeannie sich vor. Im Inneren des Koffers befand sich ein Laptop-Computer. Mish klappte das Gerät auf und schaltete es ein. »Wir verfügen über ein Programm mit Namen E-FIT. Wir Cops stehen auf Abkürzungen.« Sie lächelte trocken. »Das Programm wurde von einem Detective des Scotland Yard entwickelt. Es ermöglicht uns, das Aussehen eines Täters zu rekonstruieren, ohne dass wir einen Zeichner benötigen.« Sie blickte Lisa erwartungsvoll an.

Lisa schaute Jeannie an. »Was meinst du?«

»Du brauchst dich nicht unter Druck gesetzt zu fühlen«, sagte Jeannie. »Niemand kann dich zu etwas zwingen. Du kannst frei entscheiden. Tu nur, was du für richtig hältst.«

Mish schoss einen feindseligen Blick auf Jeannie ab. Dann wandte sie sich an Lisa. »Niemand setzt Sie unter Druck. Wenn Sie möchten, dass ich gehe, verschwinde ich. Aber ich bitte Sie dringend um Hilfe. Ich will diesen Vergewaltiger fassen, und dazu brauche ich Ihre Unterstützung. Ohne Sie habe ich keine Chance.«

Jeannie konnte ihre Bewunderung nicht verhehlen. Seit Mish ins Zimmer gekommen war, hatte sie das Gespräch übernommen und gelenkt, jedoch ohne irgendwelchen Druck auszuüben oder Tricks und Schliche anzuwenden. Sie wusste, wovon sie redete, und sie wusste, was sie wollte.

Lisa sagte: »Ich weiß nicht recht . . .«

»Dann schauen Sie sich doch erst einmal dieses Computerprogramm an. Ich schlage vor, wir beginnen einfach mal. Sollte es Sie zu sehr aufregen, machen wir Schluss. Falls nicht, können wir ein Phantombild von dem Mann erstellen, hinter dem ich her bin. Und wenn wir damit fertig sind, können Sie darüber nachdenken, ob Sie ins Mercy Hospital möchten oder nicht.«

Lisa zögerte noch einen Augenblick; dann erklärte sie: »Also gut.«

»Denk daran«, sagte Jeannie, »wenn es dich zu sehr aufregt, kannst du jederzeit aufhören.«

Lisa nickte.

»Als Erstes«, sagte Mish, »werden wir eine Art Rohentwurf von seinem Gesicht anfertigen. Es wird ihm nicht ähnlich sehen, aber wir haben eine Grundlage. Dann kommen die Details an die Reihe. Dazu müssen Sie sich auf das Gesicht des Täters konzentrieren, so gut Sie können, und mir dann allgemeine Beschreibungen geben. Lassen Sie sich Zeit.«

Lisa schloss die Augen. »Er ist Weißer, ungefähr in meinem Alter. Kurzes Haar, keine auffällige Farbe. Helle Augen. Blau, würde ich sagen. Gerade Nase . . . «

Mish klickte die Maus an. Jeannie erhob sich und stellte sich hinter die Sergeantin, sodass sie den Bildschirm beobachten konnte. Es war ein Windows-Programm. In der oberen rechten Ecke des Schirms war ein Gesicht zu sehen, das in acht Abschnitte aufgeteilt war. Während Lisa die verschiedenen Merkmale aufzählte, klickte Mish den betreffenden Abschnitt des Gesichts an, wechselte zur Menü-Leiste und klickte dort jene Symbole an, denen Lisas jeweilige Beschreibung galt: Haar, Augen, Nase und so weiter.

Lisa fuhr fort: »Das Kinn war kantig. Kein Bart oder Schnauzer . . . Wie mache ich meine Sache?«

Nach einem weiteren Mausklick erschien ein vollständiges Gesicht auf dem Hauptschirm. Es zeigte einen Weißen um die dreißig mit regelmäßigen Zügen – ein Gesicht, wie Hunderttausende von Männern es besitzen mochten. Mish drehte den Laptop so herum, dass Lisa auf den Leuchtdiodenschirm blicken konnte. »So, und dieses Gesicht werden wir nun Schritt für Schritt verändern. Zuerst werde ich Ihnen das Gesicht mit einer Folge von Stirnformen und Haaransätzen zeigen. Sie sagen einfach nur ja, nein oder vielleicht. Fertig?«

»Ja.«

Mish betätigte den Mausklick. Das Gesicht auf dem Schirm veränderte sich; plötzlich wies die Stirn einen zurückweichenden Haaransatz auf.

»Nein«, sagte Lisa.

Ein weiterer Mausklick. Diesmal besaß das Gesicht eine Frisur, die an einen Beatles-Haarschnitt aus den Sechzigerjahren erinnerte.

»Nein.«

Das nächste Gesicht hatte leicht gewelltes Haar. »Das kommt der Sache schon näher«, sagte Lisa. »Aber ich glaube, er hatte einen Scheitel.«

Das nächste Bild zeigte stärker gewelltes Haar mit Scheitel. »Noch besser«, sagte Lisa. »Noch besser als beim letzten Mal. Aber das Haar ist zu dunkel.«

»Wenn wir alle Frisuren durchgegangen sind«, sagte Mish, »kommen wir zu den Bildern zurück, auf denen Sie den Täter am ehesten wiedererkannt haben. Dann wählen wir das beste Bild aus. Sobald wir das gesamte Gesicht rekonstruiert haben, können wir es weiter verbessern, indem wir Retuschen vornehmen – wir färben das Haar heller oder dunkler, verschieben die Bildteile und machen das ganze Gesicht älter oder jünger.«

Jeannie war fasziniert, doch die Sache würde noch eine Stunde oder mehr in Anspruch nehmen, und sie musste ins Labor. »Ich mache mich jetzt auf den Weg«, sagte sie. »Ist mit dir wirklich alles in Ordnung, Lisa?«

»Es geht schon«, erwiderte Lisa, und Jeannie erkannte, dass sie die Wahrheit sagte. Vielleicht war es besser für Lisa, wenn sie an der Jagd auf den Mann beteiligt wurde. Jeannie warf einen Blick auf Mishs Gesicht und sah, wie ein Ausdruck des Triumphs über das Gesicht der Sergeantin huschte. Habe ich mich geirrt, fragte sich Jeannie. War es ein Fehler, sich dieser Frau gegenüber feindselig verhalten und sich schützend vor Lisa gestellt zu haben? Mish war sympathisch, ohne Frage. Sie fand die richtigen Worte. Dennoch bestand ihr Hauptziel nicht darin, Lisa zu helfen, sondern den Vergewaltiger zu fassen. Lisa brauchte noch immer eine richtige Freundin, einen Menschen, dem es vor allem um *sie* ging.

»Ich rufe dich an, Lisa«, sagte Jeannie.

Lisa umarmte sie. »Ich kann dir gar nicht genug danken, dass du bei mir geblieben bist.«

Mish blickte Jeannie an und streckte die Hand aus. »Hat mich gefreut, Sie kennenzulernen.«

Jeannie schüttelte die dargebotene Hand. »Viel Glück«, sagte sie. »Ich hoffe, Sie erwischen den Kerl.«

»Ich auch«, entgegnete Mish.

KAPITEL 5

Steve stellte seinen Wagen auf dem großen Parkplatz in der südwestlichen Ecke des hundert Hektar großen Geländes der Jones Falls ab. Es war kurz vor zehn Uhr vormittags, und auf dem Campus wimmelte es von Studenten in leichter Sommerkleidung, die auf dem Weg zu den ersten Vorlesungen des Tages waren. Während Steve über den Campus ging, hielt er nach der Tennisspielerin Ausschau. Er wusste, dass die Wahrscheinlichkeit, sie wiederzusehen, sehr gering war, doch er starrte jeder hochgewachsenen dunkelhaarigen Frau ins Gesicht, ob sie vielleicht einen Ring im Nasenflügel trug.

Das Ruth-W.-Acorn-Institut für Psychologie war ein modernes viergeschossiges Bauwerk, das aus den gleichen roten Ziegelsteinen errichtet war wie die älteren, eher traditionellen Hochschulgebäude. In der Eingangshalle nannte Steve seinen Namen und wurde ins Labor geführt.

In den nächsten drei Stunden musste er mehr Untersuchungen über sich ergehen lassen, als er für möglich gehalten hätte. Er wurde gewogen, gemessen, und man nahm seine Fingerabdrücke. Wissenschaftler, Techniker und Studenten fotografierten seine Ohren, maßen die Kraft, die er aufbrachte, wenn er die Hand zur Faust ballte, und studierten seine Reflexe auf schockhafte äußere Einflüsse, indem sie ihm Bilder von Brandopfern oder verstümmelten Körpern zeigten. Er beantwortete Fragen über seine Freizeitinteressen, seinen religiösen Glauben, seine Freundinnen und seine beruflichen Ziele. Er musste erklären, ob er eine Türklingel reparieren konnte, ob er sich für gepflegt hielt, ob er seine Kinder schlagen würde und ob bestimmte Musik in seinem Inneren Bilder oder sich verändernde Farbmuster hervorrief. Doch niemand sagte ihm, weshalb man gerade ihn für diese Untersuchungen ausgewählt hatte.

Er war nicht die einzige Versuchsperson. Im Labor hielten sich zwei kleine Mädchen sowie ein Mann mittleren Alters auf, der Cowboystiefel, Jeans und ein Westernhemd trug. Um die Mittagszeit versammelten sich alle Probanden in einem Ruheraum, der mit Sofas und einem Fernseher ausgestattet war, aßen Pizza und tranken Cola. Erst beim Essen fiel Steve auf, dass es *zwei* Männer mittleren Alters mit Cowboystiefeln gab: Sie waren Zwillinge, beide vollkommen gleich gekleidet.

Steve stellte sich den Cowboys vor. Er erfuhr, dass sie Benny und Arnold hießen; die beiden kleinen Mädchen hießen Sue und Elizabeth. »Zieht ihr euch immer gleich an?«, fragte Steve die Männer beim Essen.

Die beiden schauten sich an; dann sagte Benny: »Keine Ahnung. Haben uns eben erst kennengelernt.«

»Ihr seid Zwillinge und seid euch gerade das erste Mal begegnet?«

»Wir wurden im Säuglingsalter von verschiedenen Familien adoptiert.«

»Also seid ihr zufällig gleich angezogen?«

»Sieht ganz so aus, hm?«

Arnold fügte hinzu: »Und von Beruf sind wir beide Schreiner, rauchen beide Camel Light und haben beide zwei Kinder, einen Jungen und ein Mädchen.«

»Und beide Mädchen heißen Caroline«, sagte Benny. »Aber mein Sohn heißt John, seiner dagegen Richard.«

»Wow!«, stieß Steve erstaunt hervor. »Aber es ist doch nicht möglich, dass ihr beide den Geschmack an Camel Light geerbt habt.«

»Wer weiß?«

Eines der kleinen Mädchen, Elizabeth, fragte Steve: »Wo ist denn dein Zwilling?«

»Ich habe keinen«, antwortete Steve. »Sag mal, geht es bei all diesen Untersuchungen hier um Zwillinge?«

»Ja.« Stolz fügte das Mädchen hinzu: »Ich bin dizygotisch.«

Steve hob die Brauen. Elizabeth mochte um die elf Jahre alt sein. »Ich fürchte, das Wort habe ich noch nie gehört«, sagte er ernst. »Was bedeutet es?«

»Dass Sue und ich keine eineiigen Zwillinge sind, sondern zweieiige. Deshalb sehen wir auch nicht genau gleich aus.« Sie wies auf

Benny und Arnold. »Die da sind monozygotisch. Sie haben dieselbe DNS. Darum sieht der eine wie der andere aus.«

»Du scheinst eine Menge darüber zu wissen«, sagte Steve. »Ich bin beeindruckt.«

»Wir sind schon mal hier gewesen«, erklärte Elizabeth.

Hinter Steve wurde die Tür geöffnet. Das Mädchen hob den Kopf und sagte: »Hallo, Doktor Ferrami.«

Steve drehte sich um und sah die Tennisspielerin.

Ihr schlanker, sehniger Körper wurde von einem knielangen weißen Laborkittel verborgen, doch sie bewegte sich wie eine Sportlerin, als sie in den Ruheraum kam. Noch immer besaß sie die Ausstrahlung innerer Kraft und Konzentration, die schon auf dem Tennisplatz so beeindruckend gewesen war. Steve starrte sie an. Er konnte sein Glück kaum fassen.

Sie begrüßte die Mädchen mit einem »Hallo« und stellte sich dann den anderen vor. Als sie Steve die Hand schüttelte, musste sie zweimal hinschauen. »*Sie* sind Steven Logan!«

»Und Sie haben gestern ein tolles Tennismatch hingelegt«, entgegnete er.

»Und trotzdem verloren.« Jeannie setzte sich. Ihre dichte dunkle Mähne wogte locker um ihre Schultern, doch im gnadenlosen Licht des Labors sah Steve das ein oder andere graue Haar darin. Statt des Silberringes trug sie heute einen schlichten goldenen Knopf im Nasenflügel. Außerdem war sie diesmal geschminkt; der Lidschatten machte ihre dunklen Augen noch hypnotischer.

Jeannie dankte allen, dass sie ihre Zeit in den Dienst der wissenschaftlichen Forschung gestellt hatten, und erkundigte sich, ob die Pizza geschmeckt habe. Nach einigen weiteren Belanglosigkeiten schickte sie die Mädchen und die Cowboys fort und bat sie, mit den nachmittäglichen Tests zu beginnen.

Jeannie setzte sich zu Steve. Aus irgendeinem Grund hatte er das Gefühl, dass es sie verlegen machte, befangen. Es schien beinahe so, als müsste sie ihm eine schlechte Nachricht überbringen. »Inzwischen fragen Sie sich bestimmt, was das alles soll, nicht wahr?«, sagte sie.

»Ich dachte, man hätte mich ausgewählt, weil ich auf der Schule immer so gute Leistungen gebracht habe.«

»Nein«, erwiderte Jeannie. »Es stimmt schon, bei allen Intelligenztests schneiden Sie hervorragend ab. Ihre intellektuellen Fähigkeiten liegen sogar noch höher, als Ihre schulischen Leistungen vermuten ließen. Ihr IQ ist überragend. Wahrscheinlich waren Sie immer der Klassenbeste, ohne sich groß anstrengen zu müssen, stimmt's?«

»Stimmt. Aber ist das nicht der Grund dafür, dass ich hier bin?«

»Nein. Bei unserem Forschungsvorhaben wollen wir ermitteln, in welchem Maße die Persönlichkeitsstruktur eines Menschen von seinen Genen vorherbestimmt ist.« Jeannies Befangenheit schwand, als sie sich für ihr Spezialthema zu erwärmen begann. »Entscheidet die DNS darüber, ob jemand intelligent ist, aggressiv, romantisch, sportlich? Oder liegt es an der Erziehung? Und falls beide Faktoren eine Rolle spielen – auf welche Weise wirken sie aufeinander ein?«

»Eine alte Streitfrage«, bemerkte Steve. Auf dem College hatte er einen Philosophiekurs belegt und war von der Diskussion über dieses Thema fasziniert gewesen. »Bin ich der, der ich bin, weil ich so geboren wurde? Oder bin ich das Ergebnis meiner Erziehung und der Gesellschaft, in der ich aufgewachsen bin?«

Jeannie nickte lächelnd, und ihre langen Haare wogten träge wie Meereswellen. Steve fragte sich, wie dieses Haar sich anfühlte. »Aber wir versuchen, diese Frage auf streng wissenschaftlicher Grundlage zu beantworten«, sagte Jeannie. »Wissen Sie, eineiige Zwillinge haben identische Gene – vollkommen identisch. Bei zweieiigen Zwillingen gilt das nicht, aber sie werden für gewöhnlich im gleichen sozialen Umfeld aufgezogen und erzogen. Wir studieren hier beide Arten von Zwillingen. Wir vergleichen getrennt aufgewachsene Zwillinge und versuchen zu ermitteln, inwieweit sie sich ähneln.«

Steve fragte sich, weshalb *ihn* das alles betraf. Und er fragte sich auch, wie alt Jeannie sein mochte. Als er sie gestern auf dem Tennisplatz gesehen hatte, in Sportkleidung, das Haar schimmernd im Sonnenlicht, hatte er angenommen, dass sie in seinem Alter war; nun aber erkannte er, dass sie auf die dreißig zuging. Diese Feststellung änderte nichts an seinen Empfindungen, doch er hatte sich noch nie zu einer Frau dieses Alters hingezogen gefühlt.

Jeannie fuhr fort: »Wäre die Umwelt der wichtigere Faktor, müssten sich Zwillinge, die zusammen erzogen wurden, sehr ähnlich sein, wohingegen Zwillinge, die getrennt aufgewachsen sind, ziemliche Unterschiede aufweisen müssten – wobei es keine Rolle spielt, ob es eineiige oder zweieiige Zwillinge sind. Aber wir haben das Gegenteil festgestellt. Eineiige Zwillinge ähneln einander, wobei es keine Rolle spielt, wer sie erzogen hat. Es ist sogar so, dass eineiige Zwillinge, die getrennt aufgewachsen sind, eine größere Ähnlichkeit aufweisen als gemeinsam erzogene zweieiige Zwillinge.«

»Wie Benny und Arnold?«

»Genau. Sie haben ja gesehen, wie sehr die beiden sich ähneln, obwohl sie in verschiedenen Familien aufgewachsen sind. Das ist ein typischer Fall. An diesem Institut wurden mehr als einhundert eineiige Zwillingspaare untersucht, die getrennt erzogen wurden. Von diesen zweihundert Personen waren zwei Lyriker – und diese beiden waren ein Zwillingspaar. Zwei weitere beschäftigten sich beruflich mit Haustieren; der eine war Hundezüchter, der andere Hundetrainer. Ebenfalls Zwillinge. Dann waren da zwei Musiker – der eine Klavierlehrer, der andere Studiogitarrist. Wiederum Zwillinge. Aber das sind nur die augenfälligen Beispiele. Wie Sie heute Morgen gesehen haben, nehmen wir eine wissenschaftliche Bestimmung der Persönlichkeit, des IQ und verschiedener physischer Beschaffenheiten vor. Die Ergebnisse zeigen oft das gleiche Muster: Die eineiigen Zwillinge weisen eine hochgradige Ähnlichkeit auf, wobei ihre Erziehung keine Rolle spielt.«

»Wohingegen Sue und Elizabeth ziemlich unterschiedliche Mädchen zu sein scheinen.«

»So ist es. Doch sie haben dieselben Eltern, dasselbe Zuhause, sie besuchen dieselbe Schule, sie haben ihr Leben lang die gleiche Nahrung zu sich genommen und so weiter. Ich könnte mir vorstellen, dass Sue während des Mittagessens still war, wohingegen Elizabeth Ihnen ihre Lebensgeschichte erzählt hat.«

»Um die Wahrheit zu sagen, sie hat mir die Bedeutung des Begriffs ›monozygotisch‹ erklärt.«

Jeannie lachte, wobei sie zu Steves Entzücken ihre weißen Zähne und ein Stückchen ihrer rosafarbenen Zunge zeigte.

»Aber Sie haben mir immer noch nicht gesagt, was ich hier zu suchen habe«, meinte Steve.

Plötzlich schaute Jeannie wieder verlegen drein. »Es ist ein biss-chen schwierig zu erklären«, sagte sie. »So einen Fall hatten wir bis jetzt noch nicht ...«

Mit einem Mal wusste Steve Bescheid. Es war offensichtlich, zugleich aber so fantastisch, dass er bislang noch gar nicht auf den Gedanken gekommen war.

»Sie meinen, ich habe einen Zwilling, von dem ich nichts weiß?«, fragte er ungläubig.

»Ich wusste nicht, wie ich es Ihnen schonend beibringen konnte«, erwiderte Jeannie, offensichtlich wütend auf sich selbst. »Ja. Ich gehe davon aus, dass Sie einen Zwilling haben.«

»Oh, Mann!« Für einen Augenblick war Steve benommen vor Fassungslosigkeit.

»Tut mir wirklich leid, dass ich so ungeschickt ...«

»Schon gut. Sie brauchen sich für nichts zu entschuldigen.«

»Doch. Normalerweise wissen die Versuchspersonen, dass sie Zwillinge haben, bevor sie zu uns kommen. Aber ich habe eine neue Methode entwickelt, Probanden für unsere Forschungen ausfindig zu machen. Sie sind der Erste, den ich auf diesem Wege ermittelt habe. Um ehrlich zu sein – dass Sie nicht wissen, dass Sie einen Zwilling haben, ist ein deutlicher Beweis für die Wirksamkeit meiner Methode. Nur habe ich dabei nicht bedacht, dass wir die Leute in diesem Fall mit einer völlig unerwarteten und schockierenden Neuigkeit konfrontie-ren müssen.«

»Ich habe mir immer einen Bruder gewünscht«, sagte Steve. Er war ein Einzelkind; seine Eltern waren Ende dreißig gewesen, als er geboren wurde. »Ist es ein Bruder?«

»Ja. Ein eineiiger Zwilling.«

»Ich habe einen Zwillingsbruder«, flüsterte Steve. »Weshalb habe ich nie davon erfahren?«

Jeannie blickte beschämt drein.

»Moment, ich komme schon drauf«, sagte Steve. »Ich könnte adoptiert worden sein.«

Sie nickte.

Der Gedanke, dass Mom und Dad vielleicht gar nicht seine Eltern sein könnten, war noch schockierender als die Eröffnung, einen Zwillingsbruder zu haben.

»Oder mein Bruder wurde adoptiert«, sagte Steve.

»Ja.«

»Oder beide, wie Benny und Arnold.«

»Oder beide«, wiederholte Jeannie ernst und blickte Steve aus ihren dunklen Augen durchdringend an. Trotz des Aufruhrs in seinem Inneren musste Steve wieder einmal daran denken, wie schön diese Frau war. Er wünschte sich, sie würde ihn für immer so anschauen.

»Nach meiner Erfahrung«, sagte Jeannie, »weiß jemand für gewöhnlich, ob er adoptiert wurde oder nicht, selbst wenn der oder dem Betreffenden nicht bekannt ist, ob er einen Zwilling hat. Trotzdem hätte ich wissen müssen, dass der Fall bei Ihnen anders liegt.«

Steve sagte mit schmerzerfüllter Stimme: »Ich kann einfach nicht glauben, dass meine Eltern es mir verschwiegen hätten, wenn ich ein Adoptivkind wäre. Das passt nicht zu ihnen.«

»Erzählen Sie mir von Ihren Eltern.«

Er wusste, dass sie ihm helfen wollte, den Schock dadurch zu überwinden, dass sie ihn zum Reden aufforderte. Aber das war in Ordnung. Steve versuchte, sein aufgewühltes Inneres zu beruhigen. »Meine Mutter ist eine Art Berühmtheit. Sie haben sicher schon von ihr gehört. Lorraine Logan.«

»Die Briefkastentante?«

Steve lächelte. »Ja. Ihre Artikel erscheinen in vierhundert Zeitungen. Sie hat sechs Bestseller geschrieben – Ratgeber für Frauen in Sachen Recht, Gesundheit und dergleichen. Sie ist reich und berühmt, und sie hat es verdient.«

»Warum sagen Sie das?«

»Weil ihr wirklich etwas an den Leuten liegt, die ihr schreiben. Sie beantwortet Tausende von Briefen. Wissen Sie, im Grunde möchten die Leute von meiner Mutter, dass sie mit einem Zauberstab wedelt – dass sie eine unerwünschte Schwangerschaft verschwinden lässt oder dass sie dafür sorgt, dass die Kinder von Drogen loskommen, oder dass sie unausstehliche Kerle in liebevolle, besorgte Ehemänner verwandelt. Allen Ratsuchenden gibt Mutter genau die Tipps, die sie brauchen. Sie schreibt immer, dass man so entscheiden soll, wie es einem das Gefühl sagt, und dass man sich zu nichts zwingen lassen darf. Ich finde, das ist eine gute Einstellung.«

»Und Ihr Vater?«

»Mein Dad ist beim Militär. Er ist Colonel. Arbeitet im Pentagon. Im Bereich der Öffentlichkeitsarbeit. Er schreibt Reden für Generäle und so.«

»Ist er ein herrischer Mensch?«

Steve lächelte. »Er hat ein ausgeprägtes Pflichtgefühl. Aber er ist kein Kasernenhoftyp, wenn Sie das meinen. Er hatte in Asien einige Fronteinsätze, bevor ich geboren wurde, aber es ist nichts davon hängen geblieben.«

»Hatten Sie als Kind Disziplin nötig?«

Steve lachte. »In der Schule war ich der Schlimmste von allen. Hatte immer Ärger.«

»Weshalb?«

»Weil ich stets gegen die Vorschriften verstoßen habe. Bin über die Flure gerannt. Habe rote Strümpfe getragen. Habe während des Unterrichts Kaugummi gekaut. Habe Wendy Parker hinter dem Regal mit den Biologiebüchern in der Schulbibliothek geküsst, als ich dreizehn war.«

»Warum?«

»Weil sie so hübsch war.«

Wieder lachte Jeannie. »Nein, ich meinte, weshalb haben Sie gegen die Vorschriften verstoßen?«

Steve schüttelte den Kopf. »Ich konnte einfach nicht gehorchen.

Ich habe immer nur getan, was *ich* wollte. Die Vorschriften kamen mir blöd vor, und es wurde mir langweilig. Normalerweise hätte man mich von der Schule geworfen, aber ich hatte immer gute Noten, und meist war ich Kapitän irgendeiner Schulmannschaft: Football, Baseball, Basketball, Leichtathletik. Manchmal verstehe ich mich selbst nicht. Würden Sie sagen, ich habe 'ne Macke?«

»Jeder hat auf irgendeine Weise eine Macke.«

»Das sehe ich auch so. Warum tragen Sie den Ring in der Nase?«

Jeannie hob ihre dunklen Augenbrauen, als wollte sie sagen: *Ich stelle hier die Fragen.* Dann aber antwortete sie ihm doch. »Ich hatte eine Punker-Phase, als ich ungefähr vierzehn war. Grüne Haare, schludrige Kleidung und so weiter. Der durchstochene Nasenflügel hat dazugehört.«

»Das Loch würde zuwachsen und verheilen, wenn Sie keinen Ring oder Knopf mehr tragen.«

»Ich weiß. Aber ich behalte es trotzdem. Wahrscheinlich deshalb, weil ich völlige Korrektheit und Anpassung für langweilig halte.«

Steve lächelte. Mann Gottes, mir gefällt diese Frau, dachte er, auch wenn sie zu alt für mich ist. Dann wandte er sich wieder dem Thema zu, das Jeannie zur Sprache gebracht hatte. »Was macht Sie so sicher, dass ich einen Zwillingsbruder habe?«

»Ich habe ein Computerprogramm entwickelt, das EDV-gespeicherte medizinische Unterlagen und andere Datenbänke nach Paaren durchsucht. Eineiige Zwillinge haben ganz ähnliche Hirnströme und Elektrokardiogramme, aber auch nahezu identische äußere Merkmale. Zähne, zum Beispiel. Ich habe mit meinem Programm eine große Datenbank mit dentalen Röntgenbildern eines Krankenversicherungsunternehmens durchsucht. Dabei bin ich auf jemanden gestoßen, dessen Zahnmaße und Form der Gaumenbogen den Ihren entsprechen.«

»Entsprechen? Das hört sich nicht endgültig an.«

»Ist es vielleicht auch nicht, obwohl er sogar die Zahnkavernen an der gleichen Stelle hat wie Sie.«

»Und wer ist er?«

»Er heißt Dennis Pinker.«

»Wo ist er zurzeit?«

»Richmond, Virginia.«

»Haben Sie ihn schon kennengelernt?«

»Ich reise morgen nach Richmond, um ihn zu treffen. Viele der Tests, die ich mit Ihnen gemacht habe, werde ich auch mit Dennis vornehmen. Und ich werde ihm eine Blutprobe entnehmen, sodass wir seine DNS mit der Ihren vergleichen können. Dann werden wir es mit Sicherheit wissen.«

Steve runzelte die Stirn. »Sind Sie an einem bestimmten Fachgebiet der Genetik interessiert?«

»Ja. Mein Spezialgebiet ist die Kriminalität. Genauer gesagt, die Frage, ob kriminelle Veranlagung vererbbar ist.«

Steve nickte. »Hab schon kapiert. Was hat er angestellt?«

»Bitte?«

»Was hat Dennis Pinker verbrochen?«

»Ich weiß nicht, was Sie meinen.«

»Sie wollen zu ihm, statt ihn zu bitten, hierherzukommen. Da ist doch wohl klar, dass er im Knast sitzt.«

Jeannie errötete leicht, als wäre sie vom Lehrer beim Mogeln ertappt worden. Die geröteten Wangen ließen sie verführerischer aussehen als je zuvor. »Ja, Sie haben recht«, sagte sie.

»Weshalb ist er im Gefängnis?«

Sie zögerte. »Mord.«

»Großer Gott!« Steve riss den Blick von Jeannie los und schlug die Hände vors Gesicht. »Erst bekomme ich zu hören, dass ich einen Zwillingsbruder habe, der mein genetisches Ebenbild ist, und jetzt auch noch das. Der Typ ist ein Mörder. Du lieber Himmel!«

»Es tut mir leid«, sagte Jeannie. »Ich habe mich wie ein Dummkopf angestellt. Aber Sie sind die erste Versuchsperson, die ich mithilfe meines Programms ermittelt habe – und ich komme mir ziemlich hilflos vor.«

»Junge, Junge. Ich bin in der Hoffnung hierhergekommen, etwas über mich selbst zu erfahren. Aber jetzt weiß ich mehr, als ich eigentlich wissen wollte.« Jeannie wusste nicht – und würde es, wenn es nach ihm ging, auch nie erfahren –, dass Steve beinahe einen Jungen namens Tip Hendricks getötet hätte.

»Und Sie sind sehr wichtig für mich.«

»Inwiefern?«

»Im Hinblick auf die Frage, ob Kriminalität vererbbar ist. Ich habe einen Artikel veröffentlicht, in dem ich die Behauptung aufstelle, dass ein bestimmter Persönlichkeitstyp ererbt ist – eine Verbindung aus Impulsivität, Wagemut, Aggressivität und Hyperaktivität. Doch ob solche Menschen zu Verbrechern werden oder nicht, behaupte ich weiter, hängt davon ab, wie ihre Eltern sie behandelt haben. Um meine Theorie zu beweisen, muss ich möglichst viele Paare eineiiger Zwillinge finden, von dem der eine ein Verbrecher, der andere ein gesetzestreuer Bürger ist. Sie und Dennis sind das erste Paar, das ich entdeckt habe, und ihr seid perfekt: Dennis sitzt im Gefängnis, und Sie sind, entschuldigen Sie, der Idealtyp eines richtigen amerikanischen Jungen. Um die Wahrheit zu sagen, ich bin so aufgeregt, dass ich kaum still sitzen kann.«

Der Gedanke, dass diese Frau zu aufgeregt war, um still sitzen zu können, erregte Steve. Er wandte den Blick von Jeannie ab, aus Furcht, seine sexuelle Begierde könnte sich auf seinem Gesicht widerspiegeln. Doch kaum schaute Steve nach vorn, stürmten die beängstigenden Gedanken wieder auf ihn ein. Was sie ihm da erzählt hatte, war furchteinflößend. Er, Steve, besaß dieselbe DNS wie ein Mörder. Was bedeutete das für ihn?

Hinter Steve wurde die Tür geöffnet, und Jeannie blickte auf. »Hi, Berry«, sagte sie. »Steve, darf ich Ihnen Professor Berrington Jones vorstellen, den Leiter des Zwillingsforschungsprojekts hier an der JFU?«

Der Professor war ein kleiner Mann Ende fünfzig, gut aussehend, mit glattem silbergrauem Haar, sehr gepflegt, wie aus dem Ei gepellt. Er trug einen eleganten Anzug aus Irish Tweed mit grauem Karomuster und eine rote, weiß gepunktete Fliege. Steve hatte ihn einige Male im Fernsehen erlebt; Berrington hatte sich darüber ausgelassen, dass Amerika vor die Hunde ginge. Steve gefielen die Ansichten dieses Mannes nicht, doch er war zur Höflichkeit erzogen worden; deshalb stand er auf und hielt dem Professor die Hand hin.

Berrington Jones zuckte zusammen, als hätte er ein Gespenst gesehen. »Mein Gott!«, stieß er hervor, und sein Gesicht wurde bleich.

»Berry!«, sagte Jeannie. »Was ist los?«

»Hab ich irgendwas angestellt?«, fragte Steve.

Der Professor schwieg für einen Augenblick, rang um Fassung; dann riss er sich zusammen. »Es ist nichts, tut mir leid«, sagte er, schien aber noch immer bis ins Mark erschüttert. »Es ist nur, dass ich gerade . . . an eine Sache denken musste, die . . . ich vergessen hatte . . . einen dummen Fehler. Bitte, entschuldigen Sie mich.« Er ging zur Tür und murmelte immer noch: »Tut mir sehr leid, entschuldigen Sie.« Er verließ das Zimmer.

Steve schaute Jeannie an.

Sie breitete in einer Geste der Hilflosigkeit die Arme aus. »Ich weiß auch nicht, was in ihn gefahren ist«, sagte sie.

KAPITEL 6

Berrington saß an seinem Schreibtisch und atmete schwer. Er hatte ein Eckbüro, das ansonsten jedoch spartanisch eingerichtet war: Fußboden mit Kunststofffliesen, weiße Wände, nüchtern zweckmäßige Aktenschränke, billige Bücherregale. Vonseiten der Lehrkräfte erwartete man keine üppig ausgestatteten Büroräume. Der Bildschirmschoner auf Berringtons Computer zeigte eine sich langsam drehende DNS-Spirale in der berühmten Doppelhelix-Gestalt. Auf dem Schreibtisch standen Fotos, auf denen Berrington zusammen mit Geraldo Rivera, Newt Gingrich und Rush Limbaugh zu sehen war.

Das Fenster gewährte den Blick auf die Sporthalle, die wegen des Brandes am gestrigen Tag geschlossen war. Auf der gegenüberliegenden Straßenseite, auf dem Tennisplatz, spielten trotz der Hitze zwei junge Männer ein Match.

Berrington rieb sich die Augen. »Verdammt, verdammt, verdammt«, fluchte er inbrünstig.

Er selbst hatte Jeannie Ferrami dazu bewogen, an die Jones Falls zu kommen. Ihr Artikel über die Vererbbarkeit krimineller Anlagen hatte wissenschaftliches Neuland eröffnet, indem sie sich auf die Komponenten der kriminellen Persönlichkeit konzentriert hatte. Diese Frage war von grundlegender Bedeutung für das Genetico-Projekt. Berrington wollte, dass Ferrami ihre Forschungen unter seiner Federführung fortsetzte. Er hatte die Jones Falls dazu bewogen, ihr einen Job zu geben, und dafür gesorgt, dass ihre Forschungsarbeiten durch ein Stipendium der Genetico finanziert wurden.

Mit seiner Hilfe konnte Ferrami große Dinge tun, und dass sie aus ärmlichen Verhältnissen stammte, machte ihre Leistungen umso eindrucksvoller. Schon die ersten vier Wochen, die sie an der Jones Falls arbeitete, hatten gezeigt, dass Berringtons Einschätzung richtig gewesen war. Jeannie Ferrami hatte sich als Volltreffer erwiesen, und ihr Projekt machte rasche Fortschritte. Die meisten Leute mochten sie – wenngleich sie knallhart und aggressiv sein konnte: Ein Labortechniker mit Pferdeschwanz, der geglaubt hatte, mit schlampiger Arbeit durchzukommen, hatte sich an Ferramis zweitem Arbeitstag einen scharfen Verweis eingehandelt.

Berrington war geradezu fasziniert von dieser Frau. Sie war körperlich ebenso außergewöhnlich wie intellektuell. Er fühlte sich hin und her gerissen zwischen der Notwendigkeit, sie auf väterliche Weise zu ermutigen und anzuleiten, und einem schier übermächtigen Verlangen, sie zu verführen.

Und jetzt das!

Als Berrington wieder zu Atem gekommen war, nahm er den Hörer von der Gabel und rief Preston Barck an. Preston war sein ältester Freund; sie hatten sich in den Sechzigerjahren am renommierten MIT kennengelernt, dem Massachusetts Institute of Technology, als Berrington an seiner Doktorarbeit in Psychologie schrieb und Preston ein brillanter junger Embryologe gewesen war. Mit ihren kurzen Frisuren und den Tweedanzügen hatte man sie in jenen wilden, freizügigen Zeiten als Außenseiter betrachtet, als seltsame Figuren. Barck und Berrington erkannten rasch, dass sie auf vielen Gebieten die gleichen

Ansichten vertraten: Modern Jazz war fauler Zauber, Marihuana war der erste Schritt auf dem Weg zum Heroin, und der einzige aufrechte Politiker in den Vereinigten Staaten war Barry Goldwater. Die Freundschaft der beiden Männer war beständiger gewesen als ihre Ehen. Berrington fragte sich schon längst nicht mehr, ob er Preston eigentlich mochte oder nicht; er war einfach da, wie Kanada.

Zurzeit hielt Preston sich in der Genetico-Zentrale auf, einer Ansammlung niedriger, schmucker Gebäude oberhalb eines Golfplatzes im Baltimore County nördlich der Stadt. Prestons Sekretärin erklärte, ihr Chef sei in einer Besprechung, doch Berrington verlangte, trotzdem durchgestellt zu werden.

»Guten Morgen, Berry. Was liegt an?«

»Wer ist bei dir?«

»Lee Ho, einer der Chefbuchhalter von Landsmann. Wir sind gerade dabei, die letzten Einzelheiten des Abschlussberichts von Genetico durchzugehen.«

»Schaff den Kerl raus, aber fix!«

Prestons Stimme wurde leiser, als er den Kopf zur Seite drehte, weg vom Hörer. »Tut mir leid, Lee, aber diese Sache wird ein bisschen länger dauern. Ich komme später zu Ihnen.« Eine Pause trat ein; dann redete Preston wieder in die Sprechmuschel. Seine Stimme klang nun gereizt. »Ich habe soeben Michael Madigans rechte Hand aus dem Zimmer geworfen. Madigan ist der Generaldirektor von Landsmann, falls du es vergessen hast. Wenn du immer noch so wild auf die Übernahme bist wie gestern Abend, sollten wir lieber nicht ...«

Berrington riss der Geduldsfaden. »Steve Logan ist hier«, unterbrach er den Freund.

Für einen Augenblick herrschte verdutztes Schweigen am anderen Ende der Leitung. Dann: »An der Jones Falls?«

»Genau hier, im Institut für Psychologie.«

Augenblicklich hatte Preston seinen Besucher vergessen. »Du lieber Himmel, wie kommt das?«

»Er ist eine der Versuchspersonen und wird im Labor verschiedenen Tests unterzogen.«

95

Prestons Stimme hob sich um eine Oktave. »Wie konnte das geschehen?«

»Ich weiß es nicht. Ich bin ihm vor fünf Minuten begegnet. Du kannst dir meine Überraschung wohl vorstellen.«

»Und du hast ihn wirklich wiedererkannt.«

»Natürlich habe ich ihn ›wiedererkannt‹.«

»Weshalb wird er den Versuchen unterzogen?«

»Im Rahmen unseres Forschungsprogramms über Zwillinge.«

»Zwillinge?«, rief Preston. »*Zwillinge?* Wer ist denn der andere verdammte Zwilling?«

»Das weiß ich noch nicht. Hör mal, Preston, so etwas *musste* früher oder später passieren.«

»Aber ausgerechnet jetzt! Wir müssen das Geschäft mit Landsmann abblasen.«

»Zum Teufel, nein! Ich werde nicht zulassen, dass du diesen Zwischenfall zum Anlass nimmst, die Übernahme zu torpedieren.« Mittlerweile wünschte sich Berrington, er hätte gar nicht erst angerufen. Doch er hatte mit jemandem reden, seinen Schock mit jemandem teilen müssen. Außerdem konnte Preston ein scharfsinniger Stratege sein. »Wir müssen lediglich eine Möglichkeit finden, die Situation in den Griff zu bekommen.«

»Wer hat Steve Logan an die Universität geholt?«

»Die neue Kraft, die ich vor Kurzem eingestellt habe. Dr. Ferrami.«

»Der Bursche, der diese fantastische Abhandlung über Kriminalität geschrieben hat?«

»Genau. Nur dass der Bursche eine Frau ist. Eine sehr attraktive Frau, um genau zu sein . . .«

»Selbst wenn sie wie Sharon Stone aussieht, wir haben jetzt andere Sorgen . . .«

»Ich nehme an, Ferrami hat Steve für die Versuche ausgewählt. Sie war mit dem Jungen zusammen, als ich ihn getroffen habe. Ich werde die Sache nachprüfen.«

»Das ist der Schlüssel zu der ganzen Angelegenheit, Berry.« Preston beruhigte sich und dachte bereits über die Lösung nach, nicht über das Problem. »Finde heraus, wie der Junge ins Forschungsprogramm gekommen ist. Dann können wir uns daranmachen und abschätzen, wie groß die Gefahr für uns ist.«

»Ich werde Ferrami umgehend zu mir bestellen.«

»Wenn du fertig bist, ruf mich sofort an, ja?«

»Natürlich.« Berrington legte auf.

Doch er ließ Jeannie nicht umgehend zu sich rufen. Stattdessen lehnte er sich zurück und brachte Ordnung in seine Gedanken.

Auf seinem Schreibtisch stand ein altes Schwarz-Weiß-Foto, das seinen Vater als Lieutenant zeigte, in seiner schmucken weißen Marineuniform und Mütze. Berrington war sechs Jahre alt gewesen, als die *Wasp* gesunken war. Wie jeder kleine Junge in Amerika hatte er die Japsen gehasst und sich mit Spielen beschäftigt, in denen er sie in seiner Fantasie dutzendweise abschlachtete. Und sein Daddy war ein unbesiegbarer Held gewesen, groß und männlich, stark und tapfer und stets der Sieger. Berrington konnte immer noch den alles überwältigenden Zorn spüren, der ihn durchdrungen hatte, als er erfuhr, dass die Japaner seinen Vater getötet hatten. Er hatte zu Gott gebetet, der Krieg möge so lange dauern, bis er erwachsen war und zur Marine gehen konnte, um aus Rache eine Million Schlitzaugen zu töten.

Er hatte nie einen Menschen getötet. Aber er hatte auch nie eine japanische Hilfskraft eingestellt oder einem japanischen Studenten den Hochschulzugang erlaubt oder einem japanischen Psychologen einen Job angeboten.

Viele Männer, die vor einem Problem stehen, stellen sich die Frage, was ihr Vater an ihrer Stelle tun würde. Das war etwas, das ihm entging. Er war zu jung gewesen, um seinen Vater gut genug kennenzulernen. Berrington hatte keine Ahnung, wie Lieutenant Jones sich in einem Krisenfall verhalten hätte. Er hatte nie einen richtigen Vater gehabt, nur einen Superhelden.

Berrington beschloss, sich bei Jeannie Ferrami zu erkundigen, auf welche Weise sie sich ihre Versuchspersonen beschaffte. Und dann würde er sie fragen, ob sie mit ihm zu Abend essen wollte.

Er wählte Jeannies Nummer im Institut. Sie nahm sofort ab. Berrington senkte die Stimme und redete in einem Tonfall, den Vivvie, seine Exfrau, stets als seine ›Samtstimme‹ bezeichnet hatte. »Jeannie, hier Berry«, sagte er.

Sie erwiderte in ihrer typischen Direktheit: »Was liegt an?«

»Könnte ich ein paar Minuten mit Ihnen sprechen, bitte?«

»Ja, sicher.«

»Sind Sie so nett, und kommen in mein Büro?«

»Ich bin sofort da.« Sie legte auf.

Während Berrington auf sie wartete, fragte er sich müßig, mit wie vielen Frauen er eigentlich ins Bett gegangen war. Es würde zu lange dauern, sie sich nacheinander ins Gedächtnis zu rufen; aber vielleicht konnte er eine grobe Schätzung auf wissenschaftlicher Basis vornehmen. Mehr als eine, mehr als zehn bestimmt. Waren es mehr als hundert? Das wären dann zwei Komma fünf Frauen pro Jahr, rechnete er von seinem neunzehnten Lebensjahr an. Nein, diese Zahl lag mit Sicherheit zu niedrig. Tausend Frauen? Das machte dann fünfundzwanzig pro Jahr. Alle vierzehn Tage eine andere, vierzig Jahre lang? Nein, so gut war er nun auch wieder nicht gewesen. Im Laufe der zehn Jahre, in denen er mit Vivvie Ellington verheiratet gewesen war, hatte er vermutlich nicht mehr als fünfzehn, zwanzig außereheliche Beziehungen gehabt. Aber hinterher hatte er das Versäumte nachgeholt. Also schön, die Zahl lag irgendwo zwischen hundert und tausend. Aber er hatte nicht die Absicht, mit Jeannie ins Bett zu gehen. Er wollte vielmehr herausfinden, wie sie Verbindung mit Steve aufgenommen hatte.

Jeannie klopfte an und kam ins Zimmer. Sie trug einen weißen Laborkittel über Rock und Bluse. Es gefiel Berrington, wenn junge Frauen die Kittel trugen, als wären es Kleider – mit nichts darunter als der Unterwäsche. Er fand es sexy.

»Nett von Ihnen, dass Sie gekommen sind«, sagte er, zog Jeannie einen Stuhl heran und schob seinen eigenen Bürosessel hinter dem Schreibtisch hervor, sodass sich keine Barriere zwischen ihnen befand.

Seine erste Aufgabe bestand nun darin, Jeannie irgendeine plausible Erklärung für sein Verhalten bei der Begegnung mit Steve Logan zu liefern. Es würde nicht leicht sein, sie zu täuschen. Berrington wünschte sich, er hatte mehr Denkarbeit in diese Aufgabe investiert, statt sich damit zu befassen, die Zahl seiner Eroberungen zu ermitteln.

Er setzte sich und bedachte Jeannie mit seinem entwaffnendsten Lächeln. »Ich möchte mich für mein seltsames Verhalten entschuldigen«, sagte er. »Ich war vorhin damit beschäftigt, mir Informationen von der Universität Sydney, Australien, per Modem überspielen zu lassen.« Er wies auf seinen Desktop-Computer. »In dem Moment, als Sie mich dem jungen Mann vorgestellt haben, fiel mir ein, dass ich den Computer nicht ausgeschaltet hatte und dass der Hörer noch neben dem Telefon lag. Ich bin mir ein bisschen dumm vorgekommen, wissen Sie, und ich war ganz schön unhöflich.«

Es war eine ziemlich dürftige Ausrede, doch Jeannie schien sie ihm abzukaufen. »Da bin ich wirklich erleichtert«, sagte sie. »Ich dachte schon, ich hätte Sie irgendwie verärgert.«

So weit, so gut. »Ich wollte vorhin zu Ihnen, um mit Ihnen über Ihre Arbeit zu reden«, fuhr Berrington rasch fort. »Ich muss schon sagen, Sie haben hier an der JFU einen fliegenden Start hingelegt. Sie sind erst vier Wochen am Institut, und Ihr Projekt läuft bereits wie geschmiert. Gratuliere.«

Jeannie nickte. »Im Sommer, bevor ich hier offiziell anfing, habe ich lange Gespräche mit Frank und Herbert geführt«, sagte sie. Herb Dickson war der Abteilungschef, und Frank Demidenko war ordentlicher Professor. »Wir haben sämtliche praktischen Einzelheiten im Voraus geklärt.«

»Erzählen Sie mir ein bisschen über Ihr Projekt. Haben sich irgendwelche Probleme ergeben? Kann ich Ihnen irgendwie behilflich sein?«

»An Versuchspersonen heranzukommen ist das größte Problem«, erwiderte Jeannie. »Da unsere Probanden sich freiwillig zur Verfügung stellen, sind die meisten wie Steve Logan – ehrbare Amerikaner aus der Mittelschicht, die der Ansicht sind, dass ein braver Bürger die Pflicht hat, die wissenschaftliche Forschung zu unterstützen. Zuhälter und Drogendealer geben sich bei uns nicht gerade die Klinke in die Hand.«

»Einer der Vorwürfe unserer liberalen Kritiker, die wir leider nicht zurückweisen konnten.«

»Andererseits ist es unmöglich, Forschungen über aggressives Verhalten und Kriminalität anzustellen, indem man nur gesetzestreue amerikanische Familien aus dem Mittelwesten studiert. Deshalb war es für mein Projekt unbedingt erforderlich, das Problem zu lösen, an Versuchspersonen heranzukommen.«

»Und ist es Ihnen gelungen?«

»Ich glaube schon. Mir kam der Gedanke, dass heutzutage medizinische Unterlagen über Millionen von Menschen in den Großrechnern von Versicherungsgesellschaften und Regierungsbehörden gespeichert sind. Diese Unterlagen enthalten jene Informationen, die wir zur Beantwortung der Frage benötigen, ob ein Zwillingspaar eineiig oder zweieiig ist: Hirnstrommessungen, EKGs, Zahnstand und so weiter. Medizinische Datenbanken nach ähnlichen Elektrokardiogramm-Paaren durchzusehen, zum Beispiel, ist aber nur eine der Möglichkeiten, Zwillingspaare zu finden. Und ist die Datenmenge groß genug, besteht die Wahrscheinlichkeit, dass einige dieser Zwillingspaare getrennt aufgewachsen sind. Und jetzt kommt der Knackpunkt: Einige *von ihnen wissen vielleicht nicht einmal, dass sie Zwillinge sind.*«

»Bemerkenswert«, sagte Berrington. »Einfach, aber genial.« Er meinte es ernst. Eineiige Zwillinge, die getrennt aufgewachsen waren, stellten eine Kostbarkeit für die genetische Forschung dar, und Wissenschaftler scheuten keine Zeit und Mühe, solche Paare zu finden. Bis dato hatte man vor allem mithilfe der Printmedien versucht, solche Personen auf die Forschungen aufmerksam zu machen: Indem Artikel über das Studium von Zwillingen veröffentlicht wurden, meldeten sich mitunter Freiwillige, die sich für die Versuche zur Verfügung stellten. Wie Jeannie erklärt hatte, bestand der Nachteil allerdings darin, dass die Probanden zum größten Teil aus gutbürgerlichen Mittelstandsfamilien stammten – ein gravierender Nachteil im Besonderen, wenn es um das Studium der Kriminalität ging.

Doch für Berrington bedeuteten Jeannies Auskünfte eine Katastrophe. Er schaute ihr in die Augen und versuchte, sich seine Bestürzung nicht anmerken zu lassen. Die Sache war schlimmer, als er befürchtet hatte. Erst gestern Abend hatte Preston über die Genetico gesagt: »Wir alle wissen, dass dieses Unternehmen seine Geheimnisse hat.« Jim Proust hatte erklärt, niemand könne dahinterkommen. Dabei hatte er allerdings nicht an Jeannie Ferrami gedacht.

Berrington klammerte sich an einen Strohhalm. »Es ist bestimmt nicht so einfach, wie es sich anhört, auf der Grundlage solcher Informationen in eine Datenbank hineinzukommen.«

»Das ist richtig. Grafische Darstellungen beanspruchen eine riesige Speicherkapazität. Die Suche nach Akten mit relevanten Informationen ist weitaus schwieriger, als bei einer Dissertation das Rechtschreibprogramm durchlaufen zu lassen.«

»Ich könnte mir vorstellen, dass die Software ein ziemliches Problem darstellt. Wie sind Sie da herangegangen?«

»Ich habe selbst ein Programm entwickelt.«

»Ach was?« Berrington war verblüfft.

»Ja. Wie Sie wissen, habe ich in Princeton den Magistergrad in Informatik erworben. Und an der Universität Minnesota habe ich mit meinem Professor an komplexen Systemen zur Mustererkennung gearbeitet, die sich an der Struktur neuraler Netzwerke orientieren.«

War sie wirklich *so* beschlagen? »Wie arbeitet dieses Programm?«

»Ich benutze unscharfe Mengen, um die Ähnlichkeiten verschiedener Muster schneller erkennen zu können. Die Informationspaare, nach denen wir suchen – EEGs, EKGs und so weiter –, ähneln sich, sind aber nicht völlig gleich. Nehmen wir zum Beispiel die Röntgenaufnahmen identischer Zähne, die von verschiedenen Technikern an verschiedenen Geräten aufgenommen wurden. Sie decken sich nicht vollkommen. Aber das menschliche Auge kann erkennen, dass eine nahezu völlige Gleichheit besteht. Wenn diese Röntgenaufnahmen nun gescannt, digitalisiert und gespeichert werden, kann ein Rechner, der mit Fuzzy-Logik arbeitet, die Aufnahmen als Paar identifizieren.«

»Aber dazu brauchten Sie einen Computer von der Größe des Empire State Building.«

»Ich habe eine Möglichkeit gefunden, die Suche nach Muster-Paaren zu beschleunigen, indem ich mich auf einen kleinen Teil der digitalisierten Bilder konzentriere. Vereinfacht gesagt: Um einen

Freund zu erkennen, braucht man nicht seinen gesamten Körper zu scannen – nur das Gesicht. Autoliebhaber können die meisten herkömmlichen Fahrzeugmodelle allein anhand des Fotos eines Frontscheinwerfers identifizieren. Meine Schwester kann nach ungefähr zehn Sekunden den Titel eines jeden Songs von Madonna nennen.«

»Aber da sind Irrtümern Tür und Tor geöffnet.«

Jeannie zuckte mit den Schultern. »Natürlich besteht die Gefahr, Muster-Paare zu übersehen, wenn man nicht das Gesamtbild scannt. Aber nach meinem Dafürhalten kann man den Suchvorgang auf diese Weise drastisch verkürzen, wobei die Fehlerquote so gering ist, dass man sie praktisch außer Acht lassen kann. Es ist eine Frage der Statistik und der Wahrscheinlichkeit.«

Und Statistik zählte natürlich zum Repertoire sämtlicher Psychologen. »Aber wie kann ein und dasselbe Programm Röntgenaufnahmen, Elektrokardiogramme und Fingerabdrücke verarbeiten?«

»Es erkennt elektronische Muster. Worauf diese Muster basieren, spielt dabei keine Rolle.«

»Und dieses Programm funktioniert?«

»Sieht ganz so aus. Ich habe die Erlaubnis bekommen, sozusagen einen Probelauf vorzunehmen, wobei die zahnmedizinischen Daten im Zentralcomputer einer großen Krankenversicherung als Grundlage dienten. Dabei habe ich mehrere Hundert Muster-Paare entdeckt. Aber ich interessiere mich natürlich nur für Zwillinge, die getrennt aufgewachsen sind.«

»Und wie haben Sie diese Zwillinge ermittelt?«

»Indem ich sämtliche Paare mit demselben Nachnamen von meiner Liste gestrichen habe – wie auch alle verheirateten Frauen, denn die meisten haben den Namen ihres Mannes angenommen. Bei den Übriggebliebenen handelt es sich um Zwillinge, bei denen kein offenkundiger oder, besser gesagt, herkömmlicher Grund besteht, dass sie verschiedene Nachnamen besitzen.«

Genial, dachte Berrington. Er fühlte sich hin und her gerissen zwischen der Bewunderung für Jeannie und der Furcht vor dem, was sie herausfinden mochte. »Wie viele sind denn übrig geblieben?«

»Drei Paare – ein bisschen enttäuschend. Ich hatte mehr erwartet. In einem Fall hatte einer der Zwillinge seinen Nachnamen aus religiösen Gründen geändert. Er war zum muslimischen Glauben übergetreten und hatte einen arabischen Namen angenommen. Ein anderes Paar war spurlos verschwunden. Das dritte Paar aber war glücklicherweise genau das, wonach ich gesucht hatte: Steve Logan ist ein gesetzestreuer Bürger, Dennis Pinker dagegen ein Mörder.«

Das wusste Berrington bereits. Eines späten Abends hatte Dennis Pinker das Hauptstromkabel eines Kinos unterbrochen – mitten in einer Vorführung des Films *Freitag der Dreizehnte*. In der Panik, die daraufhin ausgebrochen war, hatte Pinker mehrere weibliche Zuschauer sexuell belästigt. Ein Mädchen hatte offenbar versucht, sich zu wehren, und war von Dennis Pinker getötet worden.

Jeannie hatte also Dennis aufgestöbert. Gütiger Himmel, dachte Berrington, die Frau ist gefährlich. Sie konnte alles zerstören: das Geschäft mit Landsmann, Jims politische Karriere, Genetico, sogar Berringtons wissenschaftlichen Ruf. Seine Furcht wandelte sich in Zorn: Alles, wofür er sein Leben lang gearbeitet hatte, wurde ausgerechnet von seinem eigenen Schützling bedroht.

Immerhin war es ein Riesenglück, dass Jeannie an der Jones Falls arbeitete; anderenfalls wäre Berrington nicht so frühzeitig gewarnt worden, welche Ziele sie verfolgte. Dennoch sah er keinen Ausweg. Es sei denn, Jeannies Unterlagen wurden bei einem Brand vernichtet, oder sie kam bei einem Autounfall ums Leben. Aber das waren Fantastereien.

Vielleicht bestand die Möglichkeit, Jeannies Glauben an die Zuverlässigkeit ihres Programms zu erschüttern. »Weiß Logan, dass er ein Adoptivkind ist?«, fragte Berrington mit versteckter Boshaftigkeit.

»Nein.« Jeannie zog die Brauen zusammen; auf ihrem Gesicht erschien ein Ausdruck der Besorgnis. »Wir wissen, dass Familien häufig lügen, wenn es um Adoptionen geht. Doch Steve ist sicher, seine Mutter hätte ihm die Wahrheit gesagt. Aber es könnte eine andere Erklärung geben. Angenommen, Steves Eltern konnten den Jungen nicht auf normalem Weg adoptieren, aus welchen Gründen auch immer, und sie haben sich ein Baby *gekauft* – dann könnte es gut sein, dass die Logans lügen.«

»Oder Ihr System hat Sie getrogen«, entgegnete Berrington. »Nur weil zwei Jungen identische Zähne haben, bedeutet das nicht, dass sie Zwillinge sind.«

»Ich glaube nicht, dass mein System eine Fehlinformation liefert«, sagte Jeannie schroff. »Aber es bedrückt mich, Dutzenden von Menschen mitteilen zu müssen, dass sie möglicherweise Adoptivkinder sind. Ich bin mir nicht einmal sicher, ob ich das Recht habe, auf diese Weise in ihr Leben einzudringen. Mir ist die Schwere dieses Problems erst jetzt deutlich geworden.«

Berrington schaute auf die Uhr. »Tja, ich habe noch Termine, aber ich hätte mich gern noch ein bisschen mit Ihnen unterhalten. Haben Sie Zeit, mit mir essen zu gehen?«

»Heute Abend?«

»Ja.«

Er bemerkte ihr Zögern. Sie hatten schon einmal gemeinsam zu Abend gegessen, auf dem internationalen Kongress für Zwillingsforschung, bei dem sie sich kennengelernt hatten. Seit Jeannie an der JFU arbeitete, waren sie einmal auf ein paar Drinks in der Bar des Fakultätsclubs auf dem Campus gewesen. Und an einem Samstag waren sie sich zufällig auf einer Einkaufsstraße in Charles Village begegnet, und Berrington hatte Jeannie durch das Baltimore Museum of Art geführt. Wenngleich von einer romantischen Beziehung nicht die Rede sein konnte, wusste Berrington doch, dass sie bei allen drei Gelegenheiten seine Gesellschaft genossen hatte. Außerdem war er ihr Mentor; da konnte sie ihm nicht so leicht absagen.

»Gut«, sagte Jeannie.

»Wie wäre es mit dem Harbor Court Hotel in Hamptons? Ich halte es für das beste Restaurant in Baltimore.« Zumindest war es das mondänste.

»Gern«, sagte sie und erhob sich.

»Dann hole ich Sie um acht Uhr ab, ja?«

»Einverstanden.«

Als Jeannie sich zur Tür wandte, überkam Berrington eine plötzliche Vision ihres nackten Rückens, glatt und straff, und ihres kleinen, flachen Gesäßes und ihrer langen, schlanken Beine, und für einen Augenblick wurde ihm vor Begierde die Kehle trocken. Dann schloss Jeannie die Tür.

Berrington schüttelte den Kopf, um das schlüpfrige Fantasiebild zu vertreiben. Er nahm den Hörer auf und rief noch einmal Preston an.

»Es ist schlimmer, als wir dachten«, sagte er ohne Vorrede. »Sie hat ein Computerprogramm entwickelt, das medizinische Datenbänke durchsuchen und Zwillingspaare auffinden kann. Als sie es das erste Mal erprobte, hat sie Steve und Dennis entdeckt.«

»Scheiße.«

»Wir müssen Jim Bescheid sagen.«

»Ja. Wir drei sollten uns treffen und überlegen, was wir jetzt tun sollen. Wie wär's mit heute Abend?«

»Heute Abend gehe ich mit Ferrami zum Essen.«

»Hältst du das für eine Lösung des Problems?«

»Es kann jedenfalls nichts schaden.«

»Ich bin immer noch der Ansicht, wir sollten das Geschäft mit Landsmann platzen lassen.«

»Da bin ich anderer Meinung«, sagte Berrington. »Ferrami ist hochintelligent, aber ich glaube nicht, dass sie binnen einer Woche die ganze Geschichte aufdecken kann.«

Doch als Berrington auflegte, fragte er sich, ob er sich da so sicher sein konnte.

KAPITEL 7

Die Studenten im Vorlesungssaal für Humanbiologie waren unruhig. Kaum einer war bei der Sache; auf vielen Gesichtern spiegelten sich Angst und Unsicherheit. Jeannie kannte die Gründe dafür: der Brand und die Vergewaltigung. Auch sie war nervös. Ihre behagliche akademische Welt war in Unordnung geraten. Die Gedanken der Studenten schweiften immer wieder zu den Geschehnissen in der Sporthalle ab.

»Die beobachteten Unterschiede der menschlichen Intelligenz lassen sich durch drei Faktoren erklären«, sagte Jeannie. »Erstens: unterschiedliches Erbmaterial. Zweitens: eine unterschiedliche Umwelt. Drittens: experimentelle Messfehler.« Sie hielt inne, während die Studenten in ihre Notizbücher kritzelten.

Dieser Mechanismus war Jeannie aufgefallen. Jedes Mal wenn sie irgendetwas vortrug, dem sie Zahlen voranstellte, schrieben die Studenten es nieder. Hätte sie einfach gesagt: »Unterschiedliches Erbmaterial, unterschiedliche Umwelt und experimentelle Messfehler«, hätten die meisten ihr Schreibzeug nicht angerührt. Seit Jeannie diese Beobachtung zum ersten Mal gemacht hatte, verwendete sie bei ihren Vorlesungen so viele nummerierte Listen und Aufzählungen wie nur möglich.

Sie war eine gute Lehrerin – was sie selbst ein wenig überraschte. Für gewöhnlich tat sie sich im Umgang mit Menschen schwer. Sie war ungeduldig, und sie konnte schroff sein – so wie an diesem Morgen zu Mish, der Sergeantin von der Abteilung für Sexualverbrechen. Doch sie konnte sich gut mitteilen, klar und deutlich, und es machte ihr Freude, Probleme und Zusammenhänge zu erklären und dann zu erleben, wie sich auf dem Gesicht eines Studenten aufkeimendes Begreifen zeigte.

»Wir können das auch als Gleichung darstellen«, fuhr Jeannie fort, drehte sich um und schrieb mit einem Stück Kreide auf die Tafel:

$$Vt = Vg + Ve + Vm$$

»Vt steht für die gesamte Streubreite. Vg ist das genetische Element, Ve der Faktor Environment, also soziales Umfeld, und Vm steht für den Messfehler.« Sämtliche Studenten notierten sich die Gleichung. »Genauso können wir bei allen messbaren Unterschieden psychischer und physischer Natur verfahren, die zwischen Menschen bestehen, mag es sich dabei um Gewicht und Größe oder um ihren Glauben an

Gott handeln. Die Sache hat allerdings einen Haken. Kann jemand von Ihnen mir sagen, worauf ich abziele?« Niemand meldete sich zu Wort, also gab Jeannie einen Hinweis. »Das Ganze kann größer sein als die Summe der Teile. Aber weshalb?«

Ein junger Mann hob die Hand. Es waren meist die männlichen Studenten; viele Studentinnen waren leider schüchtern. »Weil Gene und Umwelt sich gegenseitig beeinflussen und auf diese Weise die Wirkungen vervielfachen?«

»Genau. Die Gene lenken uns gewissermaßen zu bestimmten äußeren Erfahrungen hin und leiten uns von anderen fort. Babys mit unterschiedlichem Temperament veranlassen die Eltern, sie unterschiedlich zu behandeln. Zurückhaltende, stille Kleinkinder haben andere Erfahrungen als aktive, extrovertierte. Auf der rechten Seite der Gleichung müssen wir also den Term C_{ge} addieren, die Kovariante Gen-Umwelt.« Jeannie schrieb es auf die Tafel; dann warf sie einen Blick auf ihre Schweizer Armee-Uhr. Es war fünf vor vier. »Noch Fragen?«

Zur Abwechslung war es eine Studentin, die sich zu Wort meldete: Donna-Marie Dickson, eine Krankenschwester in den Dreißigern, die beschlossen hatte, ein Studium zu absolvieren. Sie war intelligent, aber schüchtern. »Was ist mit den Osmonds?«, fragte sie.

Allgemeines Gelächter im Hörsaal, und Donna-Marie errötete. Jeannie sagte ermunternd: »Erklären Sie genauer, was Sie meinen, Donna-Marie. Einige Kommilitonen sind zu jung, als dass sie die Osmonds kennen könnten.«

»Die Osmonds waren eine Popgruppe in den Siebzigerjahren, alles Brüder und Schwestern. Eine Familie, in der alle musikalisch begabt waren. Aber es war kein Zwillingspaar darunter. Sie hatten also keine identischen Gene. Somit hat es den Anschein, als hätte die Umwelt die Osmonds zu begabten Musikern gemacht. Wie beispielsweise auch die Jackson Five.« Wieder lachten die anderen, zumeist viel jüngeren Kommilitonen. Donna-Marie lächelte verlegen und fügte hinzu: »Ich zeige anscheinend zu deutlich, wie alt ich bin.«

»Miss Dickson hat auf einen wichtigen Punkt hingewiesen. Ich bin erstaunt, dass niemand sonst daraufgekommen ist«, sagte Jeannie.

Sie war ganz und gar nicht erstaunt, doch Donna-Marie brauchte ein bisschen Auftrieb für ihr Selbstvertrauen. »Charismatische und hingebungsvolle Eltern können bewirken, dass sich alle ihre Kinder einem bestimmten Ideal angleichen, wobei die genetische Ausstattung der Kinder eine untergeordnete Rolle spielt. Das andere Extrem sind Eltern, die ihre Kinder misshandeln oder gar missbrauchen und eine ganze Familie von Schizophrenen hervorbringen können. Aber beides sind Extremfälle. Kinder, die von den Eltern stark vernachlässigt wurden, sind oft kleinwüchsig, selbst wenn die Eltern und Großeltern körperlich groß sind. Wird ein Kind wiederum zu sehr verhätschelt, kann es fettleibig sein, auch wenn es aus einer Familie schlanker Menschen stammt. Dennoch zeigen sämtliche neueren Studien auf diesem Gebiet – und zwar mit zunehmender Deutlichkeit –, dass vorrangig das genetische Erbe und nicht das soziale Umfeld oder die Art und Weise der Erziehung die Natur des Kindes bestimmt.« Sie hielt inne. »Wenn es keine weiteren Fragen gibt, so lesen Sie dann bitte den Artikel von Bouchard *et al.* in *Science* vom 12. Oktober 1990. Bis nächsten Montag.« Jeannie schob ihre Unterlagen zusammen.

Die Studenten packten ihre Bücher ein. Jeannie blieb noch eine Zeit lang wartend stehen, um Studenten, die zu ängstlich waren, sich vor den anderen zu äußern, die Möglichkeit zu geben, unter vier Augen mit ihr zu reden. Introvertierte wurden oft zu hervorragenden Wissenschaftlern.

Es war Donna-Marie, die zu Jeannie kam. Sie besaß ein rundes Gesicht und helles, lockiges Haar. Sie war bestimmt mal eine gute Krankenschwester, dachte Jeannie, still und tüchtig. »Es tut mir leid, was mit der armen Lisa geschehen ist«, sagte Donna-Marie. »Was für eine schlimme Sache.«

»Und die Polizei hat alles noch schlimmer gemacht«, entgegnete Jeannie. »Der Cop, der sie zum Krankenhaus gefahren hat, war ein richtiges Arschloch, um es mal deutlich zu sagen.«

»Oje. Na ja, vielleicht schnappen sie den Kerl. Überall auf dem Campus werden Flugblätter mit einem Phantombild des Täters verteilt.«

»Gut!« Das Bild, das Donna-Marie erwähnte, war gewiss mithilfe von Mish Delawares Computerprogramm entworfen worden. »Ich war diese Nacht bei Lisa. Als ich heute Morgen ging, hat sie gemeinsam mit einem weiblichen Detective an dem Phantombild gearbeitet.«

»Wie geht es ihr?«

»Sie ist immer noch wie benommen ... und zugleich schrecklich aufgewühlt.«

Donna-Marie nickte. »Vergewaltigungsopfer machen verschiedene Phasen durch. Ich habe es in meinem Beruf erlebt. In der ersten Phase versuchen sie, die Tat zu verleugnen. Sie sagen sich: ›Ich werde das alles einfach hinter mir lassen und mein Leben wie gewohnt weiterführen.‹ Aber so einfach ist es nie.«

»Vielleicht sollten Sie mal mit Lisa reden. Wenn Sie wissen, was psychisch auf sie zukommt, können Sie ihr vielleicht helfen.«

»Sehr gern«, sagte Donna-Marie.

Jeannie ging über den Campus zur Klapsmühle, dem Psychologischen Institut. Es war immer noch heiß. Unwillkürlich schaute Jeannie sich wachsam um – wie ein schussbereiter Cowboy in einem Westernfilm –, als würde sie damit rechnen, dass plötzlich jemand um die Ecke des Erstsemesterwohnheims kam und über sie herfiel. Bis gestern noch war ihr der Campus der Jones Falls stets wie eine Oase nostalgischer Stille in der Wüste einer modernen amerikanischen Großstadt erschienen.

Die Universität war ja tatsächlich so etwas wie eine kleine Stadt für sich – mit Läden und Bankfilialen, Sportplätzen und Parkuhren, Kneipen und Restaurants, Büro- und Wohngebäuden. Nun aber hatte die JFU sich in eine gefährliche Gegend verwandelt. In Jeannie stieg Zorn auf. Der Mistkerl hatte kein Recht, so etwas zu tun, dachte sie voller Bitterkeit. Er ist schuld, dass ich mich nun an meinem eigenen Arbeitsplatz fürchte. Aber vielleicht hat ein Verbrechen immer diese Wirkung: Es verwandelt den festen Boden unter deinen Füßen in einen tückischen Sumpf.

Als Jeannie ihr Büro betrat, dachte sie an Berrington Jones. Er war ein attraktiver Mann, sehr galant im Umgang mit Frauen. Sie hatte die Zeit, die sie mit ihm verbrachte, stets genossen. Außerdem stand sie in seiner Schuld. Schließlich hatte er ihr diesen Job verschafft.

Andererseits war Berry ein aalglatter Bursche. Jeannie vermutete, dass seine Haltung Frauen gegenüber sehr berechnend war, nur auf den eigenen Vorteil bedacht. Wenn sie an Berrington dachte, kam ihr stets der Witz über den Mann in den Sinn, der beim ersten Rendezvous zu der Frau sagt: »Erzählen Sie mir von Ihnen! Was, zum Beispiel, halten *Sie* von mir?«

In mancher Hinsicht wirkte er gar nicht wie ein Gelehrter. Doch Jeannie hatte beobachtet, dass die wahren Tatmenschen der akademischen Welt ganz und gar nicht dem Klischee des zerstreuten und weltfremden Professors entsprachen. Berrington sah nicht nur aus wie ein mächtiger Mann, er verhielt sich auch so. Seit einigen Jahren hatte er keine herausragenden wissenschaftlichen Arbeiten mehr geleistet; aber das war nichts Außergewöhnliches. Geniale, bahnbrechende Entdeckungen, wie beispielsweise die der Doppelhelix, wurden für gewöhnlich von Wissenschaftlern gemacht, die nicht älter als fünfunddreißig waren. Mit zunehmendem Alter setzten Forscher ihre Erfahrungen und ihr Wissen ein, jüngeren, unverbrauchten Geistern zu helfen und sie anzuleiten. Was das betraf, war Berrington mit seinen drei Professorenstellen beispielhaft; überdies ließ er durch Genetico große Summen in Forschungsprojekte fließen. Doch er war nicht so geachtet, wie er es hätte sein können; denn anderen Wissenschaftlern missfielen seine politischen Aktivitäten. In Jeannies Augen war Berrys wissenschaftliche Leistung brillant, seine Politik beschissen.

Zu Anfang hatte sie Berrington die Geschichte mit der Modem-Überspielung der Daten aus Australien abgekauft, doch je länger sie darüber nachdachte, desto stärker wurden ihre Zweifel. Berry hatte Steve Logan angestarrt, als hätte er ein Gespenst vor sich und keine exorbitante Telefonrechnung.

In vielen Familien gab es elterliche Geheimnisse. Beispielsweise konnte eine verheiratete Frau einen Liebhaber gehabt haben, und nur sie allein wusste, wer der wirkliche Vater ihres Kindes war. Oder eine junge Frau hatte ein Baby und gab es ihrer Mutter, wobei sie vorgab, dass die Mutter eine ältere Schwester sei – und die ganze Familie bildete eine verschworene Gemeinschaft, um das Geheimnis vor dem Kind zu wahren. Kinder wurden von Nachbarn, Verwandten und Freunden adoptiert, welche die Wahrheit verschleierten. Lorraine Logan mochte nicht der Typ Frau sein, der aus einer ganz normalen Adoption ein düsteres Geheimnis machte, doch sie konnte ein Dutzend andere Gründe dafür haben, Steven zu belügen, was seine wahre Herkunft betraf. Was aber hatte Berrington damit zu tun? War er vielleicht Stevens richtiger Vater?

Bei diesem Gedanken musste Jeannie lächeln. Berry war ein gut aussehender Mann, aber er war mindestens zwanzig Zentimeter kleiner als Steven. Wenngleich alles möglich war – diese Theorie war denn doch eher unwahrscheinlich!

Es ärgerte Jeannie, dass sie vor einem Rätsel stand, was Stevens Herkunft betraf. In jeder anderen Hinsicht verkörperte Steve Logan einen triumphalen Erfolg für sie. Er war ein gesetzestreuer junger Mann, der einen eineiigen Zwillingsbruder hatte, bei dem es sich um einen gewalttätigen Verbrecher handelte. Steve war die lebendige Bestätigung dafür, dass Jeannies Computerprogramm funktionierte; zudem erhärtete er ihre Theorie über Kriminalität. Natürlich brauchte sie weitere hundert Zwillingspaare wie Steven und Dennis, bevor sie von einem Beweis reden konnte. Dennoch – einen besseren Start für ihr Suchprogramm hätte sie sich nicht wünschen können.

Morgen würde sie Dennis aufsuchen. Falls er sich als dunkelhaariger Zwerg erwies, musste sie einsehen, dass irgendetwas gründlich schiefgegangen war. Doch falls sie recht hatte, würde Dennis wie Stevens Doppelgänger aussehen.

Dass Steven ihr erklärt hatte, er habe keine Ahnung, ob er adoptiert worden sei, hatte Jeannie ziemlich hart getroffen. Sie musste irgendeine Verfahrensweise finden, die es ihr ermöglichte, dieses Problem in den Griff zu bekommen. Vielleicht würde sie in Zukunft erst Kontakt mit den Eltern aufnehmen, um herauszufinden, was diese den Kindern erzählt hatten, *bevor* sie sich mit den Zwillingen in Verbindung setzte. Ihre Arbeit würde dadurch zwar langsamer vorangehen, doch es war unumgänglich: *Sie* konnte nicht diejenige sein, die Familiengeheimnisse offenlegte.

Dieses Problem war lösbar – doch Jeannie wurde das Gefühl der Angst nicht los, das Berringtons skeptische Fragen und Steve Logans Ungläubigkeit verursacht hatten. Mit Bangen dachte sie an die nächste Phase ihres Projekts: Sie hoffte, ihr Programm einsetzen zu können, um die Fingerabdrücke zu durchsuchen, die in den FBI-Computern gespeichert waren.

Es war die ideale Quelle für sie. Viele von den zwanzig Millionen Menschen, deren Fingerabdrücke sich in der FBI-Datenbank befanden, waren eines Verbrechens verdächtigt oder verurteilt worden. Falls das Programm funktionierte, würde es Hunderte von Zwillingen ermitteln, darunter viele getrennt aufgewachsene Paare. Für Jeannies Forschung konnte es einen Quantensprung nach vorn bedeuten. Doch zuerst einmal brauchte sie die Genehmigung des FBI.

Jeannies beste Schulfreundin war Ghita Sumra gewesen, ein mathematisches Genie von asiatisch-indischer Abstammung. Ghita besaß inzwischen eine leitende Stellung in der Abteilung für Informationstechnologie beim FBI. Sie arbeitete in Washington, D. C., wohnte aber in Baltimore.

Ghita hatte sich bereits einverstanden erklärt, ihre Vorgesetzten zu bitten, mit Jeannie zusammenzuarbeiten, und ihr versprochen, bis zum Ende der Woche Bescheid zu geben. Nun aber wollte Jeannie die Sache beschleunigen. Sie wählte Ghitas Nummer.

Ghita war in Washington geboren, doch ihre Stimme verriet noch immer ihre Herkunft vom indischen Subkontinent: Die Aussprache war melodisch, und die Vokale klangen weich und rund. »Hey, Jeannie, wie war das Wochenende?«, fragte sie.

»Schrecklich«, erwiderte Jeannie. »Meine Mutter ist durchgedreht. Ich musste sie in ein Heim bringen lassen.«

»Oh, das tut mir ehrlich leid. Was hat sie denn getan?«

»Sie hat vergessen, dass es mitten in der Nacht war, als sie aufgestanden ist. Sie hat vergessen, sich anzuziehen, als sie eine Tüte Milch kaufen wollte. Sie hat vergessen, dass sie wegen dieser Tüte Milch nicht bis Washington hätte laufen müssen. Und dann hat sie vergessen, wo sie wohnt.«

»Mein Gott. Und was ist geschehen?«

»Die Polizei hat sie gefunden. Gott sei Dank hatte Mom einen Scheck von mir in der Geldbörse, sodass die Beamten wussten, an wen sie sich wenden konnten.«

»Und wie bist du damit klargekommen?«

Das war eine Frage, wie nur eine Frau sie stellte. Die Männer – Jack Bulgen, Berrington Jones – hatten wissen wollen, wie es nun weitergehen solle. Es brauchte schon eine Frau, um sich danach zu erkundigen, wie *Jeannie* sich fühlte. »Schlecht«, sagte sie. »Ich muss mich um Mutter kümmern, aber wer kümmert sich um mich? Verstehst du?«

»Wo ist deine Mutter jetzt?«

»In einem drittklassigen Pflegeheim. Etwas anderes können wir uns mit dem Geld aus ihrer Krankenversicherung nicht leisten. Ich muss sie da rausholen, sobald ich eine bessere Bleibe bezahlen kann.« Am anderen Ende der Leitung trat Schweigen ein. Jeannie erkannte, dass Ghita die Bemerkung offenbar so aufgefasst hatte, als wollte die Freundin sie anpumpen. »Ich werde wohl an den Wochenenden Nachhilfestunden erteilen«, fügte Jeannie rasch hinzu. »Hast du mit deinem Chef schon über meinen Vorschlag gesprochen?«

»Allerdings.«

Jeannie hielt den Atem an.

»Hier ist jeder sehr an deiner Software interessiert«, sagte Ghita.

Das war kein Ja und kein Nein. »Ihr habt keine Scannersysteme, stimmt's?«

»Doch, die haben wir, aber deine Suchmaschine ist schneller als alles, was wir aufbieten können. Hier werden bereits Gespräche darüber geführt, die Rechte an der Software von dir zu erwerben.«

»Hey! Vielleicht brauche ich mir dann doch nicht die Wochenenden mit Nachhilfe um die Ohren zu schlagen.«

Ghita lachte. »Bevor du die Champagnerkorken knallen lässt – wir müssen uns erst davon überzeugen, dass dein Programm tatsächlich läuft.«

»Und wann soll das geschehen?«

»Wir werden irgendwann einen nächtlichen Probelauf machen, damit es zu einer kleinstmöglichen Überschneidung mit der routinemäßigen Nutzung unserer Datenbank kommt. Ich muss also auf eine ruhige Nacht warten. Das dürfte eine, höchstens zwei Wochen dauern.«

»Geht es nicht schneller?«

»Gibt es einen Grund zur Eile?«

Den gab es, doch es widerstrebte Jeannie, Ghita von ihren Sorgen zu erzählen. »Ich bin bloß ungeduldig«, sagte sie.

»Ich werde die Sache so rasch wie möglich erledigen, keine Bange. Kannst du mir das Programm per Modem rüberschicken?«

»Ja, sicher. Aber meinst du nicht, ich sollte dabei sein, wenn ihr den Probelauf macht?«

»Nein, Jeannie, das ist nicht nötig«, sagte Ghita mit einem Lächeln in der Stimme.

»Natürlich. Von EDV verstehst du mehr als ich.«

»Ich gebe dir jetzt die Nummer.« Ghita las eine E-Mail-Anschrift vor, und Jeannie notierte sie sich. »Ich schicke dir die Ergebnisse auf dem gleichen Weg zurück.«

»Danke. Hör mal, Ghita . . .«

»Ja?«

»Hast du vielleicht 'ne Datei übrig, in der ich meine Millionen vor dem Finanzamt verstecken kann?«

»Jetzt aber raus aus der Leitung!« Ghita lachte und legte auf.

Jeannie klickte mit der Maus America Online an, um eine Internet-Verbindung herzustellen. Während ihr Suchprogramm hochgeladen wurde, klopfte jemand an die Tür, und Steve Logan kam ins Zimmer.

Jeannie musterte ihn prüfend. Er hatte schreckliche Neuigkeiten wegstecken müssen, und das stand ihm ins Gesicht geschrieben. Doch er war jung und zäh; der Schock hatte ihn nicht umwerfen können. Und er schien psychisch sehr robust zu sein. Wäre er ein Krimineller gewesen – wie vermutlich Dennis, sein Zwillingsbruder –, hätte er inzwischen eine Schlägerei vom Zaun gebrochen, um seine Gewalttätigkeit abzureagieren. »Wie geht's?«, fragte Jeannie.

Mit der Hacke stieß Steven die Tür hinter sich zu. »Alles erledigt«, sagte er. »Ich habe mich sämtlichen Tests unterzogen, jede Untersuchung über mich ergehen lassen und alle Fragebogen ausgefüllt, die der menschliche Verstand sich ausdenken kann.«

»Okay. Dann können Sie jetzt nach Hause gehen.«

»Ich hab mir überlegt, den Abend hier in Baltimore zu verbringen. Und da wollte ich Sie fragen, ob Sie mit mir essen möchten.«

Der Vorschlag traf Jeannie völlig unerwartet. »Weshalb?«, erwiderte sie unhöflich.

Die Frage brachte Steven aus dem Konzept. »Na ja, äh ... zum einen, weil ich gern mehr über Ihre Forschungen erfahren möchte.«

»Oh. Tja, leider bin ich heute schon zum Abendessen verabredet.«

Er blickte zutiefst enttäuscht drein. »Halten Sie mich für zu jung?«

»Zu jung für was?«

»Mit Ihnen auszugehen.«

Plötzlich erkannte Jeannie, worauf er hinauswollte. »Ich wusste nicht, dass Sie mich um ein *Rendezvous* gebeten haben«, sagte sie.

Steven erwiderte verlegen: »Manchmal kapieren Sie wirklich ein bisschen langsam.«

»Ja. Tut mir leid.« Steven hatte recht. Er hatte gestern schon versucht, mit ihr anzubändeln, auf dem Tennisplatz. Doch sie hatte ihn stets nur als Studienobjekt betrachtet. Aber er war ein intelligenter, gut aussehender junger Mann. Trotzdem – als Jeannie nun genauer darüber nachdachte, erkannte sie, dass Steven *tatsächlich* zu jung war, um sich von ihm ausführen zu lassen. Er war zweiundzwanzig, ein Student; sie war sieben Jahre älter. Eine große Lücke.

»Wie alt ist er denn?«, fragte Steven.

»Wer?«

»Der Mann, mit dem Sie essen gehen.«

»Neunundfünfzig oder sechzig. So in etwa.«

»Wow! Sie stehen auf *alte* Männer.«

Plötzlich spürte Jeannie einen Anflug von Gewissensbissen. Es tat ihr leid, Steven einen Korb zu geben. Du bist ihm etwas schuldig, sagte sie sich. Überleg doch nur, mit welchen Neuigkeiten du ihn konfrontiert hast.

Jeannie wurde aus ihren Gedanken gerissen, als der Computer ein Geräusch von sich gab, das an eine Türklingel erinnerte. Die Übertragung des Programms war beendet. »Ich bin hier heute fertig«, sagte sie. »Möchten Sie mit mir einen Drink im Fakultätsclub nehmen?«

Sofort erhellte sich Stevens Gesicht. »Klar. Sehr gern. Kann ich da so rein?«

Er trug eine Khakihose und ein blaues Leinenhemd. »Sie sind besser gekleidet als die meisten Professoren dieser Uni«, sagte Jeannie lächelnd, erhob sich und schaltete den Computer aus.

»Ich habe meine Mutter angerufen«, sagte Steven. »Hab ihr von Ihrer Theorie erzählt.«

»Und? Ist sie ausgeflippt?«

»Sie hat gelacht und mir gesagt, dass ich weder adoptiert sei noch einen Zwillingsbruder hätte, der zur Adoption freigegeben war.«

»Seltsam.« Jeannie war erleichtert, dass die Familie Logan diese Sache so gelassen hinnahm. Auf der anderen Seite ließ diese Gelassenheit in Jeannie die Sorge aufkeimen, dass Steven und Dennis vielleicht doch keine Zwillinge waren.

»Wissen Sie ...« Jeannie zögerte. Sie hatte Steven heute mit genug schockierenden Neuigkeiten konfrontiert, doch sie tat den Sprung ins kalte Wasser. »Es gibt noch eine andere Erklärung dafür, dass Sie und Dennis Zwillinge sein könnten.«

»Ich weiß, worauf Sie hinauswollen«, erwiderte Steven. »In Krankenhäusern kommst es schon mal vor, dass Babys vertauscht werden.«

Er besaß eine rasche Auffassungsgabe. An diesem Morgen hatte Jeannie mehr als einmal erkannt, wie schnell Steven Probleme zu lösen vermochte. »Das stimmt«, sagte sie. »Mutter Nummer eins hat eineiige Zwillinge, zwei Jungen. Mutter Nummer zwei und drei haben je einen Jungen. Die Zwillinge werden den Müttern Nummer zwei und drei gegeben; deren zwei Söhne werden Mutter Nummer eins gegeben – als vermeintliche Zwillinge. Wenn die Kinder groß werden, gelangt Mutter Nummer eins zu dem Schluss, dass ihre Söhne zweieiige Zwillinge sein müssen, weil sie ausgesprochen wenig Ähnlichkeit aufweisen.«

»Und wenn die Mütter Nummer zwei und drei sich nicht zufällig begegnen, wird die verblüffende Ähnlichkeit ihrer Söhne nie jemandem auffallen.«

»Eines der Lieblingsthemen von Schnulzenschreibern«, gab Jeannie zu, »aber das ändert nichts daran, dass so etwas möglich ist.«

»Gibt es ein allgemeinverständliches Buch über Zwillingsforschung?«, fragte Steve. »Ich möchte gern mehr darüber erfahren.«

»Ja. Ich habe hier eins . . .« Sie ließ den Blick über die Bücher auf dem Regal schweifen. »Nein, ich hab es zu Hause.«

»Wo wohnen Sie denn?«

»In der Nähe.«

»Wir könnten den Drink ja auch bei Ihnen nehmen.«

Jeannie zögerte. Steven war freundlich, intelligent. Einer der normalen Zwillinge, keiner von den Psychopathen.

»Nach dem heutigen Tag wissen Sie sehr viel über mich«, sagte Steven. »Jetzt bin ich neugierig auf Sie. Ich möchte gern sehen, wie Sie wohnen.«

Jeannie zuckte mit den Schultern. »Klar, warum nicht?«

Es war fünf Uhr nachmittags; als sie die Klapsmühle verließen, ließ die Hitze des Tages bereits nach. Steve stieß einen Pfiff aus, als er den roten Mercedes sah. »Ein toller Schlitten!«

»Ich habe ihn seit acht Jahren«, sagte Jeannie. »Hänge mit Leib und Seele daran.«

»Mein Wagen steht auf dem Parkplatz. Ich setz mich hinter Sie und blinke Sie an, sobald wir losfahren können.«

Er schlenderte davon. Jeannie stieg ein und ließ den Motor an. Einige Minuten später sah sie ein Scheinwerfersignal im Innenspiegel. Jeannie lenkte den Wagen vom Parkplatz und fuhr los.

Als sie den Campus verließ, sah sie einen Streifenwagen, der sich hinter Steves Auto setzte. Sie warf einen Blick auf den Tacho und verringerte die Geschwindigkeit auf dreißig Meilen die Stunde.

Es hatte ganz den Anschein, als wäre Steve in sie verknallt. Irgendwie gefiel Jeannie dieser Gedanke, wenngleich sie seine Gefühle nicht erwiderte. Doch es war schmeichelhaft, das Herz eines hübschen jungen Burschen gewonnen zu haben.

Steven blieb die ganze Fahrt über dicht hinter Jeannies Wagen. Vor ihrer Wohnung angelangt, lenkte sie den Mercedes an den Bordstein. Steven parkte dicht hinter ihr.

Wie in vielen alten Straßen Baltimores gab es auch hier eine Art durchgehende Veranda, eine Treppe mit anschließender Plattform, die an der Häuserreihe entlangführte und auf der die Bewohner an warmen Tagen Kühle suchten, wenn man die Klimaanlage noch nicht einschalten musste. Jeannie ging über die Veranda, blieb vor der Tür stehen und nahm die Schlüssel heraus.

Zwei Polizisten sprangen aus dem Streifenwagen, die Waffen in den Fäusten. Sie nahmen Schusshaltung ein, die Arme steif nach vorn ausgestreckt. Ihre Revolver zielten genau auf Jeannie und Steven.

Jeannies Herz setzte einen Schlag aus.

»Was, zum *Teufel* . . .«, sagte Steven.

»Polizei!«, rief einer der Cops. »Hände hoch, und keine falsche Bewegung!«

Jeannie und Steve hoben die Arme.

Doch die Polizisten behielten ihre angespannte Haltung bei. »Auf den Boden, Arschgeige!«, brüllte einer der beiden. »Gesicht nach unten, Hände hinter den Kopf!«

Jeannie und Steve legten sich bäuchlings auf den Boden.

Der Polizist näherte sich ihnen, als wären sie tickende Zeitbomben. »Finden Sie nicht, dass Sie uns sagen sollten, was das alles soll?«, fragte Jeannie.

»Sie können aufstehen, Lady«, erwiderte der Cop.

»Oh, Mann, danke.« Jeannie erhob sich. Das Herz schlug ihr bis zum Hals, doch es schien offensichtlich, dass die Polizisten irgendeinen dummen Fehler gemacht hatten. »Jetzt, da Sie mich halb zu Tode erschreckt haben – würde Sie mir erklären, was hier vor sich geht?«

Die Cops antworteten immer noch nicht. Beide hielten ihre Waffen auf Steve gerichtet. Einer kniete neben ihm nieder und legte ihm mit einer geübten, raschen Bewegung Handschellen an. »Du bist verhaftet, Schweinepriester«, sagte der Cop.

»Ich bin eine tolerante Frau«, erklärte Jeannie, »aber muss dieses Fluchen wirklich sein?« Niemand nahm auch nur die geringste Notiz von ihr. Sie versuchte es noch einmal. »Was wird dem Jungen eigentlich vorgeworfen?«

Mit kreischenden Reifen kam ein blassblauer Dodge Colt hinter dem Streifenwagen zum Stehen. Zwei Personen stiegen aus. Die eine war Mish Delaware, die Sergeantin von der Abteilung für Sexualverbrechen. Sie trug denselben Rock und die Bluse wie am Morgen, hatte sich nun aber eine Leinenjacke übergezogen, die den Revolver an ihrer Hüfte nur teilweise verdeckte.

»Sie sind schnell hier gewesen«, sagte einer der Polizisten.

»Ich war in der Gegend«, erwiderte Mish. Sie schaute auf Steve, der auf dem Boden lag. »Heben Sie ihn auf«, sagte sie zu dem Cop.

Der Polizist packte Steves Arm und zerrte ihn auf die Beine.

»Das ist er«, sagte Mish. »Eindeutig. Das ist der Kerl, der Lisa Hoxton vergewaltigt hat.«

»Das war ... Steven?«, stieß Jeannie fassungslos hervor. *Großer Gott, und ich wollte ihn mit in meine Wohnung nehmen.*

»Vergewaltigt?«, keuchte Steven.

»Einer der Officer hat den Wagen erkannt, als der Kerl damit vom Campus fuhr«, sagte Mish, an Jeannie gewandt.

Zum ersten Mal betrachtete sie Steves Wagen. Es war ein hellbrauner Datsun, ungefähr fünfzehn Jahre alt. Lisa hatte erklärt, sie habe den Täter in einem alten weißen Datsun gesehen.

Jeannies anfänglicher Schock und das Erschrecken fielen allmählich von ihr ab, und sie begann wieder nüchtern und logisch zu denken. Die Polizei verdächtigte Steven; das machte ihn noch nicht zum Schuldigen. Wo waren die Beweise?

Jeannie sagte: »Wenn Sie jeden Mann verhaften würden, der einen rostigen Datsun fährt ...«

Mish reichte Jeannie ein Stück Papier. Es war ein Flugblatt, auf dem das computerentworfene Schwarz-Weiß-Bild eines Mannes zu sehen war. Jeannie starrte darauf. Das Gesicht hatte gewisse Ähnlichkeit mit dem von Steven. »Das könnte er sein; aber er könnte es ebenso gut nicht sein«, sagte sie.

»Was haben Sie mit dem Mann zu tun?«

»Er ist eine unserer Versuchspersonen. Wir haben im Labor Tests mit ihm vorgenommen. Ich kann nicht glauben, dass er der Täter ist!« Jeannies Testergebnisse hatten gezeigt, dass Steven die Anlagen eines Verbrechers geerbt hatte – aber sie hatten ebenso deutlich bewiesen, dass er sich *nicht* zum Kriminellen entwickelt hatte.

Mish wandte sich an Steven. »Können Sie mir sagen, wo Sie gestern zwischen sieben und acht Uhr abends gewesen sind?«

»Na ja, ich war an der Jones Falls«, antwortete Steven.

»Was haben Sie da getan?«

»Nicht viel. Ich wollte mit meinem Vetter Ricky ausgehen, aber er hat abgesagt. Ich bin gestern schon hergekommen, weil ich wissen wollte, wo ich heute Morgen an der JFU hinmusste. Ich hatte nichts anderes zu tun.«

Selbst in Jeannies Ohren klangen die Worte unglaubwürdig. Vielleicht ist er tatsächlich der Vergewaltiger, dachte sie voller Abscheu. Doch falls das zutraf, fiel ihre gesamte Theorie in sich zusammen.

»Wie haben Sie die Zeit bis zum Abend verbracht?«, fragte Mish.

»Ich hab mir auf dem Campus ein Tennisspiel angeschaut. Dann bin ich ein paar Stunden in einer Kneipe in Charles Village gewesen. Als das Feuer in der Sporthalle ausbrach, war ich schon fort.«

»Kann jemand Ihre Aussagen bestätigen?«

»Na ja, ich hab Dr. Ferrami angesprochen. Allerdings wusste ich zu dem Zeitpunkt nicht, wer sie ist.«

Mish wandte sich zu Jeannie um. Diese sah die Feindseligkeit in den Augen der Sergeantin und musste daran denken, wie sie beide an diesem Morgen aneinandergeraten waren, als Mish versucht hatte, Lisa zur Mitarbeit zu überreden.

»Es war kurz nach meinem Tennismatch«, sagte Jeannie. »Einige Minuten, bevor das Feuer ausbrach.«

»Demnach können Sie uns nicht sagen«, erwiderte Mish, »wo der Mann gewesen ist, als die Vergewaltigung verübt wurde.«

»Nein, aber ich kann Ihnen etwas anderes sagen. Ich habe den ganzen Tag damit verbracht, diesen Mann Tests zu unterziehen. Er besitzt nicht das psychologische Profil eines Vergewaltigers.«

In Mishs Augen funkelte Zorn. »Das ist kein Beweis.«

Jeannie hielt immer noch das Flugblatt in der Hand. »Das hier ebenso wenig.« Sie knüllte das Blatt zusammen und warf es in den Rinnstein.

Mishs Kopf ruckte zu den Polizisten herum. »Gehen wir.«

»Einen Moment«, sagte Steven mit ruhiger, deutlicher Stimme.

Die Beamten zögerten.

»Jeannie, diese Cops und diese Frau sind mir egal. Aber ich möchte Ihnen sagen, dass ich es nicht gewesen bin und dass ich so etwas niemals tun würde.«

Jeannie glaubte ihm, doch sie fragte sich, warum. Lag es nur daran, dass er unschuldig sein musste, damit ihre Theorie nicht zusammenbrach? Nein: Sie besaß die Unterlagen der psychologischen Tests, aus denen hervorging, dass Steven keines der Merkmale aufwies, wie sie für Kriminelle typisch waren. Aber da war noch etwas anderes: Jeannies Intuition. Sie fühlte sich bei Steven sicher. Er strahlte keine bedrohlichen Signale aus. Er hörte zu, wenn sie redete; er versuchte nicht, sie zu schikanieren; er berührte sie nicht und tat so, als wäre es zufällig oder unabsichtlich; er zeigte keinen Zorn, keine Feindseligkeit. Er mochte Frauen und achtete sie. Er war kein Vergewaltiger.

»Steven«, sagte Jeannie, »soll ich jemanden für Sie anrufen? Ihre Eltern?«

»Nein«, erwiderte er bestimmt. »Sie würden sich Sorgen machen. Die Sache ist in ein paar Stunden geklärt. Dann werde ich's ihnen selbst erzählen.«

»Erwarten Ihre Eltern Sie heute Abend denn nicht zurück?«

»Ich habe ihnen gesagt, dass ich vielleicht noch bei Ricky bleibe.«

Jeannie meinte zweifelnd: »Na ja, wenn Sie sicher sind, dass ...«

»Ich bin sicher«, unterbrach Steven sie.

»Gehen wir«, sagte Mish ungeduldig.

»Was soll diese verdammte Eile?«, fragte Jeannie scharf. »Müssen Sie noch weitere Unschuldige verhaften?«

Mish starrte sie zornig an. »Haben Sie mir sonst noch etwas zu sagen?«

»Was geschieht als Nächstes?«

»Wir nehmen eine Gegenüberstellung vor. Wir lassen Lisa Hoxton entscheiden, ob dieser Mann sie vergewaltigt hat oder nicht.« Mit spöttischem, gespieltem Respekt fügte Mish hinzu: »Ist das in Ihrem Sinne, Dr. Ferrami?«

»Das ist einfach toll«, sagte Jeannie.

Kapitel 8

Sie brachten Steve in dem blassblauen Dodge Colt in die Innenstadt. Die Polizistin fuhr, während ihr Kollege, ein massiger Mann mit Schnauzer, neben ihr saß. Es sah aus, als wäre der Bursche in den kleinen Wagen hineingequetscht worden. Niemand sprach.

Steve kochte vor hilflosem Zorn. Mit welchem Recht, fragte er sich, verfrachten die mich in diese unbequeme Kiste, mit Handschellen gefesselt, wo ich doch in Jeannie Ferramis Wohnung sitzen könnte, einen kühlen Drink in der Hand? Die sollen bloß zusehen, dass sie diese Sache schleunigst aus der Welt schaffen, verdammt!

Die Polizeizentrale war ein rosafarbenes Gebäude aus Granitstein in Baltimores Rotlichtviertel, inmitten von Oben-ohne-Bars und Pornoläden. Sie fuhren eine Rampe hinauf und stellten den Wagen auf dem überfüllten Parkplatz im Gebäudeinneren ab, auf dem Streifenwagen und andere billige Kleinwagen wie der Colt standen.

Die Beamten brachten Steve zu einem Aufzug und führten ihn in ein fensterloses Zimmer mit gelb gestrichenen Wänden. Sie nahmen ihm die Handschellen ab; dann ließen sie ihn allein. Steve vermutete, dass sie die Tür abschlössen, doch er prüfte es nicht nach.

Im Zimmer standen ein Tisch und zwei Plastikstühle mit nackten, harten Sitzflächen. Auf dem Tisch sah Steve einen Aschenbecher, in dem zwei Kippen lagen, beide von Filterzigaretten; an dem einen Filter war Lippenstift zu sehen. In die Tür war eine Scheibe undurchsichtiges Glas eingesetzt: Steve konnte nicht hindurchschauen, nahm jedoch an, dass man ihn von draußen beobachten konnte.

Als er den Aschenbecher betrachtete, stieg der Wunsch in ihm auf, eine Zigarette rauchen zu können. Dann hätte er in dieser gelben Zelle wenigstens etwas zu tun gehabt. Stattdessen schritt er auf und ab.

Er sagte sich, dass er unmöglich in ernsthaften Schwierigkeiten stecken konnte. Er hatte einen flüchtigen Blick auf das Bild werfen können, das auf dem Flugblatt zu sehen war. Auch wenn das Gesicht ihm ein bisschen ähnelte – es war nicht *sein* Gesicht. Zugegeben, nach dem Phantombild hätte er der Vergewaltiger sein können, doch wenn er bei der Gegenüberstellung in einer Reihe mit anderen hochgewachsenen jungen Männern stand, würde das Opfer bestimmt nicht auf ihn zeigen. Schließlich musste die arme Frau ja einen langen und schmerzlichen Blick in das Gesicht des Schweinehunds geworfen haben, der sie vergewaltigt hatte: Das Gesicht des Täters *musste* sich ihr Gedächtnis eingebrannt haben. Nein, ihr würde kein Irrtum unterlaufen.

Aber die Cops hatten kein Recht, ihn in dieser Zelle schmoren zu lassen! Okay, sie mussten ihn als Verdächtigen von der Liste streichen, und das ging nun mal nicht ohne Weiteres. Aber deshalb brauchten sie ihn noch lange nicht den ganzen Abend hier festzuhalten. Schließlich war er ein gesetzestreuer Bürger.

Steve versuchte, das Positive an der Sache zu sehen. Immerhin bekam er nun einen direkten Einblick in das amerikanische Justizsystem. Er würde sein eigener Anwalt sein; eine bessere Übung gab es nicht. Wenn er später einen Mandanten verteidigte, der eines Verbrechens angeklagt war, würde er wissen, was der Betreffende im Polizeigewahrsam durchmachte.

Steve hatte schon einmal ein Polizeirevier von innen gesehen; aber das war eine ganz andere Geschichte. Damals war er erst fünfzehn gewesen. Einer der Lehrer hatte ihn aufs Revier begleitet. Steve hatte das Verbrechen sofort gestanden und der Polizei offen und ehrlich alles erzählt, was geschehen war. Und sie hatten seine Verletzungen sehen können, hatten sich davon überzeugen können, dass eindeutig von beiden Seiten Gewalt angewendet worden war. Dann waren Steves Eltern gekommen, um ihn nach Hause zu bringen.

Es war der schlimmste Augenblick seines Lebens gewesen. Als Mom und Dad ins Zimmer kamen, hatte Steve sich gewünscht, er wäre tot. Dad blickte beschämt drein, als hätte er eine tiefe Demütigung erlitten; auf Moms Gesicht lag Trauer. Beide schauten ihn gleichermaßen bestürzt und verletzt an. In diesem Augenblick konnte Steve die Tränen nicht mehr zurückhalten. Noch heute saß ihm ein Kloß in der Kehle, wenn er sich diese Minuten ins Gedächtnis rief.

Aber das hier war anders. Diesmal war er unschuldig.

Der weibliche Sergeant kam mit einer Aktenmappe ins Zimmer. Die Polizistin hatte sich die Jacke ausgezogen, trug aber immer noch die Waffe am Gürtel. Sie war eine attraktive Schwarze um die vierzig, ein bisschen mollig, und besaß eine Ausstrahlung, die jedem auch ohne Worte sagte: ›Ich bin hier der Boss.‹

Steve blickte sie erleichtert an. »Gott sei Dank«, sagte er.

»Wie meinen Sie das?«

»Dass endlich etwas geschieht. Ich hab keine Lust, hier die ganze Nacht zu verbringen.«

»Würden Sie sich bitte setzen?«

Steve nahm Platz.

»Mein Name ist Sergeant Michelle Delaware.« Sie nahm einen Bogen Papier aus der Mappe und legte ihn auf den Tisch. »Wie lauten Ihr voller Name und die Anschrift?«

Steve sagte es ihr, und sie schrieb es auf. »Alter?«

»Zweiundzwanzig.«

»Beruf?«

»Ich bin Student.«

Sie trug es auf dem Formblatt ein; dann schob sie es über den Tisch zu Steve hinüber. Oben stand:

POLICE DEPARTMENT
BALTIMORE, MARYLAND

ERKLÄRUNG DER RECHTE
Formblatt 69

»Bitte lesen Sie die ersten fünf Sätze dieses Formulars. Anschließend tragen Sie Ihre Initialen neben jedem Satz ein, an den dafür vorgesehenen Leerstellen am Schluss.« Sie reichte ihm einen Füller.

Steve begann zu lesen und seine Initialen einzutragen.

»Sie müssen es laut vorlesen«, sagte die Sergeantin.

Er dachte einen Augenblick nach. »Damit Sie wissen, dass ich lesen und schreiben kann?«, fragte er.

»Nein. Damit Sie später nicht *vorgeben* können, Analphabet zu sein, und womöglich behaupten, man hätte Sie nicht über Ihre Rechte in Kenntnis gesetzt.«

Steve nickte. Interesse regte sich in ihm. So etwas wurde an der juristischen Hochschule nicht gelehrt.

Laut las er: »›Sie sind hiermit über folgende Punkte informiert worden. Erstens: Sie haben das Recht zu schweigen.‹« Steve schrieb SL in die Leerstelle neben diesem Satz; dann las er weiter, wobei er hinter jedem Satz seine Initialen eintrug. »›Zweitens: Alles was Sie sagen, kann vor Gericht gegen Sie verwendet werden. Drittens: Sie haben das Recht, jederzeit mit einem Anwalt zu sprechen, vor jeder Vernehmung, bevor Sie auf eine Frage antworten oder während jeder Vernehmung. Viertens: Falls Sie einen Anwalt wünschen, ihn aber nicht bezahlen können, werden Ihnen keine Fragen gestellt, und das Gericht wird ersucht, Ihnen einen Anwalt zur Verfügung zu stellen. Fünftens: Wenn Sie sich einverstanden erklären, Fragen zu beantworten, können Sie die Beantwortung jederzeit unterbrechen und einen Anwalt verlangen. In diesem Fall werden Ihnen keine weiteren Fragen mehr gestellt.‹«

»Jetzt unterschreiben Sie bitte mit vollem Namen.« Die Sergeantin wies auf das Formular. »Hier und hier.«

Über dem Wort »Unterschrift« stand der Satz:

ICH HABE DIE OBIGE ERKLÄRUNG MEINER RECH-
TE GELESEN UND SIE IN VOLLEM UMFANG VER-
STANDEN.

_____

Unterschrift

Steve unterschrieb.

»Und gleich darunter«, sagte die Sergeantin.

Ich erkläre mich einverstanden, auf Fragen zu antworten, und ver-
zichte zum jetzigen Zeitpunkt auf einen Anwalt. Die Entscheidung, Fragen ohne Beisein eines Anwalts zu beantworten, wurde
von mir allein und freiwillig getroffen.

_____

Unterschrift

Steve setzte seinen Namen darunter und fragte: »Wie, zum Teufel,
bringen Sie Schuldige dazu, so etwas zu unterschreiben?«

Die Sergeantin antwortete nicht. Sie schrieb ihren Namen in
Druckbuchstaben auf das Formular und unterzeichnete es dann selbst.

Nachdem sie das Formblatt wieder in die Mappe gesteckt hatte,
blickte sie Steve an.

»Sie sind in Schwierigkeiten, Steve«, sagte sie. »Aber Sie scheinen mir ein anständiger Bursche zu sein. Warum sagen Sie mir nicht
einfach, wie es passiert ist?«

»Das kann ich nicht«, erwiderte Steve. »Ich war's nicht! Ich sehe
dem Kerl wahrscheinlich nur ähnlich.«

Die Frau lehnte sich zurück, schlug die Beine übereinander und bedachte Steve mit einem freundlichen Lächeln. »Ich kenne die Männer«, sagte sie in vertraulichem Tonfall. »Sie haben . . . Bedürfnisse.«

Wenn ich es nicht besser wüsste, dachte Steve bei ihrem Anblick,
würde ich ihre Körpersprache so deuten, dass sie scharf auf mich ist.

Die Sergeantin fuhr fort: »Ich will Ihnen sagen, was ich glaube. Sie
sind ein attraktiver Mann, und die Frau hat sich in Sie verguckt.«

»Ich bin dieser Frau nie begegnet, Sergeant.«

Sie beachtete ihn nicht. Sie beugte sich vor und legte eine Hand auf die seine. »Ich glaube, das Mädchen hat Sie angemacht.«

Steve blickte auf ihre Hand. Sie hatte schöne Nägel, manikürt, nicht zu lang, und schimmernd von farblosem Nagellack. Doch die Hand war faltig. Die Frau war älter als vierzig. Vielleicht fünfundvierzig.

Sie redete nun in verschwörerischem Tonfall, als wollte sie sagen: ›Das ist eine Sache nur zwischen uns beiden.‹ Leise sagte sie: »Die Frau wollte es, und Sie haben es ihr gegeben. Habe ich recht?«

»Wie kommen Sie darauf?«, entgegnete Steve zornig.

»Ich weiß, wie Mädchen sind. Erst hat sie Sie heißgemacht, und dann, im letzten Moment, hat sie sich's anders überlegt. Aber es war zu spät. Ein Mann kann nicht einfach *aufhören* ... so mir nichts, dir nichts. Kein richtiger Mann.«

»Oh, hallo, so langsam kapiere ich«, sagte Steve. »Der Verdächtige sagt zu allem, was Sie von sich geben, Ja und Amen, weil er glaubt, dadurch seine Lage zu verbessern. In Wirklichkeit aber gibt er zu, dass Geschlechtsverkehr stattgefunden hat – und schon haben Sie die halbe Miete in der Tasche.«

Sergeant Delaware lehnte sich wieder zurück. Sie sah verärgert aus, und Steve vermutete, ins Schwarze getroffen zu haben.

Sie erhob sich. »Also gut, Klugscheißer. Kommen Sie mit!«

»Wohin gehen wir?«

»Zu den Zellen.«

»Moment mal. Wann ist die Gegenüberstellung?«

»Sobald wir das Opfer erreichen konnten und hierher gebracht haben.«

»Ohne einen Gerichtsbeschluss können Sie mich hier nicht ewig festhalten.«

»Wir können Sie *ohne jede* gerichtliche Verfügung vierundzwanzig Stunden in Gewahrsam behalten. Also machen Sie jetzt das Maul zu, und kommen Sie mit!«

Die Sergeantin stieg mit Steve in den Aufzug und führte ihn durch eine Tür in eine Halle, die in einem stumpfen Orangebraun gestrichen war. Ein Schild an einer Wand erinnerte die Beamten daran, Verdächtigen bei einer Durchsuchung nicht die Handschellen abzunehmen. Der Zellenwärter, ein schwarzer Polizist in den Fünfzigern, stand hinter einem hohen Schalter.

»Hallo, Spike«, sagte Sergeant Delaware. »Ich habe hier einen unheimlich cleveren Collegeknaben für dich.«

Der Zellenwärter grinste. »Wenn er so clever ist, warum ist er dann hier?«

Die beiden lachten. In Zukunft, schwor sich Steve, wirst du die Klappe halten, wenn du einen Polizisten durchschaut hast. Aber das war einer seiner alten Fehler. Auf diese Weise hatte er sich schon seine Schullehrer zu Feinden gemacht. Einen Klugschwätzer konnte niemand leiden.

Der Cop namens Spike war klein und drahtig, mit grauem Haar und kleinem Schnauzer. Er besaß eine muntere, kumpelhafte Ausstrahlung, doch in seinen Augen lag ein kalter Ausdruck. Er öffnete eine Stahltür. »Gehst du mit durch den Zellenblock, Mish?«, fragte er. »Wenn ja, musst du vorher deinen Ballermann überprüfen. Aber das weißt du ja.«

»Fürs Erste bin ich mit dem Jungen fertig«, sagte sie. »Ich hole ihn später für eine Gegenüberstellung ab.«

»Hier entlang, Junge«, sagte der Zellenwärter.

Steve ging durch die Tür.

Und befand sich im Zellenblock. Wände und Decken wiesen die gleiche schmuddelige Farbe auf wie in der Vorhalle. Steve war der Meinung gewesen, der Aufzug hätte in der zweiten Etage gehalten, doch hier gab es keine Fenster. Er kam sich vor wie in einer Höhle, die tief unter der Erde lag, sodass er sehr lange brauchen würde, um wieder an die Oberfläche zu klettern.

In einem kleinen Vorzimmer standen ein Tisch und ein Fotoapparat mit Stativ. Spike nahm einen Vordruck aus einem Fach. Obwohl Steve das Formular verkehrt herum lesen musste, konnte er die Aufschrift erkennen:

POLICE DEPARTMENT
BALTIMORE, MARYLAND

BERICHT ÜBER VERHALTEN DES HÄFTLINGS
Formblatt 92/12

Der Mann zog die Kappe von einem Filzstift und machte sich daran, das Formular auszufüllen.

Als er fertig war, wies er auf eine Stelle auf dem Fußboden und sagte: »Stell dich genau dahin!«

Steve stand vor dem Fotoapparat. Spike drückte auf einen Knopf, und ein Blitz zuckte auf.

»Und jetzt zur Seite drehen!«

Ein weiterer Blitz.

Dann nahm Spike eine viereckige weiße Pappkarte aus dem Fach, die mit blassroten Druckbuchstaben überschrieben war:

FEDERAL BUREAU OF INVESTIGATION
UNITED STATES DEPARTMENT OF JUSTICE
WASHINGTON, D.C. 20537

Spike drückte Steves Finger und Daumen auf ein Tintenkissen; dann presste er sie auf verschiedene Fächer, die auf der Karte markiert waren: 1. R. DAUMEN, 2. R. ZEIGEFINGER, und so weiter. Steve fiel auf, dass Spike, obgleich er ein kleiner Mann war, große Hände mit dick hervortretenden Adern besaß.

Während er Steves Fingerabdrücke nahm, sagte Spike im Plauderton: »Wir haben einen neuen Zentralcomputer drüben im Stadtgefängnis an der Greenmount Avenue. Das Ding kann Fingerabdrücke nehmen, ohne dass man Tinte braucht. Sieht aus wie 'n überdimensionales Kopiergerät. Man muss bloß die Hände aufs Glas drücken. Aber hier unten müssen wir immer noch mit der Tinte herumschmieren, wie in alten Zeiten.«

Steve spürte, wie Scham in seinem Inneren aufstieg, obwohl er gar kein Verbrechen begangen hatte. Zum Teil lag es an der Umgebung, dieser bedrückenden Knast-Atmosphäre, vor allem aber am Gefühl der Machtlosigkeit. Seit die Cops vor Jeannies Apartmenthaus aus dem Streifenwagen hervorgestürzt waren, war er wie ein Stück Vieh herumgeschubst worden, ohne auf irgendetwas auch nur den geringsten Einfluss nehmen zu können. So etwas ließ das Selbstwertgefühl sehr schnell auf den Nullpunkt sinken.

Als die Fingerabdrücke genommen waren, durfte Steve sich die Hände waschen.

»Gestatten Sie mir nun, werter Herr, Ihnen die Fürstensuite zu zeigen«, sagte Spike fröhlich.

Er führte Steve den Mittelgang zwischen den Zellen hinunter, die allesamt eine ungefähr quadratische Form aufwiesen. Auf beiden Seiten der Zellenreihen gab es keine Mauern, keine Wände, nur Gitterstäbe, sodass man einen fast ungehinderten Blick in die Zellen werfen konnte. Zwischen den Stäben hindurch sah Steve, dass jede Zelle eine an der Wand befestigte Schlafpritsche aus Metall sowie eine Toilette und ein Waschbecken aus rostfreiem Stahl besaß. Wände und Schlafpritschen waren orangebraun gestrichen und mit Kritzeleien übersät. Die Toiletten besaßen keine Deckel. Die meisten Zellen waren leer; nur in drei oder vier lagen Männer träge auf den Pritschen. »Am Montag geht's hier im Holiday Inn an der Lafayette Street immer ruhig zu«, scherzte Spike.

Steve brachte beim besten Willen kein Lachen zustande.

Vor einer leeren Zelle blieb Spike stehen. Steve starrte ins Innere, während der Cop die Tür aufschloss. Hier gab es nicht den Hauch von Privatsphäre. Steve erkannte mit Schaudern, dass jeder ihn ungehindert beobachten konnte, wenn er die Toilette benutzte, ob Mann oder Frau, wer immer gerade über den Gang zwischen den Zellen ging. Irgendwie was das demütigender als alles andere.

Spike öffnete ein Tor in den Gitterstäben und schob Steve in die Zelle. Klirrend schlug das Tor zu, und Spike schloss es ab.

Steve setzte sich auf die Pritsche. »Allmächtiger, was für ein Ort«, sagte er.

»Du wirst dich daran gewöhnen«, sagte Spike fröhlich und schlenderte davon.

Kurz darauf kam er mit einer Schachtel aus Schaumstoff zurück. »Hab noch ein Abendessen übrig«, sagte er. »Gegrilltes Hähnchen. Möchtest du was?«

Steve blickte auf die Schachtel, dann auf die deckellose Toilette, und schüttelte den Kopf. »Ich fürchte, mir ist der Appetit vergangen«, sagte er. »Trotzdem vielen Dank.«

Kapitel 9

Berrington Jones bestellte Champagner.

Nach dem Tag, den Jeannie hinter sich hatte, wäre ihr ein kräftiger Schluck Stolichnaya *on the rocks* lieber gewesen, doch man konnte seinen Arbeitgeber schwerlich dadurch beeindrucken, dass man hochprozentige Getränke zu sich nahm; also beschloss sie, ihren Wunsch für sich zu behalten.

Champagner. Berry war offenbar auf eine Romanze aus. Bei den früheren Anlässen, als sie beide sich außerhalb des Universitätsbetriebes getroffen hatten, war er zwar charmant gewesen, hatte aber keine Annäherungsversuche gemacht. Hatte er das heute Abend vor? Der Gedanke bereitete Jeannie Unbehagen. Sie hatte noch keinen Mann erlebt, der freundlich reagierte, wenn er einen Korb bekam. Und dieser Mann war ihr Boss.

Jeannie hatte Berrington auch nichts von Steve erzählt. Beim Essen war sie einige Male drauf und dran gewesen, doch irgendetwas hielt sie davon ab. Falls Steve sich tatsächlich als Verbrecher erweisen sollte – entgegen allen ihren Erwartungen –, würde ihre Theorie gewaltig ins Wanken geraten. Doch sie hatte nicht die Absicht, den ganzen Abend in Erwartung schlechter Nachrichten zu verbringen. Solange kein Beweis vorlag, würde sie nicht zulassen, dass Zweifel an ihr nagten. Außerdem war sie sicher, dass die ganze Sache sich als schrecklicher Irrtum erweisen würde.

Sie hatte mit Lisa gesprochen. »Die Polizei hat Brad Pitt verhaftet«, hatte sie gesagt. Die Vorstellung, dass der Vergewaltiger den ganzen Tag in der Klapsmühle gewesen war, ihrem Arbeitsplatz, hatte Lisa mit Entsetzen erfüllt – wie auch der Gedanke, dass ihre beste Freundin den Kerl um ein Haar in ihre Wohnung gelassen hätte. Jeannie hatte Lisa erklärt, sie sei überzeugt davon, dass Steve nicht der Täter sei. Erst später war Jeannie klar geworden, dass sie besser nicht angerufen hätte: Man konnte es womöglich als Beeinflussung einer Zeugin auslegen. Doch im Grunde spielte es gar keine Rolle. Bei der Gegenüberstellung würde Lisa sich die Reihe der jungen Männer anschauen und entweder den Kerl wiedererkennen, der sie vergewaltigt hatte, oder nicht. Wenn es um so etwas ging, machte Lisa keine Fehler.

Außerdem hatte Jeannie mit ihrer Mutter telefoniert. Patty hatte Mom heute besucht, mit ihren drei Söhnen, und Mom hatte sich lebhaft darüber ausgelassen, wie die Jungen über die Flure des Pflegeheims getobt waren. Gnädigerweise schien sie bereits vergessen zu haben, dass das Bella Vista erst seit gestern ihr neues Zuhause war. Sie redete, als würde sie schon seit Jahren dort wohnen; sie hatte Jeannie sogar einen Rüffel erteilt, dass sie nicht öfter zu Besuch kam. Nach dem Gespräch hatte Jeannie sich ein bisschen besser gefühlt.

»Wie war der Seebarsch?«, unterbrach Berrington ihre Gedanken.

»Köstlich. Sehr zart.«

Er strich sich mit der Spitze des rechten Zeigefingers über die Augenbrauen. Aus irgendeinem Grund kam Jeannie diese Geste so vor, als würde er sich selbst beglückwünschen. »Ich möchte Ihnen eine Frage stellen, Jeannie, und ich erwarte eine aufrichtige Antwort von Ihnen.« Er lächelte, als wollte er sagen: Keine Angst, es ist nichts Ernstes.

»Fragen Sie.«

»Mögen Sie Dessert?«

»Ja. Halten Sie mich für eine Frau, die sich wegen einer solchen Kleinigkeit verstellen würde?«

Er schüttelte den Kopf. »Nein. Ich nehme an, es gibt nicht viele Dinge, bei denen Sie sich verstellen.«

»Wahrscheinlich nicht genug. Man hat mich schon als taktlos bezeichnet.«

»Ist das Ihre größte Schwäche?«

»Ich käme vermutlich besser zurecht, würde ich mal darüber nachdenken. Und was ist Ihre größte Schwäche?«

Ohne zu zögern, antwortete Berrington: »Mich zu verlieben.«

»Ist das eine Schwäche?«

»Wenn man es zu oft tut, ja.«

»Oder mit mehr als einer Person gleichzeitig, könnte ich mir vorstellen.«

»Vielleicht sollte ich mal an Lorraine Logan schreiben und mir Rat holen.«

Jeannie lachte, doch sie wollte nicht, dass das Gespräch sich auf Steve Logan verlagerte. »Wer ist eigentlich Ihr Lieblingsmaler?«, fragte sie weiter.

»Versuchen Sie, ob Sie es raten können.«

Berrington ist ein fanatischer Patriot, überlegte Jeannie, also ist er vermutlich gefühlsselig. »Norman Rockwell?«

»Gott bewahre!« Er schien ehrlich entsetzt. »Ein primitiver Illustrator! Nein, wenn ich es mir leisten könnte, Gemälde zu sammeln, würde ich amerikanische Impressionisten kaufen. John Henry Twachtmans Winterlandschaften. *Die weiße Brücke* – Himmel, die würde ich gern besitzen. Und was ist Ihr Geschmack?«

»Jetzt müssen *Sie* raten.«

Er dachte einen Augenblick nach. »Joan Miro.«

»Weshalb?«

»Weil ich mir vorstellen könnte, dass große, grobe Farbkleckse Ihnen gefallen.«

Sie nickte. »Scharfsinnig. Aber nicht ganz zutreffend. Miro malt mir zu wirr. Da ist Mondrian mir lieber.«

»Ah, ja, natürlich. Die geraden Linien.«

»Genau. Verstehen Sie etwas von Malerei?«

Er zuckte mit den Schultern, und Jeannie erkannte, dass er wahrscheinlich schon mit vielen Frauen solche Ratespiele gespielt hatte.

Sie tauchte den Löffel in ihr Mango-Sorbet und dachte: Das ist eindeutig kein Geschäftsessen. Du musst dir rasch darüber klar werden, wie dein zukünftiges Verhältnis zu Berrington aussehen soll.

Seit anderthalb Jahren hatte sie keinen Mann mehr geküsst. Seit Will Temple sie hatte sitzen lassen, hatte sie sich bis zum heutigen Tag nicht einmal auf eine Verabredung eingelassen. Sie trauerte Will nicht nach; ihre Liebe war erloschen. Doch sie war wachsam.

Andererseits machte es ihr immer mehr zu schaffen, wie eine Nonne zu leben. Sie vermisste das Gefühl von Männerhaar auf der Haut; sie vermisste die maskulinen Gerüche – Fahrradöl und verschwitzte Footballhemden und Whiskey –, und vor allem vermisste sie den Sex. Wenn radikale Feministinnen erklärten, der Penis sei ein Feind, hätte Jeannie am liebsten erwidert: »Für dich vielleicht, Schwester.«

Sie warf Berrington, der genüsslich Äpfel in Karamellsoße aß, einen verstohlenen Blick zu. Sie mochte diesen Mann, trotz seiner scheußlichen politischen Ansichten. Er war klug – Jeannies Männer *mussten* intelligent sein – und hatte eine einnehmende Art. Sie achtete ihn seiner wissenschaftlichen Arbeit wegen. Er war schlank und sah fit aus, und vermutlich war er ein sehr erfahrener und geschickter Liebhaber. Und er hatte schöne blaue Augen.

Trotzdem, er war zu alt. Jeannie stand zwar auf reife Männer, doch Berry war ein bisschen *zu* reif.

Wie konnte sie ihn zurückweisen, ohne ihre Karriere zu zerstören? Die beste Strategie bestand wahrscheinlich darin, so zu tun, als würde sie seine Aufmerksamkeiten als väterlich und freundlich auffassen. Dann konnte sie vielleicht vermeiden, ihm geradeheraus ins Gesicht sagen zu müssen, dass zwischen ihnen beiden nichts lief.

Jeannie nahm einen kleinen Schluck Champagner. Der Ober hatte ihr immer wieder nachgeschenkt, und sie wusste nicht mehr genau, wie viel sie getrunken hatte. Auf jeden Fall war sie froh, nicht mehr fahren zu müssen.

Sie bestellten Kaffee. Jeannie bat um einen doppelten Espresso, um wieder nüchtern zu werden. Nachdem Berrington die Rechnung bezahlt hatte, fuhren sie mit dem Aufzug zum Parkplatz und stiegen in seinen silbernen Lincoln Town Car.

Berrington fuhr am Rande des Hafenviertels entlang und bog dann auf den Jones Falls Expressway ein. »Dort ist das Stadtgefängnis«, sagte er und wies auf ein festungsähnliches Gebäude, das einen ganzen Straßenzug einnahm. »Da drinnen sitzt der Abschaum der Menschheit.«

Vielleicht ist Steve dort, ging es Jeannie durch den Kopf.

Wie hatte sie auch nur daran *denken* können, mit Berrington ins Bett zu gehen? Jeannie verspürte nicht den Hauch von Wärme und innerer Zuneigung für diesen Mann. Jetzt schämte sie sich dafür, auch nur mit dem Gedanken gespielt zu haben. Als Berrington den Wagen vor ihrem Apartmenthaus an den Bordstein lenkte, sagte Jeannie mit resoluter Stimme: »Tja, dann, Berry, danke für den reizenden Abend.« Ob er dir die Hand gibt?, fragte sie sich. Oder wird er versuchen, dich zu küssen? In letzterem Fall würde sie ihm die Wange darbieten.

Doch er tat weder das eine noch das andere. »Das Telefon in meiner Wohnung funktioniert nicht«, sagte er. »Ich müsste aber noch einen Anruf machen, bevor ich zu Bett gehe. Dürfte ich Ihren Apparat benutzen?«

Jeannie konnte schwerlich sagen: Zum Teufel, nein, halten Sie an einem Münzfernsprecher! Es sah ganz so aus, als müsste sie nun mit einem entschlossenen Annäherungsversuch fertig werden. »Natürlich«, sagte sie und unterdrückte einen Seufzer. »Kommen Sie mit rauf.« Sie fragte sich, ob sie darauf verzichten konnte, ihm Kaffee anzubieten.

Jeannie stieg aus dem Wagen und führte Berrington über die Veranda vor dem Hauseingang. Durch die Tür gelangten sie in eine winzige Eingangshalle, von der zwei weitere Türen abgingen. Eine führte in das Apartment im Erdgeschoss, das Mr. Oliver bewohnte, ein pensionierter Schauermann. Durch die andere Tür gelangte man ins Treppenhaus, das hinauf zu Jeannies Wohnung im zweiten Stock führte.

Verwundert runzelte Jeannie die Stirn. Die Tür zum Treppenhaus stand offen.

Sie ging hindurch und stieg die Treppe hinauf, gefolgt von Berrington. Sie sah, dass oben sämtliche Lichter brannten. Seltsam. Sie hatte ihre Wohnung vor Einbruch der Dunkelheit verlassen.

Durch das Treppenhaus gelangte man direkt ins Wohnzimmer. Jeannie trat ein und schrie auf.

Er stand am Kühlschrank, eine Flasche Wodka in der Hand. Er war abgerissen und unrasiert und machte einen leicht angetrunkenen Eindruck.

»Was ist denn los?«, fragte Berrington in Jeannies Rücken.

»Du brauchst hier bessere Sicherheitsvorkehrungen, Jeannie«, sagte der Eindringling. »Ich hab die Schlösser in ungefähr zehn Sekunden geknackt.«

»Wer, zum Teufel, ist dieser Mann?«, wollte Berrington wissen.

Jeannies Stimme klang atemlos vor Erschrecken, als sie fragte: »Wann bist du aus dem Gefängnis gekommen, Daddy?«

KAPITEL 10

Der Raum, in dem die Gegenüberstellungen vorgenommen wurden, lag auf derselben Etage wie die Zellen.

Im Vorzimmer befanden sich sechs andere Männer, die in etwa Steves Alter und Statur aufwiesen. Steve vermutete, dass es sich um Polizisten handelte. Sie redeten nicht mit ihm und wichen seinem Blick aus. Sie behandelten ihn wie einen Verbrecher. Am liebsten hätte Steve gesagt: »He, Jungs, ich bin auf eurer Seite, ich bin kein Vergewaltiger, ich bin unschuldig.«

Alle mussten ihre Armbanduhren und Schmuckstücke abnehmen und sich Umhänge aus weißem Papier über die Kleidung streifen. Als sie sich fertig machten, kam ein junger Mann in einem Anzug ins Zimmer und fragte: »Wer von Ihnen ist der Verdächtige, bitte?« »Das bin ich«, sagte Steve.

»Ich bin Lew Tanner, Ihr öffentlich bestallter Verteidiger«, erklärte der Mann. »Ich werde dafür sorgen, dass bei der Gegenüberstellung alles korrekt vor sich geht. Haben Sie irgendwelche Fragen?«

»Wie lange werden Sie brauchen, mich nach der Gegenüberstellung hier rauszuholen?«

»Ungefähr zwei Stunden«, sagte Tanner. »Vorausgesetzt, Sie werden nicht als Täter identifiziert.«

»Zwei Stunden!«, stieß Steve verärgert hervor. »Muss ich in diese beschissene Zelle zurück?«

»Ich fürchte, ja.«

»Allmächtiger.«

»Ich werde die Verantwortlichen bitten, Ihre Entlassung so schnell wie möglich vorzunehmen«, sagte Lew. »Noch was?«

»Nein. Danke.«

»Okay.« Der Verteidiger verließ das Zimmer.

Ein Zellenwärter führte die sieben Männer durch eine Tür auf eine Bühne. Auf einer Wand dahinter befand sich eine Skala, an der die Körpergröße abzulesen war, sowie Zahlen von eins bis zehn, unter denen die Männer Aufstellung nehmen mussten. Sie wurden von einem starken Scheinwerfer angestrahlt, und ein gläserner Schirm trennte die Bühne vom übrigen Teil des Raumes. Die Männer konnten nicht durch den Schirm hindurchblicken, doch sie konnten hören, was dahinter vor sich ging.

Eine Zeit lang waren lediglich Schritte zu vernehmen, und hin und wieder tiefe, ausschließlich männliche Stimmen. Dann hörte Steve Schritte, die unverkennbar von einer Frau stammten. Nach einer Weile sagte eine Männerstimme irgendetwas; es hörte sich an, als würde der Mann von einem Zettel ablesen oder irgendetwas routinemäßig wiederholen.

»Vor Ihnen stehen sieben Personen, die Sie bitte nur als Nummern betrachten und benennen. Falls eine dieser Personen sich an Ihnen vergangen oder in Ihrem Beisein eine sittenwidrige Tat verübt hat, möchte ich, dass Sie laut die Nummer nennen, und nur die Nummer. Falls Sie wünschen, dass eine der Personen etwas sagt, auch ganz bestimmte Begriffe oder Sätze, werden wir die betreffende Person dazu veranlassen. Falls Sie möchten, dass die Personen Ihnen das Profil oder den Rücken zudrehen, werden sie es alle zusammen tun. Erkennen Sie unter diesen Personen jemanden wieder, der sich an Ihnen vergangen oder in Ihrem Beisein eine sittenwidrige Tat verübt hat?«

Stille trat ein. Steves Nerven waren gespannt wie Gitarrensaiten, wenngleich er sicher war, nicht aus der Gruppe herausgesucht zu werden.

Eine tiefe Frauenstimme sagte: »Er hatte einen Hut auf.«

Die Stimme klang wie die einer gebildeten Frau aus der Mittelschicht, die ungefähr in Steves Alter sein mochte.

Die Männerstimme sagte: »Wir haben Hüte hier. Möchten Sie, dass alle einen Hut aufsetzen?«

»Es war eher eine ... Mütze. Eine Baseballmütze.«

Steve konnte Anspannung und Furcht, aber auch Entschlossenheit in der Stimme hören. Doch es schwang keine Falschheit darin mit. Die Stimme hörte sich wie die einer Frau an, die auch dann die Wahrheit sagte, wenn sie unter erheblichem seelischem Druck stand. Steve fühlte sich ein bisschen besser.

»Dave, sieh nach, ob wir sieben Baseballmützen im Lagerraum haben.«

Eine Pause von mehreren Minuten trat ein. Steve knirschte vor Ungeduld mit den Zähnen. Dann murmelte eine Stimme: »Mein lieber Schwan, ich wusste gar nicht, dass wir so viel Zeugs haben ... Brillen, Bärte ...«

»Keine überflüssigen Bemerkungen bitte, Dave«, sagte die erste Männerstimme. »Das hier ist keine Plauderstunde, sondern ein offizielles rechtliches Verfahren.«

Schließlich kam von einer Seite ein Detective auf die Bühne und reichte jedem in der Reihe eine Baseballmütze. Die Männer setzten sie auf, und der Detective verschwand wieder.

Auf der anderen Seite des Schirms war das Weinen einer Frau zu hören.

Die Männerstimme benutzte die gleichen förmlichen Worte wie zu Beginn. »Erkennen Sie unter diesen Personen jemanden wieder, der sich an Ihnen vergangen oder in Ihrem Beisein eine sittenwidrige Tat verübt hat? Falls ja, nennen Sie die Nummer, und nur die Nummer.«

»Nummer vier«, sagte sie mit einem Schluchzer.

Steve drehte sich um und blickte auf die Wand hinter sich.

Er war die Nummer vier.

»Nein!«, rief er. »Das kann nicht sein! Ich war es nicht!«

Die Männerstimme fragte: »Nummer vier, haben Sie das gehört?«

»Natürlich habe ich's gehört! Aber ich habe es nicht getan!«

Die anderen Männer aus der Reihe verließen bereits die Bühne.

»Um Gottes willen!« Steve starrte auf den undurchsichtigen Glasschirm, die Arme in einer flehenden Geste weit ausgebreitet. »Wie konnten Sie mich heraussuchen? Ich weiß nicht einmal, wie Sie aussehen!«

Die Männerstimme auf der anderen Seite des Schirms erklang wieder: »Sagen Sie bitte nichts, Ma'am. Ich möchte mich herzlich für Ihre Mithilfe bedanken. Hier hinaus, bitte.«

»Hier stimmt was nicht, verflucht noch mal!«, brüllte Steve. »Kapiert ihr denn nicht?«

Spike, der Zellenwärter, erschien. »Es ist alles vorbei, Junge«, sagte er. »Gehen wir.«

Steve starrte ihn an. Für einen Moment war er versucht, dem kleinen Mann die Zähne einzuschlagen.

Spike sah den Ausdruck in Steves Augen, und seine Miene wurde hart. »Mach jetzt bloß keinen Ärger. Du kannst nicht von hier abhauen.« Er packte Steves Arm; sein Griff war so fest wie eine Stahlklammer. Jeder Protest, jede Gegenwehr war sinnlos.

Steve hatte das Gefühl, als hätte ihm jemand einen Knüppel in den Rücken geschlagen. Alles war wie aus dem Nichts auf ihn niedergestürzt. Seine Schultern fielen herab, und hilflose Wut breitete sich in seinem Inneren aus.

»Wie ist das passiert?«, murmelte er. »Wie kann so was passieren?«

KAPITEL 11

Berrington sagte: »›Daddy‹?«

Jeannie hätte sich am liebsten die Zunge abgebissen. Eine dümmere Frage als: Wann bist du aus dem Gefängnis gekommen, Daddy?‹ hätte sie gar nicht stellen können. Erst Minuten zuvor hatte Berrington die Insassen des Stadtgefängnisses als »Abschaum der Menschheit«, bezeichnet.

Jeannie fühlte sich schrecklich beschämt. Es war schon schlimm genug, dass ihr Chef erfuhr, wer ihr Vater war: ein berufsmäßiger Einbrecher. Aber noch schlimmer war, dass Berrington ihm begegnete. Pete Ferramis Gesicht war von einem Sturz verunstaltet; er war seit Tagen nicht rasiert. Seine Kleidung war schmutzig, und er verströmte einen leichten, aber penetranten Geruch. Jeannie war die Situation dermaßen peinlich, dass sie Berrington nicht anzuschauen wagte.

Vor vielen Jahren hatte es eine Zeit gegeben, da Jeannie sich nicht für ihren Vater geschämt hatte. Ganz im Gegenteil: Im Vergleich zu Daddy waren die Väter anderer Mädchen farblos und langweilig gewesen. Damals war Dad ein gut aussehender Mann, stets zu Spaßen aufgelegt, und wenn er in einem neuen Anzug nach Hause kam, hatte er stets die Taschen voller Geld. Dann waren sie ins Kino gegangen, oder die Mädchen bekamen neue Kleider und Eisbecher, und Mom kaufte sich ein schönes Nachthemd und machte Diät. Doch stets ging Daddy wieder fort. Als Jeannie ungefähr neun Jahre alt war, erfuhr sie den Grund dafür.

»Dein Kleid ist hässlich«, hatte Tammy gesagt.

»Deine Nase ist noch hässlicher«, hatte Jeannie schlagfertig geantwortet, und die anderen Mädchen brachen in Gelächter aus.

»Deine Mom kauft Sachen, die wirklich abartig sind.«

»Deine Mom ist fett.«

»Dein Daddy ist im Gefängnis.«

»Ist er nicht.«

»Ist er doch!«

»Ist er *nicht!*«

»Ich hab aber gehört, wie mein Dad es meiner Mommy erzählt hat. Daddy hat die Zeitung gelesen. ›Da steht, dass der alte Pete Ferrami mal wieder im Knast ist‹, hat er gesagt.«

»Dann lügt die Zeitung, und dein Dad lügt und du auch«, hatte Jeannie erwidert, doch tief im Inneren hatte sie Tammy geglaubt. Es erklärte alles: den plötzlichen Reichtum, das gleichermaßen plötzliche, häufige Verschwinden und das stets sehr lange Fortbleiben.

Jeannie führte nie wieder einen dieser spöttelnden Wortwechsel unter Schulmädchen. Sobald jemand ihren Vater erwähnte, sagte sie keinen Mucks mehr. Als sie neun war, kam sie sich vor, als wäre sie für ihr Leben lang verkrüppelt. Wenn an der Schule irgendetwas verschwand, hatte Jeannie das Gefühl, von allen Seiten anklagend begafft zu werden. Das Gefühl der Schuld konnte sie nie mehr abschütteln. Sobald eine Frau in ihre Geldbörse schaute und sagte: »Verflixt, und dabei war ich mir sicher, noch einen Zehndollarschein zu haben«, lief Jeannie knallrot an. Die Ehrlichkeit wurde für sie zur Besessenheit: Sie ging eine Meile zu Fuß, um einen billigen Kugelschreiber zurückzubringen – aus Angst, der Besitzer könnte behaupten, dass sie ein Dieb sei wie ihr Vater, falls sie den Stift behielt.

Und nun stand Daddy vor ihrem Chef, schmutzig und unrasiert und vermutlich bis auf den letzten Cent abgebrannt. »Das ist Professor Berrington Jones«, sagte Jeannie. »Berry, darf ich Ihnen meinen Vater vorstellen, Pete Ferrami.«

Berrington gab sich freundlich. Er schüttelte Daddy die Hand. »Nett, Sie kennenzulernen, Mr. Ferrami«, sagte er. »Ihre Tochter ist eine bemerkenswerte Frau.«

»Was Sie nicht sagen«, erwiderte Daddy mit einem Grinsen.

Jeannie ergab sich in ihr Schicksal. »Tja, Berry«, meinte sie, »jetzt kennen Sie das Familiengeheimnis. Daddy wurde zum dritten Mal ins Gefängnis gesteckt – an dem Tag, als ich in Princeton *summa cum laude* promoviert habe. Er hat die letzten acht Jahre hinter Gittern verbracht.«

»Es hätten auch fünfzehn sein können«, sagte Daddy. »Bei dem Bruch hatten wir Knarren dabei.«

»Danke, dass du uns das anvertraust, Dad. Ich bin sicher, mein Chef ist tief beeindruckt.«

Daddy blickte verletzt und verblüfft drein, und trotz ihres Zorns verspürte Jeannie einen Stich des Mitleids. Daddys Schwäche tat ihm selbst ebenso weh, wie sie seiner Familie wehgetan hatte. Daddy war einer der Fehlschläge von Mutter Natur. Der wunderbare biologische Mechanismus der Gattung Mensch – die überaus komplizierte Funktionsweise der DNS, die Jeannie erforschte – war so programmiert, dass jedes Individuum sich ein wenig von den anderen unterschied. Es war wie ein Kopiergerät mit angeschlossenem Zufallsgenerator. Manchmal war das Ergebnis gut: ein Einstein, ein Louis Armstrong, ein Andrew Carnegie. Und manchmal war es ein Pete Ferrami.

Jeannie musste Berrington schnellstmöglich loswerden. »Falls Sie Ihren Anruf machen wollen, Berry, können Sie den Apparat im Schlafzimmer benutzen.«

»Ah . . . das kann warten«, sagte er.

Gott *sei Dank*. »Dann möchte ich Ihnen nochmals für den wunderschönen Abend danken.« Sie hielt ihm die Hand hin.

»Es war mir ein Vergnügen. Auf Wiedersehen.« Verlegen schüttelte er beiden die Hände und ging.

Jeannie wandte sich ihrem Vater zu. »Was ist passiert?«

»Ich wurde wegen guter Führung vorzeitig entlassen. Und da wollte ich als Erstes natürlich mein kleines Mädchen sehen.«

»Nachdem du zuvor eine dreitägige Sauftour unternommen hast.« Seine Unaufrichtigkeit war leicht zu durchschauen; es war widerlich. Jeannie spürte, wie der altbekannte Zorn in ihr aufloderte. Weshalb konnte sie keinen solchen Vater haben wie andere Menschen?

»Komm schon, nun sei doch nicht so«, sagte er.

Jeannies Zorn verwandelte sich in Trauer. Sie hatte nie einen richtigen Vater gehabt, und das würde auch niemals der Fall sein. »Gib mir die Flasche«, sagte sie. »Ich koche Kaffee.«

Widerstrebend reichte er ihr die Wodkaflasche, die Jeannie zurück in den Kühlschrank stellte. Sie goss Wasser in die Kaffeemaschine und schaltete sie ein.

»Du siehst älter aus«, sagte Daddy. »Ich kann schon ein paar graue Haare sehen.«

»Oh, danke, Dad.« Jeannie stellte Tassen, Milch und Zucker auf den Tisch.

»Deine Mutter ist früh grau geworden.«

»Ich glaube, du warst der Grund dafür.«

»Ich wollte zu ihr«, sagte er mit leichter Verärgerung, »aber sie wohnt nicht mehr zu Hause.«

»Sie ist jetzt im Bella Vista.«

»Das hat mir die Nachbarin schon gesagt. Mrs. Mendoza. Sie hat mir deine Anschrift gegeben. Es gefällt mir nicht, dass deine Mutter jetzt in einem Heim wohnt.«

»Dann hol sie da raus!«, fuhr Jeannie ihn an. »Sie ist immer noch deine Frau. Besorg dir einen Job und eine vernünftige Wohnung und kümmere dich endlich um sie.«

»Kann ich nicht. Das weißt du doch. Hab ich nie gekonnt.«

»Dann kritisiere mich nicht, dass ich Mutter ins Bella Vista gebracht habe!«

Seine Stimme wurde schmeichlerisch. »Ich habe doch nichts gegen dich gesagt, meine Kleine. Ich hab bloß gesagt, dass mir die Vorstellung nicht gefällt, dass deine Mutter in einem solchen Heim wohnt.«

»Mir gefällt es auch nicht und Patty ebenso wenig. Deshalb werden wir versuchen, genug Geld aufzubringen, Mom da rauszuholen.« Für einen Augenblick drohte Jeannie von Gefühlen überwältigt zu werden, und sie musste gegen die Tränen ankämpfen. »Verdammt noch mal, Daddy, ich hab's schon schwer genug, auch ohne dass du hier sitzt und dich beklagst.«

»Schon gut, schon gut.«

Jeannie schluckte schwer. *Warum lasse ich eigentlich zu, dass er auf mir herumhackt? Sie wechselte das Thema. »Was hast du jetzt vor? Hast du irgendwelche Pläne?«

»Ich werde mich 'ne Zeit lang umschauen.«

Mit anderen Worten: Er wollte wieder irgendein Geschäft ausspähen, um es später auszuräumen. Jeannie schwieg. Er war ein Dieb; sie konnte ihn nicht ändern.

Er hüstelte. »Könntest du mir vielleicht ein paar Dollar als Startkapital überlassen ...?«

Diese Frage brachte Jeannie erneut in Rage. »Ich will dir sagen, was ich tun werde«, erwiderte sie mit angespannter Stimme. »Du kannst dich duschen und rasieren, während ich deine Sachen in die Waschmaschine stecke. Wenn du die Hände von der Wodkaflasche lässt, mache ich dir Eier und Toast. Ich gebe dir einen Pyjama und lass dich auf meinem Sofa schlafen. Aber ich werde dir kein Geld geben. Ich versuche verzweifelt, das Geld für Mom aufzubringen, um sie woandershin schaffen zu können, wo man sie wie ein menschliches Wesen behandelt, und da kann ich keinen Dollar entbehren.«

»Schon gut, Kleines«, sagte er und setzte die Miene eines Märtyrers auf. »Ich versteh schon.«

Sie schaute ihn an, und als der innere Aufruhr aus Scham und Zorn sich schließlich legte und das Mitleid schwand, spürte sie nur noch Sehnsucht. Sie wünschte sich von ganzem Herzen, ihr Vater käme im Leben zurecht; sie wünschte sich, er könnte für sich selbst sorgen, könnte es länger als nur ein paar Wochen an ein und demselben Platz aushalten, könnte sich einen vernünftigen Job beschaffen, könnte liebevoll, hilfreich und beständig sein. Sie sehnte sich nach einem Vater, der ihr ein wirklicher Vater war. Und sie wusste, dass dieser Wunsch nie in Erfüllung gehen würde. In ihrem Herzen war ein Platz für einen Vater, doch dieser Platz würde stets leer bleiben.

Das Telefon klingelte.

Jeannie nahm den Hörer ab. »Ja?«

Es war Lisa; ihre Stimme klang aufgeregt. »Jeannie, er war es!«

»Wer war was?«

»Der Kerl, der bei dir war, als man ihn verhaftet hat. Ich habe ihn bei der Gegenüberstellung wiedererkannt. Das ist der Mann, der mich vergewaltigt hat. Steven Logan.«

»Er ist der Täter?«, sagte Jeannie fassungslos. »Bist du sicher?«

»Es gibt keinen Zweifel, Jeannie. Oh Gott, es war schrecklich, wieder sein Gesicht zu sehen. Zuerst habe ich nichts gesagt, weil er ohne Mütze anders aussah. Dann haben die Detectives Baseballmützen an die Männer ausgegeben, und da wusste ich es ganz sicher.«

»Er kann es nicht gewesen sein, Lisa«, sagte Jeannie.

»Wie meinst du das?«

»Die Testergebnisse sprechen eindeutig dagegen. Und ich habe ziemlich viel Zeit mit ihm verbracht. Ich habe es im Gefühl.«

»Aber ich habe ihn *wiedererkannt.*« Lisas Stimme klang verärgert. »Ich kann es nicht fassen. Ich begreife es einfach nicht.«

»Das wirft deine Theorie über den Haufen, nicht wahr? Die besagt, dass einer der Zwillinge gut ist und der andere böse.«

»Ja. Aber ein einziges Gegenbeispiel kann keine Theorie umwerfen.«

»Tut mir leid, wenn jetzt dein Forschungsprojekt gefährdet ist.«

»Das ist nicht der Grund dafür, dass ich Steve für unschuldig halte.« Jeannie seufzte. »Zum Teufel, vielleicht war er's wirklich. Ich weiß überhaupt nichts mehr. Wo bist du jetzt?«

»Zu Hause.«

»Und ist alles in Ordnung mit dir?«

»Ja. Jetzt, wo der Kerl hinter Gittern ist, geht's mir besser.«

»Dabei hat er einen so sympathischen Eindruck gemacht.«

»Das sind die Schlimmsten, hat Mish mir gesagt. Die Typen, die nach außen hin vollkommen normal erscheinen, sind die gerissensten und brutalsten. Es geilt sie auf, Frauen Leid zuzufügen.«

»Mein Gott!«

»Ich gehe jetzt ins Bett, bin total fertig. Ich wollte es dir nur rasch erzählen. Wie war dein Abend?«

»So lala. Ich erzähl dir morgen alles.«

»Ich möchte immer noch mit dir nach Richmond.«

Lisa hatte zugesagt, Jeannie als Assistentin zum Gespräch mit Dennis Pinker zu begleiten. »Meinst du denn, du verkraftest das?«

»Ja. Ich will wieder ein ganz normales Leben führen. Es ist ja nicht so, dass ich krank bin und erst wieder gesund werden muss.«

»Dennis Pinker ist wahrscheinlich Steve Logans Ebenbild.«

»Ich weiß. Ich werde schon damit fertig.«

»Wenn du meinst.«

»Ich rufe dich früh an.«

»Okay. Gute Nacht.«

Jeannie ließ sich schwer auf einen Stuhl fallen. Ist Stevens einnehmendes, freundliches Wesen wirklich nur bloße Fassade, fragte sie sich. Falls ja, bist du ein schlechter Menschenkenner. Und obendrein vielleicht noch eine schlechte Wissenschaftlerin: Möglicherweise stellte sich heraus, dass sämtliche eineiigen Zwillinge, die ihr Computerprogramm ermittelte, Verbrecher waren, der eine wie der andere. Jeannie seufzte.

Ihr eigener krimineller Vererber saß neben ihr. »Dieser Professor ist ein gut aussehender Bursche, aber er muss älter sein als ich!«, sagte er. »Hast du was mit ihm?«

Jeannie zog die Nase kraus. »Das Bad ist da drüben, Daddy.«,

KAPITEL 12

Steve war wieder im Vernehmungszimmer mit den gelb gestrichenen Wänden. Die zwei Zigarettenkippen, die er vorhin schon gesehen hatte, lagen immer noch im Aschenbecher. Das Zimmer hatte sich nicht verändert, aber er. Vor drei Stunden war er noch ein gesetzestreuer Bürger gewesen, der sich nichts weiter hatte zuschulden kommen lassen als eine Geschwindigkeitsübertretung: In einer Fünfzig-Meilen-Zone war er sechzig gefahren. Jetzt war er ein Vergewaltiger, verhaftet, vom Opfer identifiziert und angeklagt. Nun steckte er in der Maschinerie der Justiz, lag auf dem Fließband. Er war ein Verbrecher. Egal wie oft er sich sagte, dass er nichts Unrechtes getan hatte – er konnte das Gefühl der Minderwertigkeit und der Schmach nicht loswerden.

Vor einigen Stunden hatte die Polizeibeamtin mit ihm gesprochen, Sergeant Delaware. Jetzt kam der Detective ins Zimmer, der massige Mann, ebenfalls mit einer blauen Aktenmappe. Er war so groß wie Steve, aber viel breiter und schwerer, mit kurz geschnittenem eisengrauen Haar und borstigem Schnauzer. Er setzte sich und holte eine Schachtel Zigaretten hervor. Ohne ein Wort zu sagen, schnippte er eine heraus, steckte sie an und ließ das Streichholz in den Aschenbecher fallen. Dann schlug er die Mappe auf, in der ein weiteres Formular lag. Dieses trug die Überschrift:

DISTRICT COURT OF MARYLAND

(Stadt/Bezirk)

Die obere Hälfte des Formulars war in zwei Spalten aufgeteilt, die mit KLÄGER und BEKLAGTER überschrieben waren. Ein kleines Stück darunter stand:

ERLÄUTERUNG DER ANKLAGEPUNKTE

Der Detective machte sich daran, das Formular auszufüllen. Noch immer schwieg er. Nachdem er einige Worte geschrieben hatte, hob er das weiße Deckblatt ab und sah sich jeden der vier angehefteten Durchschläge aus Kohlepapier an, die allesamt verschiedenfarbig waren: grün, gelb, blassrot und gelbbraun.

Obwohl er das Blatt verkehrt herum lesen musste, sah Steve, dass der Name der Klägerin Lisa Margaret Hoxton lautete. »Wie ist diese Lisa Hoxton eigentlich so?«, fragte er.

Der Detective schaute ihn an. »Halt die dreckige Fresse«, sagte er. Er nahm einen Zug von der Zigarette und schrieb weiter.

Steve fühlte sich erniedrigt. Der Mann beleidigte ihn, und Steve war machtlos, konnte sich nicht dagegen wehren. Es war eine weitere Stufe auf dem langen Weg der Demütigungen und ließ das Gefühl der Minderwertigkeit und Hilflosigkeit noch schlimmer werden. Du Bastard, dachte Steve. Ich würde dich gern draußen auf der Straße treffen, ohne dass du deine verdammte Knarre dabeihast.

Der Detective machte sich daran, die Anklagepunkte einzutragen.

In das erste Kästchen setzte er das Datum vom Sonntag ein; dann schrieb er: »In der Sporthalle der Jones-Falls-Universität, Baltimore, MD.« Darunter: »Schwere Vergewaltigung.« In das nächste Kästchen schrieb er erneut Ort und Datum; dann: »Tätlicher Angriff mit Verge-waltigungsvorsatz.«

Er nahm ein Zusatzformular und trug darauf zwei weitere Anklage-punkte ein: »Körperverletzung« und »Analverkehr«.

»›Analverkehr‹?«, sagte Steve fassungslos.

»Halt die Fresse!«

Steve war drauf und dran, dem Mann einen Schlag zu verpassen. Das tut der Kerl mit Absicht, sagte er sich. Er will mich provozieren. Wenn ich ihm eins aufs Maul gebe, hat er einen Vorwand, drei andere Burschen ins Zimmer zu rufen, die mich festhalten, während er mir die Seele aus dem Leib prügelt. Lass es sein, Steve, lass es sein!

Als der Detective mit der Schreibarbeit fertig war, drehte er die beiden Formulare herum und schob sie zu Steve auf die andere Seite des Tisches. »Du steckst bis zum Hals in der Scheiße, Steve. Du hast ein Mädchen verprügelt, vergewaltigt und ...«

»Nein, habe ich nicht.«

»Halt die Fresse!«

Steve biss sich auf die Lippe und schwieg.

»Du bist Abschaum. Du bist der letzte Dreck. Anständigen Men-schen wird schon schlecht, wenn sie mit dir im gleichen Zimmer sind. Du hast ein Mädchen zusammengeschlagen, vergewaltigt und zum Analverkehr gezwungen. Und ich weiß, dass du es nicht zum ersten Mal getan hast. So was treibst du schon länger, du Schweinehund. Du bist gerissen. Du überlegst vorher ganz genau, wie es laufen soll. Und bis jetzt bist du immer davongekommen. Aber diesmal haben wir dich am Arsch. Dein Opfer hat dich identifiziert. Andere Zeugen haben dich zur Tatzeit in der Nähe der Sporthalle gesehen. In etwa einer Stunde, sobald Sergeant Delaware vom diensthabenden Gerichts-bevollmächtigten einen Haftbefehl bekommen hat, schaffen wir dich rüber ins Mercy Hospital. Dort machen wir einen Bluttest, kämmen dir das Schamhaar durch und werden beweisen, dass deine DNS mit der des Täters übereinstimmt, dessen DNS wir aus dem Vaginal-abstrich des Opfers ermittelt haben.«

»Wie lange wird das dauern, dieser DNS-Test?«

»Halt die Fresse. Wir haben dich an den Eiern, mein Junge. Weißt du, was mit dir passiert?«

Steve schwieg.

»Die Strafe für schwere Vergewaltigung ist lebenslänglich. Du wanderst in den Knast – und weißt du, was dir da blüht? Was du getan hast, war nur ein Vorgeschmack darauf, was die Knackis mit *dir* an-stellen werden. Ein gut aussehender Knabe wie du? Kein Problem. Man wird *dich* zusammenschlagen, *dich* vergewaltigen. Du wirst zu spü-ren bekommen, wie Lisa sich gefühlt hat. Nur dass es bei dir immer so weitergeht – Jahre und Jahre und Jahre.«

Er hielt inne, nahm die Schachtel und bot Steve eine Zigarette an.

Steve schüttelte den Kopf.

»Übrigens, ich bin Detective Brian Aliaston.« Er steckte sich eine Zigarette an. »Ich weiß wirklich nicht, warum ich dir das sage, aber es gibt eine Möglichkeit für dich, deine Lage zu verbessern.«

Gespannt runzelte Steve die Stirn. Was kam jetzt?

Detective Allaston stand auf, ging um den Tisch herum und setzte sich auf die Kante, ganz nahe bei Steve. Er beugte sich vor und sagte mit leiser Stimme: »Ich will es dir erklären. Einfache Vergewaltigung ist ein vaginaler Geschlechtsverkehr, unter Anwendung oder Andro-hung von Gewalt, gegen den Willen oder ohne Einwilligung der Frau. Bei einer schweren Vergewaltigung müssen erschwerende Tatbestände hinzukommen, zum Beispiel Entführung, Verunstaltung des Opfers oder Vergewaltigung durch zwei oder mehr Personen. Das Strafmaß für einfache Vergewaltigung ist geringer. Wenn du mich also davon über-zeugen kannst, dass in deinem Fall keine schwere Vergewaltigung vor-liegt, könntest du dir selbst einen riesengroßen Gefallen tun.«

Steve schwieg.

»Soll ich dir erzählen, wie es passiert ist?«

Schweigen.

»Ich warte nicht mehr lange.«

Steve sagte: »Halt die Fresse!«

Allaston bewegte sich sehr schnell. Er fuhr vom Tisch hoch, packte Steve vorn am Hemd, hob ihn aus dem Stuhl und rammte ihn gegen die Wand aus Schlackenstein. Steves Kopf wurde in den Nacken gerissen und mit Wucht gegen den Stein gehämmert.

Er erstarrte und ballte die Fäuste an den Hüften. *Tu es nicht!*, schrie es in ihm. *Wehr dich nicht!* Doch es kostete ihn unendliche Mühe. Detective Allaston war übergewichtig und körperlich außer Form; Steve wusste, dass er den Bastard in null Komma nichts zusammenschlagen konnte. Doch er *musste* sich beherrschen. Er musste nur an einem festhalten – an seiner Unschuld. Wenn er einen Cop verprügelte, und mochte er noch so sehr provoziert worden sein, hätte er sich eines Verbrechens schuldig gemacht. Und dann war es endgültig vorbei. Falls er sich nicht das Wissen bewahrte, dass ihm bitteres Unrecht geschah, und gerechter Zorn ihm Auftrieb gab, würde er allen Mut verlieren. Also blieb er starr stehen, der Körper verkrampft, die Zähne zusammengepresst, während Allaston ihn zwei-, drei-, viermal mit dem Rücken gegen die Wand schmetterte.

»Sprich nie wieder in diesem Ton zu mir, du kleines Arschloch«, sagte Allaston.

Steve spürte, wie sein Zorn verebbte. Allaston fügte ihm zwar Schmerzen, aber keine Verletzung zu. Steve erkannte, dass alles nur Theater war: Allaston spielte eine Rolle, und er spielte sie schlecht. Er war der Böse, während Mish die Gute war. Wahrscheinlich kam sie gleich ins Zimmer, bot ihm Kaffee an und spielte ihm die wohlmeinende Freundin vor. Doch sie hatte das gleiche Ziel wie Allaston: Steve dazu zu bringen, die Vergewaltigung einer Frau namens Lisa Margaret Hoxton zu gestehen, der er nie im Leben begegnet war. »Ich schlage vor, wir hören mit dem Blödsinn auf, Detective«, sagte Steve. »Ich weiß, dass Sie ein harter Hund sind, mit Haaren auf den Zähnen. Und Sie wissen, dass ich Sie fürchterlich verprügeln könnte, wenn wir woanders wären und Sie Ihre Waffe am Gürtel nicht hätten. Also lassen Sie uns aufhören, uns gegenseitig etwas zu beweisen.«

Allaston blickte erstaunt. Zweifellos hatte er damit gerechnet, dass

Steve zu verängstigt sein würde, auch nur ein Wort hervorzubringen. Er ließ Steves Hemd los und ging zur Tür.

»Man hat mir gesagt, du wärst ein Klugscheißer«, meinte er. »Okay, ich will dir sagen, was ich zu deiner Erziehung beitragen werde. Du kommst wieder in die Zelle zurück, aber diesmal wirst du Gesellschaft haben. Weißt du, da unten sind alle einundvierzig leeren Zellen außer Betrieb, könnte man sagen. Deshalb werde ich dich mit einem Burschen namens Rupert Butcher zusammenstecken, genannt Porky. Du hältst dich für einen großen, starken Kerl? Porky ist noch größer und stärker. Er ist vor Kurzem von einer dreitägigen Crack-Party zu uns gekommen und hat noch einen tüchtigen Brummschädel. Gestern Abend, so um die Zeit herum, als du die Sporthalle in Brand gesetzt und deinen hässlichen Schwanz in die arme Lisa Hoxton gesteckt hast, hat Porky Butcher seinen *Boyfriend* mit einer Mistgabel erstochen. Ihr werdet euch bestimmt prima verstehen. Komm jetzt.«

Steve war entsetzt. All sein Mut strömte aus ihm heraus, als hätte man einen Gummistöpsel gezogen. Er fühlte sich hilflos und geschlagen. Der Detective hatte ihn gedemütigt, ohne dass für Steve ernsthaft die Gefahr bestanden hätte, körperlichen Schaden davonzutragen. Doch eine Nacht mit einem Psychopathen zu verbringen war wirklich gefährlich. Dieser Butcher hatte bereits einen Mord begangen: Falls der Kerl überhaupt einen klaren Gedanken fassen konnte, würde er erkennen, dass er wenig zu verlieren hatte, wenn er einen weiteren Mord verübte.

»Moment«, sagte Steve mit zittriger Stimme.

Langsam drehte Allaston sich wieder um. »Ja?«

»Wenn ich gestehe, bekomme ich dann eine Zelle für mich allein?«

Auf dem Gesicht des Detective spiegelte sich Erleichterung. »Klar«, sagte er. Plötzlich war seine Stimme freundlich.

Der veränderte Tonfall ließ Zorn in Steve aufkochen. »Aber wenn ich nicht gestehe, werde ich von Porky Butcher abgeschlachtet.«

In einer Geste der Hilflosigkeit breitete Allaston die Hände aus.

Steve spürte, wie seine Furcht sich in Hass verwandelte. »In diesem Fall, Detective«, sagte er, »können Sie mich am Arsch lecken.«

Der erstaunte Ausdruck legte sich wieder auf Allastons Gesicht.

»Du Hurensohn«, sagte er. »Dann wollen wir mal sehen, ob du in ein paar Stunden immer noch so verdammt munter bist. Los, komm.«

Er brachte Steve zum Aufzug und führte ihn in den Zellenblock, wo sich immer noch Spike aufhielt. »Steck diesen Schleimer zu Porky in die Zelle«, sagte Aliaston.

Spike hob die Brauen. »So schlimm, hm?«

»Ja. Und noch was – unser Steve leidet an Albträumen.«

»Ach, ja?«

»Wenn du ihn schreien hörst, brauchst du dir also keine Gedanken zu machen. Dann träumt er bloß.«

»Hab schon verstanden«, sagte Spike.

Allaston verschwand, und Spike brachte Steve zu seiner Zelle.

Porky lag auf der Schlafpritsche. Er war ungefähr so groß wie Steve, aber sehr viel massiger. Er sah aus wie ein Bodybuilder, dem man nach einem Unfall aus einem Autowrack geborgen hatte: Über seinen gewaltigen Muskeln spannte sich ein blutbeflecktes T-Shirt. Er lag auf dem Rücken, den Kopf der hinteren Zellenwand zugekehrt; seine Füße ragten über den Rand der Pritsche hinaus. Als Spike das Gittertor aufschloss und Steve in die Zelle führte, schlug Porky die Augen auf.

Das Tor flog klirrend zu, und Spike schloss ab.

Porky starrte Steve an.

Für einen Moment starrte Steve zurück.

»Träum süß«, sagte Spike.

Porky schloss wieder die Augen.

Steve setzte sich auf den Boden, mit dem Rücken zur Wand, und beäugte den schlafenden Porky.

KAPITEL 13

Berrington fuhr langsam nach Hause. Er war enttäuscht und erleichtert zugleich. Wie jemand, der Diät macht und auf dem ganzen Weg zur Eisdiele mit dem Verlangen kämpft, um sie dann geschlossen vorzufinden, war Berrington vor etwas bewahrt worden, das er bei genauerer Überlegung nicht hätte tun sollen.

Doch er war der Lösung des Problems, was Jeannies Projekt betraf und was sie dabei aufdecken mochte, keinen Schritt nähergekommen. Vielleicht hätte er Jeannie eingehender ausfragen sollen, statt so viel Zeit für einen vergnüglichen Abend zu verschwenden. Er runzelte nachdenklich die Stirn, als er vor dem Haus parkte und hineinging.

Im Inneren war es still: Marianne, das Hausmädchen, war offenbar schon zu Bett gegangen. Berrington betrat das Arbeitszimmer und schaute auf die Anzeige des Anrufbeantworters. Eine Nachricht war eingegangen. Eine weibliche Stimme:

»Hier Sergeant Delaware von der Abteilung für Sexualverbrechen, Professor. Es ist jetzt Montagabend. Ich möchte mich für die Hilfe bedanken, die Sie mir heute gewährt haben.« Berrington zuckte mit den Schultern. Er hatte lediglich bestätigt, dass Lisa Hoxton in der Klapsmühle arbeitete. Die Stimme fuhr fort: »Da Sie Miss Hoxtons Arbeitgeber sind und die Vergewaltigung auf dem Campus verübt wurde, wollte ich Ihnen mitteilen, dass wir heute Abend einen Mann verhaftet haben. Der Betreffende war sogar eine der Versuchspersonen in Ihrem Labor. Er heißt Steven Logan.«

»Großer Gott!«, stieß Berrington hervor.

»Das Opfer hat ihn bei einer Gegenüberstellung eindeutig identifiziert. Ich bin ziemlich sicher, der DNS-Test wird bestätigen, dass Logan der Täter ist. Bitte, geben Sie diese Mitteilung an jede Person an der JFU weiter, bei der Sie es als angemessen betrachten. Vielen Dank.«

»Nein!«, stöhnte Berrington und ließ sich schwer in einen Stuhl fallen. »Nein«, wiederholte er leiser. Dann brach er in Tränen aus.

Augenblicke später stand er auf, immer noch weinend. Aus Furcht, das Hausmädchen könnte hereinkommen, schloss er die Tür des Arbeitszimmers ab. Dann ging er zum Schreibtisch, nahm Platz und vergrub das Gesicht in beiden Händen.

Eine Zeit lang blieb er in dieser Haltung sitzen.

Als die Tränen schließlich versiegten, nahm er den Hörer ab und wählte eine Nummer, die er auswendig kannte.

»Gütiger Gott, lass nicht den Anrufbeantworter dran sein«, flüsterte er, als er die ersten Freizeichen hörte.

»Hallo?«, meldete sich ein junger Mann.

»Ich bin es«, sagte Berrington.

»Hey! Wie geht's?«

»Ich bin fix und fertig.«

»Oh.« Die Stimme klang schuldbewusst.

Falls Berrington noch irgendwelche Zweifel gehabt hatte, wurden sie durch diesen Beiklang in der Stimme ausgeräumt. »Du weißt, weshalb ich anrufe, nicht wahr?«

»Sag's mir.«

»Treib keine Spielchen mit mir. Ich rede von Sonntagabend.«

Der junge Mann seufzte. »Okay.«

»Du verdammter Narr. Du bist zum Campus gefahren, stimmt's? Du ...« Berrington erkannte, dass er am Telefon nicht deutlicher werden durfte. »Du hast es wieder getan.«

»Tut mir leid ...«

»Es tut dir leid!«

»Wie hast du es erfahren?«

»Zuerst hatte ich dich gar nicht in Verdacht – ich war der Meinung, du hättest die Stadt verlassen. Dann haben sie jemanden verhaftet, der so aussieht wie du.«

»Oh, Mann! Das bedeutet ja, dass ich ...«

»Dass du aus dem Schneider bist.«

»Oh, Mann! Schwein gehabt. Hör mal ...«

»Ja?«

»Du sagst zu keinem ein Wort. Weder der Polizei noch sonst jemandem.«

»Nein, ich sage niemandem etwas«, erwiderte Berrington schweren Herzens. »Du kannst dich auf mich verlassen.«

Dienstag

Die Stadt Richmond besaß eine Aura verblassenden Glanzes, und Jeannie fand, dass Dennis Pinkers Eltern gut in dieses Bild passten. Charlotte Pinker, eine sommersprossige Rothaarige in einem rauschenden Seidenkleid, besaß die Ausstrahlung einer vornehmen Dame aus Virginia, obwohl sie in einem Fachwerkhaus auf einem kleinen Grundstück wohnte. Sie gab an, fünfundfünfzig Jahre alt zu sein, doch Jeannie vermutete, dass sie näher an den sechzig war. Ihr Mann, den sie stets mit »Major« anredete, war ungefähr in ihrem Alter, besaß jedoch das saloppe Äußere und die betuliche Aura eines Mannes, der seit langer Zeit im Ruhestand lebte. Er zwinkerte Jeannie und Lisa spitzbübisch zu und fragte: »Möchtet ihr Mädels einen Cocktail?«

Seine Frau sprach mit einem vornehmen Südstaatenakzent und redete ein bisschen zu laut, als wäre sie permanent auf einer Versammlung und müsste immerzu versuchen, sich Gehör zu verschaffen. »Oh, gnädige Güte, Major, es ist neun Uhr in der Früh!«

Er zuckte mit den Schultern. »Ich versuche ja nur, die Party gleich richtig in Schwung zu bringen.«

»Das ist keine Party – diese Damen sind gekommen, um uns zu *studieren*. Und zwar deshalb, weil unser Sohn ein Mörder ist.«

Sie nannte ihn ›unseren Sohn‹, wie Jeannie nicht entging; aber das hatte nicht viel zu besagen. Liebend gern hätte sie gefragt, wer denn nun Dennis' Eltern waren. Falls die Pinkers zugaben, Dennis adoptiert zu haben, wäre die Hälfte des Puzzles zusammengefügt. Doch Jeannie musste vorsichtig sein. Es war eine heikle Frage. Falls Jeannie sie zu plötzlich stellte, war die Wahrscheinlichkeit größer, dass die Pinkers sie belogen. Sie musste sich zwingen, auf den richtigen Augenblick zu warten.

Vor allem konnte sie es kaum erwarten, endlich Dennis Pinker zu

Gesicht zu bekommen. War er Steven Logans Doppelgänger, oder war er es nicht? Begierig betrachtete sie die Fotos in den billigen Rahmen, die das kleine Wohnzimmer zierten. Doch sämtliche Aufnahmen waren viele Jahre alt: der kleine Dennis im Kinderwagen, auf einem Dreirad, in einem Baseballanzug und händeschüttelnd mit Mickey Mouse in Disneyland. Kein einziges Foto zeigte ihn als Heranwachsenden. Zweifellos wollten die Eltern ihn als unschuldigen kleinen Jungen in Erinnerung behalten, bevor er zum überführten Mörder geworden war – was zur Folge hatte, dass Jeannie mit den Fotos nicht das Geringste anfangen konnte. Der hellhaarige Zwölfjährige konnte inzwischen das genaue Ebenbild von Steve Logan sein; doch es war ebenso gut möglich, dass er zu einem hässlichen, verkümmerten, dunkelhaarigen Burschen herangewachsen war.

Sowohl Charlotte als auch der Major hatten im Voraus mehrere Fragebogen ausgefüllt; nun sollte mit beiden ein etwa einstündiges Gespräch geführt werden. Lisa ging mit dem Major in die Küche, während Jeannie mit der Befragung Charlottes begann.

Sie hatte Mühe, sich auf die Routinefragen zu konzentrieren. Immer wieder schweiften ihre Gedanken zu Steve Logan ab, der jetzt im Gefängnis saß. Jeannie konnte immer noch nicht glauben, dass Steve ein Vergewaltiger war. Dass anderenfalls ihre Theorie in sich zusammenfiel, spielte dabei gar keine so große Rolle. Jeannie mochte diesen jungen Mann: Er war intelligent und sympathisch, und er schien ein freundliches Wesen zu besitzen. Außerdem hatte Steve eine verletzliche Seite: Als er erfahren hatte, dass er einen psychopathischen Zwillingsbruder besaß, hatte er dermaßen entsetzt reagiert, dass Jeannie ihm am liebsten den Arm um die Schultern gelegt und ihn getröstet hätte.

Als sie Charlotte nun fragte, ob andere Familienangehörige jemals Ärger mit dem Gesetz gehabt hätten, richtete Charlotte ihren herrischen Blick auf Jeannie und sagte im schleppenden Südstaaten-Tonfall: »Die Männer in meiner Familie waren schon immer schrecklich gewalttätig. Ich bin eine gebürtige Marlowe, und wir Marlowes sind eine heißblütige Familie.«

Das legte den Verdacht nahe, dass Dennis nicht adoptiert oder dass seine Adoption nicht amtlich bestätigt worden war. Jeannie ließ sich ihre Enttäuschung nicht anmerken. Ob Charlotte wohl leugnen würde, dass Dennis ein Zwillingskind sein könnte?

Die Frage musste gestellt werden. »Besteht die Möglichkeit, Mrs. Pinker, dass Dennis einen Zwilling hat?«

»Nein.«

Die Antwort kam glatt, ganz selbstverständlich, ohne Verärgerung, ohne großes Geschrei. Eine bloße Feststellung.

»Sind Sie sicher?«

Charlotte lachte. »Aber, meine Liebe. Meinen Sie nicht auch, dass eine Mutter sich in dieser Hinsicht schwerlich täuschen kann?«

»Und Dennis ist kein Adoptivkind?«

»Ich habe diesen Jungen unter dem Herzen getragen – möge der Herrgott mir vergeben.«

Jeannies Hoffnungen schwanden. Sie erkannte, dass Charlotte Pinker eine Lüge noch leichter über die Lippen kam als Lorraine Logan; dennoch war es seltsam und beunruhigend zugleich, dass beide Frauen leugneten, dass ihre Söhne Zwillinge sein könnten. *Weshalb?*

Als sie sich von den Pinkers verabschiedeten, war Jeannie pessimistisch. Sie hatte das Gefühl, dass sie einem ganz anderen Menschen als Steven gegenübertreten würde, wenn sie Dennis das erste Mal zu sehen bekam.

Ihr gemieteter Ford Aspire war vor dem Haus geparkt. Es war ein heißer Tag. Jeannie trug ein ärmelloses Kleid, darüber eine Jacke, um seriöser und kompetenter zu erscheinen. Die Klimaanlage des Ford stöhnte und blies lauwarme Luft ins Wageninnere. Jeannie zog ihre Nylonstrümpfe aus und hängte ihre Jacke an den Kleiderhaken über der Rückbank.

Jeannie fuhr. Als die Frauen auf den Highway einbogen, der in Richtung Gefängnis führte, sagte Lisa: »Es macht mir ganz schön zu schaffen, dass du glaubst, ich hätte den Falschen herausgepickt.«

»Mir auch«, erwiderte Jeannie. »Aber ich weiß, du hättest es nicht getan, wenn du dir nicht ganz sicher gewesen wärst.«

»Wie kannst *du* sicher sein, dass ich mich geirrt habe?«

»Ich bin mir über gar nichts sicher. Aber ich halte sehr viel von Steve Logan. Ich habe das Gefühl, dass er es nicht gewesen ist.«

»Ich finde, du solltest ungewisse Gefühle gegen die feste Gewissheit einer Augenzeugin abwägen und der Augenzeugin glauben.«

»Ich weiß. Aber kennst du die Krimireihe *Alfred Hitchcock Presents!* Ist noch in Schwarz-Weiß gedreht. Manchmal werden im Kabelfernsehen alte Wiederholungen gezeigt.«

»Ich weiß, was du meinst. Die Folge, in der vier Zeugen einen Autounfall beobachten, und jeder hat etwas anderes gesehen.«

»Bist du jetzt beleidigt?«

Lisa seufzte. »Sollte ich eigentlich sein, aber ich habe dich viel zu gern, als dass ich dir deshalb böse sein könnte.«

Jeannie streckte den Arm aus und drückte Lisas Hand. »Danke.«

Längere Zeit schwiegen beide; dann sagte Lisa: »Ich kann es nicht ausstehen, wenn die Leute mich für schwach halten.«

Jeannie runzelte die Stirn. »Ich halte dich nicht für schwach.«

»Aber die meisten anderen. Weil ich so klein bin und wegen meiner süßen kleinen Nase und der Sommersprossen.«

»Na ja, wie ein Flintenweib siehst du gerade nicht aus, so viel steht fest.«

»Ich bin aber nicht schwach. Ich lebe allein, ich kann auf mich selbst aufpassen, ich habe einen guten Job, und niemand kommt mir zu nahe. Jedenfalls hab ich mich so eingeschätzt – bis letzten Sonntag. Jetzt habe ich das Gefühl, die Leute haben recht: Ich bin *doch* schwach. Ich kann ganz und gar nicht auf mich selbst aufpassen! Jeder Psychopath, der durch die Straßen schleicht, kann mich schnappen und mir ein Messer an die Kehle drücken und mit meinem Körper anstellen, was er will, und mir sein Sperma reinpumpen.«

Jeannie drehte den Kopf zur Seite und schaute die Freundin an. Lisas Gesicht war vor Erregung blass geworden. Jeannie hoffte, dass es Lisa guttat, ihren Gefühlen freien Lauf zu lassen.

»Du bist taff«, sagte Lisa.

»Und deswegen habe ich die gleichen Probleme wie du – nur

genau andersherum. Die Leute halten mich für unverletzlich. Weil ich gut eins achtzig groß bin und einen durchstochenen Nasenflügel und ein schlechtes Benehmen habe, glauben die Menschen, sie könnten mir nicht wehtun.«

»Du hast kein schlechtes Benehmen.«

»Ist mir offenbar entgangen.«

»Wer hält dich denn für unverletzlich? Ich nicht.«

»Die Frau, die das Bella Vista leitet – das Pflegeheim, in dem meine Mom ist. Die Ziege hat mir ins Gesicht gesagt: ›Ihre Mutter wird die fünfundsechzig nicht erleben.‹ Genau diese Worte. ›Ich weiß, dass es Ihnen lieber ist, wenn ich offen zu Ihnen bin‹, hat sie gesagt. Am liebsten hätte ich ihr geantwortet, dass ich durchaus zu Gefühlen fähig bin, auch wenn ich einen Ring in der Nase trage.«

»Mish Delaware hat mir gesagt, dass es Vergewaltigern gar nicht um Sex geht. Es bereitet ihnen Lust, Macht über eine Frau zu besitzen, sie zu beherrschen, ihr Angst einzujagen und ihr wehzutun. Der Vergewaltiger sucht sich ein Opfer, von dem er sich verspricht, dass er es leicht verängstigen kann.«

»Welche Frau wäre bei einem Vergewaltiger nicht verängstigt?«

»Aber der Kerl hat nicht *dich* herausgefischt. Wahrscheinlich hättest du ihm eins verpasst.«

»Ich wünschte, ich hätte die Gelegenheit.«

»Du hättest dich jedenfalls heftiger gewehrt als ich. Du wärst kein hilfloses, zitterndes Bündel gewesen. Deshalb hat der Kerl dich nicht ausgesucht.«

Jeannie erkannte, in welche Richtung ihr Gespräch führte. »Das mag ja stimmen, Lisa, aber das bedeutet noch lange nicht, dass du irgendeine Mitschuld an der Vergewaltigung hast – kein noch so kleines bisschen. Was dir passiert ist, hätte genauso gut jeder anderen passieren können.«

»Da hast du recht«, sagte Lisa.

Zehn Meilen hinter der Stadtgrenze bogen sie an einem Schild mit der Aufschrift »Staatsgefängnis Greenwood« vom Highway ab. Es war ein altertümliches Gefängnis, eine Ansammlung grauer Steingebäude, die von hohen Mauern umgeben waren, auf denen Stacheldrahtzäune verliefen.

Jeannie und Lisa stellten den Wagen im Schatten eines Baumes auf dem Besucherparkplatz ab. Jeannie zog ihre Jacke an, verzichtete aber auf die Nylonstrümpfe.

»Bist du bereit?«, fragte Jeannie. »Wahrscheinlich sieht Dennis ganz genauso aus wie der Kerl, der dich vergewaltigt hat; es sei denn, mein Computerprogramm taugt nichts.«

Lisa nickte entschlossen. »Ich bin bereit.«

Als sie zum Haupttor gelangten, fuhr gerade ein Lieferwagen hinaus, und sie wurden unbehelligt durchgelassen. Mit der Sicherheit scheint man es hier nicht allzu streng zu halten, ging es Jeannie durch den Kopf, trotz Mauer und Stacheldraht.

Die beiden Frauen wurden bereits erwartet. Ein Wärter überprüfte ihre Ausweise und führte sie über einen glutheißen Hof, auf dem sich eine Handvoll junger Farbiger in Sträflingskleidung einen Basketball zuwarfen.

Das Verwaltungsgebäude war klimatisiert. Jeannie und Lisa wurden John Temoigne vorgestellt, dem Gefängnisdirektor. Er trug ein kurzärmeliges Hemd mit Krawatte; im Aschenbecher auf seinem Schreibtisch lagen ausgedrückte Zigarrenstumpen. Jeannie schüttelte Temoigne die Hand. »Ich bin Dr. Jean Ferrami von der Jones-Falls-Universität.«

»Hi, Jean, wie geht's?«

Temoigne gehörte offensichtlich zu den Männern, denen es schwerfiel, eine Frau mit dem Nachnamen anzureden. Bewusst verschwieg Jeannie ihm Lisas Vornamen. »Und das ist meine Assistentin, Miss Hoxton.«

»Hallo, junge Frau.«

»Ich habe Ihnen ja bereits in meinem Brief erklärt, Herr Direktor, womit wir uns beschäftigen, aber falls Sie noch irgendwelche Fragen haben, beantworte ich sie Ihnen gern.« Jeannie musste dies sagen, wenngleich sie darauf brannte, endlich Dennis Pinker zu Gesicht zu bekommen.

»Sie müssen wissen, dass Pinker ein gewalttätiger und gefährlicher Mann ist«, erklärte Temoigne. »Kennen Sie die Einzelheiten seines Verbrechens?«

»Soviel ich weiß, hat er in einem Kino eine Frau sexuell belästigt, und als sie sich zu wehren versuchte, hat er sie ermordet.«

»Sie sind nahe dran. Es geschah im alten Eldorado-Kino unten in Greensburg. Damals lief irgendein Horrorfilm. Pinker ist ins Kellergeschoss eingedrungen und hat das Hauptstromkabel lahm gelegt. Als im Dunkeln dann alle in Panik gerieten, ist Pinker zwischen den Leuten herumgelaufen und hat die Mädchen begrapscht.«

Jeannie wechselte einen erstaunten Blick mit Lisa. Es war eine ähnliche Situation wie in der Sporthalle der JFU am Sonntag. Auch dort hatte ein plötzlicher, ungewöhnlicher Vorfall für Verwirrung und Panik gesorgt und dem Eindringling seine Chance verschafft. Überdies haftete beiden Vorfällen etwas Unreifes an, als wären sie die lüsternen Fantasien eines Halbwüchsigen: in einem dunklen Kino Mädchen zu betatschen und junge Frauen zu beobachten, wie sie nackt aus einem Umkleideraum flüchteten. Falls Steve Logan und Dennis Pinker eineiige Zwillinge waren, schienen sie ganz ähnliche Verbrechen begangen zu haben.

Temoigne fuhr fort: »Leider war eine Frau so unklug, Pinker Widerstand zu leisten. Er hat sie erwürgt.«

In Jeannie stieg Zorn auf. »Wenn er *Sie* begrapscht hätte, Herr Direktor, wären Sie dann auch so ›unklug‹ gewesen, sich zu wehren?«

»Ich bin kein Mädchen«, erwiderte Temoigne mit dem Gehabe eines Mannes, der eine Trumpfkarte ausspielt.

Bevor die Situation sich zuspitzen konnte, mischte Lisa sich ein. »Wir sollten anfangen, Dr. Ferrami – es liegt noch eine Menge Arbeit vor uns.«

»Sie haben recht.«

»Normalerweise«, erklärte Temoigne, »müssten Sie bei der Befragung durch ein Gitter von dem Gefangenen getrennt sein. Aber Sie haben ja extra darum gebeten, in ein und demselben Raum mit Pinker zu reden. Doch ich möchte Sie bitten, sich das noch einmal gut zu überlegen. Pinker ist ein unberechenbarer und gewalttätiger Verbrecher.«

Jeannie spürte, wie sie erschauerte, doch nach außen blieb sie gelassen. »Wenn wir mit Dennis sprechen, ist doch die ganze Zeit ein bewaffneter Wärter im Zimmer?«

»Selbstverständlich. Dennoch wäre mir wohler, wenn Sie durch ein Gitter aus Maschendraht von dem Gefangenen getrennt wären.« Ein mattes Grinsen legte sich auf sein Gesicht. »Ein Mann braucht kein Psychopath zu sein, um im Beisein zweier so attraktiver junger Frauen in Versuchung zu geraten.«

Jeannie erhob sich abrupt. »Ich weiß Ihre Besorgnis wirklich zu schätzen, Direktor. Aber wir müssen bei Dennis bestimmte Untersuchungen vornehmen, die nur möglich sind, wenn wir nicht durch ein Maschendrahtgitter von ihm getrennt sind. Wir müssen Dennis fotografieren, einen Bluttest vornehmen und einiges mehr. Außerdem sind bestimmte Fragen sehr persönlicher Natur, und wenn sich eine künstliche Barriere zwischen Dennis und uns befindet, könnten dadurch unsere Ergebnisse verfälscht werden.«

Temoigne zuckte mit den Schultern. »Das müssen Sie selbst wissen.« Er stand auf. »Dann führe ich Sie jetzt durch den Zellenblock.«

Sie verließen das Büro, überquerten einen Hof, dessen Lehmboden von der Sonne hart gebacken war, und gelangten zu einem zweigeschossigen Zellengebäude aus Beton. Ein Wärter öffnete ein eisernes Tor und ließ sie hinein. Im Inneren des Gebäudes war es so heiß wie draußen. Temoigne wies mit einer Kopfbewegung auf den Wärter und sagte: »Robinson wird von nun an auf Sie achtgeben. Falls ihr noch was braucht, Mädels, dann schreit einfach.«

»Danke, Herr Direktor«, sagte Jeannie. »Sie haben uns sehr geholfen.«

Robinson war ein Farbiger von ungefähr dreißig Jahren, groß und kräftig, sodass er ein Gefühl der Sicherheit vermittelte. Er trug einen Revolver in einem Holster mit Druckknopfverschluss sowie einen einschüchternd aussehenden Gummiknüppel. Er führte die Frauen in ein kleines Besucherzimmer, in dem ein Tisch und ein halbes Dutzend aufeinandergestapelte Stühle standen. Auf dem Tisch stand ein Aschenbecher, und in einer Ecke befand sich ein Trinkwasserbehälter; ansonsten war das Zimmer leer. Der Boden war mit grauen Kunststofffliesen ausgelegt, die Wände in einem ähnlichen Farbton gestrichen. Es gab kein Fenster.

»Pinker müsste jeden Moment hier sein«, sagte Robinson und half Jeannie und Lisa, den Tisch und die Stühle zurechtzustellen. Dann setzten sie sich.

Einen Augenblick später wurde die Tür geöffnet.

KAPITEL 15

Berrington Jones traf sich mit Jim Proust und Preston Barck im *Monocle*, einem Restaurant unweit des Senatsgebäudes in Washington. Jeden Mittag war es ein Treffpunkt der Mächtigen; viele Gäste kannten Berrington und die anderen: Kongressabgeordnete, politische Berater, Referenten, Journalisten. Berrington war zu der Ansicht gelangt, dass es für ihn, Barck und Proust keinen Grund zur Zurückhaltung gab. Man kannte sie zu gut – besonders Senator Proust mit seinem kahlen Schädel und der großen Nase. Hätten sie sich an einem obskuren Ort getroffen, hätte irgendein Reporter sie entdeckt und in einer Klatschspalte womöglich die Frage aufgeworfen, aus welchem Grund sie geheime Treffen veranstalteten. Da war es besser, ein Restaurant zu besuchen, in dem zwei Dutzend Leute Berrington und seine Begleiter erkannten und davon ausgingen, dass sie ein ganz normales Arbeitsgespräch über ihre legalen gemeinsamen Unternehmungen führten.

Berringtons Ziel bestand darin, die Verhandlungen mit Landsmann in Schwung zu halten. Es war von Anfang an eine riskante Sache gewesen, doch Jeannie Ferrami hatte es zu einem ausgesprochen gefährlichen Unterfangen gemacht. Die Alternative für die drei Männer hieße jedoch, ihre Träume zu begraben. Es gab nur diese eine Chance, das Schicksal Amerikas umzubiegen und das Land wieder auf den rechten Weg zu führen. Noch war es nicht zu spät – noch nicht ganz. Noch konnte die Vision eines Volkes von gesetzestreuen weißen Amerikanern verwirklicht werden, die jeden Sonntag die Kirche besuchten und denen die Familie über alles ging. Doch Berrington und seine Partner waren um die sechzig; würden sie diese Chance vergeben, gab es keine weitere mehr.

Jim Proust war der große Wortführer, laut und polterig; doch wenngleich er Berrington oft verärgerte, konnte dieser ihn meist in seinem Sinne beeinflussen. Der sanftmütigere Preston, sehr viel liebenswerter, konnte ebenso dickköpfig sein.

Berrington hatte schlechte Neuigkeiten für seine Freunde, und er brachte sie aufs Tapet, kaum dass sie ihre Bestellungen aufgegeben hatten. »Jeannie Ferrami ist heute in Richmond, um mit Dennis Pinker zu sprechen.«

Jim zog ein düsteres Gesicht. »Warum hast du sie nicht davon abgehalten?«, fragte er mit seiner vom vielen Reden tiefen, rauen Stimme.

Wie immer, brachte Jims herrische Art Berrington in Rage. »Was sollte ich denn tun? Sie festbinden?«

»Du bist doch ihr Chef, oder etwa nicht?«

»Die JFU ist eine Universität, Jim, nicht die U. S. Army!«

»Wir sollten nicht so laut sprechen, Jungs«, sagte Preston nervös. Er trug eine Brille mit schmalen Gläsern und schwarzem Gestell, ein Modell, wie er es seit 1959 trug – so lange, dass derartige Brillen schon wieder in Mode kamen, wie Berrington bemerkt hatte. »Wir wussten, dass irgendwann so etwas geschehen konnte. Ich schlage vor, wir übernehmen die Initiative und geben freiheraus alles zu.«

»Alles zugeben?«, erwiderte Jim ungläubig. »Wirft uns denn jemand vor, wir hätten etwas falsch gemacht?«

»So könnten die Leute es betrachten ...«

»Ich möchte dich daran erinnern, dass die CIA den Bericht erstellt hat, der alles in Gang brachte. ›Neue Entwicklungen der sowjetischen Wissenschaft.‹ Präsident Nixon persönlich sagte damals, seit der Meldung, dass den Russen die Kernspaltung gelungen sei, wäre keine so alarmierende Nachricht aus Moskau gekommen.«

»Vielleicht entsprach der Bericht nicht den Tatsachen«, meinte Preston.

»Wir sind aber davon ausgegangen. Und was noch wichtiger ist – unser Präsident hielt den Bericht für authentisch. Kannst du dich noch erinnern, wie verdammt unheimlich das damals war?«

Und ob Berrington sich daran erinnern konnte. Die CIA hatte behauptet, dass die Sowjets ein Zuchtprogramm für Menschen entwickelt hätten. Sie wollten perfekte Wissenschaftler hervorbringen, perfekte Schachspieler, perfekte Sportler – und perfekte Soldaten. Nixon hatte der Abteilung für medizinische Forschung der U. S. Army – wie sie damals hieß – befohlen, ein paralleles Programm zu entwickeln. Jim Proust war mit diesem Projekt betraut worden.

Er hatte sich damals umgehend an Berrington gewandt und ihn um Mithilfe gebeten. Einige Jahre zuvor hatte Berrington alle Welt geschockt – besonders seine Frau Vivvie –, indem er genau zu einem Zeitpunkt, als unter den Amerikanern seines Alters eine Antikriegsstimmung aufkam, der Armee beigetreten war. In Fort Detrick in Frederick, Maryland, hatte Berrington mit Studien über Erschöpfungszustände bei Soldaten begonnen. In den frühen Siebzigerjahren war er der weltweit führende Experte auf dem Gebiet der Vererbbarkeit soldatischer Eigenschaften wie Aggressivität und Stehvermögen. Derweil waren Preston, der in Harvard geblieben war, eine Reihe wissenschaftlicher Durchbrüche gelungen, was das Verständnis der menschlichen Befruchtung betraf. Berrington hatte ihn überredet, die Universität zu verlassen, und Preston Barck wurde Teil des gewaltigen Forschungsprojekts, das unter Prousts und Berringtons Federführung stattfand.

Es war Berringtons stolzester Augenblick gewesen. »Ich kann mich noch daran erinnern, wie aufregend es war«, sagte er. »Wir gehörten zur Elite der Wissenschaft, wir haben Amerika wieder in Ordnung gebracht, und der Präsident hatte uns gebeten, diesen Job für ihn zu erledigen.«

Preston stocherte mit der Gabel im Salat. »Die Zeiten haben sich geändert. Wenn heute jemand sagt: ›Ich habe dies oder das getan, weil der Präsident der Vereinigten Staaten mich darum gebeten hat‹, zählt das nicht mehr als Entschuldigung. Man hat Leute schon ins Gefängnis gesteckt, weil sie Anweisungen des Präsidenten befolgten.«

»Aber was sollen wir damals denn verkehrt gemacht haben?«, sagte Jim gereizt. »Es war ein Geheimprojekt, sicher. Aber was hätten wir denn zu *gestehen*, um Himmels willen?«

»Dass wir verdeckt weitergearbeitet haben«, sagte Preston.

Jim errötete unter seiner Sonnenbräune. »Wir haben das Projekt in den privaten Bereich verlagert.«

Das ist Haarspalterei, dachte Berrington, sprach es aber nicht aus, um Jim nicht zu verärgern. Diese Komiker vom Komitee für die Wiederwahl des Präsidenten waren ins Watergate-Hotel eingebrochen, und in ganz Washington hatten sich Furcht und Schrecken verbreitet. Damals hatte Preston die Genetico gegründet, als private Kommanditgesellschaft, und Jim hatte dem Unternehmen genug Verträge mit dem Militär verschafft – normale, unverfängliche Aufträge –, dass es sich wirtschaftlich über Wasser halten konnte. Nach einiger Zeit aber wurden die Genetico-Kliniken für künstliche Befruchtung dermaßen einträglich, dass die Gewinne in das Forschungsprogramm investiert werden konnten, ohne dass weitere Hilfe vonseiten des Militärs erforderlich war. Berrington kehrte in die akademische Welt zurück, und Jim wechselte von der Armee zur CIA und von dort in den Senat.

Preston erklärte: »Ich sage ja nicht, dass wir uns damals irgendetwas zuschulden kommen ließen – obwohl wir in der Anfangszeit ziemlich viele gesetzeswidrige Schritte getan haben.«

Berrington wollte vermeiden, dass seine beiden Freunde gegensätzliche Standpunkte bezogen; also griff er ein und sagte mit ruhiger Stimme: »Die Ironie an der Sache ist, dass es sich als unmöglich erwiesen hat, perfekte Amerikaner zu *züchten*. Das gesamte Projekt lief auf der falschen Schiene. Bei der natürlichen Fortpflanzung sind zu viele Fehler aufgetreten. Aber wir waren clever genug, schon damals die Möglichkeiten der Gentechnologie zu erkennen.«

»Damals hat niemand auch nur dieses verdammte *Wort* gekannt«, knurrte Jim und schnitt einen Bissen von seinem Steak ab.

Berrington nickte. »Jim hat recht, Preston. Wir sollten stolz auf unsere Leistungen sein, statt uns dafür zu schämen. Du musst doch zugeben, dass wir ein Wunder vollbracht haben. Wir hatten uns zur Aufgabe gestellt, herauszufinden, ob bestimmte Charaktereigenschaften, zum Beispiel Intelligenz und Aggressivität, genetisch bedingt sind. Wir haben die Gene bestimmt, die für diese Eigenschaften verantwortlich sind, und schließlich haben wir diese Erkenntnisse mittels künstlicher Befruchtung angewandt – mit sichtbaren Resultaten.«

Preston zuckte mit den Schultern. »Die gesamte humanbiologische Forschergemeinde hat an dem gleichen Programm gearbeitet ...«

»Nicht ganz. Wir hatten konkretere Ziele vor Augen, und wir haben unsere Einsätze sorgfältiger platziert.«

»Das stimmt.«

So, wie es ihrem jeweiligen Naturell entsprach, hatten Proust und Barck Dampf abgelassen. Sie sind so leicht zu berechnen, dachte Berrington; vielleicht ist das bei allen alten Freunden so. Jim war lautstark und polterig, und Preston jammerte. Nun aber hatten die beiden sich vielleicht so weit abgekühlt, dass sie die Situation nüchtern und sachlich betrachten konnten. »Das führt uns wieder zu Jeannie Ferrami zurück«, meinte Berrington. »In ein, zwei Jahren kann sie uns vielleicht sagen, wie man in Menschen Aggressivität erwecken kann, ohne dass sie gleich zu Verbrechern werden. Nach und nach fügen sich die letzten Teile des Puzzles zusammen. Die Übernahme der Genetico durch Landsmann eröffnet uns die Möglichkeit, das gesamte Projekt schneller voranzutreiben und überdies Jim ins Weiße Haus zu bringen. Jetzt ist wirklich nicht die Zeit, einen Rückzieher zu machen.«

»Das ist ja alles gut und schön«, sagte Preston, »aber wie sollen wir vorgehen? Der Landsmann-Konzern hat einen Ausschuss für ethische Fragen, wisst ihr.«

Berrington verbiss sich eine scharfe Erwiderung. »Wir müssen uns zuerst einmal vor Augen führen, dass wir nicht in einer *Krise* stecken, sondern lediglich ein *Problem* zu lösen haben«, sagte er. »Und dieses Problem ist nicht der Landsmann-Konzern. Seine Finanzexperten können sich unsere Bücher noch so genau anschauen – die Wahrheit werden sie in hundert Jahren nicht finden. Unser Problem ist Jeannie

Ferrami. Wir müssen verhindern, dass sie noch mehr herausfindet, zumindest bis nächsten Montag, wenn wir die Übernahmeverträge unterschreiben.«

Jim bemerkte zynisch: »Aber du kannst Ferrami keine *Befehle* erteilen, weil es sich um eine Universität handelt und nicht um die U. S. Army.«

Berrington nickte. Endlich bewegten sich die Gedanken der beiden Freunde in den gewünschten Bahnen. »Das stimmt«, sagte er gelassen. »Ich kann ihr keine Befehle erteilen. Aber um einen Menschen zu beeinflussen, braucht man nicht die Methoden anzuwenden, wie man sie bei der Armee benutzt, Jim. Da gibt es subtilere Mittel und Wege. Wenn ihr diese Sache mir überlasst, werde ich mit Ferrami schon fertig.«

Preston war skeptisch. »Und wie?«

Über diese Frage hatte Berrington sich wieder und wieder den Kopf zerbrochen. Er hatte keinen Plan, aber er hatte eine Idee. »Die Benutzung medizinischer Datenbanken durch Ferrami dürfte problematisch sein. So etwas wirft ethische Fragen auf. Ich glaube, ich kann sie zum Aufhören zwingen.«

»Sie wird sich abgesichert haben.«

»Ich brauche keinen *triftigen* Grund, nur einen Vorwand.«

»Was ist sie überhaupt für eine Frau?«, wollte Jim wissen.

»Um die dreißig. Hochgewachsen, sehr sportlich. Dunkles Haar, trägt einen Ring im Nasenflügel, fährt einen alten roten Mercedes. Ich habe sie sehr hoch geschätzt, bis ich gestern Abend herausfand, dass es in ihrer Familie schlechtes Erbmaterial gibt. Ihr Vater ist ein Verbrecher. Dennoch – Ferrami ist intelligent, lebhaft und beharrlich.«

»Verheiratet? Geschieden?«

»Single. Keinen Freund.«

»Hässlich?«

»Im Gegenteil. Aber es ist nicht leicht, mit ihr umzugehen.«

Jim nickte nachdenklich. »Wir haben immer noch viele Freunde bei den Geheimdiensten, die auf unserer Seite stehen. Es dürfte nicht allzu schwierig sein, ein solches Mädchen verschwinden zu lassen.«

Preston blickte Jim entsetzt an. »Keine Gewalt, um Gottes willen.«

Ein Ober räumte ihre Teller ab. Die Männer schwiegen, bis er gegangen war. Berrington räusperte sich. Nun musste er den anderen noch mitteilen, was er gestern Abend per Anrufbeantworter von der Polizeisergeantin erfahren hatte. Schweren Herzens sagte er: »Da ist noch etwas, das ihr wissen müsst. Am Sonntagabend wurde in der Sporthalle der JFU ein Mädchen vergewaltigt. Die Polizei hat Steve Logan verhaftet. Das Opfer hat ihn bei einer Gegenüberstellung wiedererkannt.«

»Und war er's?«, fragte Jim.

»Nein.«

»Weißt du, wer's war?«

Berrington blickte ihm in die Augen. »Ja, Jim, das weiß ich.«

»Oh, Scheiße!«, fluchte Preston.

»Vielleicht sollten wir dafür sorgen, dass die *Jungen* verschwinden«, sagte Jim.

Berrington wurde die Kehle so eng, dass er das Gefühl hatte, ersticken zu müssen. Sein Gesicht lief rot an. Er beugte sich über den Tisch vor und wies mit dem Zeigefinger auf Jims Gesicht. »Das will ich *nie wieder* von dir hören!«, sagte er und stieß den Finger vor – so nahe an Jims Augen, dass dieser zusammenzuckte, obwohl er ein viel größerer Mann war.

»Hört auf, ihr beiden!«, zischte Preston. »Die Leute könnten uns beobachten!«

Berrington zog den Finger zurück, doch der Zorn kochte noch immer in seinem Inneren. Wären sie nicht an einem so öffentlichen Ort gewesen, wäre er Jim an die Kehle gegangen. Stattdessen packte er einen der Aufschläge von Jims Jackett. »Wir haben diesen Jungen das Leben geschenkt. Wir haben sie auf die Welt gebracht. Ob gut oder schlecht – wir sind für sie verantwortlich.«

»Schon gut, schon gut!«, sagte Jim.

»Damit eins klar ist, Jim: Falls einem der Jungen auch nur ein Haar gekrümmt wird, schieße ich dir den verdammten Schädel runter – bei allem, was mir heilig ist!«

Ein Ober kam an den Tisch. »Wünschen die Herren ein Dessert?«, fragte er.

Berrington löste die Hand von Jims Jackett. Mit zornigen Gesten strich Jim sich den Aufschlag glatt.

»Verdammt«, murmelte Berrington. »Verdammt.«

»Bringen Sie mir bitte die Rechnung«, sagte Preston zu dem Ober.

KAPITEL 16

S teve Logan hatte die ganze Nacht kein Auge zugetan.
›Porky‹ Butcher hingegen schlief wie ein Säugling, wobei er dann und wann ein leises Schnarchen von sich gab. Steve saß auf dem Boden und beobachtete Porky, behielt ängstlich jede seiner Bewegungen im Auge und fragte sich, was geschehen würde, wenn der Mann aufwachte. Würde er einen Streit vom Zaun brechen? Versuchen, seinen Zellenpartner zu vergewaltigen? Ihn zusammenschlagen?

Steve hatte allen Grund zur Furcht. In Gefängnissen war es an der Tagesordnung, dass die Häftlinge sich prügelten. Viele wurden dabei verletzt, manche getötet. Die Öffentlichkeit scherte sich nicht darum; die meisten Leute waren der Ansicht, dass die gesetzestreuen Bürger sich weniger vor Raub und Mord fürchten mussten, je mehr Knastbrüder sich gegenseitig verstümmelten oder abschlachteten.

Du musst um jeden Preis versuchen, nicht wie eine leichte Beute zu erscheinen, hämmerte Steve sich immer wieder ängstlich ein. Er wusste, dass die Leute dazu neigten, ihn falsch einzuschätzen. Tip Hendricks hatte diesen Fehler begangen. Steve besaß eine freundliche Ausstrahlung. Obwohl er groß gewachsen war, machte er den Eindruck, als könnte er keiner Fliege etwas zuleide tun.

Jetzt aber musste er den Eindruck eines Mannes erwecken, der sich nichts gefallen ließ, ohne dabei sein Gegenüber zu provozieren. Vor allem durfte er nicht zulassen, dass Porky ihn als adretten College-Pinkel einstufte. Das würde ihn zur perfekten Zielscheibe für hämische Bemerkungen, Beleidigungen und gelegentliche Ohrfeigen machen und schließlich mit einer Schlägerei enden. Er musste den Eindruck eines abgebrühten Verbrechers erwecken. Schaffte er das nicht, konnte er immer noch versuchen, Porky durch ungewohnte Reaktionen zu verwirren.

Und falls das alles nichts nützte?

Porky war größer und schwerer als Steve, noch dazu wahrscheinlich ein erfahrener Straßenschläger. Steve war durchtrainierter und konnte sich vermutlich schneller bewegen, doch seit Jahren hatte er niemanden mehr aus Wut geschlagen. Wäre mehr Platz gewesen, hätte er Porky vielleicht rasch außer Gefecht setzen können und wäre ohne ernste Verletzungen davongekommen. Doch hier, in der Zelle, würde die Sache blutig enden, wer immer der Sieger blieb. Falls Detective Allaston die Wahrheit gesagt hatte, dann hatte Porky in den vergangenen vierundzwanzig Stunden bewiesen, dass er den Killerinstinkt besaß. Hast du auch den Killerinstinkt, fragte sich Steve. Gibt es so etwas überhaupt? Er war nahe daran gewesen, Tip Hendricks totzuschlagen. Machte ihn das zu einem Menschen wie Porky?

Steve schauderte, als er daran dachte, was es bedeuten würde, als Sieger aus einem Kampf gegen Porky hervorzugehen. Er stellte sich vor, wie ein großer Mann blutend auf dem Boden der Zelle lag, und er, Steve, stand über ihm – genau so, wie er über Tip Hendricks gestanden hatte, und er hörte die Stimme von Spike, dem Zellenwärter sagen: »Allmächtiger! Ich glaube, er ist tot!« Nein, dachte Steve, dann lieber zusammengeschlagen werden.

Vielleicht war es das Beste, sich passiv zu verhalten. Es mochte sogar sicherer sein, sich bei einem Angriff auf dem Zellenboden zusammenzurollen und Porkys Tritte einzustecken, bis der Kerl die Lust verlor. Doch Steve wusste nicht, ob er das fertigbrachte. Also saß er mit trockener Kehle und fliegendem Puls auf dem Zellenboden und malte sich in seiner Fantasie Kämpfe aus, bei denen er stets unterlag.

Steve hegte den Verdacht, dass die ganze Sache ein Trick war, den die Cops oft anwendeten. Spike, der Zellenwärter, hatte ganz und gar nicht den Eindruck gemacht, als sei es so ungewöhnlich, dass man einen Gefangenen zu einem Kerl wie Porky steckte, obwohl die meisten Zellen leer waren. Womöglich überließen die Cops es den Häftlingen, einen Verdächtigen zusammenzuschlagen, um ihn zu einem Geständnis zu bewegen, statt diesen Job im Verhörzimmer selbst zu erledigen. Steve fragte sich, wie viele Leute ein Verbrechen gestanden hatten, obwohl sie unschuldig gewesen waren, nur um zu vermeiden, mit so jemandem die Nacht in einer Zelle verbringen zu müssen.

Steve schwor sich, diese Sache nie im Leben zu vergessen. Wenn er erst Anwalt war und Mandanten verteidigte, die man eines Verbrechens anklagte, würde er ein Geständnis niemals als Beweis betrachten. Er stellte sich vor, wie er vor einer Geschworenenbank stand. »Ich selbst wurde mal eines Verbrechens angeklagt, das ich nicht begangen hatte, aber ich war nahe daran zu gestehen«, würde er sagen. »Ich habe es selbst erlebt, ich *weiß* es.«

Dann fiel ihm ein, dass man ihn der Uni verweisen und er nie im Leben jemanden verteidigen würde, falls man ihn für schuldig befand.

Doch er sagte sich immer wieder, dass man ihn nicht verurteilen *konnte*. Der DNS-Test würde seine Unschuld beweisen. Gegen Mitternacht hatte man ihn aus der Zelle geholt, ihm Handschellen angelegt und war mit ihm zum Mercy Hospital gefahren, das nur ein paar Querstraßen von der Polizeizentrale entfernt war. Dort hatte man ihm eine Blutprobe entnommen, aus der man seine DNS extrahieren würde. Steve hatte eine Krankenschwester gefragt, wie lange diese Untersuchung dauerte, und hatte zu seinem Entsetzen erfahren, dass die Ergebnisse in frühestens drei Tagen vorliegen würden. Niedergeschlagen hatte er sich in den Zellenblock zurückführen lassen. Man hatte ihn wieder zu Porky gesteckt, der gnädigerweise immer noch geschlafen hatte.

Steve schätzte, dass er es schaffen würde, vierundzwanzig Stunden wachzubleiben. Länger durfte man ihn ohne richterliche Verfügung nicht festhalten. Er war gegen sechs Uhr nachmittags verhaftet worden; demnach musste er heute spätestens um die gleiche Zeit freikommen. Dann nämlich – wenn nicht schon eher – musste man ihm die Gelegenheit bieten, um Kaution zu ersuchen. Das war seine Chance, hier herauszukommen.

Steve rief sich in Erinnerung, was er in der Vorlesung über die Kaution erfahren hatte. »Die einzige Frage, die das Gericht sich in diesem Zusammenhang stellen kann, geht dahin, ob die beschuldigte Person zur Verhandlung erscheint«, hatte Professor Rexam heruntergeleiert. Damals waren Steve diese Worte so einschläfernd wie eine Predigt erschienen; nun bedeuteten sie alles für ihn. Nach und nach fielen ihm weitere Einzelheiten ein, was die Kaution betraf.

Zwei Faktoren wurden berücksichtigt. Zum einen die mögliche Strafe. Falls es sich um eine schwere Anklage handelte, war es riskanter, die Hinterlegung einer Kaution zu erlauben: Die Gefahr, dass ein Beschuldigter das Weite suchte, war bei einem Mord erheblich größer als bei einem Ladendiebstahl. Gleiches galt, wenn der Beschuldigte vorbestraft war und deshalb mit einer langen Haftstrafe rechnen musste. Steve war nicht vorbestraft; zwar hatte man ihn einmal wegen schwerer Körperverletzung verurteilt, doch er war damals noch keine achtzehn gewesen, sodass man es nicht gegen ihn verwenden konnte. Er würde als ein Mann mit weißer Weste vor den Richter treten. Andererseits drohte ihm ein hohes Strafmaß.

Der zweite Faktor, der bei der Gewährung von Kaution eine Rolle spielte, waren die »sozialen Bindungen« des Beschuldigten: die Familie, das Heim, der Job. Einem Mann beispielsweise, der fünf Jahre lang mit Frau und Kindern in derselben Wohnung lebte und seine Arbeitsstelle gleich um die Ecke hatte, würde man Kaution gewähren, wogegen einem Beschuldigten, der keine Familie in der Stadt besaß, erst sechs Wochen zuvor seine Wohnung bezogen hatte und als Beruf »arbeitsloser Musiker« nannte, eine Kaution wahrscheinlich verweigert würde. Was das betraf, war Steve zuversichtlich. Er wohnte bei seinen Eltern und besuchte im zweiten Jahr eine juristische Hochschule: Er hatte viel zu verlieren, wenn er fortlief.

Von den Gerichten erwartete man nicht, dass sie die mögliche Gefahr in Betracht zogen, die ein Beschuldigter für die Gesellschaft darstellte; denn dies käme einer Vorverurteilung gleich. Dennoch wurde es in der Praxis so gehandhabt. Einer Person, die in eine andauernde gewalttätige Auseinandersetzung verwickelt war, wurde mit höherer Wahrscheinlichkeit eine Kaution verweigert als jemandem, der eine Tat vollbracht hatte. Wäre Steve nicht einer, sondern mehrerer Vergewaltigungen beschuldigt worden, stünde seine Chance auf Kaution gleich null.

Wie die Dinge stehen, sagte sich Steve, kann es so oder so kommen. Als er nun wieder den schlafenden Porky beobachtete, legte er sich überzeugende Plädoyers zurecht, die er dem Richter vortragen wollte.

Er war immer noch entschlossen, als sein eigener Verteidiger aufzutreten. Und noch hatte er den einen Anruf nicht getätigt, der ihm von Rechts wegen zustand. Er wollte um jeden Preis verhindern, dass seine Eltern von dieser Sache erfuhren, bis er ihnen sagen konnte, dass seine Unschuld erwiesen sei. Er konnte den Gedanken nicht ertragen, den Eltern zu erzählen, dass er im Gefängnis saß; er würde ihnen damit zu sehr wehtun. Zwar wäre es für Steve eine Hilfe gewesen, sein Leid mit ihnen teilen zu können, doch jedes Mal wenn er versucht war, die Eltern anzurufen, sah er ihre Gesichter vor sich, als sie vor sieben Jahren, nach der Schlägerei mit Tip Hendricks, auf dem Polizeirevier erschienen waren. Steve sah ein, dass er ihnen mit diesem Anruf mehr Schmerz bereiten würde, als Porky Butcher ihm jemals zufügen konnte.

Die ganze Nacht hindurch waren neue Verhaftete in die Zellen gebracht worden. Einige verhielten sich teilnahmslos und schicksalsergeben, andere protestierten und beteuerten lautstark ihre Unschuld, und wieder andere wehrten sich wild – mit dem Erfolg, dass sie professionell zusammengeschlagen wurden.

Gegen fünf Uhr morgens war dann Ruhe im Zellenblock eingekehrt. Gegen acht Uhr brachte Spikes Ablösung ein Frühstück, das aus einem Restaurant namens Mother *Hubbard's* stammte. Die Essensausgabe sorgte für Unruhe bei den Insassen anderer Zellen, und der Lärm weckte Porky.

Steve blieb, wo er war: Er saß auf dem Boden und schien mit leerem Blick ins Nichts zu starren, doch aus dem Augenwinkel beobachtete er Porky voller Angst. Steve vermutete, dass Freundlichkeit als

Zeichen von Schwäche ausgelegt würde. Die Haltung passiver Feindschaft gegen Gott und die Welt erschien ihm angemessener.

Porky setzte sich auf der Schlafpritsche hin, hielt sich den Kopf und starrte Steve an, sagte aber keinen Laut. Steve vermutete, dass der Kerl ihn taxierte.

Nach ein, zwei Minuten sagte Porky: »Was machse hier drin, Scheiße noch mal?«

Steve setzte eine Miene hasserfüllten Zorns auf; dann ließ er langsam den Blick schweifen, bis er Porky genau in die Augen schaute. Für einen Moment starrten die beiden sich an. Porky war ein gut aussehender Bursche mit fleischigem Gesicht, auf dem ein Ausdruck dumpfer Angriffslust lag. Aus blutunterlaufenen Augen musterte er Steve prüfend. Steve stufte Porky als Verlierer ein, völlig heruntergekommen, aber gefährlich. Er schaute weg und spielte den Desinteressierten, ohne auf Porkys Frage zu antworten. Je länger Porky brauchte, sich ein Bild über seinen Zellenpartner zu machen, desto sicherer konnte Steve sich fühlen.

Als der Zellenwärter das Frühstück durch einen Schlitz in den Gitterstäben schob, beachtete Steve es nicht.

Porky nahm sich einen der Teller aus Styropor. Er schlang alles herunter: Schinken, Eier und Toast, trank den Kaffee und benutzte dann geräuschvoll die Toilette, ohne dass es ihm peinlich zu sein schien.

Als er fertig war, zog er sich die Hose hoch, setzte sich wieder auf die Pritsche, blickte Steve an und fragte: »Warum bisse hier drin, Junge?«

Das war der Augenblick der größten Gefahr. Porky lotete ihn aus, taxierte ihn, nahm Maß. Steve durfte nun auf keinen Fall als der Mensch erscheinen, der er war: ein verletzlicher Student aus der Mittelschicht, der seit Jahren jeder körperlichen Auseinandersetzung aus dem Weg gegangen war.

Langsam drehte er den Kopf seinem Zellenpartner zu, als würde er ihn jetzt erst bemerken. Einen langen Augenblick starrte er Porky düster an; dann erwiderte er in leicht schleppendem Tonfall: »'n beschissenes Arschloch wollte mich verscheißern. Ich hab ihm die beschissene Fresse so gründlich poliert, dass der Scheißer nich mehr aufgestanden is'.«

Porky starrte zurück. Steve konnte nicht erkennen, ob der Bursche ihm glaubte oder nicht. Einige Augenblicke verstrichen; dann fragte Porky: »Mord?«

»Jaaa.«

»Ich auch.«

Porky schien Steves Geschichte geschluckt zu haben. Verwegen fugte Steve hinzu: »Jetzt kann der beschissene Scheißkerl seine Scheißspielchen mit *mir* nicht mehr machen.«

»Jau«, sagte Porky.

Für längere Zeit herrschte Schweigen. Porky schien nachzudenken. Schließlich fragte er: »Warum ha'm die uns hier zusammengesteckt?«

»Die Wichser können mir nix beweisen«, erwiderte Steve. »Die haben sich gedacht, dass 'se mich am Arsch haben, wenn ich dich kaltmache.«

Porkys Stolz war angekratzt. »Wat is', wenn ich *dich* kaltmache?«

Steve zuckte mit den Schultern. »Dann haben 'se *dich* am Arsch.«

Porky nickte behäbig. »Da is' wat dran.«

Damit schien ihm der Gesprächsstoff ausgegangen zu sein. Nach einiger Zeit legte er sich wieder auf die Pritsche.

Steve wartete. War alles überstanden?

Nach einigen Minuten schien Porky wieder zu schlafen.

Als er zu schnarchen begann, ließ Steve sich an der Wand heruntersinken. Er zitterte vor Erleichterung.

Danach tat sich mehrere Stunden nichts.

Niemand kam, um mit Steve zu reden; niemand teilte ihm mit, was nun geschehen sollte. Hier gab es keinen Kundenschalter, an dem er sich Auskunft holen konnte. Steve brannte darauf zu erfahren, wann er die Chance bekommen würde, eine Kaution zu beantragen, doch niemand sagte es ihm. Er versuchte, den neuen Zellenwärter anzusprechen, doch der Mann beachtete ihn gar nicht.

Porky schlief immer noch, als der Zellenwärter erschien und die Gittertür öffnete. Er legte Steve Hand- und Fußschellen an; dann weckte er Porky und verfuhr mit ihm genauso. Danach wurden sie mit zwei anderen Männern zusammengekettet, mussten die wenigen Schritte bis zum Ende des Zellenblocks gehen und wurden in ein kleines Büro geführt.

Das Zimmer war mit zwei Schreibtischen ausgestattet; auf beiden standen ein Computer und ein Laserdrucker. Vor den Schreibtischen befand sich eine Reihe grauer Plastikstühle. An einem der Tische saß eine elegant gekleidete Farbige von etwa dreißig Jahren. Sie ließ den Blick über die Gefangenen schweifen, sagte: »Setzen Sie sich bitte«, und machte sich wieder daran, das Keyboard ihres Computers mit ihren manikürten Fingern zu bearbeiten.

Die Männer schlurften die Stuhlreihe entlang und nahmen Platz. Steve schaute sich um. Es war ein ganz normales Büro mit Aktenschränken aus Stahlblech, Anschlagbrettern, einem Feuerlöscher und einem altmodischen Safe. Nach dem Anblick der Zellen war es ein wunderschönes Zimmer.

Porky schloss die Augen; er schien wieder einzuschlafen. Einer der beiden anderen Gefangenen starrte mit ungläubigem Blick auf sein rechtes Bein, das in einem Gipsverband steckte, während der andere lächelnd in unergründliche Fernen blickte und offensichtlich gar nicht wusste, wo er sich befand. Entweder hatte er sich mit Rauschgift vollgepumpt, oder er war geistesgestört – oder beides.

Schließlich wandte die Frau sich vom Monitor ab. »Nennen Sie Ihren Namen«, sagte sie.

Steve war der Erste in der Reihe; deshalb erwiderte er: »Steven Logan.«

»Mr. Logan, ich bin Commissioner Williams, die Gerichtsbevollmächtigte.«

Natürlich! Jetzt erinnerte Steve sich wieder daran, wie dieser Teil des gerichtlichen Verfahrens ablief.

Ein Commissioner war ein Gerichtsbeamter, der in der Rangstufe weit unter dem Richter stand. Er befasste sich mit Haftbefehlen und anderen kleineren Verfahrensfragen. Doch der Commissioner besaß die Vollmacht, eine Kaution zu gewähren, wie Steve sich zu erinnern glaubte. Seine Stimmung hob sich. Vielleicht war er in wenigen Minuten hier raus.

Der weibliche Commissioner fuhr fort: »Es ist meine Aufgabe, Ihnen mitzuteilen, wie die Anklage gegen Sie lautet, an welchem Tag und um wie viel Uhr Ihre Verhandlung angesetzt ist, wo sie stattfindet, ob Sie gegen Hinterlegung einer Kaution oder aufgrund einer schriftlichen Anerkennung gegenüber dem Gericht auf freien Fuß gesetzt werden können und gegebenenfalls mit welchen Auflagen.« Sie redete sehr schnell, doch Steve war ihre Bemerkung über die Kaution nicht entgangen, und er sah seine Vermutung bestätigt: Er musste *diese Frau* davon überzeugen, dass man ihn bis zur Verhandlung aus der Haft entlassen konnte.

»Sie stehen unter der Anklage einer schweren Vergewaltigung und des tätlichen Angriffs mit dem Vorsatz zur Vergewaltigung, Körperverletzung und Analverkehr.« Auf dem runden Gesicht der Frau zeigte sich keine Regung, als sie die schrecklichen Verbrechen auflistete, die man Steve zur Last legte. Sie fuhr fort, indem sie Steve mitteilte, dass die Verhandlung in drei Wochen stattfinden würde. Steve erinnerte sich, dass die Verhandlung gegen einen Beklagten innerhalb eines Zeitraums von höchstens dreißig Tagen angesetzt werden musste.

»Was die Anklage der schweren Vergewaltigung betrifft, droht Ihnen lebenslange Haft. Das Strafmaß für den tätlichen Angriff mit dem Vorsatz zur Vergewaltigung beträgt zwei bis fünfzehn Jahre. Beides sind Kapitalverbrechen.« Natürlich wusste Steve, was ein Kapitalverbrechen war, doch er fragte sich, ob Porky Butcher es ebenfalls wusste.

Der Vergewaltiger hatte überdies in der Sporthalle Feuer gelegt, erinnerte sich Steve. Weshalb wurde keine Anklage wegen Brandstiftung erhoben? Wahrscheinlich, sagte er sich, weil die Polizei keine Beweise hat, dass der Vergewaltiger zugleich der Brandstifter war.

Die Beamtin reichte Steve zwei Blatt Papier. Auf dem einen stand, dass er über sein Recht informiert worden sei, einen Anwalt hinzuzuziehen; auf dem anderen wurde ihm erklärt, wie er sich mit einem Pflichtverteidiger in Verbindung zu setzen hatte. Steve musste beide Papiere unterschreiben.

Dann stellte die Frau ihm eine Reihe von Schnellfeuer-Fragen und tippte die Antworten in ihren Computer ein. »Nennen Sie Ihren vollständigen Namen. Wo wohnen Sie? Und Ihre Telefonnummer? Wie lange wohnen Sie schon dort? Wo haben Sie vorher gewohnt?«

Steves Hoffnung stieg, als er dem weiblichen Commissioner erklärte, dass er bei seinen Eltern wohne, im zweiten Jahr eine juristische Hochschule besuche und dass er nicht vorbestraft sei. Die Frau wollte wissen, ob Steve Drogen- oder Alkoholprobleme habe, und er konnte beides verneinen. Er fragte sich ungeduldig, wann er endlich die Gelegenheit bekommen würde, eine Art Erklärung abzugeben und darum zu bitten, auf Kaution freigelassen zu werden, doch die Frau redete wie ein Maschinengewehr. Es schien, als müsste sie sich nach bestimmten Vorgaben richten.

»Was den Anklagepunkt des Analverkehrs betrifft, sind die Beweise nicht ausreichend«, erklärte sie schließlich, wandte sich vom Monitor ab und blickte Steve an. »Das besagt nicht, dass Sie diese Straftat *nicht* begangen haben, aber aus den Unterlagen der Vernehmungsbeamten gehen keine ausreichenden Informationen hervor, als dass ich diesen Tatbestand als erwiesen betrachten könnte.«

Steve fragte sich, weshalb die Detectives diese Anklage überhaupt erhoben hatten. Vielleicht hatten sie sich erhofft, er würde diesen Vorwurf empört zurückweisen und sich selbst verraten, indem er erklärte: »Das ist abscheulich! Ich habe sie gebumst, aber das war's dann auch. Wofür halten Sie mich?«

Die Beamtin fuhr fort: »Dennoch bleibt dieser Anklagepunkt vor Gericht gegen Sie bestehen.«

Steve war verwirrt. Weshalb hatte die Frau den Anklagepunkt abgewiesen, wenn er sich nun doch dafür verantworten musste? Und wenn er, ein Jurastudent im zweiten Jahr, dieser ganzen Sache kaum zu folgen vermochte, wie war es dann erst für jemanden, der überhaupt nichts von juristischen Dingen verstand?

»Haben Sie noch Fragen?«, erkundigte sich die Beamtin.

Steve holte tief Luft. »Ich möchte darum bitten, Kaution hinterlegen zu dürfen«, begann er. »Ich bin unschuldig . . .«

»Mr. Logan«, unterbrach sie ihn, »Sie werden Kapitalverbrechen beschuldigt, die unter die Gerichtsverordnung 638B fallen. Das bedeutet, dass ich, als Commissioner, nicht darüber entscheiden kann, ob Sie Kaution hinterlegen dürfen. Das kann nur ein Richter.«

Es war wie ein Schlag ins Gesicht. Steve war dermaßen enttäuscht, dass ihm übel wurde. Fassungslos starrte er die Frau an. »Was soll dann dieses ganze Affentheater?«, stieß er zornig hervor.

»Zum jetzigen Zeitpunkt *kann* in Ihrem Fall keine Entscheidung über eine Kaution getroffen werden.«

Steve hob die Stimme. »Warum haben Sie mir dann all diese Fragen gestellt? Ich dachte, ich käme endlich hier raus!«

Die Frau blieb völlig ungerührt. »Die Informationen, die Sie mir über Ihre Anschrift und dergleichen gegeben haben, werden vom leitenden Untersuchungsbeamten überprüft, der seine Feststellungen dann an das Gericht weiterleitet«, sagte sie kühl. »Sie werden morgen an einem Kautionsprüfungsverfahren teilnehmen. Dann wird der Richter die Entscheidung darüber treffen, ob eine Sicherheitsleistung hinterlegt werden darf.«

»Ich werde mit dem da in einer Zelle festgehalten!«, protestierte Steve und wies auf den schlafenden Porky.

»Die Zellen gehören nicht zu meinem Zuständigkeitsbereich ...«

»Der Kerl ist ein Mörder! Er hat mich bis jetzt nur deshalb nicht umgebracht, weil er immer wieder einschläft! Ich möchte hiermit bei Ihnen als Gerichtsbevollmächtigter eine förmliche Beschwerde einlegen. Ich werde psychisch gefoltert, und mein Leben ist in Gefahr.«

»Wenn die Zellen belegt sind, müssen Sie zu einem anderen Häftling ...«

»Die Zellen sind nicht belegt. Werfen Sie einen Blick aus der Tür, dann können Sie es sehen. Die meisten Zellen sind leer. Man hat mich mit dem Kerl zusammengesteckt, damit er mich zusammenschlägt. Sollte das geschehen, werde ich Sie dafür verantwortlich machen, Sie persönlich, Commissioner Williams, dass Sie so etwas zugelassen haben!«

Ihre Miene wurde ein bisschen weicher. »Ich werde mich darum

kümmern. Aber zuerst einmal muss ich Ihnen einige Papiere geben.«
Sie reichte Steve die Liste mit den Anklagepunkten, eine Erklärung
über einen hinreichenden Tatverdacht und einige andere Papiere.
»Bitte unterschreiben Sie jedes Dokument und nehmen Sie die Durch-
schrift an sich.«

Mutlos, von hilflosem Zorn erfüllt, nahm Steve den Kugelschreiber, den die Frau ihm hinhielt, und setzte seinen Namen unter die
Papiere. Während er schrieb, stieß der Zellenwärter Porky an und
weckte ihn. Steve reichte dem weiblichen Commissioner die Unterlagen zurück. Sie steckte sie in eine Aktenmappe.

Dann wandte sie sich an Porky. »Nennen Sie Ihren Namen.«

Steve vergrub das Gesicht in den Händen.

KAPITEL 17

Jeannie starrte auf die Tür des Besucherzimmers, als diese
sich langsam öffnete.

Der Mann, der hereinkam, war Steve Logans Doppelgänger. Jeannie hörte, wie Lisa neben ihr scharf Luft holte.

Dennis Pinker sah Steven so ähnlich, dass Jeannie die beiden niemals hätte auseinanderhalten können.

Mein System funktioniert, dachte sie triumphierend. Sie war rehabilitiert. Wenngleich die Eltern vehement geleugnet hatten, dass ihr
Sohn einen Zwilling haben könnte, ähnelten die beiden sich so sehr
wie Jeannies linke und rechte Hand.

Dennis Pinkers gewelltes blondes Haar war genauso geschnitten
wie das von Steven: kurz, mit Scheitel. Er rollte die Ärmel seiner Sträf-
lingsjacke auf dieselbe sorgfältige Art und Weise hoch wie Steven die
Ärmel seines blauen Leinenhemds. Der junge Mann stieß mit der
Hacke die Tür hinter sich zu – genauso wie Steven die Tür zu Jeannies
Büro in der Klapsmühle. Als Dennis sich setzte, bedachte er Jeannie
mit dem gleichen jungenhaften, einnehmenden Lächeln wie Steven.
Sie konnte kaum glauben, dass dieser junge Mann nicht Steven war.

Jeannie schaute Lisa an. Die Freundin starrte mit hervorquellenden Augen auf Dennis; ihr Gesicht war bleich vor Angst. »Er ist es«, wisperte sie.

Dennis blickte Jeannie an und sagte: »Du wirst mir gleich dein Höschen geben.«

Er sagte es mit so kalter Gewissheit, dass Jeannie ein Schauder über den Rücken lief; zugleich aber war sie als Wissenschaftlerin fasziniert. So etwas hätte Steven niemals gesagt. Hier hatte sie es vor sich: Ein und dasselbe genetische Material, das sich in zwei völlig verschiedene Individuen verwandelt hatte – das eine ein charmanter Jurastudent, das andere ein Psychopath. Aber war der Unterschied bloß oberflächlich?

Robinson, der Wärter, sagte ruhig, aber bestimmt: »Benimm dich und sei freundlich, Pinker, sonst kriegst du mächtig Ärger.«

Wieder erschien das jungenhafte Grinsen auf Dennis' Gesicht, doch seine Worte waren erschreckend. »Robinson wird's nicht mal merken, wenn es passiert, aber du«, sagte er zu Jeannie. »Wenn du hier rausgehst, wird der Wind dir den nackten Hintern streicheln.«

Jeannie zwang sich, Ruhe zu bewahren. Was Dennis von sich gab, waren leere Worte. Sie war stark, clever und verstand sich zu wehren: Würde Dennis sie angreifen, bekäme er selbst dann Schwierigkeiten, wäre er mit ihr allein im Zimmer. Dass ein großer, kräftiger Gefängniswärter neben ihr stand, mit einem Revolver und einem Gummiknüppel bewaffnet, gab Jeannie das Gefühl, vollkommen sicher zu sein.

»Alles in Ordnung?«, fragte sie Lisa mit leiser Stimme.

Lisa war bleich, doch sie hatte die Lippen zu einem dünnen, entschlossenen Strich zusammengepresst. »Alles klar«, erwiderte sie mit Trotz in der Stimme.

Wie seine Eltern hatte auch Dennis im Voraus mehrere Formulare ausgefüllt. Jetzt begann Lisa mit den komplizierteren Fragebogen, die nicht durch ein bloßes Kreuz in einem Kästchen beantwortet werden konnten. Während Lisa sich mit Dennis befasste, schaute Jeannie sich die Ergebnisse an und verglich Dennis mit Steven. Die Ähnlichkeiten waren frappierend: psychologisches Profil, Interessen und Hobbys,

Geschmack, physische Fähigkeiten – bei allem gab es keinerlei Unterschiede. Dennis besaß sogar den gleichen überaus hohen IQ wie Steven.

Was für eine Schande, dachte Jeannie. Dieser junge Mann hätte Wissenschaftler werden können, Chirurg, Ingenieur, Software-Entwickler. Stattdessen vegetiert er in diesem Gefängnis.

Der große Unterschied zwischen Dennis und Steven lag in der gesellschaftlichen Anpassung. Steven war ein erwachsener Mann mit überdurchschnittlichen sozialen Fähigkeiten, dem es leichtfiel, Kontakt zu Fremden zu finden, der bereit war, rechtmäßige Autoritäten zu akzeptieren, der ungezwungen mit Freunden umgehen konnte und der gern Teil einer Mannschaft war. Dennis hingegen besaß die soziale Kompetenz eines Dreijährigen. Er nahm sich, was er wollte; es fiel ihm schwer, mit anderen zu teilen; er hatte Angst vor Fremden, und wenn er seinen Willen nicht durchsetzen konnte, verlor er die Beherrschung und wurde gewalttätig.

Jeannie konnte sich an eine Situation entsinnen, als sie drei Jahre alt gewesen war. Es war ihre früheste Erinnerung. Sie sah sich selbst, wie sie sich über das Kinderbett beugte, in dem ihre kleine Schwester lag und schlief. Patty hatte einen hübschen rosa Kinderpyjama getragen; auf dem Kragen waren blassblaue Blumen eingestickt. Jeannie konnte noch immer den Hass spüren, der Besitz von ihr ergriffen hatte, als sie in Pattys winziges Gesicht starrte. Patty hatte ihr Mommy und Daddy weggenommen, und Jeannie wollte aus tiefstem Herzen diesen Eindringling töten, der ihr so viel von der Liebe und Aufmerksamkeit gestohlen hatte, die bis dahin ihr allein vorbehalten waren. Tante Rosa hatte gefragt: »Du hast dein Schwesterchen sehr lieb, nicht wahr?«, und Jeannie hatte erwidert: »Ich mag sie nicht. Sie soll totgehen.« Worauf Tante Rosa ihr eine Ohrfeige verpasst hatte und Jeannie sich doppelt misshandelt fühlte.

Jeannie war erwachsen geworden, und ebenso Steven. Dennis jedoch nicht. Weshalb waren Steven und Dennis so vollkommen anders? Hatte die Erziehung Steven davor bewahrt, so wie sein Zwillingsbruder zu werden? Oder *schien* er nur anders zu sein? War sein

Sozialverhalten nur eine Maske, unter der sich ein Psychopath wie Dennis verbarg?

Als Jeannie beobachtete und zuhörte, erkannte sie, dass es noch einen weiteren Unterschied gab: Sie fürchtete sich vor Dennis. Den genauen Grund dafür konnte sie selbst nicht nennen, doch dieser junge Mann strahlte irgendetwas Unheilvolles, Bedrohliches aus. Jeannie hatte das Gefühl, dass Dennis *alles* tun würde, was ihm in den Sinn kam, ungeachtet der Konsequenzen. Bei Steven hatte Jeannie nicht einen Augenblick dieses Gefühl gehabt.

Sie fotografierte Dennis und machte Nahaufnahmen von beiden Ohren. Bei eineiigen Zwillingen waren die Ohren in den meisten Fällen nahezu identisch, besonders die Ohrläppchen.

Als fast alle Tests abgeschlossen waren, nahm Lisa eine Blutprobe von Dennis; für diese Aufgabe war sie speziell ausgebildet. Jeannie konnte es kaum erwarten, die DNS-Proben der Zwillinge zu vergleichen. Sie war sicher, dass Steven und Dennis dieselbe genetische Ausstattung besaßen. Damit wäre der endgültige Beweis erbracht, dass sie eineiige Zwillinge waren.

Routinemäßig versiegelte Lisa die Phiole; dann verließ sie das Zimmer, um sie ins Kühlgerät zu legen, das sich im Kofferraum des Wagens befand. Jeannie blieb allein zurück, um das Gespräch mit Dennis zu Ende zu führen.

Als Jeannie den letzten Fragenkomplex abgeschlossen hatte, wünschte sie sich, Dennis und Steven eine Woche lang im Labor untersuchen zu können. Aber das würde ein Wunschtraum bleiben, wie bei den meisten ihrer Zwillingspaare. Beim Studium von Kriminellen sah Jeannie sich stets mit dem Problem konfrontiert, dass einige ihrer Versuchspersonen hinter Gittern saßen. Die komplizierteren Tests, bei denen Laborgeräte erforderlich waren, konnten bei Dennis erst vorgenommen werden, wenn er aus dem Gefängnis kam, falls überhaupt. Damit musste sie nun mal leben. Doch nun hatte sie erst einmal eine Vielzahl von Informationen, mit denen sie arbeiten konnte.

Nachdem Jeannie den letzten Fragebogen ausgefüllt hatte, sagte sie: »Danke für Ihre Mitarbeit, Mr. Pinker.«

»Du hast mir dein Höschen noch nicht gegeben«, sagte er mit kalter Stimme.

»Na, na, Pinker«, ermahnte ihn Robinson. »Du hast dich den ganzen Nachmittag gut aufgeführt. Jetzt mach dir nicht alles kaputt.«

Dennis starrte den Wächter mit einem Blick an, aus dem abgrundtiefe Verachtung sprach. Dann wandte er sich an Jeannie. »Robinson hat Schiss vor Ratten«, sagte er. »Wusstest du das, Frau Psychologin?«

Plötzlich bekam Jeannie es mit der Angst zu tun. In diesem Zimmer ging irgendetwas vor sich, das sie nicht begreifen konnte. Hastig ordnete sie ihre Unterlagen.

Robinson blickte verlegen drein. »Ich kann Ratten nicht ausstehen, das stimmt, aber ich hab keine Angst vor den Viechern.«

»Nicht mal vor der großen grauen da?« Dennis streckte die Hand aus und wies in eine Zimmerecke.

Robinson fuhr herum. Da war keine Ratte in der Ecke, doch als er Dennis den Rücken zukehrte, griff der junge Mann in seine Hosentasche und nahm blitzschnell ein fest verschnürtes Päckchen heraus. Dennis bewegte sich so rasch, dass Jeannie zu spät erkannte, was er vorhatte. Als er ein blau gepunktetes Taschentuch aufwickelte, kam eine fette graue Ratte mit langem, nacktem rosa Schwanz zum Vorschein. Jeannie schauderte. Sie war nicht zart besaitet, doch das Bild, wie die Ratte von Händen, die eine Frau erwürgt hatten, zärtlich gestreichelt wurde, besaß etwas unbeschreiblich Gespenstisches, Widerliches.

Bevor Robinson sich umdrehen konnte, hatte Dennis die Ratte losgelassen.

Das Tier flitzte durchs Zimmer. »Da, Robinson, da!«, rief Dennis.

Robinson wirbelte herum, sah die Ratte und wurde bleich. »Scheiße«, stieß er gepresst hervor und zog den Gummiknüppel.

Die Ratte huschte quiekend über den Fußboden, auf der Suche nach einem Versteck. Robinson jagte dem Tier hinterher und hieb mit dem Knüppel danach. Das Gummi hinterließ mehrere schwarze Flecken auf dem Fußboden, ohne dass Robinson die Ratte traf.

Als Jeannie den Wärter beobachtete, schrillten mit einem Mal sämtliche Alarmsirenen in ihrem Hirn. Irgendetwas stimmte hier nicht; irgendwas ergab hier keinen Sinn. Die Sache mit der Ratte war ein sehr derber Scherz, doch Dennis machte keine Scherze. Er war ein sexuell Perverser, ein Mörder. Was er da getan hatte, war untypisch. Es sei denn, erkannte Jeannie mit namenlosem Entsetzen, es war ein Ablenkungsmanöver, und Dennis verfolgte eine ganz andere Absicht ...

Sie fühlte, wie irgendetwas ihr Haar berührte. Sie fuhr im Stuhl herum, und ihr stockte das Herz.

Dennis war um den Tisch gekommen und stand nun ganz dicht vor ihr. Er hielt ihr einen Gegenstand vors Gesicht, der wie ein selbst gemachtes Messer aussah: Es war ein Löffel, dessen Höhlung flach gehämmert und an beiden Seiten zu einer Spitze abgefeilt war.

Jeannie wollte schreien, doch ihre Kehle war wie zugeschnürt. Noch vor einer Sekunde hatte sie sich vollkommen sicher geglaubt; jetzt wurde sie von einem Mörder mit einem Messer bedroht. Wie hatte das so schnell geschehen können? Alles Blut schien Jeannie aus dem Kopf zu strömen; sie konnte keinen klaren Gedanken mehr fassen.

Mit der linken Hand packte Dennis ihr Haar und führte das Messer so nahe an ihre Augen, dass Jeannie die Spitze nur noch verschwommen sehen konnte. Dann beugte er sich zu ihr hinunter und sprach ihr ins Ohr. Sie spürte seinen warmen Atem auf der Wange; sein Schweißgeruch stieg ihr in die Nase. Seine Stimme war so leise, dass Jeannie sie bei dem Gepolter, das Robinson veranstaltete, kaum verstehen konnte. »Tu was ich sage, oder ich schlitz dir die Augäpfel auf.«

Jeannie bebte vor Entsetzen. »Oh Gott, nein, mach mich nicht blind«, flehte sie.

Die eigene Stimme in einem so ungewohnten Tonfall kläglicher Unterwürfigkeit zu hören, brachte Jeannie wieder ein wenig zur Besinnung. Sie versuchte verzweifelt, sich zusammenzureißen und nachzudenken. Robinson jagte immer noch der Ratte hinterher; er bemerkte gar nicht, was Dennis anstellte. Jeannie konnte nicht fassen, was sich hier abspielte. Sie befanden sich im Herzen eines Staatsgefängnisses, ein bewaffneter Wächter war im Zimmer, und dennoch war sie Dennis auf Gedeih und Verderb ausgeliefert. Dabei war sie vor wenigen Stunden noch so sicher gewesen, es dem Burschen verdammt schwer machen zu können, falls er sie angriff! Jetzt brach ihr vor Angst der Schweiß aus.

Dennis zerrte an ihrem Haar und riss es nach oben. Jeannie, von Schmerz gepeinigt, sprang auf.

»Bitte!«, flehte sie. Kaum waren die Worte heraus, hasste sie sich dafür, auf eine so demütigende Art und Weise um Gnade zu winseln. Doch die Furcht war zu groß. »Ich tue alles!«

Sie spürte seine Lippen an ihrem Ohr. »Zieh dein Höschen aus«, raunte er.

Jeannie erstarrte. Sie war bereit, alles zu tun, was er verlangte, wie beschämend es auch sein mochte; doch wenn sie den Slip auszog, konnte es sich als genauso gefährlich erweisen, als würde sie Gegenwehr leisten. Sie wusste nicht, was sie tun sollte. Sie versuchte, einen Blick auf Robinson zu werfen, doch er befand sich hinter ihr, außerhalb ihres Sichtfeldes, und sie wagte nicht den Kopf zu drehen, weil sich das Messer vor ihren Augen befand. Doch sie konnte hören, wie Robinson auf die Ratte fluchte; sie hörte die dumpfen Schläge, als er mit dem Gummiknüppel nach dem Tier hieb. Es war offensichtlich, dass Robinson immer noch nicht bemerkt hatte, was Dennis trieb.

»Ich hab nicht viel Zeit«, raunte Dennis mit einer Stimme wie ein eisiger Wind. »Wenn ich nicht kriege, was ich will, siehst du nie mehr die Sonne scheinen.«

Jeannie glaubte ihm. Schließlich hatte sie soeben ein dreistündiges Gespräch mit ihm geführt, um ein psychologisches Profil zu erstellen. Sie wusste, wie er war. Er hatte kein Gewissen; er kannte keine Schuld, keine Reue. Falls sie ihm seinen Wunsch verweigerte, würde er sie ohne Zögern verstümmeln.

Aber was würde er tun, wenn sie ihren Slip ausgezogen hatte? Gab er sich dann zufrieden und nahm das Messer von ihrem Gesicht weg? Würde er ihr trotzdem die Augen zerschlitzen? Oder würde er noch mehr von ihr verlangen?

Warum schlug Robinson nicht endlich die verdammte Ratte tot?

»Mach schnell!«, zischte Dennis.

Was konnte schlimmer sein als Blindheit? »Ja ... ja«, sagte Jeannie mit bebender Stimme.

Verlegen beugte sie sich in der Hüfte, wobei Dennis immer noch die Faust in ihr Haar gekrallt hielt. Mit zitternden Fingern zog sie den Saum ihres Leinenkleids hoch und streifte ihren billigen weißen Baumwollschlüpfer die Beine hinunter. Dennis stieß einen grollenden Laut aus, wie ein Bär, tief in der Kehle, als der Slip bis zu Jeannies Knöcheln hinunterrutschte. Sie schämte sich zutiefst, obwohl die Vernunft ihr sagte, dass es ja gar nicht ihre Schuld sei. Hastig zerrte sie den Saum des Kleides herunter, um ihre Blöße zu bedecken. Dann stieg sie aus dem Slip und trat ihn ein Stück über den Fußboden.

Sie kam sich schrecklich verletzlich vor.

Dennis ließ sie los, schnappte sich den Slip und presste ihn sich vors Gesicht. Er atmete heftig, die Augen vor Verzückung geschlossen.

Jeannie starrte ihn entgeistert an. Es war unglaublich. Er hatte es tatsächlich geschafft, gewaltsam in ihre Intimsphäre einzudringen. Obwohl er sie nicht berührte, schauderte Jeannie vor Ekel.

Was würde er als Nächstes tun?

Robinsons Gummiknüppel machte ein widerliches, klatschendes Geräusch. Jeannie drehte den Kopf und sah, dass er die Ratte endlich erwischt hatte. Der Knüppel hatte die hintere Hälfte des fetten Körpers zerschmettert; die grauen Kunststofffliesen waren rot von Blut. Die Ratte konnte sich nicht mehr von der Stelle rühren, doch sie lebte noch. Die winzigen Augen standen offen, und der vordere Teil des Körpers zuckte, bewegte sich mit jedem Atemzug. Wieder schlug Robinson zu, zerschmetterte den Kopf. Das Tier rührte sich nicht mehr; aus dem zerbrochenen Schädel quoll eine graue Masse.

Jeannies Kopf ruckte wieder zu Dennis herum. Zu ihrem Erstaunen saß er am Tisch, wie er den ganzen Nachmittag gesessen hatte. Es sah aus, als hätte er sich nicht von der Stelle gerührt. Auf seinem Gesicht lag ein unschuldiger Ausdruck. Das Messer und ihr Höschen waren verschwunden.

War sie außer Gefahr? War alles vorüber?

Robinson keuchte vor Erschöpfung. Er blickte Dennis misstrauisch an und fragte: »Du hast dieses Ungeziefer doch nicht etwa hier *reingebracht*, Pinker?«

»Nein, Sir«, sagte Dennis unschuldig.

In Jeannies Innerem schrie es auf: »Doch, hat er!« Aber aus irgendeinem Grund sprach sie die Worte nicht aus.

Robinson fuhr fort: »Gut, denn wenn du's getan hättest, mein Junge, hätte ich dich...« Der Wärter warf Jeannie einen raschen Blick zu und beschloss, nicht weiter auszuführen, wie Dennis' Strafe ausgesehen hätte. »Ich hätte dafür gesorgt, dass du's bitter bereut hättest. Das weißt du doch, oder?«

»Ja, Sir.«

Jeannie erkannte, dass sie in Sicherheit war. Doch die Erleichterung wurde augenblicklich von Zorn verdrängt. Wutentbrannt starrte sie Dennis an. Wollte der Bursche so tun, als wäre gar nichts geschehen?

»Gut«, sagte Robinson. »Dann hol 'nen Eimer Wasser und wisch diesen Dreck hier auf.«

»Sofort, Sir.«

»Das heißt, falls Dr. Ferrami mit dir fertig ist.«

Jeannie versuchte zu sagen: »Als Sie die Ratte erschlagen haben, hat Dennis mir den Slip weggenommen«, doch sie brachte die Worte nicht hervor. Sie kamen ihr so dumm, so lächerlich vor. Und sie konnte sich vorstellen, was die Folge gewesen wäre. Sie würde eine Stunde hier festsitzen, während man ihre Behauptungen überprüfte. Man würde Dennis durchsuchen und den Slip entdecken, der dann Gefängnisdirektor Temoigne gezeigt werden musste. Jeannie stellte sich vor, wie Temoigne das Beweismittel untersuchte, wie er ihren Slip befingerte, das Innere nach außen kehrte, mit einem lüsternen Ausdruck auf dem Gesicht...

Nein. Sie würde schweigen.

Und verspürte ein plötzliches Schuldgefühl. Stets hatte sie Frauen verachtet, die geschwiegen hatten, wenn sie angegriffen worden waren, sodass der Täter ungestraft davonkam. Jetzt verhielt sie sich genauso.

Jeannie erkannte, dass Dennis genau darauf gesetzt hatte. Er hatte vorhergesehen, wie sie sich fühlen würde, und damit gerechnet, dass sie schwieg. Diese Vorstellung erfüllte Jeannie für einen Moment mit so unbändigem Zorn, dass sie mit dem Gedanken spielte, die Wahrheit zu sagen und den Wirbel auf sich zu nehmen, den sie damit auslöste – Hauptsache, dieser kleine Bastard bekam, was er verdiente. Dann aber stellte sie sich vor, wie Temoigne und Robinson und die anderen Männer sie begafften und dabei nur daran dachten, dass sie keinen Slip trug. Nein, es war zu erniedrigend.

Wie gerissen Dennis war. Wie intelligent. Genauso intelligent wie der Kerl, der in der Sporthalle Feuer gelegt und Lisa vergewaltigt hatte. Genauso intelligent wie Steve ...

»Sie sind ein bisschen blass um die Nase«, drang Robinsons Stimme in Jeannies Gedanken. »Wahrscheinlich können Sie Ratten ebenso wenig ausstehen wie ich. Ist alles in Ordnung?«

Jeannie riss sich zusammen. Es war vorbei. Sie war mit dem Leben davongekommen, hatte ihr Augenlicht behalten. Ist es denn *so* schlimm, sagte sie sich. Du hättest getötet, verstümmelt, vergewaltigt werden können. Stattdessen läufst du jetzt ohne Schlüpfer herum. Na und? Du hast verdammtes Glück gehabt. »Alles in Ordnung«, sagte sie zu Robinson. »Danke.«

»Tja, dann werde ich Sie und unseren Freund jetzt hinausbringen.«

Die drei verließen gemeinsam das Zimmer.

Draußen vor der Tür sagte Robinson: »Hol einen Mopp, Pinker.«

Dennis lächelte Jeannie an – ein inniges, beinahe zärtliches Lächeln, als wären sie Geliebte, die den Nachmittag zusammen im Bett verbracht hatten. Dann verschwand er im Inneren des Gefängnisses.

Erleichtert sah Jeannie zu, wie Dennis davonging. Doch das Gefühl des Ekels blieb, als sie daran dachte, dass er ihren Schlüpfer in der Tasche hatte. Würde er sich das Höschen an die Wange drücken, wenn er schlief, wie ein kleines Kind einen Teddybären? Oder würde er es sich um sein Glied wickeln und masturbieren und sich dabei vorstellen, dass er sie vögelte? Was immer Dennis tun mochte – in gewisser Weise war sie daran beteiligt, gegen ihren Willen. Er war in ihre Intimsphäre eingedrungen, hatte sie ihrer Freiheit beraubt.

Robinson führte Jeannie zum Haupttor und schüttelte ihr die Hand. Gott sei Dank, dass du hier wegkommst, dachte sie, als sie über den hitzeflirrenden Parkplatz zum Wagen ging. Und das Wichtigste: Sie besaß eine Probe von Dennis' DNS.

Lisa wartete hinter dem Steuer. Der drückenden Hitze wegen hatte sie die Klimaanlage eingeschaltet. Jeannie ließ sich in den Beifahrersitz fallen.

»Du siehst mitgenommen aus«, sagte Lisa, als sie losfuhr.

»Halte im ersten Einkaufsviertel.«

»Klar. Was brauchst du denn?«

»Ich werd's dir sagen«, erwiderte Jeannie, »aber du wirst es nicht glauben.«

KAPITEL 18

Nach dem Essen ging Berrington in eine ruhige Bar in der Nähe und bestellte sich einen Martini.

Jim Prousts beiläufiger Vorschlag, ihre Probleme durch Mord zu bereinigen, hatte Berrington erschüttert. Du hast dich zum Narren gemacht, dachte er, Jim bei den Aufschlägen zu packen und ihn anzufahren. Doch Berrington bereute es nicht. Immerhin wusste Jim jetzt genau, was sein alter Freund von Mord hielt.

Dass sie sich in die Haare gerieten, war nichts Neues. Berrington musste an ihre erste große Auseinandersetzung denken, in den frühen Siebzigerjahren, als der Watergate-Skandal das Land erschüttert hatte. Es war eine schreckliche Zeit gewesen: Der Konservatismus war in Misskredit geraten; die Politiker, deren Namen für Recht und Ordnung standen, hatten sich als Ganoven erwiesen, und sämtliche heimlichen Aktivitäten – mochten sie noch so guten Absichten dienen – wurden mit einem Mal als verfassungswidrige Handlungen betrachtet. Preston war dermaßen verängstigt gewesen, dass er das ganze Projekt aufgeben wollte. Jim Proust hatte ihn einen Feigling genannt und zornig argumentiert, dass keine Gefahr bestünde. Man könne ihr Vorhaben ja als Gemeinschaftsprojekt der CIA und der Armee deklarieren und weiterführen, hatte Jim erklärt, möglicherweise mit erhöhter Sicherheitsstufe. Ohne Zweifel wäre Jim bereit gewesen, jeden Enthüllungsjournalisten beseitigen zu lassen, der seine Nase zu tief in die Sache steckte, mit der sie sich damals beschäftigt hatten. Daraufhin hatte Berrington den Vorschlag gemacht, ein Privatunternehmen zu gründen und auf diese Weise von der Regierung abzurücken. Nun lag es wieder einmal an ihm, einen Ausweg aus ihren Schwierigkeiten zu finden.

In der Bar war es kühl und schummrig. Im Fernseher über dem Tresen lief eine Seifenoper, doch der Ton war abgestellt. Der kühle Drink beruhigte Berringtons Nerven. Nach und nach verflog sein Zorn auf Jim, und er konzentrierte seine Gedanken auf Jeannie Ferrami.

Die Angst hatte Berrington zu einer übereilten Zusage getrieben. Leichtsinnigerweise hatte er Jim und Preston erklärt, er würde mit Jeannie fertig. Jetzt musste er dieses unüberlegte Versprechen in die Tat umsetzen. Er musste dafür sorgen, dass Jeannie keine Fragen mehr über Steve Logan und Dennis Pinker stellte.

Für Berrington war es ein unglaublich schwieriges Problem. Wenngleich er Jeannie eingestellt und für ihr Forschungsstipendium gesorgt hatte, konnte er ihr nicht einfach Befehle erteilen; wie er schon zu Jim gesagt hatte, war die Universität nicht die Armee. Jeannies Arbeitgeber war die Jones Falls, und die Genetico hatte bereits Forschungsgelder für ein Jahr bereitgestellt. Auf längere Sicht konnte er Ferrami natürlich den Geldhahn zudrehen; aber das half ihm momentan nicht weiter. Sie musste sofort aufgehalten werden, noch heute oder morgen, bevor sie genug herausfand, um sie alle zu ruinieren.

Ruhe bewahren, ermahnte sich Berrington, nur die Ruhe bewahren!

Dass Jeannie medizinische Datenbänke ohne Einwilligung der Patienten benutzte, war ihre schwache Stelle. So etwas war der Stoff, aus dem Zeitungen Skandale machen konnten, ungeachtet der Frage, ob dabei tatsächlich die Privatsphäre von Menschen verletzt wurde. Und wenn Universitäten irgendetwas fürchteten, dann waren es Skandale; sie konnten verheerende Folgen für die Beschaffung von Spendengeldern haben.

Es war tragisch, vor der Notwendigkeit zu stehen, ein so vielversprechendes wissenschaftliches Projekt zunichtezumachen. Es widersprach allen Grundsätzen, für die Berrington stand. Erst hatte er Jeannie ermutigt; nun musste er ihr entgegenarbeiten. Sie würde am Boden zerstört sein – aus gutem Grund. Doch Berrington tröstete sich mit dem Gedanken, dass Jeannies Erbmaterial unrein war, minderwertig, und dass sie früher oder später ohnehin in Schwierigkeiten geraten wäre. Dennoch war es Berrington zuwider, dass ausgerechnet er der Grund für Jeannies Niedergang sein musste.

Er versuchte, nicht an ihren Körper zu denken. Frauen waren immer schon seine Schwäche gewesen, sein einziges Laster: Er trank mäßig, machte keine Glücksspiele und konnte nicht begreifen, weshalb Menschen Drogen nahmen. Er hatte seine Frau Vivvie geliebt, aber selbst damals hatte er der Versuchung nicht widerstehen können, wenn er einer schönen Frau begegnet war – bis Vivvie seine Weibergeschichten satthatte und ihn verließ. Als er nun an Jeannie dachte, stellte er sich vor, wie sie ihm mit den Fingern durchs Haar fuhr und sagte: »Du warst so nett zu mir. Ich schulde dir so viel. Wie kann ich es dir je gutmachen?«

Solche Gedanken beschämten ihn. Er sollte Jeannies väterlicher Freund und Mentor sein, nicht ihr Verführer.

Doch das Verlangen brannte ebenso heftig in seinem Innern wie der Zorn. Ferrami war bloß eine junge Frau, um Himmels willen! Wie konnte sie da eine so große Bedrohung sein? Wie war es möglich, dass ein junges Ding mit einem Ring in der Nase ihn und Preston und Jim überhaupt gefährden konnte, wo sie kurz davorstanden, ihr Lebensziel zu erreichen? Es war unvorstellbar, wenn ihre Pläne jetzt noch durchkreuzt wurden; der Gedanke machte Berrington benommen vor Furcht. Seltsam. Entweder sah er vor seinem geistigen Auge, wie er mit Jeannie schlief, oder er sah das Bild vor sich, wie er sie erwürgte.

Trotz allem widerstrebte es ihm, einen öffentlichen Proteststurm herbeizuführen, der gegen Jeannie gerichtet war. Die Presse im Griff zu behalten war schwierig. Es bestand die Möglichkeit, dass die Journalisten ihre Recherchen bei Jeannie aufnahmen und die Sache damit endete, dass sie schließlich Nachforschungen über ihn, Berrington, anstellten. Es war eine gefährliche Strategie, doch ihm fiel keine andere ein – von Jims wirrem Gerede über Mord einmal abgesehen.

Berrington leerte sein Glas. Der Barkeeper bot ihm einen weiteren Martini an, doch Berrington lehnte ab. Er ließ den Blick durch die Bar schweifen, entdeckte ein Telefon neben der Herrentoilette, zog seine American-Express-Karte durch das Lesegerät und wählte die Nummer von Jims Büro. Einer von Jims nassforschen jungen Mitarbeitern meldete sich. »Büro von Senator Proust.«

»Hier Berrington Jones. Ich . . .«

»Ich fürchte, der Senator ist zurzeit in einer Besprechung.«

Jim sollte diesen Laufburschen wirklich mal beibringen, ein bisschen freundlicher zu sein, dachte Berrington. »Dann lassen Sie uns mal sehen, ob wir es vermeiden können, ihn aus dieser Besprechung herauszuholen. Hat er heute Nachmittag irgendeinen Pressetermin?«

»Das kann ich auf Anhieb nicht sagen. Darf ich fragen, weshalb Sie das wissen möchten, Sir?«

»Nein, junger Mann, das dürfen Sie nicht«, erwiderte Berrington mühsam beherrscht. Aufgeblasene Assistenten waren der Fluch des Capitol Hill. »Aber Sie dürfen meine Frage beantworten oder mich zu Jim Proust durchstellen oder Ihren verdammten Job verlieren. Wie möchten Sie es haben?«

»Bitte, warten Sie.«

Eine lange Pause trat ein. Dass Jim seine Assistenten zu mehr Höflichkeit erzieht, ging es Berrington durch den Kopf, ist wahrscheinlich genauso realistisch wie die Hoffnung, dass ein Schimpanse seinen Jungen Tischmanieren beibringt. Wie der Herr, so das Gescherr. Ein ungehobelter Boss hat vermutlich stets flegelhafte Untergebene.

Eine andere Stimme erklang aus dem Hörer. »Professor Berrington? Senator Proust muss in einer Viertelstunde an einer Pressekonferenz teilnehmen, auf der das Buch des Abgeordneten Dinkey vorgestellt wird, *Neue Hoffnung für Amerika*.«

Das kam ja wie gerufen. »Wo findet sie statt?«

»Im Watergate-Hotel.«

»Sagen Sie Jim, dass ich dorthin komme, und sorgen Sie bitte dafür, dass mein Name auf der Gästeliste steht.« Berrington hängte ein, ohne die Antwort abzuwarten.

Er verließ die Bar und ließ sich von einem Taxi zum Hotel bringen. Was jetzt vor ihm lag, musste behutsam angegangen werden. Einfluss auf die Medien zu nehmen, war wie Russisch Roulette: Es bestand stets die Gefahr, dass ein findiger Reporter hinter die vordergründige Fassade einer Story schaute und Fragen darüber stellte, weshalb sie der Presse *tatsächlich* vorgesetzt wurde. Doch jedes Mal wenn Berrington an die Risiken dachte, führte er sich das große Ziel vor Augen und gemahnte sich, die Nerven zu bewahren.

Er betrat den Saal, in dem die Pressekonferenz stattfand. Sein Name stand nicht auf der Liste – aufgeblasene Assistenten waren nie besonders tüchtig –, doch der Verleger des Buches erkannte sein Gesicht und hieß ihn als zusätzliche Attraktion für die Kameras willkommen. Berrington war froh, dass er sein gestreiftes Hemd von Turnbull & Asser trug, das auf Fotos immer so distinguiert aussah.

Er nahm sich ein Glas Perrier und ließ den Blick durch den Saal schweifen. Vor einer großformatigen Abbildung des Buchumschlags stand ein Pult; auf einem Tisch daneben lag ein Stapel Freiexemplare für die Journalisten. Die Fernsehteams stellten die Scheinwerfer auf. Berrington sah ein, zwei bekannte Gesichter unter den Reportern, aber niemanden, dem er voll und ganz traute.

Doch immer noch strömten Fernseh- und Presseleute in den Saal. Berrington schlenderte umher, machte Smalltalk und behielt dabei die ganze Zeit die Tür im Auge. Die meisten Journalisten kannten ihn; er war eine mittlere Berühmtheit. Berrington hatte das Buch, das vorgestellt werden sollte, nicht gelesen, doch Dinkey vertrat eine traditionalistische, rechtsgerichtete Linie – eine gemäßigte Spielart der politisch-gesellschaftlichen Ansichten, wie Berrington, Barck und

Preston sie teilten. Deshalb nutzte Berrington die Gelegenheit, den Reportern mitzuteilen, dass er der Botschaft des Buches voll und ganz beipflichte.

Ein paar Minuten nach drei traf Jim mit Dinkey ein. Dicht hinter ihnen folgte Hank Stone, ein leitender Journalist der *New York Times*. Glatzköpfig, mit roter Nase und einem Schmerbauch, der ihm über den Hosengürtel hing, losem Hemdkragen, schlampig gebundener Krawatte und ausgelatschten braunen Schuhen, war Stone der wohl hässlichste Mann im Pressekorps des Weißen Hauses.

Berrington fragte sich, ob Hank der Richtige wäre.

Welche politischen Ansichten Hank vertrat, wusste wohl nur er selbst. Berrington hatte Hank kennengelernt, als dieser vor fünfzehn, zwanzig Jahren einen Artikel über Genetico geschrieben hatte. Seit Hank in Washington tätig war, hatte er ein-, zweimal über Berringtons Anschauungen berichtet, über die von Senator Proust des Öfteren. Für Hank stand das Reißerische, nicht das Intellektuelle, im Vordergrund, wie es bei Zeitungen unweigerlich der Fall war, doch niemals hatte er dabei den moralischen Zeigefinger erhoben wie viele seiner liberalen Kollegen.

Wenn Hank einen Tipp bekam, zählte für ihn lediglich der mögliche Nutzen: Falls sich eine gute Story daraus stricken ließ, schrieb er sie. Aber kannst du dich darauf verlassen, dass Hank diesmal nicht tiefer gräbt, fragte sich Berrington. Er war nicht sicher.

Er begrüßte Jim und schüttelte Dinkey die Hand. Die Männer unterhielten sich einige Minuten, wobei Berrington hoffnungsvoll nach einem geeigneteren Kandidaten als Hank Stone Ausschau hielt. Doch als die Pressekonferenz begann, war Hank noch immer die erste Wahl.

Berrington ließ die Reden über sich ergehen und hielt seine Ungeduld im Zaum. Es war einfach nicht mehr genug Zeit. Wären ihm noch ein paar Tage geblieben, hätte er einen besseren Mann als Hank finden können; aber diese paar Tage hatte er nicht – er hatte nur ein paar Stunden. Und ein so offensichtlich zufälliges Zusammentreffen wie dieses hier war sehr viel unverdächtiger, als sich zu verabreden und mit dem Journalisten essen zu gehen.

Nachdem die letzte Rede geendet hatte, war immer noch kein besserer Kandidat als Hank erschienen.

Berrington fing ihn ab, als die Journalisten zum Aufbruch rüsteten. »Hank! Schön, dass ich Ihnen begegne. Ich hätte da vielleicht eine Story für Sie.«

»Na, prima!«

»Es geht um den Missbrauch medizinischer Informationen in Datenbanken.«

Hank verzog das Gesicht. »Das ist eigentlich nicht mein Ding, Berry, aber erzählen Sie ruhig weiter.«

Berrington stöhnte innerlich auf. Hank schien nicht in empfänglicher Stimmung zu sein. »Ich glaube, es ist *doch* Ihr Ding«, hakte Berrington nach und ließ seinen Charme spielen. »Weil Sie im Unterschied zu den Nullachtfünfzehn-Reportern erkennen werden, welche Möglichkeiten sich Ihnen bieten.«

»Dann schießen Sie mal los.«

»Erstens, wir haben dieses Gespräch nie geführt.«

»Das hört sich schon ein bisschen vielversprechender an.«

»Zweitens werden Sie sich fragen, weshalb ich gerade Ihnen die Story gebe, aber Sie werden diese Frage nie *stellen*.«

»Das wird ja immer besser«, erwiderte Hank, aber noch hatte er nicht angebissen.

Berrington beschloss, Hank nicht zu sehr zu drängen. »An der psychologischen Abteilung der Jones-Falls-Universität arbeitet eine junge Wissenschaftlerin, Dr. Jean Ferrami. Bei der Suche nach geeigneten Versuchspersonen für ihre Studien durchforscht sie riesige medizinische Datenbanken, allerdings ohne Einwilligung der Personen, deren Unterlagen gespeichert sind.«

Hank zupfte an seiner roten Nase. »Ist es eine Story über Computer, oder geht es um wissenschaftliche Ethik?«

»Das weiß ich nicht. Sie sind der Journalist.«

Hank machte keinen begeisterten Eindruck. »Das hört sich nicht gerade nach 'nem Knüller an.«

Spiel nicht den Unnahbaren, du Bastard. Berrington berührte mit einer freundschaftlichen Geste Hanks Arm. »Tun Sie mir den Gefallen, und stellen Sie einige Nachforschungen an«, versuchte er den Journalisten zu überreden. »Rufen Sie den Rektor der Uni an. Er heißt Maurice Obell. Rufen Sie Dr. Ferrami an. Sagen Sie, dass es eine Riesenstory sei, und warten Sie ab, was die beiden Ihnen sagen. Ich glaube, Sie werden ein paar interessante Reaktionen erleben.«

»Ich weiß nicht . . .«

»Ich verspreche Ihnen, Hank, es lohnt sich.« *Sag ja, du Hurensohn, sag endlich ja!*

Hank zögerte; dann meinte er: »Also gut, ich werde die Sache mal ausloten.«

Berrington versuchte, seine Genugtuung hinter einer würdevollen Miene zu verbergen, doch ein leises, triumphierendes Lächeln konnte er nicht zurückhalten.

Hank sah es, und ein misstrauischer Ausdruck huschte über sein Gesicht. »Sie wollen mich benutzen, stimmt's, Berry? Möchten Sie jemandem Angst einjagen?«

Berrington lächelte und legte dem Reporter den Arm um die Schultern. »Hank«, sagte er, »vertrauen Sie mir.«

KAPITEL 19

In einem kleinen Einkaufsviertel gleich außerhalb von Richmond besorgte sich Jeannie in einer Walgreen-Filiale eine Dreierpackung weiße Baumwollslips. Auf der Damentoilette eines benachbarten Burger-King-Schnellimbiss zog sie eines der Höschen an. Dann fühlte sie sich besser.

Seltsam, wie hilflos sie sich ohne Höschen vorgekommen war. Sie hatte an kaum etwas anderes denken können. Als sie noch mit Will liiert gewesen war, hatte es ihr Spaß gemacht, so herumzulaufen. Sie hatte sich den ganzen Tag sexy gefühlt. Sie hatte in der Bibliothek gesessen oder im Labor gearbeitet oder war einfach die Straße hinunterspaziert und hatte sich vorgestellt, wie es wäre, wenn Will unerwartet auftauchte, voller Lust und Leidenschaft, und ihr ins Ohr flüsterte: »Ich hab zwar nicht viel Zeit, aber ich möchte dich haben, jetzt sofort, gleich hier«, und sie wäre bereit für ihn. Doch ohne einen Mann in ihrem Leben brauchte sie ihr Höschen genauso wie ihre Schuhe.

Wieder ordentlich angezogen, kehrte Jeannie zum Wagen zurück. Lisa fuhr zum Flughafen Richmond-Williamsburg. Dort gaben sie den Leihwagen zurück und stiegen in die Maschine nach Baltimore.

Der Schlüssel zur Lösung des Rätsels muss in dem Krankenhaus zu finden sein, in dem Dennis und Steve geboren wurden, überlegte Jeannie, als das Flugzeug abhob. In diesem besonderen Fall waren eineiige Zwillingsbrüder irgendwie bei verschiedenen Müttern gelandet. Es hörte sich wie ein Märchen an, doch irgendetwas in der Art musste geschehen sein.

Jeannie schaute die Unterlagen in ihrem Aktenkoffer durch und überprüfte noch einmal die Geburtsangaben der beiden Kinder. Bei Steven war der 25. August eingetragen. Zu ihrem Entsetzen stellte Jeannie fest, dass Dennis' Geburtstag laut Unterlagen der 7. September war – fast zwei Wochen später.

»Da muss ein Fehler vorliegen«, sagte sie. »Ich kann mir gar nicht erklären, weshalb das nicht schon vorher überprüft wurde.« Sie zeigte Lisa die widersprüchlichen Papiere.

»Wir könnten die Daten noch einmal überprüfen«, meinte Lisa.

»Wird auf einem unserer Formulare die Frage gestellt, in welchem Krankenhaus die Versuchsperson geboren wurde?«

Lisa stieß ein reuevolles Lachen aus. »Ich glaube, das ist die einzige Frage, die wir nicht gestellt haben.«

»In diesem Fall muss es ein Militärkrankenhaus gewesen sein. Colonel Logan ist Armeeangehöriger, und als Dennis geboren wurde, war der ›Major‹ vermutlich ebenfalls Soldat.«

»Wir werden es nachprüfen.«

Im Unterschied zu Jeannie war Lisa gelassen. Für sie war es eines von vielen Forschungsprojekten. Doch Jeannie war ungeduldig; für sie bedeutete es alles. »Am liebsten würde ich sofort anrufen«, sagte sie. »Gibt es an Bord des Flugzeugs ein Telefon?«

Lisa runzelte die Stirn. »Willst du Stevens Mutter anrufen?«

Jeannie hörte den missbilligenden Beiklang in Lisas Stimme. »Ja. Warum nicht?«

»Weiß sie, dass er im Gefängnis ist?«

»Punkt für dich. Keine Ahnung. Verdammt. Ich sollte wirklich nicht diejenige sein, die ihr diese Nachricht überbringt.«

»Vielleicht hat Steve schon zu Hause angerufen.«

»Am besten, ich besuche ihn im Gefängnis. Das ist doch gestattet, oder?«

»Ich nehme es an. Aber es wird dort Besuchszeiten geben, wie in Krankenhäusern.«

»Ich fahre einfach auf gut Glück hin. Und die Pinkers rufe ich auf jeden Fall an.« Sie winkte einer Stewardess, die an ihnen vorüberkam. »Gibt es an Bord ein Telefon?«

»Nein, tut mir leid.«

»Zu schade.«

Die Stewardess lächelte. »Kannst du dich noch an mich erinnern, Jeannie?«

Zum ersten Mal schaute Jeannie die Frau an und erkannte sie auf Anhieb. »Penny Watermeadow!«, sagte sie. Penny hatte in Minnesota ihre Doktorarbeit in Anglistik geschrieben, als auch Jeannie dort an ihrer Dissertation gearbeitet hatte. »Wie geht es dir?«

»Großartig. Und was treibst du so?«

»Ich bin an der Jones Falls und arbeite an einem Forschungsprojekt, bei dem ich auf ziemliche Probleme stoße. Ich dachte, du wolltest auch die Hochschullaufbahn einschlagen.«

»Wollte ich auch, habe aber keine Stelle bekommen.«

Es war Jeannie peinlich, dass sie im Unterschied zu ihrer Freundin Erfolg gehabt hatte. »Das tut mir leid.«

»Inzwischen bin ich froh darüber. Mir gefällt der Job, und ich bekomme ein höheres Gehalt, als die meisten Unis zahlen.«

Jeannie glaubte ihr nicht. Es schmerzte sie, dass eine Frau mit Doktortitel als Stewardess arbeiten musste. »Aus dir wäre eine gute Dozentin geworden.«

»Ich habe eine Zeit lang an einer Highschool unterrichtet, bis ein Schüler mit einem Messer auf mich einstach, nur weil er andere Ansichten über *Macbeth* hatte. Da habe ich mich gefragt, was ich eigentlich treibe. Weshalb ich mein Leben riskiere, um Halbwüchsigen etwas über Shakespeare zu erzählen – Halbwilden, die es gar nicht abwarten können, auf die Straße zu kommen, um wieder Geld für Crack und Kokain zu stehlen.«

Jeannie fiel der Name von Pennys Ehemann wieder ein. »Wie geht es Danny?«

»Er macht sich prima. Ist jetzt Gebietsverkaufsleiter. Das bedeutet zwar, dass er viel unterwegs ist, aber die Sache ist es wert.«

»Wirklich schön, dich wieder mal zu sehen, Penny. Ist Baltimore dein . . . wie sagt man? Heimatflughafen?«

»Nein. Washington, D. C.«

»Gib mir deine Telefonnummer. Ich rufe dich mal an.« Jeannie hielt ihr einen Kugelschreiber hin, und Penny schrieb ihre Privatnummer auf eine von Jeannies Aktenmappen.

»Wir gehen mal essen«, sagte Penny, »und machen uns ein paar schöne Stunden.«

»Verlass dich drauf.«

Penny ging weiter.

»Scheint mir eine kluge Frau zu sein«, meinte Lisa.

»Sie ist *sehr* klug, deshalb tut es mir so leid. Nichts gegen den Beruf einer Stewardess, aber in Pennys Fall werden fast fünfundzwanzig Jahre Ausbildung verschwendet.«

»Wirst du sie anrufen?«

»Teufel, nein. Sie macht sich selbst etwas vor. Ich wäre für sie nur die Verkörperung dessen, was sie für sich selbst erhofft hatte. Es wäre eine Qual.«

»Wahrscheinlich. Tut mir leid für sie.«

»Mir auch.«

Kaum war die Maschine gelandet, versuchte Jeannie, von einem Münzfernsprecher die Pinkers in Richmond anzurufen, doch die Leitung war besetzt. »Verdammt«, murmelte sie missmutig. Sie wartete fünf Minuten und versuchte es dann noch einmal, doch wieder erklang das nervtötende Besetztzeichen. »Wahrscheinlich ruft Charlotte ihre gewalttätige Familie an und erzählt von unserem Besuch«, sagte sie. »Ich versuche es später noch einmal.«

Lisas Wagen stand auf dem Parkplatz. Sie fuhren in die Stadt, und Jeannie ließ sich vor ihrer Wohnung absetzen. Bevor sie ausstieg, sagte sie zu Lisa: »Darf ich dich um einen großen Gefallen bitten?«

»Bitten darfst du, aber versprechen tu ich nichts.« Lisa grinste.

»Fang noch heute Abend mit der DNS-Bestimmung an.«

Lisa verzog das Gesicht. »Oh, Jeannie, wir sind schon den ganzen Tag auf den Beinen. Ich muss noch fürs Abendessen einkaufen ...«

»Ich weiß. Und ich muss noch einen Besuch im Gefängnis machen. Wir treffen uns nachher im Labor. Sagen wir, gegen neun?«

»Okay.« Lisa lächelte. »Ich bin ja selbst neugierig, was die Untersuchung ergibt.«

»Wenn wir heute Abend damit anfangen, könnten wir übermorgen das Ergebnis haben.«

Lisa blickte skeptisch drein. »Wenn wir ein paar Abkürzungen nehmen, ja.«

»Braves Mädchen.« Jeannie stieg aus, und Lisa fuhr davon.

Am liebsten hätte Jeannie sich sofort in den eigenen Wagen geschwungen und wäre zur Polizeizentrale gefahren, doch sie beschloss, zuerst nach ihrem Vater zu sehen, und ging ins Haus.

Er saß vor dem Fernseher und sah sich *Wheel of Fortune* an. »Hi, Jeannie«, sagte er. »Du kommst spät nach Hause.«

»Ich musste arbeiten und bin heute immer noch nicht fertig. Wie war der Tag?«

»Ein bisschen langweilig, so ganz allein hier.«

Er tat ihr leid. Er schien keine Freunde zu haben. Doch er sah viel besser aus als gestern Abend. Er war sauber, rasiert und ausgeruht. Zum Mittagessen hatte er sich eine Pizza aus dem Tiefkühlfach gebacken; das schmutzige Geschirr stand auf der Küchenanrichte. Jeannie wollte ihm schon sagen, dass ihre Spülhilfe heute ihren freien Tag habe und er gefälligst selbst abwaschen solle, doch sie verbiss sich die Bemerkung.

Sie setzte den Aktenkoffer ab und machte sich daran, Ordnung zu schaffen. Ihr Vater schaltete nicht einmal den Fernseher aus.

»Ich war in Richmond, Virginia«, sagte sie.

»Wie schön, meine Kleine. Was gibt's zum Abendessen?«

Nein, sagte sich Jeannie, so geht es nicht weiter. Er kann mich nicht wie Mom behandeln. »Wie wär's, wenn du dir selbst etwas kochst?«

Zum ersten Mal horchte er auf. Er nahm den Blick von dem rotierenden Glücksrad und schaute Jeannie an. »Ich kann nicht kochen!«

»Ich auch nicht, Daddy.«

Er machte ein düsteres Gesicht. Plötzlich lächelte er. »Dann gehen wir aus essen!«

Seine Miene war auf schmerzliche Weise vertraut. Mit einem Mal fühlte Jeannie sich um zwanzig Jahre in der Zeit zurückversetzt. Sie und Patty trugen die gleichen ausgestellten Jeans. Sie sah Daddy vor sich, mit seinem dunklen Haar und den Koteletten. »Kommt, wir gehen auf die Kirmes! Wie wär's mit Zuckerwatte? Ab ins Auto mit euch!« Er war damals der netteste Mann auf der Welt gewesen.

Dann machten Jeannies Erinnerungen einen Sprung um zehn Jahre nach vorn. Sie trug schwarze Jeans und Doc-Marten-Stiefel, und Daddys Haar war kürzer und wurde grau, und er sagte: »Ich fahr dich mit deinem Zeug nach Boston rauf. Ich besorg uns einen Wohnwagen. Dann können wir ein bisschen Zeit miteinander verbringen. Wir essen an der Straße, im Schnellimbiss. Mädchen, das wird Laune machen! Sei um zehn Uhr fertig!« Jeannie hatte den ganzen Tag gewartet, doch Dad war niemals erschienen. Am Tag darauf war sie mit einem Greyhound-Bus gefahren.

Jetzt, als Jeannie wieder die alte, fröhliche Unternehmungslust in seinen Augen funkeln sah, wünschte sie sich von ganzem Herzen, noch einmal neun Jahre alt zu sein und Daddy jedes Wort glauben zu können. Doch sie war erwachsen; deshalb fragte sie: »Wie viel Geld hast du denn?«

Er blickte sie mürrisch an. »Gar keins. Hab ich dir doch gesagt.«

»Ich auch nicht. Also können wir nicht essen gehen.« Jeannie öffnete den Kühlschrank. Es war ein Kopfsalat darin, ein paar Mais-kolben, ein Paket Lammkoteletts, eine Tomate und eine halb leere Schachtel Uncle Ben's Reis. Sie nahm alles heraus und legte es auf die Anrichte. »Ich mache dir einen Vorschlag«, sagte sie. »Als Vorspeise gibt's frischen Mais in ausgelassener Butter, danach Lammkotelett mit einem Stückchen Zitrone, dazu Reis und Salat und zum Nachtisch Eis-creme.«

»He, das wäre prima!«

»Du fängst schon mal an, wenn ich fort bin.«

Er stand auf und betrachtete, was Jeannie aus dem Kühlschrank geholt hatte.

Jeannie nahm ihren Aktenkoffer. »Kurz nach zehn bin ich wieder da.«

»Ich weiß nicht, wie ich das Zeug kochen muss!« Er wedelte mit einem Maiskolben.

Jeannie nahm das *Reader's-Digest-Hauskochbuch* vom Regal über dem Kühlschrank und reichte es ihm. »Schlag nach«, sagte sie, gab ihm einen Kuss auf die Wange und machte sich auf den Weg.

Hoffentlich warst du nicht *zu* grausam, dachte sie, als sie in Rich-tung Innenstadt fuhr. Daddy zählte zur älteren Generation; zu seiner Zeit hatten andere Regeln gegolten. Doch sie konnte nicht für ihn das Hausmädchen spielen, selbst wenn sie es gewollt hätte. Sie hatte ihren Job, und den wollte sie behalten. Indem sie Dad einen Platz gegeben hatte, wo er sein müdes Haupt betten konnte, hatte sie bereits mehr für ihn getan als er für sie, zumindest für den größten Teil ihres Lebens. Dennoch wünschte sich Jeannie, sie hätte sich freundlicher von ihm verabschiedet. Er war, weiß Gott, nicht der Vater, den man sich wünschte, aber er war der einzige, den sie hatte.

Sie stellte ihren Wagen in einem Parkhaus ab und ging durch das Rotlichtviertel zur Polizeizentrale. Das Gebäude besaß eine protzige Eingangshalle mit Sitzbänken aus Marmor und einem Wandgemälde, das Szenen aus der Geschichte Baltimores zeigte. Jeannie sagte dem Mann am Empfangsschalter, dass sie mit Mr. Steven Logan sprechen wolle, der in polizeilichem Gewahrsam sei. Sie rechnete damit, auf

Schwierigkeiten zu stoßen, doch nach wenigen Minuten führte eine Frau sie ins Innere des Gebäudes und ging mit ihr zum Aufzug.

Jeannie wurde in ein Zimmer gebracht, das die Größe eines Wandschranks besaß. Bis auf ein kleines Glasfenster in Kopfhöhe und ein Sprechgitter darunter war das Zimmer völlig leer; durch das Fenster konnte man in einen anderen, ebenso kahlen und winzigen Raum blicken. Es gab keine Möglichkeit, von einer Kammer in die andere zu gelangen, es sei denn, man schlug ein Loch in die Wand.

Jeannie starrte durch das Fenster. Nach etwa fünf Minuten wurde Steve Logan in den Raum gegenüber geführt. Jeannie sah, dass er Handschellen trug und dass seine Füße aneinandergekettet waren, als wäre er gefährlich. Er kam zum Fenster und spähte hindurch. Als er Jeannie erkannte, lächelte er. »Das ist aber eine angenehme Überraschung! Das einzig Erfreuliche, was mir heute widerfahren ist.«

Auch wenn Steven sich fröhlich gab – er sah schrecklich aus: müde und abgespannt.

»Wie geht es Ihnen?«, fragte Jeannie.

»Bin ziemlich mitgenommen. Man hat mich zu einem Mörder in die Zelle gesteckt, der unter einem Rauschgiftkater leidet. Ich hab Angst zu schlafen.«

Eine Woge des Mitgefühls überschwemmte Jeannie; dann aber musste sie daran denken, dass dieser Mann angeblich Lisa vergewaltigt hatte. Doch sie *konnte* es nicht glauben. »Was meinen Sie, wie lange Sie noch hier bleiben müssen?«

»Morgen findet das Kautionsprüfungsverfahren vor einem Richter statt. Falls er die Kaution ablehnt, muss ich wohl hinter Gittern bleiben, bis das Ergebnis der DNS-Untersuchung vorliegt. Und das dauert angeblich drei Tage.«

Die Erwähnung der DNS erinnerte Jeannie an den Grund ihres Besuchs. »Ich war heute bei Ihrem Zwillingsbruder.«

»Und?«

»Es gibt keinen Zweifel. Er ist Ihr Doppelgänger.«

»Vielleicht hat er Lisa Hoxton vergewaltigt.«

Jeannie schüttelte den Kopf. »Da müsste er übers Wochenende aus dem Gefängnis ausgebrochen sein. Aber er sitzt immer noch hinter Gittern.«

»Wäre es nicht möglich, dass er getürmt und dann wieder zurückgekehrt ist? Um sich auf diese Weise ein Alibi zu verschaffen?«

»Völlig undenkbar. Würde Dennis ein Ausbruch gelingen, könnte nichts ihn dazu bewegen, ins Gefängnis zurückzukehren.«

»Da haben Sie wohl recht«, sagte Steve düster.

»Ich würde Ihnen gern ein paar Fragen stellen.«

»Schießen Sie los.«

»Zuerst müsste ich noch einmal Ihren Geburtstag wissen.«

»Fünfundzwanzigster August.«

Genau das Datum, das Jeannie sich notiert hatte. Vielleicht hatte sie bei der Ermittlung von Dennis' Geburtstag einen Fehler gemacht. »Wissen Sie auch, wo Sie geboren wurden?«

»Ja. Dad war damals in Fort Lee in Virginia stationiert. Ich wurde im dortigen Armeehospital geboren.«

»Sind Sie sicher?«

»Absolut. Mom hat in ihrem Buch *Mutter werden ist nicht schwer* darüber geschrieben.« Seine Lider wurden schmal, und sein Gesicht nahm einen Ausdruck an, der Jeannie allmählich vertraut wurde: Er überlegte, was sie jetzt wohl denken mochte. »Wo wurde Dennis geboren?«

»Das weiß ich noch nicht.«

»Aber wir wurden am selben Tag geboren.«

»Dennis behauptet, sein Geburtstag wäre der siebte September. Aber das könnte ein Irrtum sein. Ich werde es noch einmal überprüfen. Sobald ich in meinem Büro bin, rufe ich seine Mutter an. Haben Sie schon mit Ihren Eltern gesprochen?«

»Nein.«

»Möchten Sie, dass ich sie anrufe?«

»Nein! Bitte. Ich will nicht, dass sie davon erfahren. Erst wenn meine Unschuld erwiesen ist.«

Jeannie runzelte die Stirn. »Nach allem, was Sie mir über Ihre Eltern erzählt haben, würden sie Ihnen helfen.«

»Das stimmt. Aber ich will ihnen den Schmerz ersparen.«

»Natürlich wäre es schmerzlich für Ihre Eltern. Aber vielleicht wäre es ihnen lieber, wenn sie Bescheid wüssten, damit sie Ihnen helfen *könnten*.«

»Nein. Bitte, rufen Sie meine Eltern nicht an.«

Jeannie zuckte mit den Schultern. Irgendetwas verschwieg er ihr. Doch es war seine Entscheidung.

»Jeannie ... wie ist er so?«

»Dennis? Äußerlich ist er genau wie Sie.«

»Hat er langes Haar? Kurzes Haar? Einen Schnauzer? Schmutzige Fingernägel? Pickel?«

»Er trägt sein Haar so kurz wie Sie, hat keinen Bart, seine Hände sind sauber, und seine Haut ist rein. Er könnte *Sie* sein.«

»Mein Gott!«, stieß Steve fassungslos hervor.

»Der große Unterschied zwischen Ihnen beiden liegt im Bezug zur Umwelt. Dennis weiß nicht, wie er sich anderen Menschen gegenüber verhalten muss.«

»Das ist sehr eigenartig.«

»Das finde ich nicht. Es bestätigt sogar meine Theorie. Sie beide waren ›wilde Kinder‹, wie ich es nenne. Diesen Begriff habe ich aus einem französischen Film gestohlen. Ich benutze ihn, um einen bestimmten Typ von Kindern zu bestimmen. Furchtlose, unkontrollierbare, hyperaktive Kinder. Bei solchen Kindern ist die Sozialisierung sehr schwierig. Im Fall von Dennis haben Charlotte Pinker und ihr Mann es nicht geschafft. Ihre Eltern hingegen hatten Erfolg.«

»Aber unter der Oberfläche«, erwiderte Steve, noch immer erschüttert, »sind Dennis und ich dieselben Menschen.«

»Sie beide wurden als wilde Kinder geboren.«

»Nur, dass *ich* eine dünne Politur Zivilisiertheit besitze.«

Jeannie erkannte, dass Steven zutiefst betroffen war. »Weshalb macht Ihnen das so sehr zu schaffen?«

»Ich möchte mich als menschliches Wesen betrachten, nicht als dressierten Gorilla.«

Trotz seines verzweifelten Gesichtsausdrucks musste Jeannie lachen.

»Auch Gorillas müssen die soziale Anpassung lernen. Das gilt für alle Tiere, die in Gruppen leben. Das ist der Ursprung des Verbrechens.«

Steve blickte sie interessiert an. »Das Leben in Gruppen?«

»Ja, sicher. Ein Verbrechen ist der Verstoß gegen eine grundlegende soziale Regel. Bei Bären kommt es vor, dass einer die Höhle eines Artgenossen verwüstet, dass er die Nahrung raubt und die Jungen tötet. Bei Wölfen geschieht so etwas nicht, sonst könnten sie nicht in Rudeln leben. Wölfe sind monogam, sie kümmern sich um die Jungen der anderen Mitglieder des Rudels, und sie achten den persönlichen Freiraum der anderen. Falls ein Individuum gegen diese Regeln verstößt, wird es bestraft; sollte es sich widersetzen, wird es entweder aus dem Rudel verstoßen oder getötet.«

»Und was ist mit den weniger wichtigen sozialen Regeln?«

»Wenn jemand in einem Aufzug furzt, zum Beispiel? Das sind bloß schlechte Manieren. Die einzige Bestrafung ist die Missbilligung der anderen. Erstaunlich, wie wirksam dieser Mechanismus ist.«

»Warum interessieren Sie sich so sehr für Menschen, die gegen die Regeln verstoßen?«

Jeannie dachte an ihren Vater. Sie wusste nicht, ob sie seine kriminellen Erbanlagen besaß oder nicht. Vielleicht hätte es Steven geholfen, wenn er gewusst hätte, dass auch Jeannie der Gedanke an ihr genetisches Erbe zu schaffen machte. Doch was ihren Vater betraf, hatte Jeannie so lange gelogen, dass es ihr schwerfiel, nun über ihn zu reden. »Die Frage der Vererbung von Kriminalität ist ein faszinierendes wissenschaftliches Problem«, erwiderte sie ausweichend. »Jeder interessiert sich für Verbrechen.«

Hinter ihr wurde die Tür geöffnet, und die junge Polizistin schaute in die Kammer. »Die Zeit ist um, Dr. Ferrami.«

»Okay«, sagte Jeannie über die Schulter. »Steve, wussten Sie, dass Lisa Hoxton meine beste Freundin in Baltimore ist?«

»Nein.«

»Wir arbeiten zusammen. Lisa ist Technikerin.«

»Wie ist sie denn so?«

»Sie gehört nicht zu den Menschen, die jemanden grundlos eines Verbrechens beschuldigen würden.«

Steven nickte.

»Trotzdem sollen Sie wissen, dass ich an Ihre Unschuld glaube.«

Für einen Moment glaubte Jeannie, Steven würde in Tränen ausbrechen. »Danke«, erwiderte er mit heiserer Stimme. »Ich kann Ihnen gar nicht sagen, wie viel mir das bedeutet.«

»Rufen Sie mich an, wenn Sie entlassen werden.« Sie nannte ihm ihre Telefonnummer. »Können Sie die Nummer behalten?«

»Kein Problem.«

Jeannie ging nur widerwillig. Sie bedachte ihn mit einem aufmunternden Lächeln. »Viel Glück.«

»Danke. Das kann ich hier brauchen.«

Jeannie wandte sich um und verließ die Kammer.

Die Polizistin führte sie in die Eingangshalle. Die Dunkelheit brach herein, als Jeannie zum Parkhaus gelangte. Sie bog auf den Jones Falls Expressway ab, hielt sich in nördliche Richtung und schaltete die Scheinwerfer des alten Mercedes ein. Sie fuhr zu schnell; sie konnte es kaum erwarten, zur Universität zu kommen. Jeannie fuhr immer zu schnell. Sie war eine gute, aber ziemlich leichtsinnige Fahrerin; das wusste sie. Aber sie hatte einfach nicht die Geduld, das 55-Meilen-Tempolimit einzuhalten.

Lisas weißer Honda Accord parkte bereits vor der Klapsmühle. Jeannie stellte ihren Wagen daneben ab und betrat das Gebäude. Lisa knipste gerade die Lampen im Labor an. Die Kühlbox mit Dennis Pinkers Blutprobe stand auf dem Experimentiertisch.

Jeannies Büro befand sich auf der anderen Seite des Flures. Sie ließ ihre Karte durchs Lesegerät gleiten, trat ins Zimmer, setzte sich an den Schreibtisch und wählte die Nummer der Pinkers in Richmond. »Na, endlich«, sagte sie, als sie das Freizeichen hörte.

»Wie geht es meinem Sohn?«, erkundigte sich Charlotte.

»Er ist bei guter Gesundheit«, erwiderte Jeannie. Und er machte nicht einmal den Eindruck eines Psychopathen, dachte sie, bis er das Messer zog und mir den Slip weggenommen hat. »Und er war sehr hilfsbereit«, fügte sie hinzu, nur um Charlotte noch etwas Positives zu sagen.

»Er hatte schon immer ausgezeichnete Manieren«, erklärte Charlotte in gedehntem Südstaatenakzent, den sie stets dann benutzte, wenn sie ihre haarsträubendsten Äußerungen unterstreichen wollte.

»Darf ich mich noch einmal nach Dennis' Geburtstag erkundigen, Mrs. Pinker?«

»Er wurde am siebten September geboren.« Ihre Stimme hörte sich an, als sollte man dieses Datum zum Nationalfeiertag erklären.

Es war nicht die Antwort, die Jeannie sich erhofft hatte. »Und in welchem Krankenhaus?«

»Wir waren damals in Fort Bragg, North Carolina.«

Jeannie unterdrückte einen Fluch der Enttäuschung.

»Der Major hat dort Wehrpflichtige für Vietnam ausgebildet«, erklärte Charlotte stolz. »In Bragg hat das Sanitätskorps des Heeres ein großes Krankenhaus. Dort hat Dennis das Licht der Welt erblickt.«

Jeannie wusste nicht mehr, was sie noch fragen sollte. Das Geheimnis war so unergründlich wie zuvor. »Danke, Mrs. Pinker, für Ihre Hilfsbereitschaft.«

»Gern geschehen.«

Jeannie ging hinüber ins Labor. »Offenbar wurden Dennis und Steven in einem zeitlichen Abstand von dreizehn Tagen geboren«, sagte sie, nachdem sie Lisa begrüßt hatte. »Noch dazu in verschiedenen Staaten. Das begreife ich einfach nicht.«

Lisa öffnete eine Schachtel mit Reagenzgläsern. »Tja, aber unsere Untersuchung wird keinen Zweifel lassen. Der DNS-Test ist unbestechlich. Falls ihre DNS identisch ist, *sind* sie eineiige Zwillinge, egal was jemand über Ort und Tag der Geburt behauptet.« Sie nahm zwei kleine Glasgefäße aus der Schachtel, beide etwa fünf Zentimeter lang, mit verschließbarem Deckel und kegelförmigem Boden. Dann öffnete Lisa ein Päckchen mit Aufklebern. Auf einen schrieb sie »Dennis Pinker«, auf den anderen »Steven Logan«. Sie klebte die Schildchen auf die Reagenzgläser und setzte sie in ein Gestell.

Sie brach das Siegel an Dennis' Blutprobe und gab einen Tropfen in eines der Reagenzgläser. Dann nahm sie eine Phiole mit Stevens Blut aus dem Kühltresor und verfuhr damit genauso wie mit Dennis' Probe.

Mittels einer geeichten Präzisionspipette – eines Röhrchens mit einem winzigen Kolben am Ende – füllte Lisa eine geringe Menge Chloroform in beide Reagenzgläser. Dann nahm sie eine weitere Pipette und fügte genau dieselbe Menge Phenol hinzu.

Sie verschloss beide Reagenzgläser und stellte sie für einige Zeit in ein Schleudergerät, um die Substanzen gründlich durchzumischen. Auf diese Weise wurden die Fette im Chloroform gelöst, während das Phenol die Proteine aufspaltete, wobei die langen, gewundenen Moleküle der Desoxyribonukleinsäure jedoch unversehrt blieben.

Schließlich stellte Lisa die Reagenzgläser in das Gestell zurück. »Mehr können wir in den nächsten paar Stunden nicht tun«, sagte sie.

Das in Wasser gelöste Phenol würde sich langsam vom Chloroform trennen, und an der Trennfläche würde sich im Inneren des Reagenzglases ein Meniskus bilden, eine Wölbung der Flüssigkeitsoberfläche. Sobald dieser Prozess beendet war, befand die DNS sich im wässrigen Teil, der dann für die nächste Phase der Untersuchung mit einer Pipette abgesaugt werden konnte. Aber das würde bis zum Morgen warten müssen.

Irgendwo klingelte ein Telefon. Jeannie runzelte die Stirn; es hörte sich an, als käme das Klingeln aus ihrem Büro. Sie ging über den Flur und nahm den Hörer ab. »Ja?«

»Spreche ich mit Dr. Ferrami?«

Jeannie konnte Leute nicht ausstehen, die bei einem Anruf nach dem Namen fragten, ohne sich vorgestellt zu haben. Es war so, als würde man bei jemandem an die Haustür klopfen und nach dem Öffnen fragen: »Wer, zum Teufel, sind Sie?« Sie verbiss sich eine sarkastische Erwiderung und sagte stattdessen: »Am Apparat. Mit wem spreche ich, bitte?«

»Naomi Freelander, *New York Times*.« Sie hatte eine Stimme wie eine gut fünfzig Jahre alte Kettenraucherin. »Ich hätte da einige Fragen an Sie.«

»Um diese Zeit?«

»Ich arbeite rund um die Uhr. Sie doch anscheinend auch.«

»Warum rufen Sie mich an?«

»Ich stelle Nachforschungen für einen Artikel über wissenschaftliche Ethik an.«

»Oh.« Sofort musste Jeannie an Steve denken und daran, dass er nicht wusste, ob er ein Adoptivkind war. Das war in der Tat ein ethisches Problem, wenngleich kein unlösbares – aber die *Times* wusste doch wohl nichts davon? »Und was wollen Sie da von mir?«

»Soviel ich weiß, durchsuchen Sie per Computer medizinisches Datenmaterial, um geeignete Versuchspersonen für Ihre Studien zu finden.«

»Oh, jetzt verstehe ich.« Jeannie entspannte sich. In dieser Hinsicht hatte sie nichts zu befürchten. »Ja, ich habe ein Suchprogramm entwickelt, das Datenbanken durchforschen und nach Paaren suchen kann. Es geht mir darum, eineiige Zwillinge zu finden. Das Programm kann bei allen Arten von Datenmaterial benutzt werden.«

»Aber Sie haben Zugang zu medizinischen Unterlagen bekommen und dieses Programm dann benutzt.«

»Es kommt entscheidend darauf an, was Sie unter ›Zugang‹ verstehen. Ich habe sorgfältig darauf geachtet, den Personenschutz zu wahren und nicht in die Privatsphäre einzudringen. Ich habe keine einzige Akte zu Gesicht bekommen. Das Programm druckt die Akten nicht aus.«

»Was druckt es dann aus?«

»Die Namen der beiden Personen, ihre Anschriften und ihre Telefonnummern.«

»Aber es druckt die Namen paarweise aus.«

»Natürlich. Das ist ja der Zweck der Übung.«

»Wenn Sie Ihr Programm also ... sagen wir mal, auf eine Datenbank anwenden, in der Hirnstrommessungen gespeichert sind, würde es Ihnen mitteilen, dass die Hirnwellen von Herrn X die gleichen sind wie die von Herrn Y.«

»Gleich oder ähnlich. Aber das Programm gibt mir *keinerlei* weitere Informationen über den Gesundheitszustand der beiden Männer.«

»Aber wenn Sie vorher wussten, dass Herr X ein paranoider Schizophrener ist, könnten Sie daraus schließen, dass das auch für Herrn Y gilt.«

»So etwas könnte ich unmöglich wissen.«

»Es könnte doch sein, dass Sie Herrn X kennen.«

»Und woher?«

»Er könnte Ihr Hausmeister sein, oder was weiß ich.«

»Ich bitte Sie!«

»Es ist möglich.«

»Soll Ihr Artikel dieses Thema behandeln?«

»Vielleicht.«

»Also gut. Theoretisch ist möglich, was Sie sagen, aber die Wahrscheinlichkeit ist so gering, dass jeder vernünftige Mensch sie gar nicht erst in Betracht ziehen würde.«

»Darüber könnte man sich streiten.«

Diese Reporterin schien es auf eine reißerische Story abgesehen zu haben, ungeachtet der Tatsachen.

In Jeannie keimte Besorgnis auf. Sie hatte schon genug Probleme, auch ohne dass ihr die verdammten Zeitungen im Nacken saßen.

»Worauf gründen sich Ihre Aussagen?«, fragte sie. »Haben Sie tatsächlich jemanden gefunden, der sich in seiner Privatsphäre verletzt fühlt?«

»Mich interessiert die Möglichkeit.«

Plötzlich kam Jeannie ein Gedanke. »Wer hat Ihnen den Tipp gegeben, mich anzurufen?«

»Warum fragen Sie?«

»Aus dem gleichen Grund, der Sie veranlasst, *mir* Fragen zu stellen. Ich möchte die Wahrheit wissen.«

»Ich kann es Ihnen nicht sagen.«

»Interessant«, erwiderte Jeannie. »Ich habe Ihnen einiges über meine Forschungen und Forschungsmethoden erzählt. Ich habe nichts zu verbergen. Aber das können *Sie* nicht von sich behaupten. Sie machen mir einen … *beschämten* Eindruck, würde ich sagen. Schämen Sie sich darüber, wie Sie von meinem Projekt erfahren haben?«

»Ich schäme mich für gar nichts!«, entgegnete die Reporterin scharf.

In Jeannie stieg Zorn auf. Für wen hielt diese Frau sich? »Tja, irgendjemand *hat* hier ein schlechtes Gewissen. Warum sollten Sie mir sonst verschweigen, wer er ist? Oder sie.«

»Ich muss meine Quellen schützen.«

»Wovor?« Jeannie wusste, dass es besser gewesen wäre, den Hörer aufzulegen. Sich die Presse zum Feind zu machen, konnte nur Nachteile bringen. Aber das Verhalten dieser Frau war unerträglich. »Wie ich schon sagte, ist an meinen Methoden nichts auszusetzen. Ich verletze kein Persönlichkeitsrecht, dringe in keine Privatsphäre ein. Also frage ich Sie, weshalb Ihr Informant den Geheimnisvollen spielt.«

»Die Leute haben Gründe ...«

»Sieht so aus, als wäre bei Ihrem Informanten die Boshaftigkeit der Grund, nicht wahr?« Noch als Jeannie diese Worte aussprach, fragte sie sich: Weshalb sollte jemand mir das antun wollen?

»Kein Kommentar.«

»Kein Kommentar, hm?«, sagte Jeannie spöttisch. »Den Spruch muss ich mir merken.«

»Dr. Ferrami, ich möchte Ihnen für die freundliche Zusammenarbeit danken.«

»Nicht der Rede wert«, sagte Jeannie und legte auf.

Lange Augenblicke starrte sie auf das Telefon. »Jetzt sag mir mal einer, was das sollte«, murmelte sie.

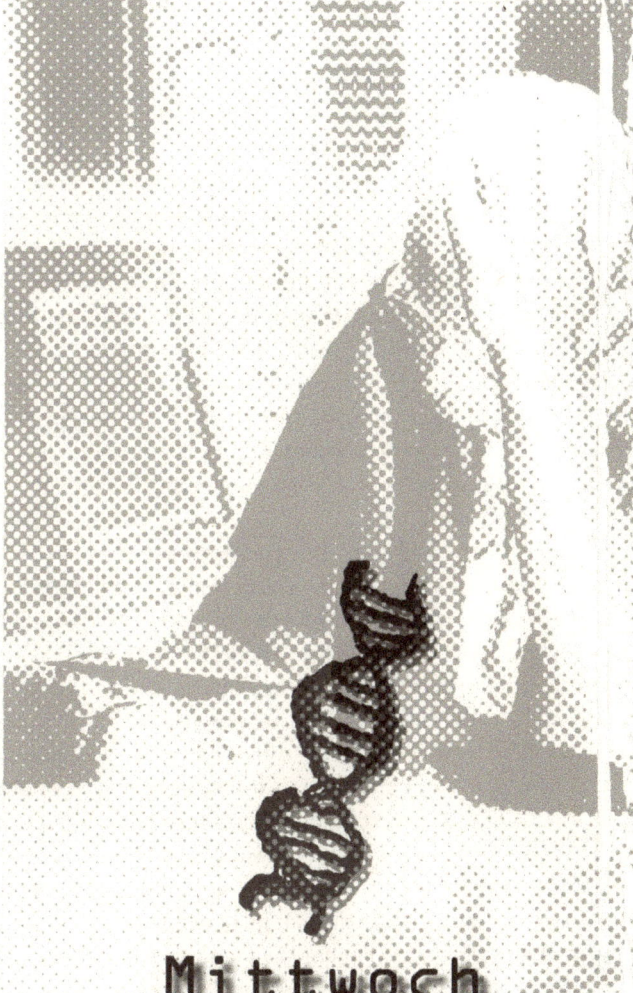

Mittwoch

KAPITEL 20

B errington Jones schlief schlecht.

Er verbrachte die Nacht mit Pippa Harpenden. Pippa war Sekretärin am Physikalischen Institut. Viele Professoren hatten sich schon um Verabredungen mit ihr bemüht, auch ein paar verheiratete, doch Berrington war der einzige, mit dem sie ausging. Um sie zu beeindrucken, hatte er sich in Gala geworfen, sie in ein intimes Restaurant geführt, exquisiten Wein bestellt und mit einem Anflug von Schadenfreude die neidischen Blicke der Männer seines Alters genossen, die mit ihren hässlichen alten Frauen dinierten. Dann hatte er sie nach Hause gebracht, Kerzen angezündet, einen seidenen Pyjama angezogen und sie langsam und mit Bedacht geliebt, bis sie vor Lust stöhnte.

Danach aber war er um vier Uhr früh aufgewacht, von Gedanken über das mögliche Scheitern seines Plans bedrängt. Hank Stone hatte gestern Nachmittag den billigen Wein des Verlegers nur so in sich hineingegossen; wie leicht mochte er da in seinem Suff sein Gespräch mit Berrington vergessen haben! Und selbst, wenn er sich daran erinnerte, konnten die Herausgeber der *New York Times* sich immer noch dagegen entscheiden, die Story zu bringen. Sie könnten Ermittlungen anstellen und erkennen, dass kaum etwas gegen Jeannies Arbeitsweise einzuwenden war. Oder sie könnten sich ganz einfach Zeit damit lassen und sich erst nächste Woche damit befassen, wenn es bereits zu spät war.

Nachdem er sich immer wieder herumgeworfen und -gewälzt hatte, murmelte Pippa: »Fühlst du dich nicht gut, Berry?«

Er streichelte ihr langes blondes Haar, und sie gab schlaftrunken ermunternde Laute von sich. Sex mit einer schönen Frau tröstete gewöhnlich über vieles hinweg, aber er spürte, dass es in diesem Fall nichts nützen würde. Es gab zu viel, was ihm zu schaffen machte. Es wäre zwar eine Erleichterung gewesen, mit Pippa über seine Probleme zu reden – sie war intelligent und würde verständnisvoll und mitfühlend sein –, aber er konnte solche Geheimnisse niemandem anvertrauen.

Schließlich stand er auf, um sein morgendliches Jogging hinter sich zu bringen. Als er zurückkehrte, war sie bereits fort und hatte sich mit ein paar netten Worten auf einem Kärtchen bedankt, das in einen hauchdünnen schwarzen Nylonstrumpf gewickelt war.

Die Haushälterin kam wenige Minuten vor acht und bereitete ihm ein Omelett. Marianne war ein zierliches, nervöses Mädchen von der Karibikinsel Martinique. Sie sprach nur wenig Englisch und hatte panische Angst, nach Hause zurückgeschickt zu werden, was sie außerordentlich gefügig machte. Sie war hübsch, und Berrington vermutete, wenn er sie anwiese, ihm einen zu blasen, würde sie annehmen, das gehöre zu ihren Pflichten als Universitätsangestellte. Er tat das natürlich nicht; mit einer Hausangestellten zu schlafen war nicht sein Stil.

Er duschte, rasierte sich und kleidete sich in einen respekteinflößenden dunkelgrauen Anzug mit kaum merklichen Nadelstreifen, ein weißes Hemd und einen schwarzen Binder mit winzigen roten Tupfen. Seine goldenen Manschettenknöpfe trugen sein Monogramm. Er steckte ein feines weißes Leinentüchlein in die Brusttasche und polierte die Kappen seiner schwarzen Halbschuhe, bis sie spiegelten.

Dann fuhr er zur Universität, begab sich in sein Büro und schaltete seinen Computer ein. Wie die meisten im Ruf eines intellektuellen Superstars stehenden Akademiker erteilte er kaum Unterricht. Hier in Jones Falls hielt er eine Vorlesung pro Jahr. Seine eigentliche Aufgabe waren die Leitung und Koordination der Forschungsarbeit der Institutsangehörigen und die Aufwertung ihrer Veröffentlichungen durch das Prestige seines Namens. An diesem Vormittag konnte er sich jedoch auf nichts konzentrieren; so blickte er, während er auf einen Anruf wartete, aus dem Fenster und beobachtete vier Jugendliche bei einem dynamischen Doppel auf dem Tennisplatz.

Er musste nicht lange warten.

Um halb zehn läutete das Telefon. »Wir haben ein Problem«, sagte Maurice Obell, der Rektor der Jones-Falls-Universität.

»Was ist passiert, Maurice?«, erkundigte sich Berrington angespannt.

»So ein kleines Miststück von der New *York Times* hat mich gerade angerufen. Sie behauptet, jemand in Ihrem Institut verletzt die Privatsphäre anderer Leute. Eine Dr. Ferrami.«

Gott sei Dank, jubelte Berrington insgeheim; auf Hank Stone war doch Verlass. »So etwas hatte ich befürchtet«, sagte er betont düster. »Ich komme sofort zu Ihnen.« Er legte auf und blieb einen Moment nachdenklich sitzen. Es war zu früh zum Triumphieren. Das war nur der erste Schritt gewesen. Nun musste er dafür sorgen, dass sowohl Maurice als auch Jeannie in seinem Sinne agierten.

Maurice' Stimme hatte besorgt geklungen. Das war schon mal ein guter Anfang. Berrington würde dazu beitragen, dass der Gute auch weiterhin besorgt blieb. Maurice musste glauben, es würde zu einer Katastrophe führen, wenn Jeannie ihre Datenbank-Recherche nicht sofort abbrach. Sobald Maurice sich zum Einschreiten entschlossen hatte, musste Berrington sichergehen, dass er auch dabei blieb.

Vor allem ging es darum, jegliche Art von Kompromiss zu verhindern. Jeannie war von Natur aus nicht gerade kompromissbereit, das wusste er, aber wenn ihre gesamte Zukunft auf dem Spiel stand, würde sie vermutlich alles versuchen. Es war nur erforderlich, genügend Öl ins Feuer zu gießen, damit sie sich empört zur Wehr setzte.

Und das alles musste er so fertigbringen, dass es nach außen hin wohlmeinend wirkte. Wenn auch bloß der geringste Eindruck entstand, dass er es war, der Jeannie Steine in den Weg legte, mochte Maurice den Braten riechen. Jeder musste davon überzeugt sein, dass Berrington mit ihr sympathisierte, ja, sie sogar verteidigte.

Er verließ die Klapsmühle, schritt quer über den Campus, vorbei am Barrymore-Theater und am Institut für bildende Künste zur Hillside Hall, einst das Landhaus des Universitätsgründers, wo jetzt die Verwaltung untergebracht war. Der prächtige Salon des alten Hauses diente nun als Büro des Rektors. Berrington nickte Dr. Obells Sekretärin freundlich zu. »Ich werde erwartet«, erklärte er ihr.

»Bitte gehen Sie nur hinein, Professor.«

Maurice saß am Erkerfenster, das auf den Rasen schaute. Der Rektor war ein gedrungener Mann, der, von der Hüfte abwärts gelähmt, in einem Rollstuhl aus Vietnam heimgekehrt war. Berrington kam gut mit ihm aus, vielleicht, weil sie beide beim Militär gedient hatten. Außerdem verband sie eine Vorliebe für die Musik von Gustav Mahler.

Maurice machte oft einen angespannten, ja gestressten Eindruck. Für den Fortbestand der JFU waren jedes Jahr private und offizielle Zuwendungen von mindestens zehn Millionen Dollar erforderlich; infolgedessen fürchtete er negative Publicity.

Er drehte seinen Stuhl herum und rollte zum Schreibtisch. »Sie arbeiten gerade an einem umfangreichen Artikel über wissenschaftliche Ethik, sagt sie. Berry, wir können nicht zulassen, dass Jones Falls darin zum Inbegriff moralisch verwerflicher Forschung wird! Wenigstens die Hälfte unserer Mäzene würde sich von uns zurückziehen. Wir müssen etwas dagegen unternehmen!«

»Wer ist diese Frau?«

Maurice überflog die oberste Seite eines Notizblocks. »Naomi Freelander. Die Ethik-Redakteurin. Wussten Sie, dass Zeitungen Ethik-Redakteure haben? Ich nicht.«

»Es wundert mich zumindest nicht, dass die *New York Times* so jemanden hat.«

»Das hält sie nicht davon ab, sich wie die gottverdammte Gestapo aufzuführen. Sie waren dabei, mit diesem Artikel in Druck zu gehen, bis sie gestern einen Hinweis auf Ihre Miss Ferrami erhielten.«

»Wo sie den wohl herhaben?«

»Es gibt hier zweifellos ein paar recht undankbare Leute.«

»Ja, wahrscheinlich.«

Maurice seufzte. »Versichern Sie mir, dass es nicht wahr ist, Berry. Dass sie niemandes Privatsphäre verletzt hat.«

Berrington verschränkte die Beine und bemühte sich gelassen auszusehen, während seine Nerven zum Zerreißen gespannt waren. Jetzt war der Augenblick, da er ohne Netz über ein Drahtseil balancieren musste. »Ich glaube nicht, dass sie irgendetwas Derartiges tut. Sie scannt medizinische Datenbanken und spürt Personen auf, die nicht wissen, dass sie Zwillinge sind. Das ist ein durchaus interessantes Projekt, wie ich meine ...«

»Benutzt sie medizinische Unterlagen ohne Erlaubnis der Betroffenen?«

Berrington täuschte Zögern vor. »Na ja – in gewisser Weise.«

»Dann wird sie damit aufhören müssen.«

»Das Problem ist, dass sie diese Informationen unbedingt für ihr Forschungsprojekt braucht.«

»Vielleicht können wir ihr irgendeine Entschädigung bieten?«

Berrington war noch gar nicht der Gedanke gekommen, sie zu bestechen. Er bezweifelte, dass sie sich überhaupt auf irgendeine Weise bestechen ließe, aber es konnte nicht schaden, es zu versuchen. »Gute Idee.«

»Hat sie einen Anstellungsvertrag?«

»Ja. Aber sie hat erst dieses Semester als Assistenzprofessorin hier angefangen. Eine Bestallung als ordentliche Professorin käme für sie frühestens in sechs Jahren infrage. Doch wir könnten ihr Gehalt erhöhen. Ich weiß, dass sie Geld braucht; sie hat es einmal erwähnt.«

»Wie hoch ist ihr gegenwärtiges Gehalt?«

»Dreißigtausend Dollar im Jahr.«

»Wie viel, meinen Sie, sollten wir ihr anbieten?«

»Mit einer Kleinigkeit brauchen wir es erst gar nicht zu versuchen. Ich würde sagen, eine Erhöhung um acht- oder zehntausend.«

»Und wie sollen wir das rechtfertigen?«

Berrington lächelte. »Das übernehme ich. Ich werde es schon schaffen, Genetico zu überzeugen.«

»Gut, dann machen wir es so. Bestellen Sie sie hierher, Berry. Falls sie auf dem Campus ist, möglichst sofort. Wir erledigen das, bevor die Sittenpolizistin noch einmal anruft.«

Berrington beugte sich über Maurice' Telefon und wählte die Nummer von Jeannies Büro. Sie antwortete sofort: »Jeannie Ferrami.«

»Hier Berrington.«

»Guten Morgen.« Ihre Stimme klang reserviert. Hatte sie Montagabend seine Absicht gespürt, sie zu verführen? Vielleicht fragte sie sich, ob er vorhatte, es noch einmal zu versuchen. Möglicherweise wusste sie jedoch bereits von dem Problem mit der *New* York Times.

»Ich müsste Sie gleich sehen.«

»In Ihrem Büro?«

»Ich bin in Dr. Obells Büro in der Hillside Hall.«

Sie seufzte verärgert. »Geht es um eine Frau namens Naomi Freelander?«

»Ja.«

»Es ist alles Unsinn, das wissen Sie.«

»Ja, aber wir können es nicht ignorieren.«

»Ich komme sofort.«

Berrington legte auf. »Sie wird gleich hier sein«, informierte er Maurice. »Es hat den Anschein, als hätte sie bereits von der Times gehört.«

Die nächsten Minuten würden kritisch sein. Wenn Jeannie sich geschickt verteidigte, konnte es durchaus dazu kommen, dass Maurice seine Strategie änderte. Berrington musste dafür sorgen, ohne Jeannie gegenüber abweisend zu wirken, dass Maurice auf seinem Standpunkt beharrte. Sie war eine hitzköpfige, junge Frau, die ihre Meinung zu vertreten wusste und nicht zum Einlenken neigte, schon gar nicht, wenn sie sich im Recht glaubte. Sie würde Maurice wahrscheinlich ganz ohne Berringtons Hilfe gegen sich aufbringen. Doch für den Fall, dass sie ausnahmsweise uncharakteristisch umgänglich und überzeugend war, musste er sich einen Plan ausdenken, auf den er unter Umständen zurückgreifen konnte.

Einem plötzlichen Einfall folgend sagte er: »Während wir warten, könnten wir eine Presseerklärung entwerfen.«

»Das ist eine gute Idee.«

Berrington nahm sich einen Schreibblock vom Tisch und begann zu kritzeln. Er brauchte etwas, mit dem sich Jeannie unmöglich einverstanden erklären konnte, etwas, das ihren Stolz verletzen und sie wütend machen würde. Er schrieb, die Jones-Falls-Universität gebe zu, dass möglicherweise Fehler begangen worden seien. Die Universität entschuldige sich bei allen, deren Privatsphäre vielleicht verletzt worden sei. Und sie versichere, dass das betreffende Suchprogramm ab dem heutigen Tag nicht mehr eingesetzt werde.

Er gab Maurice' Sekretärin seinen Entwurf und bat sie, ihn sofort zu erfassen und auszudrucken.

Jeannie betrat mit mühsam beherrschtem Ärger das Rektorat. Sie trug ein weites smaragdgrünes T-Shirt über engen schwarzen Jeans, dazu Stiefel, wie sie früher in der Armee üblich gewesen und derzeit der letzte Schrei waren. Ein silberner Ring steckte in einem durchstochenen Nasenflügel, und ihr dichtes schwarzes Haar war nach hinten gebunden. Berrington fand sie recht niedlich, aber mit einem solchen Outfit würde der Rektor in ihr genau die Art von jungen verantwortungslosen Akademikern sehen, welche die JFU in Schwierigkeiten bringen mochten.

Maurice bat sie, sich zu setzen, und informierte sie über den Anruf von der Zeitung. Sein Benehmen war steif. Mit Männern in reiferem Alter kommt er gut zurecht, dachte Berrington. Mit jungen Frauen in engen Jeans dagegen hat er seine Probleme.

»Diese Frau hat auch mich angerufen«, sagte Jeannie verärgert. »Das Ganze ist lächerlich!«

»Sie arbeiten mit medizinischen Datenbanken«, sagte Maurice.

»Aber ich lese sie nicht, das tut der Computer. Niemand bekommt diese Unterlagen zu Gesicht. Mein Programm stellt eine paarweise geordnete Liste mit Namen und Adressen zusammen.«

»Selbst das ...«

»Weiter unternehmen wir nichts, ehe wir nicht die Erlaubnis der möglicherweise infrage kommenden Personen eingeholt haben. Wir machen sie nicht einmal darauf aufmerksam, dass sie Zwillinge sind, bevor sie sich nicht einverstanden erklärt haben, dass wir sie in unsere Studie einbeziehen. Also, wessen Privatsphäre wird da verletzt?«

Berrington täuschte vor, sie zu unterstützen. »Ich habe es ja gesagt, Maurice. Die *Times* sieht es falsch!«

»Das mag schon sein. Trotzdem veröffentlichen sie ihre Meinung von dieser Sache. Und ich muss an den Ruf der Universität denken.«

»Glauben Sie mir«, versicherte ihm Jeannie, »meine Arbeit wird diesen Ruf noch steigern.« Sie lehnte sich vor, und Berrington hörte aus ihrer Stimme den unbezwingbaren Drang nach neuen Erkenntnissen, der alle guten Wissenschaftler trieb. »Es ist ein außerordentlich wichtiges Projekt. Ich bin die Einzige, die eine Methode zum Studium der Vererbung von kriminellen Eigenschaften gefunden hat. Es wird eine Sensation sein, wenn wir die Ergebnisse veröffentlichen.«

»Sie hat recht«, warf Berrington ein. Es stimmte. Ihre Studie wäre faszinierend geworden. Es brach einem schier das Herz, sie zu vernichten. Aber er hatte keine Wahl.

Maurice schüttelte den Kopf. »Meine Aufgabe ist, die Universität vor einem Skandal zu bewahren.«

»Genau wie es Ihre Aufgabe ist«, gab Jeannie kühn zu bedenken, »die akademische Freiheit zu verteidigen!«

Damit schlug sie den falschen Kurs ein. Früher einmal hatten Rektoren zweifellos für das Recht auf unbehinderte Forschung gekämpft, doch diese Zeiten waren vorbei. Jetzt setzten sie sich hauptsächlich noch für Spendengelder ein. Maurice würde diese Anmahnung seiner Pflichten lediglich als Beleidigung ansehen.

Maurice brauste auch sogleich auf. »Ich benötige von Ihnen keine Unterweisung über meine Pflichten als Rektor, junge Dame.«

Zu Berringtons heimlicher Freude ließ Jeannie diese Warnung unbeachtet. »Ach nein?«, verfolgte sie das Thema nun erst recht. »Es ist der klassische Konflikt. Auf der einen Seite eine Zeitung, die eine schlecht recherchierte Story androht, auf der anderen ein Wissenschaftler, der nach Erkenntnis sucht. Wenn das Oberhaupt einer Universität dieser Art von Druck nachgibt, welche Hoffnung bleibt dann noch?«

Berrington war begeistert. Sie sah wundervoll aus mit den erhitzten Wangen und den blitzenden Augen, aber sie schaufelte ihr eigenes Grab. Jedes ihrer Worte brachte Maurice noch mehr gegen sie auf.

Auch Jeannie wurde offenbar bewusst, was sie tat, denn plötzlich änderte sie ihre Taktik. »Andererseits will niemand schlechte Publicity für die Universität«, sagte sie gemessener. »Ich verstehe Ihre Besorgnis völlig, Dr. Obell.«

Zu Berringtons Bestürzung wurde Maurice sogleich freundlicher.

»Es ist mir klar, dass Sie das in eine schwierige Lage versetzt. Die Universität ist bereit, Ihnen eine Entschädigung in Form einer jährlichen Gehaltsaufbesserung von zehntausend Dollar anzubieten.«

Jeannie blickte ihn erstaunt an.

Berrington sagte: »Das dürfte es Ihnen ermöglichen, Ihre Mutter aus diesem Pflegeheim zu holen, über das Sie sich solche Gedanken machen.«

Jeannie zögerte nur flüchtig. »Dafür wäre ich sehr dankbar, aber es würde das Problem nicht lösen. Für mein Projekt brauche ich nach wie vor Zwillingspaare, wenn ich weitermachen will.«

Berrington hatte sich schon gedacht, dass sie sich nicht bestechen ließ.

»Aber es gibt doch gewiss eine andere Möglichkeit, passende Studienobjekte für Ihre Arbeit zu finden?«, meinte Maurice.

»Nein, leider nicht. Ich brauche eineiige Zwillinge, die voneinander getrennt aufgezogen wurden und von denen wenigstens einer kriminell ist. Das ist schwierig. Mein Computerprogramm spürt Personen auf, die keine Ahnung haben, dass sie Zwillinge sind. Eine andere Möglichkeit, diese Information zu beschaffen, gibt es nicht.«

»Das war mir nicht bekannt.«

Maurice' Ton wurde bedenklich mitfühlend. Da betrat seine Sekretärin das Büro und händigte ihm ein Blatt Papier aus. Es war die Presseerklärung, die Berrington aufgesetzt hatte. Maurice reichte sie Jeannie. »Wir müssen noch heute etwas in der Art herausgeben, wenn wir verhindern wollen, dass dieser Artikel in der *Times* veröffentlicht wird.«

Jeannie las rasch die Zeilen, und ihr Zorn kehrte zurück. »Aber das ist ja absoluter Blödsinn!«, entfuhr es ihr. »Es wurden keine Fehler begangen! Niemandes Privatsphäre wurde verletzt! Es hat sich nicht einmal jemand beschwert!«

Berrington verbarg seine Befriedigung. Es erschien paradox, dass sie so hitzig war und doch über die Geduld und Ausdauer für langwierige und mühevolle Forschungsarbeit verfügte. Er hatte sie mit ihren Versuchspersonen arbeiten sehen. Mit ihnen hatte sie nie die Geduld verloren, auch dann nicht, wenn sie die Tests vermasselten. Bei ihnen fand sie schlechtes Benehmen ebenso interessant wie gutes. Sie notierte nur, was sie sagten, und bedankte sich zuletzt für ihre Mitarbeit. Doch außerhalb des Labors ging sie bei der geringsten Provokation in die Luft wie Feuerwerkskörper.

Er spielte die Rolle des besorgten Schlichters. »Aber Jeannie, Dr. Obell meint, dass wir eine durch nichts zu widerlegende Erklärung abgeben müssen.«

»Trotzdem dürfen Sie nicht schreiben, dass mein Suchprogramm nicht mehr eingesetzt wird!«, rief sie erregt. »Das wäre gleichbedeutend mit der völligen Aufgabe meines Projekts!«

Maurice' Gesicht wurde hart. »Ich kann auf keinen Fall zulassen, dass die *New York Times* einen Artikel veröffentlicht, in dem behauptet wird, Wissenschaftler der Jones-Falls-Universität verletzten jemandes Privatsphäre! Das würde uns um Spenden in Millionenhöhe bringen!«

»Bitte versuchen Sie es doch mit einem Kompromiss«, flehte Jeannie. »Schreiben Sie, dass Sie sich des Problems annehmen werden, dass sich ein Ausschuss damit befassen wird. Wir werden, wo es um die Privatsphäre geht, weitere Sicherheitsmaßnahmen treffen, wenn es nötig ist.«

O nein, dachte Berrington. Das war gefährlich vernünftig. »Es gibt natürlich einen Ausschuss für Ethikfragen«, sagte er, um Zeit zu gewinnen. »Es ist ein Unterausschuss des Senats.« Der Senat war der maßgebende Vorstand der Universität und bestand aus allen festbestallten Professoren, doch die Arbeit wurde Ausschüssen übertragen. »Sie könnten erklären, dass der sich mit dem Problem beschäftigt.«

»Nein«, entgegnete Maurice, »man würde uns sofort Verzögerungstaktik vorwerfen.«

»Aber sehen Sie denn nicht«, protestierte Jeannie, »dass Sie durch diese vorschnelle Handlungsweise jeglicher vernünftigen Diskussion den Boden entziehen?«

Jetzt wäre ein guter Augenblick, die Besprechung zu beenden, fand Berrington. Die beiden lagen sich nun in den Haaren, und jeder hielt an seinem Standpunkt fest. Er sollte Schluss machen, bevor sie sich wieder einen Kompromiss einfallen ließen. »Ein gutes Argument, Jeannie.« Berrington nickte. »Ich hätte einen Vorschlag – wenn Sie gestatten, Maurice?«

»Aber sicher. Lassen Sie hören.«

»Wir haben hier zwei separate Probleme. Das eine ist, eine Möglichkeit zu finden, Jeannies Forschungsarbeit fortzuführen, ohne einen Skandal auf die Universität herabzubeschwören. Das ist etwas, das Jeannie und ich austüfteln müssen, und wir sollten es mit viel Bedacht tun und nichts überstürzen. Das zweite ist, wie der Fachbereich und die Universität in der Öffentlichkeit auftreten sollen. Darüber müssen Sie und ich uns klar werden, Maurice.«

Maurice wirkte erleichtert. »Sehr vernünftig.« Er nickte.

Berrington wandte sich an Jeannie. »Danke, dass Sie sich so rasch Zeit nehmen konnten.«

Damit war Jeannie entlassen. Mit verwirrtem Stirnrunzeln stand sie auf. Sie spürte, dass man sie ausgetrickst hatte, wusste jedoch nicht, wie. »Sie geben mir Bescheid?«, fragte sie Berrington.

»Selbstverständlich.«

»Gut.« Zögernd verließ sie das Zimmer.

Berrington lehnte sich vor, verschränkte die Hände und blickte scheinbar verlegen zu Boden. »Es ist meine Schuld, Maurice.« Der Rektor schüttelte den Kopf, doch Berrington fuhr fort. »Ich habe Jeannie Ferrami eingestellt. Natürlich hatte ich keine Ahnung, dass sie diese Arbeitsmethode entwickeln würde – aber trotzdem fällt es unter meine Verantwortlichkeit. Und ich fühle mich verpflichtet, Ihnen dieses Problem abzunehmen.«

»Was schlagen Sie vor?«

»Ich kann Sie nicht ersuchen, diese Presseerklärung nicht abzugeben. Dazu habe ich nicht das Recht. Sie dürfen ein Forschungsprojekt nicht über die wirtschaftlichen Interessen der Universität stellen, das ist mir klar.« Er blickte auf.

Maurice zögerte. Einen Sekundenbruchteil lang fragte sich Berrington erschrocken, ob der Rektor ahnte, dass er in eine Ecke manövriert wurde. Aber falls ihm dieser Gedanke gekommen war, verflüchtigte er sich rasch. »Ich weiß Ihre Zuvorkommenheit zu schätzen, Berry. Was beabsichtigen Sie wegen Dr. Ferrami zu tun?«

Berrington entspannte sich. Es sah ganz so aus, als hätte er es geschafft.

»Ich würde sagen, das ist mein Problem. Überlassen Sie Jeannie einfach mir.«

KAPITEL 21

In den frühen Morgenstunden des Mittwochs wurde Steve vom Schlaf überwältigt.

Es war ruhig im Gefängnis, Porky schnarchte, und Steve hatte seit zweiundvierzig Stunden kein Auge zugetan. Zwar versuchte er sich darauf zu konzentrieren, was er morgen zum Untersuchungsrichter sagen würde, doch immer wieder döste er ein, und in seinen Wachträumen lächelte der Richter ihn gütig an und sagte: *Dieser* Mann *wird gegen Kaution entlassen,* und dann schritt Steve aus dem Gerichtssaal auf die Straße in die Sonne. Er saß in seiner üblichen Stellung in der Zelle, mit dem Rücken zur Wand, und ertappte sich immer wieder beim Einnicken. Mehrmals zuckte er zusammen und wurde wach, aber schließlich erwies die Natur sich doch stärker als seine Willenskraft.

Er schlief tief und fest, als ihn ein schmerzhafter Fußtritt wach riss. Keuchend starrte er hoch. Porky stand mit geweiteten Augen, in denen der latente Wahnsinn erkennbar war, über ihn gebeugt und brüllte: »Du hast mein Dope geklaut, Scheißkerl! Wo hast du's versteckt, wo? Gib's sofort her oder ich bring' dich um!«

Steve handelte, ohne zu überlegen. Er schoss wie eine Sprungfeder vom Boden hoch, streckte den rechten Arm starr aus und stieß zwei Finger in Porkys Augen. Porky jaulte schmerzerfüllt auf und wich zurück. Steve folgte und schien zu versuchen, die Finger durch Porkys Hirn in den Hinterkopf zu bohren. Irgendwo in der Ferne hörte er eine Stimme wüste Verwünschungen ausstoßen, und diese Stimme hörte sich sehr wie seine an.

Porky tat einen weiteren Schritt rückwärts. Er ließ sich auf das Klo fallen und legte die Hände schützend vor die Augen.

Steve griff nach Porkys Kopf, zog ihn rücksichtslos nach vorn und stieß ihm das Knie ins Gesicht. Blut schoss aus Porkys Mund. Steve packte ihn am Hemd, riss ihn von der Klobrille und warf ihn zu Boden. Er war schon fast dabei, ihn mit den Füßen zu bearbeiten, als sein Wutanfall plötzlich verging und er wieder klar denken konnte. Er starrte auf den blutenden Porky. »O nein!«, murmelte er. »Was habe ich getan?«

Die Zellentür flog auf, und zwei uniformierte Polizisten stürmten Gummiknüppel schwingend herein.

Steve hob abwehrend die Hände.

»Beruhigen Sie sich erst mal!«, ermahnte ihn einer der Polizisten.

»Ich bin jetzt ruhig«, versicherte Steve.

Die Polizisten legten ihm Handschellen an und führten ihn aus der Zelle. Einer versetzte ihm einen kurzen heftigen Hieb in die Magengrube. Steve krümmte sich und japste.

»Das war nur für den Fall, dass Sie daran dachten, noch mal Schwierigkeiten zu machen«, sagte der Polizist.

Steve hörte die Zellentür zu krachen und die Stimme des Wärters Spike in seiner üblichen Art von Humor fragen: »Sollen wir den Arzt holen, Porky? In der East Baltimore Street ist ein Viehdoktor, der kommt sicher gern.« Er kicherte über seinen Witz.

Steve erholte sich von dem Hieb und richtete sich auf. Es schmerzte zwar immer noch, aber zumindest bekam er wieder Luft. Durch das Gitter blickte er zu Porky, der jetzt saß und sich die Augen rieb. Durch blutende Lippen antwortete er Spike: »Leck mich doch am Arsch.«

Erleichtert stellte Steve fest, dass Porky offenbar nicht ernstlich verletzt war.

»Wir wollten Sie sowieso grad da rausholen, Collegeboy«, sagte Spike. »Diese Herren da sind hier, um Sie zum Gericht zu bringen.« Er konsultierte eine Liste. »Schau'n wir mal, wer noch vors Northern-District-Gericht soll. Ah, Mr. Robert Sandilands, besser bekannt als Sniff...« Er holte noch drei Häftlinge aus Zellen und kettete alle mit

Steve zusammen. Dann brachten die beiden Polizisten sie zur Parkgarage und hießen sie in einen Bus steigen.

Steve hoffte, er würde dieses Gefängnis nie mehr von innen sehen müssen.

Im Freien war es noch dunkel. Er schätzte die Zeit auf etwa sechs Uhr. Gerichte öffneten nicht vor neun oder zehn, das bedeutete eine lange Wartezeit. Ungefähr fünfzehn oder zwanzig Minuten fuhren sie durch die City, dann durch das Garagentor eines Gerichtsgebäudes. Sie stiegen aus dem Bus und wurden in das Untergeschoss geführt.

Hier standen acht große Pferche, Käfigen ähnlich, rund um einen freien Platz in der Mitte des riesigen Raums. Jeder war mit einer Bank und einer Toilette ausgestattet und größer als die Zellen der Polizeidirektion. Die vier Untersuchungshäftlinge wurden von ihren Ketten befreit und in einen Käfig gebracht, in dem bereits sechs Männer saßen. Es gab hier mehrere Wärter, die unter dem Kommando einer großen Schwarzen in Uniform standen, deren Rangabzeichen sie als Sergeant auswiesen. Ihr hartes unnachgiebiges Gesicht warnte davor, sich besser nicht mit ihr anzulegen.

Im Lauf der nächsten Stunde wurden noch dreißig, wenn nicht sogar mehr Häftlinge gebracht. Sie wurden so aufgeteilt, dass sich schließlich in jedem Pferch zwölf Mann befanden. Als eine kleine Gruppe Frauen hereingebracht wurde, fand ein Pfeifkonzert statt. Die Frauen sperrte man in einen Pferch ganz am hinteren Ende des Raums.

Danach tat sich mehrere Stunden so gut wie gar nichts. Frühstück wurde gebracht, doch wieder lehnte Steve es ab. Er konnte sich nicht überwinden, in einem Raum mit Toilette zu essen. Einige Häftlinge unterhielten sich laut, die meisten jedoch schwiegen mit mürrischer Miene. Viele hatten offenbar einen Kater. Die Sprüche zwischen Häftlingen und Wärtern waren nicht so vulgär wie im Gefängnis, und Steve fragte sich, ob das wohl daran lag, dass hier eine Frau das Kommando hatte.

Gefängnisse sind so ganz anders, als sie im Fernsehen gezeigt werden, dachte er. Fernsehshows und Filme ließen Haftanstalten wie billige Hotels aussehen, nie zeigten sie die offenen Toiletten, die

Obszönitäten oder wie gnadenlos jene verprügelt wurden, die etwas angestellt oder sich unbeliebt gemacht hatten.

Heute ist vielleicht mein letzter Tag in Gewahrsam. Hätte er an Gott geglaubt, würde er jetzt inbrünstig darum beten.

Er schätzte es auf etwa Mittag, als die ersten Häftlinge aus den Pferchen geholt wurden.

Steve gehörte zum zweiten Schub. Sie wurden wieder mit Handschellen gefesselt und zu zehnt aneinandergekettet. So führte man sie zum Gericht hinauf.

Der Gerichtssaal erinnerte Steve an eine Kirche der Methodisten. Bis zu einer schwarzen Linie in Taillenhöhe waren die Wände grün gestrichen, darüber cremefarben. Es gab einen grünen Bodenbelag und neun Reihen Bänke aus hellem Holz.

In der hinteren Reihe saßen Steves Mutter und Vater.

Er holte erschrocken Luft.

Dad trug seine Uniform mit den Rangabzeichen eines Colonels, seine Mütze hielt er unter den Arm geklemmt. Er saß kerzengerade, wie in Habachtstellung. Mit seinem dunklen Haar, den blauen Augen und dem Schatten eines dichten Bartes auf den frisch rasierten Wangen war seine keltische Abstammung unverkennbar. Sein Gesicht war unbewegt und angespannt von unterdrückten Gefühlsregungen. Mom saß neben ihm, klein und mollig, ihr hübsches rundes Gesicht aufgedunsen vom Weinen.

Steve wünschte sich, er könnte im Boden versinken. Bereitwillig wäre er in Porkys Zelle zurückgekehrt, nur um dieser augenblicklichen Situation zu entfliehen. Mitten im Schritt blieb er stehen und hielt so die gesamte Reihe von Häftlingen auf, während er verzweifelt auf seine Eltern starrte, bis der Wärter ihm einen Stoß versetzte und er zur vordersten Bank stolperte.

Die Protokollführerin saß den Häftlingen gegenüber. Ein Wärter bewachte die Tür. Der einzige weitere Gerichtsbeamte war ein etwa vierzigjähriger Schwarzer mit Brille, der eine Anzugjacke, Krawatte und Bluejeans trug. Er fragte die Häftlinge nach ihren Namen, die er dann von einer Liste abhakte.

Steve schaute über die Schulter. Außer seinen Eltern saß niemand in den Bankreihen. Einerseits war er dankbar, dass er, im Gegensatz zu den anderen Häftlingen, eine Familie hatte, der er so viel bedeutete und die sich die Zeit genommen und die Mühe gemacht hatte, hierher zu kommen. Andererseits hätte er diese Demütigung lieber ohne Zeugen hinter sich gebracht.

Sein Vater erhob sich und kam nach vorn. »Ja, Sir?«, fragte der Mann in Bluejeans dienstbeflissen.

»Ich bin Steven Logans Vater. Ich würde gern mit ihm reden.« Dad verfiel automatisch in seine befehlsgewohnte Offiziersstimme. »Darf ich fragen, wer Sie sind?«

»David Purdy, der leitende Untersuchungsbeamte. Ich habe Sie heute Vormittag angerufen.«

So also hatten Mom und Dad es erfahren! Steve hätte es sich denken können. Der Haftrichter hatte ihm gesagt, dass ein Untersuchungsbeamter seine Behauptungen überprüfen würde. Da war natürlich das Einfachste, seine Eltern anzurufen. Er wand sich innerlich, als er an diesen Anruf dachte und was Purdy wohl gesagt haben mochte: »Ich muss die Adresse von Steven Logan überprüfen. Er wird der Vergewaltigung beschuldigt und befindet sich in Baltimore in Haft.«

Dad schüttelte dem Mann die Hand. »Sehr angenehm, Mr. Purdy.« Aber Steve spürte, dass Dad ihn nicht ausstehen konnte.

»Es ist nichts dagegen einzuwenden, dass Sie mit Ihrem Sohn sprechen«, sagte Purdy.

Dad nickte knapp. Er zwängte sich in die Bankreihe hinter den Häftlingen, setzte sich unmittelbar hinter Steve und drückte sanft seine Schulter. Steve konnte seine Tränen nicht zurückhalten. »Dad, ich habe es nicht getan.«

»Ich weiß, Steve.«

Dieser simple Vertrauensbeweis war zu viel für Steve. Er fing zu weinen an und konnte nicht mehr aufhören. Hunger und Schlafmangel hatten ihn geschwächt. Die Anspannung und das Elend der vergangenen zwei Tage überwältigten ihn. Immer wieder schluckte er und wischte sich mit den gefesselten Händen übers Gesicht.

Schließlich sagte sein Vater: »Wir wollten einen Anwalt für dich besorgen, aber dazu reichte die Zeit nicht.«

Steve nickte. Er würde sich selbst verteidigen, wenn er sich nur wieder in der Gewalt hatte.

Zwei Mädchen wurden von einer Wärterin hereingeführt. Ihnen hatte man keine Handschellen angelegt. Die beiden setzten sich und kicherten. Älter als achtzehn waren sie bestimmt nicht.

»Wie ist das eigentlich passiert?«, fragte Dad.

Die Frage zu beantworten half Steve, mit dem Schluchzen aufzuhören. »Ich sehe wohl dem Kerl sehr ähnlich, der es getan hat.« Er schniefte und schluckte. »Die Überfallene hat mich bei einer Gegenüberstellung identifiziert. Und ich war zu dem fraglichen Zeitpunkt in der Gegend. Das habe ich bei der Vernehmung auch gesagt. Der DNS-Test wird meine Unschuld beweisen, aber es dauert drei Tage, bis alle Daten ausgewertet sind. Ich hoffe, dass ich heute auf Kaution freikomme.«

»Sag dem Richter, dass wir hier sind«, riet ihm Dad. »Das wird wahrscheinlich dazu beitragen.«

Steve fühlte sich wie ein Kind, das von seinem Vater getröstet wurde. Es brachte die bittersüße Erinnerung an den Tag zurück, an dem er sein erstes Fahrrad bekommen hatte. Es dürfte sein fünfter Geburtstag gewesen sein. Das Fahrrad hatte hinten zwei Stützräder, um ein Umkippen zu verhindern. Zu ihrem Haus gehörte ein großer Garten, von dem zwei Stufen zu einem Innenhof hinunterführten. »Fahr auf dem Rasen und bleib von den Stufen weg, Stevie«, hatte Dad gesagt. Doch das Erste, was der kleine Stevie tat, war zu versuchen, die Stufen hinunterzufahren. Er stürzte und richtete sowohl das Rad wie sich selbst arg zu. Natürlich erwartete er, dass sein Vater wegen seines Ungehorsams zornig auf ihn sein würde. Dad hob ihn hoch, wusch und versorgte behutsam seine Wunden und brachte auch das Rad wieder in Ordnung. Stevie wartete auf die Schimpfkanonade, aber es kam keine; nicht einmal ein »Ich-hab-dir's-doch-gesagt«. Egal was passierte, Steves Eltern waren immer auf seiner Seite.

Der Richter betrat den Saal.

Oder vielmehr die Richterin. Sie war eine attraktive Weiße von etwa fünfzig Jahren, sehr zierlich und adrett. Sie trug einen schwarzen Talar und hielt in der rechten Hand eine Dose Cola Light, die sie auf den Richtertisch stellte, als sie sich dahintersetzte.

Steve bemühte sich, in ihrem Gesicht zu lesen. War sie gefühllos oder gütig? Hatte sie gute oder schlechte Laune? War sie eine warmherzige, vorurteilsfreie Frau mit Seele? Oder ein hartes, voreingenommenes Mannweib, das sich insgeheim wünschte, sie könnte sie alle auf den elektrischen Stuhl schicken? Er starrte auf ihre blauen Augen, ihre schmale Nase, ihr mit grauen Strähnen durchzogenes dunkles Haar. Hatte sie einen Mann, der sich mit Bier volllaufen ließ? Einen erwachsenen Sohn, um den sie sich Sorgen machte? Ein geliebtes Enkelkind, mit dem sie auf dem Teppich herumtollte? Oder lebte sie allein in einer teuren Wohnung voll hypermoderner Möbel mit scharfen Kanten? Bei seinen Juravorlesungen waren auch die theoretischen Gründe erwähnt worden, die einen Richter bewogen, Kaution zu gewähren oder abzulehnen. Aber nun kamen sie ihm fast unwesentlich vor. Wirklich wichtig erschien ihm jetzt lediglich, ob diese Frau des Mitgefühls fähig war oder nicht.

Sie blickte auf die Bankreihe mit den Häftlingen. »Guten Tag. Sie befinden sich hier, damit über eine mögliche Kaution entschieden werden kann.« Ihre Stimme war leise, aber klar, sie sprach deutlich und präzise. Alles an ihr wirkte präzise und penibel – außer der Coladose, die ihr wenigstens eine kleine menschliche Note verlieh. Das ließ Steve hoffen.

»Haben Sie alle Ihre Anklageschrift erhalten?« Das hatten sie, ohne Ausnahme. Sie machte sie auf ihre Rechte aufmerksam und erklärte, was sie tun mussten, um einen Rechtsbeistand zu bekommen.

Danach forderte die Richterin sie auf: »Heben Sie die rechte Hand, sobald Sie aufgerufen werden. Ian Thompson.« Ein Häftling hob die Hand. Sie verlas die Punkte der Anklage und gab die zu erwartende Höchststrafe bekannt. Ian Thompson war in der teuren Wohngegend am Roland Park in drei Häuser eingebrochen. Den südländisch

235

aussehenden Mann, der einen Arm in der Schlinge trug, schien das überhaupt nicht zu interessieren. Gelangweilt blickte er zur Decke.

Als sie ihm erklärte, dass er das Recht auf eine Anhörung und Vorverhandlung sowie ein Verfahren vor der Grand Jury habe, wartete Steve aufgeregt, ob die Richterin sich in diesem Fall für oder gegen eine Freilassung auf Kaution entscheiden würde.

Der leitende Untersuchungsbeamte erhob sich. Er redete sehr schnell und völlig emotionslos, als er erklärte, dass Thompson seit bereits einem Jahr bei der angegebenen Adresse fest wohnhaft war und dass er eine Frau und ein Baby hatte, jedoch keiner geregelten Arbeit nachging. Auch dass er heroinabhängig und mehrfach vorbestraft war, kam zur Sprache. Steve hätte einen solchen Mann nicht so schnell wieder auf die Menschheit losgelassen.

Die Richterin setzte jedoch eine Kaution von fünfundzwanzigtausend Dollar fest. Das machte Steve neuen Mut. Er wusste, dass der Angeklagte gewöhnlich nur zehn Prozent der Kaution in bar hinterlegen musste. Thompson würde also entlassen werden, wenn er zweitausendfünfhundert Dollar auftreiben konnte. Steve fand das sehr großzügig.

Eines der Mädchen war als Nächstes an der Reihe. Sie hatte sich mit einem anderen Mädchen in die Haare gekriegt und war wegen tätlicher Beleidigung angezeigt. Der Untersuchungsbeamte erläuterte der Richterin, dass sie bei ihren Eltern lebte und bei einem hiesigen Supermarkt als Kassiererin arbeitete. Da die Richterin offenbar kein Risiko sah, genügte ihr eine schriftliche Versicherung, dass sie die Stadt bis zur Verhandlung nicht verlassen würde, was bedeutete, dass sie keine Kaution hinterlegen musste.

Das war eine weitere großzügige Entscheidung, und Steve machte sich nun noch größere Hoffnungen.

Der Angeklagten wurde außerdem untersagt, sich in die Nähe des Mädchens zu begeben, mit dem sie den tätlichen Streit gehabt hatte. Das erinnerte Steve daran, dass ein Richter eine Freilassung auf Kaution mit diversen Auflagen verbinden konnte. Vielleicht sollte er von sich aus versichern, dass er sich von Lisa Hoxton fernhalten würde. Er hatte zwar keine Ahnung, wo sie wohnte oder wie sie aussah, aber er war bereit, alles zu versprechen, was helfen mochte, dass er nicht mehr ins Gefängnis zurückmusste.

Der nächste Angeklagte war ein Weißer mittleren Alters, der vor den entsetzten Kundinnen eines Drugstores seinen Penis entblößt hatte, ein Wiederholungstäter mit einem endlos langen Vorstrafenregister. Er lebte allein, hatte jedoch seit fünf Jahren denselben Wohnsitz. Zu Steves Verwunderung und Bestürzung lehnte die Richterin es ab, ihn auf Kaution freizulassen. Der Mann war klein und dünn; Steve hielt ihn für einen harmlosen Irren. Aber vielleicht war die Richterin, da sie eben eine Frau war, bei Sexualvergehen besonders unnachsichtig.

Sie blickte auf ihre Liste. »Steven Charles Logan.«

Steve hob die Hand. *Bitte, bitte, lass mich hier raus!*

»Sie werden der schweren Vergewaltigung beschuldigt. Darauf steht nach den Gesetzen dieses Staates eine lebenslängliche Haftstrafe.«

Steve hörte seine Mutter aufschreien.

Die Richterin verlas die weiteren Anklagepunkte und möglichen Strafzumessungen. Dann stand der Untersuchungsbeamte auf und trug vor, was er von Steve wusste: sein Alter, seine Adresse, seinen Beruf, und dass er weder Vorstrafen hatte noch drogenabhängig war. Im Vergleich zu den anderen Beklagten hielt Steve sich eigentlich für einen Musterschüler. Das musste die Richterin doch gewiss beeindrucken.

Als Purdy geendet hatte, stand Steve auf. »Darf ich etwas sagen, Euer Ehren?«

»Ja, aber denken Sie daran, dass alles, was Sie hier sagen, zu Protokoll genommen wird und gegen Sie verwendet werden kann.«

»Ich bin unschuldig, Euer Ehren, aber offenbar sehe ich dem Täter ähnlich. Ich verspreche, wenn Sie mich auf Kaution entlassen, dass ich mich von dem Vergewaltigungsopfer fernhalte, falls Sie beabsichtigen sollten, das zur Bedingung zu machen.«

»Das würde ich ganz sicher.«

Er hätte gern für seine Freiheit plädiert, doch alle ausdrucksvollen Reden, die er sich in seiner Zelle ausgedacht hatte, waren wie weggewischt und ihm fiel nichts ein, was er noch hätte sagen können. Frustriert setzte er sich wieder.

Sein Vater erhob sich. »Euer Ehren, ich bin Stevens Vater, Colonel Charles Logan. Ich bin gern bereit, jegliche Fragen zu beantworten, die Sie mir stellen möchten.«

Sie bedachte ihn mit einem frostigen Blick. »Das wird nicht nötig sein.«

Steve fragte sich, weshalb sie seinem Vater die Intervention verübelte. Vielleicht wollte sie nur klarmachen, dass sein militärischer Rang sie nicht beeindruckte. Vielleicht wollte sie damit sagen: »In meinem Gerichtssaal gilt jeder gleich, auch wenn er ein noch so seriöses Mitglied des achtbaren Mittelstandes ist.«

Dad setzte sich wieder.

Die Richterin blickte Steve an. »Mr. Logan, kannten Sie die Frau vor dem Verbrechen, dessen Sie beschuldigt werden?«

»Ich bin ihr nie im Leben begegnet.«

»Hatten Sie sie je zuvor gesehen?«

Steve vermutete, dass sie sich fragte, ob er bereits eine Zeit lang hinter Lisa Hoxton hergewesen war, ehe er sie überfallen hatte. »Das weiß ich nicht, Euer Ehren; ich habe keine Ahnung, wie sie aussieht.«

Die Richterin schien sich das ein paar Sekunden durch den Kopf gehen zu lassen. Steve kam sich vor, als hinge er mit den Fingerspitzen an einer steilen Felswand. Ein Wort von ihr könnte ihn retten. Ließ sie ihn jedoch nicht auf Kaution frei, wäre es, als stürze er in einen bodenlosen Abgrund.

Schließlich gab sie bekannt: »Es wird eine Kaution von zweihunderttausend Dollar festgelegt.«

Eine Welle der Erleichterung überflutete Steve. Sein ganzer Körper entspannte sich. »Gott sei Dank«, murmelte er.

»Sie haben sich von Lisa Hoxton und der Vine Avenue 1321 fernzuhalten.«

Steve spürte wieder die Hand seines Vaters auf seiner Schulter. Trotz seiner Fesseln gelang es ihm, Vaters knochige Finger kurz zu berühren.

Es würde noch eine Stunde oder auch zwei dauern, bis er frei war, das war ihm klar; aber jetzt, da er wusste, dass er schon bald wieder ungesiebte Luft atmen durfte, machte ihm das nicht mehr so viel aus. Er würde sechs Big Macs vertilgen und rund um die Uhr schlafen. Er wollte ein heißes Bad und saubere Klamotten, und er wollte seine Armbanduhr zurückhaben. Er sehnte sich nach der Gesellschaft von Menschen, die nicht bei jedem Satz »Scheiße« sagten.

Und ihm wurde zu seiner eigenen Verwunderung bewusst, dass er mehr als alles andere Jeannie Ferrami anrufen wollte.

KAPITEL 22

J eannie hatte auf dem Rückweg zu ihrem Büro eine Mordswut. Maurice Obell war ein Feigling. Eine ehrgeizige Zeitungsschmiererin hatte ein paar aus der Luft gegriffene Gerüchte ausgespuckt, das war alles, und schon hatte der Mann die Hose voll. Und Berrington war zu schwach, ihr in dieser Sache Schützenhilfe zu leisten.

Ihr Computersuchprogramm war ihre größte Errungenschaft. Sie hatte begonnen, es zu entwickeln, als ihr bewusst wurde, dass ihre Forschungen zur Kriminalität niemals weiterkommen würden, wenn sie nicht neue Mittel und Wege fand, geeignete Versuchspersonen aufzuspüren. Drei Jahre hatte sie daran gearbeitet, und es war ihre einzige wirklich hervorragende Leistung, abgesehen von ihren Tennismeisterschaften. Aber wenn sie eine besondere intellektuelle Begabung besaß, dann für diese Art von logischem Puzzle. Obwohl sie die Psychologie unberechenbarer, irrationaler Charaktere erforschte, was sie durch die Manipulation unzähliger Daten über Hunderte und Tausende von Einzelpersonen bewerkstelligte, war ihre Arbeit in erster Linie statistischer und mathematischer Art. Wenn mein Suchprogramm nichts taugt, dann tauge auch ich nichts, dachte sie. Vielleicht sollte sie einfach aufgeben und Stewardess werden wie Penny Watermeadow.

Es überraschte sie, Annette Bigelow vor ihrer Tür warten zu sehen. Annette war eine Doktorandin, deren wissenschaftliche Arbeiten Jeannie als Teil ihrer Lehrverpflichtung überwachte. Jetzt erinnerte sie sich, dass Annette vergangene Woche einen bemerkenswerten Vorschlag für ihre Dissertation eingereicht hatte und sie vereinbart hatten, heute darüber zu sprechen. Jeannie beschloss, diese Besprechung zu verschieben; sie musste jetzt Dringenderes unternehmen. Da bemerkte sie das erwartungsvolle Gesicht des Mädchens und erinnerte sich, was eine solche Besprechung für eine Studentin bedeutete. So zwang sie sich zu lächeln und entschuldigte sich: »Tut mir leid, dass ich Sie warten ließ. Wir wollen uns gleich an die Arbeit machen.«

Glücklicherweise hatte sie den Vorschlag sorgfältig durchgelesen und sich dabei Notizen gemacht. Annette beabsichtigte aus den vorliegenden Daten über Zwillinge die Entsprechungen in politischer und moralischer Einstellung herauszufischen. Es war ein interessanter und diskussionswürdiger Ansatz. Jeannie schlug ein paar kleinere Verbesserungen vor und gab ihr Okay, diese Idee weiterzuentwickeln.

Als Annette gerade aufbrach, streckte Ted Ransome den Kopf durch die Tür. »Du siehst aus, als hättest du gute Lust, jemand die Eier abzusäbeln«, stellte er fest.

»Aber nicht deine.« Jeannie lächelte. »Komm rein und trink eine Tasse Kaffee mit mir.«

»Handsome« Ransome war der Kollege am Psychologischen Institut, den sie am meisten mochte. Er war außerordentlicher Professor, der sich auf Wahrnehmungs- und Denkpsychologie spezialisiert hatte. Er war glücklich verheiratet und hatte zwei kleine Kinder. Jeannie wusste, dass sie ihm gefiel, aber er trat ihr nicht zu nah. Es gab ein angenehmes Kribbeln sexueller Spannung zwischen ihnen, von dem jedoch nie zu befürchten war, dass es zum Problem werden würde.

Sie schaltete die Kaffeemaschine neben ihrem Schreibtisch ein und erzählte von der *New York Times* und von Maurice Obell. »Die große Frage ist: Von wem hat die *Times* den Hinweis erhalten?«

»Es kann nur Sophie sein«, meinte er.

Sophie Chapple war die einzige andere Frau im Lehrkörper des Fachbereichs Psychologie. Obwohl sie nahe fünfzig war und ordentliche Professorin, betrachtete sie Jeannie offensichtlich als Rivalin. Von Beginn des Semesters an hatte sie sich eifersüchtig benommen und sich über alles beschwert, angefangen bei Jeannies Miniröcken bis zu der Art und Weise, wie sie ihren Wagen parkte.

»Du meinst, sie würde so was tun?«, fragte Jeannie.

»Und ob!«

»Du hast wahrscheinlich recht.« Jeannie wunderte sich immer wieder darüber, welche Kleinlichkeitskrämer auch die angesehensten Wissenschaftler sein konnten. Bei einem Empfang war ihr einmal aufgefallen, wie ein hochverehrter Mathematiker dem brillantesten Physiker Amerikas einen heftigen Knuff versetzte, nur weil dieser sich vor ihn in die Schlange am Büfett gedrängt hatte. »Vielleicht frage ich sie.«

Er zog die Brauen hoch. »Sie wird lügen.«

»Dann wird ihre Miene sie verraten.«

»Es wird zum Streit kommen.«

»Den haben wir bereits.«

Das Telefon läutete. Jeannie griff nach dem Hörer und bedeutete Ted, den Kaffee einzuschenken. »Hallo?«

»Naomi Freelander.«

Jeannie zögerte. »Ich bin mir nicht sicher, ob ich überhaupt mit Ihnen reden soll.«

»Soviel ich weiß, haben Sie doch bereits aufgehört, für Ihre Forschungen medizinische Datenbanken zu benutzen.«

»Nein.«

»Was meinen Sie mit ›nein‹?«

»Ich meine damit, ich habe nicht aufgehört. Ihre Anrufe haben eine Diskussion darüber ausgelöst, aber es wurden noch keine Entscheidungen getroffen.«

»Ich habe hier ein Fax aus dem Rektorat. Darin entschuldigt sich der Rektor für die Verletzung der Privatsphäre und versichert, dass das betreffende Suchprogramm ab sofort nicht mehr eingesetzt wird.«

Bestürzt holte Jeannie Luft. »Diese Presseerklärung wurde also tatsächlich abgegeben?«

»Das wussten Sie nicht?«

»Man hat mir einen Entwurf gezeigt, mit dem ich mich nicht einverstanden erklärt habe.«

»Es sieht jedenfalls ganz so aus, als hätte die Universität Ihr Projekt gestrichen, ohne Sie darüber zu informieren.«

»Das dürfen sie nicht!«

»Wie meinen Sie das?«

»Ich habe einen Vertrag mit dieser Universität. Sie können nicht einfach über meinen Kopf hinweg entscheiden!«

»Wollen Sie mir damit sagen«, hakte die Reporterin nach, »dass Sie sich den Anordnungen des Rektorats widersetzen und Ihre Studien fortführen werden?«

»Das hat nichts mit Widersetzen zu tun. Sie haben nicht die Befugnis, mich herumzukommandieren.« Jeannie sah, dass Ted sie mit einer unauffälligen Geste warnte. Ihr wurde bewusst, dass er recht hatte. So redete man nicht mit der Presse. Sie änderte ihre Taktik. »Hören Sie«, fuhr sie nun ruhig fort, »Sie sagten selbst, dass die Verletzung der Privatsphäre in diesem Fall *potenziell* ist.«

»Ja ...«

»Und es ist Ihnen keineswegs gelungen, jemanden zu finden, der bereit wäre, sich über mein Projekt zu beschweren. Trotzdem haben Sie keinerlei Skrupel, dieses Forschungsprogramm zu torpedieren.«

»Ich richte nicht, ich berichte!«

»Wissen Sie überhaupt, worum es bei meiner Forschung geht? Ich versuche herauszufinden, was Menschen zu Verbrechern macht. Und ich bin die Erste, die eine wirklich vielversprechende Methode ausgearbeitet hat, dieses Problem zu studieren. Wenn die Sache sich richtig entwickelt, wird das, was ich entdecke, Amerika zu einem besseren Ort für Ihre Enkel machen.«

»Ich habe keine Enkel.«

»Ist das Ihre Entschuldigung?«

»Ich brauche keine Entschuldigungen ...«

»Vielleicht nicht, aber wäre es nicht besser, einen echten Fall von Verletzung der Privatsphäre aufzudecken? Würde das nicht sogar eine noch bessere Story für Ihre Zeitung abgeben?«

»Das zu beurteilen überlassen Sie besser mir.«

Jeannie seufzte. Sie hatte ihr Bestes getan. Sie biss die Zähne zusammen und bemühte sich, das Gespräch freundlichen Tons zu beenden. »Nun dann, viel Glück damit.«

»Ich danke Ihnen für Ihre Auskunft, Dr. Ferrami.«

»Keine Ursache.« Jeannie legte auf. »Miststück!«, murmelte sie.

Ted reichte ihr einen Becher Kaffee. »Ich schließe, sie haben bekanntgegeben, dass dein Programm gekippt wird.«

»Ich verstehe es nicht. Berrington sagte, wir würden noch besprechen, wie es weitergehen soll.«

Ted senkte die Stimme. »Du kennst Berry nicht so gut wie ich. Glaub mir, er ist eine Schlange. Ich traue ihm nicht über den Weg.«

Jeannie klammerte sich an einen Strohhalm. »Vielleicht war es ein Irrtum. Vielleicht hat Dr. Obells Sekretärin die Presseerklärung ja versehentlich abgesandt.«

»Möglich. Aber ich setze eher auf die Schlangentheorie.«

»Meinst du, ich sollte die Times anrufen und behaupten, dass jemand anderes sich am Telefon für mich ausgegeben hat?«

Er lachte. »Ich meine, du solltest zu Berrys Büro gehen und ihn fragen, ob er die Presseerklärung mit Absicht absenden ließ, bevor er mit dir geredet hat.«

»Gute Idee.« Sie schlürfte ihren Kaffee und stand auf.

Ted ging zur Tür. »Viel Glück. Ich bin auf deiner Seite.«

»Danke.« Sie dachte kurz daran, ihm einen Kuss auf die Wange zu hauchen, entschied sich jedoch dagegen.

Sie schritt den Korridor entlang und eine Treppe höher, zu Berringtons Büro. Die Tür war verschlossen. Daraufhin ging sie weiter zum Büro der Sekretärin, die für alle Professoren arbeitete. »Hi, Julie, wo ist Berry?«

»Er ist schon heimgegangen, aber er hat mich gebeten, Ihnen mitzuteilen, dass er morgen mit Ihnen sprechen möchte.«

Verdammt! Der Kerl ging ihr aus dem Weg. Teds Theorie stimmte. »Wann morgen?«

»Ist Ihnen neun Uhr dreißig recht?«

»Ich werde hier sein.«

Jeannie kehrte zu ihrem Stockwerk zurück und betrat das Labor.

Lisa stand am Experimentiertisch und überprüfte Stevens und Dennis' DNS, die sie in den Reagenzgläsern hatte. Sie hatte zwei Mikroliter jeder Probe mit zwei Milliliter fluoreszierendem Farbstoff vermischt. Der Farbstoff leuchtete bei der Berührung mit DNS, und die Menge der DNS wurde durch die Stärke des Leuchtens angegeben, gemessen mit einem DNS-Fluorometer, dessen Skala das Resultat in Nanogramm DNS per Mikroliter der Probe anzeigte.

»Wie geht es dir?«, erkundigte sich Jeannie.

»Danke, gut.«

Jeannie blickte sie forschend an. Lisa war immer noch ganz in sich gekehrt und ihre Miene unbewegt, während sie sich so auf ihre Arbeit konzentrierte, aber ihre innere Anspannung war unverkennbar. »Hast du schon mit deiner Mutter gesprochen?« Lisas Eltern wohnten in Pittsburgh.

»Ich möchte sie nicht beunruhigen.«

»Aber Mütter sind für ihre Kinder da. Ruf sie an!«

»Vielleicht heute Abend.«

Jeannie erzählte die Sache mit der New-York-Times-Reporterin, während Lisa weiterarbeitete. Sie mischte die DNS-Proben mit einer Endonuklease, einem Nukleinsäuren spaltenden Enzym. Diese Enzyme zerstörten fremde DNS, die in den Körper gelangten. Das taten sie, indem sie lange DNS-Moleküle in Tausende kleinere Teilchen spalteten. Was sie für Genetiker so wichtig machte, war, dass eine Endonuklease die DNS immer am gleichen spezifischen Punkt spaltete. So konnten die Fragmente von zwei Blutproben verglichen werden. Wenn sie übereinstimmten, stammte das Blut vom selben Individuum oder von eineiigen Zwillingen. Waren sie andersartig, mussten sie von unterschiedlichen Individuen stammen.

Es war, als schneide man ein paar Zentimeter Band von einer Opernaufnahme. Man nehme zwei Fragmente, jedes fünf Minuten nach Spielbeginn von zwei separaten Tonbändern abgeschnitten. Ist die Musik auf beiden Bandstücken ein Duett, das sich beispielsweise folgendermaßen anhört: »*Se a caso madama*«, sind alle zwei aus *Figaros Hochzeit*. Um die Möglichkeit auszuschließen, dass zwei völlig verschiedene Opern genau an dieser Stelle dieselbe Notenfolge haben, war es erforderlich, mehrere Fragmente zu vergleichen, nicht nur eines.

Dieses Verfahren dauerte mehrere Stunden und ließ sich nicht beschleunigen; nur bei vollständiger Fragmentation der DNS konnten brauchbare Testergebnisse erzielt werden.

Lisa war bestürzt über Jeannies Geschichte, zeigte jedoch nicht ganz so viel Anteilnahme, wie Jeannie erwartet hatte. Vielleicht lag es daran, dass sie erst vor drei Tagen ein verheerendes Trauma erlitten hatte, dem gegenüber Jeannies Krise fast unbedeutend erschien. »Wenn du dein Projekt aufgeben musst, was würdest du dann stattdessen machen?«, fragte Lisa.

»Ich habe keine Ahnung«, antwortete Jeannie. »Ich kann mir nicht einmal vorstellen, es aufzugeben.« Lisa konnte ganz einfach das überwältigende Verlangen nicht verstehen, das einen Wissenschaftler bewegte. Für Lisa, die Technikerin, war ein Forschungsprojekt wie das andere.

Jeannie kehrte in ihr Büro zurück und rief das Bella Vista Sunset Home an. Bei allem, was in ihrem eigenen Leben vorging, hatte sie völlig vergessen, ihre Mutter anzurufen. »Dürfte ich mit Mrs. Ferrami sprechen?«, bat sie.

Die Antwort war barsch. »Jetzt wird zu Mittag gegessen.«

Jeannie zögerte. »Wären Sie so nett, ihr auszurichten, dass ihre Tochter angerufen hat und später noch einmal versuchen wird, sie zu erreichen?«

»Is' gut.«

Jeannie hatte das Gefühl, dass die Frau es nicht aufschrieb. »Ich bin J-e-a-n-n-i-e – ihre Tochter.«

»Is' gut.«

»Danke. Ich bin Ihnen sehr verbunden.«

»Klar.«

Jeannie legte auf. Sie musste ihre Mutter da herausholen. Aber sie hatte immer noch nichts unternommen, um nebenbei an etwas Geld zu kommen.

Die Zeiger ihrer Uhr zeigten kurz nach zwölf an. Jeannie griff nach der Maus und blickte auf den Schirm, aber es erschien ihr sinnlos zu arbeiten, wenn ihr Projekt vielleicht doch nicht weitergeführt werden konnte. In ihrem hilflosen Ärger beschloss sie, für heute Schluss zu machen und heimzugehen.

Sie schaltete ihren Computer aus, sperrte ihr Büro zu und verließ das Gebäude. Immerhin hatte sie noch ihren roten Mercedes. Sie stieg ein und streichelte das so vertraute Lenkrad.

Sie bemühte sich, ihre Probleme zu vergessen und sich Erfreulicherem zuzuwenden. Sie hatte einen Vater, zu dem sie wieder eine Beziehung aufbaute, und das war ja auch etwas. Vielleicht sollte sie mehr Zeit mit ihm verbringen. Sie könnten miteinander zum Hafen fahren und dort ein bisschen herumspazieren. Und sie könnte ihm bei Brook Brothers ein neues Sportjackett kaufen. Zwar hatte sie das Geld dafür nicht, aber sie würde ganz einfach mit der MasterCard bezahlen. Ach, zum Teufel, das Leben war kurz!

Jetzt fühlte sie sich etwas besser. Sie fuhr heim und parkte den Wagen vor dem Haus. »Daddy, ich bin da!«, rief sie, während sie die Treppe hinaufrannte.

Als sie das Wohnzimmer betrat, spürte sie sofort, dass etwas nicht stimmte. Einen Augenblick später fiel ihr auf, dass der Fernseher nicht an seinem Platz stand. Vielleicht hatte Dad ihn ins Schlafzimmer geschafft. Sie warf einen Blick ins anschließende Zimmer; Dad war auch hier nicht. Sie kehrte ins Wohnzimmer zurück. »O nein!«, entfuhr es ihr. Ihr Videorekorder war ebenfalls weg. »Daddy, du hast doch nicht wirklich ...« Sogar ihre Stereoanlage war verschwunden, und der Computer stand nicht mehr auf ihrem Schreibtisch. »Nein«, murmelte sie. »Nein, ich glaube es nicht!« Sie rannte in ihr Zimmer und öffnete ihre Schmuckschatulle. Der Nasenstecker mit dem Brillantsplitter, den Will Temple ihr geschenkt hatte, war nicht mehr da.

Das Telefon läutete, und sie hob automatisch ab.

»Steve Logan hier. Wie geht es Ihnen?«

»Es ist der schrecklichste Tag meines Lebens.«

Sie fing an zu weinen.

KAPITEL 23

Steve Logan legte den Hörer auf die Gabel.

Er hatte geduscht, sich rasiert und frisch gekleidet und sich voll Genuss mit Mutters köstlicher Lasagne satt gegessen und danach seinen Eltern von jedem Augenblick und jeder Einzelheit seiner schauderhaften Erlebnisse hinter Gittern berichtet. Sie bestanden darauf, dass er sich einen Rechtsbeistand nahm, trotz seiner Versicherung, dass sich seine Unschuld herausstellen würde, sobald das Ergebnis des DNS-Tests eingetroffen war. Also versprach er, gleich am nächsten Morgen einen Anwalt aufzusuchen. Er hatte die ganze Fahrt von Baltimore nach Washington im Fond des Lincoln Mark VIII seines Vaters geschlafen, und obwohl das kaum ein Ersatz war für die eineinhalb Nächte, die er sich wachgehalten hatte, fühlte er sich gut.

Und er sehnte sich danach, Jeannie zu sehen!

So hatte er sich bereits gefühlt, bevor er sie anrufen konnte. Jetzt, da er wusste, in welchen Schwierigkeiten sie steckte, zog es ihn noch stärker zu ihr. Er wollte sie in die Arme nehmen und ihr versichern, dass alles wieder gut würde.

Er hatte auch das Gefühl, dass es eine Verbindung zwischen ihren Problemen und seinen gab. Alles ging für sie beide schief, fand Steve, seit sie ihn ihrem Boss vorgestellt hatte und Berrington ausgerastet war.

Es drängte ihn danach, mehr über das Rätsel seiner Herkunft zu erfahren. Von diesem Teil hatte er seinen Eltern nichts erzählt. Er war zu bizarr und beunruhigend. Aber er musste unbedingt mit Jeannie darüber reden.

Wieder griff er nach dem Telefon, um sie sofort noch einmal anzurufen, doch dann überlegte er es sich anders. Sie würde vermutlich sagen, dass sie keinen Wert auf Gesellschaft legte. Menschen in depressiver Stimmung empfanden für gewöhnlich so, obwohl sie wirklich eine Schulter brauchten, an der sie sich ausweinen könnten. Vielleicht sollte er ganz einfach zu ihr gehen und sagen: »Möglicherweise würde es uns beiden helfen, wenn wir versuchten, einander aufzumuntern.«

Er ging in die Küche. Mom reinigte die Lasagnekasserolle. Dad hatte auf eine Stunde in sein Büro gemusst. Steve fing an, Geschirr in die Spülmaschine einzuräumen. »Mom«, sagte er, »das wird dir ein wenig seltsam vorkommen, aber . . .«

»Du willst ein Mädchen besuchen«, sagte sie.

Er lächelte. »Woher weißt du das?«

»Ich bin deine Mutter, ich kann deine Gedanken lesen. Wie heißt die Glückliche?«

»Jeannie Ferrami. Doktor Ferrami.«

»Bin ich etwa eine jüdische Mutter? Soll es mich beeindrucken, dass sie Ärztin ist?«

»Sie ist Wissenschaftlerin, keine Ärztin.«

»Wenn sie bereits ihren Doktor gemacht hat, muss sie älter sein als du.«

»Sie ist neunundzwanzig.«

»Hm. Und wie ist sie?«

»Nun, sie ist – umwerfend, weißt du. Sie ist groß und sportlich – sie ist eine verdammt gute Tennisspielerin –, hat dichtes dunkles Haar und dunkle Augen und einen durchstochenen Nasenflügel mit einem dieser feinen dünnen Silberringe, und sie ist, nun, energisch. Sie sagt, was sie will, ganz direkt, aber sie lacht auch viel. Ich hab sie ein paarmal zum Lachen gebracht, doch hauptsächlich ist es einfach ihre *Ausstrahlung*. In ihrer Gegenwart kann man einfach nirgendwo anders hinsehen . . .«

Einen Moment lang starrte seine Mutter ihn nur an. »Oje«, sagte sie schließlich, »dich hat es ganz schön erwischt.«

»So ist es auch wieder nicht . . .« Er unterbrach sich. »Doch, du hast recht. Ich bin verrückt nach ihr.«

»Und empfindet sie das Gleiche für dich?«

»Noch nicht.«

Seine Mutter lächelte ihn mit liebevoller Nachsicht an. »Dann geh schon und besuch sie. Ich hoffe, sie verdient dich.«

Er küsste sie. »Wie hast du es nur fertiggebracht, ein so guter Mensch zu sein?«

»Übung macht den Meister.« Sie grinste verschmitzt.

Steves Wagen war vor dem Haus geparkt. Sie hatten ihn von Jones Falls abgeholt, und seine Mutter hatte ihn nach Washington chauffiert. Jetzt stieg Steve ein, fuhr auf die I-95 und zurück nach Baltimore.

Jeannie war bereit für sanfte, liebevolle Fürsorge. Am Telefon hatte sie ihm erzählt, wie ihr Vater sie ausgeplündert und der Rektor der Universität sie hintergangen hatte. Sie brauchte jemanden, der nett zu ihr war und sie zu schätzen wusste, und dazu war er bestens geeignet.

Während er dahinfuhr, malte er sich aus, wie sie neben ihm auf einer Couch saß, wie sie lachte und sagte: »Ich bin so froh, dass Sie gekommen sind. Sie haben es fertiggebracht, dass ich mich bereits viel besser fühle. Wie wär's, wenn wir uns ausziehen und unter die Bettdecke schlüpfen?«

Bei einem kleinen Einkaufszentrum bei Mount Washington hielt er an. Er kaufte eine Pizza mit Meeresfrüchten, eine Zehn-Dollar-Flasche Chardonnay, einen Behälter Eiscreme – Rainforest-Crunch-Geschmack – und zehn gelbe Nelken. Die Titelseite des *Wall Street Journal* erregte seine Aufmerksamkeit mit einer Schlagzeile über Genetico, Inc. Das war die Gesellschaft, die Jeannies Zwillingsforschung finanzierte, erinnerte er sich. Es sah so aus, als sollte sie von einem deutschen Pharmakonzern übernommen werden. Er kaufte die Zeitung.

Plötzlich hatte er Angst, dass Jeannie vielleicht gar nicht zu Hause war oder dass sie ihm die Tür nicht öffnen wollte oder dass sie Besuch hatte.

Dann aber sah er erfreut den roten Mercedes 230 C vor ihrem Haus parken. Daheim war sie jedenfalls. Aber sie könnte ja auch zu Fuß fortgegangen sein. Oder in einem Taxi weggefahren. Oder im Auto eines Bekannten.

Am Eingang befand sich eine Gegensprechanlage. Er drückte auf die Glocke und starrte hypnotisierend auf den Lautsprecher. Nichts tat sich. Er klingelte aufs Neue. Ein Knistern war zu hören. Sein Herz schlug höher. Eine Stimme fragte gereizt: »Wer ist da?«

»Ich bin's. Steve Logan. Ich komme, um Sie ein bisschen aufzuheitern.«

Ein längeres Schweigen folgte. »Steve, mir ist nicht nach Besuch.«

»Lassen Sie mich Ihnen wenigstens diese Blumen geben.«

Sie antwortete nicht. Sie hat Angst, dachte er und war bitter enttäuscht. Sie hatte gesagt, sie glaube an seine Unschuld, aber da war er noch sicher bewacht hinter Gittern gewesen. Jetzt wo er vor ihrer Schwelle stand und sie allein war, sah die Sache anders aus. »Sie haben doch nicht Ihre Meinung über mich geändert, oder?«, fragte er. »Sie glauben doch noch, dass ich unschuldig bin, nicht wahr? Wenn nicht, gehe ich sofort.«

Der Summer erklang, und die Tür ging auf.

Sie ist eine Frau, die Herausforderungen nicht widerstehen kann, dachte er.

Er trat in eine winzige Eingangshalle mit zwei weiteren Türen. Eine stand offen; sie führte zu einer Treppe. Oben stand Jeannie in einem knallgrünen T-Shirt.

»Es ist wohl besser, Sie kommen herauf«, sagte sie.

Es war nicht gerade das begeistertste Willkommen, aber er stieg, mit seinen Geschenken in einem Papierbeutel, lächelnd die Stufen hinauf.

Sie führte ihn in ein kleines Wohnzimmer mit Küchennische. Kein Zweifel, sie mochte Schwarz und Weiß mit grellen Farbklecksen, bemerkte er und entdeckte eine schwarz gepolsterte Couch mit orangefarbenen Kissen, eine stahlblaue Uhr an einer weiß getünchten Wand, leuchtend gelbe Lampenschirme und ein weißes Küchenbord mit roten Kaffeebechern.

Er setzte den Beutel auf der Anrichte ab. »Hören Sie«, sagte er. »Sie brauchen etwas zu essen, damit Sie sich besser fühlen.« Er holte die Pizza heraus. »Und ein Glas Wein, um die Nerven zu entspannen. Dann, wenn Sie bereit sind, sich noch eine Nachspeise zu gönnen, können Sie diese Eiscreme löffeln, direkt aus dem Behälter. Und wenn nichts zu essen und trinken mehr da ist, haben Sie immer noch die Blumen. Ist das nichts?«

Sie starrte ihn an, als käme er direkt vom Mars.

Er fügte hinzu: »Außerdem dachte ich, Sie brauchten jemand, der

herüberkommt und Ihnen sagt, dass Sie ein ganz wundervoller Mensch sind und etwas Besonderes.«

Ihre Augen füllten sich mit Tränen. »Verdammt«, fluchte sie. »Ich weine nie!«

Er legte die Hände auf ihre Schultern. Das war das erste Mal, dass er sie berührte. Vorsichtig zog er sie an sich. Sie wehrte sich nicht. Seinem Glück kaum trauend, schlang er behutsam die Arme um sie. Sie war fast so groß wie er. Von Schluchzen geschüttelt legte sie den Kopf an seine Schulter. Er streichelte ihr Haar. Es war weich und schwer. Er fühlte seinen Penis hart werden wie einen Feuerwehrschlauch und rückte vorsichtig ein wenig von ihr weg. Hoffentlich bemerkte sie es nicht. »Es wird alles wieder gut«, beruhigte er sie. »Sie werden die Dinge bestimmt in Ordnung bringen können.«

Sie blieb einen langen, wundervollen Moment kraftlos in seinen Armen. Er spürte die Wärme ihres Körpers und atmete ihren Duft ein. Er fragte sich, ob er sie küssen solle, zögerte jedoch, denn er befürchtete, wenn er sie zu sehr bedrängte, würde sie ihn abweisen. Nach einigen Sekunden war der himmlische Augenblick vergangen.

Sie wischte sich die Nase am Saum ihres um einige Nummern zu großen T-Shirts ab, wodurch ihm ein sexy Blick auf ihren flachen, sonnengebräunten Bauch vergönnt wurde. »Danke. Eine Schulter zum Ausweinen war genau, was ich brauchte«, gestand sie.

Ihr nüchterner Ton enttäuschte ihn. Für ihn war es ein Augenblick heftigen Gefühls gewesen; für sie nichts weiter als die Möglichkeit, ein paar Tränen der Enttäuschung loszuwerden. »Gehört mit zum Service«, witzelte er und wünschte sich sogleich, er hätte den Mund gehalten.

Sie öffnete einen Hängeschrank und holte Teller heraus. »Ich fühle mich bereits besser«, gestand sie. »Wie wär's, wenn wir jetzt essen?«

Er setzte sich auf einen Hocker an ihre Arbeitsplatte. Sie schnitt die Pizza und zog den Korken aus der Weinflasche. Es gefiel ihm, wie sie in ihrer Küche herumhantierte, eine Schublade mit der Hüfte schloss, blinzelnd ein Weinglas begutachtete, um festzustellen, ob es auch wirklich sauber war, wie sie den Korkenzieher mit den langen, geschickten Fingern handhabe. Er entsann sich des ersten Mädchens,

in das er je verschossen gewesen war. Sie hieß Bonnie und war sieben, genauso alt wie er. Er hatte auf ihre rotblonden Ringellocken gestarrt und gedacht, welch ein Wunder es doch war, dass ein so vollkommenes Geschöpf wie sie sich auf dem Spielplatz der Spillar-Road-Grundschule befinden konnte. Eine Zeit lang hatte er darüber nachgedacht, ob sie nicht wirklich ein echter Engel war.

Er dachte nicht, dass Jeannie ein Engel war, aber sie hatte eine so graziöse Anmut, dass sie fast etwas wie Ehrfurcht in ihm weckte.

»Sie lassen sich offenbar nicht unterkriegen«, bemerkte sie. »Bei unserer letzten Begegnung sahen Sie grauenvoll aus. Das ist erst vierundzwanzig Stunden her, und trotzdem wirken Sie jetzt völlig erholt.«

»Ich bin ja glimpflich davongekommen. Ich habe eine wunde Stelle, wo Detective Aliaston meinen Kopf an die Wand geschlagen hat, und einen ordentlichen Bluterguss, wo Porky Butcher mir heute um fünf Uhr früh den Fuß in die Rippen schmetterte. Aber ich bin okay, solange ich nie wieder in ein Gefängnis geworfen werde.« Er verbannte diesen Gedanken aus dem Kopf. Der DNS-Test würde zweifelsfrei feststellen, dass er als Täter nicht infrage kam.

Er blickte auf Jeannies Bücherregal. Sie besaß eine Menge Sachbücher, Biografien von Darwin und Einstein und Francis Bacon, außerdem ein paar Bücher von Erica Jong und Joyce Carol Oates, von denen er noch nichts gelesen hatte, fünf oder sechs Romane von Edith Wharton sowie einige moderne Klassiker. »He, Sie haben meinen Lieblingsroman!«, rief er.

»Lassen Sie mich raten: *Wer die Nachtigall stört.*«

Er staunte. »Woher wissen Sie das?«

»Woher schon! Der Held ist ein Anwalt, der gegen gesellschaftliche Vorurteile ankämpft, um einen Unschuldigen zu verteidigen. Ist das nicht Ihr Traum? Außerdem könnte ich mir nicht vorstellen, dass Sie sich für *Frauen* von Marilyn French interessieren.«

Er schüttelte resigniert den Kopf. »Sie wissen so viel über mich. Es ist nicht zu glauben!«

»Was, würden Sie sagen, ist mein Lieblingsbuch?«

»Ist das ein Test?«

»Was denken Sie?«

»Oh – äh, *Middlemarch*. T. S. Eliot.«

»Wieso?«

»Im Mittelpunkt der Geschichte steht eine starke, selbstbewusste Heldin.«

»Aber sie *tut* nichts! Außerdem, das Buch, das ich meine, ist kein Roman. Raten Sie noch einmal.«

»Also ein Sachbuch.« Da kam ihm der Geistesblitz. »Ich weiß! Die Geschichte eines brillanten, eleganten Wissenschaftlers, die wesentliche Dinge der menschlichen Existenz berührt. Ich wette, es ist Watson, *Die Doppelhelix*.«

»He, das ist sehr gut!«

Sie fingen an zu essen. Die Pizza war sogar noch warm. Jeannie gab sich eine Zeit lang nachdenklichem Schweigen hin, bis sie schließlich sagte: »Ich habe mich heute wirklich unüberlegt benommen. Ich sehe es jetzt ein. Ich hätte diese Krise einigermaßen gelassen hinnehmen und immer wieder sagen müssen: ›Nun, vielleicht können wir ja noch in Ruhe darüber reden. Wir wollen doch keine übereilten Entscheidungen treffen.‹ Stattdessen habe ich mich mit der Universität angelegt und alles noch verschlimmert, indem ich es der Presse erzählte.«

»Ich halte Sie für kompromisslos.«

Sie nickte. »Ja, aber es gibt einen Unterschied zwischen kompromisslos und dumm.«

Er zeigte ihr das *Wall Street Journal*. »Das erklärt vielleicht, weshalb Ihr Fachbereich so überempfindlich reagiert. Ihr Sponsor steht kurz vor vielversprechenden Übernahmeverhandlungen.«

Sie warf einen Blick auf den ersten Absatz. »Wow! Hundertachtzig Millionen Dollar!« Ihre Pizza kauend las sie weiter. Als sie den Artikel fertig gelesen hatte, schüttelte sie den Kopf. »Ihre Idee ist interessant, aber ich glaube nicht, dass das der Grund ist.«

»Warum nicht?«

»Es war Maurice Obell, der gegen mich zu sein schien, nicht Berrington. Ich habe allerdings gehört, dass Berrington schon mal mit falschen Karten spielt. Wie auch immer, so wichtig bin ich nicht.

Mein Projekt stellt nur einen winzigen Bruchteil der Forschungen dar, die von Genetico finanziert werden. Selbst wenn meine Arbeit tatsächlich jemandes Privatsphäre verletzte, wäre das nur ein Miniskandal und würde keine Multimillionendollar-Übernahme gefährden.«

Steve wischte sich die Finger an einer Papierserviette ab und langte nach der gerahmten Fotografie einer Frau mit einem Baby. Die Frau sah Jeannie ein wenig ähnlich. »Ihre Schwester?«, fragte er.

»Ja, Patty. Sie hat jetzt drei Kinder – alles Jungs.«

»Ich habe keine Geschwister.« Da erinnerte er sich. »Mit Ausnahme von Dennis Pinker.« Jeannies Gesicht veränderte sich bei seinen Worten. »Sie sehen mich an wie eine Laborprobe«, bemerkte er.

»Tut mir leid. Wollen wir die Eiscreme probieren?«

»Mit Vergnügen.«

Sie stellte den Behälter auf den Tisch und nahm zwei Kaffeelöffel aus der Lade. Das freute ihn. Aus demselben Behälter zu essen war dem Küssen einen Schritt näher. Sie aß mit Genuss. Er fragte sich, ob sie auch mit der gleichen hungrigen Begeisterung liebte.

Er schluckte einen Löffel voll Rainforest Crunch. »Ich bin so froh, dass Sie an meine Unschuld glauben. Die Polizei tut's ganz sicher nicht.«

»Falls Sie tatsächlich herumlaufen und Frauen vergewaltigen, bricht meine ganze Theorie wie ein Kartenhaus zusammen.«

»Trotzdem, nicht viele Frauen hätten mich heute Abend eingelassen. Schon gar nicht, wenn sie glaubten, dass ich die gleichen Gene habe wie Dennis Pinker.«

»Auch ich hab einen Augenblick lang gezögert«, gestand sie. »Aber Sie haben bewiesen, dass ich recht habe.«

»Wie?«

Sie deutete auf die Reste ihres Dinners. »Wenn Dennis Pinker sich von einer Frau angezogen fühlt, zückt er ein Messer und befiehlt ihr, ihr Höschen auszuziehen. Sie bringen Pizza.«

Steve lachte.

»Ja, es mag sich komisch anhören, doch es ist ein verdammt großer Unterschied.«

»Aber es gibt da etwas, was Sie über mich wissen sollten«, sagte Steve. »Ein Geheimnis.«

Sie legte ihren Löffel zur Seite. »Was?«

»Ich habe einmal jemanden fast umgebracht.«

»Wie?«

Er erzählte ihr von dem Handgemenge mit Tip Hendricks. »Deshalb macht mir die Sache mit meiner Herkunft so zu schaffen«, gestand er. »Sie können sich nicht vorstellen, wie sehr es mich mitgenommen hat, als Sie mir sagten, dass Mom und Dad möglicherweise nicht meine Eltern sind. Was ist, wenn mein leiblicher Vater ein Mörder ist?«

Jeannie schüttelte den Kopf. »Das damals war eine Prügelei unter Schülern, die außer Kontrolle geriet. Das macht Sie nicht zum Psychopathen. Wie sah es mit dem anderen aus? Diesem Tip?«

»Jemand anderes hat ihn umgebracht, zwei Jahre später. Er handelte mit Rauschgift und geriet in eine Auseinandersetzung mit seinem Lieferanten, der ihm schließlich eine Kugel in den Kopf jagte.«

»Er ist der Psychopath, würde ich sagen«, meinte Jeannie. »Das gehört zu ihren typischen Charakterzügen. Sie fordern Schwierigkeiten heraus. Ein großer, kräftiger Junge wie Sie mag ja einmal mit dem Gesetz in Konflikt geraten, aber er kommt über den Vorfall hinweg und führt danach ein normales Leben. Wogegen es bei Dennis ein ständiges Rein-in-den-Knast und Raus-aus-dem-Knast sein wird, bis ihn jemand umbringt.«

»Wie alt sind Sie, Jeannie?«

»Es gefiel Ihnen nicht, dass ich von Ihnen als ›großer, kräftiger Junge‹ sprach.«

»Ich bin zweiundzwanzig.«

»Und ich neunundzwanzig. Das ist ein großer Unterschied.«

»Sehen Sie mich wirklich als noch nicht erwachsenen Jungen?«

»Ich weiß nicht, ich glaube nicht, dass ein Dreißigjähriger extra von Washington hierher fahren würde, nur um mir eine Pizza zu bringen. Es war impulsiv.«

»Missfällt Ihnen, dass ich es getan habe?«

»Nein.« Sie berührte seine Hand. »Ich bin sehr froh darüber.«

Er wusste noch immer nicht, woran er bei ihr war. Aber sie hatte sich an seiner Schulter ausgeweint. Das tut man nicht bei einem Halbwüchsigen, dachte er.

»Wann werden Sie wegen meiner Gene Bescheid wissen?«

Sie blickte auf ihre Armbanduhr. »Die Niederschrift ist inzwischen wahrscheinlich fertig. Den Film wird Lisa morgen machen.«

»Heißt das, dass der Test beendet ist?«

»So gut wie.«

»Können wir die Ergebnisse nicht schon jetzt ansehen? Ich würde wirklich gern wissen, ob ich tatsächlich die gleiche DNS habe wie Dennis Pinker.«

»Ich glaube, das ließe sich machen. Ich bin selbst schon ziemlich neugierig.«

»Worauf warten wir dann?«

KAPITEL 24

Berrington Jones verfügte über eine Plastikkarte, mit der sich jede Tür der Klapsmühle öffnen ließ.

Niemand sonst wusste das. Selbst die anderen ordentlichen Professoren wiegten sich in der Sicherheit, dass ihre Büros ihre private Oase waren. Natürlich wussten sie, dass die Raumpflegerinnen Schlüsselkarten hatten, ebenso wie die Männer vom Wachdienst. In ihrer Weltfremdheit kamen sie gar nicht auf den Gedanken, wie einfach es war, sich eine solche Karte zu besorgen, wie sie sogar dem Putzpersonal ausgehändigt wurde.

Trotzdem hatte Berrington seine Hauptschlüsselkarte noch nie benutzt. Spionieren war würdelos, nicht sein Stil. Pete Watlingson hatte wahrscheinlich Fotos von nackten Jünglingen in seiner Schreibtischlade, Ted Ransome irgendwo ein bisschen Marihuana versteckt und Sophie Chapple möglicherweise einen Vibrator für diese langen, einsamen Nachmittage. Doch Berrington wollte das nicht wissen. Der Hauptschlüssel war nur für Notfälle.

Jetzt war ein solcher Notfall eingetreten.

Die Universität hatte Jeannie den weiteren Einsatz ihres Computersuchprogramms verboten und das auch in der Presse verkündet. Aber wie konnte er sicher sein, dass Jeannie diese Anordnung befolgte? Er vermochte ja die elektronischen Botschaften nicht zu sehen, die über die Telefonleitungen von einem Terminal zum anderen flogen. Den ganzen Tag hatte der Gedanke an ihm genagt, dass sie möglicherweise bereits eine andere Datenbank durchsuchte. Und der Himmel wusste, was sie finden würde.

So war er in sein Büro zurückgekehrt und saß nun an seinem Schreibtisch, während die warme Abenddämmerung die roten Ziegel der Campusgebäude einzuhüllen begann. Er tippte mit seiner Plastikkarte auf seine Computermaus und bereitete sich auf etwas vor, was er in seinem tiefsten Inneren eigentlich ablehnte.

Seine Würde bedeutete ihm alles, und er hatte sie schon früh entwickelt. Er war der kleinste Junge in der Klasse gewesen, ohne Vater, der ihm hätte sagen können, wie er mit Muskelprotzen umgehen musste. Seine Mutter hatte kaum Zeit gehabt, sich um sein seelisches Wohlergehen zu sorgen, da sie Tag und Nacht arbeitete und jeden Penny dreimal umdrehen musste, um über die Runden zu kommen. So hatte er allmählich eine Aura der Überheblichkeit entwickelt, eine Distanziertheit, die ihn schützte. In Harvard hatte er heimlich einen Klassenkameraden aus einer reichen, dem alten Geldadel angehörigen Familie studiert, sich die Einzelheiten seiner Ledergürtel und feinen Taschentücher eingeprägt, seiner Tweedanzüge und Kaschmirschals, und war durch ihn hinter die Geheimnisse gesellschaftlicher Rituale gekommen, wie man seine Servietten öffnete oder einer Dame den Stuhl zurechtrückte. Er hatte die Mischung aus Ungezwungenheit und Ehrerbietung gegenüber den Professoren bewundert sowie den äußerlichen Charme und die darunter verborgene Kälte, welche dieser Junge gegenüber Menschen aus der sozialen Unterschicht an den Tag legte. Berrington war es gelungen, sein Vorbild perfekt nachzuahmen. Als er an seinem Magister arbeitete, glaubte bereits jeder, er stamme aus einem vornehmen, reichen Haus.

Der Deckmantel der Würde ließ sich schwer ablegen. Manche Professoren konnten ihre Jacketts ausziehen und sich einer Gruppe Studenten beim Football anschließen, nicht jedoch Berrington Jones. Nie erzählten Studenten ihm Witze oder luden ihn zu ihren Partys ein, aber ebenso wenig waren sie ihm gegenüber unhöflich oder redeten während seiner Vorlesungen oder stellten seine Benotung infrage.

Gewissermaßen war sein ganzes Leben, seit der Gründung von Genetico, eine Täuschung, und er hatte sie unverfroren und ohne große Rücksicht auf Verluste durchgezogen. Trotzdem, es gab keine stilvolle Weise, sich in jemandes Zimmer zu stehlen und es zu durchsuchen.

Er blickte auf seine Uhr. Das Labor dürfte inzwischen geschlossen sein. Die meisten seiner Kollegen waren nach Hause gegangen oder für einen Drink an die Bar des Fakultätsclubs. Der Augenblick war so gut wie jeder andere. Einen Zeitpunkt, zu dem das Gebäude garantiert leer war, gab es nicht. Wissenschaftler arbeiteten, wann immer sie das Bedürfnis danach verspürten. Sollte es zufällig zu einer Begegnung mit einem seiner Kollegen kommen, würde ihm schon irgendeine Ausrede einfallen, um seine Anwesenheit zu erklären.

Er verließ sein Büro, stieg die Treppe hinunter und ging den Flur entlang zu Jeannies Tür. Niemand war zu sehen. Er zog die Karte durch den Leser, und die Tür öffnete sich. Im Inneren schaltete er das Licht ein und schloss die Tür hinter sich.

Es war das kleinste Büro im ganzen Haus. Tatsächlich hatte die Kammer zuvor als Lagerraum für die Fragebogen des Instituts gedient, aber Sophie Chapple hatte boshaft darauf bestanden, dass man es Jeannie als Büro zuteilte, weil für die Schachteln mit den Fragebogen ein größerer Raum erforderlich sei und nur das ursprünglich für Jeannie vorgesehene Zimmer infrage käme. Es war eine schmale Kammer mit einem kleinen Fenster, aber Jeannie hatte dem Raum mit zwei grellrot gestrichenen Holzstühlen, einer Palme im Kübel und der Reproduktion einer Picasso-Radierung – ein Stierkampf in leuchtenden Gelb- und Orangetönen – ein etwas freundlicheres Ambiente verliehen.

Berrington griff nach dem gerahmten Bild auf ihrem Schreibtisch. Es war eine Schwarz-Weiß-Fotografie eines gut aussehenden Mannes mit Koteletten und einer breiten Krawatte und einer jungen Frau mit entschlossener Miene. Jeannies Eltern in den Siebzigerjahren, vermutete er. Ansonsten war ihr Schreibtisch völlig leer. Ordentliches Mädchen.

Er setzte sich und schaltete ihren Computer ein. Während das Gerät bootete, durchsuchte er die Schreibtischladen. Die oberste enthielt Kugelschreiber und Notizblöcke, eine andere eine Schachtel Tampons und eine ungeöffnete Packung Strumpfhosen. Berrington verabscheute Strumpfhosen. In fast zärtlicher Erinnerung dachte er an die Strumpfhaltergürtel und Strümpfe mit Naht, die in seiner Jugend üblich gewesen waren. Strumpfhosen waren auch ungesund, genau wie die Jockeyshorts aus Nylon. Falls Präsident Proust ihn zum Gesundheitsminister ernannte, würde er eine Kampagne gegen Strumpfhosen starten. In der nächsten Lade sah er einen Handspiegel und eine Bürste, in der sich einige von Jeannies langen schwarzen Haaren verfangen hatten. In der letzten fand er ein Handlexikon und ein Taschenbuch, *Tausend Morgen* von Jane Smiley. Keine Geheimnisse bis jetzt.

Ihr Menü erschien auf dem Schirm. Mit der Maus klickte er auf »Kalender«. Ihre Termine waren wie erwartet: Vorlesungen und Unterricht, Laborarbeit, Tennisspiele, Verabredungen zu Drinks und Filmbesuchen. Sie wollte sich am Samstag das Ballspiel im Oriole Park von Camden Yards ansehen; am Sonntag war sie von Ted Ransome und seiner Frau zum Brunch eingeladen; am Montag musste ihr Wagen zur Inspektion. Eine Eintragung »Scan medizinische Unterlagen der Acme Versicherung«, gab es nicht. Ihre Liste der Dinge, die sie tun wollte, war ebenso uninteressant für ihn. Vitamine besorgen, Ghita anrufen, Geburtstagsgeschenk für Lisa besorgen, Modem checken.

Er ging aus ihrem Kalender heraus und machte sich daran, ihre Dateien durchzusehen. Sie hatte Unmengen von statistischen Arbeitsblättern. Ihre Textdateien waren kleiner: diverse Korrespondenz, Entwürfe für Fragebogen, die Rohfassung eines Artikels. Mit der Suchoption ging er ihren gesamten Ordner des Schreibprogramms nach dem Wort »Datenbank« durch. Es erschien mehrmals in dem Artikel und in den Dateikopien von drei versandten Briefen, doch keiner der Sachverweise verriet ihm, wo sie ihr Suchprogramm als Nächstes einzusetzen beabsichtigte. »Komm schon!«, sagte er laut. »Es muss doch was geben!«

Sie hatte einen Aktenschrank, aber er war noch so gut wie leer; sie war ja auch erst seit einigen Wochen hier. Nach einem Jahr oder so würde er voll von ausgewerteten Fragebogen sein. Jetzt befanden sich lediglich ein paar eingegangene Schreiben in einem Ordner, Institutsmemoranden in einem anderen, Fotokopien von Artikeln in einem dritten.

In einem ansonsten leeren Hängeschrank lag achtlos ein gerahmtes Foto von Jeannie und einem großen, bärtigen Mann, beide auf Fahrrädern neben einem See. Berrington schloss auf ein Liebesverhältnis, das zu Ende gegangen war.

Jetzt war er noch beunruhigter. Es war das Zimmer einer Frau, die überlegt vorging, die vorausplante. Sie registrierte die eingehenden Briefe und behielt Kopien von allem, was sie absandte. Es müsste hier demnach irgendwelche Hinweise auf ihr nächstes Vorhaben geben. Sie hatte keinen Grund gehabt, ein Geheimnis daraus zu machen; bis heute hatte es nicht den geringsten Anlass zur Besorgnis gegeben, dass sie mit ihren Forschungen irgendwelche ethischen Prinzipien verletzte. Also hatte sie mit Sicherheit vorgehabt, eine neue Datenbank zu durchsuchen. Das Fehlen von Hinweisen ließ sich höchstens noch dadurch erklären, dass sie die Vorkehrungen telefonisch oder persönlich getroffen hatte, vielleicht mit einem Vertrauten. Wenn dem so war, würde er wahrscheinlich in ihrem Büro nichts darüber finden.

Schritte auf dem Korridor ließen ihn zusammenzucken. Ein Klicken verriet ihm, dass eine Karte durch den Leser gezogen wurde. Berrington starrte hilflos auf die Tür. Es gab nichts, was er tun könnte. Er wurde in *flagranti* ertappt, an ihrem Schreibtisch sitzend, mit eingeschaltetem Computer. Er konnte nicht vortäuschen, dass er sich hierher verlaufen hatte.

Die Tür schwang auf. Er erwartete, Jeannie zu sehen, doch glücklicherweise war es nur ein Wachmann.

Der Mann kannte ihn. »Oh, hi, Professor«, sagte er. »Ich hab gesehen, dass hier Licht brennt, und gedacht, ich schau mal lieber nach. Dr. Ferrami lässt gewöhnlich die Tür offen, wenn sie hier ist.«

Berrington bemühte sich, nicht zu erröten. »Ist schon gut«, sagte er. *Sich nie entschuldigen, nie erklären!* »Ich werde zuschließen, wenn ich hier fertig bin.«

»Gut.«

Der Wachmann blieb stehen und wartete auf eine Erklärung. Berrington kniff die Lippen zusammen. Schließlich sagte der Mann: »Nun, gute Nacht, Professor.«

»Gute Nacht.«

Der Wachmann ging.

Berrington entspannte sich. *Kein Problem.*

Er vergewisserte sich, dass ihr Modem eingeschaltet war; dann klickte er America Online an und rief die Liste der eingegangenen Mail ab. Ihr Terminal gab automatisch das Passwort an. Sie hatte drei Mails, die er vom Server lud. Die erste benachrichtigte sie über eine Preiserhöhung für den Internetzugang. Die zweite kam von der Universität von Minnesota:

Ich bin am Freitag in Baltimore und würde Dich gern, um alter Zeiten willen, zu einem Drink einladen. Alles Liebe, Will.

Berrington fragte sich, ob Will der Bärtige auf dem Fahrradbild war. Er klickte weiter, um die dritte Mail zu öffnen.

Sie versetzte ihm einen Schock.

Du wirst bestimmt erleichtert sein, dass ich heute Abend Deinen Scan durch unsere Fingerabdruckdatei laufen lassen kann. Ruf mich an. Ghita.

Sie kam vom FBI.

»Verdammt...«, flüsterte Berrington. »Das bricht uns den Hals!«

KAPITEL 25

Berrington hatte Angst, am Telefon über Jeannie und die FBI-Fingerabdruckdatei zu reden. So viele Anrufe wurden von Geheimdiensten abgehört. Das erledigten nun Computer, die programmiert waren, auf bestimmte Wörter und Redewendungen zu achten. Sagte beispielsweise jemand »Plutonium« oder »Heroin« oder »Anschlag«, verbunden mit »Präsident«, zeichnete der Computer das Gespräch auf und alarmierte umgehend die Behörden. Das Letzte, was Berrington jetzt brauchen konnte, wäre ein CIA-Lauscher, der sich fragte, weshalb Senator Proust sich so für die Fingerabdruckdatei des FBI interessierte.

Deshalb setzte er sich in seinen silbermetallic Lincoln Town Car und fuhr mit gut hundertvierzig Stundenkilometern über den Baltimore-Washington Parkway. Manchmal drängte es ihn förmlich dazu, Beschränkungen zu missachten, sich über Verbote hinwegzusetzen. Es war ein Widerspruch in ihm, er wusste das. Teilnehmer an Friedensmärschen waren ihm verhasst, ebenso Drogensüchtige, Homosexuelle, Feministinnen und Rockmusiker sowie alle Nonkonformisten, welche die guten, alten amerikanischen Traditionen missachteten. Trotzdem ging es ihm gegen den Strich, wenn jemand ihm vorschrieb, wo er seinen Wagen zu parken habe oder wie viel er seinen Angestellten zahlen solle oder wie viele Feuerlöscher in seinem Laboratorium hängen mussten.

Während er dahinfuhr, machte er sich Gedanken über Prousts Kontakte zu Leuten vom Geheimdienst. Waren sie lediglich ein Häufchen Veteranen, die herumsaßen und Geschichten erzählten, wie sie aktive Kriegsgegner erpresst und Anschläge auf südamerikanische Staatschefs geplant hatten? Oder waren sie immer noch aktiv? Halfen sie einander wie die Mafia und sahen in der Einlösung eines Gefallens eine fast heilige Pflicht? Oder waren diese Zeiten vorbei? Es war lange her, seit Jim die CIA verlassen hatte. Vielleicht wusste er gar nicht mehr, was dort vor sich ging.

Es war spät, aber Jim wartete in seinem Büro im Capitol auf Berrington. »Was ist passiert, dass du es mir nicht am Telefon sagen konntest?«, fragte er statt einer Begrüßung.

»Sie ist dabei, ihr Computerprogramm durch die Fingerabdruckdatei des FBI laufen zu lassen.«

Jim erblasste. »Wird es funktionieren?«

»Bei den zahnmedizinischen Aufzeichnungen gab es keine Schwierigkeiten. Warum sollte es da bei Fingerabdrücken nicht funktionieren?«

»Großer Gott!«, entfuhr es Jim bestürzt.

»Wie viele Abdrücke haben sie denn im Archiv?«

»Über zwanzig Millionen Sets, soviel ich mich erinnere. Es können nicht alles Kriminelle sein. Gibt es so viele Kriminelle in Amerika?«

»Keine Ahnung, aber vielleicht haben sie ja auch noch die Abdrücke von Verstorbenen. Reiß dich um Himmels willen zusammen, Jim. Kannst du die Sache verhindern?«

»Wer ist ihr Kontakt beim FBI?«

Berrington gab ihm den Ausdruck, den er von Jeannies E-Mail gemacht hatte. Während Jim ihn studierte, sah Berrington sich um. Jim hatte an den Wänden seines Büros Bilder von sich und jedem amerikanischen Präsidenten seit Kennedy. Da war ein uniformierter Captain Proust, der vor Lyndon Johnson salutierte; Major Proust, damals noch mit vollem glatten Blondhaar, dem Dick Nixon die Hand schüttelte; Colonel Proust, der Jimmy Carter finster fixierte; General Proust, der mit Ronald Reagan über einen Witz lachte; Proust im Straßenanzug, zu dem Zeitpunkt stellvertretender Direktor der CIA, in ein Gespräch mit einem stirnrunzelnden George Bush vertieft; und Senator Proust, nun kahlköpfig und bebrillt, Bill Clinton mit erhobenem Finger ermahnend. Es gab auch andere Bilder: eines, auf dem er mit Margaret Thatcher tanzte; eines, auf dem er Golf mit Bob Dole spielte, und ein anderes, auf dem er einen Ausritt mit Ross Perot machte. Berrington hatte ein paar ähnliche Fotografien, Jim jedoch eine ganze Galerie. Wen wollte er damit beeindrucken? Sich selbst wahrscheinlich. Sich mit den Mächtigsten der Welt zu sehen führte Jim immer wieder seine eigene Wichtigkeit vor Augen.

»Ich habe noch nie von jemandem namens Ghita Sumra gehört«, sagte Jim nun. »Sie kann also in keiner gehobenen Stellung tätig sein.«

»Wen kennst du denn beim FBI?«, fragte Berrington ungeduldig.

»Hat dich schon mal jemand mit den Cranes, David und Hilary, bekannt gemacht?«

Berrington schüttelte den Kopf.

»Er ist stellvertretender Direktor, sie Alkoholikerin auf Entzug, beide etwa fünfzig. Vor zehn Jahren, als ich der CIA vorstand, arbeitete David für mich im Diplomatischen Direktorat. Er überwachte alle ausländischen Botschaften und ihre Spionageabteilungen. Ich mochte ihn. Nun, eines Nachmittags betrank Hilary sich und fuhr mit ihrem Honda Civic los. In der Beulah Road, draußen in Springfield, überfuhr sie ein sechsjähriges schwarzes Mädchen. Sie beging Fahrerflucht und rief Dave von einem Einkaufszentrum in Langley aus an. Er brauste in seinem Thunderbird los, holte sie ab und brachte sie nach Hause, dann meldete er den Honda als gestohlen.«

»Aber etwas ging schief.«

»Es hatte einen Unfallzeugen gegeben, der glaubwürdig versicherte, dass der Wagen von einer Weißen mittleren Alters gefahren worden war, und einen eigensinnigen Detective, der wusste, dass Autos selten von Frauen gestohlen werden. Der Zeuge identifizierte Hilary zweifelsfrei. Sie brach zusammen und gestand.«

»Wie ging's weiter?«

»Ich sprach mit dem Staatsanwalt. Er wollte beide ins Gefängnis stecken. Ich schwor, dass es sich um eine wichtige Angelegenheit von nationaler Sicherheit handelte, und überredete ihn, die Anklage fallen zu lassen. Hilary fing an, zu den Anonymen Alkoholikern zu gehen, und hat seither keinen Tropfen mehr angerührt.«

»Und Dave ging zum FBI und hat es weit gebracht.«

»Und steht tief in meiner Schuld.«

»Kann er diese Ghita aufhalten?«

»Er ist einer von neun Ressortleitern, die dem stellvertretenden Direktor unmittelbar unterstehen. Er ist zwar nicht Leiter der Abteilung für Fingerabdrücke, doch er ist ein mächtiger Mann.«

»Also, kann er's?«

»Das weiß ich nicht. Ich werde ihn fragen, okay? Falls es menschmöglich ist, wird er es für mich tun.«

»Okay, Jim, nimm schon das verdammte Telefon und frag ihn!«, forderte Berrington ihn auf.

KAPITEL 26

Jeannie schaltete das Licht im Labor ein, und Steve folgte ihr hinein. »Die genetische Sprache hat vier Buchstaben«, erklärte sie. »A, C, G und T.«

»Warum gerade diese vier?«

»Adenin, Cytosin, Guanin und Thymin. Das sind die chemischen Bausteine, welche die langen, zentralen Stränge des DNS-Moleküls bilden. Sie formen Wörter und Sätze, wie beispielsweise: ›Gib an jeden Fuß fünf Zehen.‹«

»Aber jedermanns DNS muss sagen: ›Gib an jeden Fuß fünf Zehen.‹«

»Gutes Argument. Ihre DNS ist meiner und der aller Menschen sehr ähnlich. Wir haben sogar eine Menge mit den Tieren gemein, weil sie aus den gleichen Proteinen bestehen wie wir.«

»Wie erkennen wir dann den Unterschied zwischen Dennis' DNS und meiner?«

»Zwischen den Worten gibt es kleine Teilabschnitte, die absolut nichts bedeuten, also reiner Unsinn sind. Sie sind wie Wortabstände in einem Satz. Sie heißen eigentlich Oligonukleotide, doch jeder nennt sie einfach Oligos. In diesem Abschnitt zwischen ›fünf‹ und ›Zehen‹ könnte sich beispielsweise ein Oligo befinden, das sich TATAGAGACCCC liest und das sich anschließend mehrmals wiederholt.«

»Hat jeder TATAGAGACCCC?«

»Ja, aber die Zahl der Wiederholungen variiert. Während Sie vielleicht einunddreißig TATAGAGACCCC-Oligos zwischen ›fünf‹ und ›Zehen‹ haben, habe ich möglicherweise zweihundertsiebenundachtzig. Es spielt jedoch keine Rolle, wie viele Sie haben, denn die Oligos bedeuten nichts. Sie sind genetischer Müll.«

»Und wie vergleichen Sie meine mit Dennis' Oligos?«

Sie zeigte ihm einen Glasträger von der Form und Größe eines Buches. »Wir überziehen diesen Träger mit einem Gel, schneiden Schlitze quer durch die ganze Oberfläche und tropfen gefärbte Proben von Ihrer und Dennis' DNS in die Schlitze. Dann schieben wir den Objektträger hier hinein.« Auf dem Labortisch stand ein kleiner Glasbehälter. »Etwa zwei Stunden lang leiten wir Strom durch das Gel. Das führt dazu, dass die DNS-Fragmente auf geraden Bahnen durch das Gel wandern. Aber kleine Sequenzen bewegen sich schneller als große. Also würden Ihre Fragmente, angenommen mit einunddreißig Oligos, längst vor meinen mit den angenommenen zweihundertsiebenundachtzig am Ziel sein.«

»Und wie sieht man, wie weit sie sich bewegt haben?«

»Wir benutzen synthetisch hergestellte und radioaktiv markierte DNS-Segmente, die wir Sonden nennen. Sie bleiben an bestimmten Oligos haften. Nehmen wir mal an, wir haben eine Sonde, die das TATAGAGACCCC anzieht.« Sie zeigte ihm ein Stück Stoff wie von einem Spüllappen. »Wir legen eine mit einer Sondenlösung vollgesogene Nylonmembrane auf das Gel, damit sie die Fragmente aufnimmt. Da die Sonden radioaktiv sind, markieren sie die DNS-Abschnitte, die sich jetzt auf dem Nylon befinden. Anschließend wird ein Röntgenfilm mittels unserer radioaktiven Folie belichtet.« Sie blickte in einen anderen Behälter. »Ah, Lisa hat bereits das Nylon auf den Film gelegt.« Sie spähte hinunter. »Ich glaube, das Muster hat sich geformt. Wir brauchen den Film jetzt nur noch zu fixieren.«

Steve versuchte, die Struktur auf dem Film zu erkennen, den sie durch eine Schale mit einer chemischen Lösung zog und dann in frischem Wasser aus der Leitung wusch. Seine ganze Geschichte stand auf dieser Seite, doch alles, was er sah, war ein leiterähnliches Muster auf dem klaren Plastik. Schließlich trocknete sie ihn durch Schütteln, bevor sie ihn an die Klemmleiste des Leuchtschirms hängte.

Steve betrachtete ihn. Der Film wies nebeneinanderliegende

graue Bahnen auf, die aus gut einem halben Zentimeter breiten Strichen bestanden. Diese Bahnen waren am unteren Filmende von eins bis achtzehn durchnummeriert. Innerhalb der Bahnen befanden sich Bindestrichen ähnliche, exakt angeordnete schwarze Markierungen. Das Ganze sagte ihm gar nichts.

»Die schwarzen Markierungen zeigen an, wie weit sich die Abschnitte entlang der Bahnen bewegt haben«, erklärte ihm Jeannie.

»Aber in jeder Bahn befinden sich zwei schwarze Markierungen.«

»Das kommt daher, dass Sie zwei DNS-Stränge haben, einen von Ihrem Vater und einen von Ihrer Mutter.«

»Natürlich. Die Doppelhelix.«

»Richtig. Und Ihre Eltern hatten unterschiedliche Oligos.« Sie studierte ein Blatt mit Notizen, dann schaute sie auf. »Sind Sie sicher, dass Sie für das Ergebnis bereit sind – ob so oder so?«

»Ja.«

»Okay.« Sie blickte wieder auf das Blatt. »Bahn drei ist Ihr Blut.«

Es gab zwei, etwa zweieinhalb Zentimeter voneinander getrennte Markierungen in der Mitte der Filmlänge.

»Bahn vier dient der Kontrolle. Es ist wahrscheinlich mein Blut oder Lisas. Die Markierungen müssten an völlig anderen Stellen sein.«

»Das sind sie.« Die beiden Markierungen lagen sehr dicht beisammen am unteren Ende des Films, nahe der Nummern.

»Bahn fünf ist Dennis Pinker. Sind die Markierungen an der gleichen Stelle wie Ihre oder anderswo?«

»An der gleichen«, antwortete Steve. »Sie entsprechen einander völlig.«

Jeannie blickte ihn an. »Steve«, sagte sie, »ihr seid Zwillinge.«

Er wollte es nicht glauben. »Wäre nicht doch ein Irrtum möglich?«

»Sicher. Die Möglichkeit, dass zwei nicht miteinander verwandte Personen das gleiche DNS-Fragment sowohl von mütterlicher wie väterlicher Seite haben, ist eins zu hundert. Wir untersuchen gewöhnlich vier verschiedene Fragmente und bedienen uns dabei verschiedener Oligos und unterschiedlicher Sonden. Das reduziert die Möglichkeit eines Irrtums auf eins zu hundert Millionen. Lisa wird drei weitere

Tests machen, und für jeden braucht sie etwa einen halben Tag. Aber ich weiß, wie das Ergebnis aussehen wird. Und Sie ebenfalls, nicht wahr?«

»Ich fürchte, ja.« Steve seufzte. »Ich sollte lieber anfangen, es zu glauben. Wo, zum Teufel, komme ich her?«

Jeannie blickte nachdenklich drein. »Etwas, das Sie erwähnten, geht mir nicht aus dem Kopf: ›Ich habe keine Geschwister.‹ Nach allem, was Sie mir über Ihre Eltern erzählten, sind sie die Art von Menschen, die sich über ein Haus voll Kinder, wenigstens drei oder vier, freuen würden.«

»Da haben Sie recht. Aber Mom hatte Empfängnisprobleme. Sie war dreiunddreißig und seit zehn Jahren mit Dad verheiratet, als sie mich bekam. Sie schrieb sogar ein Buch darüber: *Es klappt nicht mit der Schwangerschaft – was tun?* Es war ihr erster Bestseller. Von dem Honorar dafür kaufte sie ein Sommerhaus in Virginia.«

»Charlotte Pinker war bei Dennis' Geburt neununddreißig. Ich wette, auch sie hatte Probleme mit der Empfängnis. Ich frage mich, ob das von Belang ist.«

»Wie wäre das möglich?«

»Ich weiß es nicht. Wurde Ihre Mutter einer besonderen ärztlichen Behandlung unterzogen?«

»Ich habe ihr Buch nie gelesen. Soll ich sie anrufen?«

»Würden Sie das?«

»Es ist ohnehin Zeit, meinen Eltern von diesem Rätsel zu erzählen.«

Jeannie deutete auf einen Schreibtisch. »Benutzen Sie Lisas Telefon.«

Er wählte ihre Nummer zu Haus. Seine Mutter hob ab. »Hi, Mom.«

»Hat sie sich über deinen Besuch gefreut?«

»Anfangs nicht, aber ich bin noch bei ihr.«

»Dann findet sie dich also nicht unsympathisch?«

Steve blickte Jeannie an. »Nein, sie findet mich nicht unsympathisch, Mom, aber sie hält mich für zu jung.«

»Hört sie zu?«

»Ja, und ich glaube, ich bringe sie in Verlegenheit; das ist doch schon mal ein Anfang. Mom, wir sind im Labor und stehen vor einem Rätsel. Meine DNS scheint identisch mit der eines anderen Studienobjekts zu sein, eines Burschen namens Dennis Pinker.«

»Sie kann nicht identisch sein – dazu müsstet ihr eineiige Zwillinge sein.«

»Und das wäre nur möglich, wenn ihr mich adoptiert hättet.«

»Das haben wir aber nicht, Steve. Und ich habe auch keine Zwillinge geboren. Ich weiß nicht, wie ich mit zwei von deiner Sorte zurechtgekommen wäre.«

»Mom, hattest du vor meiner Geburt eine besondere Therapie mitgemacht?«

»Ja. Der Arzt empfahl mir eine Klinik in Philadelphia, in der sich bereits mehrere Offiziersfrauen hatten behandeln lassen. Sie hieß Aventine-Klinik. Dort habe ich mich einer Hormontherapie unterzogen.«

Steve wiederholte das für Jeannie, und sie notierte es auf einem Notizblock.

Mom fuhr fort: »Die Behandlung war wirksam, und da bist du jetzt, die Frucht all dieser Bemühungen, und belästigst eine schöne Frau, die sieben Jahre älter ist als du, statt hier in Washington zu sein und für deine weißhaarige greise Mutter zu sorgen.«

Steve lachte. »Danke, Mom.«

»He, Steve?«

»Bin noch am Apparat.«

»Komm nicht zu spät heim. Du musst gleich morgen früh einen Anwalt aufsuchen. Wir wollen dich ab jetzt von Richtern und Staatsanwälten fernhalten, bevor du anfängst, dir Sorgen wegen deiner DNS zu machen.«

»Ich werde früh genug heimkommen. Bis bald.« Er legte auf.

»Ich werde sofort Charlotte Pinker anrufen«, meinte Jeannie. »Ich hoffe, sie schläft nicht bereits.« Sie schaute in Lisas Kartei nach, dann griff sie nach dem Hörer und wählte. Kurz darauf sagte sie: »Hallo, Mrs. Pinker, hier ist Dr. Ferrami von der Jones-Falls-Universität ... Oh, danke, mir geht es gut. Wie geht es Ihnen ...? Darf ich Ihnen noch eine Frage stellen? Oh, das ist sehr liebenswürdig und verständnisvoll von Ihnen. Ja . . . Ehe Sie mit Dennis schwanger wurden, hatten Sie da eine besondere Art von Fruchtbarkeitsbehandlung?« Nach einer längeren Pause glühte Jeannies Gesicht vor Erregung auf. »In Philadelphia? Ja. Ich habe davon gehört . . . Hormontherapie. Das ist äußerst interessant, es hilft mir sehr. Noch einmal vielen Dank.« Sie legte auf. »Volltreffer! Charlotte ließ sich in derselben Klinik behandeln!«

»Das ist ja fantastisch«, freute sich Steve mit ihr. »Aber was bedeutet das?«

»Ich habe keine Ahnung«, gestand Jeannie. Wieder griff sie nach dem Telefon und wählte 411. »Wie bekomme ich die Auskunft in Philadelphia? . . . Danke.« Wieder wählte sie. »Bitte geben Sie mir die Nummer der Aventine-Klinik.« Eine Pause setzte ein. Sie blickte Steve an und sagte: »Wahrscheinlich gibt es sie schon seit Jahren nicht mehr.«

Er beobachtete sie hingerissen. Ihr Gesicht strahlte vor Enthusiasmus, während ihre Gedanken ihren Handlungen vorauseilten. Sie sah umwerfend aus. Er wünschte, er könnte mehr tun, um ihr zu helfen.

Plötzlich langte sie nach einem Bleistift und kritzelte eine Nummer. »Vielen Dank«, sagte sie ins Telefon und legte auf. »Es gibt sie noch!«

Steve blickte sie erwartungsvoll an. Das Rätsel seiner Gene ließ sich vielleicht lösen! »Es muss Unterlagen geben! Die Klinik *muss* Unterlagen haben. Dort können wir nach Hinweisen suchen!«

»Ich fahre hin!« Jeannie runzelte nachdenklich die Stirn. »Ich habe eine Vollmacht von Charlotte Pinker – wir ersuchen jeden, den wir interviewen, eine zu unterzeichnen. Das gibt uns das Recht, medizinische Unterlagen einzusehen. Könnten Sie Ihre Mutter noch heute Abend bitten, uns eine solche Vollmacht auszustellen und sie mir zur JFU zu faxen?«

»Selbstverständlich.«

Wieder wählte sie und tippte die Nummern in fieberhafter Aufregung. Steve beobachtete sie anbetend. Wenn es nach ihm ginge, könnten sie die ganze Nacht so weitermachen.

»Guten Abend, Mr. Ringwood, hier ist Dr. Ferrami vom Psychologischen Institut der Jones-Falls-Universität. Zwei meiner Studienobjekte wurden vor dreiundzwanzig Jahren in Ihrer Klinik behandelt. Es würde mir weiterhelfen, wenn ich Einblick in ihre Krankenberichte nehmen dürfte. Ich habe Vollmachten, die ich Ihnen im Voraus faxen könnte ... Ja, das würde mir sehr helfen. Ginge es vielleicht schon morgen? ... Sagen wir gleich um vierzehn Uhr? Sie sind sehr freundlich ... Das werde ich tun. Vielen Dank. Auf Wiederhören.«

»Fruchtbarkeitsbehandlung«, murmelte Steve nachdenklich. »Habe ich in diesem Artikel im *Wall Street Journal* nicht gelesen, dass Genetico eine Reihe von Empfängniskliniken gehören?«

Jeannie starrte ihn offenen Mundes an. »O mein Gott!«, hauchte sie. »Das stimmt!«

»Ob es da wohl eine Verbindung gibt?«

»Darauf würde ich Gift nehmen.«

»Und wenn, dann ...«

»Dann weiß Berrington Jones möglicherweise sehr viel mehr über Sie und Dennis, als wir ahnen.«

KAPITEL 27

Es ist ein schrecklicher Tag gewesen, aber er hat gut geendet, dachte Berrington, als er aus der Dusche stieg.

Er betrachtete sich im Spiegel. Für seine neunundfünfzig Jahre war er großartig in Form: schlank, ohne ein Gramm Fett zu viel, gerade gewachsen, mit leichter Sonnenbräune und einem fast flachen Bauch. Sein Schamhaar war dunkel, doch das lag daran, dass er es färbte, um das peinliche Grau zu übertönen. Es war ihm wichtig, sich vor einer Frau ausziehen zu können, ohne das Licht ausschalten zu müssen.

Er hatte den Tag mit der Überzeugung begonnen, Jeannie Ferrami in der Hand zu haben, aber sie hatte sich als härterer Brocken erwiesen als erwartet. Ich werde mich davor hüten, sie noch einmal zu unterschätzen, dachte er.

Auf dem Rückweg von Washington hatte er kurz bei Preston Barck vorbeigeschaut, um ihn über die neueste Entwicklung zu informieren. Wie immer hatte sich Preston noch besorgter und schwarzseherischer erwiesen, als die Lage verlangte. Von seinem Pessimismus angesteckt, war Berrington in düsterer Stimmung heimgefahren. Aber in dem Moment, da er sein Haus betrat, läutete das Telefon, und Jim teilte ihm in improvisiertem Code mit, dass David Crane das FBI davon abhalten würde, mit Jeannie zusammenzuarbeiten. Er hatte versprochen, die erforderlichen Anrufe noch heute Abend zu tätigen.

Berrington trocknete sich ab und zog einen blauen Baumwollpyjama an; dann schlüpfte er in einen blau-weiß gestreiften Bademantel. Marianne, die Haushälterin, hatte den Abend frei, aber im Kühlschrank stand eine Kasserolle, Hühnchen Provençal, laut dem Zettel, den sie mit sorgfältigen, kindlichen Buchstaben beschrieben und für ihn auf den Küchentisch gelegt hatte. Er schob die Kasserolle ins Backrohr und schenkte sich dann ein kleines Glas Springbank Scotch ein. Beim ersten Schluck läutete das Telefon.

Es war seine Exfrau, Vivvie. »Das *Wall Street Journal* schreibt, dass du bald in Geld schwimmen wirst.«

Er konnte Vivvie direkt vor sich sehen: eine schlanke blonde Frau von sechzig, die auf der Terrasse ihres Hauses in Kalifornien saß und zusah, wie die Sonne über dem Pazifik unterging. »Ich nehme an, du möchtest zu mir zurückkommen.«

»Ich dachte daran, Berry. Ich dachte ernsthaft wenigstens zehn Sekunden daran. Dann wurde mir klar, dass hundertachtzig Millionen Dollar zu wenig sind.«

Er musste lachen.

»Ernsthaft, Berry, ich freue mich für dich.«

Er wusste, dass sie das ehrlich meinte. Sie hatte selbst mehr als genug Geld. Nachdem sie ihn verlassen hatte, war sie in Santa Barbara in ein sehr gewinnbringendes Immobiliengeschäft eingestiegen. »Nett, dass du das sagst.«

»Was wirst du mit dem Geld machen? Es dem Jungen überlassen?«

Ihr Sohn machte sein Studium. Er hatte es sich in den Kopf gesetzt,

Wirtschaftsprüfer zu werden. »Er wird es nicht brauchen. Er wird in seinem Beruf ein Vermögen machen. Ich gebe vielleicht Jim Proust einen Teil des Geldes. Vielleicht hilft es ihm auf dem Weg ins Weiße Haus.«

»Und was bekommst du dafür? Möchtest du US-Botschafter in Paris werden?«

»Nein. Ich denke da eher an Gesundheitsminister.«

»He, Berry, du meinst das ernst! Aber ich glaube, du solltest am Telefon nicht allzu viel darüber reden.«

»Stimmt.«

»Ich muss jetzt auflegen. Mein Verehrer holt mich ab und hat gerade an der Tür geläutet. Dann bis später, Schwerenöter!« Das war eine Redewendung, die sie sich einmal zum Spaß ausgedacht hatten.

»In 'ner Stunde, Rosamunde«, antwortete er wie in den alten Zeiten und legte auf.

Es deprimierte ihn ein wenig, dass Vivvie mit einem Verehrer ausging – er hatte keine Ahnung, wer es sein mochte –, während er allein mit seinem Scotch zu Hause saß. Vom Tod seines Vaters abgesehen, war es das Traurigste in seinem Leben, dass ihn Vivvie verlassen hatte. Er konnte es ihr jedoch nicht verdenken, denn er war ihr hoffnungslos untreu gewesen. Aber er hatte sie geliebt, und sie fehlte ihm immer noch, obwohl sie bereits seit dreizehn Jahren geschieden waren. Dass es seine Schuld gewesen war, betrübte ihn nur noch mehr. Am Telefon mit ihr zu flachsen erinnerte ihn daran, wie viel Spaß sie während ihrer guten Zeit miteinander gehabt hatten.

Er schaltete den Fernseher ein und schaute sich Prime Time *Live* an, während sein Dinner allmählich warm wurde. In der Küche duftete es bereits nach den Kräutern, mit denen Marianne immer das Essen würzte. Sie war eine großartige Köchin. Vielleicht lag es daran, dass Martinique eine französische Kolonie gewesen war.

Gerade, als er die Kasserolle aus dem Backrohr nahm, läutete das Telefon aufs Neue. Diesmal war es Preston Barck. Er klang sehr verstört. »Ich habe soeben von Dick Minsky aus Philadelphia gehört, dass Jeannie Ferrami morgen einen Termin in der Aventine-Klinik hat.«

Berrington ließ sich schwer auf einen Stuhl fallen. »Großer Gott! Wie in aller Welt ist sie auf die Klinik gestoßen?«

»Keine Ahnung. Dick war nicht dort, der Nachtportier hat den Anruf beantwortet. Sie hat gesagt, dass einige ihrer Forschungsobjekte vor Jahren in der Klinik behandelt worden seien und sie einen Blick in ihre Krankenblätter werfen wolle. Sie versprach, die Vollmachten vorab zuzufaxen, und sagte, sie würde um vierzehn Uhr dort sein. Dem Himmel sei Dank, dass Dick zufällig wegen etwas anderem anrief und der Nachtportier es erwähnte.«

Dick Minsky war einer der Ersten, den Genetico in den Siebzigern eingestellt hatte. Damals war er der Laufbursche gewesen, inzwischen hatte er sich zum Leiter der Klinik hochgearbeitet. Er war nie Mitglied des inneren Kreises gewesen – zu diesem exklusiven Club konnten nur Jim, Preston und Berrington je gehören –, aber er wusste, dass die Vergangenheit der Gesellschaft ihre Geheimnisse hatte. Diskretion war für ihn selbstverständlich.

»Was hast du Dick angewiesen zu tun?«

»Natürlich den Termin absagen. Wenn sie trotzdem kommt, sie wegschicken; ihr sagen, dass ein Einblick in die Krankenblätter nicht gestattet werden könne.«

Berrington schüttelte den Kopf. »Das genügt nicht.«

»Wieso?«

»Weil ihre Neugier dadurch nur noch wachsen würde. Sie wird eine andere Möglichkeit finden, an die Unterlagen zu kommen.«

»Wie?«

Berrington seufzte. Preston konnte so fantasielos sein. »Nun, wenn ich sie wäre, würde ich Landsmann anrufen, mit Michael Madigans Sekretärin am Telefon sprechen und ihr raten, ihm auszurichten, dass er sich die dreiundzwanzig Jahre alten Unterlagen der Aventine-Klinik ansehen soll, ehe er das Übernahmegeschäft abschließt. Das würde ihn veranlassen, Fragen zu stellen, meinst du nicht?«

»Und was schlägst du vor?«, fragte Preston gereizt.

»Dass wir sämtliche Krankenblätter der Siebzigerjahre durch den Reißwolf jagen.«

Einen Moment lang herrschte Stille; dann protestierte Preston: »Berry, diese Unterlagen sind aus wissenschaftlicher Sicht einmalig und unersetzbar ...«

»Glaubst du, das weiß ich nicht?«, brauste Berrington auf.

»Es muss doch eine andere Möglichkeit geben ...«

Berrington seufzte. Ihm gefiel es genauso wenig wie Preston. In seinen Wunschträumen hatte er sich vorgestellt, dass eines Tages, irgendwann in vielen Jahren, jemand die Geschichte ihrer einzigartigen wissenschaftlichen Großtat niederschreiben und der Welt offenbaren würde. Es brach ihm das Herz, diesen historischen Beweis brillanten Forschergeistes in einer Nacht-und-Nebel-Aktion zu zerstören. Aber es war jetzt unvermeidlich. »Sie müssen vernichtet werden. Und möglichst sofort! Solange diese Unterlagen existieren, sind sie eine Bedrohung für uns.«

»Was sollen wir dem Klinikpersonal sagen?«

»Keine Ahnung. Lass doch du dir mal was einfallen, Preston. Neue Strategie der Unternehmensleitung. Solange sie als Erstes morgen anfangen, mit dem Zeug den Reißwolf zu füttern, ist mir völlig egal, was du ihnen sagst.«

»Du hast wohl recht. Okay, ich setze mich sofort wieder mit Dick in Verbindung. Würdest du bitte Jim anrufen und ihm Bescheid geben?«

»Mach ich.«

»Tschüs.«

Berrington wählte Jim Prousts Privatnummer. Seine Frau, ein unscheinbares, resigniertes Geschöpf, nahm ab und brachte Jim das Telefon. »Ich bin im Bett, Berry. Was gibt es denn jetzt schon wieder?« Langsam gingen wohl auch ihm die Nerven durch.

Berrington erzählte Jim, was Preston ihm mitgeteilt hatte und wie sie vorgehen wollten.

»Guter Zug«, entgegnete Jim. »Aber es genügt nicht. Es gibt noch andere Möglichkeiten, mit denen diese Ferrami uns zu dicht auf den Pelz rücken könnte.«

Berrington ärgerte sich. Für Jim war nie etwas gut genug. Egal, was man vorschlug, Jim wollte immer drastischer vorgehen, extremere Maßnahmen ergreifen. Er biss die Zähne zusammen. Diesmal hatte Jim recht; denn Jeannie hatte sich als echter Spürhund erwiesen, der unerschütterlich auf der Fährte blieb. Ein Rückschlag würde sie nicht zum Aufgeben bewegen. »Da ist was dran«, sagte er zu Jim. »Und Steve Logan wurde auf Kaution entlassen, sie ist also auch nicht völlig allein. Wir müssen uns etwas auf längere Sicht ausdenken.«

»Wir müssen ihr einen echten Schrecken einjagen.«

»Jim, um Himmels willen . . .«

»Ich weiß, das rüttelt wieder einmal an deinen schwachen Nerven, Berry, aber uns bleibt nichts anderes übrig.«

»Vergiss es!«

»Hör zu . . .«

»Ich habe eine bessere Idee, Jim. Hör du mal erst zu.«

»Okay, sprich.«

»Ich werde sie feuern lassen.«

Jim dachte eine Weile darüber nach. »Ich weiß nicht recht – ist das der richtige Weg?«

»Bestimmt. Sie bildet sich ein, sie sei über eine biologische Anomalie gestolpert. Also genau das, womit sich ein junger Wissenschaftler einen Namen machen kann. Sie hat keine Ahnung, worum es wirklich geht; sie glaubt, die Universität hat lediglich Angst vor schlechter Publicity. Wenn sie ihre Stellung verliert, verliert sie nicht nur die Mittel und Wege, sondern ebenfalls den Grund, ihre Forschung weiterzuführen. Außerdem wird sie zu sehr damit beschäftigt sein, eine neue Stellung zu suchen. Ich weiß zufällig, dass sie dringend Geld braucht.«

»Vielleicht hast du recht.«

Das weckte Berringtons Argwohn. Jim gab zu schnell nach. »Du beabsichtigst doch nicht, etwas auf eigene Faust zu unternehmen?«

Jim wich der Frage aus. »Du kannst sie feuern lassen?«

»Bestimmt.«

»Aber du hast mir am Dienstag gesagt, dass es eine Universität ist und nicht die Armee.«

»Das stimmt. Man kann die Leute nicht einfach anbrüllen und sie tun dann, was man befiehlt. Aber ich habe den größten Teil der vergangenen vierzig Jahre in der Uni verbracht. Ich weiß, wie die akademische Maschinerie arbeitet. Wenn es wirklich erforderlich ist, kann ich eine Assistenzprofessorin loswerden, ohne dabei ins Schwitzen zu kommen.«

»Okay.«

Berrington runzelte die Stirn. »Wir ziehen doch hier an einem Strang, Jim?«

»Ja, sicher.«

»Okay. Schlaf gut.«

»Gute Nacht.«

Berrington legte auf. Inzwischen war sein Hühnchen Provençal wieder kalt geworden. Er leerte die Kasserolle in den Abfalleimer und ging zu Bett.

Er lag sehr lange wach und dachte über Jeannie Ferrami nach. Um zwei Uhr stand er auf und nahm eine Schlaftablette. Dann schlief er endlich ein.

KAPITEL 28

Es war eine heiße Nacht in Philadelphia. Alle Türen und Fenster in dem Mietshaus standen offen; denn eine Klimaanlage gab es hier nicht. Die Straßengeräusche waren selbst im obersten Stockwerk, in Apartment 5A, noch zu hören: Hupen, Lachen, Musikfetzen. Auf einem zerkratzten und mit Brandlöchern von Zigaretten verunstalteten Schreibtisch aus billiger Kiefer läutete ein Telefon.

Er griff nach dem Hörer.

»Hier Jim«, meldete sich eine Stimme wie ein Bellen.

»He, Onkel Jim, wie geht's dir?«

»Du machst mir Sorgen.«

»Wieso?«

»Ich weiß, was Sonntagabend passiert ist!«

Er zögerte, denn er wusste nicht, was er darauf sagen sollte. »Sie haben jemand dafür verhaftet.«

»Ja, aber seine Freundin hält ihn für unschuldig.«

»Na und?«

»Sie kommt morgen nach Philadelphia.«

»Warum?«

»Ich bin mir nicht sicher. Aber ich halte sie für eine Gefahr.«

»Scheiße!«

»Vielleicht möchtest du etwas dagegen unternehmen.«

»Was?«

»Das ist dir überlassen.«

»Und wie soll ich sie finden?«

»Kennst du die Aventine-Klinik? Sie liegt nicht weit von deiner Wohnung entfernt.«

»Na klar. Sie ist auf der Chestnut. Ich komm jeden Tag daran vorbei.«

»Sie wird um vierzehn Uhr dort sein.«

»Wie kann ich sie erkennen?«

»Groß, schlank, dunkles Haar, gepiercter Nasenflügel, ungefähr dreißig.«

»Solche Frauen gibt es viele.«

»Sie kommt wahrscheinlich in ihrem alten roten Mercedes.«

»Das könnte es etwas leichter machen.«

»Denk daran, dass der andere Bursche auf Kaution frei ist.«

Er runzelte die Stirn. »Na und?«

»Falls sie einen Unfall haben sollte, nachdem sie mit dir gesehen wurde ...«

»Ich verstehe. Man wird annehmen, dass er es war.«

»Du hast schon immer schnell kapiert, mein Junge.«

Er lachte. »Und du warst schon immer sehr hinterhältig, Onkel.«

»Noch etwas.«

»Ich höre.«

»Sie ist schön. Also genieß es.«

»Tschüs, Onkel Jim. Und danke.«

Donnerstag

KAPITEL 29

Jeannie hatte wieder diesen Thunderbird-Traum.

Der erste Teil war etwas, das sich wirklich zugetragen hatte, als sie neun gewesen war und ihre Schwester sechs, und ihr Vater – eine Zeit lang – bei ihnen gelebt hatte. Er schwamm damals in Geld. (Erst Jahre später wurde Jeannie klar, dass es die Beute eines erfolgreichen Diebstahls gewesen sein musste.) Er fuhr in einem nagelneuen Ford Thunderbird vor, ganz in Türkis, sogar die Polsterung – der schönste Wagen, den sich eine Neunjährige nur vorstellen konnte. Sie machten alle einen Ausflug damit. Jeannie und Patty saßen vorne, zwischen Daddy und Mom, auf dem durchgehenden Sitz. Als sie auf dem George Washington Memorial Parkway dahinglitten, hob Daddy Jeannie auf seinen Schoß und überließ ihr das Lenkrad.

Sie hatte damals den Wagen auf die linke Spur gelenkt und war entsetzlich erschrocken, als ein Fahrzeug, das sie überholen wollte, laut hupte und Daddy das Lenkrad herumriss und den Thunderbird wieder auf die rechte Bahn steuerte. Aber jetzt in ihrem Traum war Daddy nicht mehr dabei. Sie chauffierte ohne jegliche Hilfe, und obwohl Mom und Patty *wussten*, dass sie nicht über das Armaturenbrett sehen konnte, saßen sie völlig gelassen neben ihr. Und sie umklammerte das Lenkrad zusehends verkrampfter und wartete auf einen Zusammenprall, während die anderen Wagen immer lauter hupten.

Sie erwachte, die Nägel tief in die Handteller gekrallt und mit dem hartnäckigen Läuten der Türglocke in den Ohren. Es war sechs Uhr früh. Sie lag noch einen Augenblick ganz still und genoss die Erleichterung, als sie erkannt hatte, dass es nur ein Traum gewesen war. Dann sprang sie aus dem Bett und rannte zur Sprechanlage. »Hallo?«

»Ich bin's, Ghita. Wach auf und lass mich rein.«

Ghita wohnte in Baltimore und arbeitete im FBI-Hauptquartier in

Washington. Wahrscheinlich war sie auf dem Weg dorthin und hatte heute früher Dienst, folgerte Jeannie. Sie drückte auf den Knopf, um sie einzulassen; dann schlüpfte sie rasch in eines ihrer übergroßen T-Shirts, das bis zu den Knien reichte und schicklich genug für den unerwarteten Besuch einer Freundin war.

Ghita kam die Stufen hoch, der Archetyp einer rasch die Karriereleiter erklimmenden leitenden Angestellten eines Mega-Konzerns, in ihrem marineblauen Leinenkostüm, das schwarze Haar modisch kurz geschnitten, mit den kleinen Ohrsteckern und der Brille mit den großen, aber leichten Gläsern und einer *New York Times* unter dem Arm.

»Was geht hier eigentlich vor?«, war das Erste, was Ghita sagte.

»Keine Ahnung, ich bin eben erst aufgewacht«, erwiderte Jeannie. Es sah ganz so aus, als hätte Ghita schlechte Nachrichten für sie.

»Mein Chef hat mich spät in der Nacht angerufen und mir befohlen, mich ab sofort von dir fernzuhalten.«

»Nein!« Sie brauchte unbedingt die FBI-Ergebnisse, um beweisen zu können, dass ihre Methode funktionierte, trotz des Rätsels mit Steven und Dennis. »Verdammt. Hat er einen Grund genannt?«

»Er hat behauptet, du verletzt mit deiner Forschungsmethode die Privatsphäre der betroffenen Familien.«

»Ungewöhnlich, dass ausgerechnet das FBI sich über so etwas Geringfügiges Sorgen macht.«

»Offenbar ist auch die *New York Times* derselben Auffassung.« Ghita zeigte Jeannie die Zeitung. Auf der Titelseite sprangen ihr die Schlagzeilen über einem Artikel ins Auge.

ETHIK IN DER GENFORSCHUNG
Zweifel, Ängste und Streit

Jeannie befürchtete, dass sich der »Streit« auf sie bezog.

Jean Ferrami ist eine entschlossene junge Frau.

Trotz der Appelle ihrer wissenschaftlichen Kollegen und des Rektors der Jones-Falls-Universität in Baltimore, Maryland, beharrt sie eigensinnig darauf, damit weiterzumachen, medizinische Unterlagen zu durchsuchen, um getrennte Zwillinge aufzuspüren.

»Ich habe einen Vertrag mit dieser Universität. Sie können nicht einfach über meinen Kopf hinweg entscheiden.« Und Zweifel über die Ethik ihrer Arbeit kann ihren Entschluss nicht ändern.

Jeannie wurde fast übel. »Mein Gott, das ist ja furchtbar!«, stöhnte sie.

Der Artikel ging nun zu einem anderen Thema über, der Erforschung von menschlichen Embryos, und Jeannie musste bis Seite neunzehn weiterblättern, ehe sie einen neuerlichen Hinweis auf sich fand.

Dr. Jean Ferrami von der Psychologiefakultät der Jones-Falls-Universität bringt die altehrwürdige Lehranstalt in die Schlagzeilen. Obgleich der Rektor der Universität, Dr. Maurice Obell, und der führende Psychologe, Professor Berrington Jones, mehrmals ausdrücklich betont haben, dass Dr. Ferramis Arbeit die nötige Ethik vermissen ließe, weigert sie sich, ihre Forschung abzubrechen – und möglicherweise gibt es nichts, was irgendjemand tun kann, sie dazu zu zwingen.

Jeannie las bis zum Ende, doch in der Zeitung stand nichts über ihre Zusicherung, dass ihre Arbeit ethisch absolut einwandfrei sei. Es wurde nur auf dem einen Punkt herumgeritten, dass sie sich weigerte, ihre Forschungen einzustellen.

Es war schockierend und schmerzlich, so angegriffen zu werden. Sie fühlte sich verletzt und empört zugleich, fast genau wie vor vielen Jahren in einem Supermarkt in Minneapolis, als ein Dieb sie auf den Boden stieß und ihr die Geldbörse entriss. Obwohl sie wusste, dass die Reporterin gehässig und skrupellos war, schämte sie sich, als hätte sie tatsächlich etwas Schlimmes getan. Und sie fühlte sich zur Schau gestellt und der Verachtung der Nation preisgegeben.

»Jetzt werde ich wahrscheinlich Schwierigkeiten haben, noch irgendjemanden zu finden, der mir gestattet, eine Datenbank zu scannen«, sagte sie verzweifelt. »Möchtest du eine Tasse Kaffee? Ich brauche etwas, um mich aufzumuntern. Nicht viele Tage fangen so fürchterlich an wie dieser.«

»Tut mir leid, Jeannie, aber ich stecke ebenfalls in Schwierigkeiten, weil ich das Bureau mit hineingezogen habe.«

Als Jeannie die Kaffeemaschine einschaltete, fiel ihr abrupt etwas ein. »Dieser Artikel ist unfair, aber wenn dein Chef dich bereits vergangene Nacht angerufen hat, kann das Zeitungsgeschmiere nicht der Grund gewesen sein.«

»Vielleicht wusste er bereits von dem Artikel.«

»Ich frage mich, wer ihn darauf aufmerksam gemacht hat?«

»Er sagte es nicht direkt, erwähnte aber einen Anruf aus dem Kapitol.«

Jeannie runzelte die Stirn. »Klingt politisch. Warum, zum Teufel, würde ein Kongressabgeordneter oder ein Senator sich so sehr für meine Forschung interessieren, dass er dem FBI verbietet, mit mir zusammenzuarbeiten?«

»Vielleicht war es ja nur eine gut gemeinte Warnung von jemandem, der von dem Artikel wusste.«

Jeannie schüttelte den Kopf. »Der Artikel erwähnt das FBI mit keinem Wort. Niemand sonst weiß, dass ich mit FBI-Akten arbeite. Ich habe es nicht einmal Berrington erzählt.«

»Ich werde versuchen herauszufinden, von wem der Anruf kam.«

Jeannie schaute in ihren Tiefkühlschrank. »Hast du schon gefrühstückt? Ich habe Zimtschnecken.«

»Nein, danke.«

»Ich fürchte, mir ist der Appetit ebenfalls vergangen.« Sie schloss die Tür des Tiefkühlschranks wieder. Sie war am Verzweifeln. Gab es denn nichts, was sie tun könnte? »Ghita, du würdest wohl meinen Scan nicht trotz des Verbots deines Chefs durchführen?«

Sie hatte keine große Hoffnung, dass Ghita sich einverstanden erklären würde. Aber die Antwort überraschte sie.

Ghita runzelte die Stirn und sagte: »Hast du denn gestern meine E-Mail nicht bekommen?«

»Ich bin schon früh aus dem Haus. Was hast du denn geschrieben?«

»Dass ich deinen Scan abends durchführen würde.«

»Und hast du es?«

»Ja. Deshalb bin ich ja hergekommen. Ich habe ihn gestern Nacht fertig gemacht, bevor mein Chef mich anrief.«

Neue Hoffnung beflügelte Jeannie. »Was? Du hast die Ergebnisse? Gab es viele Zwillinge?«

»Eine ganze Menge, zwanzig oder dreißig Paare.«

»Großartig! Das bedeutet, dass mein System funktioniert!«

»Aber ich habe meinem Chef gesagt, dass ich den Scan noch nicht gemacht habe. Ich hatte Angst und hab gelogen.«

Jeannie runzelte die Stirn. »Das hättest du nicht tun sollen. Ich meine, was ist, wenn er irgendwann einmal dahinterkommt?«

»Das ist es ja. Jeannie, du musst diese Liste vernichten.«

»Wa-as?«

»Wenn er es je herausfindet, bin ich unten durch.«

»Aber ich kann sie nicht vernichten! Nicht, wenn sie beweist, dass ich recht habe.«

Ghita setzte eine entschlossene Miene auf. »Du musst es aber!«

»Das ist ja furchtbar.« Jeannie fühlte sich elend. »Wie kann ich etwas vernichten, das mich retten könnte?«

»Ich bin nur in diese Lage gekommen, weil ich dir einen Gefallen tat!« Ghita deutete mit dem Zeigefinger fast drohend auf sie. »Du musst mich da rausholen!«

Jeannie sah nicht ein, dass sie die ganze Schuld auf sich nehmen sollte. »Ich habe dir nicht gesagt, dass du deinen Chef anlügen sollst.«

Das ärgerte Ghita. »Ich hatte Angst.«

»Warte«, sagte Jeannie. »Bleib cool.« Sie schenkte Kaffee in zwei Becher und reichte Ghita einen. »Wie wär's, wenn du deinem Chef heute sagst, dass es ein Missverständnis gegeben hat? Du hast die Anweisung erteilt, den Scan nicht durchzuführen, dann aber später erfahren, dass er bereits erledigt und die Ergebnisse per E-Mail an mich gesendet worden waren.«

Ghita nahm ihren Kaffee, trank aber nicht. Sie war offensichtlich den Tränen nahe. »Kannst du dir vorstellen, wie es ist, für das FBI zu arbeiten? Ich muss mich gegen Männer behaupten, von denen die schlimmsten Machos Mittelamerikas noch etwas lernen könnten. Sie suchen nur nach einer Rechtfertigung, um Gott und der Welt deutlich zu machen, dass Frauen für diese Arbeit ungeeignet sind.«

»Aber man wird dich nicht entlassen.«

»Das liegt ganz bei dir.«

Es stimmte. Es gab nichts, womit Ghita Jeannie zwingen könnte. Aber Jeannie sagte: »So ist es doch gar nicht.«

Ghita gab nicht nach. »Doch, so ist es. Ich bitte dich, diese Liste zu vernichten.«

»Das kann ich nicht.«

»Dann gibt es nichts mehr zu sagen.« Ghita schritt zur Tür.

»So kannst du doch nicht gehen. Wir sind seit so langer Zeit befreundet!«

Ghita drehte sich nicht einmal mehr um.

»Scheiße!«, fluchte Jeannie.

Die Haustür knallte zu.

Habe ich eben eine meiner ältesten Freundinnen verloren, fragte sich Jeannie.

Ghita hatte sie enttäuscht. Aber Jeannie verstand die Gründe: Eine junge Frau, die Karriere machen wollte, war starkem Druck ausgesetzt. Trotzdem war es Jeannie, die unter Beschuss stand, nicht Ghita. Ghitas Freundschaft hatte die Prüfung einer Krise nicht bestanden.

Ob es mit anderen Freunden genauso kommen würde?

Niedergeschlagen duschte sie rasch und zog sich eilig an. Doch dann ermahnte sie sich, sich erst einmal alles durch den Kopf gehen zu lassen. Sie zog in die Schlacht und sollte sich lieber entsprechend kleiden. Sie schlüpfte aus ihren schwarzen Jeans und dem roten T-Shirt und fing von Neuem an. Sie wusch und föhnte ihr Haar, trug ein sorgfältiges Make-up auf: Grundierung, Puder, Mascara und Lippenstift; dann zog sie ein schwarzes Kostüm an, mit taubengrauer Bluse, hauchdünner Nylonstrumpfhose über einem dünnen Slip und Lacklederpumps. Ihren Nasenring tauschte sie gegen einen schlichten Knopf.

Vor dem hohen Spiegel blieb sie stehen und musterte sich einge-hend. Sie war zu allem entschlossen, und so sah sie auch aus. »Mach sie fertig, Jeannie, mach sie alle fertig!«, murmelte sie. Dann ging sie.

KAPITEL 30

Jeannie dachte an Steve Logan, während sie zur JFU brauste. Sie hatte ihn einen großen, kräftigen Jungen genannt, aber recht bedacht, war er reifer, als manche Männer je werden würden. Sie hatte sich an seiner Schulter ausgeweint, also musste ihr Unterbewusstsein ihm vertrauen. Sein Geruch, wie Tabak, bevor er angezündet wird, war ihr angenehm gewesen. Trotz ihres Kummers war ihr seine Erektion nicht entgangen, obwohl er sich bemüht hatte, seine Erregung vor ihr zu verbergen. Sie fand es schmeichelhaft, dass es ihn so stimulierte, obwohl er nur die Arme um sie gelegt hatte. Es war wirklich schade, dass er nicht zehn oder fünfzehn Jahre älter war.

Steve erinnerte sie an ihre erste Liebe, Bobby Springfield. Sie war damals dreizehn gewesen und er fünfzehn. Sie wusste so gut wie nichts über Liebe und Sex, aber er ebenso wenig, und so hatten sie diese Ent-deckungsreise gemeinsam angetreten. Sie errötete, als sie sich erin-nerte, was sie samstags abends in der hintersten Reihe des Kinos getan hatten. Das Erregende an Bobby, genau wie jetzt an Steve, war die unterdrückte Leidenschaft gewesen. Bobby hatte sie so leidenschaft-lich begehrt, und seine Erregung war bei der Berührung ihrer Brüste oder dem Anblick ihres Höschens noch gewachsen, sodass sie sich ungemein mächtig gefühlt hatte. Eine Zeit lang hatte sie diese Macht missbraucht und ihn fast von Sinnen gebracht, nur um zu beweisen, dass sie dazu imstande war. Aber bald wurde ihr bewusst, obwohl sie erst dreizehn war, dass es ein verrücktes Spiel war. Trotzdem verlor es nie seinen Reiz und den Hauch von Risiko, mit einem geketteten Giganten zu spielen. Und so ging es ihr jetzt mit Steve.

Er war der einzige Lichtblick an ihrem derzeitigen Horizont. Sie befand sich in schlimmen Schwierigkeiten. Ihren Posten hier an der

JFU konnte sie nicht aufgeben. Nachdem die New *York Times* ihr öffentlich unterstellt hatte, sich ihren Chefs zu widersetzen, würde es ihr schwerfallen, eine andere Stellung im Wissenschaftsbetrieb zu bekommen. Wenn ich Professor wäre, würde ich bestimmt niemanden anstellen, der sich so aufführt, dachte sie.

Aber jetzt war es zu spät für sie, ein besonneneres Verhalten an den Tag zu legen. Ihre einzige Hoffnung bestand darin, hartnäckig weiterzumachen, die FBI-Daten zu benutzen und so überzeugende wissenschaftliche Ergebnisse vorzuweisen. Dann würden die Leute ihre Methodik begreifen und sich ernsthaft mit ihrer Ethik befassen.

Es war neun Uhr, als sie ihren Wagen auf dem Parkplatz abstellte. Als sie den Wagen abschloss und zur Klapsmühle ging, verspürte sie ein flaues Gefühl im Magen: Sie hatte nichts gegessen, und die Anspannung war zu groß.

Kaum hatte sie ihr Büro betreten, erkannte sie, dass jemand hier gewesen war.

Nicht die Raumpflegerinnen, mit deren Wirken war sie vertraut: die Stühle um ein paar Zentimeter verschoben, die Ringe der Kaffeetasse auf dem Schreibtisch weggewischt, der Papierkorb an der falschen Tischseite. Nein, das hier war anders. Jemand hatte an ihrem Computer gesessen. Die Tastatur stand in einem anderen Winkel; der Eindringling hatte sie unbewusst in die bei ihm oder ihr übliche Stellung gerückt. Die Maus befand sich mitten auf dem Pad, während sie sie immer direkt am Rand der Tastatur ablegte. Als sie sich genauer umsah, bemerkte sie, dass die Tür des Wandschränkchens einen Spalt offen stand und die Ecke eines Schriftstücks aus der Lade des Aktenschranks hervorlugte.

Ihr Büro war durchsucht worden!

Sehr amateurhaft allerdings, dachte sie, nicht, als wäre die CIA hinter mir her. Trotzdem beunruhigte es sie außerordentlich, und sie hatte ein nervöses Kribbeln im Magen, als sie sich setzte und ihren PC einschaltete. Wer war hier gewesen? Ein Institutsmitglied? Ein Student? Ein bestochener Wachmann? Jemand von außerhalb? Und warum?

Ein Umschlag war unter ihrer Tür hindurchgeschoben worden. Er enthielt die Vollmacht von Lorraine Logan; Steve hatte sie zur Klapsmühle gefaxt. Sie nahm Charlotte Pinkers Vollmacht aus einem Ordner und steckte beide in ihre Aktenmappe. Sie würde sie zur Aventine-Klinik faxen.

Sie setzte sich wieder vor den Computer und rief ihre E-Mail ab. Da war nur eine: das Ergebnis des FBI-Scans. »Halleluja!«, hauchte sie.

Mit unendlicher Erleichterung holte sie sich die Liste mit Namen und Adressen auf den Computer. Ihrer Ehrenrettung stand nichts im Wege; der Scan hatte tatsächlich Paare gefunden. Sie konnte kaum erwarten, sie zu überprüfen und festzustellen, ob weitere Anomalien wie Steve und Dennis darunter waren.

Ghita hatte ihr schon zuvor eine E-Mail gesandt, um ihr mitzuteilen, dass sie den Scan durchführen würde, erinnerte sich Jeannie. Sie fragte sich, ob sie von dem Eindringling abgefragt worden war. Das würde den panischen nächtlichen Anruf an Ghitas Chef erklären.

Sie wollte sich gerade die Namen auf der Liste ansehen, als das Telefon läutete. Es war der Rektor. »Hier Maurice Obell. Ich glaube, wir sollten uns über diesen Artikel in der *New* York Times unterhalten, finden Sie nicht?«

Jeannies Magen verkrampfte sich. Jetzt geht es los, dachte sie beklommen. »Ja, natürlich. Welche Zeit würde Ihnen passen?«

»Ich dachte an sofort. Kommen Sie bitte in mein Büro.«

»Ich werde in fünf Minuten bei Ihnen sein.«

Sie kopierte die FBI-Ergebnisse auf eine Diskette und verließ das Internet. Dann nahm sie die Diskette aus dem Computer und griff nach einem Stift. Nach kurzem Überlegen beschriftete sie den Aufkleber mit »Einkaufsliste«. Bestimmt eine unnötige Vorsichtsmaßnahme, aber Vorsicht war besser als Nachsicht.

Sie ordnete die Diskette in die Box mit ihren Sicherungsdateien ein und verließ die Klapsmühle.

Der Tag versprach warm zu werden. Während sie den Campus überquerte, fragte sie sich, was sie sich von dieser Besprechung mit Obell erhoffen konnte. Das Einzige, was sie sich momentan wünschte, war, mit ihrer Forschung weitermachen zu dürfen. Sie musste ihren Standpunkt vertreten und Obell klarmachen, dass sie sich nicht herumkommandieren ließ; aber sie musste ihm auch zu verstehen geben, dass sie zu dem einen oder anderen Zugeständnis bereit war.

Sie war froh, dass sie das schwarze Kostüm angezogen hatte, obgleich sie darin schwitzte: Es ließ sie älter und bestimmter erscheinen. Ihre hohen Absätze klickten auf den Steinplatten vor Hillside Hall. Sie wurde sofort in das luxuriöse Büro des Rektors geführt.

Berrington Jones war ebenfalls da; er hielt eine *New York Times* in der Hand. Sie war froh, einen Verbündeten hier zu haben, und lächelte ihn an. Er beantwortete es mit einem etwas kühlen Nicken und grüßte: »Guten Morgen, Jeannie.«

Maurice Obell saß in seinem Rollstuhl hinter dem riesigen Schreibtisch. Mit seiner üblichen Schroffheit sagte er: »Die Universität kann das nicht dulden, Dr. Ferrami!«

Er bot ihr keinen Stuhl an, aber sie dachte nicht daran, sich wie ein Schulmädchen abkanzeln zu lassen, so setzte sie sich auf den nächstbesten und überkreuzte die Beine. »Wie bedauerlich, dass Sie der Presse mitteilten, Sie hätten mein Forschungsprojekt eingestellt, ohne sich vorher zu informieren, ob Sie rechtlich dazu befugt sind«, sagte sie, so kühl sie konnte. »Ich pflichte Ihnen völlig bei, dass dies die Universität dumm aussehen ließ.«

Er fuhr auf. »Nicht ich war es, der uns dumm aussehen ließ!«

Genug des Widerstands, fand sie, jetzt war der Augenblick, ihm zu sagen, dass sie beide am selben Strang zogen. Sie stellte die Beine nebeneinander. »Natürlich nicht«, sagte sie. »Tatsächlich ist es so, dass wir beide etwas überstürzt vorgegangen sind und die Presse das ausgenutzt hat.«

Berrington warf ein: »Geschehen ist geschehen – eine Entschuldigung ändert nichts mehr.«

»Ich habe mich nicht entschuldigt«, fauchte sie. Sie wandte sich wieder Obell zu und lächelte. »Ich finde jedenfalls, dass wir aufhören sollten, uns zu streiten.«

Wieder war es Berrington, der antwortete: »Dazu ist es zu spät.«

»Das ist es bestimmt nicht«, entgegnete sie. Sie fragte sich, wieso Berrington das gesagt hatte. Er müsste doch eigentlich für eine Aussöhnung sein, schließlich konnte es nicht in seinem Interesse sein, Öl auf die Flammen zu gießen. Ihr Blick und Lächeln war weiterhin auf den Rektor gerichtet. »Wir sind vernünftige Menschen. Wir müssen einen Kompromiss finden, der mir ermöglicht, mein Projekt fortzuführen, und gleichzeitig die Würde der Universität bewahrt.«

Obell gefiel diese Vorstellung offensichtlich, obwohl er die Stirn runzelte und sagte: »Ich weiß nicht recht, wie wir . . .«

»Das ist alles reine Zeitverschwendung«, warf Berrington ungeduldig ein.

Das war das dritte Mal, dass er sie in dieser Form attackierte. Jeannie schluckte eine hitzige Entgegnung. Wieso verhielt er sich so? *Wollte* er, dass sie ihre Forschung aufgab, sich bei der Universität unbeliebt machte und in Misskredit brachte? Es sah allmählich so aus. War es Berrington gewesen, der sich in ihr Büro gestohlen, ihre E-Mail abgerufen und das FBI verständigt hatte? Konnte es etwa auch sogar sein, dass er die *New* York Times erst auf sie aufmerksam gemacht und das Ganze ins Rollen gebracht hatte? Sie war so betäubt von diesem plötzlich ganz logisch erscheinenden Gedankengang, dass sie schwieg.

»Das Vorgehen der Universität ist bereits beschlossen«, erklärte Berrington nun.

Jeannie wurde bewusst, dass sie die Machtstruktur in diesem Zimmer falsch eingeschätzt hatte. Berrington war hier der Chef, nicht Obell. Berrington war die Quelle für Geneticos Millionen, die Obell brauchte. Berrington hatte von Obell nichts zu befürchten; es war eher umgekehrt. Sie hatte den Affen beobachtet statt den Leierkastenmann.

Berringtons nächste Worte konnten nicht mehr darüber hinwegtäuschen, wer hier tatsächlich das Sagen hatte. »Wir haben Sie nicht hierher zitiert, um Sie um Ihre Meinung zu fragen«, sagte er.

»Weshalb dann?«, fragte Jeannie.

»Um Sie hinauszuwerfen«, antwortete er.

Wieder war sie wie betäubt. Sie hatte mit der Drohung gerechnet, sie zu entlassen, aber nicht, dass es wirklich so weit kommen würde. »Was meinen Sie damit?«, fragte sie benommen.

»Ich meine damit, dass Sie gefeuert sind.« Berrington strich mit der Spitze des rechten Zeigefingers über seine Brauen, ein Zeichen, dass er sehr mit sich zufrieden war.

Jeannie war, als hätte er ihr einen Hieb in die Magengrube versetzt. Ich kann nicht entlassen werden, dachte sie. Ich bin erst seit ein paar Wochen hier. Ich kam so gut voran, arbeitete so hart. Ich bildete mir ein, dass mich, von Sophie abgesehen, alle mögen. Wie konnte das so schnell geschehen?

Sie versuchte, sich zu sammeln. »Sie können mir nicht fristlos kündigen!«

»Das haben wir aber soeben.«

»Nein!« Als sie ihren Schock überwunden hatte, wurde sie wütend und starrköpfig. »Sie sind hier keine Stammeshäuptlinge. Es gibt ein Verfahren.« Universitäten konnten Institutsmitglieder gewöhnlich nicht ohne eine Art Anhörung feuern. Es stand in ihrem Vertrag, aber sie hatte die Einzelheiten nie wirklich studiert. Plötzlich war es ungeheuer wichtig für sie.

Maurice Obell lieferte prompt die Information. »Selbstverständlich wird es ein Hearing vor dem Disziplinarkomitee des Universitätssenats geben. Normalerweise ist eine vierwöchige Ankündigung erforderlich, aber angesichts der schlechten Publicity dieses Falls habe ich als Rektor ein Notverfahren bestimmt, und die Anhörung wird morgen Vormittag stattfinden.«

Jeannie war von dem schnellen Vorgehen bestürzt. Schon morgen Vormittag musste sie vor das Disziplinarkomitee treten! Das war keine Besprechung, sondern eher eine Verhaftung. Fast erwartete sie, dass Obell ihr ihre Rechte vorlas.

Er tat etwas Ähnliches. Er schob ihr einen Ordner über den Schreibtisch zu. »Sie werden hier die Verfahrensregeln des Komitees finden. Sie haben das Recht, sich von einem Anwalt oder einem anderen Rechtsbeistand vertreten zu lassen, vorausgesetzt, Sie benachrichtigen das Komitee davon vor dem Hearing.«

Endlich gelang es Jeannie, eine vernünftige Frage zu stellen. »Wer führt den Vorsitz?«

»Jack Budgen«, antwortete Obell.

Berrington blickte scharf auf. »Steht das bereits fest?«

»Der Vorsitzende wird immer zu Beginn des Studienjahres ernannt«, erwiderte Obell. »Jack hat dieses Amt seit Semesterbeginn.«

»Das wusste ich nicht.« Berrington wirkte verärgert, und Jeannie wusste, weshalb. Jack Budgen war ihr Tennispartner. Das war ermutigend. Er würde ihr gegenüber fair sein. Noch war nicht alles verloren. Sie würde die Chance haben, sich und ihre Forschungsmethode vor einer Gruppe von Akademikern zu verteidigen. Es würde eine ernsthafte Diskussion geben, nicht die hohlen Phrasen der *New York Times*.

Und sie hatte die Ergebnisse des FBI-Scans. Sie konnte sich eine vernünftige Verteidigungsstrategie zurechtlegen. Sie würde dem Komitee die FBI-Daten zeigen. Mit etwas Glück waren ein oder zwei Paare darunter, die nicht wussten, dass sie Zwillinge waren. Das würde alle beeindrucken. Dann würde sie die Vorsichtsmaßnahmen erklären, mit denen sie die Privatsphäre des Einzelnen schützte ...

»Ich glaube, das ist alles«, sagte Maurice Obell.

Jeannie wurde entlassen. Sie erhob sich. »Wie bedauerlich, dass es dazu kommen musste.«

Berrington sagte rasch: »Sie haben es sich selbst zuzuschreiben.«

Er war wie ein streitlustiges Kind. Sie hatte nicht die Geduld für eine sinnlose Debatte. Sie bedachte ihn mit einem verächtlichen Blick und verließ das Zimmer.

Beim Überqueren des Campus dachte sie bedauernd, dass sie völlig darin versagt hatte, ihre Ziele zu erreichen. Sie wollte ein Remis und erhielt ein Patt. Aber Berrington und Obell hatten ihre Entscheidung getroffen, lange ehe sie das Rektorat betrat. Die angebliche Besprechung war reine Formalität gewesen.

Sie kehrte zur Klapsmühle zurück. Als sie sich ihrem Büro näherte, sah sie, dass die Putzfrauen einen schwarzen Müllsack unmittelbar vor ihrer Tür abgestellt hatten. Sie würde sie sofort rufen. Doch als sie versuchte, ihre Tür zu öffnen, klemmte sie. Sie zog ihre Karte mehrmals durch den Leser, aber die Tür wollte sich nicht öffnen. Als sie sich umdrehte, um zum Empfang zu gehen und den Service anzurufen, kam ihr ein schrecklicher Gedanke.

Sie blickte in den schwarzen Sack. Er war nicht voll Abfall wie Schmierpapier und Kaffeetassen aus Styropor. Das Erste, was sie sah, war ihre Segeltuchaktenmappe. Ebenso befanden sich ihre Schachtel Papiertaschentücher aus ihrer Lade darin sowie ihre Paperbackausgabe von *Tausend Morgen*, zwei gerahmte Fotografien und ihre Haarbürste.

Man hatte ihren Schreibtisch ausgeräumt und sie aus ihrem Arbeitszimmer ausgesperrt.

Es war ein furchtbarer Schock! Ein viel größerer Schlag als der in Obells Büro. Das waren nur Worte gewesen. Hier jedoch fühlte sie sich von einem großen Teil ihres Lebens abgeschnitten. Das ist *mein* Zimmer, dachte sie. Wie können sie mich einfach aussperren? »Ihr verdammten Hundesöhne!«, fluchte sie laut.

Das mussten die Leute vom Campuswachdienst gewesen sein, während sie sich in Obells Büro befand. Natürlich hatten sie es ihr nicht mitgeteilt, denn das hätte ihr die Chance gegeben, alles mitzunehmen, was sie wirklich brauchte. Einmal mehr war sie von Berringtons Skrupellosigkeit überrascht.

Es war wie eine Amputation. Sie hatten ihr ihr Forschungsprojekt genommen, ihre Arbeit. Sie wusste nicht, was sie jetzt machen, wohin sie gehen sollte. Elf Jahre war sie Wissenschaftlerin gewesen – als Studentin, als Graduierte, als Doktorandin und Assistenzprofessorin. Jetzt, plötzlich, war sie nichts.

Während ihre Stimmung von Niedergeschlagenheit zu schwärzester Verzweiflung fiel, erinnerte sie sich an die Diskette mit den FBI-Daten. Sie kramte im Inhalt des Müllsacks, doch er enthielt keine Disketten. Ihre Ergebnisse, die Basis ihrer Verteidigung, waren in ihrem Büro eingeschlossen.

Sie hämmerte hilflos mit den Fäusten an die Tür. Ein Student, der ihre Statistik-Vorlesungen besuchte, blickte sie erstaunt an und fragte: »Kann ich Ihnen behilflich sein?«

Sie erinnerte sich an seinen Namen. »Hi, Ben. Sie könnten diese gottverdammte Tür für mich eintreten.«

Zweifelnd betrachtete er die Tür.

»Es war nicht ernst gemeint«, versicherte sie ihm rasch. »Danke, es ist alles in Ordnung.«

Er zuckte die Schultern und ging weiter.

Es hatte wahrhaftig keinen Sinn, hier herumzustehen und auf die verschlossene Tür zu starren. Sie griff nach dem schwarzen Plastiksack und ging ins Labor. Lisa saß an ihrem Schreibtisch und fütterte einen Computer mit Daten.

»Sie haben mich gefeuert«, sagte Jeannie als Begrüßung.

Lisa starrte sie an. »*Was?*«

»Sie haben mich aus meinem Büro ausgesperrt und meine Sachen in diesen Müllsack geworfen!«

»Ich glaub's nicht!«

Jeannie zog ihre Aktenmappe aus dem Sack und holte die New York *Times* heraus. »Deshalb.«

Lisa las die ersten beiden Absätze und sagte: »Aber das ist ausgesprochener Blödsinn!«

Jeannie setzte sich. »Ich weiß. Also, warum tut Berrington, als nehme er es ernst?«

»Du meinst, er täuscht es vor?«

»Da bin ich mir ganz sicher. Er ist zu schlau, sich durch einen solchen Unsinn aus der Ruhe bringen zu lassen. Da steckt etwas anderes dahinter.« Jeannie trommelte frustriert mit den Absätzen auf den Boden. »Er ist entschlossen, alles zu tun, und er wagt sich weit hinaus – es muss viel für ihn auf dem Spiel stehen.« Vielleicht würde sie ja die Antwort in den Krankenblättern der Aventine-Klinik in Philadelphia finden. Sie blickte auf ihre Uhr. Wenn sie um vierzehn Uhr, wie abgemacht, dort sein wollte, musste sie bald losfahren.

Lisa verstand es immer noch nicht. »Sie können dich nicht einfach *feuern!*«, sagte sie empört.

»Ich habe morgen eine Anhörung vor dem Disziplinarkomitee.«

»Mein Gott, sie meinen es ernst!«

»Das kann man wohl sagen!«

»Kann ich irgendetwas für dich tun?«

Ja, da war etwas, aber Jeannie hatte Angst, sie darum zu bitten. Sie blickte Lisa überlegend an. Das Mädchen trug trotz der Hitze eine hochgeschlossene Bluse unter einem weiten Pullover. Zweifellos immer noch eine Reaktion auf die Vergewaltigung. Sie wirkte sehr ernst wie jemand, der erst vor Kurzem einen schweren Verlust erlitten hatte.

Würde sich ihre Freundschaft als ebenso zerbrechlich erweisen wie Ghitas? Jeannie hatte entsetzliche Angst vor der Antwort. Wenn auch Lisa sie im Stich ließe, wen hätte sie da noch? Aber sie musste sie auf die Probe stellen, obwohl dies die ungünstigste Zeit dafür war. »Du könntest versuchen, in mein Büro zu kommen«, erwiderte sie nun zögernd. »Die FBI-Ergebnisse sind dort.«

Lisa antwortete nicht sofort. »Haben sie dein Schloss oder sonst was geändert?«

»Es ist viel müheloser als das. Sie ändern den Code elektronisch, sodass die Karte völlig nutzlos ist. Ich wette, ich werde nach Dienstschluss nicht einmal mehr ins Haus hineinkommen.«

»Es ist schwer, es zu fassen, es kam so plötzlich.«

Jeannie drängte Lisa gar nicht gern, ein Risiko für sie einzugehen. Sie zerbrach sich den Kopf nach einem Ausweg. »Vielleicht könnte ich selbst irgendwie hineingelangen. Möglicherweise lässt mich eine der Putzfrauen ein, aber ich vermute, dass das Schloss auch auf ihre Karten nicht mehr anspricht. Außerdem, wenn das Büro leer steht, muss es nicht geputzt werden. Aber die Wachleute müssen imstande sein, hineinzukommen.«

»Sie werden dir nicht helfen. Sie werden wissen, dass man dich mit voller Absicht ausgesperrt hat.«

»Das stimmt«, bestätigte Jeannie. »Doch vielleicht lassen sie dich hinein. Du könntest behaupten, du brauchst etwas aus meinem Büro.«

Lisa schaute nachdenklich drein.

»Ich bitte dich nur ungern«, sagte Jeannie.

Da veränderte sich Lisas Gesichtsausdruck. »Aber ja«, sagte sie schließlich. »Natürlich werde ich es versuchen.«

Jeannie schluckte. »Danke.« Sie biss sich auf die Lippe. »Du bist eine wirkliche Freundin.« Sie langte über den Schreibtisch und drückte Lisas Hand.

Lisa geriet bei Jeannies Dankbarkeitsbezeugung ein wenig in Verlegenheit. »Wo finde ich denn diese FBI-Liste in deinem Büro?«

»Ich habe sie auf eine Diskette mit dem Aufkleber ›Einkaufsliste‹ kopiert und in eine Diskettenbox mit Backups in meiner Schreibtischlade gesteckt.«

»Kann ich mir leicht merken.« Lisa runzelte die Stirn. »Ich versteh nur nicht, weshalb sie so gegen dich sind.«

»Es hat alles mit Steve Logan angefangen«, sagte Jeannie. »Seit Berrington ihn hier gesehen hat, gibt es Schwierigkeiten. Aber ich glaube, ich bin dabei, den Grund dafür herauszufinden.« Sie stand auf.

»Was wirst du jetzt machen?«, erkundigte sich Lisa.

»Ich fahre nach Philadelphia.«

KAPITEL 31

Berrington starrte aus dem Fenster seines Büros. Niemand benutzte an diesem Vormittag den Tennisplatz. Er stellte sich Jeannie dort vor. Am ersten oder zweiten Tag des Semesters hatte er sie da im kurzen weißen Rock über den langen sonnengebräunten Beinen und weißen Schuhen herumrasen sehen ... Damals hatte er sich fast in sie verliebt. Stirnrunzelnd fragte er sich, weshalb ihm ihre sportlichen Vorzüge so imponiert hatten. Frauen beim Sport zu beobachten gab ihm normalerweise eigentlich nichts. Er schaute sich nie *American Gladiators* an wie Professor Gormley, der Ägyptologie unterrichtete und jede Show aufgenommen hatte und sie sich, den Gerüchten nach, bis spät in die Nacht hinein zu Hause anschaute. Aber wenn Jeannie spielte, entwickelte sie eine besondere Anmut. Es war, als sehe man eine Löwin zum Sprint ansetzen: das Spiel der Muskeln, das Haar, wie es im Windschatten flog, und der Körper, der sich bewegte, stoppte, sich drehte und sich erneut mit erstaunlicher, schier übernatürlicher Anmut bewegte. Ihr zuzusehen war atemberaubend, und ihn hatte es in Bann geschlagen. Jetzt bedrohte sie alles, wofür er sein ganzes Leben gearbeitet hatte. Und doch wünschte er sich, er könnte sie noch einmal Tennis spielen sehen.

Es war zum Verrücktwerden, dass er sie nicht einfach entlassen konnte, obwohl ihr Gehalt doch im Grunde genommen von ihm bezahlt wurde. Die Jones-Falls-Universität war ihr Arbeitgeber und Genetico der Geldgeber. Eine Hochschule konnte keine Institutsmitglieder rausschmeißen wie ein Restaurant einen unfähigen Kellner. Deshalb musste er dieses Brimborium mitmachen.

»Zur Hölle mit ihr!«, fluchte er laut und kehrte an seinen Schreibtisch zurück.

Die vormittägliche Besprechung war glatt verlaufen, bis der Name Jack Budgen gefallen war. Berrington hatte bei Maurice im Vorhinein gegen Jeannie Stimmung gemacht und fein säuberlich jegliches Einlenken verhindert. Aber es war eine schlechte Neuigkeit, dass der Vorsitzende des Disziplinarkomitees Jeannies Tennispartner war. Darüber hatte Berrington sich nicht im Voraus informiert; denn er hatte angenommen, seinen Einfluss über die Wahl des Vorsitzenden geltend machen zu können. Jedenfalls war er insgeheim bestürzt, als er erfuhr, dass der Vorsitzende bereits festgestanden hatte.

Die ernste Gefahr bestand, dass Jack die Geschichte aus Jeannies Sicht sehen würde.

Besorgt kratzte er sich am Kopf. Berrington pflegte mit seinen akademischen Kollegen keinen gesellschaftlichen Umgang – er zog die einträglichere Gesellschaft von Politikern und Medienleuten vor. Aber er kannte Jack Budgens Background. Der Mann hatte sich mit dreißig aus dem Profitennis zurückgezogen und war wieder auf die Uni gegangen, um seinen Doktor zu machen. Da er bereits zu alt war, in seinem Studienfach Chemie eine Karriere zu beginnen, hatte er sich für die Universitätsverwaltung entschieden. Zur Leitung des Bibliothekskomplexes und des Ausgleichs von Forderungen rivalisierender Abteilungen bedurfte es eines taktvollen und zuvorkommenden Wesens, und Jack machte seine Sache gut.

Wie ließe Jack sich auf seine Seite ziehen? Er war kein Intrigant, ganz im Gegenteil – zu seiner Freundlichkeit kam auch eine gewisse Naivität. Es würde ihn kränken, versuchte man, offen auf ihn einzuwirken oder gar ihn ohne Herumgerede zu bestechen. Aber es könnte sich als möglich erweisen, ihn indirekt zu beeinflussen.

Berrington selbst hatte sich einmal bestechen lassen. Er schämte sich noch heute, wenn er daran dachte. Es war zu Beginn seiner Karriere passiert, noch vor seiner Ernennung zum ordentlichen Professor. Eine Studentin war ertappt worden, als sie eine Kommilitonin dafür bezahlte, für sie die Examensarbeit zu schreiben. Sie hieß Judy Gilmore und war wirklich niedlich. Sie hätte der Uni verwiesen werden sollen, doch stand es im Ermessen des Institutsleiters, sie mit einer geringeren Strafe davonkommen zu lassen. Judy hatte Berrington in seinem Büro aufgesucht, um mit ihm »über das Problem zu reden«. Sie hatte abwechselnd die Beine übereinandergeschlagen und dann wieder gerade vor sich ausgestreckt, ihm traurig in die Augen geschaut, sich nach vorn gebeugt, damit er einen Blick in ihre weit ausgeschnittene Bluse auf ihren Spitzenbüstenhalter werfen konnte. Er war sehr mitfühlend gewesen und hatte ihr versprochen, sich für sie einzusetzen. Daraufhin hatte sie geweint und ihm gedankt, hatte seine Hand genommen, ihn dann auf die Lippen geküsst und schließlich den Reißverschluss seiner Hose geöffnet.

Sie hatte ihm kein Tauschgeschäft vorgeschlagen, ihm auch nicht Sex angeboten, ehe er sich einverstanden erklärt hatte, ihr zu helfen, und nach einer schnellen Nummer auf dem Fußboden hatte sie sich bedächtig angezogen, sich frisiert, ihn geküsst und war gegangen. Aber am nächsten Tag hatte er den Institutsleiter überredet, es bei einer Verwarnung zu belassen.

Er hatte die Bestechung angenommen, weil er sich hatte sagen können, dass es keine war. Judy hatte ihn um Hilfe gebeten, er hatte sie ihr zugesagt, sie hatte sich von ihm angezogen gefühlt, und sie hatten sich geliebt. Im Lauf der Zeit hatte er das als puren Sophismus erkannt. Das Angebot, sich ihm hinzugeben, war in ihrem Benehmen unverkennbar gewesen, und als er ihr versprochen hatte, worum sie ihn bat, hatte sie ihren Teil des Tauschgeschäfts eingehalten. Er sah sich gern als Mann mit Grundsätzen, und er hatte etwas absolut Verwerfliches getan.

Jemanden zu bestechen war fast so schlimm, wie sich bestechen zu lassen. Trotzdem würde er Jack Budgen bestechen, falls das möglich war. Allein der Gedanke widerte ihn an, aber es musste sein.

Er würde es auf ähnliche Weise tun wie Judy seinerzeit: indem er Jack die Möglichkeit gab, sich selbst etwas vorzumachen.

Berrington dachte noch ein paar Minuten darüber nach; dann griff er nach dem Telefon und rief Jack an.

»Ich möchte mich bedanken, dass Sie mir Ihr Memorandum über die Erweiterung der Biophysikbibliothek gesandt haben.«

Eine verblüffte Pause setzte ein. »Oh, ja. Das ist schon eine Weile her – aber ich freue mich, dass Sie die Zeit fanden, es zu lesen.«

Berrington hatte dem Memo kaum mehr als einen Blick gegönnt. »Ich finde, dass einiges für Ihren Antrag spricht. Ich rufe nur an, um Ihnen zu versichern, dass ich ihn unterstützen werde, wenn er vor den Finanzausschuss kommt.«

»Danke. Das weiß ich zu schätzen.«

»Möglicherweise kann ich Genetico sogar überzeugen, einen Teil der Kosten zu übernehmen.«

Jack griff diese Idee sofort begeistert auf. »Wir könnten es die Genetico-Biophysikbibliothek nennen.«

»Gute Idee, ich werde mich dafür einsetzen.« Berrington wollte, dass Jack auf Jeannie zu sprechen kam. Vielleicht ließ sich das auf dem Umweg über Tennis erreichen. »Waren Sie diesen Sommer wieder in Wimbledon?«

»Diesmal habe ich es nicht geschafft. Zu viel Arbeit.«

»Wie bedauerlich.« Bis aufs Äußerste angespannt, tat er, als wolle er auflegen. »Wir sprechen uns später.«

Wie erhofft, kam Jack ihm zuvor. »Ah, Berry, was halten Sie von diesem Unsinn über Jeannie, den die Zeitungen verbreiten?«

Berrington verbarg seine Erleichterung und antwortete scheinbar gleichgültig: »Oh, das – ein Sturm im Wasserglas.«

»Ich habe versucht, sie anzurufen, aber sie ist nicht in ihrem Büro.«

»Machen Sie sich Geneticos wegen keine Gedanken«, sagte Berrington, obwohl Jack den Konzern gar nicht erwähnt hatte. »Sie nehmen es ziemlich gelassen. Glücklicherweise hat Maurice Obell schnell und entschlossen gehandelt.«

»Sie meinen das disziplinarische Hearing?«

»Ich stelle mir vor, dass das eine reine Formalität sein wird. Sie bringt die Universität in Verruf. Sie hat sich geweigert aufzuhören und sich an die Presse gewandt. Ich bezweifle, dass sie sich auch nur die Mühe machen wird, sich zu verteidigen. Ich habe den Leuten von Genetico versichert, dass wir die Sache im Griff haben. Bis jetzt ist Geneticos Verhältnis mit der Universität nicht getrübt.«

»Das ist gut.«

»Natürlich, falls das Komitee aus irgendeinem Grund Jeannies Partei gegen Maurice ergreifen würde, könnten einige Probleme auf uns zukommen. Aber ich halte das nicht für sehr wahrscheinlich – Sie?« Berrington hielt den Atem an.

»Sie wissen, dass ich der Vorsitzende des Komitees bin?«

Jack war der Frage ausgewichen. Verdammt. »Ja, und ich bin sehr froh, dass jemand wie Sie, der auch in den schwierigsten Situationen einen kühlen Kopf bewahrt, das Verfahren leitet.« Und mit Hinweis auf einen kahlköpfigen Philosophieprofessor: »Weiß Gott, was passieren würde, wenn Malcolm Barnet den Vorsitz führte!«

Jack lachte. »Der Senat hat mehr Verstand. Er würde Malcolm nicht einmal zum Vorsitzenden eines Parkplatzkomitees machen.«

»Aber da Sie den Vorsitz führen, nehme ich an, dass das Komitee den Rektor unterstützen wird.«

Wieder war Jacks Antwort ambivalent. »Wie sollte man im Voraus wissen, ob alle Mitglieder des Komitees diese Auffassung teilen?«

Du Bastard. Tust *du das, um mich zu quälen?* »Nun, der Vorsitzende wird sein Pulver sicher nicht auf die falschen Leute verschießen.« Berrington wischte sich eine Schweißperle von der Stirn.

Nach einer Pause: »Berry, ich kann mir unmöglich schon jetzt ein Urteil bilden ...«

Zur Hölle mit dir!

»... aber ich glaube, ich kann sagen, dass Genetico sich in diesem Fall keine Sorgen zu machen braucht.«

Endlich! »Danke, Jack. Ich weiß es zu schätzen.«

»Das bleibt natürlich unter uns.«

»Selbstverständlich.«

»Dann bis morgen.«

»Auf Wiedersehen.« Berrington legte auf. *Großer Gott, das war ein harter Brocken!*

Erkannte Jack wirklich nicht, dass er soeben bestochen worden war? Machte er sich etwas vor? Oder wusste er es sehr wohl und spielte nur den Unbedarften?

Das war möglicherweise jedoch nicht alles. Die Entscheidung des Komitees musste in einer weiteren Sitzung von allen Mitgliedern des Senatsausschusses ratifiziert werden. Und irgendwann mochte sich Jeannie einen Spitzenanwalt nehmen und die Universität auf alle möglichen Entschädigungen verklagen. Das Verfahren könnte sich Jahre hinziehen. Auf jeden Fall würden ihre Untersuchungen eingestellt, und das war alles, was zählte.

Er hoffte, dass er sich nicht in voreiligen Spekulationen erging, denn noch stand die Entscheidung des Komitees nicht fest. Falls morgen Vormittag etwas schiefging, könnte Jeannie mittags bereits wieder an ihrem Schreibtisch sitzen und wie ein Spürhund die Fährte zu Geneticos schuldbeladenen Geheimnissen wiederaufnehmen. Berrington schauderte. Der Himmel möge das verhüten!

Er zog einen Schreibblock heran und notierte die Namen der Komiteemitglieder.

Jack Budgen – Bibliothek
Tenniel Biddenham – Kunstgeschichte
Milton Powers – Mathematik
Mark Trader – Anthropologie
Jane Edelsborough – Physik

Biddenham, Powers und Trader waren konventionell denkende und handelnde Männer, seit vielen Jahren ordentliche Professoren, deren Karriere an die Jones-Falls-Universität und deren Prestige und finanziellen Hintergrund gebunden war. Berrington war sicher, dass sie den Rektor unterstützen würden. Nur Jane Edelsborough war ein unbeschriebenes Blatt.

Er würde sie sich als Nächstes vornehmen.

KAPITEL 32

Während der Fahrt auf der I-95 nach Philadelphia dachte Jeannie wieder an Steve Logan.

Auf dem Besucherparkplatz des Jones-Falls-Campus hatte sie sich gestern Abend mit einem Kuss von ihm verabschiedet. Sie bedauerte, dass es ein so flüchtiger Kuss geblieben war. Steves Lippen waren voll und trocken, seine Haut fühlte sich warm an. Ihr gefiel die Vorstellung, ihn wieder zu küssen.

Warum war sie so voreingenommen gegenüber seinem Alter? Was war an älteren Männern denn so großartig? Der neununddreißigjährige Will Temple hatte sie wegen einer hohlköpfigen jungen Frau mit viel Geld verlassen. So viel zur geistigen Reife.

Sie schaltete das Radio ein und suchte nach einem Programm, das ihr zusagte. Als sie Nirvana »Come as You Are« spielen hörte, hielt sie an. Jedes Mal wenn sie daran dachte, sich mit einem gleichaltrigen oder sogar jüngeren Mann zu verabreden, machte eine eigenartige Angst ihr zu schaffen, ein bisschen so wie der Schauder, der von einer Nirvana-Aufnahme ausging. Bei älteren Männern fühlte sie sich sicher; sie kannten sich aus.

Bin das wirklich ich, fragte sie sich. Jeannie Ferrami, die tut, was sie will, und für die Welt schnell den bekannten Götz-von-Berlichingen-Spruch bereit hat? Ausgerechnet ich soll nach Sicherheit suchen? Lächerlich!

Aber es stimmte. Vielleicht war ihr Vater daran schuld. Nach ihm wollte sie keinen verantwortungslosen Mann mehr in ihrem Leben. Andererseits war ihr Vater der lebende Beweis, dass ältere Männer ebenso verantwortungslos sein konnten wie junge.

Sie vermutete, dass Daddy jetzt irgendwo in Baltimore in billigen Absteigen schlief. Sobald alles versoffen und verspielt war, was er für ihren Computer und ihr Fernsehgerät bekommen hatte, würde er entweder wieder etwas stehlen oder versuchen, sich bei seiner anderen Tochter, Patty, einzunisten. Jeannie hasste ihn, weil er ihre Sachen gestohlen hatte. Andererseits hatte sie dadurch erst Steve Logan richtig kennengelernt. Es war ein wundervoller Augenblick gewesen, als sie sich an seiner Schulter ausweinen konnte. Ach, zum Teufel, dachte sie, wenn ich ihn das nächste Mal sehe, werde ich ihn küssen, und diesmal richtig!

Sie konzentrierte sich wieder voll aufs Fahren, als sie ihren Mercedes durch den dichten Verkehr der Innenstadt von Philadelphia fädelte. Das konnte jetzt ihr großer Durchbruch werden. Vielleicht fand sie die Lösung des Rätsels von Steve und Dennis.

Die Aventine-Klinik befand sich in University City, westlich des Schuykill Rivers, einer Gegend von Hochschulgebäuden und Studentenapartments. Die Klinik selbst war ein hübsches, in den fünfziger Jahren errichtetes Haus mit Bäumen ringsum. Jeannie stellte ihren Wagen vor einer Parkuhr an der Straße ab und begab sich ins Haus.

Vier Personen saßen in der Warteecke des Foyers: ein junges Paar – die Frau wirkte angespannt, der Mann nervös – sowie zwei weitere Frauen etwa in Jeannies Alter. Alle hatten auf Polsterbänken Platz genommen und blätterten in Zeitschriften. Ein freundliches junges Mädchen an der Anmeldung bat Jeannie, sich doch einstweilen zu setzen. Sie tat es und griff nach einer Hochglanzbroschüre über Genetico, Inc. Sie hielt sie offen auf ihrem Schoß, ohne jedoch einen Blick hineinzuwerfen. Stattdessen betrachtete sie die beruhigende, nichtssagende abstrakte Kunst an den Foyerwänden und trommelte mit den Füßen ungeduldig auf den Teppichboden.

Sie konnte Krankenhäuser nicht ausstehen. Sie war einmal Patientin in einem gewesen. Mit dreiundzwanzig hatte sie eine Abtreibung vornehmen lassen. Der Vater war ein ehrgeiziger Jungregisseur gewesen. Weil sie sich getrennt hatten, nahm sie die Pille nicht mehr. Doch dann war er nach kurzer Zeit zurückgekommen, es hatte eine wundervolle Versöhnung gegeben, sie hatten sich ohne Verhütungsmittel geliebt, und sie war schwanger geworden. Der Eingriff war ohne Komplikationen verlaufen, aber Jeannie hatte tagelang geweint und jegliche Zuneigung zu dem jungen Mann verloren.

Jetzt lief gerade seine erste Hollywoodproduktion in den Kinos, ein Actionfilm. Jeannie hatte sich ihn allein im Charles-Lichtspielhaus in Baltimore angesehen. Der einzige menschliche Touch in der ansonsten eher mechanischen Story von Männern, die einander erschossen, war, als die Freundin des Helden nach einer Abtreibung Depressionen bekam und ihn hinauswarf. Der Mann, ein Polizeibeamter, wurde dadurch völlig aus der Bahn geworfen. Jeannie war ziemlich verweint aus dem Kino gekommen.

Die Erinnerung tat immer noch weh. Sie stand auf und schritt hin und her. Eine Minute später trat ein Mann aus einer hinteren Tür des Foyers und fragte mit lauter Stimme: »Dr. Ferrami?« Er war ein sich überfreundlich gebender Mann von etwa fünfzig mit schütterem rötlichem Haarkranz um eine spiegelnde Glatze. »Hallo, hallo, schön, Sie kennenzulernen«, begrüßte er sie mit unerklärlicher Begeisterung.

Jeannie gab ihm die Hand. »Gestern Abend sprach ich mit einem Mr. Ringwood.«

»Ja, ja! Ein Kollege. Ich bin Dick Minsky. Wie geht es Ihnen?« Dick hatte einen Tic, der alle paar Sekunden ein heftiges Blinzeln auslöste. Er tat Jeannie leid.

Er führte sie eine Treppe hinauf. »Was veranlasste Sie zu Ihrer Anfrage?«, erkundigte er sich.

»Ein medizinisches Rätsel. Die beiden Frauen haben Söhne, die eineiige Zwillinge zu sein scheinen, obwohl sie nicht miteinander verwandt sind. Die einzige Gemeinsamkeit, auf die ich stieß, ist, dass beide Frauen zu einer Behandlung hier waren, ehe sie schwanger wurden.«

»Ach, tatsächlich?«, sagte er, als hörte er ihr gar nicht wirklich zu.

Sie betraten ein Eckbüro. »Alle unsere Akten können mit dem Computer abgerufen werden, vorausgesetzt, man hat den richtigen Code.« Er setzte sich vor einen Monitor. »Wie sind doch gleich die Namen der Patientinnen, für die Sie sich interessieren ...?«

»Charlotte Pinker und Lorraine Logan.«

»Das haben wir gleich.« Er tippte die Namen ein.

Jeannie unterdrückte ihre Ungeduld. Diese Akten brachten vielleicht gar nichts.

Sie schaute sich in dem Zimmer um. Es war zu pompös ausgestattet für einen einfachen Registrar. Dick muss mehr als nur ein »Kollege« von Mr. Ringwood sein, dachte sie. »Was ist eigentlich Ihr Job hier in der Klinik, Dick?«, fragte sie.

»Ich bin der Direktor.«

Sie zog die Brauen hoch, aber er blickte nicht von der Tastatur auf. Wieso wurde ihre Anfrage vom Leiter der Klinik höchstpersönlich bearbeitet, fragte sie sich, und ein ungutes Gefühl beschlich sie.

Er runzelte die Stirn. »Das ist merkwürdig. Der Computer hat kein Krankenblatt, weder unter dem einen noch dem anderen Namen.«

Jeannies ungutes Gefühl wuchs. Ich werde angelogen, dachte sie. Die Hoffnung auf eine Lösung des Rätsels entschwand wieder in weite Ferne. Sie war zutiefst enttäuscht und deprimiert.

Er drehte den Schirm so, dass sie ihn sehen konnte. »Habe ich die Namen richtig?«, vergewisserte er sich.

»Ja.«

»Wann, glauben Sie, waren diese Frauen Patientinnen unserer Klinik?«

»Vor ungefähr dreiundzwanzig Jahren.«

Er blickte sie an. »Oje.« Sein Tic war noch auffälliger. »Ich fürchte, dann haben Sie die Reise umsonst auf sich genommen.«

»Wieso?«

»Aus mancherlei Gründen bewahren wir Krankenkarteien nicht so lange auf.«

Jeannie blickte ihn durchdringend an. »Sie werfen die alten Karteien weg?«

»Wir geben sie nach zwanzig Jahren in den Reißwolf, außer der Patient hielt sich zu einem späteren Zeitpunkt erneut zu einer Behandlung in der Klinik auf, dann wird sein Krankenblatt in den Computer eingegeben.«

Ihr war nicht nur fast übel vor Enttäuschung, sie hatte auch noch kostbare Stunden vergeudet, die sie brauchte, ihre Verteidigung für morgen vorzubereiten. »Wie seltsam, dass Mr. Ringwood mich nicht darauf aufmerksam machte, als ich gestern Abend mit ihm telefonierte.«

»Das hätte er wirklich tun müssen. Vielleicht erwähnten Sie das Jahr nicht, in dem die Karteien angelegt worden waren.«

»Ich bin ganz sicher, dass ich ihm sagte, die beiden Frauen seien vor dreiundzwanzig Jahren hier behandelt worden.« Jeannie erinnerte sich, dass sie ein Jahr zu Steves Alter hinzugefügt hatte, um den richtigen Zeitpunkt hinzukriegen.

»Dann verstehe ich es nicht.«

Jeannie musste sich eingestehen, dass sie unbewusst mit einer solchen Wendung der Sache gerechnet hatte. Dick Minsky mit seiner übertriebenen Freundlichkeit und dem nervösen Blinzeln war die Karikatur eines Mannes mit einem schlechten Gewissen.

Er drehte den Monitor in seine ursprüngliche Stellung zurück. Scheinbar bedauernd sagte er: »Ich fürchte, mehr kann ich für Sie nicht tun.«

»Könnten wir mit Mr. Ringwood reden und ihn fragen, weshalb er mir nicht gesagt hat, dass die Krankenblätter vernichtet wurden?«

»Peter ist leider nicht im Dienst. Er hat sich heute Morgen krankgemeldet.«

»Welch bemerkenswerter Zufall!«

Er bemühte sich, beleidigt zu scheinen, aber das Ergebnis war eine Parodie. »Sie wollen damit doch nicht andeuten, dass wir Ihnen etwas verheimlichen?«

»Warum sollte ich das annehmen?«

»Ich habe keine Ahnung.« Er stand auf. »Ich fürchte, meine Zeit ist bemessen.«

Jeannie erhob sich und ging zur Tür. Er folgte ihr die Treppe hinunter zum Foyer. »Guten Tag«, sagte er steif.

»Auf Wiedersehen.«

Draußen vor der Tür zögerte sie. Sie hatte gute Lust, sich mit jemandem anzulegen, etwas Provokatives zu tun, ihnen zu zeigen, dass sie sich nicht völlig manipulieren ließ. Sie beschloss, ein wenig herumzuschnüffeln.

Der Parkplatz stand voll von Wagen der Ärzte – neueste Cadillacs und BMWs. Sie schlenderte um eine Seite des Gebäudes herum. Ein Schwarzer mit einem weißen Bart säuberte die Wege. Hier gab es nichts Bemerkenswertes, ja nicht einmal Interessantes. Als sie schließlich vor einer hohen Backsteinmauer stand, kehrte sie wieder um.

Durch die gläserne Flügeltür zum Foyer sah sie Dick Minsky mit dem freundlichen Mädchen von der Anmeldung reden. Er beobachtete Jeannie besorgt, als sie vorbeiging.

Als Jeannie nun in der anderen Richtung um das Haus herumschlenderte, sah sie drei Männer mit dicken Handschuhen Müll auf einen Lastwagen laden. Ich benehme mich lächerlich, schalt sich Jeannie. Wie ein Detektiv in einem Kriminalroman. Sie wollte gerade wieder umkehren, als ihr etwas Seltsames auffiel. Die Männer hoben riesige braune Plastiksäcke, als wären sie sehr leicht. Was würde eine Klinik in den Müll werfen, das sperrig, aber leicht war?

In schmälste Streifen geschnittenes Papier aus dem Reißwolf?

Sie hörte Dick Minskys Stimme. Sie klang ängstlich. »Würden Sie jetzt bitte unser Grundstück verlassen, Dr. Ferrami?«

Sie drehte sich um. Er bog um die Hausecke, begleitet von einem Uniformierten, ein Wachmann zweifellos.

Sie schritt rasch zu einem Stapel Säcken.

»He!«, brüllte Dick Minsky.

Die Müllmänner starrten sie an, aber sie ignorierte sie. Sie riss ein Loch in einen Sack, griff hinein und zog eine Hand voll des Inhalts heraus.

Sie hielt ein ganzes Büschel schmale, bräunliche Streifen dünnen Aktenkartons. Als sie die Streifen näher betrachtete, konnte sie

sehen, dass sie beschriftet waren, teils mit Tinte, teils mit Schreibma-
schine. Es waren ohne Zweifel Krankenblätter.

Es konnte nur einen Grund geben, weshalb so viele Säcke ausgerechnet heute auf die Müllhalde gebracht werden sollten!

Die Klinik hatte ihre alten Unterlagen erst heute Morgen vernichtet – nur Stunden nachdem sie angerufen hatte.

Sie ließ die Streifen auf den Boden fallen und ging. Einer der Müllmänner brüllte sie wütend an, aber sie achtete nicht auf ihn.

Jetzt gab es keinen Zweifel mehr.

Vor Dick Minsky blieb sie mit den Händen an den Hüften stehen.
Er hatte sie belogen, deshalb war er ein nervöses Wrack. »Sie haben
hier ein schändliches Geheimnis, nicht wahr?«, schrie sie ihn an.
»Etwas, das Sie durch die Vernichtung dieser Unterlagen zu verbergen
suchen?«

Seine Angst war unübersehbar. »Natürlich nicht«, gelang es ihm
herauszuquetschen. »Ihre Unterstellung ist eine Beleidigung.«

»Natürlich, das soll sie auch sein.« Ihr Temperament ging mit ihr
durch. Sie richtete die zusammengerollte Genetico-Broschüre auf ihn,
die sie immer noch in der Hand hielt. »Aber diese Untersuchung ist
sehr wichtig für mich und Sie dürfen mir glauben, dass jeder, der mich
darüber *belügt*, mich kennenlernen wird, und zwar gründlicher, als ihm
lieb ist!«

»Bitte, gehen Sie!«, stieß er hervor.

Der Wachmann fasste sie am linken Ellbogen.

»Ich gehe. Sie brauchen mich nicht zu stützen.«

Er ließ sie nicht los. »Kommen Sie bitte.«

Er war ein Mann mittleren Alters mit grauem Haar und Fassbauch.
In ihrer gegenwärtigen Verfassung hatte Jeannie nicht vor, sich von
ihm herumdirigieren zu lassen. Mit der Rechten fasste sie den Arm,
mit dem er sie hielt. Sein Bizeps war weich. »Lassen Sie bitte los«,
warnte sie und drückte. Ihre Hände waren kräftig und ihr Griff fester
als der der meisten Männer. Der Wachmann versuchte ihren Ellbogen
weiterhin festzuhalten, doch der Schmerz wurde zu viel für ihn, und er
ließ sie nach wenigen Sekunden los.

»Danke«, sagte sie und ging weiter.

Jetzt fühlte sie sich ein wenig besser. Sie hatte recht gehabt mit ihrer Annahme, dass die Klinik etwas mit der Sache zu tun hatte. Ihre Bemühungen, sie davon abzuhalten, etwas herauszufinden, war die bestmögliche Bestätigung, dass man hier ein brisantes Geheimnis zu verbergen hatte.

Die Lösung des Rätsels hing mit dieser Klinik zusammen. Aber wohin führte sie diese Erkenntnis?

Sie kehrte zu ihrem Wagen zurück, stieg jedoch nicht ein. Es war vierzehn Uhr dreißig, und sie hatte noch nicht einmal gefrühstückt. Sie war zu aufgeregt, viel zu essen, aber sie brauchte eine Tasse Kaffee. Auf der anderen Straßenseite war ein Café, das sauber aussah und vermutlich nicht zu teuer war. Sie überquerte die Straße und trat ein.

Ihre Drohung gegenüber Dick Minsky war nur leeres Gerede gewesen. Es gab nichts, womit sie ihm schaden könnte. Mit ihrem Wutanfall hatte sie nichts erreicht, im Gegenteil, sie hatte sich in die Karten sehen lassen und klargemacht, dass sie wusste, dass man sie belog. Jetzt waren sie auf der Hut.

Im Café saßen nur ein paar Studenten, die leere Teller vor sich hatten. Sie bestellte Kaffee und eine kleine Salatplatte.

Während sie wartete, schlug sie die Broschüre aus dem Foyer der Klinik auf. Sie las:

Die Aventine-Klinik wurde 1972 von Genetico, Inc., gegründet, als eines der ersten Forschungs- und Entwicklungszentren für menschliche *In-vitro*-Konzeption – die Erschaffung von »Retortenbabys«, wie die Zeitungen es nannten.

Und plötzlich war alles klar.

Kapitel 33

J ane Edelsborough war Witwe, Anfang fünfzig, eine statt-liche, aber etwas unordentlich wirkende Frau, die gern lo-ckere weite Dritte-Welt-Kleidung und Sandalen trug. Sie hatte einen bemerkenswerten IQ, was man jedoch ihrem Habitus nach nicht vermutete. Berrington fand solche Leute befremdlich. Wenn man klug ist, dachte er, warum sich dann als Idiot verkleiden? Aber die Hochschulen waren voll von solchen Personen – tatsäch-lich war er mit seiner gepflegten Erscheinung eher eine Ausnahme.

Heute sah er besonders elegant aus in seiner marineblauen Leinen-jacke mit passender Weste und einer feinen Pepitahose. Er begutach-tete sich im Spiegel hinter der Tür, ehe er sein Büro verließ, um Jane aufzusuchen.

Er begab sich zum Gebäude der Studentenschaft. Institutsmitglie-der aßen dort selten – Berrington hatte das Haus nie auch nur betre-ten –, aber Jane nahm da ihren etwas späten Lunch zu sich, wie er von der geschwätzigen Sekretärin der Physikfakultät erfahren hatte.

Der Vorraum war voll von Halbwüchsigen in Shorts, die Schlange standen, um Geld aus den Bankautomaten abzuheben. Er ging weiter in die Cafeteria und schaute sich um. Jane saß in einer hinteren Ecke; sie las in einer Zeitschrift und aß Pommes frites mit den Fingern.

Das Ganze war eine Imbisshalle, wie Berrington sie auf Flughäfen und in Einkaufszentren gesehen hatte, mit einer Pizzabude, einer Eis-cremebar und einem Burger King sowie der üblichen Cafeteria. Ber-rington nahm sich ein Tablett und begab sich in den Cafeteriateil. Hinter dem Glas einer Theke warteten ein paar müde Sandwiches und ein paar traurige Kuchenstücke auf ihre Käufer. Er schauderte; unter normalen Umständen wäre er eher in den nächsten Bundesstaat gefahren, als hier etwas zu sich zu nehmen.

Es würde schwierig werden. Jane war nicht sein Typ Frau. Das machte es noch wahrscheinlicher, dass sie bei der Disziplinaranhörung die falsche Partei ergriff. Er musste sie sich innerhalb kürzester Zeit gewogen machen. Dazu würde es seines ganzen Charmes bedürfen.

Er kaufte ein Stück Käsekuchen und eine Tasse Kaffee und trug es auf dem Tablett zu Janes Tisch. Er zitterte innerlich, zwang sich jedoch, entspannt zu wirken. »Jane«, sagte er, »welch angenehme Überraschung. Darf ich mich zu Ihnen setzen?«

»Sicher«, erwiderte sie freundlich. Sie legte ihre Zeitschrift zur Seite und nahm ihre Brille ab. Dunkelbraune Augen mit Lachfältchen kamen zum Vorschein. Aber sie sah entsetzlich schlampig aus: Ihr langes graues Haar war mit einem in Farbe und Stoff undefinierbarem Lappen zusammengehalten, und ihre unförmige graugrüne Bluse wies an den Achselhöhlen Schweißflecken auf. »Ich glaube nicht, dass ich Sie schon einmal hier gesehen habe«, sagte sie.

»Ich war auch noch nie zuvor hier. Aber in unserem Alter ist es wichtig, nicht zu starr in seinen Gewohnheiten zu werden – finden Sie nicht?«

»Ich bin jünger als Sie«, entgegnete sie mild. »Obwohl man es mir vermutlich nicht ansieht.«

»Aber wie können Sie das sagen!« Er nahm einen Bissen des Käsekuchens. Der Boden war zäh wie Pappe, und die Käse-Sahne schmeckte wie Rasiercreme mit einem Schuss Zitrone. Es kostete ihn Mühe, den Bissen hinunterzuschlucken. »Was halten Sie von Jack Budgens Vorschlag einer Biophysikbibliothek?«

»Sind Sie deshalb hergekommen, um mit mir zu reden?«

»Ich bin nicht hergekommen, um mit Ihnen zu reden, sondern um das Essen hier zu kosten. Hätte ich es lieber nicht! Es ist grauenvoll! Wie können Sie nur hier essen?«

Sie tauchte den Löffel in eine Art Dessert. »Ich bemerke gar nicht, was ich esse, Berry, ich denke an meinen Teilchenbeschleuniger. Erzählen Sie mir von der neuen Bibliothek.«

Berrington war früher einmal ebenso von seiner Arbeit besessen gewesen wie sie. Aber er war dabei stets auf sein Äußeres bedacht gewesen und hatte nicht zugelassen, dass er wie ein Penner herumlief. Trotzdem, als junger Wissenschaftler hatte auch er die Erregung empfunden, die sich bei der Entdeckung geistigen Neulands einstellte. Wie auch immer, sein Leben hatte eine andere Richtung genommen.

Seine Bücher waren Veröffentlichungen der Arbeiten anderer. Seit fünfzehn oder zwanzig Jahren hatte er keine eigene Arbeit mehr verfasst. Einen Augenblick fragte er sich, ob er vielleicht hätte glücklicher sein können, wenn er eine andere Wahl getroffen hätte. Die schlampige Jane, die ungenießbares Zeug in sich hineinschob, während sie über Probleme der Kernphysik grübelte, strahlte eine Ruhe und Zufriedenheit aus, die Berrington nie gekannt hatte.

Und es gelang ihm nicht, sie mit Charme zu bezirzen. Sie war zu weise. Vielleicht sollte er ihr intellektuell schmeicheln. »Ich finde, Sie sollten einen größeren Input haben. Sie sind die führende Physikerin der Universität, eine der hervorragendsten Wissenschaftlerinnen der JFU – Sie sollten an dieser Bibliothek beteiligt sein.«

»Wird es sie denn überhaupt geben?«

»Ich glaube, Genetico wird sie finanzieren.«

»Also das ist einmal eine gute Neuigkeit. Aber was ist Ihr Interesse daran?«

»Vor dreißig Jahren machte ich mir einen Namen damit, dass ich anfing zu fragen, welche menschlichen Wesenszüge ererbt und welche erlernt sind. Dank meiner Arbeit und der von anderen wissen wir nun, dass das genetische Erbe eines Menschen bei einer ganzen Reihe psychologischer Wesenszüge stärker ist als seine Erziehung und Umwelt.«

»Natur über Erziehung.«

»Exakt. Ich bewies, dass ein Mensch seine DNS *ist*. Die junge Generation interessiert sich dafür, wie dieser Prozess abläuft. Was ist der Mechanismus, durch den eine Kombination von Chemikalien mir blaue Augen gibt und Sie einer anderen Kombination ein tiefes, dunkles Braun verdanken, fast Schokoladebraun, schätze ich.«

»Berry«, sagte sie mit leicht sarkastischem Lächeln, »wenn ich eine fünfunddreißigjährige Sekretärin mit betörendem Busen wäre, würde ich denken, dass Sie mit mir flirten.«

Das ist schon besser, dachte er. Sie ist ein bisschen zugänglicher geworden. Er grinste und blickte demonstrativ auf ihren Busen, dann zurück zu ihrem Gesicht. »Ich glaube, Sie sind so betörend, wie Sie sich fühlen.«

Sie lachte, aber ihm entging nicht, dass sie sich geschmeichelt fühlte. Endlich kam er ein wenig voran mit ihr. Da sagte sie: »Ich muss jetzt gehen.«

Verdammt. Er konnte diese Interaktion nicht unter Kontrolle halten. Er musste sich ihre Aufmerksamkeit ganz schnell sichern. Er stand auf, um mit ihr zu gehen. »Es wird wahrscheinlich ein Ausschuss zur Überwachung der Errichtung dieser neuen Bibliothek zusammengestellt«, sagte er, während sie die Cafeteria verließen. »Ich hätte gern Ihre Meinung, wen Sie dafür für geeignet halten.«

»Darüber muss ich erst nachdenken. Aber jetzt habe ich gleich eine Vorlesung über Antimaterie.«

Verdammt, jetzt entkommt sie mir, dachte Berrington.

Da fragte sie: »Können wir uns darüber in Ruhe unterhalten?«

Berrington griff nach dem Strohhalm. »Wie wär's beim Dinner?«

Sie blinzelte überrascht. »Wenn Sie meinen.«

»Heute Abend?«

Sie wirkte ein wenig benommen. »Warum nicht?«

Das würde ihm wenigstens noch einmal eine Chance geben. Erleichtert sagte er: »Ich hole Sie um acht Uhr ab.«

»Okay.« Sie nannte ihm ihre Adresse, und er schrieb sie in einem Taschenkalender auf.

»Was essen Sie gern? – Oh, antworten Sie nicht, ich erinnere mich, dass Sie nur an Ihren Teilchenbeschleuniger denken.« Sie traten in die heiße Sonne hinaus. Er drückte ganz leicht ihren Arm. »Also, bis heute Abend.«

»Berry«, sagte sie, »Sie sind doch nicht auf etwas aus?«

Er zwinkerte ihr zu. »An was hätten Sie denn gedacht?«

Sie lachte und entfernte sich.

KAPITEL 34

R etortenbabys. *In-vitro*-Konzeption. Das war das Bindeglied. Jetzt sah Jeannie klar.

Charlotte Pinker und Lorraine Logan waren beide wegen Unfruchtbarkeit in der Aventine-Klinik behandelt worden. Die Klinik hatte Pionierarbeit auf dem Gebiet der *In-vitro*-Konzeption geleistet: das Verfahren, bei dem Sperma des Vaters und ein Ei der Mutter im Laboratorium zusammengebracht werden und der so entstehende Keimling in die Gebärmutter der Frau implantiert wird.

Eineiige Zwillinge entstehen, wenn eine befruchtete Eizelle sich im Mutterleib bei der Teilung aufspaltet, sodass daraus zwei Einzelwesen werden. Das könnte in der Retorte passiert sein. Danach könnten die Zwillinge aus der Retorte in zwei verschiedene Frauen verpflanzt worden sein. So konnten eineiige Zwillinge von zwei nicht miteinander verwandten Müttern geboren worden sein. Das war's!

Die Kellnerin brachte die Salatplatte, aber Jeannie war zu aufgeregt, auch nur das Geringste zu essen.

Retortenbabys existierten Anfang der Siebzigerjahre lediglich in der Theorie, dessen war sie sicher. Aber Genetico war in seiner Forschung offenbar Jahre voraus gewesen.

Sowohl Lorraine als auch Charlotte hatten gesagt, sie hätten sich einer Hormontherapie unterzogen. Offenbar hatte die Klinik sie belogen, was ihre Behandlung betraf.

Das allein war schon schlimm genug, doch während Jeannie weiter darüber nachdachte, wurden ihr noch mehr Fakten bewusst. Der Keimling, der sich geteilt hatte, konnte das biologische Kind von Lorraine und Charles gewesen sein oder von Charlotte und dem Major, aber nicht von beiden Paaren. Einer der Mütter hatte man das Kind eines anderen Paares implantiert.

Jeannies Herz füllte sich mit Entsetzen und Abscheu, als sie den Gedanken weiterverfolgte und ihr bewusst wurde, dass *beide* Mütter Babys von völlig Fremden bekommen haben könnten.

Sie fragte sich, weshalb Genetico seine Patientinnen auf diese abscheuliche Weise getäuscht hatte. Die Technik war noch unerprobt gewesen, sie hatten vielleicht Versuchspersonen gebraucht. Vielleicht hatten sie ursprünglich um Erlaubnis angesucht und ablehnenden Bescheid erhalten. Oder sie mochten einen anderen Grund zur Geheimhaltung gehabt haben.

Was auch immer ihr Motiv gewesen sein mochte, die Frauen zu täuschen, Jeannie verstand nun, weshalb Genetico ihre Nachforschungen torpedierte. Einer Frau ohne ihr Wissen einen fremden Embryo einzusetzen war gegen jede medizinische Ethik. Kein Wunder, dass sie so verzweifelt versuchten, die Sache zu vertuschen. Falls Lorraine Logan je herausfand, was ihr angetan worden war, würde es zu einem gewaltigen Skandal und zum Ruin von Genetico kommen.

Sie nahm einen Schluck Kaffee. Die Fahrt nach Philadelphia war also doch nicht umsonst gewesen. Sie hatte zwar noch nicht alle Antworten, aber immerhin das zentrale Rätsel gelöst. Das war ungemein befriedigend.

Als sie aufblickte, sah sie voll Erstaunen Steve ins Café kommen.

Er trug eine Khakihose und ein blaues Hemd. Die Tür schloss er mit der Ferse.

Sie lächelte und stand auf, um ihn zu begrüßen. »Steve!«, rief sie erfreut. Da erinnerte sie sich an ihren guten Vorsatz. Sie schlang die Arme um ihn und küsste ihn auf die Lippen. Heute roch er anders, weniger nach Tabak, dafür mehr nach Rasierwasser. Er drückte sie an sich und erwiderte ihren Kuss. Sie hörte die Stimme einer älteren Frau: »Mein Gott, ich erinnere mich an die Zeit, als ich mich so herrlich fühlte.« Mehrere Leute lachten.

Sie ließ ihn los. »Setz dich her. Möchtest du etwas zu essen? Versuch den Salat. Was machst du hier? Ich kann es nicht glauben. Du musst mir nachgefahren sein. Nein, nein, du kanntest ja den Namen der Klinik und hast beschlossen, mich hier zu treffen.«

»Mir war nur danach, mich mit dir zu unterhalten.« Er glättete die Brauen mit der Spitze seines Zeigefingers. Etwas an dieser kleinen Handbewegung störte sie. *Wen hatte sie gesehen, der es genauso machte?* Aber sie verdrängte den Gedanken.

»Ich habe eine große Überraschung für dich.«

Plötzlich wirkte er nervös. »Für mich?«

»Du tauchst gern unerwartet auf, nicht wahr?«

»Ja, schon.«

Sie lächelte ihn an. »Du bist heute ein bisschen merkwürdig. Was hast du denn?«

»Na, du hast mich ganz schön in Fahrt gebracht«, antwortete er. »Können wir nicht hier rausgehen?«

»Sicher.« Sie legte einen Fünfdollarschein auf den Tisch und erhob sich.

»Wo ist dein Wagen?«, fragte sie, als sie ins Freie traten.

»Nehmen wir deinen.«

Sie stiegen in den roten Mercedes. Sie legte den Sicherheitsgurt um, er nicht. Als sie losfuhr, rückte er so nahe zu ihr herüber, wie es nur möglich war, hob ihr Haar und begann sie auf den Nacken zu küssen. Es gefiel ihr, aber es machte sie verlegen. »Ich glaube, wir sind zu alt, das in einem Auto zu tun.«

»Okay.« Er hörte auf und drehte sich nach vorn, ließ jedoch den Arm um ihre Schultern. Sie fuhr nun ostwärts auf der Chestnut Street. Als sie zur Brücke kamen, sagte er: »Nimm die Schnellstraße – ich möchte dir was zeigen.«

Der Beschilderung folgend, bog sie rechts auf die Schuylkill Avenue und hielt an einer Ampel.

Die Hand auf ihrer Schulter wanderte tiefer und er begann, ihren Busen zu streicheln. Sie spürte, wie ihre Brustwarzen steif wurden, trotzdem fühlte sie sich nicht wohl dabei. Es war beinahe so, als würde sie in der U-Bahn von einem Fremden abgetastet. »Steve, ich mag dich«, versicherte sie ihm, »aber du gehst mir etwas zu schnell vor.«

Er antwortete nicht, doch seine Finger fanden ihre Brustwarze und zwickten sie fest.

»Au! Das tut weh! Was in aller Welt ist in dich gefahren?« Sie schob ihn mit der Rechten von sich. Die Ampel wurde grün, und sie fuhr auf den Zubringer zur Schnellstraße.

»Also, ich kenne mich mit dir wirklich nicht aus«, beschwerte er sich. »Erst küsst du mich wie eine Nymphomanin, heizt mich gründlich an, dann wirst du kalt wie Eis.«

Und ich hielt diesen Jungen für reif! »Hör zu, eine Frau küsst dich, weil sie dich küssen will. Das ist kein Freibrief, dass du mit ihr tun kannst, was zur Hölle dir gerade einfällt! Und du sollst ihr *nie* wehtun!« Sie fuhr nun südwärts auf der Schnellstraße.

»Manche Mädchen mögen es, wenn man ihnen wehtut.« Er legte eine Hand auf ihr Knie.

Jeannie entfernte sie. »Was willst du mir eigentlich zeigen?«, fragte sie, um ihn abzulenken.

»Das!« Er nahm ihre Rechte. Einen Moment später spürte sie seinen nackten Penis, steif und heiß.

»Großer Gott!« Sie zog ihre Hand verärgert zurück. Wie konnte sie diesen Burschen nur so falsch eingeschätzt haben! »Steck ihn weg, Steve, und hör auf, dich wie ein gottverdammter Halbstarker zu benehmen!«

Plötzlich spürte sie einen heftigen Schlag auf der rechten Wange.

Sie schrie und riss das Lenkrad zur Seite. Eine Hupe gellte, als ihr Wagen zur nächsten Spur und direkt vor einen Fernlaster schwenkte. Ihre Gesichtsknochen brannten vor schier unerträglichem Schmerz, und sie spürte den Geschmack von Blut auf der Zunge. Sie bemühte sich, den Schmerz zu ignorieren und die Kontrolle über ihren Wagen zurückzugewinnen.

Entsetzt wurde ihr erst jetzt klar, dass er ihr einen brutalen Fausthieb versetzt hatte.

Noch nie hatte jemand gewagt, sie zu schlagen!

»Du Hurensohn!«, schrie sie.

»Und jetzt machst du's mir mit der Hand!«, befahl er. »Wenn nicht, schlag ich dich zusammen.«

»Fick dich selbst!«, schrie sie.

Aus dem Augenwinkel sah sie, dass er zu einem neuerlichen Fausthieb ansetzte.

Ohne zu überlegen, trat sie auf die Bremse.

Er wurde nach vorn geworfen, und seine Faust verfehlte sie. Sein

Kopf krachte gegen die Windschutzscheibe. Reifen quietschten protestierend, als der Chauffeur einer weißen Limousine das Steuer herumriss, um dem Mercedes auszuweichen.

Als Steve sein Gleichgewicht wiedererlangte, nahm sie den Fuß von der Bremse. Der Wagen rollte weiter. Wenn sie noch einige Male plötzlich auf die Bremse trat, müsste ihn das so in Schrecken versetzen, dass er sie anflehen würde, ihn aussteigen und das Weite suchen zu lassen. Sie wiederholte ihr Bremsmanöver, und wieder wurde er nach vorn geworfen.

Diesmal fasste er sich schneller. Der Mercedes kam zum Stehen. Pkws und Lkws wichen ihm mit lautem Hupen aus. Jetzt war es Jeannie, die in Panik geriet. Jeden Augenblick mochte ein anderes Fahrzeug in den Mercedes krachen – und obendrein funktionierte ihr Plan nicht. Der Wahnsinnige schien absolut keine Angst zu haben. Unbeirrbar fuhr er mit der Hand unter ihren Rock und riss ihr die Strumpfhose auf.

Jeannie versuchte, ihn wegzudrängen, aber er hatte sich nun so eng an sie gepresst, dass sie seinen Atem auf ihrem Gesicht spürte, und ließ sie nicht los. Er würde doch nicht wirklich versuchen, sie hier auf der Schnellstraße zu vergewaltigen? Verzweifelt öffnete sie die Fahrertür, aber sie konnte sich nicht hinauswinden, weil sie den Sicherheitsgurt umhatte und Steves wegen nicht an den Verschluss herankam.

Von einem weiteren Zubringer näherte sich eine Autoschlange und zog mit gut hundert Stundenkilometer auf der Überholspur vorbei. Gab es denn nicht einen einzigen Fahrer, der anhielt und einer Frau half, die gerade Opfer einer Vergewaltigung wurde?

Während sie sich immer noch anstrengte, Steve von sich zu schieben, rutschte ihr Fuß von der Bremse, und der Wagen rollte vorwärts. Vielleicht konnte sie Steve wieder aus dem Gleichgewicht bringen und ihm dann so zusetzen, dass er endlich die Flucht ergriff. Glücklicherweise hatte sie noch die Kontrolle über den Wagen, ihr einziger Vorteil. In ihrer Verzweiflung stieg sie aufs Gaspedal und trat es durch.

Mit einem Ruck schoss der Mercedes los. Wieder quietschten Bremsen. Ein Greyhoundbus verfehlte ihren Kotflügel nur knapp.

Steve wurde auf seinen Sitz zurückgeworfen und ließ einen Augenblick von ihr ab. Doch Sekunden später waren seine Hände scheinbar überall auf ihr. Er zog ihre Brüste aus dem Büstenhalter und fuhr mit der anderen Hand in den Slip, den sie unter der Strumpfhose trug. Sie war außer sich vor Wut und Verzweiflung. Es schien ihm überhaupt nichts auszumachen, ob er dabei sie und sogar sich selbst umbrachte. Was konnte sie bloß tun, um ihn außer Gefecht zu setzen?

Sie schwang den Mercedes abrupt nach links, und Steve wurde gegen die Beifahrertür geschleudert. Dabei wäre sie fast gegen einen Wagen der Müllabfuhr gekracht, und einen entsetzlichen Augenblick lang sah sie das vor Schreck erstarrte Gesicht des Fahrers: ein ältlicher Mann mit grauem Schnurrbart. Dann drehte sie das Lenkrad nach rechts und brachte den Mercedes aus der Gefahrenzone.

Steve attackierte sie wieder und mit noch größerer Heftigkeit. Sie stieg auf die Bremse, um eine Sekunde danach erneut das Gaspedal durchzutreten. Aber er lachte, während er herumgeworfen wurde, als säße er im Skooter eines Autodroms im Vergnügungspark. Und dann fiel er erneut über sie her.

Sie rammte ihm den rechten Ellbogen in die Seite, versuchte ihn mit der Faust zu treffen, konnte aber nicht genügend Kraft einsetzen, solange sie chauffieren musste. Sie erreichte damit nur, dass sie ihn noch ein paar Sekunden ablenkte.

Wie lange konnte das so weitergehen? Gab es in dieser Stadt denn keine Polizeistreifen?

Über Steves Schulter entdeckte sie eine Ausfahrt. Nur ein paar Meter hinter ihr war ein alter himmelblauer Cadillac. Im letzten Moment schwang sie das Lenkrad herum. Die Reifen quietschten; auf nur zwei Rädern fahrend legte der Mercedes sich seitwärts, und Steve fiel hilflos gegen sie. Der blaue Cadillac scherte aus, um ihr auszuweichen. Eine Kakophonie wütenden Hupens war die Folge; dann vernahm sie das Krachen von aufeinanderfahrenden Autos und Klirren brechenden Glases. Sie befand sich auf der Ausfahrt. Der Mercedes schlingerte und drohte gegen die Betonwand auf der einen oder anderen Seite zu knallen, aber es gelang ihr, ihn wieder fest in den Griff zu kriegen.

Sie beschleunigte die Ausfahrt hinunter. Kaum fuhr der Wagen wieder auf seinen vier Rädern, stieß Steve die Hand zwischen ihre Beine und versuchte, ihr den Slip herunterzureißen. Ein schneller Blick auf sein Gesicht zeigte ihr, dass er lüstern grinste. Seine Augen waren geweitet, und er keuchte und schwitzte vor sexueller Erregung. Er genoss es. Das war verrückt!

Weder vor noch hinter ihnen waren Fahrzeuge zu sehen. Die Ausfahrt endete bei einer Ampel, die auf Grün geschaltet hatte. Links befand sich ein Friedhof. Sie entdeckte einen nach rechts deutenden Wegweiser, auf dem »Civic Center Boulevard« stand, und bog in der Hoffnung auf eine belebte Einkaufsstraße dorthin ab. Zu ihrer Bestürzung erwies sich die Anlage jedoch als düstere Betonwüste unbenutzter Gebäude und Plätze. Vor ihr schaltete eine Ampel auf Rot. Wenn sie anhielt, würde sie keine Chance mehr haben.

Steve hatte nun die Hand unter dem Höschen und brüllte: »Halt an!« Wie ihr war ihm klar geworden, dass er hier eine gute Chance hatte, sie zu vergewaltigen, ohne dass jemand aufmerksam wurde.

Er attackierte sie nun noch heftiger, doch schlimmer als der Schmerz war ihre Angst davor, wie es weitergehen würde. Mit Höchstgeschwindigkeit fuhr sie auf die rote Ampel zu.

Eine Ambulanz kam von links und bog vor ihr ein. Sie trat die Bremse durch und wich aus. Der verrückte Gedanke schoss ihr durch den Kopf: Wenn mir jetzt was passiert, ist zumindest gleich Hilfe da.

Plötzlich zog Steve die Hände von ihrem Körper zurück. Einen Moment genoss sie die unerwartete Erleichterung. Doch da packte er bereits den Ganghebel und schob ihn in den Leerlauf. Der Wagen verlor Fahrt. Jeannie riss den Hebel zurück und drückte das Gaspedal durch.

Wie lange kann das so weitergehen, fragte sie sich. Sie musste eine Gegend erreichen, wo sich Leute befanden, ehe es womöglich zu einem Unfall kam. Aber Philadelphia war zur Mondlandschaft geworden.

Steve fasste nach dem Lenkrad und versuchte den Wagen auf den Bürgersteig zu steuern. Jeannie riss es rasch zurück. Die hinteren Räder kamen ins Schleudern, und der Ambulanzfahrer hupte verärgert.

Steve versuchte es aufs Neue. Diesmal machte er es schlauer. Mit der Linken schlug er den Ganghebel in den Leerlauf und mit der Rechten packte er das Lenkrad. Der Wagen wurde langsamer und rollte auf den Bordstein.

Jeannie ließ das Steuer los, wandte sich Steve zu und stieß ihn mit aller Kraft weg. Ihre Stärke überraschte ihn und schien seine Energie zu lähmen. Der Mercedes schoss wieder vorwärts, aber Jeannie wusste, dass sie sich Steve nicht viel länger vom Leib halten konnte. Jeden Augenblick mochte es ihm gelingen, den Wagen anzuhalten, und sie würde hier bei ihm gefangen sein. Er fand sein Gleichgewicht wieder, als sie nach links abbog.

Es gelang ihm, beide Hände um das Lenkrad zu legen. Das ist das Ende, dachte sie, mehr kann ich nicht mehr tun. Da war der Wagen um die Biegung herum, und die Gegend sah mit einem Mal völlig anders aus.

Hier waren eine betriebsame Straße, ein Krankenhaus, vor dem Leute standen, eine Reihe Taxis und eine chinesische Imbissbude. »Ja!«, rief Jeannie triumphierend. Sie trat auf die Bremse. Steve riss das Lenkrad herum, und sie riss es wieder zurück. Schlingernd und kreischend hielt der Mercedes mitten auf der Straße an. Ein gutes Dutzend Taxifahrer an der Imbissbude drehten sich um, um zu sehen, was los war.

Steve öffnete die Beifahrertür, stürmte hinaus und raste davon.

»Gott sei Dank!«, hauchte Jeannie.

Einen Moment später war er verschwunden.

Jeannie blieb keuchend sitzen. Er war fort. Der Albtraum war zu Ende.

Einer der Taxifahrer kam herüber und steckte den Kopf durch die Beifahrertür. Hastig ordnete Jeannie ihre Kleidung. »Sind Sie okay, Lady?«, fragte er.

»Ich glaube schon«, antwortete sie atemlos.

»Was war da eigentlich los?«

Sie schüttelte den Kopf. »Wenn ich das wüsste«, murmelte sie.

KAPITEL 35

Steve saß auf einer niedrigen Mauer in der Nähe von Jeannies Haus und wartete auf sie. Es war heiß, aber der Schatten eines riesigen Ahorns fiel auf die Mauer. Jeannie wohnte in einem alten Arbeiterviertel mit den traditionellen Reihenhäusern. Teenager aus einer nahen Schule schlenderten lachend oder streitend und Süßigkeiten naschend nach Hause. Vor acht oder neun Jahren war er noch wie sie gewesen.

Jetzt aber hatte er Sorgen und war verzweifelt. Heute Nachmittag hatte sein Anwalt mit Sergeant Delaware von der Abteilung für Sexualverbrechen in Baltimore gesprochen. Die Polizeibeamtin hatte ihm mitgeteilt, dass die DNS der Spermaspuren in Lisa Hoxtons Vagina die gleiche war wie die von Steves Blut.

Er war erschüttert. So überzeugt war er gewesen, dass der DNS-Test dieses böse Spiel beenden würde.

Er spürte, dass sein Anwalt nicht mehr an seine Unschuld glaubte. Mom und Dad schon, aber beide standen genau wie er vor einem Rätsel und beide verstanden genug von der Materie, um zu wissen, dass DNS-Tests keinen Zweifel zuließen.

In seinen schlimmsten Augenblicken fragte er sich, ob er vielleicht eine gespaltene Persönlichkeit hatte. Vielleicht gab es noch einen anderen Steve, der sein Bewusstsein übernahm, Frauen schändete und ihm danach seinen Körper wieder überließ. Das wäre eine Möglichkeit, weshalb er nicht wusste, was er getan hatte. Ominöserweise erinnerte er sich, dass es nach seiner handgreiflichen Auseinandersetzung mit Tip Hendricks ein paar Sekunden gegeben hatte, die völlig aus seinem Gedächtnis gelöscht waren. Und dass er nahe daran gewesen war, seine Finger in Porky Butchers Gehirn zu stoßen. War es sein anderes Ich, das all das tat? Er glaubte es nicht wirklich. Es musste eine andere Erklärung geben.

Der Hoffnungsfunke war das Rätsel, das ihn und Dennis Pinker umgab. Dennis hatte die gleiche DNS wie er. Und der einzige Mensch, der Licht in diese Sache bringen konnte, war Jeannie Ferrami.

Die Teenager verschwanden in ihren Häusern, und die Sonne tauchte hinter die Häuserreihe auf der gegenüberliegenden Straßenseite. Gegen achtzehn Uhr parkte der rote Mercedes auf seinem etwa fünfzig Meter entfernten Parkstreifen ein. Jeannie stieg aus. Zunächst bemerkte sie Steve gar nicht. Sie öffnete den Kofferraum und hob einen großen schwarzen Müllsack heraus. Dann schloss sie den Mercedes ab und kam den Bürgersteig entlang auf ihn zu.

Sie war sehr formell in ein schwarzes Kostüm gekleidet, aber sie sah derangiert aus, und ihr schleppender Gang wirkte müde und berührte ihn zutiefst. Er fragte sich, was geschehen war, das sie so mitgenommen hatte. Trotzdem war sie noch wunderschön, und er beobachtete sie sehnsüchtigen Herzens.

Als sie näher kam, stand er lächelnd auf und machte einen Schritt auf sie zu. Entsetzen zeichnete ihr Gesicht.

Sie öffnete den Mund und schrie.

Er erstarrte im Schritt. Bestürzt fragte er: »Jeannie, was ist los?«

»Bleiben Sie mir vom Leib!«, schrillte sie. »Kommen Sie ja keinen Schritt näher! Ich rufe gleich die Polizei!«

Völlig verblüfft hob Steve abwehrend die Hände. »Schon gut, schon gut, wie Sie meinen. Ich komme nicht näher, okay? Was ist in Sie gefahren?«

Ein Nachbar trat aus dem Haus, in dem auch Jeannie wohnte. Wahrscheinlich der Mieter der Parterrewohnung, vermutete Steve. Er war ein alter Schwarzer in kariertem Hemd mit Krawatte. »Ist alles in Ordnung, Jeannie?«, erkundigte er sich. »Mir war, als hätte ich jemand schreien hören.«

»Das war ich, Mr. Oliver«, erwiderte sie mit zitternder Stimme. »Dieser Mistkerl hat mich heute Nachmittag in Philadelphia in meinem Wagen überfallen.«

»Ich Sie überfallen?«, sagte Steve, als hätte er nicht richtig gehört. »So etwas würde ich doch nicht tun!«

»Sie schändlicher Hurensohn, das haben Sie aber – vor zwei Stunden!«

Steve war zutiefst betroffen. Er hatte genug davon, der Brutalität beschuldigt zu werden. »Das ist eine Unverschämtheit! Ich war seit Jahren nicht mehr in Philadelphia!«

Jetzt griff Mr. Oliver ein. »Dieser junge Herr sitzt schon seit fast zwei Stunden auf der Mauer, Jeannie. Er *kann* heute Nachmittag nicht in Philadelphia gewesen sein.«

Jeannie machte ein wütendes Gesicht und schien kurz davor zu sein, ihren gutmütigen Nachbarn der Lüge zu bezichtigen.

Steve bemerkte, dass sie keine Strümpfe trug. Ihre nackten Beine passten nicht zu einer so formellen Kleidung. Eine Gesichtsseite war etwas geschwollen und wies einen leichten Bluterguss auf. Jemand *hatte* sie überfallen. Steve sehnte sich danach, sie in die Arme zu nehmen und zu trösten. Das machte ihre Furcht vor ihm noch schmerzvoller für ihn. »Er hat Ihnen wehgetan«, knirschte er. »Dieser Hundesohn!«

Ihr Gesichtsausdruck veränderte sich. Der panische Schrecken verging. Sie blickte den Nachbar an. »Er ist wirklich seit zwei Stunden da?«

Er zuckte die Schultern. »Mindestens eine Stunde und vierzig oder fünfzig Minuten.«

»Sind Sie ganz sicher?«

»Jeannie, wenn er vor zwei Stunden in Philadelphia war, muss er in der Concorde hergekommen sein.«

Jetzt wandte sie sich an Steve. »Es muss Dennis gewesen sein.«

Er ging auf sie zu. Sie wich nicht zurück. Er berührte mit den Fingerspitzen behutsam ihre geschwollene Wange. »Arme Jeannie.«

»Ich dachte, Sie waren es.« Tränen glänzten in ihren Augen.

Er nahm sie in die Arme. Er spürte, wie ihr Körper sich allmählich entspannte. Dann lehnte sie sich vertrauensvoll an ihn. Er strich ihr über den Kopf und fuhr mit gespreizten Fingern durch die schweren Wellen ihres dunklen Haars. Mit geschlossenen Augen dachte er, wie durchtrainiert ihr schlanker Körper doch war. Ich wette, Dennis hat ebenfalls so einiges abbekommen, hoffe ich zumindest.

Mr. Oliver hüstelte. »Möchtet ihr jungen Leute eine Tasse Kaffee?«

Jeannie löste sich aus Steves Umarmung. »Nein, danke. Ich möchte nur raus aus diesen Klamotten!«

Sie sah erschöpft aus, Steve fand sie jedoch noch bezaubernder als sonst. Ich verliebe mich in diese Frau, dachte er. Es ist nicht nur, dass ich mit ihr schlafen möchte – obwohl ich das natürlich auch möchte. Ich möchte ihr Freund sein. Ich möchte neben ihr sitzen und mit ihr fernsehen, mit ihr im Supermarkt einkaufen und sie pflegen, wenn sie krank ist. Ich möchte sehen, wie sie ihre Zähne putzt und ihre Jeans anzieht und ihren Toast bestreicht. Ich möchte, dass sie mich fragt, ob ihr der orangefarbene Lippenstift steht und ob sie einen Rasierapparat kaufen soll und um wie viel Uhr ich nach Hause kommen werde.

Er fragte sich, ob er den Mut haben würde, ihr das zu gestehen.

Sie überquerte die Reihenhausveranda zur Haustür. Steve zögerte. Er wollte gern mitkommen, doch dazu musste sie ihn erst auffordern.

Auf der Schwelle drehte sie sich um. »Na, kommen Sie schon!«

Er folgte ihr die Treppe hinauf und betrat hinter ihr das Wohnzimmer. Sie ließ den schwarzen Müllsack auf den Teppich fallen. Dann ging sie in die Küchennische, zog die Schuhe aus und warf sie zu seiner Verblüffung in den Küchenabfalleimer.

»Ich werde diese gottverdammten Klamotten nie wieder anziehen!«, knirschte sie.

Sie schlüpfte aus der Kostümjacke und stopfte sie den Schuhen hinterher. Dann, während Steve ihr ungläubig zusah, knöpfte sie ihre Bluse auf, zog sie aus und gab sie ebenfalls in den Müll.

Sie trug einen schlichten schwarzen Baumwollbüstenhalter. Bestimmt wird sie den nicht auch vor mir ausziehen, dachte Steve. Aber sie langte auf den Rücken, öffnete ihn und warf ihn ebenfalls in den Abfalleimer. Sie hatte feste, kleine Brüste mit vorstehenden braunen Brustwarzen. An der Schulter, wo der Träger ein wenig gedrückt hatte, war die Haut leicht gerötet. Stevens Mund wurde trocken.

Sie zog den Reißverschluss des Rocks auf und ließ das Kleidungsstück auf den Boden fallen. Ein dünner schwarzer Slip kam zum Vorschein. Steven starrte sie nun offenen Mundes an. Ihre Figur war vollkommen: die kräftigen Schultern, die festen Brüste, der flache Bauch und die langen, wohlgeformten Beine. Sie schob ihr Höschen hinunter, bückte sich und knüllte es mit dem Rock zusammen, dann stopfte sie das Bündel ebenfalls in den Mülleimer. Ihre Schamhaare waren eine dichte Masse schwarzer Löckchen.

Sie blickte Steve einen Augenblick benommen an, fast als wüsste sie nicht, wie er hierhergekommen war. Dann sagte sie: »Ich muss jetzt duschen.«

Nackt ging sie an ihm vorbei. Er blickte sehnlich auf ihren Rücken und nahm die Einzelheiten ihrer Schulterblätter, ihrer schmalen Taille, die sanfte Kurve ihrer Hüften und die Muskeln ihrer Beine auf. Sie war so schön, dass es schmerzte.

Sie verließ das Zimmer. Augenblicke später hörte er Wasser laufen.

»Großer Gott!«, hauchte er und setzte sich auf die schwarze Couch. Was bedeutete das? War es eine Art Test? Was versuchte sie ihm mitzuteilen?

Er lächelte. Welch ein wundervoller Körper, so schlank und rank und stark und von so vollkommener Ebenmäßigkeit. Was auch immer noch geschah, er würde nie vergessen, wie sie aussah.

Sie ließ sich viel Zeit mit dem Duschen. Ihm wurde bewusst, dass er durch das Drama ihrer Beschuldigungen gar nicht dazu gekommen war, ihr seine mysteriöse Neuigkeit mitzuteilen. Endlich schaltete sie das Wasser ab. Eine Minute später kehrte sie in das Zimmer zurück. Sie hatte ein fuchsienrotes Badetuch um sich gewickelt, und ihr nasses Haar war an den Kopf geklatscht. Sie setzte sich neben ihn auf die Couch und fragte: »Habe ich es geträumt, oder habe ich mich wirklich vor Ihnen ausgezogen?«

»Kein Traum«, entgegnete er. »Sie haben Ihre gesamte Kleidung in den Mülleimer gestopft.«

»Großer Gott! Ich weiß nicht, was in mich gefahren ist.«

»Es gibt nichts, wofür Sie sich entschuldigen müssten. Ich bin froh, dass Sie so viel Vertrauen in mich haben. Sie können sich nicht vorstellen, wie viel mir das bedeutet.«

»Sie müssen mich für ganz schön durchgedreht halten.«

»Nein, aber ich glaube, dass es der Schock nach Ihrem Erlebnis in Philadelphia war.«

»Vielleicht war es das. Ich erinnere mich nur, dass ich keinen anderen Gedanken hatte, als mich der Kleidung zu entledigen, die ich getragen habe, als es passierte.«

»Vielleicht ist jetzt der Augenblick, die Wodkaflasche zu öffnen, die Sie im Tiefkühlfach aufbewahren.«

Sie schüttelte den Kopf. »Was ich jetzt wirklich gern hätte, ist Jasmintee.«

»Erlauben Sie mir, ihn aufzubrühen.« Steve erhob sich und trat hinter den kleinen Küchentisch. »Wieso schleppen Sie einen Müllsack mit sich herum?«

»Man hat mich heute gefeuert. Man hat meinen ganzen persönlichen Kram in diesen Sack gestopft und mich aus meinem Büro ausgesperrt.«

»*Wa-as?*« Er konnte es nicht glauben. »Wieso?«

»In der *New* York Times stand heute ein Artikel, in dem behauptet wird, dass ich mit der Benutzung von Datenbanken die Privatsphäre verletze. Aber ich glaube, es war nur eine Ausrede von Berrington Jones, um mich loszuwerden.«

Steve kochte fast vor Empörung. Er wollte protestieren, ihr helfen, sie vor dieser boshaften Schikane schützen. »Darf man Sie überhaupt so Hals über Kopf entlassen?«

»Nein. Ich habe morgen Vormittag eine Anhörung vor dem Disziplinarkomitee des Universitätssenats.«

»Sie und ich haben eine unglaublich schlimme Woche.« Er wollte ihr vom Ergebnis des DNS-Tests erzählen, als sie nach dem Telefon griff.

»Ich brauche die Nummer der Greenwood-Strafvollzugsanstalt bei Richmond in Virginia.« Während Steve den elektrischen Wasserkocher füllte, notierte sie sich eine Nummer, dann wählte sie erneut. »Dürfte ich mit Direktor Temoigne sprechen? Ich bin Dr. Ferrami ... Ja, ich warte ... Danke ... Guten Abend, Herr Direktor. Wie geht es Ihnen? ... Oh, mir geht es gut. Sie mögen es vielleicht für eine dumme Frage halten, aber sitzt Dennis Pinker noch bei Ihnen ein? ... Sie sind sicher? Sie haben ihn mit eigenen Augen gesehen? ... Vielen Dank ... Lassen Sie es sich ebenfalls gut gehen. Wiederhören.« Sie sah zu Steve hoch. »Dennis ist immer noch in der Strafanstalt. Der Direktor hat erst vor einer Stunde persönlich mit ihm gesprochen.«

Steve gab einen Löffelvoll Jasmintee in die Kanne und fand zwei Tassen. »Jeannie, die Kripo hat das Ergebnis des DNS-Tests.«

Sie wurde sehr still. »Und . . .?«

»Die DNS aus Lisas Vagina entspricht der meines Blutes.«

Benommen sagte sie: »Denken Sie, was ich denke?«

»Jemand, der aussieht wie ich und meine DNS hat, hat am Sonntag Lisa Hoxton vergewaltigt. Derselbe Kerl hat Sie heute in Philadelphia überfallen. *Und es ist nicht Dennis Pinker!*«

Sie blickten einander bestürzt an, bis Jeannie es aussprach: »Es gibt drei von Ihrer Sorte!«

»Großer Gott!«, rief er verzweifelt. »Aber das ist ja noch unwahrscheinlicher! Die Kripo wird es nie glauben! Wie konnte so etwas passieren?«

»Warten Sie«, sagte sie aufgeregt. »Sie wissen ja noch nicht, was ich heute Nachmittag entdeckte, bevor ich Ihrem Doppelgänger begegnet bin. Ich habe die Erklärung!«

»Lieber Gott, lass es wahr sein.«

Sie blickte ihn besorgt an. »Steve, es wird vielleicht ein Schock für Sie sein!«

»Egal, ich möchte es nur verstehen.«

Sie griff in den schwarzen Müllsack und brachte eine Segeltuchaktenmappe zum Vorschein. »Sehen Sie sich das an.« Sie holte eine Hochglanzbroschüre heraus, schlug die erste Seite auf und reichte sie Steve, der atemlos zu lesen begann:

Die Aventine-Klinik wurde 1972 von Genetico, Inc., gegründet, als eines der ersten Forschungs- und Entwicklungszentren für menschliche *In-vitro*-Konzeption – die Erschaffung von »Retortenbabys«, wie die Zeitungen es nannten.

Steve fragte: »Sie glauben, dass Dennis und ich Retortenbabys sind?«

»Ja.«

Er hatte ein seltsames, Übelkeit erregendes Gefühl in der Magengrube. »Das ist ja unglaublich! Aber was erklärt es?«

»Eineiige Zwillinge könnten im Laboratorium geschaffen und dann in die Gebärmutter von verschiedenen Frauen implantiert worden sein.«

Steves Übelkeit nahm zu. »Aber kamen Sperma und Ei von Mom und Dad – oder von den Pinkers?«

»Das weiß ich nicht.«

»Also könnten die Pinkers meine biologischen Eltern sein. O Gott!«

»Es gibt noch eine andere Möglichkeit.«

Steve entnahm Jeannies Gesichtsausdruck, dass sie befürchtete, das würde ebenfalls ein Schock für ihn sein. Seine Gedanken überschlugen sich. Er ahnte, was sie sagen würde, und kam ihr zuvor. »Möglicherweise kamen Sperma und Ei *weder* von meinen Eltern *noch* von den Pinkers. Ich könnte das Kind von völlig Fremden sein!«

Sie antwortete nicht, aber ihr ernster Blick verriet ihm, dass er recht hatte.

Ihm war, als hätte man ihm den Boden unter den Füßen weggezogen wie in einem schlechten Traum, in dem er fiel und fiel und fiel. »Es ist schwer, es sich auch nur vorzustellen«, murmelte er. Der Kocher schaltete sich aus. Um etwas mit den Händen zu tun, goss Steve das kochende Wasser in die Teekanne. »Ich habe weder Mom noch Dad je besonders ähnlich gesehen. Sehe ich wie einer der Pinkers aus?«

»Nein.«

»Dann waren es höchstwahrscheinlich Fremde.«

»Steve, nichts davon ändert etwas an der Tatsache, dass Ihre Mom und Ihr Dad Sie lieben und Sie großgezogen haben und vermutlich immer noch ihr Leben für Sie geben würden.«

Mit zitternder Hand schenkte er Tee in die zwei Tassen. Er reichte Jeannie eine und setzte sich mit der anderen neben sie auf die Couch. »Wie erklärt all das den dritten Zwilling?«

»Wenn es Zwillinge in der Retorte gab, könnte es genauso gut Drillinge gegeben haben. Es ist der gleiche Vorgang: Eine der befruchteten

Eizellen teilte sich erneut. Es kommt in der Natur vor, also vermute ich, dass es auch im Labor geschehen kann.«

Steve war immer noch, als fiele er in bodenlose Tiefen, doch nun erwachte noch ein weiteres Gefühl: Erleichterung. Was Jeannie da sagte, war bizarr, aber es bot zumindest eine rationale Erklärung, wieso er zweier brutaler Verbrechen beschuldigt worden war.

»Wissen Mom und Dad irgendetwas davon?«

»Das glaube ich nicht. Ihre Mutter und Charlotte Pinker erzählten mir, dass sie sich zur Hormonbehandlung in die Klinik begaben. *In-vitro*-Konzeption wurde zu jener Zeit noch nicht praktiziert. Genetico musste mit dieser Technik allen anderen um Jahre voraus gewesen sein. Und ich glaube, sie probierten sie aus, ohne ihre Patientinnen darüber zu informieren.«

»Kein Wunder, dass Genetico Angst hat. Jetzt verstehe ich, warum Berrington so verzweifelt versucht, Sie zu diffamieren.«

»Ja, was sie taten, war *wirklich* alles andere als ethisch! Das lässt eine Belästigung der Privatsphäre unbedeutend erscheinen.«

»Es entbehrte nicht nur jeglicher Ethik, es könnte Genetico finanziell ruinieren.«

»Das würde eine Menge erklären!«, rief sie aufgeregt. »Aber wie könnte es sie ruinieren?«

»Es ist ein zivilrechtliches Delikt. Wir haben das im vorletzten Semester behandelt.« Währenddessen dachte er: Wieso rede ich mit ihr über zivilrechtliche Delikte, wenn ich ihr doch so gern sagen würde, wie sehr ich sie liebe? »Wenn Genetico einer Frau Hormonbehandlung anbot und ihr dann absichtlich einen fremden Fötus implantierte, ohne es ihr zu sagen, ist das eine Verletzung durch arglistige Täuschung eines durch konkludentes Handeln begründeten Vertrags.«

»Aber es liegt so lange zurück? Gibt es da keine gesetzliche Verjährung?«

»Schon. Aber sie beginnt mit dem Zeitpunkt der Aufdeckung der arglistigen Täuschung.«

»Ich verstehe immer noch nicht, wie das die Firma Genetico ruinieren könnte.«

»Das ist ein Idealfall für verschärften Schadensersatz. Das bedeutet, dass nicht nur das Opfer entschädigt werden muss, sagen wir für
das Aufziehen des Kindes eines anderen, sondern dass auch die Täter
bestraft werden, und zwar durch eine Abschreckungsstrafe, damit sie
und andere sich des gleichen Vergehens nicht noch einmal schuldig
machen.«

»Wie hoch?«

»Genetico missbrauchte wissentlich den Körper einer Frau für die
eigenen geheimen Zwecke – ich bin überzeugt, jeder Anwalt, der sein
Honorar wert ist, würde hundert Millionen Dollar fordern.«

»Nach dem gestrigen *Wall Street Journal* ist das ganze Unternehmen nur hundertundachtzig Millionen wert.«

»Also wären sie ruiniert.«

»Es könnte Jahre dauern, bis die Sache vor Gericht kommt.«

»Aber sehen Sie denn nicht? Allein schon die Drohung würde die
Übernahme verhindern!«

»Wieso?«

»Die Gefahr, dass Genetico ein Vermögen an Schadensersatz
bezahlen muss, verringert den Wert der Anteile. Die Übernahme
würde zumindest verschoben werden, bis Landsmann die Höhe seiner
Haftung wüsste.«

»Wow! Dann geht es also nicht nur um seinen Ruf. Er könnte
obendrein das ganze Geld verlieren!«

»Richtig.« Steve erinnerte sich an sein eigenes Problem. »Leider
nutzt mir das alles nichts.« Seine düstere Stimmung kehrte zurück.
»Ich muss Ihre Theorie des dritten Zwillings beweisen können. Und
die einzige Möglichkeit, das zu bewerkstelligen, ist, ihn zu finden.« Ein
Gedanke kam ihm. »Könnte Ihr Computerprogramm nicht dazu
benutzt werden? Sie verstehen doch, was ich meine?«

»Sicher.«

Aufgeregt meinte er: »Wenn ein Suchvorgang Dennis und mich
aufspürte, wäre es doch möglich, dass ein weiterer mich und den dritten ausspuckt, oder Dennis und den dritten, oder uns alle drei.«

»Ja.«

Sie war nicht so begeistert, wie sie seiner Meinung nach eigentlich sein sollte. »Können Sie es tun?«, vergewisserte er sich deshalb.

»Nach dieser schlechten Publicity werde ich Schwierigkeiten haben, überhaupt irgendeine Datenbank benutzen zu dürfen.«

»Verdammt!«

»Aber eine Möglichkeit besteht noch. Ich konnte bereits die Fingerabdruckdatei des FBI durchsuchen lassen.«

Steve schöpfte sofort wieder Hoffnung. »Dennis ist bestimmt in ihrer Datei. Sollten irgendwann auch Fingerabdrücke des dritten genommen worden sein, müsste er doch zu finden sein!«

»Aber die Ergebnisse sind auf einer Diskette in meinem Büro gespeichert, zu dem ich keinen Zugang mehr habe!«

»O nein! Und Sie können nicht hinein!«

»Stimmt.«

»Was soll's, dann brech ich einfach die Tür auf. Worauf warten wir noch? Gehen wir gleich!«

»Dann könnten Sie schnell wieder hinter Gittern landen. Außerdem besteht da vielleicht noch eine andere Möglichkeit.«

Mit Mühe beruhigte Steve sich. »Sie haben recht. Es muss noch eine andere Möglichkeit geben, an diese Diskette zu kommen.«

Wieder griff Jeannie nach dem Telefon. »Ich habe Lisa Hoxton gebeten, zu versuchen, in mein Büro zu kommen. Erkundigen wir uns, ob es ihr gelungen ist.« Sie wählte eine Nummer. »Hallo, Lisa, wie geht es dir ... Mir? Nicht besonders. Hör zu, ich muss dir was erzählen, was dir wahrscheinlich unglaublich vorkommen wird.« Sie berichtete knapp, was sie herausgefunden hatte. »Ja, ich weiß, es ist schwer zu glauben, aber ich kann es beweisen, sobald ich meine Diskette habe ... Es ist dir nicht gelungen, in mein Büro zu kommen?« Jeannies Gesicht wurde lang. »Trotzdem, danke, dass du's versucht hast. Ich weiß, dass du damit ein Risiko eingegangen bist. Ich bin dir sehr dankbar ... Ja. Tschüs.«

Sie legte auf und sagte: »Lisa hat versucht, einen Wachmann zu überreden, sie hineinzulassen. Sie hatte ihn schon fast so weit, doch dann fragte er bei seinem Vorgesetzten an und wurde fast gefeuert.«

»Was versuchen wir dann als Nächstes?«

»Falls ich morgen nach der Anhörung meine Stellung zurückbekomme, brauche ich mein Büro bloß zu betreten.«

»Wer ist Ihr Anwalt?«

»Ich habe keinen, ich habe nie einen gebraucht.«

»Sie können Gift drauf nehmen, dass die Uni sich den teuersten Anwalt der Stadt genommen hat.«

»Verdammt! Ich kann mir keinen leisten.«

Steve wagte kaum auszusprechen, was ihm durch den Kopf ging. »Nun . . . ich werde bald Anwalt sein.«

Sie blickte ihn nachdenklich an.

»Ich studiere Jura zwar erst zwei Semester, aber bei unseren Übungen in Verteidigung war ich immer der Beste.« Die Vorstellung, sie gegen die Mächtigen der Jones-Falls-Universität zu verteidigen, begeisterte ihn. Aber würde sie ihn nicht für zu jung und unerfahren halten? Er versuchte ihre Gedanken zu lesen, doch es gelang ihm nicht. Sie blickte ihn immer noch an. Er blickte zurück, tief in ihre dunklen Augen. Das könnte ich ewig machen, dachte er.

Da beugte sie sich vor und hauchte ihm einen Kuss auf die Lippen. »Steve, Sie sind goldrichtig.«

Obwohl es nur ein flüchtiger Hauch von Kuss gewesen war, stand Steve danach wie unter Strom. Er fühlte sich großartig. Er wusste nicht so recht, was genau sie mit goldrichtig gemeint hatte, aber es bedeutete sicher etwas Positives.

Er würde beweisen müssen, dass ihr Vertrauen in ihn gerechtfertigt war. Jetzt begann er sich Gedanken über das Hearing zu machen. »Haben Sie eine Ahnung von den Regeln des Anhörungsverfahrens?«

Sie griff in ihre Segeltuchaktentasche und reichte ihm einen Ordner aus festem Karton.

Er überflog den Inhalt. Die Regeln waren eine Mischung aus Hochschultradition und juristischem Jargon. Zu Vergehen, aufgrund derer Mitglieder des Lehrkörpers entlassen werden konnten, gehörten Blasphemie und Sodomie, doch das Jeannie vorgeworfene war traditionell: Schimpf und Schande über die Universität zu bringen.

Das Disziplinarkomitee hatte allerdings nicht das letzte Wort: Es musste seine Empfehlung dem Senat, dem Entscheidungsgremium der Universität, vorlegen. Es war gut, das zu wissen. Falls Jeannie morgen verlor, konnten sie sich an den Senat als Berufungsinstanz wenden.

»Haben Sie eine Kopie Ihres Vertrags?«, fragte Steve.

»Natürlich.« Jeannie ging zu einem kleinen Schreibtisch in der Ecke und öffnete eine Schublade. »Hier.«

Steve las ihn rasch durch. In Paragraf 12 erklärte sie sich einverstanden, die Verbindlichkeit von Entscheidungen des Universitätssenats anzuerkennen. Da wäre es schwierig, wenn sie Berufung gegen das Senatsurteil einlegen wollte.

Er kehrte zu den Bestimmungen des Disziplinarkomitees zurück. »Hier steht, dass Sie den Vorsitzenden vor der Anhörung informieren müssen, wenn Sie sich von einem Anwalt oder einer anderen Person vertreten lassen wollen.«

»Ich werde Jack Budgen sofort anrufen. Es ist jetzt zwanzig Uhr – er dürfte zu Hause sein.« Sie hob den Hörer ab.

»Warten Sie!«, rief Steve. »Überlegen wir erst, wie das Gespräch aussehen soll.«

»Sie haben ja so recht. Sie denken strategisch, ich nicht.«

Steve freute sich. Der erste Rat, den er als ihr Anwalt gegeben hatte, war gut. »Dieser Mann hält Ihr weiteres Geschick in der Hand. Was können Sie mir über ihn sagen?«

»Er ist der Chefbibliothekar und mein Tennispartner.«

»Der Mann, gegen den Sie am Sonntag gespielt haben?«

»Ja. Er ist mehr Administrator als Akademiker. Ein taktisch guter Spieler, aber ich würde sagen, er hatte nie den Killerinstinkt, sich im Tennis an die Spitze zu spielen.«

»Okay, dann hat er also ein quasi konkurrierendes Verhältnis zu Ihnen?«

»Vielleicht könnte man es so nennen.«

»Also, welchen Eindruck wollen wir ihm vermitteln?« Er zählte an den Fingern ab. »Eins: Wir wollen energisch wirken und siegessicher. Sie können die Anhörung kaum erwarten. Sie sind unschuldig und froh über die Gelegenheit, es zu beweisen, und Sie sind überzeugt, dass das Komitee unter Budgens weiser Führung die Wahrheit erkennen wird.«

»Okay.«

»Zwei: Sie sind die zu Unrecht Beschuldigte. Sie sind ein schwaches, hilfloses Mädchen ...«

»Machen Sie Spaß? Das glaubt kein Mensch!«

Er grinste. »Gut, streichen wir das. Sie sind noch nicht lange Institutsmitglied und haben es nun mit zwei gerissenen, langjährigen Universitätsdozenten in Spitzenpositionen zu tun, die es gewöhnt sind, dass in der JFU alles nach ihrer Pfeife tanzt. Ja, Sie können sich nicht einmal einen richtigen Anwalt leisten. Ist Budgen Jude?«

»Keine Ahnung. Möglicherweise.«

»Ich hoffe es. Angehörige von Minoritäten stellen sich eher gegen das Establishment. Drei: Die Geschichte, weshalb Berrington Sie diskreditiert, muss zur Sprache kommen. Es ist eine schockierende Story, aber sie muss erzählt werden.«

»Wie kann mir das helfen?«

»Es macht darauf aufmerksam, dass Berrington möglicherweise etwas zu verbergen hat.«

»Gut. Sonst noch was?«

»Ich glaube nicht.«

Jeannie wählte die Nummer und reichte ihm den Hörer.

Steve fühlte sich doch ein wenig unsicher. Das war der erste Anruf, den er je als jemandes Verteidiger tätigte. *Bitte, lieber Gott, lass mich nichts verkehrt machen!*

Während er dem Freizeichen lauschte, versuchte er sich zu entsinnen, wie Jack Budgen Tennis gespielt hatte. Steve hatte sich verständlicherweise auf Jeannie konzentriert, trotzdem erinnerte er sich, dass ihr Gegner ein durchtrainierter, kahlköpfiger Mann von etwa fünfzig gewesen war, der forsch und fintenreich gespielt hatte. Budgen hatte Jeannie geschlagen, obwohl sie jünger und kräftiger war. Steve nahm sich vor, ihn nicht zu unterschätzen.

Eine ruhige, kultivierte Stimme meldete sich mit »Hallo?«.

»Professor Budgen, mein Name ist Steven Logan.«

Nach einer kurzen Pause erkundigte sich Budgen: »Kenne ich Sie, Mr. Logan?«

»Nein, Sir. Ich rufe Sie in Ihrer Eigenschaft als Vorsitzender des Disziplinarkomitees der Jones-Falls-Universität an, um Sie wissen zu lassen, dass ich morgen Dr. Ferrami begleiten werde. Sie sieht dem Hearing gelassen entgegen, weil sie beweisen kann, dass alle gegen sie erhobenen Beschuldigungen völlig aus der Luft gegriffen sind.«

Budgens Stimme klang kühl. »Sind Sie Anwalt?«

Steves Atem kam zu schnell, als wäre er gelaufen, aber er bemühte sich um demonstrative Gelassenheit. »Ich studiere Jura. Dr. Ferrami fehlen die Mittel für einen zugelassenen Anwalt. Ich werde mein Bestes tun, ihr zu helfen, ihren Fall klar vorzutragen. Falls ich etwas falsch machen sollte, werde ich mich auf Ihr Wohlwollen verlassen.« Er legte eine Pause ein, um Budgen die Chance für eine freundliche Bemerkung oder auch nur ein mitfühlendes Brummen zu geben, doch es folgte lediglich kaltes Schweigen. Steve fuhr fort: »Darf ich mich erkundigen, wer die Universität vertreten wird?«

»Soviel ich weiß, wurde Henry Quinn von Harvey Horrocks Quinn damit beauftragt.«

Steven schluckte. Das war eine der ältesten Anwaltskanzleien in Washington. Er bemühte sich, auch jetzt gleichmütig zu klingen. »Eine außerordentlich angesehene Kanzlei«, bemerkte er so, dass ein Lächeln in seiner Stimme mitschwang.

»Tatsächlich?«

An diesem Mann war Steves Charme verloren. Es wurde Zeit, einen härteren Ton anzuschlagen. »Eines sollte ich vielleicht erwähnen: Es muss jetzt die wahre Geschichte zur Sprache kommen, weshalb Berrington Jones auf diese Weise gegen Dr. Ferrami vorgeht. Wir werden uns unter keinen Umständen damit abfinden, dass die Anhörung abgesagt wird! Das würde ein schlechtes Licht auf Dr. Ferrami und ihre Forschungsarbeit werfen. Die Wahrheit muss an den Tag kommen, fürchte ich.«

»Ich habe von keinem Ansuchen gehört, das Hearing abzusagen.«

Natürlich nicht. Das gab es auch nicht. Steve fuhr forsch weiter. »Aber sollte es dazu kommen, möchte ich nur klarmachen, dass Dr. Ferrami damit nicht einverstanden sein wird.« Er beschloss zum Ende zu kommen, ehe er sich zu tief hineinritt. »Professor, ich bedanke mich für Ihre Freundlichkeit und freue mich, Sie morgen kennenzulernen.«

»Keine Ursache.«

Steve legte auf. »Wow! Ein wahrer Gletscher!«

Jeannie blickte ihn erstaunt an. »So ist er aber normalerweise nicht. Vielleicht war er nur förmlich.«

Steve war sich ziemlich sicher, dass Budgen seine Entscheidung bereits getroffen hatte und Jeannie nicht wohlgesinnt war, aber er sagte es ihr lieber nicht. »Jedenfalls konnte ich ihm unsere Ansicht klarmachen. Und ich erfuhr, dass die JFU Henry Quinn als Anwalt genommen hat.«

»Ist er gut?«

Er war eine Legende. Steve rann es kalt über den Rücken, wenn er daran dachte, dass er sich gegen Henry Quinn stellen musste. Aber er wollte Jeannie nicht entmutigen. »Quinn war einmal sehr gut, aber er hat wahrscheinlich seine besten Jahre bereits hinter sich.«

Sie nickte. »Was sollen wir jetzt tun?«

Steve blickte sie an. Der rosa Bademantel klaffte etwas auf, und er konnte ihre kleinen festen Brüste sehen. »Wir sollten die Fragen durchgehen, die man Ihnen beim Hearing stellen wird«, sagte er bedauernd. »Wir haben heute Nacht noch eine Menge Arbeit.«

KAPITEL 36

J ane Edelsborough sah nackt viel besser aus als bekleidet. Sie lag auf einem blassrosa Betttuch, von der Flamme einer Duftkerze beleuchtet. Ihre reine, weiche Haut war attraktiver als die schlammigen Erdfarben, die sie immer trug. Die weiten Kleider, die sie bevorzugte, verbargen ihre Figur; jetzt erinnerte sie an eine Amazone mit den schweren Brüsten und breiten Hüften. Sie war kräftig, aber es stand ihr gut.

Auf dem Rücken liegend lächelte sie Berrington entspannt an, der in seine blauen Shorts schlüpfte. »Wow, das war besser, als ich erwartet hatte.«

Berrington dachte das Gleiche, war jedoch nicht so taktlos, es zu sagen. Jane beherrschte so allerlei, was er den jüngeren Frauen, die er gewöhnlich mit ins Bett nahm, erst beibringen musste. Er fragte sich müßig, wo sie diese vielfältigen Erfahrungen gesammelt hatte. Wohl kaum in ihrer einzigen Ehe; ihr Mann, ein starker Zigarettenraucher, war vor zehn Jahren an Lungenkrebs gestorben. Wie auch immer, sie mussten kein schlechtes Sexleben miteinander gehabt haben.

Er hatte es so sehr genossen, dass er nicht einmal seine übliche Fantasievorstellung gebraucht hatte, in der er mit einer berühmten Schönheit im Bett lag, wie Cindy Crawford oder Bridget Fonda oder Prinzessin Diana, die ihm ins Ohr flüsterte: »Danke, Berry, so wundervoll war es für mich noch nie zuvor. Du bist großartig, ich danke dir.«

»Ich habe ein schlechtes Gewissen«, gestand Jane. »Etwas so Sündhaftes habe ich schon lange nicht mehr getan.«

»Sündhaftes?« Er band seine Schnürsenkel zu. »Ich wüsste nicht, wieso. Du bist frei, weiß und einundzwanzig, wie wir zu sagen pflegten.« Er bemerkte, wie sie zusammenzuckte. Die Phrase »frei, weiß und einundzwanzig« war jetzt politisch inkorrekt. »Jedenfalls bist du ungebunden«, fügte er hastig hinzu.

»Oh, nicht der Akt als solcher war sündhaft«, sagte sie müde, »sondern weil ich weiß, dass du es nur getan hast, weil ich bei der morgigen Anhörung im Komitee sitze.«

Er hörte abrupt auf, seine gestreifte Krawatte über den Kopf zu ziehen.

Sie fuhr fort: »Ich sollte glauben, du hättest mich durch die ganze Studentencafeteria gesehen und dann nur den einen Gedanken gehabt, mit mir ins Bett zu gehen.« Sie lächelte ihn nachsichtig an. »Ich habe keine ausgeprägte sexuelle Anziehungskraft, Berry, jedenfalls nicht für jemanden, der so auf Äußerlichkeiten anspricht wie du.

Du hattest einen Hintergedanken, und ich brauchte etwa fünf Sekunden, um ihn zu erraten.«

Berrington kam sich sehr dumm vor und wusste nicht, was er sagen sollte.

»Du dagegen hast wirklich Sex-Appeal. Eine ganze Menge! Du hast Charme und eine gute Figur, du kleidest dich ansprechend und du riechst angenehm. Vor allem aber ist offensichtlich, dass du Frauen wirklich gernhast. Du magst sie ja manipulieren und ausnutzen, aber du liebst sie auch. Du bist der perfekte Liebhaber für eine Nacht, und ich danke dir.«

Sie zog die Decke über ihre Nacktheit, drehte sich auf die Seite und schloss die Augen.

Berrington beeilte sich, mit dem Anziehen fertig zu werden.

Bevor er ging, setzte er sich auf die Bettkante. Jane öffnete die Augen. Er fragte: »Wirst du dich morgen auf meine Seite stellen?«

Sie setzte sich auf und küsste ihn zärtlich. »Ich muss mir erst die Beweisführung anhören, bevor ich mir eine Meinung bilden kann.«

Er knirschte mit den Zähnen. »Es ist außerordentlich wichtig für mich!«

Sie nickte mitfühlend, blieb jedoch unerbittlich. »Ich nehme an, dass es für Jeannie Ferrami nicht weniger wichtig ist.«

Er kniff ihre linke Brust fest, doch nicht schmerzhaft. »Aber wer bedeutet dir mehr – Jeannie oder ich?«

»Ich weiß, wie es ist, eine junge Akademikerin in einer von Männern dominierten Hochschule zu sein. Das werde ich nie vergessen.«

»Ach!« Er nahm die Hand weg.

»Du könntest über Nacht bleiben, weißt du. Dann könnten wir es in der Früh noch mal tun.«

Er stand auf. »Mir geht zu viel durch den Kopf.«

Sie schloss die Augen. »Das ist schade.«

Er ging.

Er hatte seinen Wagen in der Einfahrt ihres kleinen Hauses am Stadtrand abgestellt, neben ihrem Jaguar. Dieser Jaguar hätte mir eine Warnung sein sollen, dachte er: ein sicheres Zeichen, dass mehr in ihr steckte, als er angenommen hatte. Ausnahmsweise war einmal er benutzt worden, aber er hatte es genossen. Er fragte sich, ob Frauen sich manchmal ebenso fühlten, nachdem er sie verführt hatte.

Auf der Heimfahrt machte er sich Sorgen wegen des morgigen Hearings. Er hatte die vier Männer des Komitees auf seiner Seite, aber es war ihm nicht gelungen, Jane das Versprechen zu entlocken, ihn zu unterstützen. Gab es sonst noch etwas, was er tun könnte? Zu diesem späten Zeitpunkt wohl nicht.

Zu Hause erwartete ihn auf dem Anrufbeantworter eine Nachricht von Jim Proust. Bitte keine weiteren schlechten Neuigkeiten, dachte er. Er setzte sich an den Schreibtisch in seinem Arbeitszimmer und rief Jim daheim an. »Hier ist Berry.«

»Das FBI hat Scheiße gebaut«, sagte Jim gleich als Erstes.

Berrington wurde noch mulmiger. »Erzähl!«

»Es erhielt den Befehl, die Suche nicht durchzuführen, aber die Anweisung kam zu spät.«

»Verdammt und zugenäht!«

»Die Ergebnisse wurden ihr per E-Mail übermittelt.«

Jetzt trat ihm kalter Schweiß aus. »Wer war auf der Liste?«

»Das wissen wir nicht. Das Bureau hat keine Kopie davon.«

Das war unerträglich. »Wir müssen es aber wissen!«

»Vielleicht kannst du es herausfinden. Die Liste könnte in ihrem Büro sein.«

»Wir haben ihr Büro verschlossen. Sie kann nicht mehr hinein.« Ein Hauch von Hoffnung kehrte zurück. »Vielleicht hat sie ihre Mail ja noch nicht abgerufen.« Seine Stimmung besserte sich ein wenig.

»Und? Kannst du nachsehen?«

»Kein Problem.« Berrington blickte auf seine goldene Rolex. »Ich werde gleich in ihr Büro gehen.«

»Ruf mich an, sobald du etwas erfahren hast.«

»Selbstverständlich.«

Er setzte sich wieder in seinen Wagen und fuhr zur Jones-Falls-Universität. Der Campus war dunkel und leer. Berrington parkte vor der Klapsmühle und ging hinein. Es machte ihm nun weniger aus als beim ersten Mal, sich in Jeannies Büro zu stehlen. Zum Teufel! Es stand zu viel auf dem Spiel für ihn, als sich um seine Würde zu sorgen.

Er schaltete ihren Computer ein. Der E-Mail-Server zeigte nur eine Mail an. *Bitte, lieber Gott, lass es die* FBI-Liste *sein!* Er rief die Mail ab. Zu seiner bitteren Enttäuschung war es eine zweite Nachricht von ihrem Freund aus der Universität von Minnesota:

Hast Du gestern meine E-Mail abgerufen? Ich werde morgen in Baltimore sein und würde Dich wirklich gern wiedersehen, wenn es auch nur ein paar Minuten sind. Bitte ruf mich an.
Alles Liebe
Will

Sie hatte die gestrige Mail nicht bekommen, weil Berrington sie abgerufen hatte. Sie würde auch diese nicht bekommen. Aber wo war die FBI-Liste?

Sie musste sie sich gestern Morgen geholt haben, ehe die Wachleute sie aussperrten.

Wo hatte sie sie aufbewahrt? Berrington suchte ihre Festplatte nach den Worten »FBI«, »F.B.I.« mit den Punkten dazwischen und »Federal Bureau of Investigation« ab. Er fand nichts. Er durchstöberte eine Box mit Disketten in ihrer Schublade, aber es waren nur Sicherungskopien diverser Dateien. »Diese Frau bewahrt sogar Backups von ihrer gottverdammten Einkaufsliste auf«, murmelte er.

Er benutzte Jeannies Telefon, um Jim zurückzurufen.

»Nichts«, knirschte er.

»Wir müssen aber wissen, wer auf dieser Liste ist!«, tobte Jim.

Berrington sagte sarkastisch: »Was soll ich tun, Jim? Sie entführen und foltern?«

»Sie muss die Liste haben, richtig?«

»Da sie nicht auf dem Rechner ist, kann sie sie nur abgerufen haben.«

»Also, wenn sie sich nicht in ihrem Büro befindet, muss sie sie mit nach Hause genommen haben.«

»Logischerweise.« Berrington verstand, worauf er hinauswollte. »Kannst du ihre Wohnung...« Er sollte am Telefon wohl lieber nicht sagen »...vom FBI durchsuchen lassen«. »Kannst du nachsehen lassen?«

»Wahrscheinlich. David Creane hat noch nichts geleistet, also würde ich sagen, dass er mir immer noch einen Gefallen schuldet. Ich ruf ihn an.«

»Morgen Vormittag wäre eine günstige Gelegenheit. Die Anhörung ist um zehn und wird etwa zwei Stunden dauern.«

»Kapito. Ich lass es erledigen. Aber was ist, wenn sie es in ihrer gottverdammten Handtasche mit sich herumschleppt? Was machen wir dann?«

»Das weiß ich nicht. Gute Nacht, Jim.«

»Nacht.«

Nach dem Auflegen blieb Berrington eine Zeit lang sitzen und ließ den Blick durch die schmale Kammer schweifen, die durch Jeannies kühne Kombination leuchtender Farben so bunt und flippig wirkte. Wenn die Anhörung schiefging, konnte sie schon morgen Mittag mit ihrer FBI-Datei hier an ihrem Schreibtisch zurück sein, um mit ihrer Ermittlung weiterzumachen – und drei gute Männer wären ruiniert.

Dazu darf es nicht kommen, dachte er verzweifelt; es darf nicht dazu kommen!

Freitag

Jeannie erwachte in ihrem weiß getünchten Wohnzimmer auf der schwarzen Couch in Steves Armen, nur in ihren fuchsienroten Frotteebademantel gekleidet.

Wie bin ich hierher gekommen?

Sie waren die halbe Nacht die morgige Anhörung durchgegangen. Jeannies Herz pochte heftig: Ihr Schicksal würde am kommenden Morgen entschieden werden.

Aber wieso liege ich auf seinem Schoß?

Gegen drei Uhr hatte sie gegähnt und die Augen einen Moment geschlossen.

Und dann . . .?

Musste sie wohl eingeschlafen sein.

Irgendwann war er ins Schlafzimmer gegangen, hatte die blau-rot gestreifte Steppdecke vom Bett geholt und um sie gelegt, denn sie war jetzt darin eingekuschelt.

Doch Steve konnte nicht dafür verantwortlich sein, wie sie lag: mit dem Kopf auf seinem Oberschenkel und dem Arm um seine Taille. Das musste sie im Schlaf selbst getan haben. Es machte sie verlegen, wie nahe ihr Gesicht seinem Penis war. Sie fragte sich, was er von ihr denken mochte. Ihr Benehmen war sehr unschicklich gewesen. Sie hatte sich vor ihm ausgezogen, dann war sie auch noch auf ihm eingeschlafen. Sie benahm sich, als wären sie ein altes Liebespaar.

Nun, ich habe zumindest mir gegenüber eine Entschuldigung: Es war eine schreckliche Woche für mich gewesen.

Sie war von McHenty, dem Streifenpolizisten, mies behandelt, von ihrem Vater ausgeraubt, von der *New York Times* beschuldigt, von Dennis Pinker mit einem Messer bedroht, von der Uni gefeuert und in ihrem Wagen überfallen worden. Sie fühlte sich missbraucht und völlig am Boden zerstört.

Ihr Gesicht schmerzte noch, wo sie gestern den Fausthieb abbekommen hatte, aber die Verletzungen waren nicht nur körperlich. Der Überfall hatte auch ihre Psyche verletzt. Wenn sie an die tätliche Auseinandersetzung im Auto dachte, kehrte ihre Wut zurück, und sie wollte dem Kerl an die Kehle. Sogar wenn sie nicht daran dachte, verspürte sie im Hintergrund eine tiefe Mutlosigkeit, als wäre ihr Leben durch diesen Überfall weniger wert.

Es war erstaunlich, dass sie überhaupt noch irgendeinem Mann trauen konnte; erstaunlich, dass sie auf der Couch auf einem einschlafen konnte, der genauso aussah wie ihr Angreifer. Doch nun konnte sie noch sicherer sein, was Steve betraf. Keiner der anderen hätte die Nacht so verbringen können, allein mit einer jungen Frau, ohne sich ihr aufzuzwingen.

Sie runzelte die Stirn. Steve hatte nachts etwas getan, erinnerte sie sich vage, etwas Nettes. Ja: Sie hatte eine verträumte Erinnerung an große Hände, die rhythmisch zärtlich über ihr Haar strichen, eine lange Zeit, wie ihr schien, während sie zufrieden schlief wie eine gestreichelte Katze.

Sie lächelte und rührte sich, und er fragte sofort: »Bist du wach?« Und da erinnerte sie sich auch, dass sie, als sie immer wieder das Hearing durchexerzierten, angefangen hatten, einander zu duzen.

Sie gähnte und streckte sich. »Tut mir leid, dass ich auf dir eingeschlafen bin. Bist du okay?«

»Weil ich völlig reglos hier gesessen habe, ist mein linkes Bein gegen fünf Uhr eingeschlafen, doch seit ich mich daran gewöhnt habe, geht's mir gut.«

Sie setzte sich auf, damit sie ihn besser sehen konnte. Seine Kleidung war zerknittert, sein Haar zerzaust, und er hatte helle Bartstoppeln. Trotzdem sah er zum Anbeißen aus. »Hast du geschlafen?«

Er schüttelte den Kopf. »Nein, es machte mir zu viel Freude, dich anzuschauen.«

»Sag bloß nicht, dass ich schnarche.«

»Du schnarchst nicht. Du sabberst ein bisschen, das ist alles.« Er tupfte auf eine feuchte Stelle auf seiner Hose.

»Oje!« Sie stand auf. Ihr Bick fiel auf die leuchtend blaue Wand-uhr. Es war halb neun. »Wir haben nicht mehr viel Zeit!«, rief sie erschrocken. »Die Anhörung beginnt um zehn!«

»Du gehst duschen, und ich mache uns inzwischen Kaffee«, schlug Steve großmütig vor.

Sie starrte ihn an. War er wirklich ein Mensch oder vielleicht ein Schutzengel? »Hat dich der Weihnachtsmann geschickt?«

Er lachte. »Nach deiner Theorie komme ich aus einer Retorte.« Gleich wurde sein Gesicht ernst. »Ach, wer weiß ...«

Auch ihre Stimmung verdüsterte sich wieder. Sie trat ins Badezim-mer, ließ den Frotteemantel fallen und stieg unter die Dusche. Wäh-rend sie ihr Haar wusch, dachte sie daran, wie sie sich in den letzten zehn Jahren abgeplagt hatte: der Wettkampf um Stipendien; das stra-paziöse Tennistraining; dazu die vielen Stunden intensiven Lernens und Studierens; die griesgrämige Pingeligkeit ihres Doktorvaters. Sie hatte geschuftet wie ein Roboter, um dorthin zu kommen, wo sie heute war, und das alles, weil sie eine Wissenschaftlerin sein und den einzel-nen Exemplaren der menschlichen Rasse zum besseren Verständnis füreinander verhelfen wollte. Und jetzt war Berrington Jones dabei, das alles zunichtezumachen.

Nach dem Duschen fühlte sie sich besser. Sie frottierte sich gerade das Haar, als das Telefon läutete. Sie griff nach dem Apparat auf dem Tischchen neben dem Bett. »Ja?«

»Jeannie, hier ist Patty.«

»Hi, Schwester, was gibt's?«

»Daddy hat sich sehen lassen.«

Jeannie setzte sich aufs Bett. »Wie geht's ihm?«

»Er ist pleite, aber gesundheitlich geht's ihm recht gut.«

»Er war schon bei mir. Am Montag ist er gekommen. Am Dienstag hat er sich geärgert, weil ich ihm nichts zu Abend gekocht habe. Am Mittwoch verschwand er mit meinem Computer, meinem Fernsehge-rät und meiner Stereoanlage. Er muss bereits alles ausgegeben oder verspielt haben, was er dafür bekommen hat.«

Patty schnappte nach Luft. »O Jeannie, das ist ja schrecklich!«

»Ja, nicht wahr? Also schließ lieber deine Wertsachen weg.«

»Seine eigene Familie zu bestehlen! Oh Gott, wenn Zip das erfährt, schmeißt er ihn raus!«

»Patty, ich habe sogar noch schlimmere Probleme. Ich verliere heute vielleicht meine Stellung.«

»Warum, Jeannie?«

»Ich habe momentan keine Zeit, es dir zu erklären, aber ich rufe dich später an.«

»Okay.«

»Hast du mit Mom gesprochen?«

»Jeden Tag.«

»Oh, gut, da bin ich froh. Ich habe sie einmal erreicht, aber als ich das nächste Mal anrief, war sie gerade beim Mittagessen.«

»Die Leute dort am Telefon sind alles andere als hilfsbereit. Wir müssen Mom bald herausholen!«

Sie wird noch sehr viel länger dort bleiben, wenn man mich heute feuert.

»Also, dann bis später.«

»Ich halte dir die Daumen, dass alles gut geht.«

Jeannie legte auf. Jetzt erst bemerkte sie, dass eine Tasse mit noch dampfendem Kaffee auf dem Tischchen stand. Sie schüttelte staunend den Kopf. Es war nur ein Becher Kaffee, aber was sie so verwunderte, war, dass Steve genau wusste, was sie brauchte. Offenbar war es für ihn selbstverständlich zu helfen. Und er erwartete keine Gegenleistung. Nach ihrer Erfahrung, bei den seltenen Gelegenheiten, wenn ein Mann die Bedürfnisse einer Frau vor seine stellte, erwartete er dafür, dass sie sich aus Dankbarkeit einen Monat ihm gegenüber wie eine Geisha benahm.

Steve war anders. *Hätte ich gewusst, dass es Männer auch in dieser Ausführung gibt, hätte ich mir schon vor Jahren so einen bestellt.*

Seit sie erwachsen war, hatte sie alles allein getan. Ihr Vater war nie da gewesen, ihr zu helfen. Mom hatte stets Stärke demonstriert, was jedoch schließlich fast ebenso zu einem Problem geworden war wie Daddys Schwäche. Mom hatte Pläne für Jeannie gehabt und war nicht bereit gewesen, sie aufzugeben. Sie hatte Jeannie zwei Wochen vor ihrem sechzehnten Geburtstag sogar einen Job besorgt; sie sollte im Salon Alexis in Adams-Morgan Haare waschen und den Boden fegen. Jeannies Wunsch, Wissenschaftlerin zu werden, war ihr völlig unbegreiflich. »Du könntest bereits voll ausgebildete Hairstylistin sein, ehe deine Klassenkameradinnen das College abgeschlossen haben!«, hatte Mom gesagt und nie verstanden, weshalb Jeannie einen Wutanfall bekommen und sich geweigert hatte, den Salon auch nur anzusehen.

Heute war sie nicht allein. Steve stand ihr bei. Es spielte keine Rolle, dass er mit seinem Studium noch nicht fertig war – ein Prominentenanwalt musste zur Beeindruckung von fünf Professoren nicht unbedingt die beste Wahl sein. Wichtig war, dass er bei ihr war.

Sie schlüpfte in ihren Bademantel und rief Steve zu: »Willst du jetzt unter die Dusche?«

»Klar.« Er kam ins Schlafzimmer. »Wenn ich nur ein frisches Hemd hätte!«

»Herrenhemden habe ich leider keine – halt, warte, ich habe doch eins!« Sie erinnerte sich an das weiße Ralph-Lauren-Hemd, das sie nach dem Feuer für Lisa geborgt hatte. Es gehörte einem Mathe-Studenten. Jeannie hatte es zur Wäsche gegeben, und jetzt lag es in Zellophan verpackt in ihrem Schrank. Sie gab es Steve.

»Meine Größe!«, rief er erfreut. »Perfekt.«

»Frag mich bitte jetzt nicht, wie ich dazu gekommen bin, das ist eine zu lange Geschichte. Ich glaube, ich habe auch irgendwo einen Schlips.« Sie zog eine Schublade heraus und brachte eine blaue getupfte Seidenkrawatte zum Vorschein, die sie manchmal, wenn sie nicht zu weiblich, aber schick wirken wollte, zu einer weißen Bluse trug.

»Danke.« Er ging in das winzige Badezimmer.

Sie war ein bisschen enttäuscht, weil sie gehofft hatte, er würde sein Hemd vor ihr ausziehen. Männer, dachte sie, die Miesen ziehen sich schamlos vor einem aus, und die Netten sind keuscher als Nonnen.

»Darf ich deinen Rasierapparat benutzen?«, rief er.

»Klar doch. Bedien dich.« Memo *an mich: Geh mit diesem Jungen ins Bett, bevor er zu sehr wie ein Bruder wird.*

Sie suchte nach ihrem teuren schwarzen Kostüm und erinnerte sich, dass sie es gestern in den Mülleimer gestopft hatte. »Idiotin!«, murmelte sie. Sie konnte es zwar wieder herausziehen, aber es würde jetzt zerknittert und schmutzig sein. Im Schrank hing ein grellblauer Blazer, den könnte sie zu einem weißen T-Shirt und einer schwarzen Hose anziehen. Er war zwar farblich etwas zu auffällig, müsste jedoch gehen.

Sie setzte sich vor ihren Toilettenspiegel und beschäftigte sich mit ihrem Make-up. Steve kam aus dem Badezimmer. Er sah sehr gut und ein wenig konventionell aus in Oberhemd und Krawatte. »Im Gefrierschrank sind ein paar Zimtschnecken. Du könntest sie in der Mikrowelle auftauen, falls du hungrig bist.«

»Großartig. Möchtest du auch was?«

»Ich bin zu nervös, irgendetwas zu essen, aber ich hätte nichts gegen eine zweite Tasse Kaffee.«

Er brachte den Kaffee, während sie ihr Make-up beendete. In beinahe einem Zug trank sie die Tasse leer, dann kleidete sie sich an. Als sie ins Wohnzimmer ging, sah sie Steve am Küchentischchen sitzen.

»Hast du die Schnecken gefunden?«

»Klar.«

»Und?«

»Du hast gesagt, du willst nichts, da habe ich sie alle gegessen.«

»Alle vier?«

»Ah ... Es waren sogar zwei Packungen.«

»Du hast *acht* Zimtschnecken gegessen?«

Verlegen antwortete er: »Ich hatte ziemlichen Hunger.«

Sie lachte. »Gehen wir.«

Als sie sich umdrehte, fasste er ihren Arm. »Warte!«

»Was ist?«

»Jeannie, es macht Spaß, Freunde zu sein, und ich bin gern bei dir, aber du musst wissen, dass das nicht alles ist, was ich mir wünsche.«

»Das weiß ich.«

»Ich habe mich in dich verliebt.«

Sie blickte ihm in die Augen. Er meinte es ernst. »Ich fange auch an, dich gernzuhaben«, sagte sie leichthin.

»Ich möchte dich lieben, und ich wünsche mir das so sehr, dass es beinahe wehtut!«

So etwas könnte ich mir den ganzen Tag anhören, dachte sie. »Hör zu, wenn du liebst, wie du isst, hab ich nichts dagegen.«

Sein Gesicht verdüsterte sich, und ihr wurde bewusst, dass sie etwas Falsches gesagt hatte.

»Es tut mir leid«, entschuldigte sie sich. »Ich wollte nicht sticheln.«

Er zuckte mit den Schultern, womit er wohl »schon gut« meinte.

Sie griff nach seiner Hand. »Hör zu, zuerst retten wir mich. Dann retten wir dich. Und dann gönnen wir uns das Vergnügen.«

Er drückte ihre Hand. »Okay.«

Sie verließen das Haus. »Fahren wir mit meinem Auto«, schlug sie vor. »Ich bring dich dann später zu deinem Wagen zurück.«

Sie stiegen in ihren Mercedes. Das Autoradio ging beim Starten an. Während sie sich in den Verkehr auf der Einundvierzigsten Straße einreihte, hörte sie den Nachrichtensprecher Genetico erwähnen und drehte es lauter. »Es wird erwartet, dass Senator Jim Proust, ein ehemaliger Direktor der CIA, heute bestätigt, er sei daran interessiert, sich von den Republikanern als Präsidentschaftskandidat für die nächsten Wahlen aufstellen zu lassen. Sein Wahlversprechen: nur noch zehn Prozent Einkommensteuer bei gleichzeitiger Streichung aller Ausgaben für die Sozialfürsorge; denn, so der Senator, ›es geht nicht an, dass sich die sozial Schwachen auf Kosten der Starken bereichern‹. Die Finanzierung der Kampagne wird kein Problem sein, meinen die Kommentatoren, da Proust sechzig Millionen Dollar für die Übernahme seiner medizinischen Forschungsgesellschaft Genetico erhalten wird. Nun zum Sport, die Philadelphia Phillies ...«

Jeannie schaltete das Radio ab. »Was hältst du davon?«

Steve schüttelte bestürzt den Kopf. »Die Geschichte wird immer verhängnisvoller«, sagte er. »Wenn wir die Hintergründe bei Genetico aufdecken und das Übernahmeangebot zurückgezogen wird, kann Jim Proust die Wahlkampagne nicht bezahlen. Und Proust ist ein gewissenloser Mensch und bedrohlicher Gegner, ein Ex-CIA-Mann,

der gegen Abrüstung, freie Meinungsäußerung und jede liberale Strö-
mung ist. Du bist da ein paar gefährlichen Leuten im Weg, Jeannie.«

Sie knirschte mit den Zähnen. »Umso nötiger ist es, gegen sie vorzugehen. Ich wurde mit Sozialhilfe aufgezogen, Steve. Falls Proust Präsident werden sollte, würden Mädchen wie ich immer nur Friseusen
sein.«

Kapitel 38

Vor Hillside Hall, dem Verwaltungsgebäude der Jones-Falls-
Universität, fand eine kleine Demonstration statt. Dreißig
bis vierzig Studenten, oder vielmehr hauptsächlich Studentinnen, formierten sich vor der Freitreppe. Es war ein stiller, diszipli-
nierter Protest. Beim Näherkommen konnte Steve eines der Spruch-
bänder lesen:

Gebt Jean Ferrami sofort ihre Stellung zurück!

Das schien ihm ein gutes Omen zu sein. »Sie setzen sich für dich ein«,
sagte er zu Jeannie.

Sie schaute genauer hin, und Freudenröte überzog ihr Gesicht.
»Tatsächlich! Mein Gott, dann mag mich ja doch jemand!«

Auf einem anderen Transparent stand:

Das
könnt ihr
mit
JF
nicht machen!

Jubel wurde laut, als die Demonstranten Jeannie entdeckten. Sie ging
lächelnd zu ihnen hinüber. Steve, der ihr folgte, war stolz auf sie.
Nicht jeder Professor würde einen so spontanen Beistand von seinen

Studenten erhalten. Jeannie schüttelte den Studenten die Hand und hauchte den Studentinnen einen Kuss auf die Wange. Steve fiel auf, dass ein hübsches blondes Mädchen ihn anstarrte.

Jeannie umarmte eine ältere Frau in der Menge. »Sophie, ich kann's nicht glauben.«

»Viel Glück, da drinnen«, wünschte ihr die Frau.

Jeannie löste sich gerührt von der Menge und ging mit Steve weiter. »*Sie* sind jedenfalls der Meinung, dass du deine Stellung behalten sollst.«

»Du kannst dir nicht vorstellen, wie viel mir das bedeutet«, gestand sie. »Die ältere Dame war Sophie Chapple, eine Professorin am Psychologischen Institut. Ich dachte, sie kann mich nicht ausstehen. Einfach unglaublich, dass sie sich für mich einsetzt.«

»Wer war das hübsche Mädchen ganz vorn?«

Jeannie bedachte ihn mit einem eigenartigen Blick. »Du erkennst sie nicht?«

»Ich bin sicher, dass ich sie noch nie zuvor gesehen habe, aber sie starrte mich unentwegt an.« Da kam es ihm. »Oh, mein Gott, sie muss das Opfer sein!«

»Lisa Hoxton.«

»Jetzt verstehe ich freilich, weshalb sie mich so ansieht.« Unwillkürlich schaute er über die Schulter zurück. Lisa war ein hübsches, offenbar hellwaches Mädchen, verhältnismäßig klein und etwas pummelig. Sein Doppelgänger hatte sie überfallen, auf den Boden geworfen und vergewaltigt. Ekel und Zorn würgten Steve. Sie war eine ganz normale junge Frau gewesen, und jetzt würde die albtraumhafte Erinnerung sie ihr Leben lang verfolgen und quälen.

Das Verwaltungsgebäude war ein prächtiges altes Haus. Jeannie führte ihn durch die mit Marmor verkleidete Eingangshalle und durch eine Tür mit der Aufschrift »Alter Speisesaal« in einen düsteren, aber prunkvollen Raum mit hoher Decke, schmalen neugotischen Fenstern und wuchtigen Eichenmöbeln. Ein langer Tisch stand vor einem aus behauenen Steinblöcken errichteten Kamin.

Vier Männer und eine Frau mittleren Alters saßen an einer Tischseite. Steve erkannte den kahlköpfigen Herrn in der Mitte als Jeannies Tennispartner, Jack Budgen. Das ist also das Komitee, sagte er sich, das Jeannies Schicksal in den Händen hat. Er holte tief Atem.

Sich über den Tisch lehnend, schüttelte er Jack Budgens Hand. »Guten Morgen, Dr. Budgen. Ich bin Steven Logan. Wir haben gestern telefoniert.« Er versuchte entspannte Selbstsicherheit zu vermitteln, obwohl er innerlich das krasse Gegenteil davon empfand. Er schüttelte auch allen anderen Komiteemitgliedern die Hand, und sie nannten ihm ihre Namen.

Ganz am hinteren Ende des riesigen Tisches saßen zwei weitere Personen. Der kleine Mann im marineblauen Anzug mit Weste war Berrington Jones, den Steve vergangenen Montag kennengelernt hatte. Der dünne Mann in einem dunkelgrauen Doppelreiher mit Nadelstreifen musste Henry Quinn sein. Steve gab auch ihnen die Hand.

Quinn blickte ihn leicht herablassend an. »Was sind Ihre juristischen Qualifikationen?«

Steve lächelte ihn freundlich an und sagte so leise, dass niemand anderes es hören konnte: »Rutsch mir doch den Buckel runter, Henry.«

Quinn fuhr zusammen, als hätte er eine Ohrfeige einstecken müssen, und Steve dachte: Das war das letzte Mal, dass der alte Knacker mich von oben herab behandelt.

Er rückte einen Stuhl für Jeannie zurecht und setzte sich neben sie.

»Nun, dann sollten wir vielleicht beginnen«, sagte Jack. »Dieses Verfahren ist informell. Ich glaube, jeder hat ein Exemplar der infrage kommenden Bestimmungen und dürfte damit vertraut sein. Die Anklage wurde von Professor Berrington Jones erhoben, der den Antrag stellt, Dr. Jean Ferrami zu entlassen, da sie die Jones-Falls-Universität in Verruf gebracht habe.«

Während Budgen sprach, beobachtete Steve die Komiteemitglieder und hielt angespannt Ausschau nach Zeichen der Sympathie für Jeannie. Nur die Frau, Jane Edelsborough, blickte Jeannie an; die anderen vermieden es, auch nur in Jeannies Richtung zu blicken. Zu Beginn vier zu eins gegen Jeannie, das war nicht so gut.

Jack sagte: »Professor Berrington wird durch Mr. Quinn vertreten.«

Quinn erhob sich und öffnete seine Aktentasche. Steve fiel auf, dass seine Finger gelb von Nikotin waren. Er holte ein paar vergrößerte Ausschnittskopien des Artikels der *New York Times* heraus, in dem Jeannie erwähnt war, und reichte einem jeden am Tisch eine. Die Folge war, dass der Tisch mit Blättern bedeckt war, von denen einem die Überschrift »ETHIK IN DER GENFORSCHUNG: ZWEIFEL, ÄNGSTE UND STREIT« ins Auge sprang. Es war ein überzeugendes Argument für die Schwierigkeiten, die Jeannie verursacht hatte. Steve wünschte, er hätte ebenfalls Papiere zum Verteilen mitgebracht, um damit Quinns Unterlagen zuzudecken.

Diese wirkungsvolle Eröffnung durch Quinn schüchterte Steve ein. Wie könnte er es mit einem Mann aufnehmen, der wahrscheinlich mindestens dreißig Jahre Erfahrung im Gerichtssaal hatte? Ich kann diesen Fall nicht gewinnen, dachte er voll plötzlicher Panik.

Quinn fing zu reden an. Seine Stimme war trocken und präzise, ohne jegliche Spur eines Akzents, der darauf hingewiesen hätte, wo er wirklich herkam. Er sprach langsam und pedantisch. Steve hoffte, das wäre ein Fauxpas vor diesem Ausschuss aus Intellektuellen, die es nicht nötig hatten, dass man ihnen alles in einfachen, einsilbigen Wörtern erläuterte. Quinn fasste kurz die Geschichte des Disziplinarkomitees zusammen und erklärte dessen Stellung in der Leitung der Universität. Er definierte »Verruf« und holte eine Kopie von Jeannies Anstellungsvertrag aus der Aktentasche. Während Quinn redete und redete, begann Steve sich wieder besser zu fühlen.

Schließlich beendete Quinn seine Einleitung und fing mit der Befragung Berringtons an. Seine erste Frage war, wann Berrington zum ersten Mal von Jeannies Computersuchprogramm erfahren hatte.

»Vergangenen Montagnachmittag«, antwortete Berrington. Er rekapitulierte das Gespräch zwischen ihm und Jeannie. Seine Story stimmte mit dem überein, was Jeannie Steve erzählt hatte.

Dann fuhr Berrington fort: »Sobald ich ihre Technik verstanden hatte, sagte ich ihr, dass ihr Verfahren meiner Meinung nach illegal war.«

»Wa-as?«, entfuhr es Jeannie.

Quinn ignorierte sie und fragte Berrington: »Und was war ihre Reaktion?«

»Sie wurde wütend . . .«

»Sie verdammter Lügner!«, rief Jeannie.

Berrington errötete bei dieser Beschimpfung.

»Bitte keine Unterbrechungen«, intervenierte Jack Budgen.

Steve behielt das Komitee im Auge, alle hatten zu Jeannie geschaut. Er legte eine Hand auf ihren Arm; als wolle er sie zurückhalten.

»Er tischt schamlose Lügen auf!«, protestierte sie.

»Was hast du erwartet?«, sagte Steve leise. »Er fährt schweres Geschütz auf.«

»Tut mir leid«, wisperte sie.

»Braucht es nicht«, flüsterte er ihr ins Ohr. »Mach so weiter. Sie konnten alle sehen, dass dein Ärger echt war.«

»Sie wurde aufbrausend, genau wie jetzt«, fuhr Berrington fort. »Sie meinte, sie müsse sich bei ihren Forschungsarbeiten keinerlei Beschränkungen auferlegen, sie habe einen Vertrag.«

Einer der Männer des Komitees, Tenniel Biddenham, runzelte finster die Stirn. Offensichtlich gefiel es ihm nicht, dass ein so neues Mitglied des Instituts sich erdreistete, ihren Professor auf so etwas wie einen Vertrag hinzuweisen. Steve erkannte, wie schlau Berrington war. Er verstand es, mit einem gegen ihn erzielten Treffer Jeannie zu verletzen.

Quinn fragte Berrington: »Was haben Sie getan?«

»Nun, ich dachte mir, ich könnte mich vielleicht täuschen. Ich bin kein Anwalt, darum beschloss ich, juristischen Rat einzuholen. Bestätigten sich meine Befürchtungen, könnte ich ihr das unwiderlegbar beweisen. Sollte sich jedoch herausstellen, dass ihre Arbeit weder ethische noch rechtliche Grundlagen verletzte, könnte ich die Sache fallen lassen, ohne einen Streit anzufangen.«

»Und haben Sie juristischen Rat eingeholt?«

»Die Ereignisse kamen mir zuvor. Ehe ich Gelegenheit hatte, einen Anwalt aufzusuchen, griff die *New York Times* den Fall auf.«

»Blödsinn!«, wisperte Jeannie.

»Bist du sicher?«, vergewisserte Steve sich.

»Ganz sicher.«

Er machte sich eine Notiz.

»Erzählen Sie uns bitte, was sich am Mittwoch zutrug«, wandte Quinn sich wieder an Berrington.

»Meine schlimmsten Befürchtungen bewahrheiteten sich. Der Rektor unserer Universität, Maurice Obell, rief mich in sein Büro und ersuchte mich, ihm zu erklären, weshalb er aggressive Anrufe von der Presse wegen der Forschungen in meinem Institut bekam. Wir setzten eine Presseerklärung als Diskussionsgrundlage auf und baten auch Dr. Ferrami um ihre Stellungnahme.«

»Himmel!«, murmelte Jeannie.

Berrington fuhr fort: »Sie weigerte sich, Stellung zur Presseerklärung zu nehmen. Wieder brauste sie auf und behauptete, sie könne tun, was ihr gefiel, und stürmte hinaus.«

Steve blickte Jeannie fragend an. Sie sagte leise: »Eine gemeine Lüge. Sie hielten mir die Presseerklärung als vollendete Tatsache vor die Nase.«

Steve nickte, beschloss jedoch, diesen Punkt beim Kreuzverhör nicht zur Sprache zu bringen. Das Komitee würde bestimmt der Meinung sein, dass Jeannie auf keinen Fall hätte davonstürmen dürfen.

»Die Reporterin teilte uns mit, dass sie ihren Artikel bis Mittag jenen Tages abgeben musste«, fuhr Berrington glatt fort. »Dr. Obell war der Ansicht, dass die Universität entschieden Stellung zu ergreifen habe, und ich muss sagen, ich war absolut seiner Meinung.«

»Und hatte Ihre Erklärung die gewünschte Wirkung?«

»Nein, sie war ein absoluter Fehlschlag. Doch das lag daran, dass Dr. Ferrami noch Öl ins Feuer goss. Sie sagte der Reporterin, sie beabsichtige, uns zu ignorieren, und es gäbe nichts, was wir dagegen tun könnten.«

»Hat sich irgendjemand außerhalb der Universität zu der Geschichte geäußert?«

»Allerdings.«

Etwas an Berringtons Tonfall schlug bei Steve Alarm, und er machte sich eine Notiz.

»Ich erhielt einen Anruf von Preston Barck, dem Vorsitzenden von Genetico, der ein bedeutender Mäzen unserer Universität ist und der vor allem das gesamte Zwillings-Forschungsprogramm finanziert«, fuhr Berrington fort. »Natürlich ist er besorgt über die Art und Weise, wie sein Geld ausgegeben wird. Der Zeitungsartikel stellte die Führung der Universität als völlig handlungsunfähig hin. Preston fragte mich: Wer, zum Teufel, leitet eigentlich die verdammte Schule?‹ Ich fand es entsetzlich peinlich.«

»War das Ihre Hauptsorge? Die Peinlichkeit, dass sich ein Ihnen unterstelltes Institutsmitglied widersetzt hat?«

»Natürlich nicht. Das Hauptproblem war der Schaden, der Jones Falls durch Dr. Ferramis Arbeit zugefügt würde.«

Schlauer Zug, dachte Steve.

Insgeheim fanden alle Komiteeangehörige die Vorstellung unerträglich, dass eine Assistenzprofessorin sich ihnen offen widersetzte. Damit war es Berrington gelungen, alle auf seine Seite zu bringen. Aber Quinn hatte diesen Punkt nicht lange erörtert, sondern der Beschwerde eine so eminente gesellschaftspolitische Bedeutung verliehen, dass sie einander sagen konnten, sie würden durch die Entlassung Jeannies die Universität schützen und nicht nur eine ungehorsame Untergebene bestrafen.

Berrington fuhr fort: »Die Universität muss bei Fällen, bei denen es um die Verletzung der Privatsphäre geht, besonders vorsichtig sein. Wir werden durch hohe finanzielle Spenden unterstützt, und Studenten wetteifern um Studienplätze bei uns, denn wir sind eine der renommiertesten Hochschulen des Landes. Allein schon die Andeutung, dass wir die Rechte anderer Menschen auch nur fahrlässig verletzen, kann uns sehr schaden.«

Das war eine eindrucksvolle Formulierung, und das gesamte Komitee würde ihm zustimmen. Steve nickte, um zu zeigen, dass auch er beistimmte, und hoffte, sie würden es bemerken und daraus schließen, dass es nicht um diesen Punkt ging.

Quinn fragte Berrington: »Welche Möglichkeiten sahen Sie zu diesem Zeitpunkt?«

»Eine einzige. Wir mussten zeigen, dass wir eine Verletzung der Privatsphäre durch Forscher der Universität nicht dulden. Ebenso mussten wir beweisen, dass wir imstande sind, unsere eigenen Bestimmungen durchzusetzen. Das konnten wir nur durch die fristlose Kündigung von Dr. Ferrami. Eine andere Alternative gibt es nicht.«

»Danke, Professor.« Quinn setzte sich.

Steve fühlte sich nicht gerade optimistisch. Quinn taktierte so geschickt wie erwartet, und Berrington war leider mehr als überzeugend gewesen. Er hatte die Rolle des vernünftigen, besorgten Vorgesetzten, der sein Bestes im Umgang mit einer hitzköpfigen, leichtsinnigen Untergebenen tat, hervorragend gespielt. Es war umso glaubhafter, da Jeannie ihre Hitzköpfigkeit demonstriert hatte.

Aber das Ganze entsprach nicht der Wahrheit. Das war alles, was Steve einwenden konnte. Jeannie war im Recht. Er musste es nur beweisen.

Jack Budgen fragte: »Haben Sie irgendwelche Fragen, Mr. Logan?«

»Ja, allerdings.« Steve machte eine kurze Pause, um seine Gedanken zu sammeln.

Das war, wovon er geträumt hatte. Er stand nicht in einem Gerichtssaal, ja er war noch nicht einmal ein zugelassener Anwalt, aber er verteidigte eine von den Mächten des Schicksals Verfolgte und zu Unrecht Beschuldigte gegen die Ungerechtigkeit einer mächtigen Institution. Die Chancen standen nicht gut für ihn, aber das Recht war auf seiner Seite. Ja, das war sein Traum.

Er erhob sich und blickte Berrington durchdringend an. Wenn Jeannies Theorie stimmte, musste der Mann ein eigenartiges Gefühl in dieser Situation empfinden. Es dürfte so ähnlich sein, als würde Dr. Frankenstein von seinem künstlichen Menschen in die Mangel genommen. Steve wollte das nutzen, um Berringtons Haltung ein wenig zu erschüttern, ehe er mit der wesentlichen Frage begann.

»Sie kennen mich, Professor, nicht wahr?«

Berrington wirkte fast bestürzt. »Ah ... ich glaube, wir sind uns am Montag begegnet, ja.«

»Und Sie wissen alles über mich.«

»Ich – ich weiß nicht, was Sie meinen.«

»Ich unterzog mich einen Tag lang einer Testreihe in Ihrem Laboratorium. Sie haben demnach eine Menge Informationen über mich.«

»Ah – jetzt weiß ich, was Sie meinen. Ja.«

Berrington sah nun aus, als habe Steve ihn völlig aus der Fassung gebracht.

Steve stellte sich hinter Jeannies Stuhl, damit alle sie ansehen mussten. Es fiel schwerer, Schlechtes von jemandem zu denken, der einen Blick so offen und furchtlos erwiderte.

»Professor, lassen Sie mich mit Ihrer ersten Behauptung beginnen, dass Sie beabsichtigt hatten, nach Ihrem Gespräch mit Dr. Ferrami am Montag rechtlichen Rat einzuholen.«

»Ja.«

»Aber Sie haben trotzdem keinen Anwalt konsultiert.«

»Nein. Ich wurde von den Ereignissen überrollt.«

»Sie haben um keinen Termin bei einem Anwalt angesucht.«

»Dazu war keine Zeit.«

»In den beiden Tagen zwischen Ihrem Gespräch mit Dr. Ferrami und dem mit Dr. Obell über die *New York Times* haben Sie nicht einmal Ihre Sekretärin ersucht, sich darum für Sie zu bemühen.«

»Nein.«

»Ebenso wenig hörten Sie sich um oder sprachen mit einem Ihrer Kollegen, um sich nach dem Namen eines geeigneten Anwalts zu erkundigen.«

»Nein.«

»Also sind Sie nicht imstande, Ihre Behauptung zu beweisen.«

Berrington lächelte selbstsicher. »Aber ich bin als ehrlicher Mensch bekannt.«

»Dr. Ferrami erinnert sich genau an dieses Gespräch mit Ihnen.«

»Gut.«

»Sie sagte, von rechtlichen Problemen oder privaten Bedenken sei keine Rede gewesen; Ihre einzige Sorge war, ob das Suchprogramm auch wirklich funktionieren würde.«

»Vielleicht hat sie es vergessen.«

»Oder vielleicht erinnern Sie sich nicht richtig.« Steve spürte, dass dieser Punkt an ihn gegangen war, und änderte abrupt die Richtung. »Erwähnte Ms. Freelander, die Reporterin der *New York Times*, wie sie von Dr. Ferramis Arbeit gehört hat?«

»Falls sie es tat, hat Dr. Obell es mir gegenüber nicht erwähnt.«

»Sie fragten also gar nicht?«

»Nein.«

»Und Sie *wunderten* sich nicht einmal, woher sie es wusste?«

»Ich nehme an, ich dachte mir, dass Reporter eben ihre Quellen haben.«

»Da Dr. Ferrami nichts über dieses Projekt veröffentlichte, wer hat dann die Zeitung informiert?«

Berrington zögerte und blickte Quinn Rat suchend an. Quinn stand auf. »Sir«, wandte er sich an Jack Budgen, »der Zeuge sollte nicht aufgefordert werden, Vermutungen anzustellen.«

Budgen nickte.

»Aber es handelt sich hier um eine informelle Anhörung – wir müssen uns nicht an strenge Verfahrensregeln halten.«

Jane Edelsborough sprach zum ersten Mal. »Die Frage erscheint mir interessant und wesentlich, Jack.«

Berrington warf ihr einen finsteren Blick zu, und sie erwiderte ihn mit einem Schulterzucken, das eine Entschuldigung sein mochte. Es war eine kurze, als Gebärdenspiel getarnte persönliche Unterhaltung, und Steve fragte sich, in welcher Beziehung die beiden zueinander standen.

Budgen wartete, vielleicht in der Hoffnung, ein anderes Komiteemitglied wäre entgegengesetzter Meinung, damit er als Vorsitzender die Entscheidung treffen könne, aber niemand sonst sprach. »Nun gut«, sagte er nach einer Pause. »Fahren Sie fort, Mr. Logan.«

Steve konnte kaum glauben, dass dieser Punkt nun an ihn gegangen war. Den Professoren gefiel nicht, dass ein Verteidiger, der noch nicht mal ein richtiger Anwalt war, ihnen sagte, was zulässig sei und was nicht. Sein Mund war trocken vor Anspannung. Er schenkte sich mit zittriger Hand aus einer Karaffe Wasser in ein Glas.

Er nahm einen Schluck, ehe er sich wieder an Berrington wandte und sagte: »Ms. Freelander hatte mehr als nur eine ungefähre Vorstellung von Dr. Ferramis Arbeit, habe ich recht?«

»Ja.«

»Sie wusste genau, wie Dr. Ferrami getrennte Zwillinge mithilfe eines Scans von Datenbanken suchte. Das ist eine neue, von Dr. Ferrami entwickelte Methode, von der außer ihr nur Sie und ein paar Kollegen am Psychologischen Institut wissen.«

»Wenn Sie es sagen.«

»Es sieht ganz so aus, als wäre die Information aus dem Institut gekommen, nicht wahr?«

»Vielleicht.«

»Welches Motiv könnte ein Kollege möglicherweise haben, über Dr. Ferrami und ihre Arbeit Unwahrheiten zu verbreiten?«

»Das weiß ich wirklich nicht.«

»Aber man kann von Böswilligkeit ausgehen. Vielleicht steckt ein neidischer Kollege dahinter. Was meinen Sie?«

»Könnte sein.«

Steve nickte zufrieden. Er hatte die Sache jetzt gut im Griff. Er konnte den Fall vielleicht doch gewinnen.

Nur keine Selbstgefälligkeit, warnte er sich. Einen Treffer zu erzielen heißt noch lange nicht, dass der Fall bereits gewonnen ist!

»Ich möchte zu Ihrer zweiten Behauptung kommen. Als Mr. Quinn Sie fragte, ob sich irgendjemand außerhalb der Universität zu der Story geäußert habe, antworteten Sie: ›Allerdings.‹ Wollen Sie bei dieser Aussage bleiben?«

»Ja.«

»Genau wie viele Anrufe erhielten Sie von Geldgebern, außer dem schon genannten von Preston Barck?«

»Nun, ich sprach mit Herb Abrahams ...«

Steve erkannte, dass Berrington langsam den Boden unter den Füßen verlor. »Verzeihen Sie, wenn ich Sie unterbreche, Professor.« Berrington blickte ihn erstaunt an, schwieg jedoch. »Hat Mr. Abrahams Sie angerufen oder Sie ihn?«

»Äh, ich glaube, ich rief Herb an.«

»Dazu werden wir noch kommen. Sagen Sie uns bitte zuerst, wie viele wichtige Mäzene *Sie* anriefen und ihre Besorgnis über die Anschuldigungen in der *New York Times* ausdrückten?«

Das brachte Berrington offensichtlich völlig aus der Fassung. »Ich bin mir nicht sicher, ob mich überhaupt jemand speziell deshalb anrief.«

»Wie viele Anrufe gingen von potenziellen Studenten ein?«

»Keine.«

»Hat Sie überhaupt irgendjemand angerufen, um sich mit Ihnen über den Artikel zu unterhalten?«

»Eigentlich nicht.«

»Haben Sie irgendetwas Schriftliches zu diesem Thema bekommen?«

»Noch nicht.«

»Es sieht nicht so aus, als hätte es viel Getue deshalb gegeben.«

»Ich finde nicht, dass Sie diese Folgerung ziehen können.«

Es war eine lahme Erwiderung, und Steve hielt inne, damit jeder sich seinen Reim darauf machen konnte. Berrington sah nun sehr verlegen aus. Die Komiteemitglieder folgten diesem scharfen Angriff und der matten Verteidigung sehr aufmerksam. Steve blickte Jeannie an. Ihre Augen leuchteten hoffnungsvoll.

Er fuhr fort: »Sprechen wir über den einen Anruf, den Sie erhielten, den von Preston Barck, dem Vorsitzenden von Genetico. So, wie Sie es sagten, klang es, als wäre er lediglich ein Mäzen, der sich sorgt, was mit seinem Geld gemacht wird. Aber er ist mehr als das, nicht wahr. Wann lernten Sie ihn kennen?«

»Vor vierzig Jahren, als ich in Harvard studierte.«

»Er muss einer Ihrer ältesten Freunde sein.«

»Ja.«

»Und, soviel ich weiß, gründeten Sie und er in späteren Jahren Genetico.«

»Ja.«

»Dann ist er also auch Ihr Geschäftspartner.«

»Ja.«

»Die Gesellschaft steht kurz vor der Übernahme durch Landsmann, den deutschen Pharmazie-Konzern.«

»Ja.«

»Zweifellos wird Mr. Barck an diesem Geschäft viel Geld verdienen.«

»Zweifellos.«

»Wie viel?«

»Ich glaube, das ist vertraulich.«

Steve beschloss, ihn nicht zu bedrängen, einen Betrag zu nennen. Dass er über diesen Punkt schwieg, war schon aufschlussreich genug.

»Ein weiterer Ihrer Freunde erwartet einen hohen Profit: Senator Proust. Nach den heutigen Nachrichten beabsichtigt er, damit seine Wahlkampagne und den Weg ins Weiße Haus zu finanzieren.«

»Ich hatte noch keine Zeit für die heutigen Nachrichten.«

»Aber Jim Proust ist Ihr Freund, oder nicht? Sie müssen doch gewusst haben, dass er vorhat zu kandidieren.«

»Ich glaube, jeder wusste das.«

»Werden Sie aus dieser Übernahme persönlichen finanziellen Nutzen ziehen?«

»Ja.«

Steve verließ seinen Platz hinter Jeannie und ging auf Berrington zu, damit aller Augen sich auf ihn richteten. »Dann sind Sie Aktionär, nicht bloß Berater.«

»Es ist durchaus üblich, beides zu sein.«

»Professor, wie viel werden Sie an dieser Übernahme verdienen?«

»Ich denke, das geht nur mich etwas an.«

Diesmal würde Steve ihm keine Chance geben, sich herauszureden. »Wie auch immer, der Preis, der für die Gesellschaft bezahlt wird, ist laut *The Wall Street Journal* einhundertundachtzig Millionen Dollar.«

»Ja.«

Steve wiederholte den Betrag. »Einhundertundachtzig Millionen Dollar.« Er schwieg lange genug, um allen Zeit zum Nachdenken zu geben. Das war die Art von Summe, die Professoren sich nie erhoffen konnten, und er wollte den Komiteemitgliedern das Gefühl vermitteln, dass Berrington gar nicht einer von ihnen war, sondern das krasse Gegenteil eines nur für die Wissenschaft und die Wissensvermittlung lebenden Gelehrten. »Sie sind einer von drei Personen, die miteinander einhundertundachtzig Millionen Dollar erhalten werden.«

Berrington nickte.

»Sie hatten demnach guten Grund, nervös zu werden, als Sie von dem Artikel in der New York Times hörten. Ihr Freund Preston verkauft seine Gesellschaft, Ihr Freund Jim lässt sich als Präsidentschaftskandidat aufstellen, und Sie stehen davor, ein Vermögen zu machen. Sind Sie sicher, dass es der Ruf der Jones-Falls-Universität war, dessentwegen Sie Dr. Ferrami fristlos kündigten? Oder fürchteten Sie um Ihren Gewinn aus diesem Deal? Seien wir ehrlich, Professor, Sie gerieten in Panik.«

»Ich habe ganz sicher ...«

»Sie lasen einen von Zeitungsschmierern verfassten Hetzartikel, fürchteten ein Scheitern der Übernahmeverhandlungen und handelten überstürzt. Sie ließen sich von der *New York Times* Angst machen.«

»Es gehört mehr dazu als die *New York Times*, mir Angst zu machen, junger Mann. Ich handelte schnell und entschlossen, keineswegs überstürzt.«

»Sie unternahmen keinen Versuch, die Informationsquelle der Zeitung herauszufinden.«

»Nein.«

»Wie viele Tage verbrachten Sie damit zu ermitteln, ob die Anschuldigungen der Wahrheit entsprachen oder nicht?«

»Dazu brauchte ich nicht sehr lange ...«

»Eher Stunden als Tage?«

»Ja ...«

»Oder brauchten Sie tatsächlich *nicht einmal eine* Stunde, bis Sie eine vom Rektor gebilligte Presseerklärung bereit hatten, dass Dr. Ferramis Projekt abgebrochen worden sei?«

»Ich bin sicher, dass es länger als eine Stunde war.«

Steve zuckte nachdrücklich die Schulter. »Wir wollen Ihnen großzügig sogar zwei Stunden zugestehen. War das Zeit genug?« Er drehte sich um und deutete auf Jeannie, damit alle sie ansehen würden. »Nach zwei Stunden beschlossen Sie, das gesamte Forschungsprogramm einer begabten jungen Wissenschaftlerin fallen zu lassen?« Der Schmerz in Jeannies Gesicht war unübersehbar. Steve litt innerlich mit ihr, aber für die Chance zu gewinnen, durfte er auf ihre Gefühle keine Rücksicht nehmen. Er drehte die Klinge in ihrer Wunde. »Nach zwei Stunden wussten Sie genug, die Entscheidung zu fällen, eine Arbeit von Jahren zu vernichten. Genug, eine vielversprechende Karriere zu beenden? Genug, das Leben einer Frau zu ruinieren?«

»Ich forderte sie auf, sich zu verteidigen«, entgegnete Berrington indigniert. »Sie verlor die Beherrschung und verließ das Zimmer!«

Steve zögerte, dann riskierte er ein dramatisches Zwischenspiel. »Sie verließ das Zimmer!«, sagte er mit gespieltem Erstaunen. »Sie verließ das Zimmer! Sie zeigten ihr eine Presseerklärung, in der die Einstellung ihres Projekts bekannt gegeben wurde. Keine Ermittlung der Informationsquelle des Zeitungsartikels, kein Zweifel am Wahrheitsgehalt der Beschuldigungen, keine Zeit darüber zu sprechen und auch keine Zeit für eine sofortige Anhörung. Sie teilten dieser jungen Wissenschaftlerin lediglich mit, dass ihr ganzes Leben in Scherben brach – und sie tat nichts weiter, *als das Zimmer zu verlassen!*« Berrington öffnete den Mund, doch Steve fuhr rasch fort: »Wenn ich die Ungerechtigkeit bedenke, die Gesetzwidrigkeit, die Dummheit Ihres Benehmens am Mittwochvormittag, dann muss ich Dr. Ferrami meine Bewunderung aussprechen, dass sie sich der Zurückhaltung und Disziplin befleißigte und es bei diesem simplen, beredten Protest beließ.« Er ging stumm zu seinem Stuhl zurück; dann wandte er sich dem Komitee zu. »Ich habe keine weiteren Fragen.«

Jeannie hatte die Augen gesenkt, aber sie drückte seinen Arm. Er lehnte sich zu ihr hinüber und flüsterte: »Wie geht es dir?«

»Ich bin okay.«

Er tätschelte ihre Hand. Er hätte gern gesagt, »Ich glaube, wir haben gewonnen«, aber das wäre eine zu große Herausforderung des Schicksals gewesen.

Henry Quinn erhob sich. Er schien keineswegs besorgt zu sein, obwohl Steve seinen Klienten moralisch ins Abseits manövriert hatte. Aber zweifellos gehörte es zu seiner Routine, unerschütterlich zu bleiben, egal, wie schlecht sein Fall stand.

Quinn sagte: »Professor, wenn die Universität Dr. Ferramis Forschungsprogramm nicht aufgegeben und sie nicht fristlos entlassen hätte, würde das etwas an der Übernahme von Genetico durch Landsmann geändert haben?«

»Absolut nichts«, erwiderte Berrington.

»Danke. Keine weiteren Fragen.«

Das war kurz und effektiv, dachte Steve grimmig. Dadurch ist mein ganzes Kreuzverhör mit wenigen Worten zunichtegemacht. Er bemühte sich, Jeannie seine Enttäuschung nicht anmerken zu lassen.

Jetzt war Jeannie an der Reihe. Steve erhob sich und leitete sie durch ihre Beweisführung. Sie war ruhig und unmissverständlich, als sie ihr Forschungsprogramm beschrieb und die Wichtigkeit betonte, getrennt aufgezogene Zwillinge zu finden, die Straftäter waren. Sie beschrieb in allen Einzelheiten, welche Vorsichtsmaßnahmen sie ergriffen hatte, um sicherzugehen, dass niemandes ärztliche Untersuchungsergebnisse bekannt wurden, ehe die Betreffenden ihr schriftliches Einverständnis gegeben hatten.

Steve erwartete, dass Quinn sie ins Kreuzverhör nehmen würde und durch Fangfragen beweisen wollte, dass es durchaus Möglichkeiten gab, dass vertrauliche Informationen zufällig an die Öffentlichkeit gelangten. Er hatte das vergangene Nacht mit Jeannie geprobt und den Ankläger gespielt. Aber zu seinem Staunen stellte Quinn keine Fragen. Hatte er Angst, sie würde sich zu geschickt verteidigen? Oder war er überzeugt, dass das Urteil bereits feststand?

Quinn rekapitulierte den Fall noch einmal. Er wiederholte lange Passagen von Berringtons Aussage, und zwar erneut viel weitschweifiger, als Steve für klug hielt. Bei seiner Schlussrede fasste er sich jedoch kurz. »Dies ist eine Krise, zu der es nie hätte kommen sollen. Es waren Dr. Ferramis Impulsivität und Starrsinn, die das ganze Drama verursachten. Natürlich hat sie einen Anstellungsvertrag, und dieser Vertrag regelt ihre Arbeitsbedingungen und ihr Verhältnis zu ihrem Arbeitgeber. Aber langjährige, erfahrene Institutsangehörige sind immerhin dazu verpflichtet, die ihnen unterstellten jüngeren Kollegen zu beaufsichtigen. Und wenn diese jüngeren Kollegen vernünftig sind, hören sie auf den weisen Rat ihrer älteren und dadurch qualifizierten Kollegen. Dr. Ferramis Eigensinn und Trotz machten aus einem Problem eine Krise, und diese Krise kann nur dadurch überwunden werden, dass sie die Universität verlässt.« Er setzte sich.

Nun war die Zeit für Steves Rede gekommen. Er hatte sie die ganze Nacht geübt. Er stand auf.

»Wozu ist die Jones-Falls-Universität da?« Um der dramatischen Wirkung willen, hielt er kurz inne. »Die Antwort lässt sich in einem Wort zusammenfassen: Wissen. Wollten wir eine kurze Definition der Rolle der Hochschulen in der amerikanischen Gesellschaft, könnten wir sagen, ihre Funktion ist, Wissen zu *suchen* und zu *verbreiten*.«

Er blickte jeden des Komitees einzeln an und wartete auf ihre Zustimmung. Jane Edelsborough nickte. Die anderen blieben unbeeindruckt.

»Dann und wann«, fuhr Steve fort, »gerät eine Universität deshalb unter Beschuss. Es gibt immer wieder Personen, welche die Wahrheit aus dem einen oder anderen Grund vertuschen wollen, seien es politische Motive, religiöse Vorurteile oder« – er blickte Berrington an –« wirtschaftliche Vorteile. Ich vermute, jeder hier wird zustimmen, dass die geistige Unabhängigkeit der Universität entscheidend für ihren Ruf ist. Diese Unabhängigkeit muss verständlicherweise gegen andere Verpflichtungen abgewogen werden, wie beispielsweise die Notwendigkeit, die Rechte anderer zu respektieren. Aber jeder denkende Mensch muss und wird bereit sein, für die Freiheit von Forschung und Wissenschaft und damit das Ansehen der Universität einzutreten.«

Er blickte nacheinander jedes einzelne Mitglied des Komitees an. »Jones Falls ist wichtig für jeden hier. Der Ruf eines Akademikers ist eng mit dem der Universität verbunden, für die er arbeitet. Ich ersuche Sie, darüber nachzudenken, welche Folgen Ihre Entscheidung für den Ruf der JFU als freie, unabhängige akademische Institution haben wird. Lässt sich die Universität von dem oberflächlichen Angriff einer Tageszeitung einschüchtern? Wird ein wissenschaftliches Forschungsprogramm einem wirtschaftlichen Übernahmeangebot geopfert? Ich hoffe, nicht. Ich hoffe, das Komitee wird den Ruf der JFU festigen, indem es beweist, dass es hier nur eine einzige Wertvorstellung gibt, die zählt: die Wahrheit.« Nochmals blickte er sie alle an und ließ seine Worte wirken. Leider konnte er ihren Mienen nicht entnehmen, ob seine Rede sie berührt hatte oder nicht. Nach ein paar Sekunden setzte er sich.

»Danke!« Jack Budgen nickte ihm zu. »Würden sich bitte alle, außer dem Komitee, auf den Flur begeben, während wir beraten?«

Steve hielt die Tür für Jeannie auf und folgte ihr in die Eingangshalle. Sie verließen das Gebäude und blieben im Schatten eines Baums stehen. Jeannie war bleich vor Anspannung. »Was meinst du?«, fragte sie.

»Wir müssen gewinnen!«, erwiderte er. »Wir sind im Recht!«

»Was soll ich tun, wenn wir verlieren?«, überlegte sie laut. »Nach Nebraska ziehen? Mir einen Job als Lehrerin suchen? Stewardess werden wie Penny Watermeadow?«

»Wer ist Penny Watermeadow?«

Bevor sie antworten konnte, bemerkte sie etwas über seiner Schulter, das sie zögern ließ. Steve drehte sich um und sah Henry Quinn eine Zigarette rauchen. »Sie haben Ihre Sache sehr geschickt gemacht«, sagte Quinn. »Bitte verstehen Sie es nicht etwa als Überheblichkeit, denn ich meine es ehrlich, wenn ich sage, dass es mir Spaß gemacht hat, mich mit Ihnen zu messen.«

Jeannie gab einen abfälligen Laut von sich und drehte sich um.

Steve war unvoreingenommener. Von Anwälten erwartete man, dass sie sich so verhielten: außerhalb des Gerichtssaals freundlich zu ihren gegnerischen Kollegen. Außerdem könnte es durchaus sein, dass er Quinn eines schönen Tages um eine Stellung ersuchen würde. »Vielen Dank«, sagte er höflich.

»Sie hatten ohne Zweifel die besseren Argumente«, fuhr Quinn fort und erstaunte Steve mit seiner Offenheit. »Andererseits stellen die Leute in einem solchen Fall ihre persönlichen Interessen vor alles andere, und sämtliche Komiteemitglieder sind ordentliche Professoren. Es dürfte ihnen ungeachtet der Argumente nicht leichtfallen, eine so junge Kollegin gegen jemanden aus ihrer eigenen Lobby zu unterstützen.«

»Sie sind alle Intellektuelle«, gab Steve zu bedenken. »Sie folgen der Vernunft.«

Quinn nickte. »Vielleicht haben Sie recht.« Er blickte Steve nachdenklich an; dann fragte er: »Haben Sie eine Ahnung, worum es *wirklich* geht?«

»Was meinen Sie damit?«, entgegnete Steve vorsichtig.

»Berrington ist offenbar in Panik wegen etwas, aber es hat sicher nichts mit schlechter Publicity zu tun. Ich frage mich, ob Sie und Dr. Ferrami es vielleicht wissen.«

»Wir glauben es«, antwortete Steve. »Aber wir können es noch nicht beweisen.«

»Versuchen Sie es weiter!« Quinn ließ seine Zigarette auf den Boden fallen und trat sie aus. »Gott bewahre, dass Jim Proust Präsident wird!« Er drehte sich um und ging.

Was sagt man dazu?, dachte Steve, der insgeheim Liberaler war.

Jack Budgen erschien am Eingang und winkte hereinzukommen. Steve nahm Jeannies Arm, und sie kehrten zurück ins Haus.

Steve versuchte, in den Gesichtern der Komiteemitglieder zu lesen. Jack Budgen blickte ihm in die Augen. Jane Edelsborough bedachte ihn mit einem schwachen Lächeln.

Er nahm es als gutes Zeichen. Seine Hoffnung wuchs.

Alle setzten sich.

Jack Budgen rückte seine Unterlagen zurecht, eine völlig überflüssige Geste. »Wir danken beiden Parteien, dass sie uns ermöglichten, diese Anhörung der Würde der Universität entsprechend zu führen.« Er machte mit ernstem Gesicht eine Pause. »Unser Beschluss ist einstimmig. Wir empfehlen dem Senat dieser Universität, Dr. Jean Ferrami zu entlassen. Danke.«

Jeannie vergrub den Kopf in die Hände.

KAPITEL 39

Als Jeannie endlich allein war, warf sie sich auf ihr Bett und weinte.

Sie weinte eine lange Zeit. Sie hämmerte auf ihr Kopfkissen, brüllte die Wand an und schrie die unflätigsten Worte, die sie kannte. Dann grub sie das Gesicht in die Steppdecke und weinte aufs Neue. Ihr Bett war tränenfeucht und schwarz befleckt von ihrer Wimperntusche.

Nach einiger Zeit stand sie auf, wusch sich das Gesicht und stellte Kaffee auf. »Es ist ja nicht, als hättest du Krebs«, sagte sie sich. »Komm schon, reiß dich zusammen!« Aber es war schwer. Es war zwar kein Todesurteil gewesen, aber sie hatte alles verloren, wofür sie lebte.

Sie dachte daran, wie sie einundzwanzig gewesen war. Sie hatte *summa cum laude* abgeschlossen und im selben Jahr das Mayfair Lites Challenge gewonnen. Sie sah sich auf dem Tennisplatz, wie sie den Pokal in der traditionellen Siegerpose hochhielt. Die Welt hatte ihr zu Füßen gelegen. Wenn sie jetzt so zurückblickte, war ihr, als hätte eine ganz andere und ihr heute völlig fremde Jeannie Ferrami diesen Preis hergezeigt.

Sie setzte sich auf die Couch und trank Kaffee. Ihr Vater, dieser Mistkerl, hatte ihren Fernseher gestohlen, so konnte sie sich jetzt nicht einmal mit einer Seifenoper von ihrem Elend ablenken. Sie hätte sich mit Schokolade vollgestopft, wenn welche im Haus gewesen wäre. Sie dachte an Alkohol, aber der würde ihre Depression nur noch verstärken. Einkaufen? Nein, wahrscheinlich würde sie in der Umkleidekabine nur in Tränen ausbrechen; außerdem war sie jetzt erst recht pleite.

Gegen vierzehn Uhr läutete das Telefon. Sie ließ es läuten, aber dann ging es ihr auf die Nerven, und sie hob doch ab.

Es war Steve. Nach dem Hearing war er nach Washington gefahren, um den Termin mit seinem Anwalt einzuhalten. »Ich bin jetzt im Anwaltsbüro«, erklärte er ihr. »Wir möchten gerichtlich gegen die Jones-Falls-Universität vorgehen, um die Herausgabe deiner FBI-Liste zu erwirken. Meine Familie wird für die Kosten aufkommen. Sie meint, es sei die Sache wert, wenn wir dadurch die Chance bekommen, den dritten Zwilling zu finden.«

»Mir ist der dritte Zwilling scheißegal«, fauchte sie.

Nach einer kurzen Pause sagte er: »Für mich ist es sehr wichtig.«

Sie seufzte. Bei *all meinen Schwierigkeiten soll ich mir auch noch Sorgen um Steve machen?* Dann fing sie sich. Er *hat sich Sorgen um mich gemacht, oder etwa nicht?* Sie schämte sich. »Steve, verzeih mir. Ich versinke in Selbstmitleid. Natürlich werde ich dir helfen. Was soll ich tun?«

»Nichts. Mein Anwalt wird sich ans Gericht wenden, vorausgesetzt, du gibst deine Erlaubnis.«

Sie begann wieder klar zu denken. »Ist das nicht ein wenig gefährlich? Ich nehme an, dass die JFU von unserem Antrag unterrichtet wird. Dann wird Berrington erfahren, wo sich die Liste befindet. Und er wird sie sich holen, bevor wir eine Chance haben, an sie heranzukommen.«

»Verdammt, du hast recht. Lass mich mit meinem Anwalt reden.«

Einen Augenblick später erklang eine andere Stimme aus dem Hörer. »Dr. Ferrami, hier ist Runciman Brewer. Wir haben jetzt eine Konferenzschaltung mit Steve. Wo genau befindet sich diese Datei?«

»In meiner Schreibtischlade auf einer Diskette mit der Aufschrift ›Einkaufsliste‹.«

»Wir können Zugang zu Ihrem Büro beantragen, ohne genaue Angaben, wonach wir suchen.«

»Dann steht zu befürchten, dass man alles in meinem Computer und auf den Disketten löschen wird.«

»Eine bessere Idee habe ich leider nicht.«

»Was wir brauchen«, warf Steve nun ein, »ist ein Einbrecher.«

»O mein Gott!«, hauchte Jeannie.

»Was ist?«

Daddy.

Auch der Anwalt erkundigte sich nun: »Was ist, Dr. Ferrami?«

»Können Sie mit diesem Antrag noch warten?«, fragte Jeannie.

»Ja, sicher. Vor Montag ließe sich vermutlich ohnehin nichts machen. Wieso?«

»Mir ist eben ein Gedanke gekommen. Ich möchte versuchen, ob er etwas taugt. Wenn nicht, können wir nächste Woche noch immer den Rechtsweg einschlagen. Steve?«

»Ich bin noch da.«

»Ruf mich später an.«

»Darauf kannst du dich verlassen!«

Jeannie legte auf.

Daddy käme in ihr Büro hinein!

Er hielt sich zurzeit bei Patty auf. Da er völlig abgebrannt war, würde er einstweilen auch dort bleiben. Und er schuldete ihr etwas. Und ob er ihr etwas schuldete!

Wenn sie den dritten Zwilling finden konnte, wäre Steves Unschuld schon so gut wie bewiesen.

Durfte sie ihren Vater bitten, für sie einzubrechen? Es war gegen das Gesetz. Wenn etwas schief ging, würde er wieder ins Gefängnis wandern. Natürlich ging er dieses Risiko ständig ein, aber diesmal wäre es ihre Schuld.

Die Haustürglocke läutete.

»Ja?«, fragte sie in die Sprechanlage.

»Jeannie?«

Es war eine vertraute Stimme. »Ja?«, fragte sie erneut. »Wer ist da?«

»Will Temple.«

»*Will?*«

»Ich habe dir zwei E-Mails gesandt. Hast du sie nicht bekommen?«

Was, zum Teufel, machte Will Temple hier? »Komm rauf.« Sie drückte auf den Öffner.

Als er die Treppe heraufkam, stellte sie fest, dass er eine beige Hose und ein marineblaues Polohemd trug. Sein Haar war kürzer, und der blonde Bart, den sie so gemocht hatte, wucherte jetzt nicht mehr wild, sondern war nun ordentlich gestutzt und gepflegt. Seine reiche Freundin kümmerte sich offenbar um sein Aussehen.

Sie brachte es nicht über sich, sich von ihm auch nur auf die

Wange küssen zu lassen; er hatte ihr viel zu wehgetan. Sie streckte die Hand aus, damit er sie schüttle. »So eine Überraschung«, sagte sie. »Ich konnte die letzten beiden Tage meine E-Mail nicht abrufen.«

»Ich nehme an einer Konferenz in Washington teil«, erklärte er, »und habe mir einen Wagen für einen Abstecher hierher gemietet.«

»Möchtest du Kaffee?«

»Gern.«

»Setz dich.« Sie stellte frischen Kaffee auf.

Er schaute sich um. »Hübsches Apartment.«

»Danke.«

»Es ist ganz anders.«

»Du meinst, anders als unsere Wohnung.« Das Wohnzimmer ihres Apartments in Minneapolis war ein großer, unordentlicher Raum gewesen, voll von wuchtigen Couches, demontierten Fahrrädern, Tennisschlägern und Gitarren. Verglichen damit war dieses Zimmer kahl. »Ich glaube, es ist meine Reaktion auf das ganze dortige Durcheinander.«

»Damals scheinst du es gemocht zu haben.«

»Stimmt, aber die Zeiten ändern sich.«

Er nickte und wechselte das Thema. »Ich habe in der *New York Times* über dich gelesen. Dieser Artikel ist so was von idiotisch!«

»Er hat jedenfalls genügt, mich fertigzumachen. Man hat mich heute gefeuert.«

»Nein!«

Sie schenkte Kaffee ein, setzte sich ihm gegenüber und erzählte ihm von dem Hearing. Als sie geendet hatte, fragte er: »Dieser Steve – ist das eine ernst zu nehmende Angelegenheit zwischen euch?«

»Ich weiß es nicht.«

»Ihr habt nichts miteinander?«

»Nein, aber er möchte es gern, und ich mag ihn wirklich. Was ist mit dir? Bist du noch mit Georgina Tinkerton-Ross zusammen?«

»Nein.« Er schüttelte reumütig den Kopf. »Jeannie, ich kam eigentlich hauptsächlich hierher, um dir zu sagen, dass mich von dir zu trennen der größte Fehler meines Lebens war.«

Jeannie war gerührt von seinem traurigen Blick. Irgendwie freute sie sich, dass er seine Trennung von ihr bedauerte, aber sie wünschte ihm nicht, dass er unglücklich war.

»Du warst das Beste, was mir je widerfahren ist, du bist stark, aber auch mitfühlend. Und du bist klug. Ich brauche jemanden, der klug ist. Wir waren geschaffen füreinander. Wir liebten uns.«

»Du hast mir damals sehr wehgetan«, sagte sie. »Aber ich bin darüber hinweggekommen.«

»Ich bin nicht sicher, ob ich das auch von mir behaupten kann.«

Sie blickte ihn abschätzend an. Er war ein kräftiger Mann, nicht nett wie Steve, aber attraktiv auf eine robustere Weise. Sie erforschte ihre Libido, doch da war nichts, keine Spur mehr ihres überwältigenden physischen Verlangens, das sie einst für Wills starken Körper empfunden hatte.

Er war hier, um sie zu bitten, zu ihm zurückzukehren, das war ihr nun klar. Und sie kannte ihre Antwort bereits. Sie wollte ihn nicht mehr. Er war etwa eine Woche zu spät gekommen.

Sie mochte ihn nicht kränken, sondern ihm die Demütigung ersparen, sie zu fragen und eine ablehnende Antwort zu bekommen. Sie erhob sich. »Will, ich habe etwas Dringendes zu erledigen und muss mich beeilen. Ich wünschte, ich hätte deine E-Mails bekommen, dann hätten wir mehr Zeit miteinander verbringen können.«

Er verstand, und seine Augen wurden noch trauriger. »Wie schade.« Er stand auf.

»Danke, dass du dich hast sehen lassen.«

Sie wollte ihm die Hand geben, aber er zog sie an sich, um sie zu küssen. Sie hielt ihm die Wange hin. Er küsste sie sanft, dann ließ er sie los. »Ich gäbe viel darum, wenn ich unser Skript umschreiben könnte. Ich würde ihm ein glücklicheres Ende geben.«

»Mach's gut, Will.«

»Mach's gut, Jeannie.«

Sie schaute ihm nach, als er die Treppe hinunter zur Haustür ging.

Ihr Telefon läutete.

Sie griff nach dem Hörer. »Hallo?«

»Gefeuert zu werden ist nicht das Schlimmste, was dir zustoßen kann.«

Es war eine gedämpfte Männerstimme, wie durch ein Tuch hindurch, um nicht erkannt zu werden.

»Wer spricht da?«, fragte Jeannie.

»Hör auf, deine Nase in Dinge zu stecken, die dich nichts angehen.«

Wer, zum Teufel, war das? »Was für Dinge?«

»Der Bursche, mit dem du es in Philadelphia zu tun hattest, sollte dich eigentlich umbringen!«

Jeannie hielt den Atem an. Plötzlich verspürte sie große Angst.

Die Stimme fuhr fort: »Er hat sich hinreißen lassen und hat Scheiße gebaut. Aber er könnte dich wieder besuchen.«

»Oh Gott!«, wisperte Jeannie.

»Sei gewarnt!«

Ein Klicken war zu vernehmen, dann kam das Freizeichen. Er hatte eingehängt.

Jeannie legte den Hörer auf die Gabel und starrte das Telefon an.

Niemand hatte je gedroht, sie zu töten. Es war schrecklich zu wissen, dass irgendjemand sie tot sehen wollte. Sie war wie gelähmt. *Was soll ich tun?*

Sie ließ sich auf die Couch fallen und bemühte sich, ihre Willenskraft wiederzugewinnen. Sie war zu abgekämpft, sich weiterhin gegen diese mächtigen, finsteren Feinde zu stellen. Sie waren zu mächtig! Sie konnten sie feuern lassen und überfallen, ihr Büro durchsuchen, ihre E-Mail stehlen. Sie schienen zu allem imstande zu sein. Vielleicht hatten sie wirklich einen Killer auf sie angesetzt.

Es war so unfair! Welches Recht nahmen sie für sich in Anspruch? Sie war eine gute Wissenschaftlerin, und sie hatten ihre Karriere ruiniert. Sie waren bereit, Steve für die Vergewaltigung Lisas ins Zuchthaus sperren zu lassen. Sie drohten, sie töten zu lassen. Jetzt wurde sie wütend. Was glaubten sie eigentlich, wer sie waren? Sie hatte nicht vor, ihr Leben durch diese arroganten Schurken ruinieren zu lassen, die sich einbildeten, sie könnten alles zu ihren Gunsten manipulieren, und zum Teufel mit allen anderen! Je mehr sie darüber nachdachte, desto wütender wurde sie. Ich habe die Macht, ihnen zu schaden, dachte sie. Ich muss diese Macht haben, wenn sie es für nötig halten, mir zu drohen, dass sie mich töten lassen würden. Ich werde diese Macht nutzen! Es ist mir egal, was aus mir wird, solange ich ihnen einen Strich durch die Rechnung machen kann. Ich bin klug und entschlossen, und ich bin Jeannie Ferrami, also hütet euch, ihr Hundesöhne, denn jetzt komm ich!

KAPITEL 40

J eannies Vater saß auf der Couch in Pattys unaufgeräumtem Wohnzimmer. Er schaute sich General *Hospital* an, trank Kaffee und aß Karottenkuchen.

Als Jeannie eintrat und ihn so sitzen sah, verlor sie trotz aller guten Vorsätze die Beherrschung. »Wie konntest du das tun?«, schrie sie ihn an. »Wie konntest du deine eigene Tochter bestehlen?«

Er sprang erschrocken auf, verschüttete den Kaffee und ließ seinen Kuchen fallen.

Patty folgte Jeannie ins Zimmer. »Bitte, mach keine Szene. Zip wird jeden Moment heimkommen.«

»Es tut mir so leid, Jeannie«, sagte Daddy. »Ich schäme mich.«

Patty kniete sich nieder und wischte den Kaffee mit einer Hand voll Papiertaschentücher auf. Auf dem Bildschirm küsste ein gut aussehender Mann im Arztkittel eine hübsche Frau.

»Du weißt genau, dass ich abgebrannt bin!«, schrie Jeannie. »Du weißt, dass ich versuche, genug Geld zu verdienen, um ein anständiges Altenpflegeheim für meine Mutter – deine Frau – bezahlen zu können. Und trotzdem hattest du den Nerv, mir meinen verdammten Fernseher zu klauen!«

»Du sollst nicht fluchen ...«

»Lieber Gott, gib mir die Kraft ...«

»Es tut mir leid.«

»Ich verstehe es nicht«, sagte Jeannie. »Ich verstehe es einfach nicht!«

»Lass ihn in Ruhe, Jeannie«, flüsterte Patty.

»Aber ich muss es wissen! Wie konntest du das nur tun?«

»Also gut, ich sag es dir!«, antwortete Daddy mit einer plötzlichen Heftigkeit, die sie überraschte. »Ich sag dir, warum ich es getan hab. Ich hab es getan, weil ich die Nerven verloren hab.« Tränen glänzten in seinen Augen. »Ich hab meine eigene Tochter bestohlen, weil ich zu alt bin und zu viel Schiss hab, jemand anders zu berauben. So, jetzt kennst du die Wahrheit!«

Er war so pathetisch, dass Jeannies Ärger im Nu verflog. »O Daddy, es tut mir leid«, sagte sie. »Setz dich wieder hin, ich hole den Staubsauger.«

Sie griff nach der umgekippten Tasse und trug sie in die Küche. Sie kam mit dem Staubsauger zurück, um die Kuchenkrümel aufzusaugen. Patty wurde gerade damit fertig, den Kaffee aufzuwischen.

Der Fernseharzt sagte: »Verreisen wir, nur du und ich, irgendwohin, wo es wunderschön ist...« Das hübsche Mädchen erwiderte: »Aber was ist mit deiner Frau?« Und der Arzt verzog mürrisch das Gesicht. Jeannie schaltete den Apparat aus und setzte sich neben ihren Vater.

»Was meinst du damit, dass du die Nerven verloren hast?«, fragte sie ihn neugierig. »Was ist passiert?«

Er seufzte. »Als ich aus dem Knast kam, hab ich ein Gebäude in Georgetown ausbaldowert. Es war eine kleine Architektengruppe, die eben erst ihr Personal mit fünfzehn oder zwanzig neuen PCs ausgestattet hatte und mit anderem Zeug wie Drucker und Faxgeräten. Der Mann, der die Firma mit dem Kram beliefert hatte, gab mir den Tipp. Ich sollte es für ihn stehlen, und er würde es an die Firma zurückverkaufen, sobald die das Geld von der Versicherung bekommen hatte. Ich hätt zehntausend Dollar dafür gekriegt.«

»Ich möchte nicht, dass meine Jungs das hören!« Patty vergewisserte sich, dass sie sich nicht auf dem Flur aufhielten, dann schloss sie die Tür.

Jeannie fragte Daddy: »Und was ist schiefgegangen?«

»Ich hab den Lieferwagen rückwärts ans Gebäude gefahren, die Alarmanlage ausgeschaltet und die Lieferantentür aufgemacht. Dann hab ich mir gedacht, was passieren würde, wenn ein Bulle daherkam. Das hat mich früher nie gejuckt, aber seit zehn Jahren hab ich so was nicht mehr gemacht. Jedenfalls hatte ich solchen Schiss, dass ich angefangen hab wie verrückt zu zittern. Ich bin wieder hinein ins Haus, hab einen Computer in den Lieferwagen getragen und bin davongefahren. Am nächsten Tag bin ich zu dir gekommen.«

»Und hast mich ausgeraubt!«

»Das hab ich wirklich nicht beabsichtigt gehabt, Schatz. Ich hab gedacht, du könntest mir vielleicht wieder auf die Füße helfen und irgendeinen ehrlichen Job für mich finden. Dann, wie du weg warst, hat mich dieses alte Gefühl überkommen. Ich hab dagesessen, hab deine Stereoanlage angeseh'n und gedacht, dass ich dafür bestimmt zweihundert Dollar oder so bekommen könnt und vielleicht hundert für den Fernseher, und dann hab ich's einfach getan. Und wie ich alles verkauft gehabt hab, wollt ich mich umbringen, ich schwör's.«

»Aber das hast du nicht.«

»Jeannie!«, rügte Patty.

Daddy fuhr fort: »Ich hab mir ein paar Drinks geleistet und war dann plötzlich mitten in einem Pokerspiel. Und am Morgen hab ich keinen Penny mehr gehabt.«

»Also hast du dich bei Patty verkrochen.«

»Ich tu dir so was bestimmt nicht an, Patty! Ich tu so was nie wieder jemand an! Von jetzt an werd ich mir mein Brot ehrlich verdienen!«

»Wehe dir, wenn nicht!«, warnte Patty.

»Ich muss es wohl, ich hab gar keine andre Wahl.«

Da warf Jeannie ein: »Aber noch nicht sofort.«

Beide blickten sie an. Patty fragte nervös: »Jeannie, wovon redest du?«

»Du musst noch einen Job übernehmen«, sagte Jeannie zu Daddy. »Für mich. Einen Bruch. Heute Nacht!«

KAPITEL 41

Es wurde bereits dunkel, als sie den Jones-Falls-Campus erreichten. »Schade, dass wir keinen unauffälligeren Wagen haben«, sagte ihr Vater, als Jeannie den roten Mercedes auf dem Studentenparkplatz abstellte. »Ein Ford Taunus wäre gut oder ein Buick Regal. Man sieht so viele davon, dass sie niemand auffallen.«

Er stieg mit einer arg ramponierten Aktenmappe aus ehemals hellem Leder aus. In seinem karierten Hemd und der zerknitterten Hose, dem struppigen Haar und den abgetretenen Schuhen sah er aus wie ein Professor.

Jeannie hatte ein komisches Gefühl im Magen. Sie wusste seit vielen Jahren, dass ihr Daddy ein Einbrecher war, aber sie selbst hatte nie etwas Ungesetzlicheres getan, als die Höchstgeschwindigkeit zu missachten. Jetzt stand sie davor, in ein Gebäude einzubrechen. Es war, als überquere sie eine schicksalhafte rote Linie. Sie fand zwar nicht, dass sie etwas Unrechtes tat, betrachtete sich jedoch ab jetzt mit ganz anderen Augen. Sie hatte sich stets für eine gesetzestreue Bürgerin gehalten. Kriminelle, ihr Vater eingeschlossen, hatten für sie immer zu einer scheinbar anderen Spezies gehört. Jetzt lief sie zu ihnen über.

Die meisten Studenten und Institutsmitglieder waren bereits heimgegangen, aber einige befanden sich noch auf dem Campus: Professoren, die sich nicht von ihrer Arbeit trennen konnten, Studenten, die noch ausgehen wollten, Hausmeister, die nach dem Rechten sahen, ehe sie abschlössen, und Wachmänner, die ihre Runden zogen. Jeannie hoffte, sie würde niemandem über den Weg laufen, den sie kannte.

Ihre Nerven waren zum Zerreißen angespannt. Sie hatte mehr Angst um ihren Vater als um sich. Würden sie erwischt, wäre es außerordentlich demütigend für sie, doch das wäre alles. Kein Richter würde sie hinter Gitter schicken, weil sie in ihr eigenes Büro eingebrochen war, um sich eine ihrer Disketten zu holen. Aber Daddy mit seinen Vorstrafen würde keinesfalls glimpflich davonkommen und das Gefängnis erst wieder als alter Mann verlassen.

Die Straßenlampen und die Außenbeleuchtung des Gebäudes gingen allmählich an. Jeannie und ihr Vater schritten am Tennisplatz vorbei, wo zwei Mädchen noch bei Flutlicht spielten. Jeannie erinnerte sich, wie Steve sie vergangenen Sonntag nach dem Spiel angesprochen hatte. Sie hatte ihn automatisch abblitzen lassen, weil er so selbstzufrieden und von sich überzeugt ausgesehen hatte. Wie falsch doch ihr erster Eindruck von ihm gewesen war!

Mit einem Kopfnicken deutete sie auf das Ruth-W-Acorn-Psychologiegebäude. »Dort ist es«, sagte sie. »Wir hier nennen es nur die Klapsmühle.«

»Geh unauffällig weiter«, riet er ihr. »Wie kommt man denn durch die Haustür?«

»Mit einer Plastikkarte, genau wie in die Büros. Aber mit meiner Karte ist nichts mehr zu machen. Vielleicht könnte ich eine für die Haustür borgen.«

»Lieber nicht. Ich hab nicht gern Komplizen. Wie kommen wir zur Hinterseite?«

»Ich zeige es dir.« Ein Fußweg quer über eine Rasenfläche führte an der Rückseite der Klapsmühle direkt zum Besucherparkplatz. Jeannie folgte ihm; dann bog sie zu einem gepflasterten Hof hinter dem Gebäude ab. Mit geschultem Blick überflog ihr Vater die Hauswand. »Was ist das für eine Tür?«

»Ein Notausgang, glaube ich.«

Er nickte. »Wahrscheinlich gibt es einen Riegel in Hüfthöhe von der Art, welche die Tür öffnet, wenn man dagegendrückt.«

»Ja, ich glaube, das stimmt. Wollen wir dorthinein?«

»Ja.«

Jeannie erinnerte sich an ein Schild an der Innenseite: TÜRSICHERUNG DURCH ALARMANLAGE. »Du wirst Alarm auslösen«, sagte sie.

»Nein, werd ich nicht«, versicherte er ihr. Er schaute sich um. »Kommen viele hierher?«

»Nein, schon gar nicht nachts.«

»Okay. Machen wir uns an die Arbeit.« Er stellte seine Aktentasche auf den Boden, öffnete sie und holte ein kleines Kunststoffkästchen mit einer Anzeige heraus. Nachdem er auf einen Knopf gedrückt hatte, strich er mit der Box rund um den Türrahmen und beobachtete aufmerksam die Skala. In der rechten oberen Ecke schlug die Nadel aus. Er brummte zufrieden.

Er steckte das Kästchen in die Aktentasche zurück und holte nun ein ähnliches Instrument heraus sowie eine Rolle Isolierband. Damit klebte er das Gerät an die obere rechte Türecke und betätigte einen Schalter. Ein Summen wurde laut. »Das dürfte die Alarmanlage verwirren«, meinte er.

Nun brachte er ein langes Stück Draht zum Vorschein, das einmal ein Kleiderbügel gewesen war, wie man sie von der chemischen Reinigung mitbekam. Er bog ihn sorgfältig zu einer ziemlich verdrehten Form; dann steckte er das Hakenende in einen schmalen Türspalt, drehte und wand es ein paar Sekunden. Dann zog er.

Die Tür ließ sich öffnen, ohne dass der Alarm anging.

Daddy hob seine Aktenmappe hoch und trat durch die Tür.

»Warte!«, sagte Jeannie. »Das ist nicht recht. Schließ die Tür, wir wollen heimgehen.«

»He, komm schon! Hab keine Angst!«

»Ich kann dir das nicht antun. Wenn du erwischt wirst, stecken sie dich ins Gefängnis, bis du siebzig bist.«

»Jeannie, ich *will* das für dich tun. Ich war dir so lange ein schlechter Vater. Jetzt kann ich endlich einmal was für dich tun. Es ist wichtig für mich. Komm schon, bitte!«

Jeannie trat ebenfalls durch die Tür.

Er zog sie hinter ihr zu. »Geh voraus.«

Sie stieg die Nottreppe zum ersten Stock hinauf und eilte den Flur entlang zu ihrem Büro. Ihr Vater blieb dicht hinter ihr. Sie deutete auf die Tür.

Aus seiner Aktentasche holte er ein weiteres elektronisches Gerät. Daran war eine Metallplatte in Kartenform mit Drähten angeschlossen. Er steckte die Platte in den Kartenleser und schaltete das Instrument ein.

»Es probiert jede mögliche Kombination aus«, erklärte er.

Sie staunte, wie leicht er in ein Gebäude mit der neuesten Sicherheitstechnik gelangt war.

»Weißt du was?«, sagte er. »Ich hab gar keine Angst.«

»Dafür ich um so mehr!«, krächzte Jeannie.

»Nein, ernsthaft, ich hab mein Selbstvertrauen wieder. Vielleicht, weil du bei mir bist.« Er grinste. »He, wir könnten ein gutes Team abgeben.«

Sie schüttelte den Kopf. »Vergiss es! Ich würde mir jedes Mal vor Angst in die Hosen machen.«

Plötzlich dachte sie, dass Berrington möglicherweise hergekommen war und ihren Computer sowie sämtliche Disketten mitgenommen hatte. »Wie lange dauert das?«, fragte sie ungeduldig.

»Gleich ist es so weit.«

Einen Augenblick später schwang die Tür lautlos auf.

»Bitte einzutreten«, sagte er stolz.

Sie ging hinein und schaltete das Licht ein. Ihr Computer stand noch auf dem Schreibtisch. Jeannie zog die Schublade heraus. Ah, hier war ihre Box mit den Back-ups. Mit zittrigen Fingern blätterte sie sie durch. Die Einkaufsliste war da! Sie zog sie heraus. »Gott sei Dank!«, hauchte sie.

Jetzt, da sie die Diskette in der Hand hielt, konnte sie es nicht erwarten, die Information darauf zu lesen. Sosehr sie raus aus der Klapsmühle wollte, drängte es sie doch danach, sich die Datei sofort hier anzusehen. Sie hatte keinen Computer zu Haus, und um sie lesen zu können, würde sie sich einen PC ausleihen müssen. Das würde viel Zeit und langwierige Erklärungen kosten.

Sie beschloss, das Risiko einzugehen.

Sie schaltete den Computer auf ihrem Schreibtisch ein und wartete, bis er betriebsbereit war.

»Was machst du da?«, fragte Daddy.

»Ich will die Datei lesen.«

»Kannst du das nicht daheim?«

»Ich habe keinen Computer zu Haus, Daddy. Er wurde gestohlen.«

Er überhörte die Anspielung. »Dann beeil dich!« Er trat ans Fenster und schaute hinaus.

Der Schirm leuchtete auf, und sie klickte WP an. Dann schob sie die Diskette in den Schlitz und schaltete ihren Drucker ein.

Plötzlich schrillte die Alarmanlage los.

Jeannie glaubte, ihr Herz setze aus. Der Lärm war ohrenbetäubend. »Was ist passiert?«, schrie sie.

Ihr Vater war kreidebleich im Gesicht. »Dieser verdammte Störsender muss den Geist aufgegeben haben. Oder jemand hat ihn von der Tür genommen«, keuchte er. »Raus hier, Jeannie, lauf!«

Sie wollte die Diskette aus dem Computer ziehen und laufen, so schnell sie konnte. Aber sie zwang sich, ruhig zu bleiben. Wenn sie jetzt erwischt würde und man ihr die Diskette abnähme, hätte sie alles verloren. Sie musste sich die Liste ansehen, solange sie noch konnte. Sie umklammerte den Arm ihres Vaters. »Nur noch ein paar Sekunden!«

Er warf einen schnellen Blick aus dem Fenster. »Verdammt, der sieht aus wie ein Wachmann!«

»Ich muss das nur noch ausdrucken! Wart auf mich!«

Er zitterte am ganzen Körper. »Ich kann nicht, Jeannie, ich kann nicht! Es tut mir leid!«

Er riss seine Aktentasche an sich und rannte los.

Jeannie empfand Mitleid mit ihm, aber sie konnte jetzt nicht aufhören. Sie rief das Verzeichnis des Laufwerks A auf, klickte die FBI-Datei an und wollte sie ausdrucken.

Aber es tat sich nichts. Der Drucker war noch nicht bereit. Sie fluchte.

Jetzt schaute auch sie rasch aus dem Fenster. Zwei Wachleute betraten soeben das Gebäude.

Sie schloss ihre Bürotür.

Dann starrte sie auf ihren Tintenstrahldrucker, als könne sie ihn dadurch hypnotisieren. »Mach schon! Mach endlich!«

Endlich klickte und surrte er los und zog ein Blatt ein.

Sie ließ die Diskette aus ihrem Schacht springen und steckte sie in die Tasche ihres Blazers.

Der Drucker spuckte vier Seiten aus, dann hielt er an.

Mit heftig pochendem Herzen riss Jeannie das bedruckte Papier hoch und überflog die Zeilen.

Es waren etwa dreißig bis vierzig Paar Namen. Hauptsächlich die von Männern, aber das war nicht verwunderlich: Neunzig Prozent aller Verbrechen wurden von Männern begangen. In manchen Fällen war die Adresse eine Strafanstalt. Die Liste entsprach ganz ihrer Erwartung. Aber jetzt brauchte sie zumindest einen von zwei bestimmten Namen. Sie suchte und fand »Steven Logan« und gleich darunter »Dennis Pinker«.

Und sie waren mit einem dritten verbunden: »Wayne Stattner«.

»Ja!«, jubelte Jeannie.

Sie las die dazugehörende Adresse. Sie befand sich in New York City.

Sie starrte auf den Namen. *Wayne Stattner.* Das war der Kerl, der Lisa hier in der Sporthalle vergewaltigt und sie selbst in Philadelphia im Auto überfallen hatte. »Du Bastard!«, knirschte sie rachsüchtig. »Wir werden dich kriegen!«

Doch zuerst musste sie sich mit der Information in Sicherheit bringen. Sie verstaute die Liste in ihrer Jackentasche, schaltete das Licht aus und öffnete die Tür.

Sie hörte Stimmen auf dem Korridor, die versuchten, sich gegen das Heulen der noch immer nicht ausgeschalteten Alarmanlage zu behaupten. Sie hatte zu lange gebraucht. Leise schloss sie die Tür wieder und lehnte sich dagegen, um zu lauschen. Ihre Knie waren weich wie Gummi.

Sie hörte, wie einer der Männer schrie: »Ich bin sicher, dass in einem der Büros Licht gebrannt hat.«

Eine andere Stimme antwortete: »Dann sollten wir besser in jedem nachschauen.«

Jeannie blickte sich im schwachen Licht einer der hereinscheinenden Straßenlampen in dem winzigen Zimmer um. Es gab hier kein Versteck.

Vorsichtig öffnete sie die Tür einen Spalt. Sie konnte niemanden sehen oder hören. Am hinteren Ende des Flurs fiel Licht durch eine offene Tür. Sie wartete und beobachtete. Die Wachmänner kamen heraus, schalteten das Licht aus, schlossen die Tür und betraten den nächsten Raum: das Laboratorium. Sie würden bestimmt mindestens ein bis zwei Minuten brauchen, bis sie es durchsucht hatten. Konnte sie sich indessen daran vorbeistehlen und die Treppe erreichen?

Jeannie trat hinaus auf den Korridor und schloss mit zittriger Hand ihre Bürotür.

Sie schritt den Flur entlang und musste ihre ganze Willenskraft aufbringen, nicht zu rennen.

Als sie an der Labortür vorbeikam, konnte sie der Versuchung nicht widerstehen, rasch einen Blick hineinzuwerfen. Beide Wachmänner hatten ihr den Rücken zugewandt. Einer schaute in einen Wandschrank und der andere starrte interessiert auf eine Reihe DNS-Test-Filme auf einem Lichtkasten. Sie bemerkten sie nicht.

Nur noch wenige Meter bis zum rettenden Ausgang!

Sie ging weiter zum Ende des Korridors und öffnete die Flügeltür.

Plötzlich erklang eine Stimme: »He! Sie! Bleiben Sie stehen!«

Obwohl alles in ihr danach schrie loszulaufen, ließ sie die Tür wieder zuschwingen, drehte sich um und lächelte.

Zwei Wachleute kamen den Korridor entlang auf sie zugelaufen. Beide waren Männer Ende fünfzig, höchstwahrscheinlich Polizisten im Ruhestand.

Ihre Kehle war wie zugeschnürt, und sie hatte Schwierigkeiten zu atmen. »Guten Abend, Gentlemen. Wie kann ich Ihnen behilflich sein?« Der Lärm der Alarmanlage übertönte das Zittern ihrer Stimme.

»Im Gebäude wurde Alarm ausgelöst«, sagte einer der Wachleute.

Als ob das nicht jeder hörte! Aber sie überging es. »Meinen Sie, dass jemand eingebrochen ist?«

»Könnte schon sein. Haben Sie was Ungewöhnliches gehört, Professor?«

Die Wachmänner hielten sie also für ein Institutsmitglied. Das war gut. »Ja, ich glaube, ich habe Glas zerbrechen hören. Ein Stockwerk über unserem, wie es schien. Sicher bin ich mir allerdings nicht.«

Die beiden Wachleute blickten einander an. »Wir werden nachsehen«, sagte der eine.

Der andere war weniger leicht abzulenken. »Darf ich fragen, was Sie in Ihrer Tasche haben?«

»Papiere.«

»Das ist wohl offensichtlich. Darf ich sie sehen?«

Jeannie hatte nicht vor, sie irgendjemandem auch nur in die Hand zu geben. Sie tat, als wäre sie dazu bereit, überlegte es sich jedoch im letzten Moment anders. »Sicher«, sagte sie und zog sie aus ihrer Jackentasche. Dann faltete sie sie zusammen und schob sie wieder hinein. »Nein, lieber nicht«, murmelte sie. »Sie sind absolut vertraulich.«

»Ich muss darauf bestehen. Bei unserer Ausbildung wurden wir darauf hingewiesen, dass Papiere ebenso wertvoll sein können wie anderes. Besonders in einem Institut wie diesem.«

»Ich habe nicht vor, Sie meine private Korrespondenz lesen zu lassen, nur weil in einem Hochschulgebäude die Alarmsirene heult.«

»In diesem Fall muss ich Sie bitten, mit mir zu unserem Chef mitzukommen.«

»Na gut«, erklärte sie sich scheinbar einverstanden, »dann treffen wir uns draußen.« Sie ging rasch rückwärts durch die Flügeltür und rannte leichtfüßig die Treppe hinunter.

Die Wachmänner rannten hinter ihr her. »Warten Sie!«

Sie ließ sich in der Eingangshalle von ihnen einholen. Einer nahm ihren Arm, während der andere die Tür öffnete. Sie traten hinaus.

»Sie brauchen mich nicht festzuhalten!«, wehrte sie ab.

»Es ist mir aber lieber.« Er keuchte von der Anstrengung, die es ihn gekostet hatte, sie die Treppe hinunterzuverfolgen.

Das hatte sie vor Kurzem schon einmal erlebt. Sie fasste das Gelenk der Hand, die sie hielt, und drückte fest. »Au!«, heulte der Wachmann auf und ließ los.

Jeannie rannte.

»He! Luder, stehen bleiben!« Wieder hetzten sie ihr nach.

Sie hatten keine Chance. Sie war fünfundzwanzig Jahre jünger und so fit wie ein Rennpferd. Je größer der Abstand zwischen ihnen wurde, desto geringer ihre Angst. Lachend sauste sie dahin wie der Wind. Sie verfolgten sie noch ein paar Meter, dann gaben sie auf. Jeannie blickte über die Schulter und sah die beiden keuchend und vornübergebeugt dastehen.

Ihr Vater wartete neben dem Wagen. Sie schloss ihn auf, und beide stiegen ein. Ohne Licht fuhr sie los.

»Es tut mir leid, Jeannie«, entschuldigte Daddy sich. »Ich dachte, wenn ich es schon nicht für mich tun kann, könnte ich es wenigstens für dich. Aber es ist sinnlos. Ich kann es nicht mehr. Ich kann nie wieder einbrechen.«

»Gut zu hören! Und ich habe, was ich wollte!«

»Ich wünschte, ich könnt' dir ein guter Vater sein. Aber es ist wohl zu spät, jetzt noch damit anzufangen.«

Sie fuhr aus dem Campus auf die Straße und schaltete die Scheinwerfer ein. »Es ist nicht zu spät, Daddy. Wirklich nicht.«

»Vielleicht. Aber jedenfalls hab ich's für dich versucht, nicht wahr?«

»Du hast es nicht nur versucht, es ist dir auch gelungen. Ich bin hineingekommen. Und das hätte ich nicht allein geschafft!«

»Ja, da hast du wohl recht.«

Sie fuhr rasch nach Hause. Sie wollte so schnell wie möglich die Telefonnummer auf dem Ausdruck überprüfen. Falls er nicht mehr unter diesem Anschluss zu erreichen war, würde sie ein Problem haben. Und sie musste unbedingt Wayne Stattners Stimme hören!

Kaum waren sie in ihrer Wohnung, griff sie nach dem Telefon und wählte.

»Hallo?«, antwortete eine Männerstimme.

Aus dem einen Wort ließ sich nicht viel schließen. »Dürfte ich mit Wayne Stattner sprechen?«, bat sie.

»Ja, hier ist Wayne. Wer spricht da?«

Es klang genau wie Steves Stimme. *Du verdammter Mistkerl, warum hast du mir meine teure Strumpfhose zerrissen?* Sie unterdrückte ihren Zorn und sagte: »Mr. Stattner, ich bin von einem Marktforschungsinstitut, das Sie für ein ganz besonderes Angebot ausgewählt hat ...«

»Leck mich doch ...« Wayne legte auf.

»Er ist es«, sagte Jeannie zu ihrem Vater. »Er hat sogar die gleiche Stimme wie Steve, nur ist Steves kultivierter.«

Sie hatte ihrem Vater die Umstände kurz erklärt. Er verstand sie im Großen und Ganzen, fand es jedoch etwas verwirrend. »Was wirst du als Nächstes tun?«

»Die Polizei anrufen.« Sie wählte die Abteilung für Sexualverbrechen und verlangte Sergeant Delaware.

Ihr Vater schüttelte staunend den Kopf. »Daran muss ich mich wohl erst noch gewöhnen – mit den Bullen zusammenzuarbeiten ... Ich hoffe, dieser Sergeant ist anders als die Detectives, die ich kennengelernt hab.«

»Ja, ich glaube, sie ist anders.«

Jeannie hatte gar nicht erwartet, Mish an ihrem Schreibtisch zu erreichen; es war einundzwanzig Uhr. Aber durch einen glücklichen Zufall hielt sie sich noch im Gebäude auf.

»Ich muss dringend meinen Papierkram erledigen«, erklärte sie. »Was gibt es?«

»Steve Logan und Dennis Pinker sind nicht Zwillinge.«

»Aber ich dachte ...«

»Sie sind Drillinge.«

Eine längere Pause setzte ein. Als Mish wieder sprach, klang ihre Stimme wachsam. »Woher wissen Sie das?«

»Erinnern Sie sich, wie ich Steve und Dennis gefunden habe – in einer Datenbank mit zahnärztlichen Befunden, bei einer Suche nach Paaren mit fast identischen Daten.«

»Ja.«

»Diese Woche suchte ich in der Fingerabdruckdatei des FBI nach fast identischen Fingerabdrücken. Das Programm wies auf Steve, Dennis und einen Dritten hin.«

»Sie haben die gleichen Fingerabdrücke?«

»Nicht völlig gleich, aber sehr ähnlich. Ich habe soeben den Dritten angerufen. Seine Stimme ist wie Steves. Ich wette meinen Kopf darauf, dass sie gleich aussehen. Mish, Sie müssen mir glauben!«

»Haben Sie eine Adresse?«

»Ja. In New York.«

»Na, dann raus damit.«

»Ich habe eine Bedingung!«

Mishs Stimme wurde hart. »Jeannie, hier ist die Polizei! Sie können keine Bedingungen stellen, Sie beantworten die gottverdammten Fragen! Und jetzt geben Sie mir die Adresse!«

»Ich muss mich selbst vergewissern. Ich will ihn sehen!«

»Wollen Sie ins Gefängnis? Das ist jetzt die Frage, denn wenn nicht, dann rücken Sie sie rüber!«

»Ich möchte, dass wir ihn gemeinsam aufsuchen. Morgen!«

Eine neuerliche Pause setzte ein. »Ich sollte Sie wegen Begünstigung eines Verbrechers in den Knast stecken.«

»Wir könnten morgen früh den ersten Flug nach New York nehmen.«

»Also gut, meinetwegen.«

Samstag

S ie nahmen den USAir-Flug um 6.40 Uhr nach New York. Jeannie war voller Hoffnung. Gut möglich, dass dies das Ende von Steves Albtraum war. Sie hatte ihn am Abend zuvor angerufen, um ihn über den neuesten Stand der Dinge zu informieren, und er war schlichtweg aus dem Häuschen gewesen. Er wollte sogar mit ihnen nach New York fliegen, doch Jeannie wusste, dass Mish das nicht zulassen würde. Sie hatte versprochen, sich zu melden, sobald sie etwas Neues erfuhr.

Mishs Haltung war nach wie vor von einer Art toleranter Skepsis geprägt. Jeannies Geschichte kam ihr kaum glaubhaft vor, doch sie wollte sich ihr eigenes Urteil bilden.

Aus Jeannies Daten ging nicht hervor, warum Wayne Stattners Fingerabdrücke beim FBI gespeichert waren. Mish hatte es im Laufe der Nacht nachgeprüft. Als die Maschine vom Baltimore-Washington International Airport abhob, erzählte sie Jeannie, was dabei herausgekommen war.

Vor drei Jahren hatten die verzweifelten Eltern eines vermissten vierzehnjährigen Mädchens die Spur ihrer Tochter bis in Waynes New Yorker Wohnung verfolgt und ihn wegen Kindesentführung angezeigt. Wayne hatte den Vorwurf zurückgewiesen und angegeben, er habe das Mädchen zu nichts gezwungen. Das Mädchen selbst hatte ausgesagt, es liebe ihn. Wayne war damals erst neunzehn gewesen, sodass das Verfahren am Ende niedergeschlagen wurde.

Aus den Auskünften ging hervor, dass Stattner offenbar von dem Drang besessen war, Frauen zu beherrschen, was nach Jeannies Überzeugung allerdings nicht ganz zur Psychologie eines Vergewaltigers passte. Mish hielt dem entgegen, dass es keine strikten Regeln gebe.

Von dem Mann, von dem sie in Philadelphia angegriffen worden war, hatte Jeannie Mish nichts erzählt. Sie wusste, dass Mish ihr die

Behauptung, es sei nicht Steve gewesen, bestimmt nicht abnehmen, sondern es vorziehen würde, Steve persönlich zu befragen. Das wollte sie Steve ersparen. Dass sie auch den Anrufer verschweigen musste, der sie gestern mit dem Tode bedroht hatte, war eine logische Konsequenz. Sie hatte niemandem davon erzählt, nicht einmal Steve; er hatte schon genug Sorgen.

Jeannie hätte Mish gerne sympathisch gefunden, doch die Spannung, die zwischen ihnen herrschte, war nicht zu leugnen. Als Polizistin erwartete Mish, dass die Leute taten, was sie ihnen sagte, und Jeannie war eine derartige Einstellung verhasst. Um ihr dennoch menschlich etwas näher zu kommen, hatte Jeannie sie gefragt, wie sie Polizistin geworden war.

»Ich war Sekretärin und bekam einen Job beim FBI«, antwortete Mish. »Nach zehn Jahren bildete ich mir ein, den Agentenjob besser zu beherrschen als der Mann, für den ich arbeitete. Ich meldete mich also zur Ausbildung, besuchte die Polizeiakademie, wurde Streifenpolizistin und ging dann freiwillig zum Rauschgiftdezernat, wo ich bei verdeckten Ermittlungen eingesetzt wurde. Das war ganz schön unheimlich, aber ich konnte damit beweisen, dass ich taff bin.«

Jeannie empfand eine plötzliche Distanz gegenüber ihrer Begleiterin; sie rauchte selbst hin und wieder etwas Hasch und konnte Leute nicht ausstehen, die sie deswegen am liebsten ins Gefängnis stecken würden.

»Dann wurde ich zur Sitte versetzt, Abteilung sexueller Missbrauch von Kindern«, fuhr Mish fort. »Dort hielt ich es allerdings nicht lange aus. Niemand schafft das. Es ist eine wichtige Aufgabe, doch man hat nur eine begrenzte Aufnahmekapazität für solche Sachen. Du drehst sonst durch. Ich jedenfalls landete schließlich bei den Sexualverbrechen.«

»Klingt auch nicht viel besser.«

»Zumindest handelt es sich bei den Opfern um Erwachsene. Nach ein paar Jahren wurde ich Sergeant und Leiterin des Dezernats.«

»Meiner Meinung nach sollten Vergewaltigungen nur von weiblichen Detectives untersucht werden«, sagte Jeannie.

»Ich weiß nicht, ob ich Ihnen da zustimmen kann.«

Jeannie war überrascht. »Glauben Sie nicht, dass es den Opfern leichter fällt, mit einer Frau darüber zu reden?«

»Älteren Opfern vielleicht, ja. Frauen über siebzig, sagen wir mal.«

Jeannie schauderte bei dem Gedanken, dass auch alte, gebrechliche Frauen vergewaltigt wurden.

»Offen gesagt, die meisten Opfer würden ihre Geschichte sogar einem Laternenpfahl erzählen«, fuhr Mish fort.

»Männer denken immer, die Frau hätte es herausgefordert.«

»Aber jeder Bericht über eine Vergewaltigung muss irgendwann überprüft werden, sonst ist kein fairer Prozess möglich. Und bei diesen Verhören können Frauen brutaler sein als Männer, vor allem gegenüber anderen Frauen.«

Jeannie vermochte das kaum zu glauben und fragte sich, ob Mish nicht bloß ihre männlichen Kollegen in Schutz nahm.

Als ihnen der Gesprächsstoff ausging, verfiel Jeannie in eine Art Tagträumerei. Sie grübelte darüber nach, was die Zukunft noch für sie bereithalten mochte. Sie konnte sich nicht an den Gedanken gewöhnen, jemals etwas anderes zu tun, als wissenschaftlich zu arbeiten. In ihrer Zukunftsvision sah sie sich als berühmte alte Dame, grauhaarig und zänkisch, aber dank ihrer Arbeit weltweit bekannt. Den Studenten erklärte man: »Das kriminelle Verhalten des Menschen verstanden wir erst nach der Veröffentlichung von Jeannie Ferramis revolutionärem Buch im Jahr 2000.« Doch das war jetzt alles nicht mehr möglich. Sie musste sich neue Wunschvorstellungen zurechtlegen.

Ein paar Minuten nach acht landeten sie auf dem La Guardia Airport und ließen sich von einem zerbeulten gelben New Yorker Taxi mit kaputten Stoßdämpfern in die City bringen. Holpernd und scheppernd durchquerte das Gefährt Queens, passierte den Midtown-Tunnel und erreichte Manhattan. In einem Cadillac hätte Jeannie sich unwohl gefühlt. Sie war auf dem Weg zu dem Mann, der sie in ihrem eigenen Wagen überfallen hatte, und sie hatte das Gefühl, ihr Magen wäre ein großer Kessel voll heißer, brodelnder Säure.

Wayne Stattners Anschrift führte sie zu einem ehemaligen Fabrikgebäude in der Innenstadt, ein kleines Stück südlich der Houston Street. Es war ein sonniger Samstagmorgen. Viele junge Leute waren schon unterwegs. Sie kauften Frühstücksgebäck, tranken Cappuccino in einem Straßencafé und spähten in die Schaufenster der Kunstgalerien.

Ein Detective vom ersten Polizeibezirk erwartete sie bereits. Sein brauner Ford Escort mit eingedellter Hintertür parkte vor dem Gebäude in der zweiten Reihe. Er begrüßte sie beide mit Handschlag und stellte sich muffig als Herb Reitz vor. Wahrscheinlich gilt die Betreuung von auswärtigen Kollegen als Zumutung, dachte Jeannie.

»Wir wissen es zu schätzen, dass Sie an einem Samstagmorgen hierherkommen und uns helfen«, sagte Mish und schenkte ihm ein warmes, kokettes Lächeln.

Er taute ein wenig auf. »Kein Problem.«

»Sollten Sie jemals Hilfe in Baltimore benötigen, rufen Sie mich bitte persönlich an.«

»Wird gemacht.«

Verdammt noch mal, kommen wir endlich zur Sache, hätte Jeannie am liebsten gesagt.

Sie betraten das Gebäude und fuhren mit einem trägen Lastenaufzug nach oben. »Eine Wohnung pro Stock«, sagte Herb. »Der Mann ist offensichtlich sehr wohlhabend. Weshalb suchen Sie ihn?«

»Vergewaltigung«, sagte Mish.

Der Aufzug hielt. Hinter der Tür folgte sofort die nächste, sodass man den Fahrstuhl nur verlassen konnte, wenn die Wohnungstür geöffnet war. Mish klingelte. Lange Zeit tat sich gar nichts. Herb hielt unterdessen die Fahrstuhltüren offen. Jeannie hoffte inständig, dass Wayne nicht übers Wochenende ausgeflogen war; sie hätte die Enttäuschung kaum verkraftet. Mish klingelte noch einmal und ließ den Finger auf dem Knopf.

Endlich ließ sich von innen eine Stimme vernehmen: »Welcher Idiot stört mich da?«

Er war's. Ein kalter Schauer überlief Jeannie.

»Der Idiot ist von der Polizei!«, rief Herb. »Öffnen Sie die Tür!«

Der Ton änderte sich. »Bitte zeigen Sie mir Ihre Erkennungs-marke. Halten Sie sie an die Glasscheibe vor Ihnen.«

Herb zückte seine Marke und hielt sie an das Glas.

»Okay, einen Augenblick noch.«

Jetzt ist es so weit, dachte Jeannie. Jetzt werde ich ihn gleich sehen.

Ein junger Mann, ungekämmt und mit nackten Füßen, öffnete. Er trug einen samtenen, ehemals schwarzen, aber inzwischen stark ausge-blichenen Bademantel.

Jeannie starrte ihn an. Sie war verwirrt.

Das war Steves Doppelgänger – allerdings mit schwarzen Haaren.

»Wayne Stattner?«, fragte Herb.

»Jawohl.«

Er muss sie gefärbt haben, dachte Jeannie. Gestern oder am Don-nerstagabend muss er sie gefärbt haben.

»Detective Herb Reitz vom ersten Polizeidistrikt.«

»Ich bin immer gern zur Kooperation mit der Polizei bereit, Herb«, sagte Wayne und musterte Mish und Jeannie. Dass er Jeannie kannte, verriet er mit keiner Miene. »Wollen Sie nicht hereinkommen?«

Sie traten ein. Die fensterlose Diele war bis auf drei rote Türen schwarz gestrichen. In der Ecke stand ein menschliches Skelett, wie es in der Medizinerausbildung Verwendung findet – nur dass es mit einem roten Schal geknebelt war und stählerne Polizeihandschellen um die knochigen Handgelenke trug.

Wayne führte sie durch eine der roten Türen in eine geräumige, hohe Mansarde. Die Fenster waren mit schwarzen Samtvorhängen verdunkelt, sodass nur einige trübe Lampen den Raum erhellten. An einer Wand hing eine große Nazifahne, und in einem Schirmständer lehnte, von einem Spotlight angestrahlt, eine Anzahl Peitschen. Auf einer Staffelei stand ein großes Gemälde mit einer Kreuzigungsszene. Bei genauerem Hinsehen erkannte Jeannie, dass die nackte Gestalt am Kreuz nicht Jesus Christus war, sondern eine üppige, sinnliche Frau mit langen blonden Haaren. Jeannie schauderte vor Widerwillen.

Dies war die Wohnung eines Sadisten – ein Hinweisschild draußen an der Tür hätte nicht eindeutiger sein können.

Herb sah sich erstaunt um. »Womit verdienen Sie Ihren Lebensunterhalt, Mr. Stattner?«

»Ich besitze zwei Nachtclubs hier in New York. Das ist, offen gestanden, auch der Grund dafür, dass ich so großen Wert auf eine gute Zusammenarbeit mit der Polizei lege. Meine Hände müssen absolut sauber bleiben, schon aus geschäftlichen Gründen.«

Herb schnippte mit den Fingern. »Ja, richtig! Wayne Stattner. Über Sie stand doch etwas im *New York Magazine*. In einem Artikel über ›New Yorks junge Millionäre‹. Ich hätte den Namen wiedererkennen müssen.«

»Wollen Sie sich nicht setzen?«

Als Jeannie der Aufforderung folgen wollte, erkannte sie, dass die Sitzgelegenheit, auf die sie zusteuerte, ein elektrischer Stuhl war, ein Hinrichtungsgerät. Kurz entschlossen setzte sie sich woandershin.

»Das hier ist Sergeant Michelle Delaware von der Polizei in Baltimore.«

»Baltimore?«, fragte Wayne überrascht zurück. Jeannie suchte nach Zeichen der Angst in seinem Gesicht, aber er war offenbar ein guter Schauspieler. »Gibt's da auch Verbrecher?«, fragte er sarkastisch.

»Ihre Haare sind gefärbt, nicht wahr?«, fragte Jeannie.

Mish streifte sie mit einem ärgerlichen Seitenblick. Jeannie sollte den Verdächtigen beobachten, nicht befragen.

Aber Wayne hatte gegen die Frage nichts einzuwenden: »Sie haben einen scharfen Blick«, sagte er.

Ich hatte recht, dachte Jeannie triumphierend. Er ist es. Sie sah auf seine Hände und musste daran denken, wie sie ihr die Kleider zerrissen hatten. Jetzt bist du dran, du Schwein, dachte sie.

»Wann haben Sie sie gefärbt?«, fragte sie.

»Beim ersten Mal war ich fünfzehn«, sagte er.

Lügner.

»Schwarz war in, solange ich denken kann.«

Am Donnerstag, als du mir deine Pranken unterm Rock geschoben hast, und am Sonntag, als du meine Freundin Lisa in der Turnhalle vergewaltigt hast, waren deine Haare blond.

Aber warum log er? Wusste er, dass sie hinter einem blonden Tatverdächtigen her waren?

»Was soll die Fragerei?«, sagte er. »Ist meine Haarfarbe ein Indiz? Ich liebe Geheimnisse.«

»Wir werden Sie nicht lange aufhalten«, sagte Mish in energischem Ton. »Wir wollen nur wissen, wo Sie sich am letzten Sonntagabend um acht Uhr aufgehalten haben.«

Jeannie fragte sich, ob er ein Alibi hatte. Er konnte ohne Weiteres behaupten, mit ein paar Unterwelttypen Karten gespielt zu haben; die Kerle würden gegen die entsprechende Bezahlung alles bestätigen. Sicher ließ sich auch eine Nutte finden, mit der er angeblich im Bett war und die für einen guten Schuss jeden Meineid schwören würde.

Doch Waynes Antwort überraschte sie völlig. »Kein Problem«, sagte er. »Ich war in Kalifornien.«

»Kann das jemand bestätigen?«

Er lachte. »Ja, ich habe schätzungsweise hundert Millionen Zeugen.«

Jeannie beschlich ein unangenehmes Gefühl. Das war doch unmöglich. Er *musste* der Vergewaltiger sein.

»Was wollen Sie damit sagen?«, fragte Mish.

»Ich war bei der Emmy-Verleihung.«

Jeannie erinnerte sich, dass das Festbankett anlässlich der Emmy-Verleihung im Fernsehen übertragen wurde, als sie bei Lisa im Krankenhaus war. Es war doch ganz unmöglich, dass Wayne an der Feierlichkeit teilgenommen hatte. In der Zeit, die Jeannie gebraucht hatte, um zum Krankenhaus zu fahren, wäre er kaum zum Flugplatz gekommen.

»Ich habe natürlich nichts gewonnen«, fügte er hinzu. »Das ist ja auch nicht meine Branche. Aber Salina Jones wurde ausgezeichnet. Sie ist eine alte Freundin von mir.«

Sein Blick ruhte auf dem Ölgemälde, und Jeannie fiel auf, dass die Frau auf dem Bild der Schauspielerin ähnelte, die in der Seifenoper *Zu viele Köche* Babe, die Tochter des griesgrämigen Brian, spielte. Sie musste für das Gemälde Modell gestanden haben.

»Salina gewann den Preis für die beste Komödiendarstellerin«, sagte Wayne. »Als sie mit ihrer Trophäe in der Hand von der Bühne kam, küsste ich sie auf beide Wangen. Ein wunderbarer Augenblick – eingefangen von den Fernsehkameras und live in alle Welt übertragen. Ich habe ein Videoband davon. Und in *People* von dieser Woche ist ein Foto abgedruckt.«

Er deutete auf eine Illustrierte, die auf dem Teppich lag.

Jeannie sah ihre Felle davonschwimmen. Sie hob die Illustrierte auf. Das Foto zeigte Wayne im Smoking, der ihm unglaublich gut stand. Er küsste Salina, die ihre Emmy-Statuette in der Hand hielt.

Sein Haar war schwarz.

Die Bildunterschrift lautete: »Sonntagabend in Hollywood: Der New Yorker Nachtclub-Impresario Wayne Stattner gratuliert seiner alten Flamme Salina Jones zu ihrem ›Emmy‹ in *Zu viele Köche*.«

Das Alibi war lückenlos. Ein besseres war kaum vorstellbar.

Wie war das möglich?

»In Ordnung, Mr. Stattner«, sagte Mish. »Wir werden Ihre Zeit nicht länger in Anspruch nehmen.«

»Was soll ich denn angeblich getan haben?«

»Wir ermitteln in einer Vergewaltigung, die sich am Sonntagabend in Baltimore zugetragen hat.«

»Ich war's nicht«, sagte Wayne.

Mish betrachtete die Kreuzigungsszene, was Wayne nicht entging. »Alle meine Opfer sind Freiwillige«, sagte er und musterte sie mit einem langen, anzüglichen Blick.

Sie errötete tief und wandte sich ab.

Jeannie fühlte sich am Boden zerstört. Alle ihre Hoffnungen hatten sich in nichts aufgelöst. Doch ihr Gehirn arbeitete weiter. Als sie sich erhob, wandte sie sich noch einmal an Wayne. »Darf ich Sie noch was fragen?«

»Aber sicher«, erwiderte er, zuvorkommend wie eh und je.

»Haben Sie Geschwister?«

»Nein, ich bin ein Einzelkind.«

»Als Sie auf die Welt kamen, war Ihr Vater beim Militär, stimmt's?«

»Ja, er war Fluglehrer für Hubschrauberpiloten in Fort Bragg. Woher wissen Sie das?«

»Wissen Sie vielleicht auch, ob Ihre Mutter Empfängnisprobleme hatte?«

»Seltsame Fragen für einen Ordnungshüter.«

»Frau Dr. Ferrami ist Wissenschaftlerin an der Jones-Falls-Universität. Ihre Tätigkeit steht in engem Zusammenhang mit dem Fall, den ich gegenwärtig bearbeite.«

»Hat Ihre Mutter sich jemals darüber geäußert, dass sie sich einer künstlichen Befruchtung unterzogen hat?«

»Mir gegenüber nicht.«

»Hätten Sie etwas dagegen, wenn ich sie fragen würde?«

»Meine Mutter ist tot.«

»Das tut mir leid. Und Ihr Vater?«

Wayne zuckte mit den Schultern. »Den können Sie meinetwegen anrufen.«

»Ja, das würde ich gerne.«

»Er lebt in Miami. Ich gebe Ihnen seine Nummer.«

Jeannie reichte ihm einen Kugelschreiber. Wayne kritzelte die Telefonnummer auf den Rand einer Illustriertenseite und riss die Ecke ab.

Sie gingen zur Tür. »Ich danke Ihnen für Ihre Mitarbeit, Mr. Stattner«, sagte Herb.

»Bin immer für Sie da.«

Jeannie war fix und fertig. Im Aufzug fragte sie: »Was halten Sie von seinem Alibi?«

»Ich werd's überprüfen«, sagte Mish. »Aber so, wie's aussieht, ist es hieb- und stichfest.«

Jeannie schüttelte den Kopf. »Ich kann einfach nicht glauben, dass er unschuldig sein soll.«

»Der hat 'nen Haufen Dreck am Stecken, Schätzchen – nur in unserem Fall war er's nicht.«

KAPITEL 43

S teve saß neben dem Telefon in der großen Küche seines Elternhauses in Georgetown und sah seiner Mutter zu, die gerade einen falschen Hasen zubereitete. Er wartete auf Jeannies Anruf. Er fragte sich, ob Wayne Stattner tatsächlich sein Double war. Er fragte sich, ob Jeannie und Sergeant Delaware ihn tatsächlich in seiner New Yorker Wohnung finden würden. Und er fragte sich, ob Wayne die Vergewaltigung von Lisa Hoxton zugeben würde.

Mutter hackte Zwiebeln. Sie war wie vor den Kopf geschlagen gewesen, als sie erfuhr, was man ihr im Dezember 1972 in der Aventine-Klinik angetan hatte. Im Grunde hatte sie es gar nicht glauben können, sondern es nur provisorisch akzeptiert, weil sich damit im Gespräch mit dem Anwalt besser argumentieren ließ. Am Abend zuvor hatte Steve lange mit seinen Eltern zusammengesessen und mit ihnen über die seltsame Geschichte diskutiert. Mutter war sehr wütend geworden; die Vorstellung, dass Ärzte ohne Zustimmung ihrer Patienten Experimente an ihnen durchführten, gehörte zu jenen Dingen, die sie regelmäßig zur Weißglut brachten. In ihrer Kolumne kam sie immer wieder auf das Recht der Frauen zu sprechen, die Verfügung über den eigenen Körper zu bewahren.

Dad hatte sich überraschenderweise besonnener verhalten. Von einem Mann, dem eine Art Kuckucksei ins Nest gelegt worden war, hätte Steve eigentlich eine heftigere Reaktion erwartet. Aber Dad hatte unermüdlich vernünftige Argumente ins Feld geführt. Er hatte Jeannies Schlussfolgerungen hinterfragt und andere mögliche Erklärungen für das Drillingsphänomen in Erwägung gezogen. Am Ende war er zu dem Schluss gekommen, dass Jeannie wahrscheinlich recht hatte. Andererseits gehörte Besonnenheit zu Dads Markenzeichen und war nicht unbedingt maßgebend dafür, wie es wirklich in ihm aussah. Im Moment war er draußen im Garten und begoss still und friedlich ein Blumenbeet. Innerlich kochte er möglicherweise vor Wut.

Mom strich die gehackten Zwiebeln in die Bratpfanne. Der

Geruch ließ Steve das Wasser im Mund zusammenlaufen. »Falscher Hase mit Kartoffelbrei und Ketchup«, sagte er. »Ein Superfraß.«

Sie lächelte. »Mit fünf wolltest du das jeden Tag.«

»Ich erinnere mich. Das war in dieser kleinen Küche im Hoover Tower.«

»Das weißt du noch?«

»Noch ein bisschen. Ich weiß noch, wie wir ausgezogen sind und wie seltsam es mir vorkam, plötzlich nicht mehr in einer Wohnung, sondern in einem Haus zu leben.«

»Das war ungefähr zu der Zeit, als die Einnahmen für mein erstes Buch hereinkamen. *Es klappt nicht mit der Schwangerschaft – was tun?*« Sie seufzte. »Wenn die Wahrheit über die näheren Umstände meiner Schwangerschaft jemals herauskommt, dann sieht dieses Buch ziemlich alt aus.«

»Hoffentlich werden die Leute, die es gekauft haben, nicht ihr Geld zurückfordern.«

Mom gab Hackfleisch zu den Zwiebeln in die Pfanne und wusch sich die Hände. »Ich habe die ganze Nacht darüber nachgedacht. Und weißt du, was? Ich bin jetzt froh über das, was sie in der Aventine-Klinik mit mir gemacht haben.«

»Wieso denn das? Gestern Abend warst du noch fuchsteufelswild darüber.«

»Ja, bis zu einem gewissen Grade bin ich es auch heute noch. Vor allem, weil sie mich wie ein Versuchstier behandelt haben. Aber dann habe ich mir etwas ganz Banales klargemacht: Wenn sie nicht an mir herumexperimentiert hätten, dann hätte ich jetzt nicht dich. Alles andere zählt nicht.«

»Es macht dir nichts aus, dass ich eigentlich gar nicht zu dir gehöre?«

Sie legte einen Arm um ihn. »Du gehörst zu mir, Steve. Daran wird sich nie etwas ändern.«

Das Telefon klingelte und Steve schnappte sich sofort den Hörer. »Hallo?«

»Hier ist Jeannie.«

»Was ist los?«, fragte Steve atemlos. »War er da?«

»Ja, und er ist tatsächlich dein Doppelgänger, nur dass er seine Haare schwarz färbt.«

»Mein Gott, dann gibt es uns ja wirklich dreifach.«

»Ja. Waynes Mutter ist tot, aber ich habe gerade mit seinem Vater in Florida gesprochen. Er hat mir bestätigt, dass sie in der Aventine-Klinik behandelt wurde.«

Das waren gute Nachrichten, doch Jeannie klang irgendwie mutlos, weshalb auch Steves Hochstimmung sich in Grenzen hielt.

»Du bist offenbar nicht ganz so zufrieden, wie du es sein solltest«, sagte er.

»Er hat für Sonntag ein Alibi.«

»Scheiße!« Wieder wurden seine Hoffnungen enttäuscht. »Wie gibt's denn so was? Was für ein Alibi?«

»Ein absolut wasserdichtes. Er war bei der Emmy-Verleihung in Los Angeles und ist dort fotografiert worden.«

»Er ist im Filmgeschäft?«

»Nein, er ist Nachtclubbesitzer und eine kleine Berühmtheit.«

Steve war jetzt klar, warum Jeannie so deprimiert war. Waynes Entdeckung war eine brillante Leistung gewesen, hatte sie aber nicht weitergebracht. Doch Steve war nicht nur niedergeschlagen – er war auch total verunsichert. »Ja, aber wer hat denn dann Lisa vergewaltigt?«

»Erinnerst du dich an die Worte von Sherlock Holmes? ›Wenn man das Unmögliche eliminiert hat, muss das, was übrig bleibt – egal wie unwahrscheinlich – die Wahrheit sein.‹ Vielleicht stammt der Spruch auch von Hercule Poirot.«

Ihm wurde kalt ums Herz. Sie glaubt doch hoffentlich nicht, dass ich Lisa vergewaltigt habe, dachte er. »Und was ist die Wahrheit?«, fragte er.

»Es gibt vier Zwillinge.«

»*Vierlinge?* Jeannie, das wird ja immer verrückter!«

»Nein, nicht Vierlinge. Ich kann mir nicht vorstellen, dass dieser Keimling zufällig vervierfacht worden ist. Dahinter steckt eine Absicht. Es war Teil des Experiments.«

»Ist das denn machbar?«

»Heutzutage ja. Du hast sicher schon vom Klonen gehört. Damals, in den Siebzigerjahren, war es nur ein Gedankenspiel. Doch Genetico scheint auf dem Gebiet allen Konkurrenten weit voraus gewesen zu sein – vielleicht, weil sie im Geheimen arbeiten und Experimente an Menschen durchführen konnten.«

»Willst du damit sagen, dass ich ein Klon bin?«

»Eine andere Erklärung gibt es nicht. Es tut mir leid, Steve. Ich muss dir dauernd niederschmetternde Wahrheiten beibringen. Sei froh, dass du solche Eltern hast.«

»Ja. Sag mal, dieser Wayne – was ist das für ein Typ?«

»Grausiges Kerlchen. Er hat ein Ölbild, auf dem Salina Jones splitternackt als Gekreuzigte dargestellt ist. Ich konnte gar nicht schnell genug wieder aus seiner Bude herauskommen.«

Steve schwieg. *Einer meiner Klone ist ein Mörder, der andere ein Sadist und der hypothetische vierte ein Vergewaltiger. Was bleibt denn da für mich noch übrig?*

»Die Klon-Lösung liefert auch eine Erklärung dafür, dass ihr nicht alle am selben Tag geboren seid. Die Embryos wurden unterschiedlich lang im Labor aufbewahrt, bevor man sie den Frauen einpflanzte.«

Warum hat es ausgerechnet mich getroffen? Warum kann ich nicht sein wie jeder andere Mensch?

»Der letzte Aufruf! Ich muss zum Flugzeug!«

»Ich möchte dich sehen. Ich fahre nach Baltimore.«

»Okay. Mach's gut!«

Steve legte den Hörer auf. »Du hast das mitgekriegt, Mutter?«

»Ja. Er sieht genauso aus wie du, hat aber ein Alibi. Also glaubt Jeannie, dass ihr vier sein müsst. Vier Klone.«

»Wenn wir Klone sind, muss ich so sein wie die anderen.«

»Nein, du bist anders, weil du mein Junge bist.«

»Aber das bin ich doch gar nicht!« Er sah die schmerzverzerrte Miene seiner Mutter. Doch er litt selbst. »Ich bin das Kind zweier völlig fremder Menschen, die von Forschern im Dienst von Genetico ausgewählt wurden. Das sind meine Vorfahren.«

404

»Du musst anders sein als die anderen, weil dein *Verhalten* ganz anders ist.«

»Aber beweist das auch, dass mein *Wesen* anders ist als das ihre? Oder habe ich nur gelernt, es zu verbergen, wie ein gezähmtes Tier? Hast du mich zu dem gemacht, was ich bin? Oder war es Genetico?«

»Ich weiß es nicht, mein Sohn«, sagte Mom. »Ich weiß es einfach nicht.«

KAPITEL 44

Jeannie duschte, wusch sich die Haare und verwandte viel Sorgfalt auf ihr Augen-Make-up. Bewusst verzichtete sie auf Lippenstift und Rouge. Sie zog einen violetten Sweater mit V-Ausschnitt und hautenge graue Leggings an, aber weder Unterwäsche noch Schuhe. Sie steckte ihren Lieblingsstecker in die Nase, einen kleinen Saphir in Silberfassung. Sie sah zum Anbeißen aus. »Auf dem Weg zur Kirche, junge Dame?«, fragte sie laut. Dann zwinkerte sie ihrem Spiegelbild zu und ging ins Wohnzimmer.

Ihr Vater war wieder gegangen. Bei Patty, wo drei Enkelkinder ihn bei Laune hielten, gefiel es ihm besser. Während Jeannie in New York war, hatte Patty ihn abgeholt.

Außer auf Steve zu warten, gab es nichts zu tun. Jeannie versuchte, nicht an die große Enttäuschung zu denken, die sie am Vormittag erlebt hatte. Es reichte ihr. Sie war hungrig; den ganzen Tag lang hatte sie sich nur mithilfe von Kaffee auf den Beinen gehalten. Soll ich jetzt was essen, fragte sie sich, oder warten, bis er hier ist? Beim Gedanken an die acht Zimtschnecken, die er zum Frühstück verdrückt hatte, musste sie lachen. War das erst gestern gewesen? Ihr kam es vor, als wäre das alles schon eine Woche her.

Plötzlich fiel ihr ein, dass sie ja gar nichts zum Essen im Kühlschrank hatte. Angenommen, er kommt mit leerem Magen, und ich habe nichts da, dachte sie. Wie peinlich! Schnell schlüpfte sie in ein Paar Doc-Marten-Stiefel und rannte hinaus. Im Seven-Eleven an der

Ecke Falls Road/Sechsunddreißigste Straße kaufte sie Eier, kanadischen Speck, Milch, einen Laib Siebenkornbrot, eine servierfertige Salatmischung, Dos-Equis-Bier, Ben-&-Jerry's-Rainforest-Crunch-Eiscreme und noch einmal vier Packungen gefrorene Zimtschnecken.

An der Kasse fiel ihr ein, dass Steve möglicherweise während ihrer Abwesenheit eintraf. Vielleicht ging er sogar wieder fort! Voll bepackt rannte sie aus dem Laden, fuhr wie eine Wahnsinnige nach Hause und sah ihn in ihrer Vorstellung schon ungeduldig vor der Tür warten.

Doch vor ihrem Haus war niemand, und sein rostiger Datsun war nirgendwo zu sehen. Jeannie ging hinein und verstaute die Lebensmittel im Kühlschrank. Sie nahm die Eier aus dem Karton, holte das Bier aus dem Sechserpack und machte die Kaffeemaschine startklar. Dann war sie wieder arbeitslos.

Ihr fiel auf, dass sie sich vollkommen untypisch verhielt. Sie hatte sich noch nie im Leben Gedanken darüber gemacht, ob ein Mann vielleicht Hunger haben könnte. Sie war immer davon ausgegangen – sogar bei Will Temple –, dass ein hungriger Mann sich allein was zu essen machen würde. War der Kühlschrank leer, so ging er eben zum nächsten Laden, und hatte der geschlossen, so holte er sich eben was in einem Drive-through, wo man bedient wurde, ohne auch nur sein Auto verlassen zu müssen.

Und jetzt auf einmal dieser Anfall von Häuslichkeit! Steve hatte einen größeren Einfluss auf sie als andere Männer – und das, obwohl sie ihn erst seit ein paar Tagen kannte ...

Das Läuten an der Tür klang wie eine Explosion.

Jeannie sprang auf. Ihr Herz klopfte heftig. Sie meldete sich an der Gegensprechanlage. »Ja, bitte?«

»Jeannie? Ich bin's, Steve.«

Sie drückte auf den elektrischen Türöffner. Einen Augenblick lang stand sie nur da und kam sich regelrecht töricht vor. Ich benehme mich wie ein Teenie, dachte sie. Sie sah, wie Steve die Treppe heraufkam. Er trug ein graues T-Shirt und locker sitzende Blue Jeans. Der Schmerz und die Enttäuschungen der vergangenen vierundzwanzig Stunden hatten Spuren in seinem Gesicht hinterlassen. Jeannie fiel ihm um den Hals. Sein kräftiger Körper wirkte angespannt und gestresst.

Sie führte ihn ins Wohnzimmer und stellte die Kaffeemaschine an. Er setzte sich aufs Sofa. Sie fühlte sich ihm sehr nahe. Sie hatten sich auf sehr ungewöhnliche Weise kennengelernt – ohne die üblichen Verabredungen, die gemeinsamen Restaurant- und Kinobesuche. Stattdessen hatten sie Seite an Seite schwere Kämpfe ausgetragen, sich gemeinsam über schier unlösbare Rätsel die Köpfe zerbrochen und waren beide von irgendwelchen Dunkelmännern verfolgt worden. Unter solchen Bedingungen wächst eine Freundschaft schnell.

»Willst du'n Kaffee?«

Er schüttelte den Kopf. »Ich halte lieber Händchen.«

Jeannie setzte sich neben ihn auf die Couch und ergriff seine Hand. Steve beugte sich zu ihr. Sie hob das Gesicht, und er küsste sie auf die Lippen. Es war ihr erster echter Kuss. Jeannie drückte seine Hand fester und öffnete ihre Lippen. Der Geschmack seines Mundes ließ sie an Holzrauch denken. Ihre Leidenschaft bekam einen leichten Dämpfer, als sie sich fragte, ob sie sich überhaupt die Zähne geputzt hatte, doch dann erinnerte sie sich, ja, sie hatte, und entspannte sich wieder. Steve berührte ihre Brüste durch die weiche Wolle ihres Sweaters; seine großen Hände waren überraschend sanft. Sie revanchierte sich auf die gleiche Art und strich mit den Handflächen über seine Brust.

Es wurde sehr schnell ernst.

Er zog sich zurück, um Jeannie anzusehen, starrte ihr ins Gesicht, als wollte er ihre Züge für immer seinem Gedächtnis einbrennen. Mit den Fingerspitzen berührte er ihre Augenbrauen, ihre Wangenknochen, ihre Nasenspitze und ihre Lippen, ganz sanft und vorsichtig, als hätte er Angst, etwas zu zerbrechen. Langsam schüttelte er den Kopf, als könne er einfach nicht glauben, was er sah.

Jeannie erkannte die tiefe Sehnsucht in seinem Blick. Dieser Mann begehrte sie mit seinem ganzen Wesen. Es erregte sie. Ihre Leidenschaft loderte auf wie ein plötzlicher Wind aus dem Süden, heiß und stürmisch. Sie spürte ein Gefühl in ihren Lenden, das wie ein Dahinschmelzen war. So hatte sie seit anderthalb Jahren nicht mehr empfunden. Sie wollte alles auf einmal – seinen Körper auf dem ihren, seine Zunge in ihrem Mund und seine Hände möglichst überall.

Sie nahm seinen Kopf in beide Hände, zog ihn an sich und küsste Steve wieder, diesmal mit weit geöffneten Lippen. Dann lehnte sie sich weit zurück, bis er fast über ihr lag und ihr mit seinem Gewicht den Atem nahm. Schließlich schob sie ihn von sich und brachte keuchend nur ein Wort hervor: »Schlafzimmer.«

Sie befreite sich aus seiner Umarmung. Vor ihm betrat sie ihr Schlafzimmer, zog den Sweater über den Kopf und warf ihn auf den Boden. Steve folgte ihr und stieß mit der Hacke die Schlafzimmertür zu. Als er sah, dass Jeannie sich auszog, streifte er sich mit einer raschen Bewegung das T-Shirt ab.

Das tun sie alle, dachte Jeannie. Alle stoßen sie mit der Hacke die Tür zu.

Er zog seine Schuhe aus, schnallte den Gürtel auf und ließ die Blue Jeans fallen. Sein Körper war makellos – breite Schultern, ein muskulöser Brustkorb, schmale Hüften in weißen Jockey-Shorts.

Aber welcher von ihnen ist er?

Er kam auf sie zu. Jeannie wich zwei Schritte zurück.

Der Mann am Telefon hat gesagt: »*Er könnte dich wieder besuchen.*«

Er runzelte die Stirn. »Was ist denn?«

Sie hatte auf einmal Angst. »Ich kann es nicht«, sagte sie.

Er holte tief Luft und stieß sie hörbar aus. »Wow!«, sagte er und wandte den Blick ab. »Wow!«

Sie verschränkte die Arme über dem Busen. »Ich weiß nicht, wer du bist.«

Jetzt dämmerte ihm, was los war. »O mein Gott!« Er setzte sich mit dem Rücken zu ihr aufs Bett und ließ enttäuscht die mächtigen Schultern sinken. Aber selbst das konnte geschauspielert sein. »Du glaubst, ich wäre der Typ, der dir da in Philadelphia begegnet ist.«

»Damals hab ich auch erst gedacht, du wärest es. Steve, meine ich.«

»Aber warum sollte er sich für mich ausgeben?«

»Das ist doch egal.«

»Nur um dich auf hinterhältige Art und Weise aufs Kreuz zu legen, würde er es nicht tun«, sagte er. »Meine Doppelgänger haben ihre eigenen Methoden, sich aufzugeilen – und diese gehört nicht dazu. Wenn er dich bumsen wollte, würde er dich mit dem Messer bedrohen, dir die Strümpfe zerreißen und das Haus anzünden – oder?«

»Mich hat da wer angerufen«, sagte Jeannie mit zittriger Stimme. »Anonym. Er hat gesagt: ›Der Bursche, mit dem du es in Philadelphia zu tun hattest, sollte dich eigentlich umbringen. Er hat sich hinreißen lassen und hat Scheiße gebaut. Aber er könnte dich wieder besuchen.‹ Und deshalb musst du jetzt gehen, auf der Stelle.« Sie hob ihren Sweater auf und streifte ihn sich hastig über. Doch dadurch fühlte sie sich auch nicht sicherer.

Sein Blick verriet Mitgefühl. »Arme Jeannie«, sagte er. »Die Schweine haben dir echt was angetan. Es tut mir wirklich leid.« Er erhob sich und zog sich seine Jeans an.

Sie spürte plötzlich, dass sie sich irrte. Der Klon aus Philadelphia, der Vergewaltiger, hätte sich in dieser Situation niemals wieder angezogen. Er hätte sie aufs Bett geworfen, ihr die Kleider vom Leib gerissen und versucht, sie mit Gewalt zu nehmen. Dieser Mann hier reagierte anders. Das war Steve. Sie spürte einen fast unstillbaren Drang, ihn zu umarmen und mit Haut und Haaren zu lieben. »Steve . . .«

Er lächelte. »Ja, der bin ich.«

Oder bezweckte er gerade das mit seiner Schauspielerei? Wenn er mein Vertrauen gewonnen hat und wir nackt im Bett liegen, wenn er über mir ist . . . Wird er sich dann verändern und sein wahres Wesen zeigen, ein Wesen, das danach giert, Frauen in Angst und Panik zu erleben? Jeannie schauderte vor Grauen.

Das alles führte zu nichts. Sie wandte die Augen ab. »Am besten gehst du jetzt«, sagte sie.

»Du könntest mir Fragen stellen«, sagte er.

»Gut. Wo habe ich Steve kennengelernt?«

»Auf dem Tennisplatz.«

Die Antwort stimmte. »Aber an dem Tag waren beide an der JFU, Steve und der Vergewaltiger.«

»Frag mich was anderes!«

»Wie viele Zimtschnecken hat Steve am Freitagmorgen gegessen?«

Er grinste. »Acht, wie ich zu meiner Schande gestehen muss.«

Jeannie schüttelte verzweifelt den Kopf. »Die Wohnung könnte verwanzt sein. Sie haben mein Büro durchsucht und meine E-Mail abgerufen. Gut möglich, dass wir sogar jetzt abgehört werden. Das führt zu nichts. So gut kenne ich Steve Logan noch nicht – und was ich weiß, wissen andere vielleicht auch.«

»Da hast du wahrscheinlich nicht unrecht«, sagte er und zog sich das T-Shirt über.

Er setzte sich aufs Bett und schlüpfte in seine Schuhe. Jeannie ging ins Wohnzimmer. Sie wollte nicht im Schlafzimmer stehen und ihm dabei zusehen, wie er sich anzog. Begehe ich nicht einen entsetzlichen Fehler, dachte sie. Oder habe ich noch nie so gescheit reagiert wie jetzt? Sie spürte ein Ziehen in den Lenden; sie empfand es ebenso als Schmerz wie als Verlust. Sie hatte sich so sehr danach gesehnt, mit Steve zu schlafen. Und doch ließ sie der Gedanke, sie könne am Ende mit einem Typ wie Wayne Stattner im Bett gelegen haben, vor Angst zittern.

Vollständig angekleidet betrat er das Wohnzimmer. Sie sah ihm in die Augen und suchte nach irgendeinem Zeichen, das ihre Zweifel beseitigt hätte, konnte aber nichts finden. *Ich weiß nicht, wer du bist. Ich weiß es einfach nicht!*

Er konnte ihre Gedanken lesen. »Es hat keinen Sinn, ich weiß. Vertrauen ist Vertrauen – und wenn es weg ist, ist es eben weg.« Einen Augenblick lang zeigte er ihr, wie wütend er war. »Was für ein Frust«, sagte er. »Was für eine Scheiße!«

Sein Zorn verstärkte ihre Angst. Sie war stark, aber er war stärker. Sie wollte, dass er so schnell wie möglich ihre Wohnung verließ.

Er spürte, wie eilig sie es hatte. »Ja, ja, ich gehe schon«, sagte er und wandte sich zur Tür. »Dir ist doch wohl klar, dass er nicht so einfach gehen würde.«

Jeannie nickte.

Er sprach aus, was sie dachte: »Aber ehe ich nicht wirklich fort bin, bist du dir nicht hundertprozentig sicher. Und wenn ich fortgehe und gleich wieder zurückkomme, zählt das auch nicht. Damit du mir glaubst, dass ich ich bin, muss ich *wirklich* gehen.«

»Ja.« Sie war jetzt überzeugt, Steve vor sich zu haben; aber wenn er nicht ging, würden ihre Zweifel sofort zurückkehren.

»Wir brauchen einen Geheimcode, an dem du erkennen kannst, dass ich es bin.«

»Okay.«

»Ich denk mir was aus.«

»Okay.«

»Bis dann«, sagte er. »Keine Angst, den Abschiedskuss erspar ich dir.«

Er ging die Treppe hinunter. »Ruf mich an!«, rief er noch.

Jeannie stand wie festgefroren da, bis sie unten die Eingangstür zuschlagen hörte.

Sie biss sich auf die Lippen. Ihr war regelrecht zum Heulen zumute. Sie ging zur Anrichte in der Küche und goss sich einen großen Becher Kaffee ein. Sie hob ihn an den Mund, doch da glitt er ihr aus den Fingern, fiel zu Boden und zersprang auf den Fliesen. »Mist!«, sagte sie.

Sie fühlte sich plötzlich schwach auf den Beinen und ließ sich auf die Couch fallen. Sie hatte sich in Lebensgefahr gewähnt und wusste jetzt, dass alles nur Einbildung gewesen war. Dennoch war sie zutiefst dankbar, dass es vorüber war. Ihr Körper war wie aufgedunsen vor unerfüllter Lust. Sie fühlte zwischen ihre Beine: Ihre Leggings waren feucht. »Bald«, keuchte sie, »bald.« Sie stellte sich vor, wie ihre nächste Begegnung verlaufen würde, wie sie ihn umarmen und küssen und sich bei ihm entschuldigen wollte. Sie stellte sich vor, wie er ihr zärtlich vergab, und dabei berührte sie sich sanft mit den Fingerspitzen. Es dauerte nur wenige Augenblicke, bis ihre Lust sich in wilden Zuckungen entlud.

Dann schlief sie ein.

KAPITEL 45

Es war die Demütigung, die Berrington zu schaffen machte. Er verpasste Jeannie Ferrami eine Niederlage nach der anderen, hatte aber niemals ein gutes Gefühl dabei. Sie hatte ihn dazu gezwungen, verstohlen herumzuschleichen wie ein kleiner Dieb. Er hatte einer Zeitung hinterrücks eine Story zugespielt, war in Jeannies Büro eingedrungen und hatte ihre Schreibtischschubladen durchwühlt. Und jetzt beobachtete er ihr Haus. Die schiere Angst war es, die ihn dazu trieb. Er hatte das Gefühl, seine Welt stürze um ihn herum ein, und war der Verzweiflung nahe.

Unvorstellbar, was er ein paar Wochen vor seinem sechzigsten Geburtstag plötzlich so alles anstellte! Er hatte seinen Wagen am Straßenrand geparkt und behielt eine fremde Tür im Auge wie ein schmieriger kleiner Privatdetektiv. Was seine Mutter wohl dazu sagen würde? Sie lebte noch – eine schlanke alte Dame von vierundachtzig Jahren, die stets auf gepflegte Kleidung hielt. Sie wohnte in einer Kleinstadt in Maine, schrieb geistreiche Leserbriefe an die Lokalzeitung und hielt entschlossen an ihrem Ehrenamt als leitende Floristin der Episkopalischen Kirche fest. Sie würde sich vor Scham und Entsetzen schütteln, wenn sie erfuhr, wie tief ihr Sohn inzwischen gesunken war.

Gott bewahre, dass mich irgendein Bekannter hier sieht, dachte er. Sorgfältig achtete er darauf, Vorübergehenden nicht in die Augen zu blicken. Sein Wagen war leider ziemlich auffällig. Er selbst verband mit ihm die Vorstellung von »diskreter Eleganz«, doch in dieser Straße parkten nun einmal nicht viele Lincoln Town Cars. Alternde japanische Kleinwagen und liebevoll gepflegte Pontiac Firebirds waren hier die Lokalfavoriten. Auch Berrington selbst war mit seinem auffallenden silbergrauen Haar kein Mensch, der problemlos mit der Umgebung verschmolz. Zur Tarnung ließ er eine Zeit lang einen Stadtplan vor sich auf dem Steuerrad liegen – doch die Einwohner des Viertels waren sehr freundlich: Schon zwei Menschen hatten ans Wagenfenster geklopft und gefragt, ob sie ihm vielleicht helfen könnten. Am Ende war ihm nichts anderes übrig geblieben, als den Stadtplan wieder beiseitezulegen. Er tröstete sich mit dem Gedanken, dass in diesem billigen Wohnviertel kaum Leute von Rang und Namen wohnen konnten.

Er hatte nicht die geringste Ahnung, was Jeannie im Schilde führte. Dem FBI war es nicht gelungen, die besagte Liste in ihrer Wohnung zu finden. Berrington musste vom Schlimmsten ausgehen – nämlich, dass die Liste Jeannie auf die Spur eines weiteren Klons gebracht hatte, und wenn das stimmte, dann war die Katastrophe bereits abzusehen. Ihm selbst, Jim und Preston drohten öffentliche Bloßstellung, Schimpf und Schande – und in letzter Konsequenz der Ruin.

Der Einfall, er solle Jeannies Haus überwachen, stammte ursprünglich von Jim. »Wir müssen wissen, was sie vorhat und wer bei ihr ein und aus geht«, hatte er gesagt, und Berrington hatte widerstrebend zugestimmt. Er war schon früh am Morgen auf seinem Posten gewesen, und bis zum Mittag hatte sich nichts getan. Dann wurde Jeannie von einer Schwarzen abgesetzt, von der Berrington wusste, dass sie zu den Polizisten gehörte, die an der Aufklärung der Vergewaltigung arbeiteten. Sie hatte ihn am Montag kurz befragt, und er hatte sie recht attraktiv gefunden und sich sogar ihren Namen gemerkt: Sergeant Delaware.

Von der Telefonkabine bei McDonald's an der Ecke hatte er Proust angerufen, und der hatte zugesagt, seinen Freund beim FBI zu fragen, wen die beiden besucht hatten. Berrington konnte sich die Antwort des FBI-Manns vorstellen: »Sergeant Delaware hat heute mit einem Verdächtigen Kontakt aufgenommen, den wir zurzeit überwachen. Aus Sicherheitsgründen kann ich Ihnen nicht mehr sagen, doch wäre es sehr hilfreich, wenn Sie uns wissen lassen könnten, was genau sie heute getan und an welchem Fall sie gearbeitet hat.«

Ungefähr eine Stunde später war Jeannie in höchster Eile aus dem Haus gestürmt. Sie trug einen violetten Sweater und sah darin unwahrscheinlich sexy aus. Berrington war ihr nicht hinterhergefahren; etwas so Würdeloses zu tun, brachte er trotz all seiner Ängste einfach nicht über sich. Sie war dann aber schon kurz darauf wieder zurückgekehrt, beladen mit zwei braunen Papiertüten von einem

Lebensmittelgeschäft. Der nächste Gast war einer der Klone, vermutlich Steve Logan.

Er war nicht lange geblieben. So wie Jeannie angezogen ist, dachte Berrington, hätte ich an seiner Stelle hier übernachtet und wäre auch noch den halben Sonntag dageblieben.

Zum zwanzigsten Mal sah er auf die Uhr im Armaturenbrett und beschloss, Jim noch einmal anzurufen. Vielleicht gab es inzwischen schon Neuigkeiten vom FBI.

Berrington stieg aus seinem Wagen und ging zur Straßenecke. Der Geruch von Pommes frites stieg ihm in die Nase und ließ ihn hungrig werden, aber er mochte keine Hamburger aus Styroporbehältern. Er trank eine Tasse schwarzen Kaffee und ging wieder zur Telefonkabine.

»Sie waren in New York«, sagte Jim.

Das hatte Berrington befürchtet. »Wayne Stattner«, sagte er.

»Genau.«

»Scheiße. Was haben sie getan?«

»Ihn nach seinem Alibi am vergangenen Sonntag befragt und so. Er war bei der Emmy-Verleihung und konnte als Beweis ein Foto aus *People* vorlegen. Ende der Geschichte.«

»Irgendwelche Hinweise auf Jeannies nächste Schritte?«

»Nein. Und wie sieht's bei dir aus?«

»Nicht viel los. Ich kann von hier aus ihre Eingangstür sehen. Sie war einkaufen. Dann kam Steve Logan, verschwand aber bald wieder. Seither tut sich nichts. Vielleicht gehen ihnen langsam die Ideen aus.«

»Vielleicht auch nicht. Alles, was wir bisher wissen, ist, dass deine Idee, sie zu feuern, ihr das Maul auch nicht gestopft hat.«

»Schon gut, Jim, streu nur noch Salz in die Wunde. Doch wart mal – sie kommt gerade aus dem Haus!« Sie hatte sich umgezogen und trug jetzt weiße Jeans und eine königsblaue ärmellose Bluse, die ihre kräftigen Arme zeigte.

»Folge ihr«, sagte Jim.

»Den Teufel werde ich tun! Sie setzt sich gerade in ihren Wagen.«

»Wir müssen wissen, wohin sie fährt, Berry.«

»Ich bin doch kein Bulle, verdammt noch mal!«

Ein kleines Mädchen, das an der Hand seiner Mutter auf die Damentoilette zusteuerte, sagte: »Der Onkel hat aber geflucht, Mami!«

»Psst, Schätzchen!«, erwiderte die Mutter.

Berrington senkte die Stimme. »Jetzt fährt sie los.«

»Sieh zu, dass du in deinen verdammten Schlitten kommst!«

»Leck mich am Arsch, Jim.«

»Fahr ihr hinterher!« Jim legte auf.

Berrington hängte ebenfalls ein.

Jeannies roter Mercedes fuhr an ihm vorbei und bog an der Falls Road nach Süden ab.

Berrington rannte zu seinem Wagen.

KAPITEL 46

Jeannie musterte Steves Vater eingehend. Charles war dunkelhaarig. Über der Kieferpartie lag der Schatten eines starken Bartwuchses. Sein Gesicht war ernst, seine Haltung von rigoroser Präzision. Obwohl es Sonntag war und er im Garten gearbeitet hatte, trug er sorgfältig gebügelte dunkle Hosen und ein kurzärmeliges Hemd mit Kragen. Mit Steve hatte er jedenfalls keine Ähnlichkeit. Das Einzige, was Steve von ihm übernommen haben mochte, war eine gewisse Vorliebe für konservative Kleidung. Die meisten Studenten, die Jeannie unterrichtete, trugen zerrissene Jeans und schwarzes Leder. Steve dagegen zog Khakihosen und Hemden mit geknöpftem Kragen vor.

Er war noch nicht zu Hause. Charles hielt es für möglich, dass Steve noch kurz zur Bibliothek des Juristischen Instituts gefahren war, um sich die neueste Literatur über Vergewaltigungsprozesse anzusehen. Steves Mutter hatte sich hingelegt. Charles bereitete frische Limonade zu. Dann gingen er und Jeannie auf die Terrasse, wo mehrere Gartenstühle standen.

Mit einer glänzenden Idee im Kopf war Jeannie aus ihrem kurzen Schlummer erwacht. Sie glaubte jetzt zu wissen, wie sich der vierte

Klon aufspüren ließe. Doch der Plan konnte nur dann klappen, wenn Charles ihr half – und sie war sich keineswegs sicher, dass er ihrer Bitte entsprechen würde.

Charles bat sie, Platz zu nehmen, reichte ihr ein hohes, kaltes Glas, nahm sich selbst ein anderes und setzte sich. »Darf ich Sie beim Vornamen nennen?«, fragte er.

»Bitte.«

»Ich hoffe, Sie revanchieren sich.«

»Selbstverständlich.«

Beide nippten an ihren Gläsern. Dann sagte er: »Jeannie – was hat das alles zu bedeuten?«

Jeannie stellte ihr Glas ab. »Ich glaube, es handelt sich um ein Experiment«, begann sie. »Bevor sie Genetico gründeten, waren Berrington und Proust beide beim Militär. Ich vermute, dass die Firma ursprünglich dazu diente, ein Projekt des Militärs zu vertuschen.«

»Ich bin mein Leben lang Soldat gewesen und traue der Armee inzwischen beinahe jeden Blödsinn zu. Aber warum sollte sie sich für weibliche Empfängnisprobleme interessieren?«

»Denken Sie mal nach: Steve und seine Doubles sind groß, kräftig, fit und gut aussehend. Außerdem sind sie auch sehr gescheit, wobei ihnen ihre Neigung zur Gewalttätigkeit allerdings manchmal einen Strich durch die Rechnung macht. Steve und Dennis haben einen IQ, der weit über dem Durchschnitt liegt, weshalb ich vermute, dass es bei den anderen beiden nicht viel anders aussieht. Wayne ist erst zweiundzwanzig und schon Millionär, und der vierte war bisher immerhin clever genug, seine Existenz vollkommen geheim zu halten.«

»Was schließen Sie daraus?«

»Ich weiß es nicht. Ich halte es für möglich, dass die Armee versucht hat, den perfekten Soldaten zu züchten.«

Das war nichts als eine unbegründete Spekulation, und Jeannie erwähnte es auch eher beiläufig. Charles jedoch reagierte geradezu wie elektrisiert. »Oh Gott!«, sagte er, und seine Miene verriet, dass ihm etwas Entsetzliches eingefallen war. »Ich erinnere mich. Ja, ich glaube, davon habe ich schon einmal gehört.«

»Was wollen Sie damit sagen?«, fragte Jeannie.

»Damals, in den Siebzigerjahren, kursierte in Militärkreisen so ein Gerücht ... Die Russen hätten eine Art Zuchtprogramm, hieß es. Sie stellten perfekte Soldaten, perfekte Sportler, perfekte Schachspieler und so weiter her ... Es gab Leute, die meinten, wir sollten das auch tun – und andere behaupteten, wir hätten schon damit angefangen.«

»So sieht das also aus!« Endlich hatte Jeannie das Gefühl, auf dem richtigen Weg zu sein. »Sie haben sich eine Frau und einen Mann ausgesucht – beide gesund, aggressiv, intelligent und blond –, Ei und Samenzelle zusammengeführt und einen Embryo geschaffen. Doch was sie eigentlich interessierte, war die Möglichkeit, den perfekten Soldaten nach seiner Erschaffung zu duplizieren. Der kritische Punkt des Experiments war die mehrfache Teilung des Embryos in einer sehr frühen Entwicklungsphase und die Einpflanzung der Klone in Leihmütter. Aber es hat geklappt.« Jeannie runzelte die Stirn. »Ich frage mich nur, was danach passiert ist.«

»Die Frage kann ich beantworten«, sagte Charles. »Watergate. Nach dem Skandal wurden all diese wahnwitzigen Geheimprogramme gestrichen.«

»Aber Genetico hat sich nicht daran gehalten. Sie haben illegal weitergemacht, wie die Mafia. Und weil es ihnen tatsächlich gelang, Retortenbabys herzustellen, blieben sie im Geschäft und verdienten gutes Geld. Mit ihren Gewinnen finanzierten sie die gentechnischen Forschungsprogramme, die sie seither durchgeführt haben. Ich habe sogar den Verdacht, dass mein eigenes Projekt Teil ihrer Gesamtstrategie ist.«

»Und die wäre?«

»Die Zucht des perfekten Amerikaners: intelligent, aggressiv und blond, eine Herrenrasse.« Jeannie zuckte mit den Schultern. »Die Idee ist ja uralt – nur lässt sie sich heute mithilfe der modernen Gentechnik realisieren.«

»Und warum wollen sie dann die Firma verkaufen? Das ergibt doch alles keinen Sinn.«

»Vielleicht doch«, erwiderte Jeannie nachdenklich. »Vielleicht sahen sie in dem Übernahmeangebot eine Chance, erst richtig ins Geschäft einzusteigen. Mit dem Geld soll Prousts Präsidentschaftswahlkampf finanziert werden. Sitzen sie erst einmal im Weißen Haus, können sie forschen, was und wie viel sie wollen – und ihre Ideen in die Tat umsetzen.«

Charles nickte. »Eine Kostprobe von Prousts Vorstellungen steht heute in der *Washington Post*. Ich glaube nicht, dass ich in einer solchen Welt leben möchte. Angenommen, das Volk besteht nur noch aus aggressiven, gehorsamen Soldaten – wer schreibt denn dann die Gedichte, wer spielt noch Blues, wer geht noch auf Friedensdemonstrationen?«

Jeannie hob die Brauen – aus dem Mund eines Berufssoldaten klangen diese Worte sehr überraschend. »Es ist nicht nur das«, sagte sie. »Die menschliche Vielfalt hat durchaus ihren Sinn. Es gibt durchaus einen logischen Grund dafür, dass wir nicht als identische Kopie unserer Eltern auf die Welt kommen. Die Evolution funktioniert nach dem Prinzip ›Versuch und Irrtum‹. Sie können die Fehler der Natur nicht eliminieren, ohne gleichzeitig auch ihre Erfolge zu zerstören.«

Charles seufzte. »Unter dem Strich heißt das alles doch nichts weiter, als dass ich nicht Steves Vater bin.«

»Sagen Sie das nicht!«

Er öffnete seine Brieftasche und nahm ein Foto heraus. »Ich muss Ihnen etwas gestehen, Jeannie«, sagte er. »An Klone und dergleichen habe ich nie gedacht – aber es kam doch immer wieder vor, dass ich Steve angesehen und mich gefragt habe, ob er überhaupt irgendetwas von mir hat.«

»Können Sie das nicht sehen?«, fragte Jeannie.

»Ähnlichkeit, meinen Sie?«

»Nein, keine physische Ähnlichkeit. Aber Steve hat ein sehr ausgeprägtes Pflichtgefühl. Die anderen drei Klone scheren sich einen Teufel um Pflicht und Verantwortung. Das hat er von Ihnen!«

Charles' Miene hellte sich nicht auf. »Er hat durchaus seine schlechten Seiten, das weiß ich genau.«

Sie legte die Hand auf seinen Arm. »Jetzt hören Sie mir mal zu.

Steve war ein – nun, sagen wir mal, ein wildes Kind, stimmt's? Ungehorsam, impulsiv, furchtlos, ein Energiebündel...«

Charles lächelte traurig. »Ja, da haben Sie recht.«

»Genau wie Dennis Pinker und Wayne Stattner. Solche Kinder kann man nur sehr schwer erziehen. Deshalb ist Dennis zum Mörder geworden und Wayne zum Sadisten. Aber Steve ist *anders* – und das liegt an Ihnen! Nur sehr geduldige, verständnisvolle und opferbereite Eltern können solche Kinder zu normalen Menschen erziehen. Und Steve ist normal.«

»Gott geb's, dass Sie recht haben.« Charles wollte das Foto wieder einstecken, doch Jeannie kam ihm zuvor.

»Darf ich es mal sehen?«, fragte sie.

»Selbstverständlich.«

Jeannie betrachtete das Bild. Es war erst kürzlich aufgenommen worden. Steve trug ein blau kariertes Hemd, und sein Haar war ein bisschen zu lang. Verlegen grinste er in die Kamera. »Ich habe gar kein Foto von ihm«, sagte sie mit einem Unterton des Bedauerns, als sie Charles das Bild zurückgab.

»Behalten Sie's.«

»Das geht doch nicht! Sie tragen es auf dem Herzen.«

»Ich hab unzählige Bilder von ihm. Ich stecke mir einfach ein anderes in die Brieftasche.«

»Danke, das ist wirklich sehr nett von Ihnen.«

»Sie haben ihn offenbar recht gern.«

»Ich liebe ihn, Charles.«

»Wirklich?«

Jeannie nickte. »Wenn ich daran denke, dass er vielleicht ins Gefängnis muss, dann möchte ich mich am liebsten an seiner Statt einsperren lassen.«

Charles lächelte gequält. »Mir geht's genauso.«

»Das ist doch Liebe, oder?«

»Ja, natürlich.«

Jeannie war auf einmal sehr befangen. Sie hatte Steves Vater das eigentlich nicht sagen wollen, ja, sie war sich dessen, wie es um sie stand, selbst noch gar nicht richtig bewusst gewesen. Doch dann war es ihr einfach so herausgerutscht, und ihr war schlagartig klar, dass jedes Wort der Wahrheit entsprach.

»Wie sieht Steve das denn?«, fragte Charles.

Sie lächelte. »Na ja, um ehrlich zu sein ...«

»Keine falsche Bescheidenheit!«

»Er ist verrückt nach mir.«

»Kein Wunder. Nicht nur, dass Sie eine sehr schöne Frau sind – Sie sind auch stark, das steht außer Zweifel. Er braucht eine starke Persönlichkeit an seiner Seite – vor allem auch angesichts der Vorwürfe, die gegen ihn erhoben werden.«

Jeannie musterte ihn kritisch. Jetzt musste sie ihre Bitte vorbringen. »Wissen Sie, dass Sie etwas für mich tun könnten, Charles?«

»Um was geht es?«

Jeannie hatte sich im Wagen auf der Fahrt nach Washington genau zurechtgelegt, wie sie ihr Anliegen formulieren wollte. »Ich kann möglicherweise herausfinden, wer die Vergewaltigung begangen hat. Aber dazu muss ich an eine Datenbank heran, zu der ich keinen Zugang habe. Nach dem Bericht in der *New* York Times geht aber keine Behörde und keine Versicherungsgesellschaft mehr das Risiko ein, mit mir zusammenzuarbeiten. Es sei denn ...«

»Was?«

Jeannie beugte sich vor. »Genetico hat mit Soldatenfrauen experimentiert, die über Militärkrankenhäuser an sie verwiesen wurden. Mit großer Wahrscheinlichkeit sind daher die meisten oder sogar alle Klone in Militärkrankenhäusern auf die Welt gekommen.«

Charles nickte langsam.

»Es muss damals, vor zweiundzwanzig Jahren, medizinische Unterlagen über diese Babys gegeben haben. Möglich, dass sie noch existieren.«

»Da bin ich mir ziemlich sicher. Die Armee wirft nichts weg.«

Jeannies Hoffnungen wuchsen. Aber es gab noch ein anderes Problem. »Damals waren das bestimmt noch schriftliche Akten. Ist es möglich, dass sie inzwischen elektronisch gespeichert sind?«

»Bestimmt. Anders lassen sich solche Informationsmengen gar nicht mehr aufbewahren.«

»Dann könnten wir also Glück haben«, sagte Jeannie, bemüht, ihre gespannte Erwartung nicht zu deutlich zu zeigen.

Er sah nachdenklich vor sich hin.

Sie blickte ihm unverwandt in die Augen. »Können Sie mir den Zugang zu diesen Daten verschaffen, Charles?«

»Was genau brauchen Sie?«

»Ich muss mein Programm in den betreffenden Computer laden und dann sämtliche Datenbanken durchsuchen.«

»Wie lange dauert das?«

»Keine Ahnung. Das hängt vom Umfang der Datenbanken und von der Leistungsfähigkeit des Computers ab.«

»Stört das den normalen Datenabruf?«

»Es könnte ihn verlangsamen, ja.«

Er runzelte die Stirn.

»Machen Sie's?«, fragte Jeannie ungeduldig.

»Wenn wir erwischt werden, ist meine Karriere ruiniert.«

»Und?«

»Ja, verdammt, ich tu's.«

KAPITEL 47

Steve war begeistert: Da saß Jeannie auf der Terrasse, trank Limonade und war in ein Gespräch mit seinem Vater vertieft. Die beiden sahen aus, als wären sie alte Freunde. Genau das wünsche ich mir, dachte er. Jeannie soll Teil meines Lebens sein – dann bin ich gegen alles gefeit.

Von der Garage her überquerte er lächelnd den Rasen und küsste sie sanft auf den Mund.

»Ihr seht aus wie zwei Verschwörer«, sagte er.

Jeannie erklärte ihm, was sie vorhatten, und Steve schöpfte wieder ein wenig Hoffnung.

»Ich bin nicht so computererfahren«, sagte sein Vater zu Jeannie. »Ohne Hilfe kann ich Ihr Programm nicht installieren.«

»Ich komme mit.«

»Wetten, dass Sie Ihren Pass nicht dabeihaben?«

»Gewonnen.«

»Ohne Ausweis bringe ich Sie nicht ins Datenzentrum.«

»Soll ich nach Hause fahren und ihn holen?«

Steve mischte sich ein. »Ich begleite dich, Dad«, sagte er. »Mein Pass ist oben. Ich kriege das schon hin mit dem Programm.«

Dad streifte Jeannie mit einem Seitenblick.

Sie nickte. »Es ist ganz einfach. Und wenn doch irgendwelche Probleme auftauchen sollten, kannst du mich vom Datenzentrum aus anrufen. Ich sage dir dann übers Telefon, wie's geht.«

»Okay.«

Dad ging in die Küche, holte das Handy und wählte eine Nummer. »Don? Hier ist Charlie. Wer hat denn im Golf gewonnen ...? Hab ich's mir doch gedacht, dass du diesmal die Nase vorn hast. Aber nächste Woche schlage ich dich, pass auf ... Du, Don, kannst du mir einen Gefallen tun? Eine ziemlich ungewöhnliche Geschichte ... Ich möchte mir mal die medizinischen Unterlagen meines Sohnes ansehen, die ganz alten, ja? Er hat ein gesundheitliches Problem, eine ziemlich seltene Krankheit ... Nein, nichts Lebensgefährliches – aber auf die leichte Schulter nehmen darf man es eben auch nicht. Es ist möglich, dass es in seiner Kindheit bereits Hinweise darauf gab. Könntest du mir eine Unbedenklichkeitsbescheinigung ausstellen, damit ich ins Datenzentrum kann?«

Es folgte eine lange Pause. Dads Miene blieb unergründlich. Endlich sagte er: »Ich danke dir, Don. Das ist wirklich sehr nett von dir.«

»Ha!« Steve stieß die Faust in die Luft.

Dad legte den Zeigefinger auf die Lippen und sprach weiter: »Steve wird mich begleiten. Wir sind in einer Viertelstunde oder zwanzig Minuten da, wenn's dir recht ist ... Nochmals vielen Dank.« Er beendete das Gespräch.

Steve lief hinauf in sein Zimmer und kam mit seinem Pass zurück.

Die Disketten befanden sich in einer kleinen Plastikbox. Jeannie reichte sie Steve. »Steck die mit ›1‹ markierte ins Diskettenlaufwerk. Du bekommst dann die Instruktionen auf den Bildschirm.«

Steve sah seinen Vater an. »Fertig?«

»Ja, gehen wir.«

»Viel Glück!«, sagte Jeannie.

Vater und Sohn stiegen in den Lincoln Mark VIII, fuhren zum Pentagon und stellten den Wagen auf dem größten Parkplatz der Welt ab. Im Mittleren Westen gab es ganze Städte, die weniger Fläche beanspruchten als der Parkplatz des amerikanischen Verteidigungsministeriums. Sie gingen eine Treppe hinauf in den ersten Stock.

Mit dreizehn hatte Steve einmal an einer Besichtigung des Pentagons teilgenommen. Seine Gruppe war von einem hochgewachsenen jungen Mann mit unglaublich kurzem Haarschnitt geführt worden. Der Gebäudekomplex bestand aus fünf konzentrischen Ringen, die durch zehn wie die Speichen eines Rades angeordnete Gänge miteinander verbunden waren. Es gab vier Stockwerke und keine Aufzüge. Schon nach wenigen Sekunden hatte Steve damals die Orientierung verloren. Am besten erinnerte er sich noch an ein Gebäude namens »Ground Zero« in der Mitte des Innenhofes. Es war eine Würstchenbude.

Nun führte ihn sein Vater an einem geschlossenen Frisiersalon, einem Restaurant und einem U-Bahn-Eingang vorbei zu einem Kontrollpunkt. Steve legte seinen Pass vor, wurde registriert und erhielt einen Besucherausweis, den er sich an die Hemdbrust steckte.

Es war Samstagabend, und nur wenige Menschen waren zu sehen. Die Flure waren leer, abgesehen von einigen Unentwegten, die auch um diese Zeit noch zu tun hatten. Die meisten von ihnen trugen Uniform. Ein oder zwei Elektrokarren, die zum Transport unförmiger Gegenstände und hochrangiger Persönlichkeiten dienten, standen herum. Bei seinem ersten Besuch hatte Steve die monolithische Macht dieses Gebäudekomplexes beeindruckt: All das diente zu seinem Schutz. Inzwischen hatte sich seine Einstellung grundlegend geändert: Irgendwo in diesem spinnwebartigen Netz aus Ringen und Korridoren war ein Plan ausgeheckt worden, dem er und seine Doppelgänger ihre Existenz verdankten. Dieser bürokratische Heuhaufen war dazu da, ihm die Wahrheit vorzuenthalten. Die Männer und Frauen in frischen Army-, Navy- oder Air-Force-Uniformen waren jetzt seine Feinde.

Sie gingen einen langen Korridor entlang, stiegen eine Treppe hinauf und kamen nach einer Biegung zu einem zweiten Kontrollpunkt. Diesmal dauerte die Überprüfung länger. Steves voller Name und seine Adresse wurden eingegeben, und es dauerte ein oder zwei Minuten, bis der Computer grünes Licht gab. Zum ersten Mal in seinem Leben hatte Steve das Gefühl, dass eine Kontrolle ihm persönlich galt – ich bin derjenige, hinter dem sie her sind, dachte er. Er kam sich vor wie ein Eindringling und hatte ein schlechtes Gewissen, obwohl er sich nichts hatte zuschulden kommen lassen – ein unheimliches Gefühl. Ganoven müssen sich dauernd so fühlen, dachte er. Spione auch. Und Schmuggler. Und treulose Ehemänner.

Sie gingen weiter und kamen nach weiteren Richtungsänderungen an eine Doppeltür aus Glas, hinter der ungefähr ein Dutzend junger Soldaten vor Computermonitoren saßen, Daten eingaben oder gedruckte Dokumente einscannten. Wieder wurde Steves Pass überprüft, diesmal von einem Wachsoldaten vor der Tür. Dann durften sie eintreten.

Der mit Teppichboden ausgelegte Raum war still, fensterlos, indirekt beleuchtet und beherrscht von der sterilen Atmosphäre gereinigter Luft. Chef der Abteilung war ein grauhaariger Colonel mit einem Menjoubärtchen. Er kannte Steves Vater nicht, war aber vom Kommen der beiden informiert und führte sie zu einem Computer-Terminal, das sie benutzen konnten. Der Colonel gab sich kurz angebunden; vielleicht hielt er ihren Besuch nur für eine überflüssige Störung.

»Wir brauchen Einblick in die medizinischen Unterlagen von Kindern, die vor zirka zweiundzwanzig Jahren in Militärkrankenhäusern auf die Welt gekommen sind«, erklärte Steves Vater.

»Diese Daten haben wir hier nicht.«

Steve bekam einen Schreck. War das schon das Ende ihrer Hoffnungen?

»Wo sind sie gespeichert?«

»In St. Louis.«

»Kann man sie nicht auch von hier aus abrufen?«

»Für diese Verbindung brauchen Sie eine Sondergenehmigung, die Sie nicht haben.«

»Ich habe nicht mit diesem Problem gerechnet, Colonel«, sagte Dad gereizt. »Wollen Sie, dass ich noch einmal General Krohner anrufe? Er wird nicht gerade begeistert sein über die unnötige Störung am Samstagabend – aber wenn Sie darauf bestehen ...«

Der Colonel wog einen kleinen Verstoß gegen die Vorschriften gegen das Risiko ab, das darin bestand, einen General gegen sich aufzubringen. »Nein, nein, das wird wohl seine Ordnung haben ... Die Verbindung wird selten benutzt, und wir müssen sie sowieso irgendwann am Wochenende testen.«

»Danke.«

Der Colonel rief eine Frau in Lieutenantsuniform zu sich und stellte sie als Caroline Gambol vor. Sie war ungefähr fünfzig Jahre alt, korpulent und trug ein Korsett. Ihr Auftreten erinnerte an das einer Schulleiterin. Dad wiederholte, was er dem Colonel erzählt hatte.

»Ist Ihnen klar, Sir, dass diese Dokumente unter das Datenschutzgesetz fallen?«

»Ja, aber wir haben eine entsprechende Genehmigung.«

Sie setzte sich vor den Bildschirm und nahm das Keyboard zur Hand. »Was für eine Suche wollen Sie durchführen?«

»Wir haben unser eigenes Suchprogramm.«

»Geht in Ordnung, Sir. Kann ich es für Sie laden?«

Dad sah Steve an; der zuckte mit den Schultern und gab der Frau die Disketten.

Caroline Gambol sah verdutzt auf, als sie das Programm lud. »Von wem stammt denn diese Software?«, fragte sie Steve.

»Von einer Professorin an der Jones Falls.«

»Sehr clever, wirklich. So etwas habe ich noch nie gesehen.« Sie wandte sich an den Colonel, der ihr über die Schulter sah. »Kennen Sie dieses Programm, Sir?«

Er schüttelte den Kopf.

»So, es ist installiert. Soll ich mit der Suche beginnen?«

»Nur zu.«

Lieutenant Gambol drückte auf EINGABE.

Kapitel 48

Als der schwarze Lincoln Mark VIII die Auffahrt vor dem Haus in Georgetown verließ und auf die Straße rollte, fuhr Berrington hinterher. Er hatte einen Verdacht. Er konnte nicht genau sagen, ob Jeannie in dem Wagen saß – erkennbar waren nur der Colonel und Steve auf den Vordersitzen –, aber es handelte sich um ein Coupé, und so war nicht ganz auszuschließen, dass sie hinten saß.

Er war heilfroh, dass er endlich etwas zu tun hatte. Die Kombination aus Untätigkeit und wachsender Besorgnis war zermürbend. Sein Rücken schmerzte, und seine Beine waren steif. Am liebsten hätte er den ganzen Kram hingeworfen und sich davongemacht. Warum sollte er jetzt nicht bei einer guten Flasche Wein in einem Restaurant sitzen, zu Hause eine CD mit Mahlers Neunter hören oder Pippa Harpenden ausziehen? Doch dann musste er wieder an die Vorteile der Firmenübernahme denken. Es lockten das Geld – sein Anteil belief sich auf sechzig Millionen Dollar – und die Aussicht auf politische Macht: das Amt des Gesundheitsministers unter einem Präsidenten namens Jim Proust. Und wenn sie siegten, würde ein neues, anderes Amerika entstehen und sich den Herausforderungen des einundzwanzigsten Jahrhunderts stellen – ein starkes, tapferes und reines Amerika, das sich auf seine alten Tugenden besann. Also biss Berrington Jones die Zähne zusammen und widmete sich weiterhin seiner schmuddeligen Schnüfflertätigkeit.

Zunächst war es relativ leicht, Logan im zähflüssigen Washingtoner Verkehrsstrom zu folgen. Wie in einem Agentenfilm hielt er sich zwei Fahrzeuge hinter ihm. Eleganter Schlitten, dieser Mark VIII, dachte er müßig. Vielleicht sollte er seinen Town Car in Zahlung geben. Die Limousine war repräsentativ, aber eben auch schon etwas altmodisch – das Coupé dagegen rasanter, schneidiger. Wie viel ich wohl für den Town Car noch bekomme, fragte er sich, nur um sich dann wieder vor Augen zu halten, dass er bereits am kommenden Montag steinreich sein würde ... Da kann ich mir dann einen Ferrari kaufen, dachte er.

Eine rote Ampel zwang ihn zum Halten. Der Mark VIII war noch durchgefahren und abgebogen, der Wagen dahinter aber bereits stehen geblieben. Im Nu war Logans Fahrzeug aus Berringtons Blickfeld verschwunden. Er fluchte und drückte auf die Hupe. Blödsinnige Träumerei!

Er schüttelte den Kopf, um nur wieder aufklare Gedanken zu kommen. Die Öde der Überwachung unterminierte seine Konzentration. Als die Ampel wieder auf Grün schaltete, bog er mit quietschenden Reifen ab und drückte das Gaspedal durch.

Kurz darauf sah er das schwarze Coupé vor sich an einer roten Ampel stehen und atmete auf.

Sie umrundeten das Lincoln Memorial und überquerten den Potomac über die Arlington Bridge. Wollten sie etwa zum Flughafen? Der Lincoln bog auf den Washington Boulevard ein. Jetzt erkannte Berrington, dass sie zum Pentagon unterwegs waren.

Er folgte ihnen über die Rampe, die auf den riesigen Pentagon-Parkplatz hinunterführte, fand eine freie Stelle in der Reihe hinter ihnen, stellte den Motor ab und beobachtete, wie Steve und sein Vater ausstiegen und auf das Gebäude zugingen.

Im Mark VIII blieb niemand zurück. Jeannie war also in Georgetown geblieben. Was hatten Steve und sein Vater vor? Und was tat Jeannie im Moment?

Er folgte ihnen im Abstand von zwanzig, dreißig Metern. Es war ihm zutiefst verhasst. Ihn schauderte bei dem Gedanken, entdeckt zu werden. Angenommen sie stellten ihn zur Rede – was sollte er sagen? Eine unerträgliche Demütigung ...

Glücklicherweise drehte sich keiner der beiden um. Sie gingen über eine Außentreppe zum Eingang. Berrington blieb ihnen auf den Fersen, bis sie eine Kontrolle passierten und er selbst umkehren musste.

Er fand einen Münzfernsprecher und rief Jim Proust an. »Ich bin gerade im Pentagon«, sagte er. »Ich habe Jeannie bis zum Haus der Logans verfolgt und mich dann an Steve Logan und seinen Vater angehängt. Ich mache mir große Sorgen, Jim.«

»Der Colonel arbeitet doch im Pentagon, oder?«

»Ja.«

»Kann also völlig harmlos sein.«

»Aber was veranlasst ihn, an einem Samstagabend sein Büro aufzusuchen?«

»Na, zum Beispiel eine Pokerpartie beim General, wenn ich so an meine eigene Militärzeit denke.«

»Zum Poker nimmt man seinen Sprössling nicht mit, ganz egal, wie alt er ist.«

»Wer oder was im Pentagon könnte uns schaden?«

»Daten.«

»Nein«, erwiderte Jim. »Die Armee besitzt keinerlei Aufzeichnungen über das, was wir damals getan haben. Da bin ich mir ganz sicher.«

»Trotzdem müssen wir wissen, was sie dadrin treiben. Hast du keine Möglichkeit, das herauszufinden?«

»Doch, ich glaube schon. Wer im Pentagon keine Freunde hat, hat nirgends welche. Ich muss ein paar Leute anrufen. Melde dich wieder.«

Berrington legte auf und starrte das Telefon an. Die Frustration machte ihn noch wahnsinnig. Alles, wofür ich mein Leben lang gearbeitet habe, steht auf dem Spiel, dachte er. Und was tue ich? Spioniere irgendwelchen Leuten hinterher wie ein schmieriger Privatdetektiv ... Aber er *konnte* nichts anderes tun. Er machte auf dem Absatz kehrt, ging zu seinem Wagen zurück und wartete. Hilflose Ungeduld brodelte in ihm.

iebrige Erwartung hatte von Steve Besitz ergriffen. Wenn alles klappte, würde er in Kürze wissen, wer Lisa Hoxton vergewaltigt hatte, und seine Unschuld beweisen können. Aber wenn doch noch etwas schiefging? Vielleicht funktionierte das Suchprogramm nicht, vielleicht waren die Dokumente aus den Militärkrankenhäusern inzwischen verloren gegangen oder gelöscht worden. Von Computern bekam man doch immer wieder dumme Antworten wie »Nicht gefunden«, »Nicht mehr gespeichert« oder »Allgemeine Schutzverletzung«.

Der Computer piepte. Steve sah auf den Monitor. Die Suche war beendet. Jeannies Programm hatte funktioniert. Auf dem Bildschirm war eine Liste mit paarweise geordneten Namen und Adressen erschienen. Die Frage war nur, ob auch die Klone auf der Liste standen.

Er bezähmte seine Neugier. Zuallererst kam es jetzt darauf an, die Liste zu kopieren. In einer Schublade fand er eine Schachtel mit unbenutzten Disketten. Er nahm eine heraus und steckte sie ins Laufwerk. Dann kopierte er die Liste, ließ die Diskette wieder herausspringen und verstaute sie in der Gesäßtasche seiner Jeans.

Dann erst konzentrierte er sich auf die Namen.

Nicht einer von ihnen war ihm bekannt. Er ließ die Liste durchlaufen; anscheinend umfasste sie mehrere Seiten. Ein Ausdruck ließ sich besser lesen. Er rief Lieutenant Gambol. »Kann ich von diesem Terminal was ausdrucken?«

»Ja, natürlich«, sagte sie. »Nehmen Sie den Laserdrucker.« Sie kam zu ihm und zeigte ihm, wie es ging.

Der Drucker begann zu arbeiten. Mit gespannter Aufmerksamkeit verfolgte Steve den Seitenauswurf. Er hoffte, seinen eigenen Namen neben drei anderen zu finden – neben Dennis Pinker, Wayne Stattner und dem Namen des Mannes, der Lisa Hoxton vergewaltigt hatte. Sein Vater sah ihm über die Schulter.

Auf der ersten Seite waren nur Paare ausgedruckt, keine Dreier- oder Vierergruppen.

In der Mitte der zweiten Seite erschien dann der Name »Steven Logan«. Auch Dad entdeckte ihn in diesem Augenblick. »Da bist du ja!«, sagte er, bemüht, seine Erregung unter Kontrolle zu halten.

Aber irgendetwas stimmte nicht. Die Gruppe enthielt zu viele Namen. Neben »Steven Logan«, »Dennis Pinker«, und »Wayne Stattner« standen »Henry Irwin King«, »Per Ericson«, »Murray Cloud«, »Harvey John Jones« und »George Dassault«. Steves Hochstimmung verwandelte sich in Verblüffung.

Dad runzelte die Stirn. »Wer sind die denn?«

Steve zählte. »Acht Namen.«

»Acht?«, wiederholte Dad ungläubig. »Acht?«

Plötzlich begriff Steve, worum es ging. »So viele von uns hat Genetico hergestellt«, sagte er. »Wir sind acht.«

»Acht Klone!«, stieß Dad hervor. »Was haben die sich eigentlich dabei gedacht?«

»Ich frage mich, wie das Programm sie herausgefiltert hat«, sagte Steve und warf einen Blick auf die letzte Seite des Ausdrucks. Ganz unten stand: »Gleiches charakteristisches Elektrokardiogramm.«

»Ja, das stimmt, ich erinnere mich«, sagte Dad. »Als du eine Woche alt warst, hat man ein EKG von dir gemacht. Warum, habe ich nie erfahren.«

»Es wurde bei allen gemacht. Und eineiige Zwillinge haben ähnliche Herzen.«

»Ich kann es noch immer nicht glauben«, sagte Dad. »Dann gibt es also noch sieben andere Jungen auf dieser Welt, die genauso aussehen wie du.«

»Sieh dir die Adressen an: ausnahmslos Stützpunkte der Armee.«

»In den meisten Fällen dürfte die Adresse längst nicht mehr stimmen. Liefert das Programm keine weiteren Informationen?«

»Nein. Deshalb verletzt es auch nicht die Privatsphäre der Betroffenen.«

»Und wie findet Jeannie ihre Leute dann?«

»Das habe ich sie gefragt. An der Uni gibt es sämtliche Telefonbücher auf CD-ROM. Wenn sie damit nicht weiterkommen, probieren sie es über die Führerscheinregistratur, Kreditinformationsdienste und andere Quellen.«

»Zum Teufel mit der Privatsphäre!«, sagte Dad. »Ich ziehe uns die gesammelten Krankengeschichten dieser Leute raus. Vielleicht finden wir da noch irgendwelche Hinweise.«

»Ich könnte eine Tasse Kaffee vertragen«, sagte Steve. »Gibt es hier irgendwo welchen?«

»Im Datenzentrum sind keine Getränke erlaubt. Verschüttete Flüssigkeiten können Computer ruinieren. Aber draußen vor der Tür, gleich um die Ecke, ist ein kleiner Aufenthaltsraum mit Getränkeautomaten.«

»Bin gleich wieder da.« Steve verließ das Datenzentrum und nickte der Wache an der Tür zu. In dem kleinen Erfrischungsraum standen ein paar Tische und Stühle; außerdem gab es verschiedene Automaten für Softdrinks, Kaffee und Süßigkeiten. Steve aß zwei Snickers-Riegel und trank eine Tasse Kaffee. Dann stand er auf, um wieder ins Datenzentrum zu gehen.

Vor den Glastüren blieb er abrupt stehen. Mehrere Personen, die er zuvor nicht gesehen hatte, befanden sich im Raum, darunter ein General und zwei bewaffnete Militärpolizisten. Der General stritt mit Dad, und der Colonel mit dem Menjoubärtchen schien ebenfalls zu reden. Ihre Körpersprache machte Steve misstrauisch. Was da vor sich ging, war bestimmt nichts Gutes. Er betrat den Raum, blieb aber unweit des Eingangs stehen. Sein Gefühl sagte ihm, dass es jetzt am besten war, sich möglichst unauffällig zu verhalten.

»Ich habe meine Befehle, Colonel Logan«, hörte er den General sagen. »Und Sie stehen unter Arrest.«

Ein kalter Schauer durchfuhr Steve.

Wie hatte das geschehen können? Dass sie Dad dabei ertappt hatten, wie er die medizinischen Unterlagen fremder Menschen durchstöberte, war schlimm genug – aber ein Delikt, das eine Festnahme zur Folge haben würde, war es wohl nicht. Da steckte mehr dahinter. Genetico musste seine Finger im Spiel haben.

Was soll ich tun?

»Dazu haben Sie nicht das Recht!«, sagte Dad wütend.

Der General brüllte ihn an: »Erzählen Sie mir nichts über meine *Rechte*, Colonel!«

Steve sah keine Veranlassung, sich in die Auseinandersetzung einzumischen. In seiner Hosentasche steckte die Diskette mit der Namensliste. Dad war in Schwierigkeiten, konnte aber auf sich selbst aufpassen. Für ihn, Steve, war es jetzt das Beste, sich mitsamt den Informationen aus dem Staub zu machen.

Er drehte sich um und entfernte sich durch die Glastür.

Er ging schnell und gab sich den Anschein eines Menschen, der genau weiß, wohin er will. Er kam sich vor wie auf der Flucht. Angestrengt versuchte er, sich daran zu erinnern, auf welchem Wege er durch das Gewirr der Korridore bis hierher vorgedrungen war. Er ging um mehrere Ecken und durchschritt einen Kontrollpunkt.

»Augenblick, Sir!«, sagte der Wachposten.

Steve drehte sich um. Das Herz klopfte ihm bis zum Hals. »Ja?« Er spielte den viel beschäftigten Mann, der es eilig hat.

»Ich muss Sie im Computer auschecken. Darf ich bitte Ihren Ausweis sehen?«

»Selbstverständlich.« Steve reichte ihm seinen Pass.

Der Posten überprüfte das Foto und gab den Namen ein. Dann sagte er »Danke, Sir«, und gab Steve den Pass zurück.

Steve setzte seinen Weg fort. Nur noch eine Kontrolle, dann bin ich draußen, dachte er.

Hinter sich hörte er die Stimme von Caroline Gambol. »Mr. Logan!«, rief sie. »Einen Augenblick, bitte!«

Er warf einen Blick über seine Schulter. Sie rannte hinter ihm her. Ihr Gesicht war puterrot, und sie keuchte heftig.

»Scheiße«, murmelte er, rannte um die nächste Ecke, erreichte eine Treppe und lief die Stufen hinab in die darunterliegende Etage. Er besaß jetzt die Namen, die ihn vom Vorwurf der Vergewaltigung reinwaschen konnten. Niemand wird mich daran hindern, mit dieser Information das Gebäude zu verlassen, dachte er – nicht einmal die U. S. Army.

Um hinauszukommen, musste er den äußeren Ring erreichen, Ring E. Im Eilschritt durchquerte er einen der speichenartig verlaufenden Korridore und kam an Ring C vorbei. Ein Elektrokarren mit Reinigungsutensilien kam ihm entgegen. Auf halbem Weg zu Ring D hörte er wieder die Stimme von Lieutenant Gambol. »Mr. Logan!« Sie war ihm noch immer auf den Fersen. Jetzt schrie sie durch den langen, breiten Korridor: »Der General möchte mit Ihnen reden!« Ein Mann in Air-Force-Uniform spähte neugierig aus einer Bürotür. Glücklicherweise waren am Samstagabend nur wenige Menschen unterwegs. Steve erreichte eine weitere Treppe; diesmal lief er sie hinauf, in der Hoffnung, die dicke Soldatin auf diese Weise leichter abhängen zu können.

In der nächsten Etage rannte er wieder den Korridor entlang, der zu Ring D führte. Er folgte dem Ring um zwei Ecken und ging die nächste Treppe wieder hinunter. Von Lieutenant Gambol war weit und breit nichts mehr zu sehen. Ich hab sie abgeschüttelt, dachte er erleichtert.

Er war ziemlich sicher, dass er sich jetzt auf der Eingangsetage befand. Er folgte Ring D im Uhrzeigersinn bis zum nächsten Korridor. Die Umgebung kam ihm bekannt vor: Ja, auf diesem Weg war er auch hereingekommen. Vor ihm lag der letzte Kontrollpunkt. Er hatte es fast geschafft.

Da sah er Lieutenant Gambol.

Sie stand neben dem Wachposten am Kontrollpunkt, atemlos und mit noch immer rot angelaufenem Gesicht.

Steve fluchte. Also hatte er sie doch nicht abgeschüttelt. Sie hatte den Ausgang auf kürzerem Wege vor ihm erreicht.

Er entschloss sich, aufs Ganze zu gehen.

Am Kontrollpunkt nahm er seinen Besucherausweis ab.

»Den können Sie dranlassen«, sagte Lieutenant Gambol. »Der General möchte gerne mit Ihnen sprechen.«

Steve legte den Ausweis auf den Schalter. Er verbarg seine Angst hinter selbstbewusstem Gehabe und sagte: »Ich furchte, dazu habe ich jetzt keine Zeit mehr. Auf Wiedersehen, Lieutenant – und vielen Dank für Ihre Hilfe.«

»Ich muss darauf bestehen«, sagte Caroline Gambol.

Steve spielte den Ungeduldigen. »Das können Sie gar nicht«, sagte er. »Ich bin Zivilist. Sie können mir keine Befehle erteilen. Ich habe nichts verbrochen, also können Sie mich nicht festnehmen. Außerdem führe ich, wie Sie sehen, keinerlei Gegenstände aus militärischem Besitz bei mir.« Er hoffte, dass die Diskette in seiner Gesäßtasche unsichtbar war. »Jeder Versuch Ihrerseits, mich hier festzuhalten, wäre illegal.«

Sie wandte sich an den Wachposten, einen etwa dreißigjährigen Mann, der neun oder zehn Zentimeter kleiner war als Steve. »Lassen Sie ihn nicht gehen!«, sagte sie.

Steve lächelte den Wachposten an. »Wenn Sie mich anrühren, ist das Körperverletzung, Kamerad. Es wäre mein Recht, Sie niederzuschlagen – und ich würde nicht zögern, es auch zu tun, das können Sie mir glauben.«

Lieutenant Gambol blickte in die Runde und suchte nach Verstärkung, doch außer zwei Männern vom Reinigungspersonal und einem Elektriker, der an der Beleuchtung arbeitete, war kein Mensch in Sicht.

Steve setzte sich in Bewegung und ging auf den Ausgang zu.

»Halten Sie ihn fest!«, schrie Lieutenant Gambol.

Steve hörte hinter sich den Wachposten rufen: »Stehen bleiben oder ich schieße!«

Er drehte sich um. Der Posten hatte eine Pistole gezogen und zielte auf ihn.

Die Männer von der Putzkolonne und der Elektriker blickten auf und erstarrten.

Die Hände des Postens zitterten.

Steve sah die Pistole, die auf ihn gerichtet war, und spürte, wie sich seine Muskeln verkrampften. Er riss sich zusammen und überwand die Lähmung. Kein Wachposten des Pentagons würde einen unbewaffneten Zivilisten niederschießen, dessen war er sich sicher. »Sie werden mich nicht erschießen«, sagte er. »Das wäre Mord.«

Steve drehte sich um und ging wieder auf den Ausgang zu.

Es war der längste Gang seines Lebens. Nur drei, vier Meter waren es bis zur Tür, doch Steve hatte das Gefühl, es dauerte Jahre. In seiner Angst war ihm, als stünde die Haut auf seinem Rücken in Flammen.

Als er die Hand auf den Türgriff legte, fiel ein Schuss.

Irgendjemand stieß einen Schrei aus.

Er *hat über meinen Kopf geschossen*, dachte Steve, drehte sich aber nicht noch einmal um. Er rannte zur Tür hinaus und stürmte die lange Freitreppe vor dem Eingang hinunter. Es war inzwischen dunkel geworden; Straßenlaternen erhellten den Parkplatz. Er hörte aufgeregte Stimmen hinter sich, dann fiel ein zweiter Schuss. Am Fuß der Treppe verließ er den Weg und suchte Zuflucht im Gebüsch.

Eine Straße lag vor ihm, als er wieder aus seiner Deckung trat. Er rannte weiter. Vor ihm tauchten mehrere hintereinanderliegende Bushaltestellen auf. Steve verringerte seine Geschwindigkeit und ging in gemächlichem Schritt weiter. Ein Bus fuhr an einer der Haltestellen vor und blieb stehen. Zwei Soldaten stiegen aus, eine Frau in Zivil stieg ein. Unmittelbar hinter ihr folgte Steve.

Der Bus fuhr an, verließ das Parkplatzgelände, bog auf die Schnellstraße ein und ließ das Pentagon hinter sich.

KAPITEL 50

J eannie hatte Lorraine Logan innerhalb von nur wenigen Stunden sehr schätzen gelernt.

Steves Mutter war viel dicker, als man nach dem Foto über der Kummerkastenspalte der Zeitungen hätte meinen mögen. Wenn sie lächelte – was sehr oft der Fall war –, zeigten sich auf ihrem runden Gesicht viele kleine Fältchen. Um Jeannie und sich selbst ein wenig von ihren Sorgen abzulenken, erzählte sie ihr von den Problemen, mit denen sich die Menschen herumschlugen, die ihr Briefe schrieben – von herrschsüchtigen Schwiegereltern, gewalttätigen Ehemännern, impotenten Freunden, grapschenden Chefs, drogensüchtigen Töchtern ... Zu jedem Thema hatte Lorraine etwas zu sagen, das in

Jeannie die Reaktion auslöste: Ja, natürlich – wieso habe ich das bisher nicht auch so gesehen?

Sie saßen in der herabsinkenden Abendkühle auf der Terrasse und warteten unruhig auf die Rückkehr von Steve und seinem Vater. Jeannie erzählte ihr von Lisas Vergewaltigung. »Solange es geht, wird sie so tun, als sei es nie geschehen«, sagte Lorraine.

»Ja, genauso verhält sie sich zurzeit.«

»Diese Phase kann ein halbes Jahr lang dauern. Früher oder später wird sie dann aber einsehen, dass sie die Geschehnisse nicht länger verdrängen kann und versuchen muss, mit ihnen zu leben. Diese Phase beginnt oft zu einem Zeitpunkt, wenn die Frau versucht, wieder normale sexuelle Beziehungen aufzunehmen, und dabei feststellt, dass sie nicht mehr so empfindet wie früher. Das ist dann der Punkt, an dem sich die Betroffenen oft an mich wenden.«

»Und was raten Sie ihnen?«

»Ich rate ihnen zu einer Therapie. Eine einfache Lösung gibt es nicht. Eine Vergewaltigung verletzt die Seele der Frau, und diese Wunde gilt es zu heilen.«

»Das hat die Polizei Lisa auch empfohlen.«

Lorraine hob die Brauen. »Ja, es gibt schon den einen oder anderen vernünftigen Bullen.«

Jeannie lächelte. »Es war eine Polizistin.«

Lorraine lachte. »Da werfen wir den Männern Sexismus vor – und was tun wir selbst? Ich bitte Sie, sagen Sie's nicht weiter, was ich mir da eben geleistet habe ...«

»Versprochen.«

Nach einer kurzen Pause sagte Lorraine: »Steve liebt Sie.«

Jeannie nickte. »Ja, ich glaube, da haben Sie recht.«

»Eine Mutter spürt so etwas.«

»Dann hat er wohl schon andere geliebt?«

»Sie sind ja eine ganz Raffinierte ...« Lorraine lächelte. »Ja, das stimmt. Aber wirklich nur eine.«

»Erzählen Sie mir von ihr – wenn Sie meinen, dass er nichts dagegen hätte.«

»Okay. Sie hieß Fanny Gallaher. Sie hatte grüne Augen und welliges dunkelrotes Haar, ein lebhaftes, leichtsinniges Ding – und das einzige Mädchen in der gesamten Highschool, das sich nicht für Steve interessierte. Monatelang hat sie seinem Liebeswerben widerstanden – am Ende bekam er sie dann doch. Ungefähr ein Jahr lang gingen die beiden miteinander.«

»Glauben Sie, dass sie auch miteinander geschlafen haben?«

»Ich *weiß* es. Sie haben ja hier im Haus übernachtet. Warum soll man die jungen Leute zwingen, auf einsamen Parkplätzen herumzuknutschen? Davon halte ich überhaupt nichts.«

»Und was sagten Fannys Eltern dazu?«

»Ich habe mich mit ihrer Mutter darüber unterhalten. Sie war derselben Meinung.«

»Ich wurde mit vierzehn Jahren in einer Gasse hinter einem Punk-Rock-Club entjungfert. Das Erlebnis war dermaßen deprimierend, dass ich es erst mit einundzwanzig wieder probiert habe. Ich wünschte, meine Mutter hätte so gedacht wie Sie.«

»Ich glaube, es kommt gar nicht so sehr darauf an, ob Eltern streng oder freizügig sind. Hauptsache, sie sind konsequent. Kinder und Heranwachsende können mehr oder weniger mit allen Normen leben – Hauptsache, sie wissen, woran sie sind. Was sie durcheinanderbringt, ist willkürliche Tyrannei.«

»Warum sind Steve und Fanny auseinandergegangen?«

»Er hatte ein Problem . . . Aber das sollte er Ihnen wahrscheinlich besser selbst erzählen.«

»Meinen Sie die Schlägerei mit Tip Hendricks?«

Lorraine zog die Augenbrauen hoch. »Er hat Ihnen davon erzählt? Mein Gott, dann vertraut er Ihnen ja *wirklich* voll und ganz!«

Draußen fuhr ein Wagen vor. Lorraine stand auf und warf einen Blick um die Hausecke. »Es ist Steve. Er kommt in einem Taxi«, sagte sie verwundert.

Jeannie erhob sich. »Wie sieht er aus?«

Ehe Lorraine antworten konnte, stand Steve auch schon auf der Terrasse. »Wo ist dein Vater?«, wollte Lorraine wissen.

»Man hat ihn festgenommen.«

»Oh Gott!«, sagte Jeannie. »Warum denn das?«

»Ich weiß es nicht genau. Wahrscheinlich sind uns die Genetico-Leute auf die Schliche gekommen und haben ihre Beziehungen spielen lassen. Sie haben ihn von zwei Militärpolizisten verhaften lassen – aber ich bin ihnen entwischt.«

Lorraine war misstrauisch. »Stevie«, sagte sie, »verheimlichst du mir etwas?«

»Ein Wachposten hat zwei Schüsse auf mich abgefeuert.«

Seine Mutter stieß einen leisen Schrei aus.

»Ich denke, er hat absichtlich zu hoch gezielt. Auf jeden Fall geht's mir blendend.«

Jeannies Mund war plötzlich ganz trocken. Die Vorstellung, dass man auf Steve geschossen hatte, entsetzte sie.

»Die Suche war immerhin erfolgreich.« Steve zog die Diskette aus seiner Gesäßtasche. »Hier ist die Liste. Und stell dir vor, wie sie aussieht.«

Jeannie schluckte heftig. »Na, sag schon!«

»Es gibt keine vier Klone.«

»Wie das?«

»Es sind acht.«

Jeannies Unterkiefer klappte herunter. »Acht?«

»Wir haben acht identische Elektrokardiogramme gefunden.«

Genetico hatte den Keimling siebenmal geklont und acht verschiedenen Frauen ohne deren Wissen die Kinder von Fremden eingepflanzt. Was für eine unglaubliche Anmaßung!

Und Jeannies Verdacht hatte sich bestätigt. Das also war es, was Berrington mit allen Mitteln verheimlichen wollte! Wenn diese Nachricht an die Öffentlichkeit gelangte, lag der Schwarze Peter bei Genetico – und sie selbst war rehabilitiert.

Und Steve von der schlimmen Anklage befreit.

»Du hast es geschafft!«, rief sie und fiel ihm um den Hals. Doch die Sache hatte einen Haken: »Aber wer von diesen acht hat Lisa vergewaltigt?«

»Das müssen wir noch herausfinden«, sagte Steve. »Und leicht sein wird es nicht. Wir haben nur die Adressen der Eltern zum Zeitpunkt der Geburt. Die stimmen garantiert nicht mehr.«

»Wir können versuchen, sie ausfindig zu machen. Das ist Lisas Spezialität.« Jeannie straffte sich. »Ich fahre jetzt besser nach Baltimore zurück. Diese Suche wird fast die ganze Nacht dauern.«

»Ich begleite dich.«

»Und was ist mit deinem Vater? Du musst ihn aus den Fängen der Militärpolizei befreien.«

»Ja, du wirst hier gebraucht, Steve«, sagte Lorraine. »Ich werde gleich deinen Anwalt anrufen – ich habe seine Privatnummer. Du musst ihm erzählen, was vorgefallen ist.«

»Na gut.« Zögernd lenkte er ein.

»Bevor ich fahre, müsste ich Lisa noch schnell Bescheid sagen, damit sie vorbereitet ist«, sagte Jeannie. Das Handy lag auf noch auf dem Tischchen auf der Terrasse. »Darf ich?«

»Natürlich.«

Sie wählte Lisas Nummer. Viermal ertönte das Rufzeichen, dann schaltete sich nach der typischen Verzögerung ein Anrufbeantworter ein. »Verdammt!«, sagte Jeannie, hörte sich Lisas Durchsage an und sprach eine Nachricht auf Band: »Lisa, bitte ruf mich an. Ich bin zurzeit noch in Washington und fahre gleich los, sodass ich gegen zehn zu Hause sein werde. Ich habe sehr wichtige Neuigkeiten.« Sie legte auf.

»Ich bringe dich zum Wagen«, sagte Steve.

Jeannie verabschiedete sich von Lorraine, die sie herzlich umarmte. Draußen gab Steve ihr die Diskette. »Pass gut darauf auf«, sagte er. »Wir haben keine Kopie, und eine zweite Chance bekommen wir nicht.«

Jeannie steckte die Diskette in ihre Handtasche. »Keine Sorge. Es geht ja auch um meine Zukunft.« Sie küsste ihn heftig.

»Junge, Junge«, sagte Steve, als er wieder zu Atem kam. »Können wir das fortsetzen – und zwar möglichst bald?«

»Ja. Aber pass gut auf dich auf bis dahin. Ich möchte dich nicht verlieren. Sei vorsichtig!«

Er lächelte. »Schön, dass du so um mich besorgt bist. Das lohnt fast das Risiko.«

Sie küsste ihn noch einmal, diesmal aber ganz sanft. »Ich ruf dich an.«

Dann stieg sie in ihren Wagen und fuhr davon.

Sie fuhr schnell. Nach weniger als einer Stunde war sie zu Hause.

Enttäuscht musste sie feststellen, dass Lisa auf dem Anrufbeantworter keine Nachricht hinterlassen hatte. Vielleicht schlief sie. Oder sie sah fern und hörte ihr Gerät nicht ab. Nur *keine Panik. Denk nach!* Sie lief wieder hinaus und fuhr zu Lisa, die in einem Apartmenthaus in Charles Village wohnte. Sie klingelte unten an der Tür, doch niemand meldete sich über die Sprechanlage. Wo konnte Lisa bloß stecken? Sie hatte keinen Freund, der sie am Samstagabend ausführte. *Hoffentlich ist sie nicht zu ihrer Mutter nach Pittsburgh gefahren ...*

Lisa lebte in Apartment 12 B. Jeannie klingelte bei 12 A. Wieder keine Reaktion. Vielleicht war die verdammte Anlage kaputt. Völlig frustriert probierte sie es bei 12 C.

Eine mürrische Männerstimme meldete sich: »Wer ist da?«

»Entschuldigen Sie die Störung, aber ich bin eine Freundin Ihrer Nachbarin Lisa Hoxton und muss dringend mit ihr sprechen. Wissen Sie zufällig, wo sie ist?«

»Was bilden Sie sich eigentlich ein, wo Sie sind, Lady? Aufm Dorf oder was? Ich weiß nicht mal, wie meine Nachbarin *aussieht!*« Klick.

»Sind Sie New Yorker?«, fauchte Jeannie wütend in den tauben Lautsprecher.

Im Stil einer Rennfahrerin preschte sie nach Hause und wählte Lisas Nummer. »Lisa, bitte, ruf mich *auf der Stelle* an, wenn du wieder da bist«, sagte sie auf den Anrufbeantworter, »*meinetwegen mitten in der Nacht.* Ich sitze am Telefon und warte!«

Mehr konnte sie im Augenblick nicht tun. Ohne Lisa kam sie nicht einmal in die Klapsmühle hinein.

Jeannie duschte und schlüpfte in ihren pinkfarbenen Morgenrock. Sie hatte Hunger und machte sich in der Mikrowelle eine gefrorene Zimtschnecke heiß, doch als sie sie dann aß, wurde ihr übel, sodass sie das Gebäck wegwarf und sich mit einem Milchkaffee begnügte. Zur Ablenkung hätte sie jetzt gerne ferngesehen.

Sie nahm das Foto von Steve zur Hand, das Charles ihr gegeben hatte, und beschloss, sich einen Rahmen dafür zu besorgen. Mit einem Magneten heftete sie es an die Kühlschranktür.

Dann vertiefte sie sich in ihr Fotoalbum. Sie musste lächeln, als sie Daddy in einem braunen fein gestreiften Anzug mit breiten Aufschlägen und weiten Hosen neben dem türkisfarbenen Thunderbird stehen sah. Einige Seiten waren ihren Tenniserfolgen gewidmet und zeigten sie im weißen Dress, siegestrunken Silberpokale und Medaillen präsentierend. Auf einem Bild war Mom zu sehen; sie schob Patty in einem altmodischen Kinderwagen vor sich her. Und da war Will Temple mit einem Cowboyhut; er alberte herum und brachte Jeannie zum Lachen ...

Das Telefon klingelte.

Jeannie sprang auf, ließ das Album auf den Boden fallen und riss den Telefonhörer an sich. »Lisa?«

»Hallo, Jeannie. Was für Katastrophen sind denn passiert?«

Schwach vor Erleichterung sank Jeannie aufs Sofa. »Gott sei Dank! Ich habe schon vor Stunden bei dir angerufen. Wo bist du bloß gewesen?«

»Ich war mit Bill und Catherine im Kino. Ist das ein Verbrechen?«

»Entschuldige, ich habe kein Recht, dich ins Kreuzverhör zu nehmen ...«

»Schon gut, ich bin ja deine Freundin, da darfst du schon mal biestig sein. Ich werde mich bei Gelegenheit revanchieren.«

Jeannie lachte. »Danke, Lisa. Aber jetzt hör mir mal zu: Ich habe eine Liste mit den Namen von fünf Männern, die möglicherweise Steves Doppelgänger sind.« Sie untertrieb absichtlich; die Wahrheit war in einem Brocken kaum zu schlucken. »Ich muss noch heute Nacht herausfinden, wo ich sie erreichen kann. Hilfst du mir?«

Es dauerte eine Weile, bis Lisa antwortete. »Bei dem Versuch, in dein Büro zu gelangen, bin ich um ein Haar in ernste Schwierigkeiten geraten, Jeannie. Es hat nicht viel gefehlt, und ich und der Wachmann wären hochkant rausgeflogen. Ich möchte dir gerne helfen, aber ich darf meinen Job nicht verlieren.«

Kalte Furcht beschlich Jeannie. *Nein, du darfst mich jetzt nicht hängen lassen, nicht so kurz vor dem Ziel.* »Bitte, Lisa.«

»Ich habe Angst.«

Wilde Entschlossenheit verdrängte Jeannies Furcht. *Verdammt noch mal, so einfach kommst du mir jetzt nicht davon . . .* »Lisa, es ist schon fast Sonntag.« *Es tut mir leid, dass ich dir das antun muss, aber es geht nicht anders.* »Vor einer Woche bin ich in ein brennendes Gebäude eingedrungen, um dich zu suchen.«

»Ich weiß, ich weiß.«

»Damals hatte *ich* Angst.«

Lisa schwieg. Nach einer langen Pause sagte sie: »Du hast recht. Okay, ich helfe dir.«

Jeannie unterdrückte einen Triumphschrei. »Wie lange brauchst du?«

»Eine Viertelstunde.«

»Ich warte vor dem Eingang auf dich.«

Jeannie legte den Hörer auf, rannte ins Bad, ließ den Morgenrock auf die Fliesen fallen und schlüpfte in schwarze Jeans und ein türkisfarbenes T-Shirt. Dann warf sie sich eine schwarze Levi's-Jacke über und rannte die Treppen hinunter.

Es war Mitternacht, als sie das Haus verließ.

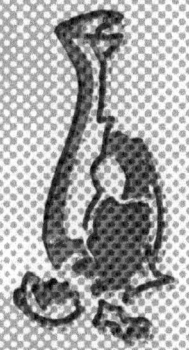

Sonntag

ls Jeannie die Universität erreichte, war Lisa noch nicht da. Sie stellte ihren Wagen auf dem Besucherparkplatz ab, weil sie nicht wollte, dass das auffällige Gefährt vor der Klapsmühle gesehen wurde, und überquerte den dunklen, menschenleeren Campus zu Fuß. Vor dem Eingang wartete sie ungeduldig auf Lisa und ärgerte sich, dass sie sich unterwegs nicht noch etwas zu essen besorgt hatte. Den ganzen Tag über hatte sie nichts in den Magen bekommen. Sehnsüchtig dachte sie an Cheeseburger mit Pommes frites, Pizza mit Pepperoni, Apfelstrudel mit Vanilleeis, ja sogar an einen großen Salatteller mit viel Knoblauch. Endlich fuhr Lisa in ihrem flotten weißen Honda vor.

Sie stieg aus und ergriff Jeannies Hände. »Ich schäme mich«, sagte sie. »Ich hätte es nie so weit kommen lassen dürfen, dass du mich erst daran erinnern musstest, was du als Freundin für mich getan hast.«

»Ich kann dich aber verstehen.«

»Es tut mir leid.«

Jeannie umarmte sie.

Sie gingen hinein und knipsten die Lampen im Labor an. Jeannie stellte die Kaffeemaschine ein, während Lisa ihren Computer lud. Irgendwie war es unheimlich – mitten in der Nacht im Labor. Die antiseptische weiße Ausstattung, die gleißenden Lampen und die stummen Apparate um sie herum erinnerten Jeannie an ein Leichenschauhaus.

Sie rechnete durchaus damit, dass über kurz oder lang der Sicherheitsdienst aufkreuzte und nach dem Rechten sah. Nach Jeannies Einbruch behielten sie die Klapsmühle gewiss im Auge, und das Licht im Labor konnte ihnen nicht entgehen. Andererseits kam es bei Wissenschaftlern immer wieder vor, dass sie zu ungewöhnlichen Zeiten arbeiteten, sodass sich von daher keine unmittelbare Gefahr ergab – es sei denn, die Wache erkannte Jeannie von gestern Abend her wieder.

»Wenn ein Nachtwächter vorbeikommt, um uns zu überprüfen, verstecke ich mich im Schrank mit dem Büromaterial«, sagte sie zu Lisa. »Kann ja sein, der Typ weiß, dass ich hier offiziell nichts mehr zu suchen habe.«

»Hoffentlich hören wir es rechtzeitig, wenn jemand kommt«, sagte Lisa nervös.

»Wir sollten eine Art Alarmsystem haben.« Jeannie konnte es kaum abwarten, die Suche nach den Klonen zu beginnen, aber sie bezähmte ihre Ungeduld. Nachdenklich sah sie sich im Labor um. Ihr Blick fiel auf einen kleinen Blumenstrauß auf Lisas Schreibtisch. »Wie sehr hängst du an dieser Vase?«, fragte sie.

Lisa zuckte mit den Schultern. »Ich habe sie im Supermarkt gekauft. Da kann ich mir jederzeit eine neue besorgen.«

Jeannie warf die Blumen in den Abfallkübel, schüttete das Wasser in den Ausguss und nahm das Buch *Identical Twins Reared Apart* von Susan L. Farber vom Regal. Dann ging sie zu den Schwingtüren am Ende des Korridors, die zum Treppenhaus hinausführten, zog sie ein kleines Stück einwärts, schob das Buch wie einen Keil dazwischen und platzierte die Vase oben auf den kleinen Zwischenraum zwischen linkem und rechtem Flügel. Jetzt konnte kein Mensch den Korridor betreten, ohne dass die Vase herunterfiel und auf dem Boden zerschellte.

Lisa, die ihr dabei zusah, fragte: »Und was soll ich sagen, wenn man mich fragt, warum ich das getan habe?

»Du willst nicht, dass sich jemand hier einschleicht«, erwiderte Jeannie.

Lisa nickte zufrieden. »Weiß Gott, ich habe ja auch allen Grund zum Verfolgungswahn.«

»An die Arbeit!«, sagte Jeannie.

Sie gingen wieder ins Labor, ließen aber die Tür offen stehen, um ja nicht das Klirren des Glases zu überhören. Jeannie steckte die wertvolle Diskette ins Laufwerk von Lisas Computer und druckte die Ergebnisse der Suche im Pentagon aus.

Rasch fand sie die Namen der acht Babys, deren Elektrokardiogramme einander so ähnelten, als stammten sie alle von ein und derselben Person. Acht kleine Herzen, die alle im gleichen Rhythmus schlugen. Zweifellos waren Kopien an die Aventine-Klinik geschickt worden, wo man sie bis letzten Donnerstag aufbewahrt und dann in den Reißwolf gesteckt hatte. Aber Berrington hatte vergessen – oder nie daran gedacht –, dass die Originalunterlagen nach wie vor bei der Armee lagen.

»Fangen wir mit Henry King an«, schlug Jeannie vor. »Der vollständige Name lautete Henry Irwin King.«

Lisa hatte zwei CD-ROM-Laufwerke auf ihrem Schreibtisch, das eine über dem anderen. Sie nahm zwei CDs aus der Schublade und steckte sie in die Laufwerke. »Sämtliche privaten Telefonanschlüsse in den Vereinigten Staaten befinden sich auf diesen beiden CD-ROMs«, sagte sie, »und unsere Software ist imstande, beide gleichzeitig zu durchsuchen.«

Eine Windows-Maske erschien auf dem Monitor. »Die Einträge in den Telefonbüchern sind leider oft nicht vollständig«, fuhr Lisa fort. »Schauen wir einfach mal nach, wie viele H. Kings es in den Vereinigten Staaten gibt.« Sie tippte folgende Zeichen ein:

H*King

und klickte auf *Zählen*. Kurz darauf erschien ein Fenster mit der Zahl 1129.

Jeannie war ernüchtert. »All diese Nummern anzurufen kostet uns die ganze Nacht«, sagte sie.

»Moment mal, vielleicht geht es auch schneller«, erwiderte Lisa, tippte

Henry I. King ODER *Henry Irwin King*

und klickte das mit einem Hund gekennzeichnete »Abrufen«-Icon an. Nach kurzer Pause erschien eine Liste auf dem Bildschirm. »Wir haben drei Henry Irwin Kings und siebzehn Henry I. Kings. Wie lautete seine letzte bekannte Adresse?«

Jeannie sah auf ihrem Ausdruck nach. »Fort Devens, Massachusetts.«

»Okay, da gibt es einen Henry Irwin King in Amherst und vier H. I. Kings in Boston.«

»Rufen wir sie an.«

»Dir ist schon klar, dass es ein Uhr nachts ist, oder?«

»Bis morgen kann ich nicht warten.«

»Um die Zeit reden die Leute doch nicht mit dir.«

»Und ob sie das tun werden!«, widersprach Jeannie. Es war reine Großsprecherei. Sie wusste sehr wohl, dass es Schwierigkeiten geben würde, war aber einfach nicht bereit, bis zum nächsten Vormittag zu warten. Dazu war die Angelegenheit zu wichtig. »Ich sage, ich bin von der Polizei, und wir fahnden nach einem Massenmörder.«

»Das ist illegal.«

»Gib mir die Nummer aus Amherst.«

Lisa klickte die Nummer in der Liste an und drückte auf 2. Eine rasche Folge von Pieptönen ertönte. Jeannie griff zum Telefon.

Es klingelte siebenmal, dann meldete sich eine verschlafene Stimme.

»Ja?«

»Hier Detective Susan Farber vom Amherst Police Department«, sagte Jeannie und war schon auf die Antwort »Quatsch keinen Blödsinn!«, gefasst, doch der Mann am anderen Ende der Leitung reagierte nicht. Schnell sprach sie weiter: »Entschuldigen Sie die nächtliche Störung, aber es handelt sich um eine dringende polizeiliche Ermittlung. Spreche ich mit Henry Irwin King?«

»Ja – was ist passiert?«

Es klang nach der Stimme eines Mannes mittleren Alters, doch Jeannie wollte es genau wissen. »Nur eine Routineangelegenheit.«

Das war ein Fehler. »Routine?«, fragte der Mann gereizt. »Mitten in der Nacht?«

Jeannie improvisierte hastig. »Wir untersuchen ein schweres Verbrechen und müssen Sie als Verdächtigen ausschließen, Sir. Können Sie mir Ihr Geburtsdatum und Ihren Geburtsort nennen?«

»Ich bin am vierten Mai 1945 in Greenfield, Massachusetts, auf die Welt gekommen. Okay?«

»Sie haben nicht zufällig einen gleichnamigen Sohn, oder?«

»Nein, ich habe drei Töchter. Darf ich jetzt vielleicht weiterschlafen?«

»Ja, das genügt. Wir brauchen Sie nicht weiter zu belästigen. Die Polizei dankt Ihnen für Ihre Mitarbeit und wünscht Ihnen eine gute Nacht.« Jeannie legte auf und sah Lisa an. »Siehst du? Er hat mit mir gesprochen. Es war ihm nicht angenehm, aber er hat geredet.«

Lisa lachte. »Frau Doktor haben gute schauspielerische Fähigkeiten.«

Jeannie grinste. »Ein bisschen Chuzpe, das ist alles. So, probieren wir es jetzt mit den Henry I. Kings. Ich rufe die ersten zwei an, du die letzten zwei.«

Über die automatische Wahl konnte jeweils nur ein Gespräch geführt werden. Jeannie nahm einen Schreibblock und einen Kugelschreiber zur Hand und notierte sich die beiden Telefonnummern. Dann griff sie zu einem anderen Telefon und wählte manuell. Als sich eine Männerstimme meldete, verfiel sie wieder in ihre angenommene Rolle. »Hier spricht Detective Susan Farber von der Stadtpolizei in Boston ...«

»Was fällt Ihnen ein, um diese nachtschlafende Zeit bei mir anzuklingeln?«, belferte der Mann. »Wissen Sie, mit wem Sie es zu tun haben?«

»Ich nehme an, Sie sind Henry King ...«

»Nehmen Sie lieber mal an, dass Sie Ihren Scheißjob los sind, Sie dämliche Fotze, Sie!«, tobte der Mann. »Susan wer haben Sie gesagt?«

»Ich muss lediglich Ihr Geburtsdatum überprüfen, Mr. King ...«

»Geben Sie mir Ihren Vorgesetzten, aber ein bisschen plötzlich!«

»Mr. King ...«

»Tun Sie, was ich Ihnen sage!«

»Verdammter Gorilla«, sagte Jeannie und legte auf. Sie war ziemlich erschüttert. »Hoffentlich ist das nicht der Tenor aller Gespräche in dieser Nacht.«

Lisa hatte ihr erstes Gespräch ebenfalls schon beendet. »Meiner war Jamaikaner, und sein Akzent war Beweis genug«, sagte sie. »Und du hast einen Unsympathen erwischt, oder?«

»Das kann man wohl sagen.«

»Wir können jetzt auch aufhören und morgen früh weitermachen.«

Aber Jeannie war nicht bereit, sich von einem einzelnen Proleten den Wind aus den Segeln nehmen zu lassen. »Kommt gar nicht infrage!«, sagte sie. »Ein paar Beschimpfungen machen mir nichts aus.«

»Wie du meinst.«

Ihr dritter Henry King war noch gar nicht im Bett. Im Hintergrund waren Musik und andere Stimmen zu vernehmen. »Ja, bitte? Wer ist am Apparat?«, fragte der Mann.

Vom Alter her klang er ganz gut, sodass Jeannie Hoffnung schöpfte. Sie spielte wieder die Polizistin, doch der Mann war misstrauisch. »Woher weiß ich, dass Sie mir nichts vormachen?«

Sein Tonfall klang genau wie Steves. Jeannie schlug das Herz bis zum Hals. Gut möglich, dass er einer der Klone war. Aber wie konnte sie seinen Argwohn zerstreuen? Sie beschloss, aufs Ganze zu gehen. »Wollen Sie mich hier in der Polizeizentrale zurückrufen?«, schlug sie ohne Rücksicht auf Verluste vor.

Nach einer Pause antwortete der Mann: »Ach, schon gut!«

Jeannie atmete auf.

»Ich bin Henry King«, sagte er, »aber ich werde meistens Hank genannt. Was wollen Sie von mir?«

»Könnten Sie mir zunächst Ihr Geburtsdatum und Ihren Geburtsort nennen?«

»Ich stamme aus Fort Devens und wurde vor genau zweiundzwanzig Jahren geboren. Ich hab heut Geburtstag, wenn Sie's genau wissen wollen – nein, der ist ja schon vorbei. Gestern hatte ich Geburtstag, am Sonntag.«

Er war es! Einen Klon hatten sie bereits gefunden. Das Nächste, was Jeannie herausfinden musste, war, ob er sich am letzten Sonntag in Baltimore aufgehalten hatte. Sie versuchte, sich ihre Aufregung nicht anmerken zu lassen, und sagte: »Können Sie mir sagen, wann Sie zum letzten Mal außerhalb von Massachusetts unterwegs waren?«

»Warten Sie ... ja, das war im August, da war ich in New York.«

Er sagt die Wahrheit, dachte Jeannie instinktiv. Aber sie bohrte weiter nach. »Was haben Sie am letzten Sonntag getan?«

»Gearbeitet.«

»Was ist Ihre Tätigkeit?«

»Ich bin Doktorand am MIT. Sonntags arbeite ich als Barmann im *Blue Note Café* in Cambridge.«

Jeannie machte sich Notizen. »Und da waren Sie auch am vergangenen Sonntag?«

»Jawohl. Habe mindestens hundert Leute bedient.«

»Ich danke Ihnen, Mr. King.« Wenn das stimmte, dann konnte er Lisa nicht vergewaltigt haben. »Würden Sie mir bitte die Telefonnummer des Cafés geben, damit ich Ihr Alibi bestätigen lassen kann?«

»Auswendig weiß ich die nicht, aber sie steht im Telefonbuch. Was soll ich denn ausgefressen haben?«

»Wir ermitteln in einem Fall von Brandstiftung.«

»Da bin ich aber heilfroh, dass ich ein Alibi habe.«

Es ging Jeannie auf die Nerven, einen Menschen mit Steves Stimme zu hören, von dem sie wusste, dass es ein Fremder war. Sie hätte jetzt gerne Henry Kings Gesicht gesehen, um zu überprüfen, ob sich die beiden auch äußerlich glichen. Nur zögernd entschloss sie sich zur Beendigung des Gesprächs. »Nochmals vielen Dank, Sir. Gute Nacht.« Sie legte den Hörer auf die Gabel und blies die Backen auf. Das Täuschungsmanöver war anstrengend. »Uff!«

Lisa hatte zugehört. »Du hast ihn gefunden?«

»Ja. Er ist in Fort Devens auf die Welt gekommen und heute zweiundzwanzig geworden. Auf jeden Fall ist er der Henry King, den wir suchen.«

»Dann haben wir ja gute Arbeit geleistet.«

»Aber er hat offenbar ein Alibi. Zur Tatzeit hat er, wie er sagt, in einer Bar in Cambridge gearbeitet.« Jeannie warf einen Blick auf ihren Notizblock. »Im *Blue Note*.«

»Sollen wir das überprüfen?« Lisas Jagdinstinkt war erwacht, und sie war jetzt mit großem Eifer bei der Sache.

Jeannie nickte. »Es ist zwar schon spät, aber eine Bar dürfte noch offen haben, schätze ich, besonders Samstag nachts. Steht die Nummer auf deiner CD-ROM?«

»Nein, wir haben hier nur Privatanschlüsse drauf. Für Geschäftsnummern gibt es eigene Verzeichnisse.«

Jeannie erfuhr die Nummer von der Auskunft und wählte sie. Gleich beim ersten Klingeln wurde abgehoben.

»Hier ist Detective Susan Farber von der Polizei in Boston. Kann ich bitte den Manager sprechen?«

»Ich bin der Manager. Wo brennt's?« Der Mann hatte einen spanischen Akzent und klang beunruhigt.

»Haben Sie einen Angestellten namens Henry King?«

»Hank? Ja, haben wir. Was ist los mit ihm?«

Das klang so, als wäre Henry King nicht zum ersten Mal mit dem Gesetz in Konflikt geraten. »Gar nichts, wahrscheinlich. Wann haben Sie ihn das letzte Mal gesehen?«

»Heute . . ., nein, gestern, meine ich. Samstag. Hatte Tagschicht.«

»Und davor?«

»Warten Sie . . . ja, letzten Sonntag. War dran von vier bis Mitternacht.«

»Wären Sie gegebenenfalls bereit, das zu beschwören, Sir?«

»Aber sicher, warum nicht? Egal wer tot ist – Hank ist nicht der Mörder.«

»Ich danke Ihnen für Ihre Hilfsbereitschaft, Sir.«

»Gern geschehn!« Der Manager schien erleichtert zu sein, dass Jeannie nicht mehr von ihm wissen wollte. Wenn ich ein echter Bulle wäre, dachte Jeannie, würde ich sagen, der Kerl hat ein schlechtes Gewissen. »Rufen Sie mich an, wenn Sie noch Fragen haben, ja?« Der Mann legte auf.

»Das Alibi hält«, sagte Jeannie enttäuscht.

»Kein Grund zum Verzweifeln«, erwiderte Lisa. »Wir haben ihn sehr schnell von der Liste streichen können, das war nicht schlecht, zumal der Name so häufig ist. Probieren wir es jetzt mal mit Per Ericson. Von denen gibt es wahrscheinlich nicht so viele.«

Nach der Pentagon-Liste war Per Ericson in Fort Rucker geboren, doch zweiundzwanzig Jahre später gab es in Alabama keine Per Ericsons mehr. Lisa versuchte einen anderen Weg:

P*Erics?on

für den Fall, dass sich der Name mit zwei »s« schrieb. Danach probierte sie es mit

P*Erics$n

um auch die Schreibweisen »Ericsen« und »Ericsan« mit abzudecken, doch der Computer fand nichts Passendes.

»Versuch's mal mit Philadelphia«, schlug Jeannie vor. »Schließlich war es dort, wo er mich überfallen hat.«

In Philadelphia kamen drei Personen infrage. Bei der ersten stellte sich heraus, dass sie mit Vornamen Peder hieß. Die zweite war eine zittrige Greisenstimme auf einem Anrufbeantworter, und bei der dritten handelte es sich um eine Frau namens Petra. Danach arbeiteten Jeannie und Lisa sämtliche P. Ericsons in den Vereinigten Staaten ab. Es waren insgesamt dreiunddreißig Einträge.

Lisas zweiter P. Ericson war übel gelaunt und ausfällig. Als sie den Hörer auflegte, war sie ganz blass im Gesicht. Sie trank eine Tasse Kaffee und wählte entschlossen die nächste Nummer.

Jeder Anruf war ein kleines Drama. Es kostete Jeannie viel Nervenkraft, immer wieder die Polizistin zu spielen – und es war grausam, jedes Mal damit rechnen zu müssen, die Stimme des Mannes zu hören, der zu ihr gesagt hatte: »Und jetzt machst du's mir mit der Hand. Wenn nicht, schlag' ich dich zusammen.« Kraft kostete es auch, nicht aus der Polizistinnenrolle zu fallen, wenn die Angerufenen mit Misstrauen oder Beleidigungen reagierten. Außerdem verliefen die meisten Telefonate enttäuschend.

Nach ihrem sechsten ergebnislosen Gespräch hörte Jeannie Lisa sagen: »Oh, das tut mir aber furchtbar leid. Unsere Informationen sind offenbar veraltet. Bitte entschuldigen Sie die Belästigung, Mrs. Ericson. Auf Wiederhören.« Sie legte den Hörer auf und wirkte sehr niedergedrückt. »Er war der Richtige«, sagte sie dann mit ernster Stimme, »aber er ist im letzten Winter gestorben. Das war eben seine Mutter. Sie brach in Tränen aus, als ich mich nach ihm erkundigte.«

Was für ein Mensch dieser Per Ericson wohl gewesen ist, fragte sich Jeannie unwillkürlich. Ein Psychopath wie Dennis? Oder eher ein Mensch wie Steve? »Woran ist er gestorben?«, fragte sie.

»Er war anscheinend ein Skichampion und hat sich bei einer tollkühnen Abfahrt den Hals gebrochen.«

Ein furchtloser Draufgänger ... »Ja, das passt ganz gut zu unserem Mann.«

Auf den Gedanken, dass der eine oder andere der acht Gesuchten nicht mehr am Leben sein könnte, war Jeannie noch gar nicht gekommen. Jetzt erkannte sie, dass es sogar noch mehr als acht Implantationen gegeben haben musste. Selbst heute, da die Technik doch schon fast zur Routine geworden war, war die Erfolgsquote noch relativ niedrig. Außerdem war damit zu rechnen, dass manche der Leihmütter Fehlgeburten erlitten hatten. Gut möglich, dass Genetico mit fünfzehn, zwanzig oder gar noch mehr Frauen experimentiert hatte.

»Diese Anruferei ist gar nicht so einfach«, sagte Lisa.

»Willst du eine Pause machen?«

»Nein.« Lisa schüttelte sich. »Wir liegen ganz gut im Rennen. Zwei der fünf haben wir bereits ausschließen können, und es ist noch nicht einmal drei Uhr. Wer ist der nächste?«

»George Dassault.«

Allmählich gewöhnte sich Jeannie an den Gedanken, dass ihre Suche nach dem Vergewaltiger Erfolg haben könnte. Doch ausgerechnet beim nächsten Namen hatten sie weniger Glück. Es gab zwar nur sieben George Dassaults in den Vereinigten Staaten, doch drei von ihnen gingen nicht ans Telefon. Keiner von ihnen hatte irgendwelche Verbindungen nach Baltimore oder Philadelphia – der eine lebte in Buffalo, der zweite in Sacramanto, der dritte in Houston –, doch das besagte natürlich nicht viel. Es blieb ihnen nichts anderes übrig, als weiterzumachen. Lisa druckte die Liste mit den Telefonnummern aus, bei denen sie es später noch einmal versuchen mussten.

Die Sache hatte noch einen anderen Haken. »Eine Garantie, dass der Mann, den wir suchen, auf dieser CD-ROM steht, gibt es wahrscheinlich auch nicht«, sagte Jeannie.

»Stimmt. Vielleicht hat er kein Telefon. Oder er besitzt eine Geheimnummer, die nicht in den Büchern steht.«

»Oder er ist unter seinem Spitznamen verzeichnet – Spike Dassault vielleicht. Oder Flip Jones.«

Lisa kicherte. »Vielleicht ist er Rap-Sänger geworden und hat seinen Namen in Icey Creamo Creamy geändert.«

»Oder er ist Ringer und heißt jetzt Iron Billy.«

»Oder er schreibt unter dem Pseudonym Buck Remington Western-Romane.«

»Oder Pornografie als Heidi Domina.«

»Dick Schnellschuss.«

»Henrietta Pussy.«

Das Klirren zerspringenden Glases unterbrach ihr Gelächter abrupt. Jeannie sprang von ihrem Stuhl auf, verschwand blitzartig im Schrank mit dem Büromaterial, schloss die Tür hinter sich und stand, angespannt lauschend, im Dunkeln.

Sie hörte, wie Lisa nervös sagte: »Wer ist da?«

»Sicherheitsdienst«, sagte eine Männerstimme. »Haben Sie dieses Glas auf die Tür gestellt?«

»Ja.«

»Darf ich fragen, warum?«

»Damit sich niemand heimlich anschleichen kann. Wenn ich nachts hier arbeite, werde ich leicht nervös.«

»Na meinetwegen. Aber die Scherben fege ich nicht auf. Ich bin nicht bei der Putzkolonne.«

»Okay, lassen Sie sie liegen.«

»Sind Sie allein, Miss?«

»Ja.«

»Ich seh mich mal ein bisschen um.«

»Fühlen Sie sich wie zu Hause.«

Jeannie packte die Türklinke mit beiden Händen. Sollte der Mann versuchen, den Schrank zu öffnen, würde sie dagegenhalten.

Sie hörte, wie er durch das Labor schlenderte. »An was für einer Arbeit sitzen Sie denn?«, fragte der Mann. Seine Stimme war ganz nah.

Lisa war weiter entfernt. »Würde ich Ihnen gerne erklären, hab aber keine Zeit. Ich steh wahnsinnig unter Druck.«

Wenn sie nicht unter Druck stünde, säße sie doch mitten in der Nacht nicht hier, Freundchen . . . Warum haust du nicht einfach ab und lässt sie in Ruhe?

»Schon gut.« Er stand jetzt unmittelbar vor dem Schrank. »Was ist denn hier drin?«

Jeannie umklammerte die Klinke und zog sie nach oben, sodass sie sich nicht herunterdrücken ließ.

»Da bewahren wir die radioaktiven Virus-Chromosomen auf«, sagte Lisa. »Ist aber wahrscheinlich ziemlich sicher. Wenn nicht abgeschlossen ist, können Sie ruhig nachsehen.«

Jeannie unterdrückte einen hysterischen Lacher. Es gab keine »radioaktiven Virus-Chromosomen«.

»Na, ich lass lieber die Finger davon«, sagte der Mann vom Sicherheitsdienst. Jeannie wollte gerade die Klinke loslassen, als sie plötzlichen Gegendruck spürte. Mit aller Kraft zog sie die Klinke nach oben. »Ist sowieso abgesperrt«, sagte der Mann.

Als er nach einer Pause erneut das Wort ergriff, war seine Stimme weiter entfernt. Jeannie entspannte sich. »Wenn Sie sich einsam fühlen, kommen Sie rüber zur Wache, Miss. Ich brüh Ihnen einen Kaffee auf.«

»Danke«, sagte Lisa.

Jeannies innere Anspannung legte sich erst allmählich wieder. Vorsichtshalber blieb sie fürs Erste noch, wo sie war. Nach ein paar Minuten öffnete Lisa die Tür und sagte: »Er hat das Gebäude verlassen.«

Sie begaben sich wieder an die Telefone.

Auch Murray Claud war kein häufiger Name. Es gelang ihnen recht schnell, die richtige Person ausfindig zu machen. Jeannie war am

Apparat. Mit ebenso viel Verblüffung wie Verbitterung in der Stimme erklärte ihr Murray Claud senior, dass sein Sohn seit einer Messerstecherei in einer griechischen Taverne vor nunmehr drei Jahren in einem Athener Gefängnis sitze und frühestens im Januar entlassen würde. »Dem Jungen stand alles offen«, sagte er. »Er hätte Astronaut werden können, Nobelpreisträger, Präsident der Vereinigten Staaten. Er ist hochintelligent und charmant und sieht dazu auch noch blendend aus. Aber er hat nichts draus gemacht. Gar nichts.«

Jeannie verstand den Kummer des Vaters. Er suchte die Schuld bei sich selbst. Es fiel ihr sehr schwer, ihm die Wahrheit vorzuenthalten, aber sie war nicht darauf vorbereitet, und außerdem fehlte ihr die Zeit dazu. Insgeheim nahm sie sich das Versprechen ab, den Mann eines Tages noch einmal anzurufen und ihn, soweit es in ihrer Macht stand, zu trösten.

Harvey Jones sparten sie sich bis zum Schluss auf, weil sie wussten, dass dieser Name der härteste Brocken war.

Jeannie hatte das dumpfe Gefühl, es müsse ungefähr eine Million Menschen namens Jones in den Vereinigten Staaten geben. Hinzu kam, dass H ein häufiger Anfangsbuchstabe war. Der zweite Vorname des Gesuchten war John. Geboren war er im Walter Reed Hospital in Washington, D. C, weshalb Jeannie und Lisa ihre Suche in der Hauptstadt begannen. Sie riefen jeden Harvey Jones, jeden H. J. Jones und jeden H. Jones aus dem Washingtoner Telefonbuch an, fanden aber niemanden, der vor annähernd zweiundzwanzig Jahren in dem genannten Krankenhaus auf die Welt gekommen war. Noch schlimmer war die immer größer werdende Liste der ungeklärten Fälle, also jener Nummern, unter denen sich niemand meldete.

Wieder beschlichen Jeannie Zweifel daran, ob es klappen würde. Sie hatten drei ungeklärte George Dassaults und inzwischen schon zwanzig oder dreißig H. Jones. Theoretisch war an ihrer Methode nichts auszusetzen, aber wenn die Leute nicht an den Apparat gingen, konnte man sie auch nicht befragen. Ihr Blick nahm nur noch Verschwommenes wahr, und sie wurde immer nervöser von zu viel Kaffee und zu wenig Schlaf.

Gegen vier Uhr morgens nahmen sich die beiden Frauen die Jones in Philadelphia vor.

Und um halb fünf fand Jeannie den Mann, den sie suchten.

Sie dachte schon, es handele sich um einen weiteren Fall, der sich nicht auf Anhieb klären ließ. Viermal ertönte das Rufzeichen, doch dann kam die charakteristische Pause, und mit einem Klicken schaltete sich der Anrufbeantworter ein. »Sie haben den Anschluss von Harvey Jones gewählt«, lautete die Botschaft, und Jeannies Nackenhaare sträubten sich. Es klang, als hätte Steve das Band besprochen: Tonhöhe, Diktion und Ausdrucksweise waren so gut wie identisch. »Ich bin momentan leider nicht erreichbar. Bitte hinterlassen Sie nach dem Pfeifton eine Nachricht.«

Jeannie legte auf und suchte die Adresse heraus. Es handelte sich um ein Apartment in der Spruce Street, University City, gar nicht weit von der Aventine-Klinik. Sie merkte, dass ihre Hände zitterten, weil sie dem Kerl am liebsten an die Gurgel gesprungen wäre.

»Ich habe ihn gefunden«, sagte sie zu Lisa.

»O mein Gott!«

»Ein Anrufbeantworter. Aber die Stimme ist unverkennbar, und außerdem wohnt er in Philadelphia – unweit der Stelle, wo ich überfallen wurde.«

»Lass mich auch mal hören.« Lisa wählte die Nummer. Als das Band ablief, wich das Blut aus ihren rosigen Wangen. »Das ist er«, sagte sie und legte auf. »Ich kann ihn hören. ›Zieh das hübsche Höschen aus‹, hat er gesagt. Oh Gott!«

Jeannie griff zum Telefon und rief die Polizei an.

KAPITEL 52

In der Nacht von Samstag auf Sonntag tat Berrington Jones kein Auge zu.

Er wartete auf dem Parkplatz vor dem Pentagon und beobachtete Colonel Logans schwarzen Lincoln Mark VIII, bis er gegen

Mitternacht Proust anrief und von ihm erfuhr, dass Logan festgenommen worden war. Steve war ihnen dagegen durch die Lappen gegangen – wahrscheinlich hatte er die U-Bahn genommen oder einen Bus, denn der Wagen seines Vaters stand nach wie vor an Ort und Stelle.

»Was haben sie im Pentagon gemacht?«, fragte er Jim.

»Sie waren im Datenzentrum. Ich bemühe mich gerade, dahinterzukommen, was genau sie dort getrieben haben. Versuch du, den Jungen oder die Ferrami zu finden.«

Berrington sperrte sich nicht länger gegen diese Überwachungsaufträge. Die Situation wurde immer kritischer. In einer solchen Zeit war es falsch, an seine persönliche Würde zu denken. Wenn es ihnen nicht gelang, Jeannie aufzuhalten, blieb davon ohnehin nichts mehr übrig.

Er fuhr zurück zum Haus der Logans. Dort brannten keine Lichter; offenbar war niemand zu Hause oder die Bewohner lagen schon im Bett. Auch Jeannies roter Mercedes war nirgendwo mehr zu sehen. Er wartete eine Stunde lang, aber kein Mensch kam. Wahrscheinlich ist sie längst nach Hause gefahren, dachte Berrington, fuhr nach Baltimore zurück und patrouillierte in der Straße, in der ihre Wohnung lag, langsam auf und ab. Aber auch dort war ihr Wagen nicht zu sehen.

Als er vor seinem Haus in Roland Park vorfuhr, dämmerte bereits der Morgen herauf. Er rief sofort Jim an, aber weder bei ihm zu Hause noch in seinem Büro ging jemand an den Apparat. Ohne sich auszukleiden, legte Berrington sich aufs Bett und schloss die Augen, doch obwohl er sehr erschöpft war, konnte er vor lauter Sorgen nicht einschlafen.

Um sieben Uhr stand er auf und versuchte neuerlich, Jim Proust zu erreichen. Wieder vergeblich. Er duschte, rasierte sich, schlüpfte in eine schwarze Baumwollhose und zog ein gestreiftes Polohemd über. Dann drückte er sich mehrere Orangen aus und trank den Saft stehend in der Küche. Er warf einen Blick in die *Baltimore Sun*, doch die Überschriften sagten ihm nichts; sie hätten ebenso gut in Finnisch verfasst sein können.

Um acht rief Proust an.

Jim hatte die halbe Nacht zusammen mit einem befreundeten General im Pentagon verbracht und das Personal des Datenzentrums verhört. Die beiden gaben vor, einen Verstoß gegen die Sicherheitsvorschriften zu untersuchen. Der General – ein alter Kumpel aus Jims CIA-Zeit – wusste lediglich, dass Logan vorhatte, eine Geheimaktion aus den Siebzigerjahren aufzudecken, und dass Jim Proust ihn daran hindern wollte.

Colonel Logan, der nach wie vor inhaftiert war, machte keine Aussagen. Er wiederholte nur immer wieder den Satz: »Ich möchte mit einem Anwalt sprechen.« Auf dem Computermonitor, den Steve benutzt hatte, waren allerdings die Ergebnisse von Jeannies Suche zu sehen gewesen, sodass Jim hatte feststellen können, worum es ging. »Ihr habt damals offenbar von allen Babys Elektrokardiogramme anfertigen lassen«, sagte Jim.

Berrington hatte das vergessen, doch jetzt fiel es ihm wieder ein. »Ja, das stimmt.«

»Logan hat sie gefunden.«

»Alle?«

»Alle acht.«

Das war die schlimmste aller denkbaren Hiobsbotschaften. Die Elektrokardiogramme waren, wie bei eineiigen Zwillingen, einander so ähnlich, als stammten sie von ein und derselben Person an verschiedenen Tagen. Steve, sein Vater und vermutlich auch Jeannie mussten daher jetzt wissen, dass Steve einer von acht Klonen war. »Teufel auch«, sagte Berrington, »dreiundzwanzig Jahre haben wir die Sache unter Verschluss gehalten – und nun kommt diese verdammte Göre dahinter.«

»Ich hab's dir doch gesagt, wir hätten sie verschwinden lassen sollen.«

Wenn Jim unter Druck stand, reagierte er immer am aggressivsten. Nach der schlaflosen Nacht fehlte Berrington die Geduld. »Wenn du mir noch einmal mit ›Ich hab's dir doch gesagt . . .‹ kommst, dann reiß ich dir deinen verdammten Schädel ab, das schwöre ich bei Gott.«

»Schon gut, schon gut . . .«

»Weiß Preston schon Bescheid?«

»Ja. Er meint, wir sind erledigt, aber das sagt er ja immer.«

»Diesmal könnte er recht haben.«

Jims Stimme schlug in Kasernenhofton um. »Vielleicht willst du ja jetzt den Schwanz einziehen, Berry. Ich will es nicht. Es kommt jetzt nur darauf an, die Sache bis zu der morgigen Pressekonferenz geheim zu halten. Wenn wir das schaffen, geht die Übernahme anstandslos über die Bühne.«

»Und was passiert danach?«

»Danach sind wir um hundertachtzig Millionen Dollar reicher – und damit kann man sich sehr viel Schweigen erkaufen.«

Nur allzu gern hätte Berrington ihm geglaubt. »Da du so klug bist, was, meinst du, sollen wir als Nächstes tun?«

»Wir müssen herausfinden, wie viel sie wissen. Kein Mensch weiß mit Bestimmtheit, ob Steve Logan einen Ausdruck der Namens- und Adressenliste in der Tasche hatte, als er uns durch die Lappen gegangen ist. Diese Frau Lieutenant im Datenzentrum schwört, dass er keinen hatte, aber auf ihr Wort allein verlasse ich mich nicht. Wie dem auch sei, die Adressen auf der Liste sind zweiundzwanzig Jahre alt. Meine Frage daher: Kann Jeannie Ferrami die Leute aufspüren, wenn sie außer den Namen nichts hat?«

»Eindeutig ja«, erwiderte Berrington. »Wir sind in der Psychologischen auf solche Sachen spezialisiert. Eineiige Zwillinge aufzuspüren gehört ja zu unserem Job. Wenn sie gestern Abend die Liste bekommen hat, dann kann sie inzwischen schon ein paar der Gesuchten gefunden haben.«

»Das hab ich befürchtet. Lässt sich das irgendwie überprüfen?«

»Ich denke, ich könnte die Leute anrufen und fragen, ob Jeannie sich bei ihnen gemeldet hat.«

»Du musst aber diskret vorgehen.«

»Du regst mich auf, Jim. Manchmal stellst du dich an, als hätte außer dir in ganz Amerika niemand auch nur einen Funken Hirn im Schädel. Dass ich diskret sein muss, weiß ich selber. Ich rühr mich wieder.« Er schmetterte den Hörer auf die Gabel.

Die Namen der Klone und ihre Telefonnummern standen, mit

einem einfachen Code verschlüsselt, in seinem elektronischen Adressbuch. Er nahm es aus der Schreibtischschublade und stellte es an.

Er hatte ihren Werdegang über all die Jahre hinweg im Auge behalten. Mehr als Preston oder Jim empfand er ihnen gegenüber väterliche Gefühle. In den ersten Jahren hatte er sich von der Aventine-Klinik aus ab und zu unter dem Vorwand, man untersuche die Spätfolgen der Hormonbehandlung, brieflich an die Eltern gewandt. Später, als diese Ausrede nicht mehr plausibel war, hatte er sich verschiedene Täuschungsmanöver ausgedacht. Zum Beispiel hatte er so getan, als sei er Immobilienmakler und rufe an, um zu fragen, ob die Familie am Verkauf ihres Hauses interessiert sei. Oder er hatte den Vertreter eines Buchversands gespielt und den Eltern ein Buch mit einem Verzeichnis der Stipendien angeboten, welche für die Kinder ehemaliger Militärangehöriger infrage kämen. Mit wachsendem Unbehagen hatte er miterlebt, wie die meisten der Klone von intelligenten – wenn auch kaum zu bändigenden – Kindern zu draufgängerischen jugendlichen Kriminellen und schließlich zu brillanten, aber labilen Erwachsenen heranwuchsen. Sie waren die unglücklichen Produkte eines historischen Experiments. Das Experiment als solches hatte Berrington nie bereut, aber er hatte ein schlechtes Gewissen gegenüber den Jungen. Als Per Ericson auf einer Skipiste in Vail bei einem Salto mortale ums Leben gekommen war, hatte er geweint.

Versonnen betrachtete er die Liste und überlegte sich dabei eine neue Ausrede für einen Anruf. Dann griff er zum Telefon und wählte die Nummer von Murray Clauds Vater. Es klingelte und klingelte, ohne dass jemand an den Apparat ging.

Der Nächste, den er anrief, war George Dassault. Eine vertraute Stimme meldete sich. »Hallo, wer ist dran?«

»Hier Bell Telephone Company, Sir. Wir fuhren eine Untersuchung über betrügerische Telefonanrufe durch. Haben Sie in den letzten vierundzwanzig Stunden seltsame oder ungewöhnliche Anrufe erhalten?«

»Nein, nicht dass ich wüsste. Aber ich bin am Freitag weggefahren, sodass in dieser Zeit ohnehin niemand an den Apparat gegangen ist.«

»Ich danke Ihnen für Ihre Auskunft, Sir. Auf Wiederhören.«

Jeannie mochte Georges Namen herausgefunden haben – erreicht hatte sie ihn nicht. Hier blieb also alles offen.

Berrington wählte die Nummer von Hank King in Boston.

»Hallo, wer ist dran?«

Merkwürdig, dachte Berrington, alle melden sich am Telefon auf die gleiche, nicht gerade sehr höfliche Art und Weise. »Hier Bell Telephone Company, Sir. Wir untersuchen betrügerische Telefonanrufe. Hat sich in den letzten vierundzwanzig Stunden jemand bei Ihnen gemeldet, der Ihnen merkwürdig oder irgendwie verdächtig vorkam?«

Hank lallte. »Oje, oje . . . Wir hatten hier eine irre Fete, Mann, da merk ich mir doch nicht, wer hier anruft.« Berrington verdrehte die Augen. Natürlich! Hank hatte ja gestern Geburtstag. Jetzt war er betrunken oder mit Drogen voll gedröhnt oder beides. »Nee, warte mal 'n Augenblick! Ja, da war was, jetzt weiß ich's wieder. Mitten in der Nacht ruft doch da wer von der Polente an. Polizei von Boston, hatse gesagt.«

»Sie?« Das kann Jeannie gewesen sein, dachte Berrington, und eine düstere Vorahnung stieg in ihm auf.

»Ja, es war eine Frau.«

»Hat sie ihren Namen genannt? Wir könnten dann die Echtheit des Anrufs überprüfen.«

»Hat sie, ja, aber ich kann mich nicht mehr erinnern. Sarah oder Carol oder Margaret oder . . . Susan, ja! Detective Susan Farber.«

Damit war der Fall klar. Susan Farber war die Autorin von *Identical Twins Reared Apart*, dem Standardwerk über getrennt aufgewachsene eineiige Zwillinge. Jeannie hatte einfach den erstbesten Namen genannt, der ihr eingefallen war. Es stand jetzt fest, dass sie die Liste mit den Klonen besaß.

Berrington war entsetzt. Finster entschlossen, fragte er weiter. »Was hat sie gesagt, Sir?«

»Sie hat mich nach meinem Geburtsort und meinem Geburtsdatum gefragt.«

Damit hatte sie sich vergewissert, dass sie mit dem richtigen Henry King sprach.

»Es kam mir schon ein bisschen komisch vor«, fuhr Hank fort. »War das irgendeine krumme Sache?«

Berrington dachte sich spontan eine Antwort aus. »Die Frau hat für eine Versicherungsgesellschaft spioniert. Das ist zwar illegal, kommt aber immer wieder vor. Die Bell Telephone Company bittet Sie um Entschuldigung für die Störung, Mr. King. Vielen Dank für Ihre Hilfe.«

»Keine Ursache.«

Berrington legte auf. Er war fix und fertig. Jeannie hatte die Namen. Jetzt war es nur noch eine Frage der Zeit, bis sie die dazugehörigen Personen aufgespürt hatte.

Er steckte so tief in der Tinte wie noch nie zuvor in seinem Leben.

Kapitel 53

Mish Delaware lehnte es rundheraus ab, nach Philadelphia zu fahren und Harvey Jones zu verhören. »Wir haben dieses Spielchen gestern schon getrieben«, sagte sie, als Jeannie sie um halb acht Uhr morgens endlich erreichte. »Meine Enkelin wird heute ein Jahr alt. Ich habe auch ein Privatleben, wissen Sie?«

»Aber Sie wissen, dass ich recht habe!«, protestierte Jeannie. »Wayne Stattner war doch ein Doppelgänger von Steve.«

»Von seinen Haaren abgesehen, ja. Und außerdem hatte er ein Alibi.«

»Was werden Sie denn jetzt unternehmen?«

»Ich werde die Polizei in Philadelphia anrufen und mich mit jemandem von der Abteilung für Sexualverbrechen verbinden lassen. Die sollen sich um die Sache kümmern. Ich faxe ihnen auch das Phantombild rüber. Die Kollegen werden überprüfen, ob Harvey Jones dem Bild ähnelt, und ihn fragen, ob er belegen kann, wo er sich an dem besagten Sonntagnachmittag herumgetrieben hat. Wenn die Antworten auf diese beiden Fragen ›Ja‹ und ›Nein‹ lauten, ist der Mann verdächtig.«

Wutentbrannt knallte Jeannie den Hörer auf die Gabel. Nach alldem, was sie durchgemacht hatte, jetzt das! Nachdem sie die ganze Nacht durchgearbeitet hatte, um diese Klone ausfindig zu machen!

Eines stand fest: Herumsitzen und darauf warten, dass die Polizei endlich aktiv würde, kam für sie nicht infrage. Ich fahre selbst nach Philadelphia und sehe mir diesen Harvey an, dachte sie. Ich werde ihn nicht blöd anreden, ja überhaupt nicht einmal ansprechen. Aber ich parke vor seiner Wohnung und warte, ob er irgendwann aufkreuzt ... Wenn dabei nichts herauskam, konnte sie mit den Nachbarn reden und ihnen das Bild von Steve zeigen, das Charles ihr geschenkt hatte. Auf die eine oder andere Weise würde sie schon beweisen können, dass dieser Harvey Steves Doppelgänger war.

Sie erreichte Philadelphia gegen halb elf. Vor den Gospel-Kirchen in University City waren schwarze Familien im Sonntagsstaat versammelt, und auf den Vortreppen der alten Häuser saßen müßige Teenager und rauchten. Die Studenten lagen dagegen noch in ihren Betten. Lediglich die verrosteten Toyotas und durchhängenden Chevrolets, deren Stoßstangen mit Aufklebern von College-Sportclubs und lokalen Rundfunkstationen geschmückt waren, verrieten, dass es sie gab.

Das Gebäude, in dem Harvey Jones wohnte, war ein riesiges, baufälliges Haus im viktorianischen Stil, das in einzelne Apartments aufgeteilt worden war. Jeannie fand einen Parkplatz auf der gegenüberliegenden Straßenseite und beobachtete eine Zeit lang den Eingang.

Um elf Uhr ging sie hinein.

Das Gebäude klammerte sich verbissen an die letzten Reste früherer Wohlanständigkeit. Ein fadenscheiniger Läufer kroch müde die Treppen empor, und auf den Fensterbrettern standen verstaubte Plastikblumen in billigen Vasen. Auf makellosen Notizzetteln der Hausverwaltung wurden die Mieter in der schrägen Schrift einer älteren Dame dazu angehalten, ihre Wohnungstüren leise zu schließen und den Müll in gut verschlossenen Plastiksäcken auf die Straße zu bringen; außerdem seien die Flure und das Treppenhaus kein Kinderspielplatz.

Hier wohnt er also, dachte Jeannie und bekam eine Gänsehaut. Ob er zu Hause ist?

Harvey lebte in Wohnung 5 B, also offenbar ganz oben unter dem Dach. Jeannie klopfte an die erste Tür im Erdgeschoss. Ein langhaariger, barfüßiger Mann mit verschwommenem Blick öffnete. Jeannie zeigte ihm das Foto. Er schüttelte den Kopf und knallte ihr die Tür vor der Nase zu. Sie erinnerte sich an Lisas Nachbarn, der zu ihr gesagt hatte: »Was bilden Sie sich eigentlich ein, wo Sie sind, Lady? Aufm Dorf oder was? Ich weiß nicht mal, wie meine Nachbarin aussieht!«

Sie biss die Zähne zusammen und stieg die Treppen ins Obergeschoss hinauf. Auf einer Karte in einem kleinen Metallrahmen an der Tür des Apartments 5 B stand lediglich der Name »Jones«. Ansonsten unterschied sich die Tür in nichts von allen anderen, an denen sie vorbeigekommen war.

Jeannie lauschte. Zu hören war nur der angstvolle Schlag ihres eigenen Herzens. Drinnen rührte sich nichts. Wahrscheinlich war er nicht zu Hause.

Sie klopfte an die Tür von Nr. 5 A. Sekunden später wurde sie von einem alten Weißen geöffnet. Er trug einen gestreiften Anzug, der vor langer Zeit mal todschick gewesen war. Sein Haar war so intensiv rotblond, dass es gefärbt sein musste. Er wirkte nicht unfreundlich. »Hallo«, sagte er.

»Hallo. Ist Ihr Nachbar zu Hause?«

»Nein.«

Jeannie war gleichermaßen erleichtert wie enttäuscht. Sie holte das Foto heraus und zeigte es vor. »Ist er das?«

Der Nachbar nahm das Foto zur Hand und betrachtete es blinzelnd. »Ja, das ist er.«

Ich *hatte recht! Wieder ein Beweis! Mein Suchprogramm funktioniert!*

»Bildhübsch, nicht wahr?«

Der Herr Nachbar ist schwul, dachte Jeannie. Ein eleganter alter Homosexueller. Sie lächelte. »Ja, das kann man wohl sagen. Haben Sie eine Ahnung, wo er zu finden ist?«

»Sonntags ist er meistens unterwegs. Verschwindet so um zehn herum und kommt erst nach dem Abendessen wieder.«

»War er letzten Sonntag auch unterwegs?«

»Jawohl, junge Frau, ich glaube schon.«

Er ist *der Richtige! Er muss es sein . . .*

»Haben Sie eine Ahnung, wohin er geht?«

»Nein.«

Ich schon. Er fährt nach Baltimore . . .

»Er redet ja nicht viel«, sagte der alte Mann. »Tatsache ist, er redet überhaupt nicht. Sind Sie von der Polizei?«

»Nein, aber ich komme mir fast so vor.«

»Was hat er denn ausgefressen?«

Jeannie zögerte. Warum soll ich nicht die Wahrheit sagen, dachte sie. »Ich glaube, er hat eine Frau vergewaltigt.«

Den alten Herrn schien das nicht zu überraschen. »Das kann ich mir durchaus vorstellen. Ein merkwürdiger Typ. Ein paar Mädchen sind weinend davongelaufen, das habe ich gesehen. Zweimal.«

»Ich würde mich gerne mal in seiner Wohnung umsehen.« Vielleicht gab es Indizien, die Harvey mit der Vergewaltigung in Verbindung brachten.

Der Nachbar bedachte sie mit einem verschwörerischen Blick. »Ich habe einen Schlüssel«, sagte er.

»Tatsächlich?«

»Ja, vom Vormieter. Wir waren befreundet. Nach seinem Auszug habe ich ihn nicht mehr zurückgegeben – und der Typ nebenan hat das Schloss nie ausgewechselt. Hält sich wahrscheinlich für zu groß und stark, als dass ihm was passieren könnte.«

»Würden Sie mich reinlassen?«

Er zögerte. »Ich bin ja auch neugierig, wie's bei dem aussieht – aber was machen wir, wenn er uns in seiner Wohnung überrascht? Der ist ganz schön groß. Wenn der auf mich losgeht – nein, danke!«

Auch Jeannie jagte der Gedanke Angst und Schrecken ein, aber ihre Neugier war noch stärker.

»Das Risiko nehme ich auf mich«, sagte sie.

»Warten Sie, ich komme gleich wieder!«

Was sie wohl finden würden? Einen Sadismus-Tempel wie bei Wayne Stattner? Eine grausige Absteige mit halb verzehrten Fertiggerichten und haufenweise dreckiger Wäsche? Die übertriebene Sauberkeit einer zwangsneurotischen Persönlichkeit?

Der Nachbar kam wieder zur Tür. »Übrigens, ich bin Maldwyn.«

»Mein Name ist Jeannie.«

»Eigentlich heiße ich Bert, aber das klingt so furchtbar banal, finden Sie nicht auch? Ich habe mich immer Maldwyn genannt.« Er steckte den Schlüssel ins Türschloss, drehte ihn um und trat ein.

Jeannie folgte ihm.

Es war eine typische Studentenbude – kombiniertes Wohn- und Schlafzimmer, Küchenecke, kleines Bad mit Toilette, möbliert mit allerhand Gerümpel und Sperrmüll: einer Kommode aus Kiefernholz, einem bemalten Tisch, drei nicht zueinander passenden Stühlen, einem durchgesessenen Sofa und einem großen, alten Fernsehapparat. Die Wohnung war seit geraumer Zeit nicht mehr gereinigt worden, und das Bett war ungemacht. Enttäuschender Durchschnitt, fand Jeannie.

Sie schloss die Wohnungstür hinter sich.

»Sehen Sie sich um, aber fassen Sie nichts an«, sagte Maldwyn. »Ich will nicht, dass er mich verdächtigt, hier eingedrungen zu sein.«

Jeannie fragte sich, was sie eigentlich erwartet hatte. Einen Plan der Sporthalle, auf dem der Maschinenraum des Schwimmbeckens angekreuzt und mit der Bemerkung »Pack sie dir hier« versehen war? Lisas Unterwäsche als perverses Souvenir hatte er nicht mitgenommen. Vielleicht war er ihr schon Wochen vor der Tat nachgeschlichen und hatte sie heimlich fotografiert? Vielleicht hatte er sich auch eine kleine Sammlung von Schnickschnack angelegt, den er im Laufe der Zeit stibitzt hatte – einen Lippenstift, eine Restaurantrechnung, die aufgelesene Verpackung eines Schokoriegels oder Reklamesendungen mit Lisas Anschrift?

Je mehr sich Jeannie in der kleinen Wohnung umsah, desto deutlicher erkannte sie Harveys Persönlichkeit. An einer Wand hing ein Poster aus einem Herrenmagazin. Es zeigte eine nackte Frau mit rasierten Schamhaaren und einem durch die Schamlippen gezogenen Ring. Jeannie schauderte unwillkürlich.

Sie inspizierte das Bücherregal. Neben *Die hundert Tage von Sodom* des Marquis de Sade fielen ihr mehrere nicht jugendfreie Videobänder mit Titeln wie *Pain* oder *Extreme* auf. Einige volks- und betriebswirtschaftliche Lehrbücher standen ebenfalls im Regal und ließen Rückschlüsse auf Harveys Studiengang zu.

»Darf ich mir mal seine Kleider ansehen?«, fragte sie Maldwyn. Sie wollte den alten Herrn nicht verärgern.

»Ja, natürlich. Warum nicht?«

Jeannie öffnete Schubladen und Schränke. Harveys Garderobe war ein wenig konservativ für sein Alter und erinnerte an die von Steve: grobe Baumwollhosen und Polohemden, Sportsakkos aus Tweed, Hemden mit geknöpften Kragen, klassische Oxford-Schnürschuhe und saloppe Halbschuhe. Der Kühlschrank war, abgesehen von einem Sechserpack Bierdosen und einer Flasche Milch, leer: Harvey pflegte auswärts zu essen. Unter dem Bett lag eine Sporttasche mit einem Squash-Schläger und einem benutzten Handtuch.

Jeannie war enttäuscht. Hier lebte dieses Ungeheuer – doch es war kein Hort der Perversion, sondern nur eine schmuddelige Studentenbude, ausgestattet mit ein wenig unappetitlicher Pornografie.

»Ich bin fertig«, sagte sie zu Maldwyn. »Ich weiß gar nicht genau, wonach ich suche. Gefunden habe ich es jedenfalls nicht.«

Und dann entdeckte sie es.

An einem Haken hinter der Wohnungstür hing eine rote Baseballmütze. Jeannies Stimmung hob sich schlagartig. *Ich hatte recht! Ich hab das Schwein gefunden, und hier ist der Beweis!* Sie sah sich die Mütze näher an. In weißen Buchstaben prangte auf der Vorderseite das Wort SECURITY. Jeannie konnte der Versuchung nicht widerstehen, in Harveys Wohnung einen triumphalen Kriegstanz zu vollführen.

»Was gefunden, oder?«

»Der Mistkerl hatte diese Mütze auf, als er meine Freundin vergewaltigte. Sehen wir zu, dass wir hier rauskommen.«

Sie verließen die Wohnung und schlössen die Tür. Jeannie schüttelte Maldwyn die Hand. »Ich kann Ihnen gar nicht sagen, wie dankbar ich Ihnen bin. Sie haben uns ein großes Stück weitergebracht.«

»Was werden Sie jetzt unternehmen?«, fragte er.

»Ich fahre zurück nach Baltimore und rufe die Polizei an«, antwortete Jeannie.

Auf der Heimfahrt über die I-95 dachte sie über Harvey Jones nach. Warum fuhr er an Sonntagen regelmäßig nach Baltimore? Hatte er dort eine Freundin? Möglich, aber die wahrscheinlichste Erklärung bestand darin, dass seine Eltern dort lebten. Viele Studenten nahmen ihre Wäsche am Wochenende mit nach Hause. Vermutlich saß er jetzt irgendwo in der Stadt am Tisch und ließ sich Mutters Schmorbraten schmecken. Oder er saß mit seinem Vater vor dem Fernseher und sah sich ein Football-Spiel an. Ob er auf dem Heimweg wieder ein Mädchen überfallen würde?

Wie viele Familien mit Namen Jones gab es in Baltimore? Eintausend? Einer war ihr bekannt: Professor Berrington Jones, ihr ehemaliger Chef . . .

O mein Gott! Jones!

Sie war so entsetzt, dass sie kurz auf den Seitenstreifen fahren musste.

Harvey Jones könnte Berringtons Sohn sein.

Plötzlich fiel ihr eine kleine Geste Harveys ein. Bei ihrer ersten Begegnung in jenem Café in Philadelphia hatte er mit der Spitze des Zeigefingers seine Augenbrauen geglättet. Es hatte sie damals irritiert, weil sie es schon einmal gesehen hatte, sich aber nicht mehr daran erinnern konnte, bei wem. Sie hatte vermutet, dass es Steve oder Dennis gewesen sein musste, denn die Klone ähnelten sich auch in ihren Gesten stark. Doch jetzt war ihr alles klar: Es war Berrington. Berrington strich seine Augenbrauen mit der Spitze seines Zeigefingers glatt. Irgendetwas hatte Jeannie an dieser Bewegung gestört; sie kam ihr unangenehm selbstgefällig und eitel vor. Im Gegensatz zu anderen Verhaltensweisen – wie der Angewohnheit, beim Betreten eines Zimmers die Tür mit der Hacke zuzuschlagen – war diese Geste nicht allen Klonen eigen. Harvey hatte sie von seinem Vater übernommen: ein Ausdruck der Selbstzufriedenheit.

Wahrscheinlich hielt sich Harvey momentan bei Berrington zu Hause auf.

KAPITEL 54

Preston Barck und Jim Proust trafen gegen Mittag bei Berrington ein und saßen im Wohnzimmer beim Bier. Keiner von ihnen hatte in der vergangenen Nacht viel geschlafen. Sie sahen ausgelaugt aus und fühlten sich auch so.

Marianne, die Haushälterin, bereitete das Sonntagsessen vor. Aus der Küche wehte der kräftige Duft ihrer Kochkünste herüber, doch auch er war nicht dazu angetan, die Laune der drei Geschäftspartner aufzubessern.

»Jeannie hat mit Hank King und mit Per Ericsons Mutter gesprochen«, sagte Berrington niedergeschlagen. »Bei den anderen konnte ich es noch nicht nachprüfen. Lange wird es jedenfalls nicht mehr dauern, bis sie sie alle aufgespürt hat.«

»Bleiben wir realistisch«, sagte Jim. »Was genau kann sie bis morgen um diese Zeit erreichen?«

Preston Barck erwies sich einmal mehr als der große Schwarzseher: »Ich sag euch, was ich an ihrer Stelle tun würde«, sagte er. »Ich würde ein großes öffentliches Spektakel veranstalten, mir also zwei oder drei dieser Jungs schnappen, mit ihnen nach New York fahren und sie bei *Good Morning America* präsentieren. Das Fernsehen liebt Zwillinge.«

»Gott bewahre«, sagte Berrington.

Draußen fuhr ein Wagen vor. Jim sah aus dem Fenster und sagte: »Datsun. Alte Rostlaube.«

»So allmählich wird mir Jims ursprüngliche Idee immer sympathischer«, sagte Preston. »Wir lassen sie alle verschwinden.«

»Kein Mord!«, rief Berrington. »Das dulde ich nicht.«

»Schrei nicht so rum, Berry«, erwiderte Jim in überraschend sanftem Ton. »Um ehrlich zu sein – als ich kürzlich sagte, ich könne mehr oder weniger problemlos Menschen verschwinden lassen, hab ich wohl ein wenig zu dick aufgetragen. Ja, vielleicht hat es mal eine Zeit gegeben, in der ich die Macht hatte, die Ermordung anderer Menschen anordnen zu können – nur heutzutage ist das nicht mehr so. In den letzten Tagen habe ich alte Freunde um den einen oder anderen

Gefallen gebeten. Sie haben sie mir auch erfüllt – nur habe ich einsehen müssen, dass es auch da Grenzen gibt.«

Gott sei Dank, dachte Berrington.

»Aber ich habe eine andere Idee«, fuhr Jim Proust fort.

Die beiden anderen starrten ihn an.

»Wir wenden uns diskret an die acht beteiligten Familien und geben zu, dass damals in der Klinik gewisse Fehler gemacht wurden. Wir sagen ihnen, dass niemandem dadurch geschadet wurde, dass wir aber sensationell aufgebauschte Publicity vermeiden wollen. Wir bieten jeder Familie eine Million Dollar Kompensation, zahlbar über einen Zeitraum von zehn Jahren. Und wir sagen ihnen, dass die Zahlungen sofort eingestellt werden, wenn sie gegenüber der Presse, Jeannie Ferrami, anderen Wissenschaftlern oder sonst jemandem auch nur einen Ton verlauten lassen.«

Berrington nickte langsam. »Mein Gott, ja, das könnte hinhauen. Wer lehnt schon freiwillig eine Million Dollar ab?«

»Lorraine Logan«, sagte Preston. »Sie will die Unschuld ihres Sohnes beweisen.«

»Das stimmt. Die hält den Mund auch nicht für zehn Millionen.«

»Jeder hat seinen Preis!«, widersprach Jim und fand zu seinem üblichen Polterton zurück. »Und wenn ihr nicht mindestens einer oder zwei der anderen helfen, kann sie auch nicht viel tun.«

Preston nickte, und auch Berrington sah einen Hoffnungsstreifen am Horizont. Doch die Sache hatte noch einen weiteren Haken. »Angenommen, Jeannie geht in den nächsten vierundzwanzig Stunden an die Öffentlichkeit. Was dann? Landsmann wird die Übernahme wahrscheinlich bis zur Klärung der Vorwürfe verschieben – und das bedeutet, dass wir nicht imstande sind, mit Millionen um uns zu werfen.«

»Wir müssen einfach wissen, was sie im Schilde führt«, sagte Jim. »Wir müssen wissen, was sie bereits herausgefunden hat und was sie mit diesen Informationen zu tun beabsichtigt.«

»Ich habe keine Ahnung, wie wir das bewerkstelligen sollen«, warf Berrington ein.

»Ich schon«, meinte Jim. »Ich kenne eine Person, die problemlos ihr Vertrauen gewinnen und ans Licht bringen kann, was in ihrem Kopf vorgeht.«

Berrington spürte, wie Wut in ihm aufkeimte. »Ich weiß schon, an wen du denkst . . .«

»Da kommt sie schon, die Person«, sagte Jim.

Im Flur waren Schritte zu hören. Kurz darauf trat Berringtons Sohn ins Zimmer.

»Hi, Dad«, sagte er. »Hallo, Onkel Jim! Onkel Preston, wie geht's?«

Berrington betrachtete ihn mit einer Mischung aus Stolz und Sorge. Der Junge sah einfach glänzend aus in seinen marineblauen Kordsamthosen und dem himmelblauen Baumwollpulli. Er weiß, wie man sich kleidet, dachte Berrington, das hat er von mir. »Wir müssen miteinander reden, Harvey«, sagte er.

Jim erhob sich. »Wie wär's mit 'nem Bierchen, Junge?«

»Ja, gerne«, sagte Harvey.

Jim hatte die unangenehme Neigung, Harvey in seinen schlechten Angewohnheiten noch zu unterstützen. »Trinken könnt ihr später«, sagte Berrington scharf. »Ihr zwei, Jim und Preston, lasst uns jetzt bitte mal unter vier Augen miteinander sprechen. Ihr könnt so lange in den Empfangssalon gehen.« Das war ein streng förmlicher Raum, den Berrington nie benutzte.

Preston und Jim verschwanden. Berrington stand auf und drückte Harvey an die Brust.

»Ich liebe dich, mein Sohn«, sagte er, »obwohl du ein echter Tunichtgut bist.«

»Ich? Ein Tunichtgut?«

»Na ja, was du da mit dem armen Mädchen im Keller von dieser Sporthalle angestellt hast, das war schon schlimm. Was Schlimmeres kann ein Mann kaum tun.«

Harvey zuckte mit den Schultern.

Mein Gott, es ist mir nicht gelungen, ihm irgendein Gefühl für Recht und Unrecht beizubringen, dachte Berrington. Doch inzwischen war es zu spät für solche reumütigen Einsichten. »Setz dich und hör mir ein paar Minuten lang zu.«

Harvey nahm Platz.

»Deine Mutter und ich haben jahrelang versucht, ein Kind zu bekommen, aber es klappte nicht«, begann er. »Preston beschäftigte sich damals mit künstlicher Befruchtung. Bei der *In-vitro*-Konzeption werden das Spermium und das Ei im Labor zusammengebracht und der Embryo dann der Mutter eingepflanzt.«

»Willst du damit sagen, dass ich ein Retortenbaby war?«

»Das ist ein Geheimnis, das du niemandem verraten darfst, dein ganzes Leben lang nicht. Nicht einmal deiner Mutter.«

»Sie *weiß* das nicht?«, fragte Harvey verblüfft.

»Nein. Und es kommt noch etwas anderes hinzu: Preston hat einen Embryo aufgeteilt – mit dem Ergebnis, dass Zwillinge entstanden.«

»Ach so, das ist dann der Bursche, der wegen der Vergewaltigung festgenommen wurde?«

»Preston hat den Embryo mehrfach geteilt.«

Harvey nickte. Alle verfügten sie über die gleiche rasche Auffassungsgabe. »Wie viele sind es?«, fragte er.

»Acht.«

»Das ist ja ein Hammer! Und der Same stammte wohl von dir, oder?«

»Nein.«

»Von wem dann?«

»Von einem Lieutenant der Armee aus Fort Bragg: groß, stark, fit, intelligent, aggressiv, gut aussehend.«

»Und die Mutter?«

»War Zivilistin, eine Sekretärin aus West Point. Sie war von der Natur ebenso begünstigt.«

Ein verletztes Grinsen verzerrte das hübsche Gesicht des jungen Mannes. »Meine wahren Eltern.«

Berrington zuckte zusammen. »Nein, das stimmt so nicht«, sagte er. »Du bist im Leib deiner Mutter gewachsen. Sie hat dich geboren –

unter großen Schmerzen, glaub mir. Wir haben dich deine ersten wackeligen Schritte machen sehen, haben dir Löffelchen mit Kartoffelbrei in den Mund geschoben und uns über deine ersten Sprechversuche gefreut.«

Es war Berrington nicht möglich, aus Harveys Gesichtsausdruck zu schließen, ob er ihm glaubte oder nicht.

»Ja, verdammt – unsere Liebe zu dir wuchs und wuchs, obwohl du immer weniger liebenswert wurdest! Jedes Jahr die gleichen Beurteilungen in der Schule: ›Er ist sehr aggressiv, hat noch nicht gelernt zu teilen, schlägt die anderen Kinder, hat Schwierigkeiten bei Mannschaftsspielen, stört den Unterricht, muss noch lernen, Angehörige des anderen Geschlechts zu respektieren ...‹ Jedes Mal wenn du von der Schule geflogen bist, haben wir anderswo Klinken geputzt und gebettelt, dass sie dich aufnehmen. Wir haben mit Engelszungen auf dich eingeredet, haben dich geprügelt, haben dir das Taschengeld und andere Vergünstigungen entzogen und dich zu drei verschiedenen Kinderpsychologen geschleppt. Du hast uns das Leben ganz schön schwer gemacht.«

»Soll das heißen, dass ich eure Ehe ruiniert habe?«

»Nein, mein Sohn, das habe ich selbst zu verantworten. Was ich dir klarzumachen versuche, ist, dass ich dich liebe – *egal, was du tust* –, genau wie jeder andere Vater auch.«

Harvey hatte sich noch nicht beruhigt. »Und warum erzählst du mir das alles ausgerechnet jetzt?«

»Steve Logan, einer deiner Doppelgänger, war Versuchsperson in meinem Institut. Ich bekam einen furchtbaren Schreck, als ich ihn plötzlich vor mir sah, das kannst du dir sicher vorstellen. Dann wurde er von der Polizei wegen der Vergewaltigung von Lisa Hoxton festgenommen. Eine Professorin, Jeannie Ferrami, wurde jedoch misstrauisch. Der langen Rede kurzer Sinn: Sie ist dir auf die Schliche gekommen und möchte Steve Logans Unschuld beweisen. Außerdem will sie vermutlich die ganze Geschichte mit den Klonen aufdecken und mich ruinieren.«

»Das ist die Frau, die ich in Philadelphia kennengelernt habe.«

Berrington war wie vor den Kopf geschlagen. »Du kennst sie?«, stieß er hervor.

»Onkel Jim rief mich an und sagte mir, ich solle ihr einen Schrecken einjagen.«

Berrington kochte vor Wut. »Dieser Scheißkerl! Ich reiß ihm den Kopf ab!«

»Immer mit der Ruhe, Daddy. Es ist nichts passiert. Ich hab mit ihr 'nen kleinen Ausflug in ihrem Wagen unternommen. Auf ihre Art ist sie ganz schön clever.«

Mühsam bezähmte Berrington seinen Zorn. »Dein Onkel Jim hat dir gegenüber schon immer eine höchst unverantwortliche Haltung an den Tag gelegt. Er mag deine Unbeherrschtheit – wahrscheinlich, weil er selbst so ein verklemmtes Arschloch ist.«

»Ich mag ihn.«

»Ein Wort noch zu dem, was jetzt getan werden muss. Wir müssen unbedingt wissen, welche Absichten Jeannie Ferrami verfolgt, vor allem während der nächsten vierundzwanzig Stunden. Du musst wissen, ob sie über irgendwelche Beweise verfügt, die dich mit Lisa Hoxton verbinden. Wir haben aber keine Möglichkeit, an sie heranzukommen – es sei denn ...«

Harvey nickte. »Ihr wollt, dass ich mich als Steve Logan ausgebe und sie aushorche.«

»So ist es.«

Er grinste. »Klingt ganz lustig.«

Berrington stöhnte. »Mach ja keinen Unfug, bitte. Rede mit ihr, sonst nichts.«

»Soll ich gleich losgehen?«

»Ja, bitte. Es ist mir sehr unangenehm, dich um diesen Gefallen zu bitten, aber es geht genauso um dich wie um mich.«

»Reg dich ab, Dad – was kann denn schon passieren?«

»Ja, vielleicht mache ich mir zu viele Gedanken. Es ist ja eigentlich ziemlich harmlos, ein Mädchen in seiner Wohnung zu besuchen.«

»Und was ist, wenn der echte Steve auch da ist?«

»Überprüfe die Fahrzeuge in ihrer Straße. Er fährt so einen Datsun wie du – das war ein anderer Grund dafür, dass die Polizei in ihm den Täter sah.«

»Im Ernst?«

»Ihr seid wie eineiige Zwillinge. Euer Geschmack ist identisch. Wenn der Wagen vor der Tür steht, bleib draußen und ruf mich an. Wir werden uns dann überlegen, wie wir ihn aus der Wohnung locken können.«

»Und wenn er zu Fuß gegangen ist?«

»Er lebt in Washington.«

»Okay.« Harvey erhob sich. »Die Adresse?«

»Sie wohnt in Hampden.« Berrington kritzelte die Anschrift auf ein Kärtchen und reichte es ihm. »Aber sei vorsichtig, ja?«

»Ja, klar. Dann bis später, Schwerenöter...«

Berrington zwang sich zu einem Lächeln. »In 'ner Stunde, Rosamunde.«

KAPITEL 55

Harvey fuhr die Straße, in der Jeannie wohnte, langsam auf und ab und hielt Ausschau nach einem Wagen, der dem seinen ähnelte. Alte Autos gab es eine ganze Menge, aber einen hellen, rostigen Datsun konnte er nirgends entdecken. Demnach war mit Steve Logan nicht zu rechnen.

Er fand eine Parklücke in der Nähe des Hauses, stellte den Motor ab und dachte nach. Er wusste, dass jetzt seine volle Geistesgegenwart gefordert war. Ein Glück, dachte er, dass ich das Bier nicht getrunken habe.

Harvey wusste, dass Jeannie ihn für Steve halten würde – schließlich war sie ihm ja schon in Philadelphia auf den Leim gegangen. Äußerlich sahen sie völlig gleich aus. Die Unterhaltung mit ihr würde schwieriger werden. Es war zu erwarten, dass Jeannie die verschiedensten Dinge ansprach, von denen er keine Ahnung hatte. Er musste Antworten finden, die seine Unwissenheit kaschierten, und Jeannie so lange in Sicherheit wiegen, bis er wusste, welche Beweise sie gegen ihn in der Hand hatte und was sie mit ihren Informationen anzufangen gedachte. Die Gefahr, einen Fehler zu machen und sich zu verraten, war sehr groß.

Doch selbst die alles andere als ermutigende Aufgabe, Steve Logan zu imitieren, konnte die fiebernde Erwartung nicht verdrängen, die sich mit dem bevorstehenden Wiedersehen verband. Was er mit Jeannie im Auto getrieben hatte, war die aufregendste sexuelle Erfahrung seines ganzen Lebens gewesen – noch toller als der Überfall auf die in Panik geratenen Mädchen im Umkleideraum. Jedes Mal wenn er daran dachte, wie er ihr in dem quer über den Highway schlingernden Fahrzeug die Kleider zerrissen hatte, war er sofort erregt.

Er wusste, dass er eine Aufgabe zu erfüllen hatte und sich darauf konzentrieren musste. Er durfte sich nicht das von Angst und Entsetzen verzerrte Gesicht Jeannies, nicht ihre kräftigen, sich hin und her windenden Beine vorstellen ... Er brauchte Informationen von ihr, und wenn er die hatte, musste er so schnell wie möglich verschwinden. Doch an die Gebote der Vernunft hatte er sich sein Leben lang nicht gehalten.

Kaum war Jeannie zu Hause, rief sie die Polizei an. Sie wusste, dass Mish dienstfrei hatte, hinterließ aber die Bitte um einen Rückruf; es sei sehr dringend. »Haben Sie heute früh nicht schon einmal eine dringende Nachricht für sie gehabt?«, wurde sie gefragt.

»Ja, aber diesmal geht es um etwas anderes, genauso Wichtiges.«

»Ich tu, was ich kann«, sagte die Stimme skeptisch.

Als Nächstes rief Jeannie bei Steve zu Hause an, doch dort hob niemand ab. Wahrscheinlich ist er mit Lorraine beim Anwalt und versucht, Charles freizubekommen, dachte sie. Sobald er kann, wird er sich melden.

Sie war enttäuscht; nur zu gern hätte sie irgendjemandem von der tollen Neuigkeit erzählt.

Die innere Aufregung über den Besuch in Harveys Wohnung hatte sich gelegt. Sie fühlte sich niedergeschlagen. Die Zukunftsangst kehrte zurück: Sie hatte weder Geld noch Arbeit und sah keine Möglichkeit, ihre kranke Mutter zu unterstützen.

Um sich ein wenig aufzuheitern, machte sie sich etwas zu essen. Sie schlug drei Eier in die Pfanne und briet dazu den Speck, den sie gestern für Steve gekauft hatte. Dazu aß sie Toast und trank Kaffee. Als sie das Geschirr zusammenräumte, klingelte es an der Tür.

Sie hob den Hörer der Gegensprechanlage ab. »Hallo?«

»Jeannie? Ich bin's, Steve.«

»Komm rein!«, sagte sie glücklich.

Er trug einen Baumwollpulli, der zur Farbe seiner Augen passte, und sah einfach zum Anbeißen aus. Sie küsste ihn und drückte ihn an sich, sodass er ihre Brüste spüren musste. Seine Hand glitt ihren Rücken hinab bis zum Po und presste sie an seinen Körper. Er duftete anders heute; sein Rasierwasser hatte eine würzige Komponente. Er schmeckte auch anders – so, als ob er Tee getrunken hätte.

Nach einer Weile löste sie sich aus seiner Umarmung. »Nicht zu schnell!«, keuchte sie. Sie wollte es richtig auskosten. »Komm rein und setz dich. Ich habe dir so viel zu erzählen!«

Er setzte sich auf die Couch, und Jeannie ging zum Kühlschrank. »Wein? Bier? Kaffee?«

»Wein klingt nicht schlecht.«

»Glaubst du, der geht noch?«

Was sollte denn das heißen? *Glaubst du, der geht noch?* »Ich weiß es nicht«, sagte er.

»Wann haben wir denn die Flasche aufgemacht?«

Aha, sie haben miteinander Wein getrunken, die Flasche aber nicht geleert. Jeannie hat sie wieder verkorkt und in den Kühlschrank gesteckt. Jetzt fragt sie sich, ob der Wein oxydiert ist – aber die Entscheidung überlässt sie mir. »Warte mal, das war am . . .«

». . . am Mittwoch, also vor vier Tagen.«

Er konnte nicht einmal sehen, ob es sich um Rot- oder Weißwein handelte. Scheiße. »Ist doch egal, schenk uns einfach ein, und wir probieren.«

»Kluges Köpfchen.« Sie goss etwas Wein in ein Glas und reichte es ihm.

Er kostete. »Trinkbar«, sagte er.

Jeannie beugte sich über die Rückenlehne der Couch. »Lass mich auch mal kosten!« Sie küsste ihn auf die Lippen. »Mund auf«, sagte sie. »Ich will den Wein kosten.« Mein Gott, ist *diese Frau sexy.* »Ja, du hast recht. Trinkbar.« Lachend füllte sie sein Glas nach und schenkte sich selbst ein.

Die Sache fing an, ihm zu gefallen. »Mach mal 'n bisschen Musik«, schlug er vor.

»Womit?«

Er hatte keine Ahnung, wovon sie sprach. *Au verflucht, jetzt hab ich einen Fehler gemacht.* Er sah sich in der Wohnung um. Nirgendwo war eine Stereoanlage zu sehen. *Blödmann.*

Jeannie sagte: »Daddy hat mir meine Anlage geklaut, erinnerst du dich nicht? Ich hab nichts mehr, womit ich Musik machen könnte. Oder warte mal – vielleicht doch . . .« Sie verschwand im Zimmer nebenan – es war vermutlich das Schlafzimmer – und kam mit einem jener wasserdichten Radiogeräte zurück, die man sich in die Dusche hängen kann. »Ein albernes Ding. Mom hat es mir mal zu Weihnachten geschenkt, damals, bevor sie gaga wurde.«

Daddy hat ihr die Stereoanlage gemopst? Mom ist nicht mehr klar im Kopf? Aus was für einer Familie stammt *die eigentlich?*

»Der Klang ist furchtbar, aber mehr kann ich dir nicht bieten.« Sie stellte das Gerät an. »Ich hab immer 92 Q eingestellt.«

»›Zwanzig Hits Schlag auf Schlag‹«, sagte er automatisch.

»Woher weißt denn du das?«

OK, Scheiße, woher soll Steve denn die Rundfunksender von Baltimore kennen? »Ich hab's zufällig auf der Herfahrt im Autoradio gehört.«

»Welche Musik magst du?«

Ich kenne doch Steves Musikgeschmack nicht – aber du wahrscheinlich auch nicht. Also bleiben wir bei der Wahrheit. »Gangsta Rap – Snoopy Doggy Dog, Ice Cube und so was.«

»Au weh, da komm ich mir ja uralt vor.«

»Was magst du denn?«

»Die Ramones, die Sex Pistols, The Damned ... als junges Mädchen mochte ich die, als ganz junges Ding und Punkerin, weißt du? Meine Mutter hörte sich immer dieses Gedudel aus den Sechzigerjahren an, mit dem ich nie etwas anfangen konnte. Als ich ungefähr elf war, ist dann bei mir plötzlich der Knoten geplatzt – zack! Talking Heads. Erinnerst du dich an ›Psycho Killer‹?«

»Nein, nie gehört.«

»Okay, deine Mutter hatte recht. Ich bin zu alt für dich.« Sie setzte sich neben ihn, legte ihren Kopf an seine Schulter und ließ die Hand unter den himmelblauen Pulli gleiten. Sie strich ihm über die Brust und streifte die Brustwarzen mit den Fingerspitzen. Es fühlte sich gut an. »Ich bin so froh, dass du hier bist«, sagte sie.

Auch er wollte ihre Brustwarzen berühren, aber leider hatte er wichtigere Dinge zu tun.

»Wir müssen ein paar ernste Dinge besprechen«, sagte er unter Auferbietung aller Willenskraft, zu der er fähig war.

»Recht hast du!« Jeannie setzte sich auf und trank einen Schluck Wein. »Schieß los. Ist dein Vater noch in Haft?«

Mein Gott, *was soll ich denn dazu sagen?* »Nein, erzähl erst mal du«, erwiderte er. »Du hast mir so viel zu erzählen, hast du gesagt.«

»Okay. Erstens: Ich weiß jetzt, wer Lisa vergewaltigt hat. Der Kerl heißt Harvey Jones und wohnt in Philadelphia.«

Herr *im Himmel!* Es fiel Harvey schwer, eine unbeteiligte Miene zu bewahren. *Ein Glück, dass ich hierhergekommen bin.* »Kannst du es auch beweisen?«

»Ich war in seiner Wohnung. Der Nachbar hatte einen Nachschlüssel und ließ mich rein.«

Dieser widerliche alte Homo. Ich brech ihm seinen dürren Hals!

»Ich habe diese Baseballmütze gefunden, die er letzten Sonntag aufhatte. Sie hing an einem Haken hinter der Tür.«

Teufel auch! Ich hätte sie wegschmeißen sollen. Aber ich hab ja nie damit gerechnet, dass mich jemand findet. »Das ist ja wirklich toll, was du da herausgefunden hast«, sagte er. Steve wäre *ganz aus dem Häuschen, wenn er das hören würde. Damit wäre er aus dem Schneider.* Ich weiß gar nicht, wie ich dir dafür danken soll.«

»Mir fällt da schon was ein«, sagte Jeannie und grinste.

Ob ich noch rechtzeitig vor der Polizei nach Philadelphia komme, um diese Mütze verschwinden zu lassen? »Du hast doch hoffentlich schon die Polizei informiert, oder?«

»Nein, Mish war nicht da. Ich hab um ihren Rückruf gebeten, aber bisher hat sie sich nicht gemeldet.«

Halleluja! Noch habe ich eine Chance!

»Keine Sorge«, fuhr Jeannie fort. »Er weiß nicht, dass wir ihm auf den Fersen sind. Und das Beste hast du noch gar nicht gehört. Welchen Jones kennen wir denn noch?«

Soll ich sagen »Berrington«? Würde Steve darauf kommen? «Der Name ist ja ziemlich häufig …«

»Berrington natürlich! Ich glaube, Harvey ist als Berringtons Sohn aufgewachsen!«

Jetzt muss ich wohl den total Verblüfften spielen. »Unglaublich!«, rief er aus. *Aber was soll ich als Nächstes tun? Vielleicht weiß Dad einen Ausweg. Ich muss ihm das erzählen. Ich muss ihn unter irgendeinem Vorwand anrufen.*

Sie nahm seine Hand. »He, schau dir mal deine Fingernägel an!«

Verdammt, was ist denn nun schon wieder? «Ja, was ist mit denen?«

»Die wachsen vielleicht schnell! Als du aus dem Gefängnis kamst, waren sie rau und eingerissen. Jetzt sehen sie schon wieder super aus!«

»Ja, bei mir heilt immer alles ziemlich schnell.«

Jeannie drehte seine Hand um und leckte die Innenfläche.

»Du bist ja ganz schön scharf heute«, sagte er.

»Oh Gott, ich bin zu wild, was?« Das hatten ihr schon andere Männer gesagt. Steve war seit seiner Ankunft eher zurückhaltend gewesen. Jetzt wusste sie, warum. »Ich weiß schon, was du sagen willst. Die ganze Woche über hab ich dich auf Distanz gehalten – und jetzt kommst du dir vor, als wollte ich dich zum Abendbrot vernaschen, stimmt's?«

»Ja, irgendwie schon.«

»So bin ich halt. Wenn ich mich mal für einen Typ entschieden hab, dann richtig.« Jeannie federte vom Sofa hoch. »Okay, ich trete den Rückzug an.« Sie ging in die Küchenecke und nahm die Bratpfanne aus der Spüle; es war eine alte, gusseiserne Pfanne, die so schwer war, dass Jeannie beide Hände brauchte, um sie anzuheben. »Ich hab schon gestern was zu essen für dich besorgt. Hast du Hunger?« Die Pfanne war noch fettig; Jeannie wischte sie mit einem Papierküchentuch aus. »Wie wär's mit ein paar Eiern?«

»Nein, danke, lieber nicht. Du warst also eine echte Punkerin?«

Sie stellte die Pfanne ab. »Ja, eine Zeit lang schon. Zerfetzte Klamotten, grüne Haare.«

»Drogen?«

»In der Schule hab ich Speed genommen – wenn ich das Geld dazu hatte.«

»Welche Körperteile hast du piercen lassen?«

Jeannie musste unwillkürlich an das Poster denken, das in Harvey Jones' Wohnung an der Wand hing – die rasierte Frau mit dem Ring durch die Schamlippen. Sie schauderte.

»Nur meine Nase«, sagte sie. »Mit fünfzehn fing ich mit dem Tennis an. Da war der Punk passé.«

»Ich kannte mal 'n Mädchen, das hatte sich 'n Ring durch die Brustwarze gezogen.«

Jeannie war eifersüchtig. »Hast du mit ihr geschlafen?«

»Natürlich.«

»Schwein.«

»Hast du mich etwa für 'ne Jungfrau gehalten?«

»Sag jetzt bloß nicht, dass ich vernünftig sein soll!«

Abwehrend hob er die Hände. »Okay, okay …«

»Du hast mir noch immer nicht erzählt, was mit deinem Dad ist. Hat man ihn endlich freigelassen?«

»Am besten rufe ich mal zu Hause an und erkundige mich nach dem letzten Stand der Dinge.«

Wenn sie mitbekam, dass er eine siebenstellige Nummer wählte, würde sie wissen, dass er ein Ortsgespräch führte. Sein Vater hatte jedoch erwähnt, dass Steven Logan in Washington, D. C, lebte. Während er mit dem Zeigefinger der einen Hand die Gabel herunterdrückte, tippte er mit dem anderen auf drei beliebige Zahlentasten als fiktive Vorwahlnummern. Erst danach gab er die Gabel frei und wählte die Privatnummer seines Vaters.

Dad meldete sich, und Harvey sagte: »Hallo, Mom.« Er umklammerte den Hörer und dachte, hoffentlich sagt er jetzt nicht: »Wie bitte? Ich glaube, Sie haben sich verwählt.«

Doch sein Vater war sofort im Bilde. »Du bist bei Jeannie?«

Nicht schlecht, Dad. »Ja. Ich rufe an, weil ich wissen wollte, ob Dad noch im Gefängnis ist.«

»Colonel Logan ist nach wie vor unter Arrest, aber nicht im Gefängnis. Die Militärpolizei hat ihn sich geschnappt.«

»Schade. Ich dachte, Sie hätten ihn inzwischen freigelassen.«

Zögernd fragte Dad: »Kannst du mir etwas … sagen?«

Harvey war ständig versucht, sich nach Jeannie umzusehen, um festzustellen, ob sie ihm die Maskerade abnahm. Aber er wusste, dass ein solcher Blick sein schlechtes Gewissen verraten könnte, und zwang sich daher, stur die Wand anzustarren. »Jeannie hat wahre Wunder vollbracht, Mom. Sie hat den Mann gefunden, der Lisa Hoxton vergewaltigt hat – den richtigen!« Er bemühte sich um einen freudig-erregten Ton in seiner Stimme. »Er heißt Harvey Jones. Wir warten nur noch auf den Rückruf von der Polizei, damit sie die Nachricht endlich durchgeben kann.«

»Oh Gott, das ist ja furchtbar!«

»Toll, was, nicht wahr?« *Spar dir diesen verdammt ironischen Ton, du Idiot!*

»Wenigstens sind wir vorgewarnt. Kannst du verhindern, dass sie mit der Polizei spricht?«

»Da bleibt mir wohl nichts anderes übrig.«

»Und was ist mit Genetico? Hat sie vor, mit dem, was sie über uns herausgefunden hat, an die Öffentlichkeit zu gehen?«

»Das weiß ich momentan noch nicht.« *Jetzt hör endlich auf zu quasseln, sonst verrat ich mich doch noch bei einer Antwort.*

»Sieh zu, dass du das noch rauskriegst. Das ist auch sehr wichtig.«

Gut, gut, jetzt langt's! »Okay, Mom. Hoffentlich lassen sie Dad bald frei. Ruf mich hier an, wenn du irgendwas Neues erfährst.«

»Ist das sicher?«

»Du brauchst bloß Steve zu verlangen.« Er lachte, als hätte er einen Witz erzählt.

»Jeannie würde wahrscheinlich meine Stimme erkennen. Aber ich könnte Preston anrufen lassen.«

»Tu das.«

»Okay.«

»Tschüs.« Harvey legte auf.

»Ich glaub, ich sollte noch mal bei der Polizei anrufen«, sagte Jeannie. »Die haben offenbar immer noch nicht begriffen, wie dringend es ist.« Sie griff zum Telefon.

Plötzlich war ihm klar, dass ihm nichts anderes übrig bleiben würde, als sie zu töten.

»Küss mich erst noch einmal«, sagte er.

Mit dem Rücken noch an die Anrichte gelehnt, glitt sie in seine Arme und öffnete kussbereit den Mund. Er streichelte ihre Flanke. »Hübscher Pulli«, murmelte er und umfasste mit seiner großen Hand ihre Brust.

Die Brustwarze versteifte sich unter der Berührung, aber irgendwie war es doch nicht so schön, wie Jeannie es sich vorgestellt hatte. Sie versuchte, sich zu entspannen und den Augenblick zu genießen, auf den sie so lange gewartet hatte. Seine Hände fuhren unter den Pulli und umspannten beide Brüste.

Jeannie beugte sich leicht zurück. Sie war ein wenig verlegen, weil sie fürchtete, er könnte enttäuscht sein. Es war immer das Gleiche: Alle Männer, mit denen sie bisher geschlafen hatte, waren hingerissen gewesen von ihren Brüsten – sie selbst aber hatte nach wie vor das Gefühl, sie wären zu klein. Genau wie bei den anderen Männern war auch bei Steve kein Zeichen von Unzufriedenheit zu erkennen. Er schob ihren Pulli hoch, beugte sich vor und begann, an den Brustwarzen zu saugen.

Sie blickte auf ihn hinunter. Beim ersten Jungen, der dies bei ihr getan hatte, war es ihr absurd vorgekommen, wie ein Rückfall in die frühe Kindheit. Doch schon bald hatte sie Gefallen daran gefunden, ja es hatte ihr sogar Spaß gemacht, das Gleiche bei einem Mann zu tun. Nur – in diesem Moment stimmte irgendetwas nicht. Ihr Körper reagierte zwar, doch im Hinterkopf regte sich leiser Zweifel, sodass sie sich einfach nicht auf die Lust konzentrieren konnte. Sie ärgerte sich über sich selbst. *Schon gestern hab ich mit meinem Verfolgungswahn alles verdorben. Das mache ich heute bestimmt nicht noch einmal . . .*

Er spürte ihr Unbehagen und richtete sich auf. »Du bist nicht richtig aufgelegt«, sagte er. »Komm, wir setzen uns auf die Couch.« Ihre Zustimmung voraussetzend, ließ er sich nieder. Jeannie folgte ihm. Er glättete seine Augenbrauen mit der Spitze seines Zeigefingers und griff nach ihr.

Sie zuckte zurück.

»Was ist denn?«, fragte er.

Nein! Das darf doch nicht wahr sein!

»Du . . . du hast . . . diese Bewegung. Über die Augenbrauen . . . «

»Was meinst du?«

Sie sprang vom Sofa. »Du mieser, widerlicher Typ!«, schrie sie. »Untersteh dich . . . «

»Was geht hier eigentlich vor?«, fragte er, aber es klang nicht mehr sehr überzeugend. Jeannie erkannte an seiner Miene, dass er ganz genau wusste, was geschehen war.

»Raus aus meiner Wohnung!«, schrie sie.

Er ließ die Maske fallen. »Wie hast du das gemerkt?«

»Du bist mit der Fingerspitze über die Augenbrauen gefahren – genau wie Berrington.«

»Na und?«, fragte er und erhob sich. »Wenn wir uns schon so ähnlich sehen, dann kannst du dir ja einbilden, dass ich Steve bin.«

»Raus hier, du Scheißkerl!«

Er fuhr sich über seine Hose, unter der sich seine Erektion abzeichnete. »Nachdem wir schon so weit waren, gehe ich nicht mit heißen Eiern.«

Herr *im Himmel, jetzt sitze ich in der Tinte. Der Kerl ist eine Bestie.* »Rühr mich ja nicht an!«

Lächelnd kam er auf sie zu. »Ich werde dir jetzt diese engen Jeans ausziehen und mal gucken, wie's drunter aussieht.«

Jeannie erinnerte sich an Mishs Äußerung, nach der Vergewaltiger sich an der Angst ihrer Opfer weiden. »Ich fürchte mich nicht vor dir«, sagte sie und bemühte sich um einen ruhigen Ton. »Aber wenn du mich anfasst, bringe ich dich um, darauf kannst du Gift nehmen.«

Er reagierte erschreckend schnell. Blitzartig packte er sie, hob sie hoch und warf sie zu Boden.

Das Telefon klingelte.

»Hilfe!«, schrie Jeannie. »Hilfe, Mr. Oliver! Hilfe!«

Harvey schnappte sich das Geschirrtuch, das auf der Anrichte lag, und stopfte es ihr brutal in den Mund. Ihre Lippe platzte auf. Jeannie würgte und begann zu husten. Er umklammerte ihre Handgelenke, sodass sie sich den Knebel nicht aus dem Mund reißen konnte. Sie versuchte, ihn mit der Zunge auszustoßen, schaffte es aber nicht; er war einfach zu groß. Ob Mr. Oliver ihre Hilferufe gehört hatte? Er war ein alter Mann und hatte den Fernsehapparat sehr laut gestellt.

Noch immer klingelte das Telefon.

Harvey packte sie am Hosenbund. Sie entwand sich ihm. Er versetzte ihr einen furchtbaren Schlag ins Gesicht, sodass sie Sterne sah. Sie war noch ganz benommen, als er ihre Handgelenke freigab und ihr Hose und Schlüpfer vom Leib riss. »Wow!«, rief er, »was für ein Busch!«

Jeannie riss sich das Tuch aus dem Mund und schrie: »Helft mir! Hilfe!«

Mit seiner Pranke bedeckte Harvey ihren Mund und erstickte ihre Schreie. Dann stürzte er sich auf sie und schlug dermaßen auf sie ein, dass sie kaum noch Luft bekam. Vorübergehend war sie völlig hilflos und rang nach Atem. Mit einer Hand fummelte Harvey an seinem

Hosenschlitz, und seine Knöchel schrammten über ihre Oberschenkel. Dann stieß er zu und wollte in sie eindringen. Verzweifelt wand sich Jeannie hin und her und versuchte, ihn von sich herunterzuschieben, aber er war zu schwer.

Das Telefon klingelte unablässig. Und dann klingelte es auf einmal auch an der Tür.

Harvey ließ nicht von ihr ab.

Jeannie öffnete den Mund. Harveys Finger rutschten zwischen ihre Zähne, und in diesem Moment biss Jeannie zu, so hart sie konnte. Es war ihr egal, ob sie sich einen Zahn ausbiss oder ihm einen Knochen brach. Warmes Blut schoss ihr in den Mund. Sie hörte Harvey einen Schmerzensschrei ausstoßen und spürte, wie er im gleichen Augenblick reflexartig seine Hand zurückriss.

Die Türglocke klingelte erneut, lange und aufdringlich diesmal.

Jeannie spuckte Harveys Blut aus und schrie gellend auf. »Hilfe! Hilfe! Hilfe!«

Unten schlug jemand gegen die Tür, gleich darauf ein zweites Mal. Plötzlich krachte es, und man hörte das Geräusch von splitterndem Holz.

Harvey rappelte sich auf und umklammerte seine verletzte Hand.

Jeannie drehte sich um, erhob sich und wich drei Schritte von ihm zurück.

Die Wohnungstür sprang auf. Harvey wirbelte herum und drehte Jeannie den Rücken zu.

Steve stürmte herein.

Sekundenlang standen die beiden wie festgefroren einander gegenüber und starrten sich verblüfft an.

Sie glichen sich wie ein Ei dem anderen. Was würde geschehen, wenn es zum Kampf kam? Sie waren gleich groß, gleich schwer, gleich fit. Ein Kampf konnte ewig dauern.

Aus einer Eingebung heraus packte Jeannie mit beiden Händen die Bratpfanne, stellte sich vor, zu einem beidhändigen Rückhand-Cross – der bei ihren Gegnern gefürchtet war – anzusetzen, verlagerte ihr Gewicht auf den vorgeschobenen Fuß, spannte die Handgelenke an, holte aus – und traf Harvey mit aller Wucht auf die empfindlichste Stelle an seinem Hinterkopf.

Es gab einen grauenhaften, dumpfen Schlag. Harveys Beine waren auf einmal weich wie Butter. Er sank in die Knie und schwankte.

Als wäre sie zum Volley ans Netz vorgelaufen, hob Jeannie die Pfanne erneut, diesmal nur mit der rechten Hand, und ließ sie voll auf Harveys Scheitel krachen.

Harveys Augen rollten nach oben, und er erschlaffte und sackte zu Boden.

»Mein Gott, bin ich froh, dass du nicht den falschen Zwilling erwischt hast«, sagte Steve.

Jeannie begann heftig zu zittern. Sie ließ die Pfanne fallen und setzte sich auf einen Küchenhocker. Steve nahm sie in die Arme. »Es ist vorbei«, sagte er.

»Nein«, widersprach sie. »Jetzt geht es erst richtig los.«

Noch immer klingelte das Telefon.

KAPITEL 56

Dem hast du's aber gegeben«, sagte Steve. »Welcher ist es überhaupt?«

»Harvey Jones«, antwortete Jeannie, »der Sohn von Berrington Jones.«

Steve fiel aus allen Wolken. »Berrington hat einen der acht als seinen eigenen Sohn aufgezogen? Das ist ja nicht zu fassen!«

Jeannie starrte auf den Bewusstlosen, der vor ihr auf dem Fußboden lag. »Was tun wir jetzt?«

»Na, du könntest zuallererst mal ans Telefon gehen.« Automatisch griff sie zum Hörer. Es war Lisa. »Mir ist es fast genauso ergangen wie dir«, sagte Jeannie ohne jede Vorwarnung.

»O nein!«

»Derselbe Typ.«

»Unglaublich! Soll ich rüberkommen?«

»Ja, bitte, das wäre sehr lieb von dir.«

Jeannie legte auf. Von dem schweren Sturz auf den Küchenboden taten ihr noch alle Knochen weh, und ihr Mund schmerzte infolge der brutalen Knebelung. Noch immer schmeckte sie Harveys Blut. Sie goss sich ein Glas Wasser ein, spülte sich den Mund aus und spuckte in den Ausguss. Dann sagte sie: »Das ist ein heißes Pflaster hier, Steve. Unsere Gegner haben mächtige Freunde.«

»Ich weiß.«

»Sie werden vielleicht versuchen, uns umzubringen.«

»Was ist passiert? Nun sag schon!«

Die Vorstellung verwirrte ihr beinahe die Sinne. Ich darf es nicht so weit kommen lassen, dass die Furcht mich lähmt, dachte sie. »Glaubst du, die lassen mich in Ruhe, wenn ich verspreche, keinem Menschen etwas von der Angelegenheit zu erzählen?«

Steve dachte einen Augenblick nach. Dann sagte er: »Nein, das glaube ich nicht.«

»Ich auch nicht. Ich muss mich also wehren – mir bleibt keine andere Wahl.«

Auf der Treppe waren Schritte zu hören. Kurz darauf steckte Mr. Oliver seinen Kopf zur Tür herein. »Was geht denn eigentlich hier vor?«, fragte er. Sein Blick wanderte von dem bewusstlosen Harvey zu Steve und wieder zurück. »Na, da hol mich doch der . . . «

Steve hob Jeannies schwarze Levi's auf und reichte sie ihr. Sie schlüpfte rasch hinein, um ihre Blöße zu bedecken. Falls Mr. Oliver es gemerkt hatte, war er zu taktvoll, auch nur ein Wort darüber zu verlieren. Er deutete auf Harvey und sagte: »Das muss dieser Typ in Philadelphia gewesen sein. Kein Wunder, dass Sie ihn mit Ihrem Freund verwechselt haben. Das sind ja Zwillinge!«

»Ich fessele ihn lieber, bevor er wieder zu sich kommt. Hast du irgendeine Schnur hier, Jeannie?«

»Ich habe ein Stromkabel«, sagte Mr. Oliver. »Ich hol nur schnell meinen Werkzeugkasten.« Er verschwand.

Jeannie drückte Steve dankbar an sich. Ihr war, als wäre sie aus einem Albtraum erwacht. »Ich habe ihn für dich gehalten«, sagte sie.

»Es war genauso wie gestern. Nur war ich diesmal nicht vom Verfolgungswahn besessen, sondern hatte recht.«

»Wir wollten einen Erkennungscode vereinbaren und sind dann nicht mehr dazu gekommen.«

»Holen wir's nach. Als du mich am vergangenen Sonntag auf dem Tennisplatz angesprochen hast, da sagtest du: ›Ich spiele selbst ein bisschen Tennis.‹«

»Worauf du in aller Bescheidenheit geantwortet hast: ›Wenn Sie nur ein *bisschen* Tennis spielen, sind Sie wahrscheinlich nicht in meiner Liga.‹«

»Das ist der Code. Wenn einer von uns beiden die erste Zeile sagt, muss der andere die zweite sagen.«

»Ist geritzt.«

Mr. Oliver kehrte mit seinem Werkzeugkasten zurück. Er drehte Harvey um und begann, dessen Hände vor dem Bauch zu fesseln. Er legte die Handflächen gegeneinander, ließ aber die Finger frei.

»Warum binden Sie ihm die Hände nicht auf dem Rücken zusammen?«, wollte Steve wissen.

Mr. Oliver wirkte plötzlich verlegen. »Entschuldigen Sie, wenn ich es so unverblümt ausspreche: Aber so, wie ich es jetzt gemacht habe, kann er sein Schwänzchen beim Pinkeln selber halten. Ich hab das während des Krieges in Europa gelernt.« Er begann, Harveys Füße zu fesseln. »Der Knabe wird Ihnen keine Probleme mehr bereiten. Haben Sie im Übrigen schon eine Idee, wie Sie hinsichtlich der Haustür verfahren wollen?«

Jeannie warf Steve einen fragenden Blick zu.

»Die habe ich ziemlich demoliert«, gestand er ein.

»Dann rufe ich am besten einen Schreiner an«, sagte Jeannie.

»Ich habe noch Bretter im Hof«, sagte Mr. Oliver. »Ich könnte sie notdürftig reparieren, sodass wir heute Nacht wenigstens abschließen können. Morgen können wir uns dann jemanden suchen, der es besser kann als ich.«

Jeannie empfand tiefe Dankbarkeit gegenüber dem alten Mann. »Vielen Dank, das ist wirklich sehr nett von Ihnen.«

»Keine Ursache. Das war für mich das interessanteste Erlebnis seit dem Zweiten Weltkrieg.«

»Ich werde Ihnen helfen«, erbot sich Steve.

Mr. Oliver schüttelte den Kopf. »Sie haben sicher eine Menge miteinander zu bereden, das ist ganz unverkennbar. Zum Beispiel müssen Sie überlegen, ob Sie den Burschen, der hier verschnürt auf Ihrem Teppich liegt, von der Polizei abholen lassen wollen.« Ohne eine Antwort abzuwarten, packte er seinen Werkzeugkasten und ging die Treppe hinunter.

Jeannie ordnete ihre Gedanken. »Morgen wird Genetico für einhundertachtzig Millionen Dollar verkauft, und Proust wird in den Präsidentschaftswahlkampf einsteigen. Ich bin arbeitslos, und mein Ruf ist zum Teufel. Ich kann nie mehr wissenschaftlich arbeiten. Aber mit dem, was ich inzwischen weiß, könnte ich den Spieß umdrehen.«

»Und wie willst du das anstellen?«

»Nun ja – ich könnte mit einer Presseerklärung über diese Experimente an die Öffentlichkeit gehen.«

»Brauchst du da nicht hieb- und stichfeste Beweise?«

»Du und Harvey, ihr beide zusammen seid schon ganz gute Beweise. Vor allem, wenn ihr gemeinsam im Fernsehen auftreten würdet.«

»Ja, in *Sixty Minutes* oder einer ähnlichen Sendung. Das war schon ein Spaß.« Seine Miene verfinsterte sich wieder. »Aber Harvey macht da bestimmt nicht mit.«

»Sie können ihn ruhig gefesselt aufnehmen. Wir rufen dann die Polizei und lassen ihn vor laufenden Kameras verhaften.«

Steve nickte. »Das Problem liegt darin, dass du wahrscheinlich handeln musst, bevor Landsmann und Genetico die Übernahme endgültig besiegeln. Wenn unsere Gegner erst das Geld haben, überstehen sie wahrscheinlich den ganzen Wirbel, den wir mit unserer Kampagne angezettelt haben. Außerdem weiß ich wirklich nicht, wie du innerhalb von ein paar Stunden einen Fernsehauftritt bekommen willst. Im *Wall Street Journal* steht, dass die Pressekonferenz von Genetico schon morgen früh stattfinden soll.«

»Vielleicht sollten wir unsere eigene Pressekonferenz abhalten?«

Steve schnippte mit den Fingern. »Jetzt hab ich's! Wir funktionieren einfach ihre Pressekonferenz um.«

»Ja, das ist gut! Dann werden die Vertreter von Landsmann vielleicht gar nicht erst unterschreiben, und die ganze Übernahme platzt.«

»Und Berrington wird keine Millionen scheffeln.«

»Und Jim Proust wird nicht kandidieren.«

»Wir müssen verrückt sein«, sagte Steve. »Die zwei gehören zu den mächtigsten Männern Amerikas – und wir zwei bilden uns ein, wir könnten ihnen in die Suppe spucken.«

Unten an der Tür erklangen erste Hammerschläge. Mr. Oliver begann die Tür zu reparieren. Jeannie sagte: »Sie hassen Schwarze, weißt du. All dieser Scheißdreck mit guten Genen und zweitklassigen Amerikanern ist bloß Maskerade. Diese Clique besteht aus weißen Rassisten, die sich das Mäntelchen der modernen Wissenschaft umgehängt haben. Sie wollen Mr. Oliver zum Bürger zweiter Klasse machen. Zur Hölle mit ihnen. Ich bin nicht bereit, tatenlos dabeizustehen und mir das anzusehen.«

»Wir brauchen einen genauen Plan«, sagte Steve realistisch.

»Okay, fangen wir mal an«, sagte Jeannie. »Zuallererst müssen wir wissen, wo die Genetico-Pressekonferenz morgen stattfinden soll.«

»Vermutlich in einem Hotel in Baltimore.«

»Notfalls rufen wir bei jedem einzelnen an.«

»Am besten mieten wir ein Zimmer in dem Hotel.«

»Gute Idee. Ich schleiche mich dann irgendwie in den Veranstaltungsraum, pflanze mich mittendrin auf und halte eine Rede vor den versammelten Medienvertretern.«

»Die lassen dich bestimmt nicht ausreden.«

»Ich müsste eine gedruckte Presseerklärung dabeihaben, die ich verteilen kann. Doch im entscheidenden Augenblick trittst du mit Harvey auf. Zwillinge sind doch so fotogen. Alle Kameras werden sich sofort auf euch richten.«

Steve runzelte die Stirn. »Was willst du mit unserem Auftritt beweisen?«

»Den Umstand, dass ihr beiden völlig gleich ausseht. Das wird seinen Eindruck nicht verfehlen. Die Presseleute werden euch sofort Fragen stellen – und es wird nicht lange dauern, bis sie herausfinden, dass ihr verschiedene Mütter habt. Sobald das raus ist, riechen sie Lunte – das heißt, sie wissen, dass es da ein Geheimnis zu lüften gibt. Mir ging es ja genauso. Und wie hierzulande die Präsidentschaftskandidaten durchleuchtet werden, das weißt du ja.«

»Noch besser wär's, wenn noch mehr Klone anwesend wären«, wandte Steve ein. »Meinst du, wir könnten noch jemanden von den anderen auftreiben?«

»Versuchen können wir es allemal. Wir laden sie alle ein und hoffen, dass zumindest einer davon auch tatsächlich erscheint.«

Auf dem Boden öffnete Harvey die Augen und stöhnte.

Jeannie hatte ihn fast vergessen. Als sie ihn jetzt ansah, wünschte sie ihm von Herzen starke Kopfschmerzen, empfand aber gleich darauf Gewissensbisse wegen ihrer Rachsucht. »So, wie ich ihm über den Schädel gehauen habe, sollte er vielleicht einen Arzt aufsuchen.«

Harvey kam schnell wieder zu sich. »Mach mich los, du Drecksau!«

»Vergiss den Arzt«, erwiderte Jeannie.

»Mach mich los, oder ich schlitz dir die Titten mit einem Rasiermesser auf, sobald ich wieder frei bin.«

Jeannie stopfte ihm das Geschirrtuch in den Mund. »Halt's Maul, Harvey«, sagte sie.

»Ich überlege schon, wie man ihn gefesselt ins Hotel schmuggelt«, sagte Steve. »Ist sicher 'ne interessante Aufgabe.«

Unten erklang eine Frauenstimme. Es war Lisa, die Mr. Oliver begrüßte. Kurz darauf betrat sie die Wohnung. Sie trug Blue Jeans und schwere Doc-Marten-Stiefel. Wortlos blickte sie Steve und Harvey an. Dann sagte sie: »Mein Gott, es stimmt!«

Steve erhob sich. »Ich bin derjenige, den Sie bei der Gegenüberstellung identifiziert haben«, sagte er. »Überfallen hat Sie aber der da.«

»Harvey wollte mir das Gleiche antun wie dir«, erläuterte Jeannie. »Steve trat die Tür ein und kam gerade noch rechtzeitig.«

Lisa ging zu Harvey, starrte ihn an, nahm dann langsam und bedächtig den rechten Fuß zurück und trat ihm dann, so fest es ihr mit einem Doc-Marten-Stiefel möglich war, in die Rippen. Harvey stöhnte vor Schmerzen auf und wand sich hin und her.

Noch einmal trat Lisa zu. »Junge, Junge«, sagte sie und schüttelte den Kopf. »Das tut vielleicht gut.«

Jeannie berichtete Lisa in kurzen Worten über die neuesten Entwicklungen.

»Da ist ja ganz schön was passiert, während ich im Bett lag und schlief«, sagte Lisa erstaunt.

»Sie sind doch schon seit einem Jahr an der JFU, Lisa. Es überrascht mich, dass Sie Berringtons Sohn nie gesehen haben«, meinte Steve.

»Berrington unterhält keinerlei private Kontakte zu seinen Universitätskollegen«, antwortete sie. »Dafür ist er viel zu prominent. Gut möglich, dass Harvey noch keinem einzigen Menschen an der Uni begegnet ist.«

Jeannie berichtete ihr von dem Plan, die Pressekonferenz zu sprengen. »Wir waren gerade so weit, dass wir sagten, wenn noch ein weiterer Klon dabei wäre, könnten wir uns noch etwas sicherer fühlen.«

»Okay. Per Ericson ist tot. Dennis Pinker und Murray Claud sitzen im Gefängnis. Damit bleiben noch drei übrig: Henry King in Boston, Wayne Stattner in New York und George Dassault, der sich sowohl in Buffalo, in Sacramento als auch in Houston befinden könnte. Wir wissen ja noch nicht, welcher der richtige ist. Wir könnten bei allen noch einmal anrufen, die Nummern hab ich notiert.«

»Ich auch«, sagte Jeannie.

»Würden sie es noch rechtzeitig schaffen?«, fragte Steve.

»Wir können die Flugpläne per CompuServe überprüfen«, sagte Lisa. »Wo ist dein Computer, Jeannie?«

»Geklaut.«

»Ich hab mein Notebook im Kofferraum. Ich hol's mal schnell rauf.«

Als sie fort war, sagte Jeannie: »Wir müssen uns schon was Gutes einfallen lassen, um diese Jungs so kurzfristig dazu zu bringen, nach Baltimore zu fliegen. Außerdem müssen wir ihnen zumindest anbieten, die Flugkosten zu übernehmen. Ich glaub nicht, dass meine Kreditkarte das noch trägt.«

»Ich habe eine American-Express-Karte«, sagte Steve, »die mir meine Mutter für Notfälle gegeben hat. Ich bin sicher, sie akzeptiert, dass hier ein Notfall vorliegt.«

»Was für eine tolle Mutter«, gab Jeannie neidvoll zurück.

»Da kann ich dir nur recht geben.«

Lisa kam wieder und stöpselte ihr Computerkabel in Jeannies Modem-Anschluss.

»Moment noch«, sagte Jeannie. »Lasst uns ein bisschen systematisch vorgehen.«

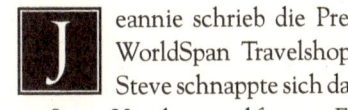

eannie schrieb die Presseerklärung. Lisa klinkte sich bei WorldSpan Travelshopper ein und überprüfte die Flüge. Steve schnappte sich das Branchentelefonbuch, rief bei den größeren Hotels an und fragte: »Findet morgen bei Ihnen eine Pressekonferenz der Firmen Genetico, Inc., oder Landsmann statt?«

Nach dem sechsten vergeblichen Versuch kam er auf den Gedanken, dass die Pressekonferenz gar nicht unbedingt in einem Hotel stattfinden musste. Ebenso gut war möglich, dass man sich für ein Restaurant oder einen exotischeren Schauplatz entschieden hatte – zum Beispiel auf einem Schiff. Vielleicht gab es auch in der Genetico-Zentrale nördlich der City einen Raum, der groß genug war. Doch dann probierte er es bei einem siebten Hotel, und ein hilfsbereiter Portier sagte: »Ja, Sir, um zwölf Uhr im Regency Room.«

»Sehr schön!«, sagte Steve. Jeannie sah ihn fragend an, und er gab ihr mit erhobenem Daumen zu verstehen, dass er fündig geworden war. »Ich würde gerne für morgen Abend ein Zimmer bestellen. Können Sie das veranlassen?«

»Ich verbinde Sie mit der Zimmerreservierung. Bleiben Sie bitte am Apparat.«

Steve buchte ein Zimmer und zahlte mit der American-Express-Karte seiner Mutter. Als er auflegte, sagte Lisa: »Es gibt drei Flüge, mit denen Henry King noch rechtzeitig eintreffen würde, allesamt USAir. Abflug ist um sechs Uhr zwanzig, um sieben Uhr vierzig oder um neun Uhr fünfundvierzig. In allen Maschinen sind noch Plätze frei.«

»Dann bestell ihm ein Ticket für neun Uhr fünfundvierzig«, sagte Jeannie.

Steve reichte die Kreditkarte Lisa, welche die Einzelheiten eintippte.

»Ich weiß noch immer nicht, wie ich ihn zum Kommen überreden soll«, sagte Jeannie.

»Hast du nicht gesagt, er ist Student und arbeitet in einer Bar?«, fragte Steve.

»Genau.«

»Dann braucht er Geld. Lass mich mal probieren. Hast du die Nummer?«

Jeannie gab sie ihm. »Er nennt sich Hank«, sagte sie.

Steve wählte die Nummer. Niemand ging an den Apparat. Enttäuscht schüttelte er den Kopf. »Niemand zu Hause«, sagte er.

Auch Jeannie war im ersten Moment niedergeschlagen. Dann schnippte sie mit den Fingern. »Vielleicht arbeitet er.« Sie gab Steve die Nummer der Bar, und er wählte.

Ein Mann mit spanischem Akzent meldete sich. »Hier *Blue* Note.«

»Kann ich mit Hank sprechen?«

»Der soll eigentlich arbeiten, ist Ihnen das klar?«, sagte der Mann gereizt.

Steve grinste Jeannie an und formte mit den Lippen den Satz: Er *ist da!* »Es ist sehr wichtig«, sagte er. »Ich halte ihn nicht lange auf.«

Eine Minute später tönte eine Stimme durch die Leitung, die genauso klang wie Steves eigene. »Ja? Wer spricht?«

»Hallo, Hank. Mein Name ist Steve Logan. Wir haben einiges gemeinsam.«

»Wollen Sie was verkaufen?«

»Ihre Mutter und meine Mutter wurden vor unserer Geburt beide in einem Krankenhaus namens Aventine-Klinik behandelt. Sie wird's Ihnen bestätigen.«

»Ja, und?«

»Um's kurz zu sagen: Ich verklage die Klinik auf zehn Millionen Dollar Schadensersatz, und es würde mich freuen, wenn Sie sich der Klage anschließen würden.«

Es entstand eine Pause. Der Mann dachte nach. »Ich weiß nicht, ob Sie mir was vormachen, Kumpel, aber wie dem auch sei – ich hab kein Geld für einen langen Rechtsstreit.«

»Die Kosten übernehme ich. Ich will kein Geld von Ihnen.«

»Und warum rufen Sie dann an?«

»Weil mein Fall noch klarer wäre, wenn ich Sie mit an Bord hätte.«

»Am besten schreiben Sie die Einzelheiten der Geschichte mal auf und schicken sie mir.«

»Das ist genau der Punkt. Ich brauche Sie hier in Baltimore, und zwar schon morgen Mittag um zwölf im Stouffer-Hotel. Ich gebe eine Pressekonferenz, bevor ich die Klage einreiche. Und da hätte ich Sie gerne dabei.«

»Wer will denn schon nach Baltimore? Das ist schließlich nicht Honolulu.«

Spar dir deine Späßchen, du Armleuchter. »Im USAir-Flug um neun Uhr fünfundvierzig ist ein Platz für Sie reserviert. Ihr Ticket ist bezahlt – Sie können das bei der Fluggesellschaft nachprüfen. Sie brauchen es sich nur am Flughafen abzuholen.«

»Sie bieten mir an, die zehn Millionen Dollar mit mir zu teilen?«

»O nein! Sie bekommen Ihre eigenen zehn Millionen.«

»Was werfen Sie der Klinik vor?«

»Bruch einer ungeschriebenen Vereinbarung in betrügerischer Absicht.«

»Ich studiere Volkswirtschaft. Gibt es da nicht so etwas wie Verjährung? Alles, was schon dreiundzwanzig Jahren her ist . . .«

»Ja, eine Verjährungsfrist gibt es. Aber sie beginnt erst mit dem

Tag, an dem der Betrug aufgedeckt wird. Und das war in diesem Fall vergangene Woche.«

Im Hintergrund hörte man die Stimme mit dem spanischen Akzent rufen: »He, Hank, es warten ungefähr hundert Kunden auf dich!«

»Langsam klingt das ein bisschen überzeugender, was Sie mir da erzählen«, sagte Hank ins Telefon.

»Soll das heißen, dass Sie morgen kommen?«

»Nein, verdammt noch mal! Das heißt, dass ich heute Abend nach der Arbeit darüber nachdenken werde. Jetzt muss ich zurück an die Bar.«

»Sie können mich im Hotel erreichen«, sagte Steve, aber es war bereits zu spät. Hank hatte schon aufgelegt.

Jeannie und Lisa starrten ihn an.

Er zuckte mit den Schultern. »Ich weiß nichts Genaues«, sagte er frustriert. »Ich weiß nicht, ob ich ihn überzeugt habe oder nicht.«

»Wir müssen einfach abwarten und sehen, ob er auftaucht«, meinte Lisa.

»Womit verdient Wayne Stattner sein Geld?«

»Er besitzt mehrere Nachtclubs. Zehn Millionen hat er wahrscheinlich längst.«

»Dann müssen wir seine Neugier wecken. Hast du die Nummer?«

»Ja.«

Steve wählte. Ein Anrufbeantworter meldete sich. »Hallo, Wayne, mein Name ist Steve Logan, und es fällt Ihnen vielleicht auf, dass meine Stimme genauso klingt wie Ihre. Ob Sie's glauben oder nicht – das liegt daran, dass wir identisch sind. Ich bin eins achtundachtzig groß, wiege sechsundachtzig Kilo und sehe genauso aus wie Sie, abgesehen von der Haarfarbe. Es gibt noch ein paar andere Merkmale, die wir wahrscheinlich gemeinsam haben: Ich bin allergisch gegen Macadamianüsse und habe keine Nägel an den kleinen Zehen. Beim Nachdenken kratze ich mit den Fingern der rechten Hand meinen linken Handrücken. Und jetzt kommt der Hammer: Wir sind keine Zwillinge! Es gibt noch mehr von unserer Sorte. Der eine hat am vergangenen Sonntag an der Jones-Falls-Universität ein Verbrechen begangen – deshalb bekamen Sie gestern Besuch von der Baltimorer Polizei. Morgen Mittag um zwölf treffen wir uns im Stouffer-Hotel in Baltimore. Das ist eine wahnwitzige Geschichte, Wayne, aber ich schwöre Ihnen, dass jedes Wort stimmt. Rufen Sie mich oder Dr. Jeannie Ferrami im Hotel an oder kommen Sie einfach hin. Es verspricht, interessant zu werden.« Er legte auf und sah Jeannie an. »Was meinst du?«

Sie zuckte mit den Schultern. »Ein Mann wie er kann es sich leisten, plötzlichen Launen nachzugeben. Und als Nachtclubbesitzer hat er am Montagmorgen wahrscheinlich auch nicht allzu viel Unaufschiebbares zu tun. Andererseits – ich würde mich nicht allein aufgrund einer telefonischen Nachricht wie dieser ins Flugzeug setzen.«

Das Telefon klingelte. Automatisch griff Steve zum Hörer. »Hallo?«

»Kann ich Steve sprechen?«, fragte eine ihm nicht vertraute Stimme.

»Am Apparat.«

»Hier ist Onkel Preston. Ich gebe dir deinen Vater.«

Steve hatte keinen Onkel Preston. Er konnte sich keinen Reim auf den Anruf machen und runzelte die Stirn. Einen Augenblick später meldete sich eine andere Stimme: »Bist du allein oder hört sie zu?«

Mit einem Schlag begriff Steve, worum es ging. Die Verblüffung wich; stattdessen erschrak er furchtbar. Er hatte keine Ahnung, wie er sich verhalten sollte. »Moment«, sagte er und legte die Hand über die Sprechmuschel. »Ich glaube, es ist Berrington Jones!«, sagte er zu Jeannie. »Er hält mich offenbar für Harvey. Was soll ich tun, verdammt noch mal?«

Jeannie breitete bestürzt die Hände aus. »Du musst improvisieren!«, sagte sie.

»Na, vielen Dank . . .« Steve nahm den Hörer wieder ans Ohr. »Äh . . . ja, hier Steve«, sagte er.

»Was ist denn los mit dir? Du bist ja jetzt schon stundenlang dort!«

»Ja, anscheinend . . .«

»Hast du herausgefunden, was Jeannie vorhat?«

»Ich . . . äh . . ., ja, das hab ich.«

»Dann komm gefälligst jetzt zurück und klär uns auf!«

»Okay.«

»Du wirst doch nicht festgehalten oder sonst was?«

»Nein.«

»Ich nehme an, du hast sie gevögelt?«

»So könnte man es ausdrücken.«

»Dann zieh dir deine verdammten Hosen an und mach, dass du herkommst! Wir stecken ganz schön in der Scheiße!«

»Okay.«

»Wenn du jetzt auflegst, sagst du, das war ein Mitarbeiter des Anwalts deiner Eltern, der dir ausgerichtet hat, dass du in Washington gebraucht wirst, und zwar so schnell wie möglich. Das ist deine Legende. Mit der Ausrede kannst du dich sofort auf die Socken machen. Okay?«

»Ja, okay, ich beeil mich.«

Berrington beendete das Gespräch, und Steve legte auf.

Erleichtert ließ er die Schultern sinken. »Ich glaube, ich habe ihn an der Nase herumgeführt.«

»Was hat er denn gesagt?«, wollte Jeannie wissen.

»Es war hochinteressant. Harvey wurde offenbar hierhergeschickt, um deine Absichten auszukundschaften. Die haben eine Heidenangst davor, was du mit deinen Informationen alles anstellen könntest.«

»›Die‹? Wen meinst du damit?«

»Berrington und ein Typ namens Onkel Preston.«

»Preston Barck, Vorstandsvorsitzender von Genetico. Und warum haben sie angerufen?«

»Aus Ungeduld. Berrington hatte es satt, länger zu warten. Er und seine Komplizen wollen offensichtlich unbedingt wissen, was los ist, damit sie entsprechend reagieren können. Er hat mir gesagt, ich soll so tun, als müsste ich Hals über Kopf zu einem Anwaltstermin nach Washington fahren. In Wirklichkeit soll ich auf schnellstem Wege zu ihm nach Hause kommen.«

Jeannie war sehr beunruhigt. »Das ist schlimm, sehr schlimm. Wenn Harvey sich nicht blicken lässt, dann weiß Berrington, dass irgendetwas faul ist. Genetico ist dann vorgewarnt, und wir haben keine Ahnung, wie die Leute darauf reagieren werden: Kann sein, dass sie die Pressekonferenz woanders abhalten, kann sein, dass sie die Sicherheitsvorkehrungen verschärfen, damit wir nicht reinkommen. Es ist sogar möglich, dass sie die Veranstaltung ganz absagen und die Dokumente in irgendeiner Anwaltskanzlei unterzeichnen.«

Steve runzelte die Stirn und blickte auf den Boden. Er hatte eine Idee, zögerte aber noch, sie auszusprechen. Schließlich sagte er: »Dann muss Harvey eben nach Hause gehen.«

Jeannie schüttelte den Kopf. »Der liegt hier auf dem Teppich und hört uns zu. Der verrät doch alles.«

»Nicht, wenn ich an seiner Stelle gehe.«

Jeannie und Lisa starrten ihn völlig entgeistert an.

Er hatte noch keinen ausgefeilten Plan und dachte laut nach. »Ich fahre zu Berrington und gebe mich dort als Harvey aus. Ich sorge dafür, dass sie sich in Sicherheit wiegen.«

»Steve, das ist zu gefährlich! Du kennst doch ihre Lebensumstände gar nicht. Du weißt ja nicht einmal, wo in dem Haus die Toilette ist.«

»Wenn Harvey dich täuschen konnte, dann kann ich wohl auch Berrington täuschen.« Steve bemühte sich, zuversichtlicher zu klingen, als er war.

»Harvey hat mich nicht getäuscht. Ich bin ihm auf die Schliche gekommen.«

»Eine Zeit lang ist es ihm doch gelungen.«

»Nicht einmal eine Stunde lang. Du müsstest viel länger dort bleiben.«

»Nicht viel. Harvey fährt normalerweise am Sonntagabend nach Philadelphia zurück, das wissen wir. Um Mitternacht bin ich wieder hier.«

»Aber Berrington ist Harveys Vater! Das klappt doch nie.«

Er wusste, dass sie recht hatte. »Hast du eine bessere Idee?«, fragte er.

Jeannie ließ sich Zeit mit der Antwort. Dann sagte sie: »Nein.«

Kapitel 58

Steve zog Harveys blaue Kordsamthosen und seinen hellblauen Pulli an und fuhr mit dem Datsun seines Doppelgängers nach Roland Park. Als er Berringtons Haus erreichte, war es bereits dunkel. Er parkte hinter einem silbernen Lincoln Town. Bevor er ausstieg, blieb er noch einen Augenblick sitzen und nahm all seinen Mut zusammen.

Es durfte nichts schiefgehen. Wenn sein Verwirrspiel aufflog, war Jeannie erledigt. Aber er hatte nichts, woran er sich halten konnte, keinerlei Informationen, die ihm weiterhalfen. Er durfte sich keinen Hinweis entgehen lassen, musste hellwach sein, Erwartungen gegenüber einfühlsam reagieren und sich bei Fehlern und Irrtümern leicht und locker geben. Er bedauerte, dass er kein Schauspieler war.

In welcher Laune kommt Harvey heim, fragte er sich. Sein Vater hat ihn in ziemlich herrischem Ton nach Hause zitiert; gut möglich, dass er sich gerade mit Jeannie vergnügt hatte, als der Anruf kam. Also ist er wahrscheinlich schlechter Laune, dachte Steve.

Er seufzte. Der gefürchtete Augenblick ließ sich nicht länger aufschieben. Er stieg aus und ging zur Haustür.

Welcher von den diversen Schlüsseln an Harveys Schlüsselbund war der richtige? Er betrachtete das Schloss und glaubte das Wort »Yale« zu erkennen. Er suchte nach einem Schlüssel der gleichen Marke, doch ehe er einen finden konnte, öffnete Berrington die Tür. »Was stehst du hier draußen rum?«, fragte er gereizt. »Komm rein!«

Steve trat ein.

»Geh ins Arbeitszimmer«, sagte Berrington.

Wo, zum Teufel, ist das denn? Steve kämpfte einen Anflug von Panik nieder. Das Haus war ein typisches Vorstadthaus mit versetzten Geschossen im Ranch-Stil der siebziger Jahre. Durch einen Bogen zu seiner Linken fiel sein Blick in ein konventionell möbliertes Wohnzimmer, in dem sich kein Mensch befand. Direkt vor ihm war ein Gang mit mehreren Türen, von denen Steve annahm, dass sie in die Schlafzimmer führten. Zwei weitere geschlossene Türen waren gleich rechts von ihm. Eine von ihnen gehörte vermutlich zum Arbeitszimmer – aber welche?

»Geh ins Arbeitszimmer«, wiederholte Berrington, als ob sein vermeintlicher Sohn es beim ersten Mal nicht gehört hätte.

Steve wählte eine der beiden Türen aufs Geratewohl.

Es war die falsche – die Tür zur Toilette.

Berrington sah ihn mit zornig gerunzelter Stirn an.

Steve zögerte einen Augenblick. Dann fiel ihm ein, dass er eigentlich schlechter Laune sein musste. »Ich darf ja vielleicht erst einmal pinkeln, ja?«, sagte er mürrisch. Ohne eine Antwort abzuwarten, verschwand er in dem kleinen Raum und schloss die Tür hinter sich.

Es war eine Gästetoilette mit einem Klo und einem kleinen Waschbecken. Er stützte sich auf den Rand des Beckens und blickte in den Spiegel. »Du musst verrückt sein«, sagte er zu seinem Spiegelbild.

Dann bediente er die Spülung, wusch sich die Hände und ging wieder hinaus.

Weiter im Innern des Hauses waren Stimmen zu vernehmen. Er öffnete die Tür neben der Toilette: Ja, das war das Arbeitszimmer. Er trat ein, schloss die Tür hinter sich und blickte sich hastig um. Er sah einen Schreibtisch, einen großen Aktenschrank aus Holz, zahlreiche Bücherregale, einen Fernsehapparat und mehrere Sofas. Auf dem Schreibtisch stand das Foto einer attraktiven blonden Frau. Sie war um die vierzig und trug Kleider, die vor vielleicht zwanzig Jahren modern gewesen sein mochten. In den Armen hielt sie ein Baby. *Berringtons Ex-Frau? Meine »Mutter«?* Eine nach der anderen zog er die Schreibtischschubladen heraus und sah hinein; dann warf er einen Blick in den Aktenschrank. Im untersten Fach – fast, als sollten sie verborgen gehalten werden – standen eine Flasche Springbank Scotch und einige Kristallgläser, vielleicht eine heimliche Schwäche Berringtons.

Kaum hatte er den Schrank wieder geschlossen, ging die Tür auf, und Berrington betrat das Arbeitszimmer, gefolgt von zwei anderen Männern. Steve erkannte Senator Proust; sein mächtiger Kahlkopf und die große Nase waren ihm aus den Fernsehnachrichten wohlvertraut. Der stille schwarzhaarige Mann war vermutlich »Onkel« Preston Barck, der Vorstandsvorsitzende von Genetico.

Er dachte daran, dass er sauer war. »Ihr hättet mich nicht so verdammt zu hetzen brauchen«, sagte er.

Berrington schlug einen versöhnlichen Ton an. »Wir waren gerade mit dem Abendessen fertig«, sagte er. »Möchtest du noch etwas? Marianne kann dir noch ein Tablett bringen.«

Steves Magen war vor Aufregung völlig verkrampft, doch da er annahm, dass Harvey mit Sicherheit hungrig nach Hause gekommen wäre, und da er so natürlich wie möglich erscheinen wollte, tat er, als würde sein Zorn bereits wieder abklingen, und sagte: »Ja, natürlich ess ich noch was.«

»Marianne!«, rief Berrington, und ein hübsches, nervös wirkendes schwarzes Mädchen erschien in der Tür. »Bring Harvey noch ein Tablett, ja?«

»Sofort, Monsieur«, sagte das Mädchen leise.

Steve sah ihr nach. Ihr Weg in die Küche führte sie durch das Wohnzimmer. Wahrscheinlich befand sich auch das Esszimmer in dieser Richtung – es sei denn, sie nahmen ihre Mahlzeiten in der Küche ein.

Proust beugte sich vor und fragte: »Nun, mein Junge, was hast du in Erfahrung bringen können?«

Steve hatte sich einen fiktiven Plan für Jeannie ausgedacht. »Ich glaube, ihr könnt euch beruhigen, jedenfalls fürs Erste«, sagte er. »Jeannie Ferrami beabsichtigt, wegen gesetzeswidriger Entlassung juristisch gegen die Jones-Falls-Universität vorzugehen. Sie spielt mit dem Gedanken, während des Verfahrens auf die Existenz der Klone hinzuweisen. Bis dahin hat sie jedoch nicht vor, mit ihrem Wissen an die Öffentlichkeit zu gehen. Am Mittwoch hat sie einen Termin bei einem Rechtsanwalt.«

Die drei älteren Herren waren sichtlich erleichtert. Proust sagte: »Ein Verfahren wegen gesetzeswidriger Entlassung dauert mindestens ein Jahr. Da bleibt uns noch viel Zeit für das, was wir zu tun haben.«

Ausgetrickst, ihr alten Schweinehunde . . .

»Was ist mit dem Fall Lisa Hoxton?«, wollte Berrington wissen.

»Jeannie weiß, wer ich bin, und hält mich für den Täter, hat aber keine stichhaltigen Beweise. Wenn sie mich anzeigt – womit zu rechnen ist –, wird es wahrscheinlich als Racheakt einer ehemaligen Angestellten ausgelegt werden.«

Berrington nickte. »Gut. Aber du wirst dennoch einen Anwalt benötigen. Weißt du, was? Du übernachtest heute hier – es ist ohnehin zu spät, um noch nach Philadelphia zu fahren.«

Ich will *aber nicht hier übernachten!* »Also, ich weiß nicht...«

»Morgen begleitest du mich dann zu der Pressekonferenz, und gleich danach reden wir mit Henry Quinn.«

Das ist doch viel zu riskant!

Keine Panik! Denk nach!

Wenn ich hierbleibe, erfahre ich bis zum letzten i-Tüpfelchen, was diese Ganoven im Schilde führen. Das ist schon ein gewisses Risiko wert. Solange ich schlafe, kann eigentlich nicht viel schiefgehen. Irgendwann kann ich sicher mal heimlich Jeannie anrufen und sie auf dem Laufenden halten. Seine Entscheidung fiel spontan. »Okay«, sagte er.

»Und wir hocken hier rum und machen uns weiß Gott was für Sorgen um nichts und wieder nichts«, sagte Proust.

Barck war nicht so schnell bereit, die guten Nachrichten widerspruchslos zu akzeptieren. Argwöhnisch fragte er: »Das Mädchen ist nicht einmal auf die Idee gekommen, die Übernahme von Genetico zu sabotieren?«

»Sie ist intelligent, aber von geschäftlichen Dingen versteht sie anscheinend nicht allzu viel«, antwortete Steve.

Proust zwinkerte ihm zu und sagte: »Wie ist sie denn im Bett, he?«

»Ganz schön munter«, erwiderte Steve grinsend. Proust brüllte vor Lachen.

Marianne kam mit einem Tablett ins Zimmer. Es gab Hühnerfleisch, einen Salat mit Zwiebeln, Brot und eine Flasche Budweiser. Steve lächelte sie an. »Danke! Das sieht ja sehr gut aus!«

Sie sah ihn verdutzt an, woraus Steve schloss, dass Harvey wahrscheinlich nicht sehr oft »danke«, sagte. Ein Seitenblick auf Preston

Barck verriet ihm, dass der Genetico-Präsident die Stirn runzelte. *Pass bloß auf! Du hast sie, wo du sie haben willst – also verbock jetzt nicht noch alles! Du musst nur noch ungefähr eine Stunde durchhalten, dann ist ohnehin Schlafenszeit.*

Er fing an zu essen. Barck stellte ihm eine Frage: »Weißt du noch, wie ich dich einmal, als du zehn Jahre alt warst, ins New Yorker Plaza zum Essen eingeladen habe?«

Steve wollte schon »ja«, sagen, als ihm auffiel, dass Berrington mit einer Andeutung von Verwirrung die Stirn krauste. *Ist das eine Fangfrage? Hat Barck Verdacht geschöpft?* »Ins Plaza?« Nun runzelte auch Steve die Stirn. Es stand ihm nur eine einzige Antwort offen. »Daran kann ich mich beim besten Willen nicht mehr erinnern, Onkel Preston.«

»Kann auch sein, dass es der Sohn von meiner Schwester war«, sagte Barck.

Uff.

Berrington erhob sich. »Bei diesem vielen Bier muss ich schiffen wie ein Gaul«, sagte er und ging hinaus.

»Ich brauche jetzt einen Scotch«, verkündete Proust.

»Guck mal im untersten Fach des Aktenschranks nach«, sagte Steve. »Da steht er normalerweise.«

Proust ging zum Schrank und zog das Schubfach heraus. »Goldrichtig, mein Junge!«, rief er und nahm die Flasche sowie einige Gläser heraus.

»Dieses Versteck kenne ich seit meinem zwölften Lebensjahr«, sagte Steve. »Und seitdem bedien ich mich dort selber.«

Proust lachte schallend. Steve warf einen verstohlenen Blick auf Barck. Er lächelte. Der argwöhnische Zug in seiner Miene war verschwunden.

KAPITEL 59

Mr. Oliver präsentierte eine gewaltige Pistole aus den Zeiten des Zweiten Weltkriegs. »Hab ich einem deutschen Gefangenen abgenommen«, sagte er. »Farbigen Soldaten war damals generell noch nicht gestattet, Feuerwaffen zu tragen.« Er setzte sich auf Jeannies Couch und richtete die Pistole auf Harvey.

Lisa telefonierte; sie versuchte, George Dassault ausfindig zu machen.

»Ich werde mich jetzt im Hotel einquartieren und die Lage peilen«, sagte Jeannie. Sie packte ein paar Sachen in einen Koffer und fuhr zum Stouffer-Hotel, wobei sie überlegte, wie sie Harvey in das Zimmer bringen sollten, ohne dass der hoteleigene Wachdienst davon etwas mitbekam.

Dass das Stouffer über eine Tiefgarage verfügte, war schon mal nicht schlecht. Jeannie stellte ihren Wagen ab und nahm den Fahrstuhl, der, wie sie beobachtete, nur bis in die Lobby führte. Wer in sein Zimmer wollte, musste in einen anderen Aufzug umsteigen. Sämtliche Aufzüge befanden sich jedoch in einem separaten Gang abseits der Eingangshalle und konnten von der Rezeption aus nicht eingesehen werden. Das Umsteigen vom Garagenaufzug zum Zimmeraufzug nahm nur Sekunden in Anspruch. Werden wir Harvey tragen oder ihn hinter uns her schleifen müssen, fragte sie sich. Oder wird er sich kooperativ verhalten und freiwillig mitgehen? Es ließ sich kaum vorhersagen.

Sie meldete sich an, ging auf ihr Zimmer und stellte ihren Koffer ab. Dann fuhr sie sofort wieder nach Hause.

»Ich habe George Dassault erreicht!«, rief ihr Lisa aufgeregt entgegen, als sie die Tür öffnete.

»Großartig! Wo?«

»Erst habe ich seine Mutter in Buffalo erwischt. Sie gab mir dann seine New Yorker Nummer. Er ist Schauspieler und steht zurzeit in einem Theaterchen weit, weit hinterm Broadway auf der Bühne.«

»Kommt er morgen?«

»Ja. ›Für Publicity tu ich alles‹, hat er gesagt. Ich hab ihm sein

Ticket organisiert und ihm versprochen, dass ich ihn morgen am Flughafen abholen werde.«

»Wunderbar!«

»Wir haben also mit Sicherheit drei Klone. Das macht unglaublichen Eindruck im Fernsehen.«

»Vorausgesetzt, wir bekommen Harvey tatsächlich in das Hotel.« Jeannie wandte sich an Mr. Oliver. »Den Portier können wir umgehen, indem wir in die Tiefgarage fahren. Der Garagenfahrstuhl bringt uns nur bis ins Erdgeschoss. Dort müssen Sie aussteigen und ihn in einen anderen Aufzug verfrachten, der zu den Zimmern hochführt. Die Fahrstühle sind aber ziemlich versteckt.«

Mr. Oliver hatte seine Zweifel. »Trotzdem müssen wir dafür sorgen, dass er in den gut fünf oder zehn Minuten, die es dauern wird, um ihn vom Auto ins Zimmer zu bekommen, den Mund hält. Und was sollen die Hotelgäste denken, wenn ein Gefesselter an ihnen vorbeigeführt wird? Sie werden Fragen stellen oder den Wachdienst rufen.«

Jeannies Blick fiel auf Harvey, der noch immer gefesselt und geknebelt auf dem Boden lag. Er beobachtete sie und hörte alles, was sie sagten. »Darüber habe ich mir auch schon Gedanken gemacht«, sagte sie. »Können Sie ihm die Füße so fesseln, dass er gehen kann, wenn auch nicht zu schnell?«

»Aber sicher.«

Während Mr. Oliver sich um Harveys Füße kümmerte, ging Jeannie in ihr Schlafzimmer und holte einen bunten Sarong aus dem Schrank, den sie sich für den Strand gekauft hatte, dazu eine große Wickelstola, ein Taschentuch und eine Nancy-Reagan-Maske, die sie einmal auf einer Party bekommen und später wegzuwerfen vergessen hatte.

Mr. Oliver stellte Harvey auf die Beine. Kaum stand dieser aufrecht, holte er mit den gefesselten Händen zu einem Schwinger aus. Jeannie hielt die Luft an, und Lisa schrie auf. Doch Mr. Oliver musste mit einer solchen Attacke gerechnet haben. Er wich dem Schlag mühelos aus und rammte Harvey im Gegenzug den Kolben der Pistole in die Magengrube. Harvey stieß ein grunzendes Geräusch aus und krümmte sich. Ein zweiter Kolbenhieb traf ihn auf den Kopf. Harvey brach in die Knie. Mr. Oliver zog ihn sofort wieder hoch, und diesmal war Harvey fügsam.

»Ich möchte ihn verkleiden«, sagte Jeannie.

»Nur zu«, sagte Mr. Oliver. »Ich stelle mich daneben und gebe ihm ab und zu eins drauf, damit er auch schön brav bleibt.«

Jeannie war nervös, als sie Harvey den Sarong um die Taille wickelte und wie einen Rock zuband. Ihre Hände zitterten; die körperliche Nähe war ihr zuwider. Der Rock war so lang, dass er sogar Harveys Knöchel bedeckte und damit auch das Kabel, mit dem seine Füße gefesselt waren. Sie drapierte die Stola über seine Schultern und befestigte sie mit einer Sicherheitsnadel an den Handfesseln, sodass es aussah, als hielte er die Enden der Stola wie eine alte Frau mit beiden Händen fest. Dann rollte Jeannie das Taschentuch zusammen, band es ihm um den geöffneten Mund und verknotete es im Nacken, sodass das Geschirrtuch nicht herausfallen konnte. Zum Schluss stülpte sie Harvey, um den Knebel zu verbergen, noch die Nancy-Reagan-Maske über den Kopf. »Er war als Nancy Reagan auf einem Kostümfest und ist betrunken«, sagte sie.

»Das sieht ganz gut aus«, meinte Mr. Oliver.

Das Telefon klingelte. Jeannie nahm den Hörer ab. »Hallo?«

»Mish Delaware.«

Jeannie hatte sie ganz vergessen. Es war jetzt vierzehn oder fünfzehn Stunden her, seit sie verzweifelt versucht hatte, die Polizistin zu erreichen. »Hi«, sagte sie.

»Sie hatten recht. Harvey Jones ist der Täter.«

»Wie haben Sie das herausgefunden?«

»Die Kollegen in Philadelphia waren auf Zack. Sie sind gleich zu seiner Wohnung gefahren. Er war nicht da, aber ein Nachbar hat sie reingelassen. Sie haben die Mütze gefunden und sofort gemerkt, dass sie der Beschreibung im Fahndungsaufruf entsprach.«

»Fantastisch!«

»Ich bin jederzeit bereit, ihn zu verhaften, weiß aber nicht, wo er sich gegenwärtig aufhält. Wissen Sie's?«

Jeannies Blick fiel auf Harvey – eine ein Meter achtundachtzig große Nancy Reagan. »Keine Ahnung«, sagte sie. »Aber ich kann Ihnen sagen, wo er morgen um zwölf Uhr mittags sein wird.«

»Wo?«

»Im Stouffer-Hotel, Regency Room. Auf einer Pressekonferenz.«

»Danke.«

»Können Sie mir einen Gefallen tun, Mish?«

»Welchen?«

»Verhaften Sie ihn bitte nicht vor Ende der Pressekonferenz. Seine Anwesenheit ist für mich sehr wichtig.«

Mish Delaware zögerte kurz, dann sagte sie: »Okay.«

»Danke, das ist wirklich sehr nett von Ihnen.« Jeannie legte den Hörer auf. »Okay, dann packen wir ihn mal in den Wagen.«

»Gehen Sie vor und halten Sie mir die Türen auf«, sagte Mr. Oliver. »Ich bringe ihn.«

Jeannie nahm ihr Schlüsselbund und lief die Treppe hinunter. Es war zwar inzwischen längst dunkel, doch die Nacht war sternenklar, und die Straßenlaternen warfen schattenreiche Lichter. Händchenhaltend kam ihr ein junges Paar in zerrissenen Jeans entgegen. Auf der gegenüberliegenden Straßenseite führte ein Mann mit einem Strohhut auf dem Kopf einen gelben Labrador Gassi. Alle drei würden den Vorgang genau sehen können. Würden sie herschauen? Würden sie sich dafür interessieren?

Jeannie sperrte ihren Wagen auf und öffnete die Tür.

Auf Tuchfühlung miteinander kamen Harvey und Mr. Oliver aus dem Haus. Mr. Oliver stieß den Gefangenen vorwärts. Harvey stolperte. Lisa bildete die Nachhut und schloss die Haustür hinter sich.

Sekundenlang kam Jeannie die Szene wie absurdes Theater vor, und ein hysterisches Lachen stieg in ihrer Kehle auf. Um es zu ersticken, musste sie die Faust gegen den Mund pressen.

Harvey hatte den Wagen erreicht, und Mr. Oliver gab ihm einen letzten Stoß, sodass er fast der Länge nach auf den Rücksitz fiel.

Der Moment, in dem Jeannie alles nur lächerlich vorkam, war vorüber. Sie schaute noch einmal nach den drei potenziellen Zeugen.

Der Mann mit dem Strohhut sah seinem Hund zu, der gerade den Reifen eines Subaru anpinkelte. Das Pärchen hatte sich nicht umgedreht.

So weit, so gut.

»Ich setz mich zu ihm nach hinten«, sagte Mr. Oliver.

»Okay.«

Jeannie winkte Lisa noch einmal kurz zu und fuhr los.

In der Innenstadt war es am späten Sonntagabend sehr ruhig. Jeannie steuerte den Wagen in die Tiefgarage des Hotels und parkte so nah wie möglich am Aufzugsschacht. Sie mussten im Auto warten, bis ein aufgetakeltes Pärchen seinem Lexus entstiegen und im Fahrstuhl verschwunden war. Erst als weit und breit niemand mehr zu sehen war, verließen sie den Wagen.

Jeannie holte einen Schraubenschlüssel aus dem Kofferraum, zeigte ihn Harvey und steckte ihn in die Tasche ihrer Bluejeans. Mr. Oliver trug die Weltkriegspistole unter seinen Hemdzipfeln verborgen im Hosenbund. Sie zerrten Harvey aus dem Wagen. Jeannie rechnete jeden Augenblick mit einem Angriff, doch Harvey schlurfte friedlich zum Fahrstuhl.

Es dauerte lange, bis der Lift kam.

Als er endlich da war, schubsten sie Harvey in die Kabine. Jeannie drückte den Knopf für die Hotellobby.

Während der Fahrt nach oben versetzte Mr. Oliver Harvey einen weiteren Schlag in die Magengrube.

Jeannie erschrak. Diesmal hatte der Gefangene niemanden provoziert.

Genau in dem Augenblick, als die Türen sich öffneten, stöhnte Harvey auf und krümmte sich. Zwei Männer, die auf den Lift warteten, starrten ihn an. Mr. Oliver führte den Torkelnden hinaus und sagte: »Verzeihung, meine Herren, dieser junge Mann hatte einen Drink zu viel.« Die beiden Männer wichen rasch zurück.

Ein anderer Aufzug wartete bereits mit geöffneten Türen. Sie bugsierten Harvey hinein, und Jeannie drückte den Knopf für die siebte Etage. Als sich die Türen schlossen, seufzte sie erleichtert auf.

Auf der Fahrt hinauf gab es keinen weiteren Zwischenfall. Harvey erholte sich allmählich von Mr. Olivers Schlag, doch sie hatten ihr Ziel schon fast erreicht. Jeannie ging voran und führte die kleine Gruppe zu dem Zimmer, das sie gebucht hatte. Zu ihrem Entsetzen stand die Tür offen, und an der Klinke hing ein Schild mit der Aufschrift »Zimmer wird gewartet«. Das Zimmermädchen war wohl gerade dabei, die Betten aufzudecken. Jeannie stöhnte.

In diesem Augenblick wehrte sich Harvey plötzlich heftig, ließ seine gefesselten Hände schwingen und brachte einige kehlige Protestlaute hervor. Mr. Oliver versuchte ihn mit einem Schlag zur Ruhe zu bringen, doch Harvey wich ihm aus und machte drei hastige Schritte in den Gang hinein.

Jeannie trat ihm in den Weg, packte das lose Ende des Kabels, mit dem seine Knöchel gefesselt waren, und zog daran. Harvey stolperte. Jeannie zerrte noch einmal, diesmal jedoch ohne jeden Erfolg. Mein Gott, ist *der schwer*. Er hob die Hände zum Schlag. Jeannie nahm all ihre Kraft zusammen und riss noch einmal an dem Kabel. Ruckartig wurden Harvey die Füße unter dem Körper weggezogen, und er fiel krachend zu Boden.

»Meine Güte – was, um Himmels willen, geht denn hier vor?«, fragte eine sittenstrenge Stimme. Das Zimmermädchen, eine etwa sechzigjährige Schwarze in makelloser Uniform, war aus dem Zimmer gekommen.

Mr. Oliver kniete vor Harveys Kopf und hob ihn an den Schultern hoch. »Dieser junge Mann hat ein bisschen zu heftig gefeiert und dann quer über die Motorhaube meiner Limousine gekotzt«, sagte er.

Kapiere. Er tut so, als wäre er unser Chauffeur.

»Gefeiert?«, sagte das Zimmermädchen. »Sieht mir eher nach einer Prügelei aus.«

An Jeannie gewandt, sagte Mr. Oliver: »Könnten Sie ihn vielleicht an den Füßen nehmen, Ma'am?«

Jeannie tat es.

Sie hoben Harvey an. Er zappelte hin und her und drohte wieder zu

Boden zu fallen, doch Mr. Oliver fing ihn mit dem Knie ab. Der Aufprall nahm Harvey fast den Atem.

»Vorsicht, Sie verletzen ihn sonst noch!«, sagte das Zimmermädchen.

»Noch mal, Ma'am!«, sagte Mr. Oliver.

Sie hoben Harvey auf, schleppten ihn ins Zimmer und warfen ihn aufs erste der beiden Betten.

Das Zimmermädchen folgte ihnen. »Ich hoffe, er kotzt hier nicht weiter«, sagte sie.

Mr. Oliver bedachte sie mit einem Lächeln. »Wie ist das möglich, dass ich Sie hier noch nie gesehen habe? Ich hab ein Auge für hübsche Mädchen, kann mich aber an Sie einfach nicht erinnern.«

»Nun werden Sie mal nicht frech!«, erwiderte die Schwarze lächelnd. »Ich bin kein Mädchen!«

»Ich bin einundsiebzig – und Sie können kein Jahr älter sein als fünfundvierzig.«

»Ich bin neunundfünfzig, da fall ich auf so'n Quatsch nicht mehr herein.«

Er nahm ihren Arm, führte sie galant aus dem Zimmer und sagte dabei: »Hey, ich bin gleich fertig mit diesen Herrschaften. Darf ich Sie vielleicht zu einer kleinen Spritztour in meiner Limousine einladen?«

»In die vollgekotzte Kiste?«, kicherte sie. »Das kommt überhaupt nicht infrage!«

»Ich könnte sie ja reinigen lassen.«

»Ich habe einen Ehemann, der zu Hause auf mich wartet, und wenn der hören würde, was Sie hier von sich geben, dann war die Kotze auf Ihrer Motorhaube noch das Harmloseste, Mister Limo.«

»O weh, o weh!« Mr. Oliver hob abwehrend die Hände. »Ich habe Ihnen doch nichts antun wollen.« Er spielte den Ängstlichen, kam mit dem Rücken voran wieder ins Zimmer und schloss die Tür.

Jeannie fiel in einen Sessel. »Allmächtiger! Wir haben's geschafft!«, sagte sie.

aum war Steve mit dem Essen fertig, stand er auf und sagte: »Ich muss in die Falle.« Er wollte sich so schnell wie möglich auf Harveys Zimmer zurückziehen. Wenn er allein war, konnte er nicht mehr auffliegen.

Der Herrenabend ging zu Ende. Proust trank seinen Scotch aus, und Berrington begleitete die beiden Gäste zu ihren Fahrzeugen.

Für Steve ergab sich dadurch die Chance, Jeannie anzurufen und ihr zu erzählen, was los war. Er schnappte sich das Telefon und rief die Auskunft an. Es dauerte lange, bis sich jemand meldete. *Nun macht schon, beeilt euch!* Als er endlich drankam, ließ er sich die Nummer des Hotels geben. Zuerst verwählte er sich und landete bei einem Restaurant. Er wählte noch einmal. Jetzt stimmte die Nummer. »Kann ich bitte mit Dr. Jean Ferrami sprechen?«, fragte er.

Als Jeannie »Hallo?«, sagte, kam Berrington zurück.

»Hallo, Linda, hier ist Harvey«, sagte er.

»Steve, bist du das?«

»Ja. Du, ich hab mich entschlossen, hier bei meinem Vater zu übernachten. Es ist schon ein bisschen spät für die lange Fahrt.«

»Um Gottes willen, Steve, stimmt was nicht?«

»Nur was Geschäftliches, aber das kriege ich schon hin. Hattest du einen netten Tag, Liebling?«

»Wir haben ihn jetzt im Hotelzimmer. Es war nicht leicht, aber wir haben es geschafft. Lisa hat George Dassault ausfindig gemacht. Er hat versprochen, dass er kommen wird. Ihr dürftet also mindestens zu dritt sein.«

»Sehr schön. Ich gehe jetzt ins Bett. Hoffentlich sehen wir uns morgen, Liebling, okay?«

»Ich drück dir die Daumen.«

»Ich dir auch. Gute Nacht.«

Berrington zwinkerte ihm zu. »Heißes Häschen?«

»Warm.«

Berrington steckte sich eine Tablette in den Mund und spülte sie mit Scotch herunter. Steves Blick auf die Flasche entging ihm nicht. »Nach alldem brauche ich was zum Einschlafen.«

»Gute Nacht, Dad.«

Berrington legte Steve die Arme um die Schultern. »Gute Nacht, mein Sohn«, sagte er. »Und mach dir keine Gedanken, wir stehen das schon durch.«

Der liebt seinen missratenen Sprössling tatsächlich, dachte Steve und empfand einen irrationalen Anflug von schlechtem Gewissen, weil er einen liebevollen Vater so skrupellos an der Nase herumführte.

Dann fiel ihm ein, dass er gar nicht wusste, wo sich sein Schlafzimmer befand.

Er verließ das Arbeitszimmer und ging einige Schritte den Gang entlang, der seiner Vermutung nach zu den Schlafräumen führte. Aber welche Tür führte in Harveys Zimmer? Ein Blick zurück verriet ihm, dass Berrington ihn vom Arbeitszimmer aus nicht sehen konnte. Kurz entschlossen öffnete er die nächste Tür, verzweifelt darum bemüht, es möglichst geräuschlos zu tun.

Sie führte in ein voll ausgestattetes Bad mit Dusche und Wanne.

Vorsichtig zog er die Tür wieder zu.

Beim nächsten Versuch erwischte er einen Schrank mit Handtüchern und Bettwäsche.

Er probierte es gegenüber. Ein großes Schlafzimmer mit einem Doppelbett und vielen Schränken präsentierte sich seinem Blick. An einem Türknopf hing ein Nadelstreifenanzug in der Plastikverpackung einer Wäscherei. Nein, einen Nadelstreifenanzug trägt Harvey bestimmt nicht. Er wollte die Tür gerade wieder leise zuziehen, als er zu seinem Schrecken unmittelbar hinter sich Berringtons Stimme hörte. »Brauchst du etwas aus meinem Zimmer?«

Steve zuckte zusammen. Er kam sich ertappt vor. Im ersten Augenblick verschlug es ihm die Sprache. *Was kann ich bloß sagen?* Dann kamen die Worte fast automatisch. »Ich hab keinen Schlafanzug.«

»Seit wann trägst du Schlafanzüge?«

Lag Misstrauen in Berringtons Stimme? Oder war er bloß überrascht? Steve vermochte es nicht zu sagen.

Wild drauflos improvisierend, fuhr er fort: »Ich dachte, du hättest vielleicht ein übergroßes T-Shirt oder so was.«

»Bestimmt nichts mit deiner Schulterweite, mein Junge«, erwiderte Berrington – und fing, zu Steves großer Erleichterung, zu lachen an.

Steve hob die Schultern. »Ist ja auch egal«, sagte er und ging weiter.

Am Ende des Ganges befanden sich noch einmal zwei gegenüberliegende Türen: Höchstwahrscheinlich führten sie in Harveys Zimmer und das des Hausmädchens.

Aber *welches ist welches?*

Steve ließ sich Zeit. Er hoffte, seine Wahl erst treffen zu müssen, wenn Berrington in seinem eigenen Zimmer verschwunden wäre.

Als sich die Entscheidung nicht mehr aufschieben ließ, drehte er sich noch einmal um. Berrington beobachtete ihn.

»Nacht, Dad«, sagte er.

»Gute Nacht.«

Links oder rechts? Keine Ahnung. Such dir eine aus.

Steve öffnete die Tür zu seiner Rechten.

Ein Rugbyhemd über einer Stuhllehne, eine CD von Snoop Doggy Dog auf dem Bett. Ein *Playboy* auf dem Schreibtisch.

Das Zimmer eines jungen Mannes. Gott sei Dank.

Er trat ein, stieß die Tür mit der Hacke hinter sich zu und lehnte sich schwerfällig dagegen. Ihm war ganz schwach vor Erleichterung.

Dann zog er sich aus und ging zu Bett. Es war schon ein sehr merkwürdiges Gefühl – in Harveys Bett, in Harveys Zimmer, im Haus von Harveys Vater ... Er knipste das Licht aus, lag aber noch lange wach und lauschte auf die Geräusche in dem ihm fremden Haus. Eine Zeit lang waren noch Schritte zu hören, Türen wurden geschlossen, Wasser rauschte. Dann war alles still.

Er fiel in einen leichten Schlaf – und wurde plötzlich geweckt. *Da ist jemand im Zimmer!*

Er nahm einen eigentümlichen Duft wahr – ein blumenartiges Parfüm, vermischt mit dem Geruch nach Knoblauch und Gewürzen.

Dann sah er die zierliche Silhouette Mariannes am Fenster vorbeigehen.

Bevor er irgendetwas sagen konnte, schlüpfte sie zu ihm ins Bett.

»Hey«, flüsterte er.

»Isch blas dir einen, so wie du's magst«, sagte sie, doch Steve spürte die Angst in ihrer Stimme.

»Nein«, sagte er. Sie vergrub sich unter der Bettdecke und näherte sich seinem Geschlecht. Steve schob sie von sich. Sie war nackt.

»Bitte tu mir 'eute nischt weh, 'arvey«, sagte Marianne. Sie sprach mit französischem Akzent.

Steve begriff. Marianne war eine Immigrantin, und Harvey hatte sie dermaßen eingeschüchtert, dass sie nicht nur alles tat, was er von ihr verlangte, sondern seine Forderungen schon vorausahnte. Wie war es möglich, dass er dieses Mädchen ungestraft misshandelte, während sein Vater im Zimmer nebenan schlief? Schrie sie nicht? Ihm fiel die Schlaftablette ein. Berrington schlief so tief, dass Mariannes Schreie ihn nicht aufweckten.

»Ich tu dir nicht weh, Marianne«, sagte er. »Beruhige dich.«

Ihre Küsse bedeckten sein Gesicht. »Bitte sei lieb zu mir, bitte. Isch tu alles, was du willst, 'arvey, aber tu mir nischt weh.«

»Marianne!«, sagte er streng. »Sei still.«

Sie erstarrte.

Er legte ihr den Arm um die dünnen Schultern. Ihre Haut war weich und warm. »Bleib einfach liegen und beruhige dich«, sagte er und streichelte ihren Rücken. »Niemand wird dir mehr wehtun, das verspreche ich dir.«

Ihr Körper war noch immer ganz verkrampft, als rechne er jeden Augenblick mit Schlägen. Es dauerte eine Zeit lang, bis die Anspannung allmählich nachließ. Marianne kuschelte sich enger an ihn.

Er bekam eine Erektion – er konnte gar nichts dagegen tun. Er wusste, dass er jetzt ohne Weiteres mit ihr schlafen könnte, und mit dem kleinen, zitternden Körper in seinen Armen war die Versuchung groß genug. Niemand würde je davon erfahren. Es würde herrlich sein, sie zu streicheln und zu erregen – und Marianne würde über die überraschend liebevollen und einfühlsamen Zärtlichkeiten froh und glücklich sein. Eine Nacht voller Küsse und Berührungen stand ihm bevor.

Er seufzte. Es war nicht recht, trotz allem. Sie war nicht freiwillig zu ihm gekommen. Unsicherheit und Angst hatten sie in sein Bett gebracht, nicht Sehnsucht und Lust. *Ja, Steve, du kannst sie jetzt bumsen – und damit beutest du eine völlig verängstigte Immigrantin aus, die fest davon überzeugt ist, dass sie keine andere Wahl hat. Und das wäre verabscheuenswert. Jeden anderen Mann, der sich so verhielte, würdest du verachten.*

»Geht es dir besser?«, fragte er.

»Ja . . .«

»Dann geh jetzt wieder in dein eigenes Bett.«

Sie berührte sein Gesicht und küsste ihn sanft auf den Mund. Steve hielt die Lippen fest geschlossen, strich ihr aber freundschaftlich übers Haar.

Im Halbdunkel starrte sie ihn an. »Du bist nicht 'arvey«, sagte sie.

»Nein«, erwiderte er. »Ich bin nicht Harvey.«

Einen Augenblick später war sie verschwunden – seine Erektion dagegen nicht.

Warum bin ich nicht wie er? Weil ich anders aufgewachsen bin?

Zum Teufel, nein!

Ich hätte sie vögeln können. Ich hätte Harvey sein können. Ich bin nicht Harvey, weil ich nicht so sein wollte wie er. Nicht meine Eltern haben das bestimmt, sondern ich selbst. Ich bin euch dankbar für eure Hilfe, Mom und Dad – aber derjenige, der Marianne in ihr Zimmer zurückgeschickt hat, war ich. Ihr wart es nicht.

Weder Berrington noch ihr habt aus mir das gemacht, was ich bin.

Das war ich selbst.

Montag

KAPITEL 61

S teve schreckte aus dem Schlaf.

Wo bin ich?

Jemand rüttelte an seiner Schulter, ein Mann in gestreiftem Pyjama. Es war Berrington Jones. Steve war im ersten Augenblick völlig desorientiert, doch dann war ihm alles wieder klar.

»Zieh dich bitte anständig an für die Pressekonferenz«, sagte Berrington. »Im Schrank hängt ein Hemd, das du vor ein paar Wochen hiergelassen hast. Marianne hat es gewaschen und gebügelt. Und dann komm bitte in mein Zimmer und such dir einen passenden Schlips aus. Ich leihe dir einen.« Er ging.

Berrington spricht zu seinem Sohn wie mit einem schwierigen, ungehorsamen Kind, dachte Steve beim Aufstehen. Der unausgesprochene Satz »Widersprich mir nicht, sondern tu, was ich dir sage!«, schwang in jeder Äußerung mit. Andererseits bedeutete dieser kurze und bündige Umgangston eine Erleichterung für Steve. Er konnte sich auf einsilbige Antworten beschränken, bei denen er nicht Gefahr lief, seine Unwissenheit zu verraten.

Es war acht Uhr morgens. In Unterhosen ging er durch den Flur ins Bad, duschte und rasierte sich mit einem Apparat, den er im Badezimmerschrank fand. Er bewegte sich nur langsam, um das nächste risikobehaftete Gespräch mit Berrington so weit wie möglich hinauszuzögern.

Er wickelte sich ein Handtuch um die Hüften und betrat pflichtschuldigst Berringtons Schlafzimmer. Berrington war nicht da. Steve öffnete den Schrank. Berringtons Krawattensammlung war grandios: gestreifte, gepunktete, gemusterte, alle in schimmernder Seide – und nicht eine einzige, die der neuesten Mode entsprach. Steve suchte sich eine mit breiten horizontalen Streifen aus. Da er außerdem Unterwäsche benötigte, sah er sich auch Berringtons Boxer-Shorts an. Obwohl er viel größer war als Berrington, passte die Taillenweite. Er entschied sich für eine einfache blaue Hose.

Nachdem er sich angezogen hatte, nahm er alle Kraft zusammen, um für die nächste Runde seines Täuschungsmanövers gerüstet zu sein. Ein paar Stunden noch, dann war alles vorüber. Es musste ihm gelingen, Berrington bis einige Minuten nach zwölf Uhr mittags in Sicherheit zu wiegen. Das war der Zeitpunkt, zu dem Jeannie die Pressekonferenz unterbrechen würde.

Er holte tief Luft und ging hinaus.

Der Geruch nach brutzelndem Speck wies ihm den Weg zur Küche. Marianne stand am Herd. Mit weit aufgerissenen Augen starrte sie Steve an. Sekundenlang schien ihn Panik zu überwältigen: Wenn Berrington ihre Miene sah, würde er sie vielleicht fragen, ob etwas nicht in Ordnung wäre – und verschreckt, wie das arme Mädchen nun einmal war, würde es ihm wahrscheinlich alles erzählen. Doch Berrington saß vor einem kleinen Fernsehapparat und verfolgte eine CNN-Sendung; außerdem war er ohnehin nicht der Typ, der an den Sorgen anderer Anteil nahm.

Steve setzte sich an den Tisch, und Marianne schenkte ihm Kaffee und Saft ein. Er lächelte sie aufmunternd an, um sie zu beruhigen.

Berrington bat mit erhobener Hand um Ruhe. Er hätte sich die Geste sparen können, denn Steve war an Smalltalk ohnehin nicht interessiert.

Der Nachrichtensprecher auf dem Bildschirm berichtete gerade über die Genetico-Übernahme. »Michael Madigan, Vorstandsvorsitzender von Landsmann North America, sagte gestern Abend, dass der Offenbarungspflicht Genüge geleistet sei und der Vertrag heute auf einer öffentlichen Pressekonferenz in Baltimore unterzeichnet wird. Im Frühhandel an der Frankfurter Börse stieg der Wert der Landsmann-Aktien um fünfzig Pfennig. Die Bilanz von General Motors im dritten Quartal ...«

Es klingelte an der Haustür, und Berrington stellte per Knopfdruck den Ton ab. Er sah durchs Küchenfenster hinaus und sagte: »Ein Polizeiwagen steht vor der Tür.«

Ein schlimmer Gedanke schoss Steve durch den Kopf: Wenn Jeannie Mish Delaware erreicht und ihr erzählt hatte, was sie inzwischen über Harvey wusste, war es gut möglich, dass die Polizei Harvey so schnell wie möglich verhaften wollte. In Harveys Kleidern in der Küche von Harveys Vater sitzend und von dessen Köchin gebackene Heidelbeerpfannkuchen verspeisend, würde es ihm schwerfallen, seine wahre Identität zu beweisen.

Er wollte nicht wieder ins Gefängnis.

Doch das war noch nicht einmal das Schlimmste. Wenn man ihn jetzt festnahm, würde er die Pressekonferenz versäumen. Erschienen auch die anderen Klone nicht, blieb Jeannie mit Harvey allein auf weiter Flur – und ein einzelner Zwilling bewies überhaupt nichts.

Berrington erhob sich und ging zur Tür.

»Und wenn sie hinter mir her sind?«, fragte Steve.

Marianne sah sterbenselend aus.

Berrington sagte: »Ich sag, dass du nicht zu Hause bist.«

Steve konnte das Gespräch an der Türschwelle nicht verstehen. Wie festgefroren saß er auf seinem Stuhl und brachte keinen Bissen und keinen Schluck herunter. Marianne stand, in der Hand einen Küchenspachtel, wie eine Statue am Herd.

Endlich kehrte Berrington zurück. »Bei dreien unserer Nachbarn wurde in der vergangenen Nacht eingebrochen«, sagte er. »Wir haben wohl Schwein gehabt.«

In der Nacht hatten Jeannie und Mr. Oliver sich gegenseitig bei der Bewachung Harveys abgelöst. Wer nicht an der Reihe war, konnte sich hinlegen und ein wenig ausruhen, doch der Einzige, der wirklich schlief, war Harvey. Er schnarchte hinter seinem Knebel.

Am Morgen gingen sie nacheinander ins Bad. Jeannie zog sich die Kleider an, die sie im Koffer mitgebracht hatte – eine weiße Bluse und einen schwarzen Rock, sodass sie als Kellnerin durchgehen konnte.

Sie bestellten das Frühstück aufs Zimmer. Da sie den Ober nicht hereinkommen lassen konnten – er hätte zwangsläufig den gefesselt auf dem Bett liegenden Harvey gesehen –, unterschrieb Mr. Oliver die Quittung an der Tür und sagte: »Meine Frau ist noch nicht angezogen. Ich übernehme das Wägelchen gleich hier.«

Er ließ Harvey ein Glas Orangensaft trinken, indem er es ihm an die Lippen hielt. Jeannie stand hinter Harvey, jederzeit bereit, mit dem Schraubenschlüssel zuzuschlagen, falls der Gefangene Schwierigkeiten machen sollte.

Nervös und angespannt wartete sie auf Steves Anruf. Wie war es ihm ergangen? Er hatte in Berringtons Haus übernachtet. Konnte er seine Maskerade noch aufrechterhalten?

Um neun kam Lisa. Sie hatte die Presseerklärungen fotokopiert und brachte einen ganzen Stapel davon mit. Dann machte sie sich auf den Weg zum Flughafen, um George Dassault und eventuell noch andere Klone abzuholen. Angerufen hatte keiner mehr.

Steve rief um halb zehn an. »Ich muss mich kurz fassen«, sagte er. »Berrington ist im Badezimmer. Alles läuft bestens. Ich komme mit ihm zur Pressekonferenz.«

»Er hat keinen Verdacht geschöpft?«

»Nein, aber ein paar kritische Augenblicke gab es trotzdem. Wie geht's meinem Doppelgänger?«

»Der verhält sich ruhig.«

»Ich muss jetzt Schluss machen.«

»Steve?«

»Beeil dich!«

»Ich liebe dich.« Sie legte auf. *Das hätte ich nicht sagen dürfen. Mädchen sollen es den Männern nie zu leicht machen . . . Ach, zum Teufel damit!*

Um zehn brach sie zu einem Erkundigungsgang auf. Sie wollte sich den Regency Room ansehen. Es handelte sich um ein Eckzimmer mit einer kleinen Lobby und einer Tür, die zu einem Vorzimmer führte. Eine PR-Frau war bereits da; sie werkelte an einem fernsehgerechten Hintergrund mit dem Genetico-Logo.

Jeannie sah sich rasch um und kehrte auf ihr Zimmer zurück.

Lisa meldete sich vom Flughafen. »Schlechte Nachrichten«, sagte sie. »Die Maschine aus New York hat Verspätung.«

»Herrgott!«, sagte Lisa. »Gibt's irgendein Zeichen von Wayne oder Hank?«

»Nein.«

»Wann kommt denn die Maschine jetzt?«

»Um halb zwölf, heißt es.«

»Dann schaffst du's ja vielleicht noch.« »Ja, wenn ich fahre wie von der Tarantel gestochen.«

Um elf Uhr kam Berrington aus seinem Schlafzimmer und streifte sich sein Jackett über. Er trug einen fein gestreiften blauen Anzug mit Weste über einem weißen Hemd mit Manschetten – altmodisch, aber effizient. »Gehen wir«, sagte er.

Steve zog Harveys Tweedjackett an. Natürlich saß es perfekt und erinnerte sehr an eines seiner eigenen.

Sie traten ins Freie. Für das herrschende Wetter waren sie beide zu warm angezogen. Sie bestiegen den silberfarbenen Lincoln und stellten die Klimaanlage an. Berrington fuhr schnell. Bald erreichten sie die Innenstadt und parkten den Wagen in der Tiefgarage des Hotels. Steve war heilfroh, dass Berrington unterwegs ziemlich wortkarg war.

»Genetico hat eine PR-Firma mit der Ausrichtung der Pressekonferenz beauftragt«, sagte Berrington, als der Aufzug sie nach oben brachte. »Unsere eigene PR-Abteilung hat noch nie etwas in dieser Größenordnung organisiert.«

Auf dem Weg zum Regency Room wurden sie von einer Frau in einem schwarzen Kostüm aufgehalten. Auf dem Kopf trug sie ein schickes Käppchen. »Ich bin Caren Beamish von Total Communications«, sagte sie mit einem strahlenden Lächeln. »Darf ich Sie bitten, mich in die Prominentensuite zu begleiten?« Sie führte sie in ein kleines Zimmer, in dem ein Büfett bereitstand und verschiedene Drinks angeboten wurden.

Steve war leicht beunruhigt; er hätte sich lieber schon ein Bild vom Konferenzraum gemacht. Doch vielleicht erübrigte sich das auch. Solange Berrington ihn bis zu Jeannies Auftritt für Harvey hielt, war alles andere nebensächlich.

In der Prominentensuite befanden sich bereits sechs oder sieben Personen, darunter Proust und Barck. Bei Proust stand ein muskulöser junger Mann im schwarzen Anzug, der wie ein Leibwächter aussah. Berrington stellte Steve Michael Madigan vor, den Chef des nordamerikanischen Zweiges des Landsmann-Konzerns.

Nervös stürzte Berrington ein Glas Weißwein hinunter. Steve hätte einen Martini vertragen – er hatte weit größeren Anlass zur Furcht als Berrington –, doch er wusste, dass er einen klaren Kopf behalten musste und sich nicht die geringste Unaufmerksamkeit leisten durfte. Er warf einen Blick auf die Armbanduhr, die er Harvey vom Handgelenk gestreift hatte. Es war fünf vor zwölf. *Nur noch ein paar Minuten. Wenn dann alles vorbei ist, genehmige ich mir einen Martini.*

Caren Beamish klatschte in die Hände und sagte: »Meine Herren, sind wir so weit?« Zustimmendes Gemurmel und Kopfnicken war die Antwort. »Dann darf ich Sie alle bitten, Ihre Plätze einzunehmen – ausgenommen diejenigen unter Ihnen, die oben auf dem Podium sitzen werden.«

So, das wär's. Du hast es geschafft.

Berrington wandte sich an Steve, sagte: »Dann bis später, Schwerenöter«, und sah ihn erwartungsvoll an.

»Alles klar«, sagte Steve.

Berrington grinste. »Was soll das heißen – ›alles klar‹? Wie geht's weiter?«

Steve wurde auf einmal eiskalt. Er hatte keine Ahnung, was Berrington damit meinte. Es klang wie ein Spruch im Stil von *See you later, alligator,* nur handelte es sich um eine rein private Sentenz. Darauf gab es offenbar eine ganz bestimmte Replik, die allerdings mit Sicherheit nicht *In a while, crocodile* hieß. Aber wie dann? Steve unterdrückte einen Fluch. Die Pressekonferenz würde gleich beginnen. Nur noch sekundenlang musste er sein Versteckspiel aufrechterhalten!

Berrington runzelte verblüfft die Stirn und starrte ihn an.

Steve merkte, dass ihm auf der Stirn der Schweiß ausbrach.

»Das kannst du nicht vergessen haben!«, sagte Berrington, und Steve sah den ersten Anflug von Misstrauen in seinen Augen.

»Hab ich auch nicht«, erwiderte Steve schnell – zu schnell, denn damit hatte er sich festgelegt.

Inzwischen war auch Senator Proust aufmerksam geworden. »Also – wie geht's weiter?«, wollte Berrington wissen. Steve sah, wie er mit Prousts Leibwächter einen raschen Blick wechselte, worauf der Mann sichtlich die Muskeln spannte.

In seiner Verzweiflung sagte Steve: »Auf der Mauer, Eisenhower.«

Einen Augenblick lang herrschte Schweigen.

Dann sagte Berrington: »Gar nicht so übel!«, und lachte.

Steve entspannte sich. So läuft das also! Man muss sich jedes Mal was Neues einfallen lassen ... Er dankte seinem Schicksal. Damit ihm niemand seine Erleichterung ansehen konnte, wandte er sich ab.

»Ihr Auftritt bitte, meine Herren!«, sagte die PR-Dame.

»Hier entlang, bitte«, sagte Proust zu Steve. »Du musst jetzt nicht auf die Bühne.« Er öffnete eine Tür, und Steve trat ein.

Es war eine Toilette. Er drehte sich um und sagte: »Nein, das ist ...«

Prousts Leibwächter stand unmittelbar hinter ihm. Ehe Steve wusste, wie ihm geschah, hatte der Mann ihn in einem schmerzhaften Halbnelson und sagte: »Einen Ton, und ich brech dir alle Gräten.«

Jetzt betrat auch Berrington den Toilettenraum, gefolgt von Jim Proust, der die Tür hinter sich schloss.

Der eiserne Griff des Leibwächters ließ Steve nicht den geringsten Spielraum.

Berrington kochte vor Wut. »Du mieser, kleiner Gangster«, zischte er. »Wer bist du? Steve Logan, nehme ich an, oder?«

Steve versuchte, das Täuschungsmanöver aufrechtzuerhalten. »Dad, was soll das?«

»Hör auf damit! Das Spiel ist aus. Wo ist mein Sohn?«

Steve schwieg.

»Was geht hier vor, Berry?«, fragte Jim.

Berrington versuchte, ihn zu beruhigen. »Er ist nicht Harvey«, erwiderte er, »sondern einer der anderen, vermutlich der junge Logan. Hat sich offenbar seit gestern Abend als Harvey ausgegeben. Harvey selbst halten sie wahrscheinlich irgendwo fest.«

Jim wurde blass. »Das heißt, dass alles, was er uns über die Absichten von Jeannie Ferrami erzählt hat, erstunken und erlogen war?«

Berrington nickte verbittert. »Wahrscheinlich plant sie irgendeinen Protest während der Pressekonferenz.«

»Scheiße«, gab Proust zurück. »Bloß nicht vor all den Kameras!«

»Ich an ihrer Stelle würde mir die Chance jedenfalls nicht entgehen lassen. Du vielleicht?«

Proust dachte einen Augenblick nach. »Wird Madigan die Nerven behalten?«

Berrington schüttelte den Kopf. »Kann ich nicht sagen. Wenn er die Übernahme in letzter Minute platzen lässt, sieht er ziemlich blöd aus, das steht fest. Andererseits... Wenn er hundertachtzig Millionen Dollar für eine Firma ausgibt, die mit Schadenersatzklagen in der gleichen Höhe zu rechnen hat, sieht er noch blöder aus. Ich weiß nicht, wofür er sich entscheiden wird.«

»Dann müssen wir eben diese Frau finden und ihr das Handwerk legen!«

»Sie hat sich möglicherweise hier im Hotel einquartiert.« Berrington griff zum Telefon, das neben der Toilette stand. »Hier spricht Professor Jones von der Genetico-Pressekonferenz im Regency Room«, sagte er in befehlsgewohntem Ton. »Wir warten auf Dr. Ferrami. In welchem Zimmer ist sie?«

»Es tut mir leid, aber wir dürfen leider keine Zimmernummern nennen, Sir.« Berrington war kurz davor zu explodieren, als die Empfangsdame hinzufügte: »Soll ich Sie zu ihr durchstellen, Sir?«

»Ja, natürlich.« Er hörte das Rufzeichen. Nach einer Weile meldete sich ein Mann, der der Stimme nach schon recht betagt war. Berrington improvisierte: »Ihre Wäsche ist fertig, Mr. Blekinsop.«

»Ich habe keine Wäsche abgegeben.«

»Oh, das tut mir leid, Sir – in welchem Zimmer sind Sie?« Berrington hielt den Atem an.

»Achthunderteinundzwanzig.«

»Oh, ich meinte Achthundertzwölf, entschuldigen Sie vielmals.«

»Keine Ursache.«

Berrington legte auf. »Sie stecken in Zimmer achthunderteinundzwanzig«, sagte er aufgeregt. »Ich wette, dass sie Harvey bei sich haben.«

»Die Pressekonferenz fängt gleich an«, sagte Proust.

»Nicht, dass wir zu spät dran sind.« Berrington zögerte. Er war hin- und hergerissen. Er wollte die öffentliche Bekanntgabe der Übernahme keine Sekunde aufschieben, aber vorher musste er etwas gegen Jeannies Pläne unternehmen – wie immer diese im Einzelnen aussehen mochten. Nach einer kurzen Pause sagte er zu Proust: »Geh du doch erst einmal allein mit Madigan und Preston aufs Podium. Ich suche unterdessen Harvey und tue mein Bestes, Jeannie Ferrami zu stoppen.«

»Geht in Ordnung.«

Berrington warf einen Blick auf Steve. »Mir wär's lieber, wenn ich deinen Sicherheitsmann mitnehmen könnte. Aber wir können Steve nicht laufen lassen.«

»Kein Problem, Sir«, sagte der Leibwächter. »Ich kann ihn hier an ein Rohr fesseln.«

»Na, prächtig. Tun Sie's!«

Berrington und Proust kehrten in die Prominentensuite zurück. Madigan sah sie neugierig an. »Stimmt was nicht, meine Herren?«

»Ein kleines Sicherheitsproblem, Mike«, erwiderte Proust. »Berrington kümmert sich drum. Wir fangen schon mal mit der Pressekonferenz an.«

Die Antwort befriedigte Madigan noch nicht ganz. »Ein Sicherheitsproblem?«

»Eine Frau namens Jeannie Ferrami befindet sich im Hotel. Ich habe sie vergangene Woche rausgeschmissen. Kann sein, dass sie irgendwas im Schilde führt. Aber ich werde ihr einen Strich durch die Rechnung machen.«

Das schien Madigan zu genügen. »Okay, dann man los«, sagte er.

Madigan, Barck und Proust betraten den Konferenzsaal. Der Leibwächter verließ die Toilette. Gemeinsam mit Berrington verschwand er im Korridor; kurz darauf drückte er auf den Fahrstuhlknopf. Berrington war aufs Äußerste angespannt und besorgt. Er war kein Mann der Tat, war es nie gewesen. Die Kämpfe, die er gewohnt war, fanden in

Universitätsausschüssen statt. Er hoffte, ihm würde eine handfeste Prügelei erspart bleiben.

Im siebten Stock stiegen sie aus und rannten zu Zimmer Nr. 821. Berrington klopfte an die Tür. Eine Männerstimme rief: »Wer ist da?«

»Der Hausmeister.«

»Bei uns ist alles in Ordnung. Danke, Sir.«

»Ich muss Ihr Badezimmer überprüfen.«

»Kommen Sie später vorbei.«

»Es gibt da ein echtes Problem, Sir …«

»Ich hab zu tun. Kommen Sie in einer Stunde wieder.«

Berrington sah den Leibwächter an. »Können Sie die Tür eintreten?«

Die Frage schien dem Mann zu gefallen. Doch dann sah er über Berringtons Schulter und zögerte. Berrington folgte seinem Blick und erkannte ein älteres Ehepaar mit Einkaufstaschen, das gerade den Aufzug verließ. Langsam kamen die beiden näher. Berrington wartete, bis sie vorüber waren. Vor Zimmer 830 blieben sie stehen. Der Mann stellte seine Einkaufstasche ab, nestelte umständlich seinen Schlüssel hervor, suchte das Schloss, fand es und öffnete die Tür. Endlich war das Ehepaar in seinem Zimmer verschwunden.

Der Leibwächter trat gegen die Tür.

Der Rahmen brach und splitterte, doch die Tür hielt. Von innen waren schnelle Schritte zu hören.

Der Leibwächter trat ein zweites Mal zu. Diesmal flog die Tür auf.

Er stürmte ins Zimmer. Berrington folgte ihm auf den Fersen.

Der Anblick eines älteren Herrn schwarzer Hautfarbe, der eine ebenso riesige wie uralte Pistole auf sie richtete, ließ sie jäh innehalten.

»Hände hoch, Tür zu und auf den Boden, das Gesicht nach unten, sonst schieße ich euch beide tot«, sagte der Mann. »So wie ihr hier reingeplatzt seid, gibt es in ganz Baltimore keinen Geschworenen, der mir daraus einen Strick dreht.«

Berrington hob die Hände.

Plötzlich katapultierte sich eine Gestalt vom Bett. Berrington erkannte gerade noch, dass es Harvey war. Man hatte ihm die Hände

529

gefesselt und eine Art Knebel in den Mund gesteckt. Der alte Mann wirbelte herum und richtete die Waffe auf ihn. »Nein!«, schrie Berrington, der einen entsetzlichen Schreck bekam, weil er fürchtete, sein Sohn könne erschossen werden.

Mr. Oliver hatte einen Sekundenbruchteil zu langsam reagiert. Harvey schlug ihm mit seinen gefesselten Händen die Pistole aus der Hand. Der Leibwächter hechtete vorwärts, fischte sie vom Teppich, stand wieder auf und richtete die Knarre auf den alten Mann.

Berrington atmete tief durch.

Langsam nahm Mr. Oliver die Hände hoch.

Der Leibwächter griff zum Zimmertelefon. »Sicherheitsdienst bitte zu Zimmer achteinundzwanzig«, sagte er. »Hier ist ein Gast mit einer Handfeuerwaffe.«

Berrington sah sich im Zimmer um. Von Jeannie war keine Spur zu sehen.

Jeannie stieg aus dem Fahrstuhl. Sie trug noch immer den schwarzen Rock zur weißen Bluse und dazu ein Tablett mit Tee, das sie beim Zimmerservice bestellt hatte. Ihr Herz schlug wie eine Basstrommel. Im forschen Kellnerinnenschritt betrat sie den Regency Room.

In der kleinen Lobby saßen zwei Frauen mit Gästelisten hinter zwei Tischchen. Ein Wachmann vom hoteleigenen Sicherheitsdienst stand dabei und plauderte mit ihnen. Vermutlich sollten nur geladene Gäste eingelassen werden. Jeannie hätte allerdings jede Wette darauf abgeschlossen, dass man eine Kellnerin mit einem Tablett in der Hand nicht aufhalten würde. Sie zwang sich sogar dazu, den Wachmann anzulächeln, als sie an ihm vorbei auf die innere Tür zuging.

»He, Moment mal!«, sagte der Mann.

Jeannie drehte sich um. Sie hatte die Tür gerade erreicht.

»Da drinnen gibt's schon reichlich Kaffee und andere Getränke.«

»Das ist Jasmintee, eine besondere Bestellung.«

»Von wem?«

Jeannie ließ sich rasch einen Namen einfallen. »Von Senator Proust.« Hoffentlich ist er da.

»Okay, Sie können rein.«

Jeannie lächelte erneut, öffnete die Tür und ging in den Konferenzsaal.

Am gegenüberliegenden Ende des Saals saßen drei Männer in Anzügen hinter einem Tisch auf einem erhöhten Podium. Vor ihnen lag ein Stapel juristischer Dokumente. Einer der Männer hielt eine förmliche Rede. Das Publikum bestand aus etwa vierzig Männern und Frauen mit Notebooks, kleinen Kassettenrekordern und handgestützten Fernsehkameras.

Jeannie ging nach vorne. Neben dem Podium stand eine Frau im schwarzen Kostüm. Sie trug eine Designerbrille und ein Namensschild mit dem Schriftzug:

CAREN BEAMISH
Total Communications!

Es war die PR-Frau, die Jeannie bereits gesehen hatte, als sie den Hintergrund aufbaute. Neugierig blickte sie Jeannie an, hielt sie aber nicht auf. Auch sie glaubte – ganz in Jeannies Sinn –, dass irgendjemand beim Zimmerservice etwas bestellt hatte.

Vor den Männern auf dem Podium standen Namenskärtchen. Rechts saß Senator Proust, links Preston Barck. Der Mann in der Mitte, der gerade das Wort führte, war Michael Madigan. »Genetico ist nicht nur ein hochinteressanter Biotechnikbetrieb«, sagte er gerade in leierndem Ton.

Lächelnd stellte Jeannie das Tablett vor ihm auf den Tisch. Leicht überrascht sah er auf und unterbrach seine Rede für einen Augenblick.

Jeannie wandte sich an das Publikum. »Meine Damen und Herren«, sagte sie, »ich habe Ihnen eine Mitteilung zu machen.«

Steve saß auf den Badezimmerfliesen. Seine Linke war mit Handschellen an das Abflussrohr des Waschbeckens gefesselt. Wut und Verzweiflung beherrschten ihn. Er hatte es fast geschafft – doch Sekunden vor Torschluss war Berrington ihm dann doch noch auf die Schliche gekommen. Jetzt war er hinter Jeannie her und konnte, wenn er sie fand, den ganzen Plan vereiteln. *Ich muss hier weg und sie warnen.*

Das Rohr war am oberen Ende mit dem Waschbeckenabfluss verbunden, beschrieb eine S-förmige Kurve und verschwand am anderen Ende in der Mauer. Unter abenteuerlichen Verrenkungen gelang es Steve, einen Fuß an das Rohr zu bekommen. Er holte aus und trat zu. Die gesamte Installation zitterte. Er trat ein zweites Mal zu. Der Mörtel am Übergang des Rohres in die Wand bröckelte. Nach mehreren weiteren Tritten brach der Mörtel gänzlich weg, doch das Rohr selbst erwies sich als sehr stark.

Frustriert betrachtete er das andere Ende des Rohres. Vielleicht war der Anschluss am Waschbecken schwächer. Er packte das Rohr mit beiden Händen und rüttelte daran wie ein Besessener. Wieder wackelte alles – und wieder brach nichts.

Er konzentrierte sich auf das Rohrknie. Knapp oberhalb der Krümmung befand sich ein Verbindungsstück mit gerffeltem Rand. Hier schraubten die Klempner das Rohr auf, wenn die Krümmung verstopft war – nur verfügten sie auch über das entsprechende Werkzeug. Steve tastete mit der Linken nach dem Rändelrad und versuchte es aufzudrehen. Seine Finger rutschten ab, und er schürfte sich schmerzhaft die Knöchel auf.

Er klopfte von unten an das Waschbecken. Es bestand aus einer Art künstlichem Marmor und war ziemlich fest. Wieder fiel sein Blick auf die Verbindung zwischen Abfluss und Rohr. Gelang es ihm an dieser Stelle, die Dichtung zu brechen, so würde sich das Rohr wahrscheinlich herausziehen lassen. Er brauchte in diesem Fall nur noch die Handschelle abzustreifen und wäre frei.

Er veränderte seine Stellung, holte aus und trat von Neuem zu.

Jeannie hatte das Wort an sich gerissen. »Vor dreiundzwanzig Jahren«, sagte sie, »hat Genetico an acht völlig arglosen Amerikanerinnen illegale und unverantwortliche Experimente durchgeführt.« Ihr Atem ging schnell. Sie bemühte sich, möglichst normal zu sprechen und ihre Stimme nach vorn zu bringen. »All diese Frauen waren mit

Armeeoffizieren verheiratet.« Sie suchte Steve unter den Zuhörern, konnte ihn aber nirgends entdecken. Wo, zum Teufel, blieb er nur? Sie brauchte ihn – er war ihr Beweis!

Caren Beamish sagte mit zitternder Stimme: »Es handelt sich hier um eine private Veranstaltung. Bitte verlassen Sie sofort den Raum.«

Jeannie ignorierte sie. »Die Frauen hatten sich in der Genetico-Klinik in Philadelphia wegen Empfängnisproblemen einer Hormonbehandlung unterzogen.« Sie ließ ihre Entrüstung durchklingen. »Man hat ihnen, ohne ihr Einverständnis einzuholen, die Embryos wildfremder Menschen eingepflanzt.«

Ein aufgeregtes Raunen ging durch die Reihen der anwesenden Medienvertreter. Jeannie spürte, dass ihre Neugier geweckt war.

Sie hob die Stimme. »Mr. Preston Barck, den alle Welt für einen verantwortungsbewussten Wissenschaftler hält, war so besessen von seiner Pionierarbeit im Klonen, dass er eine befruchtete Eizelle siebenmal teilte, auf diese Weise acht identische Embryos erhielt und diese dann acht Frauen einpflanzte, welche nicht die geringste Ahnung hatten, was mit ihnen geschah.«

Jeannie entdeckte Mish Delaware. Sie saß ganz hinten und beobachtete Jeannies Auftritt mit einem leicht amüsierten Ausdruck. Wer fehlte, war Berrington – und das war ebenso überraschend wie beunruhigend.

Auf dem Podium erhob sich Preston Barck und ergriff das Wort: »Meine Damen und Herren, ich möchte mich für diesen Vorfall entschuldigen. Wir wurden bereits vor einer möglichen Störung gewarnt.«

Jeannie ließ sich von ihm nicht länger unterbrechen. »Diese Ungeheuerlichkeit wurde dreiundzwanzig Jahre lang geheim gehalten. Die drei Täter – Preston Barck, Senator Proust und Professor Berrington Jones – sind, wie ich aus leidvoller Erfahrung weiß, zu allem bereit, um diese Angelegenheit auch weiterhin zu vertuschen.«

Caren Beamish telefonierte über eine Hausleitung. Jeannie hörte sie sagen: »Ich bitte Sie, schicken Sie uns jemanden von Ihrem gottverdammten Sicherheitsdienst – und zwar ein bisschen dalli!«

Unter dem Tablett hatte Jeannie einen Stapel der von ihr verfassten und von Lisa fotokopierten Presseerklärung in den Konferenzsaal geschmuggelt. »Auf diesem Infoblatt finden Sie eine Zusammenfassung der Details.« Während sie damit begann, die Kopien zu verteilen, sprach sie weiter: »Diese acht Embryos wuchsen heran und wurden geboren. Sieben von ihnen sind heute noch am Leben. Sie können sie leicht erkennen, denn sie sehen alle völlig gleich aus.«

Die Mienen der Presse- und Fernsehleute verrieten ihr, dass sie sie dort hatte, wo sie sie haben wollte. Auf dem Podium saß Proust mit einem Gesicht wie vom Donner gerührt. Preston Barck sah aus, als wäre er am liebsten tot umgefallen.

Inzwischen war der Zeitpunkt erreicht, zu dem Mr. Oliver mit Harvey zur Tür hereinkommen sollte, sodass alle Anwesenden sofort erkennen konnten, dass er, Steve und, wenn möglich, auch George Dassault einander glichen wie ein Ei dem anderen. Doch keiner von ihnen war bisher da. *Wartet nicht, bis es zu spät ist!*

»Sie würden sie für eineiige Zwillinge halten«, fuhr Jeannie fort, »und sie haben ja auch tatsächlich eine identische DNS. Aber alle acht wurden von verschiedenen Müttern geboren! Ich beschäftige mich schon seit Längerem mit Zwillingsforschung. Als ich bei meiner Arbeit auf Zwillinge stieß, die nicht die gleiche Mutter hatten, konnte ich mir zunächst überhaupt keinen Reim darauf machen. Ich ging der Sache nach und kam dann dieser schändlichen Geschichte auf die Spur.«

Die Tür auf der dem Podium gegenüberliegenden Seite des Konferenzsaals flog auf. Jeannie blickte auf; sie hoffte, endlich einer der Klone zu sehen. Doch der Mann, der in den Saal stürmte, war Berrington Jones. Atemlos wandte er sich an die Gäste: »Meine Damen und Herren«, sagte er, »diese Dame hier hat einen Nervenzusammenbruch erlitten und wurde kürzlich von mir entlassen. Sie arbeitete an einem von Genetico geförderten Forschungsprojekt und verfolgt die Firma mit ihrem Hass. Der Wachdienst des Hotels hat soeben in einem anderen Stockwerk einen Komplizen von ihr festgenommen. Bitte gedulden Sie sich, bis diese Person außer Haus gebracht worden ist. Wir werden dann unsere Pressekonferenz fortsetzen.«

Jeannie war wie vor den Kopf geschlagen. Wo waren Mr. Oliver und Harvey? Und was war mit Steve los? Ihre Ansprache und ihre Presseerklärung waren ohne Beweis nichts wert. Ihr blieben nur noch wenige Sekunden. Irgendetwas war furchtbar schiefgegangen. Berrington war es auf die eine oder andere Weise gelungen, ihr einen Strich durch die Rechnung zu machen.

Ein uniformierter Angehöriger des hausinternen Sicherheitsdiensts betrat den Konferenzsaal und unterhielt sich mit Berrington.

In ihrer Verzweiflung wandte sich Jeannie an Michael Madigan. Seine Miene zeigte einen frostigen Ausdruck. Jeannie hielt ihn für einen Mann, dem jede Störung seines perfekt organisierten Arbeitsablaufs von Grund auf zuwider war. Dennoch probierte sie es. »Ich sehe, dass die Übernahmedokumente vor Ihnen auf dem Tisch liegen, Mr. Madigan«, sagte sie. »Glauben Sie nicht auch, dass es besser wäre, meine Angaben vor der Unterzeichnung zu überprüfen? Angenommen, ich hätte recht – stellen Sie sich mal die Höhe der Schadenersatzforderungen vor, die seitens der acht betroffenen Frauen auf Sie zukommen könnten!«

»Ich bin es nicht gewohnt, mir meine geschäftlichen Entscheidungen von irgendwelchen Spinnern diktieren zu lassen«, erwiderte Madigan mit sanfter Stimme.

Die Journalisten lachten, und Berrington war anzusehen, dass seine Zuversicht wieder etwas wuchs. Der Mann vom Sicherheitsdienst kam auf Jeannie zu.

Sie wandte sich wieder ans Publikum: »Ich hoffte, Ihnen zum Beweis zwei oder drei der Klone zeigen zu können, aber ... sie sind noch nicht eingetroffen.«

Wieder lachten die Reporter, und Jeannie spürte, dass niemand im Saal sie mehr ernst nahm. Es war alles vorbei. Sie hatte verloren.

Der Wachmann packte sie am Arm und schob sie zur Tür. Sie hätte sich ohne Weiteres von ihm befreien können, aber wozu?

Berrington lächelte, als sie an ihm vorbeigeführt wurde. Jeannie stiegen Tränen in die Augen, doch sie schluckte sie herunter und ging erhobenen Hauptes ihren Weg.

Ihr könnt mich alle mal, dachte sie. Eines Tages werdet ihr schon dahinterkommen, dass ich recht hatte.

Hinter sich hörte sie Caren Beamish sagen: »Mr. Madigan, wären Sie so gut, mit Ihren Ausführungen fortzufahren?«

Jeannie und der Wachmann hatten gerade die Tür erreicht, als diese sich öffnete und Lisa den Saal betrat.

Und unmittelbar hinter ihr ging einer der Klone! Jeannie hielt vor Aufregung die Luft an.

Das musste George Dassault sein. Er war gekommen! Doch einer allein reichte noch nicht – sie benötigte mindestens zwei zum Beweis für ihre Behauptungen. Wenn doch nur Steve endlich auftauchen würde! Oder Mr. Oliver mit Harvey!

Dann sah sie zu ihrer namenlosen Freude den zweiten Klon hereinspazieren. Höchstwahrscheinlich war es Henry King. Jeannie schüttelte den Wachmann ab und schrie: »Schauen Sie! Schauen Sie, hier!«

Sie hatte noch nicht ausgesprochen, da betrat schon ein dritter Klon den Konferenzsaal. An seinen schwarzen Haaren erkannte sie, dass es sich um Wayne Stattner handelte.

»Sehen Sie!«, rief Jeannie. »Hier sind sie. Sie sehen alle vollkommen gleich aus!«

Sämtliche Kameras schwenkten vom Podium ab und nahmen die Neuankömmlinge ins Visier. Blitzlichter flackerten auf: Auch die Fotografen hatten geschaltet und hielten die Szene fest.

»Ich habe es Ihnen ja gesagt!«, sagte Jeannie triumphierend zu den Journalisten. »Fragen Sie diese Herren jetzt nach ihren Eltern. Sie haben es hier nicht etwa mit Drillingen zu tun – ihre Mütter sind einander nie begegnet! Los, fragen Sie sie!«

Sie merkte, dass sie übertrieben aufgeregt klang, und bemühte sich, ruhiger zu erscheinen. Es fiel ihr nicht leicht, so überglücklich wie sie war. Mehrere Reporter sprangen auf und gingen auf die drei Klone zu, um sie zu interviewen. Der Wachmann ergriff wieder Jeannies Arm, doch diesmal war sie von einer Menschenmenge umgeben und kam gar nicht mehr frei.

Im Hintergrund war plötzlich Berrington zu hören. Er versuchte, sich im Stimmengewirr der Reporter Gehör zu verschaffen. »Meine Damen und Herren, wenn ich Sie um Ihre Aufmerksamkeit bitten dürfte ...« Was zunächst noch wütend geklungen hatte, wirkte bald nur noch trotzig. »Wir würden jetzt gerne unsere Pressekonferenz fortsetzen ...« Es war sinnlos. Die Medienmeute hatte die wahre Story gewittert. An irgendwelchen Reden bestand kein Bedarf mehr.

Am Rande ihres Blickfelds bekam Jeannie mit, dass Senator Proust aufgestanden war und unauffällig den Saal verließ.

Ein junger Mann stieß ihr ein Mikrofon entgegen und fragte: »Wie haben Sie von diesen Experimenten erfahren?«

»Mein Name ist Dr. Jean Ferrami«, sagte Jeannie ins Mikrofon. »Ich bin Wissenschaftlerin am Institut für Psychologie der Jones-Falls-Universität. Bei meiner Arbeit stieß ich zufällig auf diese Gruppe von jungen Männern, die eineiige Zwillinge zu sein schienen, aber nicht miteinander verwandt waren. Ich begann zu recherchieren. Als Professor Jones dahinterkam, versuchte er meine Entlassung durchzusetzen, weil er nicht wollte, dass die Wahrheit ans Tageslicht kam. Es gelang mir trotzdem herauszufinden, dass die Klone das Ergebnis eines von Genetico durchgeführten Experiments waren.« Sie sah sich um.

Wo blieb Steve?

Nach einem letzten heftigen Tritt sprang das Abflussrohr unter einem Schauer von Mörtelbrocken und Marmorsplittern aus dem Anschluss auf der Unterseite des Waschbeckens. Steve zog es mit aller Kraft herunter und führte die Handschelle durch den entstehenden Zwischenraum. Jetzt war er frei. Er stand auf.

Um die am Gelenk baumelnde Handschelle zu verbergen, steckte er die linke Hand in die Hosentasche und verließ den Toilettenraum.

Die Prominentensuite war inzwischen leer.

Er trat auf den Korridor hinaus. Er hatte keine Ahnung, was ihn im Konferenzsaal erwartete.

Neben der Prominentensuite befand sich eine Tür mit der Aufschrift »Regency Room«. Weiter hinten im Gang stand einer seiner Doppelgänger.

Aber welcher? Der Mann rieb sich die Handgelenke, als wären sie wund. Auf beiden Wangen war ein roter Fleck, der so aussah, als stamme er von einem strammen Knebel. Also war es Harvey, der die ganze Nacht über gefesselt gewesen war.

Er blickte auf, und ihre Blicke kreuzten sich.

Sie starrten einander an. Für jeden war es, als blicke er in einen Spiegel. Steve bemühte sich, mehr als nur Harveys Äußeres zu sehen. Er wollte seine Miene lesen, in sein Herz blicken und das Krebsgeschwür erkennen, das ihn böse machte. Doch das gelang ihm nicht. Alles, was er sah, war ein junger Mann, der genauso aussah wie er selbst. Ein junger Mann, der auf der gleichen Straße gegangen war – und dann an einer Abzweigung eine andere Richtung eingeschlagen hatte.

Er riss seinen Blick von Harvey los und betrat den Regency Room.

Dort war die Hölle los. Jeannie und Lisa waren von Kameraleuten umringt. Bei ihnen stand ein Klon – nein, es waren zwei, drei sogar! Er zwängte sich zu ihnen durch. »Jeannie!«, sagte er.

Sie sah ihn verblüfft an.

»Das ist ja Steve!«, sagte sie.

Neben ihr stand Mish Delaware.

»Wenn Sie Harvey suchen«, sagte Steve zu Mish, »der steht draußen im Flur und wartet auf den Lift.«

Mish wandte sich an Jeannie: »Können Sie mit Bestimmtheit sagen, um welchen es sich handelt?«

»O ja, das kann ich.« Jeannie sah Steve in die Augen und sagte: »Ich spiele selbst ein bisschen Tennis.«

Er grinste. »Wenn Sie nur ein bisschen Tennis spielen, sind Sie wahrscheinlich nicht in meiner Liga.«

»Gott sei Dank!«, sagte Jeannie und fiel ihm um den Hals. Er lächelte und beugte sich ein wenig vor. Dann küssten sie sich.

Alle Kameras schwenkten auf sie ein. Ein Blitzlichtgewitter entlud sich – und am nächsten Morgen prangte ihr Bild rund um die Welt auf den Titelseiten der Zeitungen.

Epilog

Eorest Lawns erinnerte an ein vornehmes Hotel der alten Schule; es gab Blümchentapeten, Porzellan-Nippes in Glasvitrinen, und da und dort stand ein Tischchen mit zierlichen Beinen. Statt nach Desinfektionsmitteln duftete es nach Gewürzsträußchen, und das Personal sprach Jeannies Mutter mit »Mrs. Ferrami« an anstatt mit »Maria«. Mom wohnte in einem eigenen kleinen Apartment mit einem Vorzimmer, in dem sie Gäste empfangen und zum Tee bitten konnte.

»Das ist Steve, mein Mann, Mom«, sagte Jeannie. Steve setzte sein charmantestes Lächeln auf und gab ihr die Hand.

»Was für ein gut aussehender junger Mann«, sagte Mom. »Was machen Sie beruflich, Steve?«

»Ich studiere Jura.«

»Jura. Na, dann stehen Ihnen ja alle Wege offen.«

Zwischen längeren Phasen geistiger Verwirrung hatte Mom immer wieder lichte Augenblicke.

»Daddy kam zu unserer Hochzeit«, sagte Jeannie.

»Wie geht es deinem Vater, mein Kind?«

»Danke, gut. Er ist inzwischen zu alt, um andere Menschen zu bestehlen, deshalb schützt er sie jetzt. Er hat einen privaten Wach- und Sicherheitsdienst aufgezogen. Die Firma läuft ganz gut.«

»Ich habe ihn schon seit zwanzig Jahren nicht mehr gesehen.«

»Doch, Mom, er besucht dich ab und zu. Aber das vergisst du.« Jeannie wechselte das Thema. »Du siehst gut aus.« Ihre Mutter trug ein hübsches bunt gestreiftes Hemdblusenkleid. Sie hatte eine Dauerwelle, und ihre Fingernägel waren maniküert. »Gefällt es dir hier? Es ist schöner als im Bella Vista, meinst du nicht auch?«

Mom wirkte auf einmal besorgt. »Aber wie sollen wir das bezahlen, Jeannie? Ich habe doch kein Geld.«

»Ich habe einen neuen Job, Mom. Ich kann es mir leisten.«

»Was ist das denn für ein Job?«

Jeannie sagte es ihr, obwohl sie wusste, dass Mom es nicht verstehen würde. »Ich bin Leiterin des Gentechnischen Labors einer großen Firma namens Landsmann.« Michael Madigan hatte ihr die Stelle angeboten, nachdem ihm jemand ihr Suchprogramm erklärt hatte. Das Gehalt war dreimal so hoch wie bei ihrem Job an der Universität. Was sie aber noch mehr reizte, war die Arbeit an sich: Sie stand nun an vorderster Front in der gentechnischen Forschung.

»Das ist schön«, sagte Mom. »Oh – bevor ich es vergesse. Da war ein Bild von dir in der Zeitung. Ich habe es aufbewahrt.« Sie kramte einen Zeitungsausschnitt aus ihrer Handtasche, entfaltete ihn, strich ihn ein wenig glatt und reichte ihn Jeannie.

Jeannie kannte den Ausschnitt längst, tat aber so, als sähe sie ihn zum ersten Mal. Das Foto zeigte sie vor dem Ausschuss, den der Kongress zur Untersuchung der Experimente in der Aventine-Klinik eingerichtet hatte. Der Abschlussbericht lag noch nicht vor, doch über seinen Inhalt konnten kaum noch Zweifel bestehen. Die landesweit im Fernsehen übertragene Befragung von Jim Proust war zu einer öffentlichen Demütigung geworden, wie es sie noch nie gegeben hatte. Proust hatte getobt, gebrüllt und gelogen, dass sich die Balken bogen – und mit jedem Wort war seine Schuld deutlicher geworden. Am Ende der Untersuchung war er von seinem Amt als Senator zurückgetreten.

Berrington Jones hatte man die Gelegenheit zum freiwilligen Rücktritt versagt. Er war vom Disziplinarausschuss der Jones-Falls-Universität entlassen worden. Jeannie hatte gehört, dass er inzwischen nach Kalifornien gezogen war und von einer kleinen finanziellen Unterstützung seiner Exfrau lebte.

Preston Barck hatte sein Amt als Präsident von Genetico, Inc., niedergelegt. Das Unternehmen selbst war in Liquidation gegangen, um die außergerichtlich vereinbarten Schadenersatzansprüche der acht Leihmütter regeln zu können. Eine kleine Summe hatte man für die psychotherapeutische Betreuung der acht Klone abgezweigt, um ihnen bei der Bewältigung ihrer problematischen Vergangenheit zu helfen.

Und Harvey Jones saß eine fünfjährige Haftstrafe wegen Brandstiftung und Vergewaltigung ab.

»In der Zeitung steht, dass du aussagen musstest«, sagte Mom. »Hattest du etwa Ärger?«

Ein Lächeln flog zwischen Jeannie und Steve hin und her. »Ja, eine Woche lang, im vergangenen September. Inzwischen ist aber alles wieder in Ordnung.«

»Das ist gut.«

Jeannie erhob sich. »Wir müssen jetzt fahren, Mom. Wir sind auf Hochzeitsreise und müssen unser Flugzeug erwischen.«

»Wo fliegt ihr denn hin?«

»Auf eine kleine Ferieninsel in der Karibik. Es soll der schönste Fleck auf der ganzen Welt sein, heißt es.«

Steve schüttelte Mom die Hand, und Jeannie küsste sie zum Abschied.

»Erhol dich gut, mein Schatz«, sagte Mom, als sie sich auf den Weg machten. »Du hast es verdient.«

Danksagung

Den folgenden Personen bin ich für ihre freundliche Hilfe bei den Recherchen zu *Der dritte Zwilling* zu großem Dank verpflichtet:

Im Baltimore City Police Department: Lieutenant Frederic Tabor, Lieutenant Larry Leeson, Sergeant Sue Young, Detective Alexis Russell, Detective Aaron Stewart, Detective Andrea Nolan und Detective Leonard Douglas;

im Baltimore County Police Department: Sergeant David Moxely und Detective Karen Gentry;

Court Commissioner Cheryl Alston, Richterin Barbara Baer Waxman und dem Stellvertretenden Staatsanwalt Mark Cohen;

Carole Kimmell, RN, im Mercy Hospital; Professor Trish Van Zandt und ihren Kolleginnen und Kollegen an der Johns-Hopkins-Universität; Ms. Bonnie Ariano, Direktorin des Sexual Assault and Domestic Violence Center in Baltimore;

an der Universität von Minnesota: Professor Thomas Bouchard, Professor Matthew McGue und Professor David Lykken;

im Pentagon: Lieutenant-Colonel Letwich, Captain Regenor;

in Fort Detrick in Frederick, Maryland: Ms. Eileen Mitchell, Mr. Chuck Dasey und Colonel David Franz;

Peter D. Martin im Metropolitan Police Forensic Science Laboratory;

den Computerexperten Wade Chambers, Rob Cool und Alan Gold;

besonders auch dem professionellen Rechercheur Dan Starer von Research for Writers in New York City, dem ich den Kontakt zu den meisten der oben genannten Personen verdanke.

Außerdem danke ich meinen Lektorinnen Suzanne Baboneau, Marjorie Chapman und Ann Patty; allen Freunden und Familienangehörigen, die das Exposé und frühe Stadien des Manuskripts lasen und kommentierten, darunter Barbara Follett, Emanuele Follett, Katya Follett, Jann Turner, Kim Turner, John Evans, George Brennan und Ken Burrows, sowie den Agenten Amy Berkower, Bob Bookman und – vor allem – meinem ältesten Mitstreiter und schärfsten Kritiker Al Zuckerman.